정의가 잠든 사이에

정의가

WHILE JUSTICE SLEEPS

잠 든

STACEY ABRAMS

사이에

스테이시 에이브럼스 장편소설

권도회 옮김

비채

좋은 이야기를 사랑하라고 가르쳐주신 부모님
캐럴린 에이브럼스와 로버트 에이브럼스에게.

새로운 이야기들을 할 수 있게 도와준 형제들
앤드리아, 레슬리, 리처드, 월터, 지닌에게.

앞으로 이야기들을 전해줄 조카들
조든, 페이스, 캐머런, 리언, 에어런, 데빈에게.

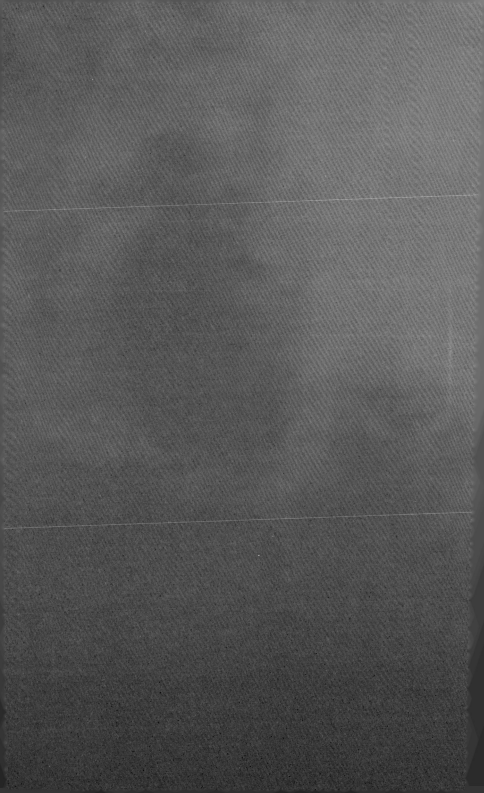

"체스는 체스를 두는 사람의 정신과 두뇌를 구속해 사로잡아버린다.
아무리 강인한 사람이라도 내면의 자유와 독립심에
그 영향을 받게 마련이다."

알베르트 아인슈타인

차례

정의가 잠든 사이에   011

감사의 말   534
옮긴이의 말   537

프롤로그

6월 18일 일요일

밤 11시 47분, 그는 뇌사 상태에 빠졌다.

몇 시간 전인 일요일 밤 9시, 하워드 윈 대법관은 짜증스럽게 앉은 자세를 바꿨다. 그는 평소 애용하던 가죽 의자에 앉아 있었다. 제10대 대법원장이었던 윌리엄 하워드 태프트의 의뢰로 만들어졌다는 등받이가 높은 원목 의자로, 좌석 너비가 의자보다는 소파에 가까울 정도로 넓었다. 하지만 지금 이곳을 차지한 하워드는 바로 그 점을 높이 평가했다. 건장했던 전직 대법원장과 달리 윈의 몸은 호리호리했다. 앞서 그 의자를 차지했던 선대의 하워드가 거대한 화물선이라면 후대의 하워드는 날렵한 범선과 같았다. 하지만 윈이 그 의자에 즐겨 앉은 이유는 뜻밖의 용도 때문이었다. 그는 밤에 읽으려고 고른 책이 기대보다 재미가 없을 때면 빈 옆자리에 습관적으로 밀어 넣었다.

사실 하워드 윈은 지루함이나 일상의 평온을 느낄 새가 없었다. 그는 의도적인 무지(최근 언론에 대한 자신의 표현)와 으스대는 멍청함, 자신이 정치인들에게 던진 기지 넘치는 말들에 똑같이 환멸을 느꼈다. 윈이 보기에 정치인들은 모두 속이 텅 비고 오만한 깡패 집단이었다. 그들은 아무 생각 없이 지옥으로 소용돌이치듯 빨려 들어가는 사회에서 사라지는 부스러기들처럼 서로에게서 정보를 탐욕스럽게 낚아챘다. 작금의 전문가, 관료, 고용된 청부살인업자들의 수를 봤을 때, 미국은 단명하는 모든 방탕한 존재들로 인해 비틀거리는 제국들을 무너뜨린 지적 무기력의 순환을 반복할 운명이었다. 로마, 그리스, 말리, 잉카가 그러했듯이. 인간들은 무능한 결과와 손쉬운 섹스만 보여주었고, 그런 것들이 문명이 되었다.

"정의의 홍수, 우리에게 필요한 건 그거야. 그 개자식들을 다 쓸어버리려면." 흐릿하게 불을 밝힌 서재에서 윈이 중얼거렸다.

그의 뒤쪽에는 체스판이 놓여 있었다. 대국 중인 듯 여기저기 놓여 있는 고풍스러운 목재 체스 말들 위에는 한동안 손을 대지 않았는지 미세한 먼지가 쌓여 있었다.

어린 시절 체스 영재로 불렸던 그는 한때 체스 명인들과 필적할 정도로 살벌하게 대국을 했다. 그러다가 엔드게임*의 신중한 운용과 명상을 충분히 거치며 현실 세계에서도 그와 똑같이 할 수 있다는 것을 알게 되자, 법조계에 입문하기로 마음먹었다.

현재 체스판에 놓여 있는 것은 세상 반대편에 살고 있는 한 번도 만난 적이 없는 남자와의 대국이었다. 하지만 새로 사귄 그 친구조차 윈을 마지막 피난처에 버려두었다.

지난 몇 시간 동안 서재 문은 굳게 닫힌 채, 그를 이 피난처에 혼자 남겨두었다. 밖에서는 이른 여름 폭풍에 창문이 덜컹거리며 흔

---

*   체스에서 말이 얼마 남지 않은 종반전을 뜻한다.

들렸다. 멀리서 번개가 내려치자 곧이어 천둥소리가 이어졌다. 윈은 그 소란스러움에 피로를 느끼며 고개를 숙였다. 그러고는 천둥소리를 가라앉힐 셈으로 서재에 놓인 작은 TV를 틀었다. 평소에는 이 바보상자를 경멸했지만 지금은 그 유용성을 인정할 수밖에 없었다. 오늘 밤, TV는 윈의 사명이 실패했는지, 성공했는지를 알려줄 것이다.

자동차보험 광고가 끝나자 인기 있는 정치 풍자 프로그램의 오프닝이 이어졌다. 진행자가 시간 낭비 없이 곧장 특유의 유머를 구사하는 걸 윈은 날카롭게 지켜보았다.

"오늘 하워드 윈 대법관이 한 대학에서 서사의 붕괴를 보여주었죠. 앞으로 '여기가 어디야' 대법관이라고 불러야 하지 않을까요?"

그날 오후 대학 졸업식에서 했던 윈의 연설 장면이 화면에 나오자 방청객들이 웃음을 터뜨렸다. 그는 다음 세대의 약속에 대한 간결한 거짓말을 수도 없이 여러 번 반복했다. 영상 속에서 윈은 학위복을 걸치고 있었는데, 아무 의미 없는 단순한 검은 옷이었다. 입가에 조소를 띤 대법관의 얼굴이 화면을 채웠다.

"과학은 악마가 인간에게 행한 가장 큰 속임수입니다!" 윈은 철제의자에 앉아 불편하게 몸을 꼼지락대고 있는 졸업생들을 향해 큰 소리를 내며 주먹을 들어 올렸다. "악마는 우리 스스로가 운명을 조종할 수 있다고 믿게 만들었지만, 우리가 만들 수 있는 건 종말밖에 없어요. 사당을 짓기 위해 자연의 법칙을 파괴하는 것은 악마의 짓입니다. 이제 그런 짓은 그만둬야 합니다!"

TV 화면으로 브랜던 스토크스 미국 대통령이 굳은 표정으로, 격노한 대법관을 냉정하게 쳐다보는 모습이 비쳤다. 대통령은 막내딸의 졸업을 축하하기 위해 이 자리에 참석하기로 했고, 행정부가 제정한 법률을 파기시키고 자신의 계획을 망쳐버린 대법관과 함께 단상에 서는 것에 관대하게 동의했다. 대통령과 대법관 사이의 반감으로 인해 대학에서는 엄청난 논쟁이 일어났다. 대통령의 사랑스러운 딸 조 스토크스가 유학 기간을 포함해 새로 학점을 계산함으로써 얻어낸 예상치 못한 조기 졸업이 원인이었다. 이미 윈이 졸업식 참석을 수락한 뒤였기 때문에, 대학 쪽에서는 대법관의 예정된 연설을 우아하게 취소시킬 방법이 없었다.

윈은 화가 나서 딱딱하게 굳어진 표정으로 청중을 쳐다보고 있었다. 그다음 장면에서는 심각한 실수를 깨달은 대학 총장이 단상 옆으로 조심스럽게 다가오더니 손을 내밀고 '착한 개'를 부를 때처럼 손짓을 했다. 총장의 목소리는 아주 작았지만 카메라맨 덕분에 뚜렷하게 들렸다.

"윈 대법관님, 괜찮으십니까?"

윈은 총장을 돌아보고 그 손을 쳐낸 뒤 경멸하는 목소리로 말했다. "괜찮을 리 없죠. 난 모두에게 앞으로 닥쳐올 종말에 대한 경고를 하려는 참입니다. 애초에 총장님은 이 자리에 있는 졸업생들 앞에 기다리고 있는 세상에 대한 이야기를 해주길 원했잖습니까? 이들을 기다리고 있는 건 죽음입니다. 다른 사람들을 먼저 찾아가긴 하겠지만, 악마는 의당 받아야 할 걸 받아가니까요."

그 순간 청중들 사이에 불편한 웅성거림이 퍼져나갔고, 간간이 비웃는 소리도 들렸다.

그러자 윈은 다시 돌아서서 외쳤다. "웃을 수 있으면 마음껏 웃어, 사회의 썩은 고기들아. 하지만 내 말을 명심해야 할 거야. 이 땅에 지옥이 도래했고, 네 부모들은 사탄의 자식을 선택했으니."

윈은 주머니에 한쪽 손을 넣은 뒤 스토크스 대통령을 노려보았다. 그러고는 대통령이 있는 쪽으로 다가가 앞에 멈춰 선 뒤 주머니에서 오른손을 빼 내밀었다. 대통령은 어색하게 자리에서 일어나 그 손을 맞잡았다. 그러자 윈이 대통령의 귓가에 대고 뭔가를 속삭였다.

윈이 대통령과 불편한 악수를 나눈 뒤 단상을 떠나자 심란해 보이는 대학 총장이 뒤따르는 모습으로 영상이 끝났다.

"윈 대법관이 대통령에게 뭐라고 속삭였는지는 알 수 없지만, 대통령의 재선을 지지하지 않을 거라는 건 확실하네요." 진지한 표정으로 토크쇼 진행자가 던진 말에 요란한 박수갈채가 쏟아졌다. "사람들은 윈 대법관을 '국민의 대변인'이라고 불렀죠. 하지만 이제는 모두가 윈 대법관이 사람들의 말을 알아들을 수 있는지 궁금하게 여길 겁니다. 윈 대법관은 워싱턴에서 지하철을 타고 다니는 것으로 유명하죠. 하지만 머지않아 동굴에 들어가 살지 않을까 싶습니다. 이번 달 법원에서 내려야 할 중요한 결정들이 윈 대법관으로 인해 부동표가 되진 않을까 겁나는군요. 더 무서운 건 그것이 최악이 아닐 수도 있다는 점입니다. 윈 대법관이 〈미친 판사〉라는 리얼리티 쇼를 보여주진 않을지 궁금하네요."

방청석에서 웃음소리가 터져 나왔다.

"웃기는 친구네." 윈은 혼잣말을 중얼거리며 TV를 끄고는 창밖에서 몰아치는 폭풍우를 바라보았다. "자연 대 인간에 관해서는 데이비드 소로의 말이 맞아. 자연이 항상 이기지."

텅 빈 방에 울려 퍼지는 그의 목소리에는 앙심은 없고, 체념만 가득했다. 그에게 자연은 교활한 적수였다. 사람이 침대에서 편안하게 잠을 자는 동안 자연은 조직과 세포는 물론 보이지 않는 작은 염색체까지 샅샅이 뒤적거렸다. 변덕스러운 손짓으로 한 남자의 인생을 파멸시킬 시한폭탄을 가동시킨 것이다. 그의 뇌 속에서.

"다른 사람들한테는 내장 같은 걸 먹여주고, 나한테는 미친 듯이 울부짖는 그림자만 남았지."

윈은 침울하게 인정했지만, 아무도 대답하지 않았다. 요즘 들어 자주 그의 대화는 아무 반응도 얻지 못했다. 모두 그를 떠났다. 첫 번째 아내는 죽었고, 두 번째 아내는 떠났다. 하나뿐인 아들은 아버지를 경멸했다. 법원도 다를 바 없었다. 그를 상대로 음모를 꾸미고 걱정하는 척하는 아첨꾼들과 멸시당해도 싼 인간들만 모여 있는 곳이었다. 하지만 윈은 그 안에서 자신이 해야만 하는 일을 할 수 있는 방법을, 그리고 앞으로 그 일을 맡길 수 있는 신뢰할 만한 소수의 사람들을 찾아냈다.

윈은 의자에서 힘겹게 일어나 책장으로 다가갔다. 그러고는 책들을 카펫 위로 옮겼다. 그 일은 생각보다 힘들었다. 윈은 어깨 너머로 흘낏 돌아보며 문이 여전히 닫혀 있는지 확인했다.

"그 교활한 독사가 슬금슬금 다가와서 내 비밀을 훔쳐가게 둘 순 없지." 그는 중얼거리면서 금고 번호를 눌렀다.

조용히 잠금장치가 열리고 초록색 신호가 반짝거렸다. 금고 안에 있는 물건들은 그가 넣어둔 그대로 놓여 있었다. 비록 머지않아 자신이 그 안에 무엇을 넣어두었는지도 잊어버릴 테지만. 더 나쁜 건 이 금고가 있다는 것과 저 거지같은 마을 건너편에 은신처들을 마련해두었다는 것조차 잊어버린다는 것이다. 찾는 걸 거부하는 것으로도 그를 배신하게 될 장소들이다. 이것은 그의 운명적인 결말이었다. 뛰어난 법학자에서 그림자들에게 쫓기고, 기억에 배신당한 텅 빈 껍데기가 되는 것이.

시간이 걸러지고 무無로 변해갔다. 어느 순간, 적들은 그를 죽음으로 몰아넣으려고 시도했다. 하지만 윈은 비밀을 알고 있었다. 종말과 현재 사이에, 혼자서 지도를 그리기 시작한 미지의 영토가 놓여 있었다. 적들은 그를 뒤쫓으려 할 테지만 실패할 것이다. 빵 부스러기를 따라갈 수 있는 사람들을 제외한 모두가 실패할 것이다.

미국 대법원은 회기마다 청문회를 열고 올림포스의 신들처럼 법령을 제정했다. 법에 의해 10월의 첫 번째 월요일이면 윈 대법관과 동료 법관들은 불쌍한 사람들과 그들을 대리하는 변호사들에게 관용을 구할 시간을 분배해주고 심의를 시작한다. 그리고 6월 마지막 날 밤 자정이 되면 무죄이든 유죄이든 결판이 난다. 전통에 따라 그들은 마지막 주에 가장 중요한 사안들을 분배하고 판결을 내린다. 사안에 따라 그 판결이 7월로 넘어가는 경우도 있지만, 윈의 재임 기간 동안에는 그런 일이 없을 것이다. 아니, 6월 30일이야말로 결전의 날이고, 체크메이트를 하는 날이다.

윈은 금고 문을 닫고, 차가운 금속 문에 몸을 무겁게 기댔다. 만일 '그녀'가 그 일을 끝내지 못한다면? 자신이 그랬던 것처럼 그들도 길을 잃는다면? 어쩌면 대법원장에게 자신이 한 일과 알아낸 것들에 대해 말한다면 도와줄지도 모른다. 하지만 대법원장은 그 사실을 알게 되면 온 힘을 다해 그를 막을 가능성도 있었다. 그의 마지막 고행을 거절했을 수도 있다.

윈의 일부분은 머릿속에서 소용돌이치고 있는 논쟁을 의식하고 있었다. 하루하루를 거의 기억하지 못하는 악랄한 줄다리기. 신경과 전문의는 그에게 증상이 점점 더 악화될 거라고 경고했다. 예전에 맑았던 정신의 그림자들이 송곳니와 뿔을 자라게 할 것이다. 적들을 볼 수 있도록.

아니. 윈은 스스로를 상기시켰다. 그곳에 적들이 있었다. 그가 싸워야 할 적들. 만일 진실을 말한다고 해도 그들이 그를 믿지 않을 수도 있다. 더 나쁜 것은 그들이 그 진실을 파괴해버릴지도 모른다는 것이다. 수없이 많은 의사들이 그에게 건강 악화에 대해, 신경 질환이 불러온 편집증, 불안, 음모론에 대해 시사했다.

지금 상대하는 자들이 자신의 '킹스 갬빗'을 받아들이는지 지켜보며 기다리는 것이 더 나은 방법일 것이다. 킹스 갬빗은 체스에서 게임을 유리하게 끌고 가기 위해 시작부터 희생양을 내보내는 수이다. 백악관은 자신들이 매우 영리하다고 생각한다. 윈의 몸이 주인에게 저지른 배신을 이용하고 있다. 첩자를 보내 움직임을 지켜보고, 그가 무엇을 알아냈는지 살피면서. 대통령 특권 대 위대한 법학자 하워드 윈? **흥!**

아드레날린이 가득 솟구친 채로, 윈은 책들을 책장에 다시 꽂아 놓은 뒤 서재 문을 열고 의자로 돌아왔다. 그의 결심은 변함이 없었다. **다시.** 윈은 법이 요구하는 미로 같은 게임을 할 것이고, 이길 것이다. 그들은 그를 막을 수 없을 것이다.

불현듯 불안이 심해지고, 갑자기 생각들이 흐릿해지면서 면도칼이 베어낸 것처럼 이성이 날아갔다. 윈은 자세를 똑바로 한 뒤 텅 빈 방 안에서 소리를 질렀다.

"날 죽이고 싶은 거잖아. 아닌가? 내 입을 막고 싶은 거지?" 그는 분노로 떨리는 주먹을 허공에 대고 휘둘렀다. "네가 한 짓을 알아. 우리에게 어떻게 거짓말을 했는지도! 이제 곧 내가 밝혀주지. 네 경비견들조차 널 구할 순 없을 거야!"

"윈 대법관님? 누구랑 대화하시는 거예요?" 간병인이 그의 고함을 듣고 얼굴을 찌푸린 채 서재 문 앞에 나타났다. "통화 중이세요?"

흐릿해진 정신이 돌아온 윈이 으르렁거렸다. "자연과 대화하는 중이야. 이 집에서 마주칠 수 있는 가장 똑똑한 존재지."

간병인 제이미 루이스는 이해하지 못한 듯 서재 안으로 들어왔다.

그녀는 억지로 미소를 지으며 말했다. "이제 그만 약 먹고 잠자리에 드실 시간이에요. 좀 쉬셔야 해요. 아주 긴 하루였잖아요. 대법관님이 내일 출근하실 때 너무 힘드실까 봐 걱정이에요. 이번 주도 바쁘실 텐데 말이에요."

대법관은 커다란 의자의 팔걸이를 퍽 소리가 나게 내리치며 말했다. "루이스 간병인, 날 어린애 취급하지 마. 기저귀 차고 있는 강아지처럼 침대로 가라고 구슬릴 필요 없어. 난 미국 대법원 판사석에 앉아 있으니."

"그럼요."

제이미가 천천히 다가갔다. 크레이프 고무창을 댄 신발은 마룻바닥 위에서 아무 소리도 나지 않았다. 두 사람 사이의 거리가 좁혀지자, 그녀가 입고 있던 연한 노란색 치마가 스치는 소리만 들렸다.

제이미는 상대방이 짜증을 낼 수 있다는 것을 알면서도 감미로운 미소를 지으며 다정한 목소리로 말했다. "윈 대법관님은 좋은 법조인이세요. 토머스 덕에 법조인들을 정말 많이 만나봤거든요. 아무래도 영업사원이 아니라 의사랑 결혼했어야 했나 봐요."

"의사? 나쁜 놈들!" 이번에도 윈이 의자의 팔걸이를 내리치는 소리가 울려 퍼졌다. "빌어먹을 돌팔이 녀석들…… 그자들은 정직한 하루의 노동을 거부하고 있어. 골프나 치러 다니고 가망 없는 질병이나 찾아내면서."

"대법관님, 의사들은 중요해요. 장담컨대 법조인들만큼 중요하다고요. 의사들 덕분에 대법관님도 지금 상태를 유지하시는 거잖아요. 안 그래요?"

"비교할 게 따로 있지!" 원이 소리쳤다. "법학은 서구의 창조물 중 마지막으로 남은 순수 전문 분야의 하나야. 현대의학에 종사하는 인간들은 거머리나 마녀의 가마솥보다 조금 나은 정도라고. 8년을 공부한 뒤에야 가까스로 자기들의 의술을 실전에 써먹을 수 있을 정도니!"

"법조인들도 법을 배우고 연습하잖아요?"

"우린 실수해도 아무도 안 죽어." 그는 떨리는 손으로 옆에 놔두었던 《파우스트》의 퀴퀴한 냄새가 나는 책장을 반항적으로 넘기며 말했다. "의사들이란 건강에 관한 거짓말을 늘어놓으면서 이 세상을 배회하는 괴짜나 죄인에 불과하지. 자기들 실험을 위해 시신들을 모으면서 말이야."

구릿빛 피부와는 대조적으로 희고 숱이 많은 눈썹이 분노로 들썩였다.

"신입 법조인 무리가 법원 안을 배회하는 것과 다를 바 없지. 스스로의 생각이 부패로 파괴된 세대. 그들 중에는 예리한 인물이 없어. 컴퓨터에 빠져 있는 악한들은 조사를 하느니 그냥 답을 알려달라고 하지. 내 커피를 가져다줄 만큼 똑똑한 인간을 찾기가 힘들다니까."

"그래도 브루어 씨와 킨 씨는 마음에 들어 하시는 줄 알았는데요." 제이미가 원의 팔꿈치 앞에 서서 상기시켰다. 그의 불평이 기침에 묻혀버리자, 이내 중얼거리기 시작했다. 다음을 재촉하기 위해 제이미가 원의 팔꿈치를 찔렀다. "바로 어제 말씀하셨잖아요. 킨 씨는 지켜볼 만한 가치가 있는 똑똑한 젊은이라고."

"내가 언제 그런 말을 했다는 건가!" 원은 몸을 움직여 자세를 잡은 뒤 침을 뱉었다. "내가 하지도 않은 말들을 했다고 하지 마. 특히 상대적인 지적 가치에 관한 논의는커녕 단순한 잡담조차 나눌 준비가 되어 있지 않은 사람들에 대해선 말이야, 루이스 간병인."

원은 제이미의 직함을 비웃고는 그녀의 팔을 붙잡았다. 그는 정말로 자기가 데리고 있는 서기를 칭찬했을지도 모른다는 사실에 극심한 두려움을 느꼈다. 최근 들어 그는 자신이 했던 말들을 시시각각, 혹은 오후부터 밤까지 기억하지 못했다.

원이 흘깃 쳐다보니, 간병인이 그를 내려다보고 있었다. 치매나 죽음의 징후를 살피고 있는 것이었다.

그가 문장을 끝까지 이야기했는가? 얼마나 오래 침묵하고 있었는가?

"날 쳐다보지 마!" 원은 제이미의 건장한 팔을 꽉 붙잡으며 내뱉었다.

제이미는 그를 걱정하는 눈빛을 들키기 전에 시선을 돌렸다. 최근 대법관의 정신이 깜박거리는 횟수가 점점 더 빈번해졌다. 언젠가는 저 깜박거림이 그대로 고정될 것이다. 제이미는 이전에 그런 사례를 본 적이 있었다. 이 질병의 이름은 부르신 증후군으로, 공포에 질린 대법관의 눈에서 그 병의 징후를 읽을 수 있었다.

제이미는 조심스럽게 그를 살피며 물었다. "지금 우리가 무슨 얘기를 하고 있었죠?"

"그건 왜 묻는 거지? 날 염탐하라고 보낸 대통령이나 다른 얼간이한테 보고하려고?" 원이 비아냥거리며 코웃음을 쳤다. "내가 졸업식에서 너무 지나쳤나? 그자들이 나를 죽이라고 하던가?"

간병인의 얼굴이 하얗게 질렸다. "대법관님?"

"당신이 날 염탐하고 있다는 것 정도는 알고 있어. 편집증도 있고, 죽을병에 걸렸을지는 몰라도, 난 멍청이가 아니니까." 그가 퉁명스럽게 말했다.

"제가 대법관님을 죽일 거라고 생각하시는 거예요?"

"그렇게 직접적이고 대담한 짓은 하지 않겠지. 그저 관찰한 내용을 써서 전달했을 거야. 의료 특권을 위반하고, 저들이 날 상대로 소송을 제기할 명분을 준 거지."

"대법관님……."

"아마 그쪽에선 내가 언제 죽을 것인지에 대해 정기적으로 알려달라고 했을 거야. 어쩌면 밤에 내가 보는 서류들을 훔쳐보고, 내가 무엇을 하는지 알리기 위해 사진을 찍었을지도 모르지. 내 모습을 녹화하고 싶겠지만, CCTV를 집 안에 설치할 순 없었을 거야. 백악관에 있는 침입자는 내가 자기 꿈을 망가뜨릴까 봐 두려워하고 있지. 그래서 날 감시하라고 당신을 보낸 거야. 오늘 내가 그런 연설까지 했으니 그자는 내 이름을 저주하고 있을 테지."

제이미가 눈을 크게 떴다. "전 그런 건 모르……."

"거짓말하지 마!" 윈이 소리쳤다. "제발 이 집에 남아 있는 정직함의 마지막 본보기가 되어줘."

그가 쿨럭거리며 요란하게 기침을 하더니, 고개를 숙이고 숨을 가다듬었다.

"어쩌다 그들 편에 서게 된 거야? 뇌물을 주던가? 아니면 협박이라도 당했어? 당신 남편을 이용하던가?"

벌겋게 달아올랐던 얼굴이 창백해지면서, 제이미는 고개를 살짝 숙였다.

"토머스가 또 문제를 일으켰어요. 그이를 사기죄로 체포할 수 있다고 했어요. 그런데 토머스는 그런 적이 없다고 맹세했고요. 저로선 선택의 여지가 없었어요." 제이미가 속삭이듯 말했다.

"당신은 선택했어. 죽을 사람보다는 산 사람을 선택한 거지."

"그 사람들은 대법관님이 대법원 일을 하실 수 있는지 알고 싶다고 했어요. 여전히 업무 능력이 남아 있는지 말이에요. 졸업식에서처럼 그렇게 성질을 부리는 건 도움이 안 돼요."

"성질을 부린 게 아니야. 어리석은 여자 같으니! 전략이지. 전부 전략이야. 킹스 갬빗의 첫수! 매번 숨 한 번 쉬는 것조차 체스의 엔드게임을 향한 전진이라고." 그가 눈을 크게 뜨면서 주먹을 휘둘렀다. "그자들에게 내 조사에 대해서도 말했나? 어떻게 된 일인지 내가 알고 있다고?"

제이미가 무슨 뜻인지 모르겠다는 듯 얼굴을 찡그렸다. "조사요? 법원에 관한 건가요?"

"당연히 법원에 관한 거지! 그게 아니면 그자들이 왜 당신을 이용했겠어? 난 국가 안보에 위협적인 존재지만, 저들로서는 자신들이 한 짓을 인정하지 않고는 그 사실을 입증할 수가 없지. 그래서 백악관 침입자는 매처럼 나를 지켜보기 위해 전서구를 보낸 거야. 난 그자들의 비밀을 알고 있어!"

"대법관님, 말도 안 되는 말씀 그만하시고 자리에 좀 앉으세요."

"안 앉아. 조용히 입 다물고 있지 않을 거야!" 그의 고함은 히스테리를 부리기 일보 직전이었다. 윈은 사이가 멀어진 아들을 떠올렸다. "그자들의 거짓말로 내 아들을 죽일 순 없어!"

"재러드를 죽이려는 사람은 아무도 없어요." 제이미가 대법관의 뻣뻣해진 등을 쓰다듬으며 달랬다. "제발 진정하세요."

"죄수의 딜레마*야." 윈이 떨리는 목소리로 속삭였다. "그들의 패배에 내 아들의 목숨을 걸었지. 하지만 난 그들을 이겼어. 라스

---

* 격리된 공범 두 명이 상대를 배신하고 홀로 감형을 받을 것인지, 상대를 믿고 아무 말도 하지 않을 것인지의 상황.

커 바우어,* 그자들은 결코 의심하지 못할 거야."

"라스크 바우어요? 그 사람은 누군데요?"

"'그 사람'이 누구냐니, 바보 같으니라고. 시합 중에 비숍 둘이 그를 구하고 죽을 거야. 엔드게임에서 승리하기 위해서."

"비숍은 또 누군데요?" 제이미가 알아듣지 못할 말에 얼굴을 찡그리며 그의 어깨를 붙잡았다. "원 대법관님, 제가 누구죠?"

"날 내버려둬!"

제이미가 몸을 바짝 내밀며 물었다. "제가 누구예요?"

시야에 제이미가 들어오자, 대법관의 정신이 맑아졌다.

그가 으르렁거리듯 말했다. "내가 믿을 수 없는 사람이지. 난 더이상 아무도 믿지 않아."

"전 대법관님을 도우려고 온 거예요."

"거짓말. 당신은 그들에게 내가 미쳤다고, 병약하다고 말하고 있잖아. 난 아직 튼튼해. 그자보다 강하단 말이야."

여전히 불안감이 원의 복부를 조이고 있었다. 공교롭게도 그가 자신의 계획을 잊고 있을 때 그 전화가 왔다면, 그는 저들의 요구를 받아들였을지도 모른다. 그랬다면 이제껏 조심스럽게 계획했던 모든 것을 망쳐버렸을 것이다.

아직은 아니야. 아직은. 원은 한때 기민했던 정신을 애써 집중해, 루이스 간병인과 나눈 대화에서 실마리를 찾았다. "그만 쳐다봐."

"우리가 무슨 얘기를 하고 있었죠?"

"당신이 나를 배신했다는 것을 인정하기 전에 내 법원 서기들의

---

* 체스 세계 챔피언이었던 독일의 에마누엘 라스커와 오스트리아 체스 선수였던 요한 헤르만 바우어가 1889년에 진행한 대국으로, 두 개의 비숍을 모두 희생하는 과감한 전략으로 라스커가 승리했다.

지적 능력에 대해 논의하고 있었고, 내가 당신으로선 이해할 수 없는 계획에 대해 언급했지. 그리고 분명하게 말하자면 킨은 다른 사람들보다 뛰어나지도 않고 못하지도 않아. 유일한 차이점이라면, 킨이 어렴풋이 빛나는 잠재력을 숨기고 있다는 점이지. 제대로 가르쳐줄 선생이 없었다는 걸 생각하면 정말 똑똑한 거야."

제이미가 통통하고 굳센 손가락으로 대법관의 팔뚝을 꽉 붙잡았다. 그리고 그를 열린 문으로 이끌었다.

"킨 씨는 예일 출신이잖아요? 좋은 학교 아니에요?"

"이 종말의 시대엔 거기 역시 하버드나 스탠퍼드, 다른 기타 교육의 보루들과 마찬가지로 시궁창이야. 법학 교육을 가장한 엉성하기 짝이 없는 사고의 바다랄까." 원은 비틀거리다가 복도 벽에 기대며 말을 이었다. "법조인들이 헌법을 엄격하게 해석하고 싶어 하는 건 당연한 거야. 애초에 약해빠진 정신 상태를 가진 자들을 위해 쓰인 것이기도 하고."

제이미는 계단에서 대법관을 왼쪽으로 밀었다. 원은 광대하게 펼쳐진 선명한 푸른색의 빙하를 찍은 사진 액자 아래에서 멈춰 섰다. 그러곤 이전 대화를 떠올리면서 고개를 저었다.

"법을 안다는 건 학력과 상관이 없어. 정신이 중요하지. 마음이 중요하기도 하고. 법의 의도만큼이나 그 이면에 담긴 뜻을 이해해야 해. 진실을 찾는 법을 알아가야 한다는 거야." 원은 제이미가 자신을 받쳐줄 거라고 믿으며, 그녀의 튼튼한 몸에 의지해 숨을 깊이 들이마셨다. 그러곤 제이미와 시선을 맞춘 후 뚫어지게 쳐다보며 물었다. "에이버리 킨이 마음에 드나?"

제이미가 머뭇거리면서 고개를 끄덕였다. "인상적인 분이긴 해요. 말도 잘하고."

"그게 다인가?"

제이미는 어깨를 으쓱하며 반박했다. "글쎄요. 굳이 물어보신다면 킨 씨는 태도에 문제가 있어요. 좀 거칠죠. 브루어 씨처럼 매력적이지도 않고요. 브루어 씨는 성공할 거예요. 그건 확실해요."

"브루어는 얄팍해." 윈은 코웃음을 쳤다. "하지만 킨은 영리한 젊은이지. 아주 영리해. 스스로를 증명하는 데 정신이 팔려 있긴 하지만, 가끔은 제대로 쓸 줄 아는 머리를 갖고 있어. 만일 사고를 좀 더 정밀하게 할 수 있다면 훨씬 뛰어나게 될 거야."

"'좀 더 정밀하게'라고 하셨어요?"

"정밀하게, 간병인. 아직까지는 제대로 알아듣는 모양이군." 윈은 애써 몸을 똑바로 한 뒤 빈 손을 잡아당겼다. "난 환자가 아니야. 혼자 잠자리에 들 수 있어. 그자들이 내게 먹이고 싶어 하는 독약이나 가져와."

"알았어요." 제이미는 침실 문을 몸으로 받친 채, 윈이 비틀거리며 문을 통과하길 기다렸다. "잠옷으로 갈아입고 계시면 금방 약을 가져다드릴게요."

"잘난 척하지 마. 난 죽어가고 있는 거지, 노망난 게 아니니까. 도와주겠다는 말이 입 밖으로 나오려고 한다는 거 알아."

"침대 위에 검은색 잠옷 놔뒀어요. 더 필요한 건 없으세요?"

"당신을 대신할 사람?" 윈은 물러서는 제이미를 노려보았다. "독약 가져올 때 위스키도 가져다줘."

***

11시가 되기 전, 간병인은 대법관의 방에 몰래 들어갔다. 그리고 윈이 멍하니 눈을 뜬 채로 누워 있는 것을 발견했다. 질병으로 수축된 정맥을 통해 느껴지는 맥박이 불안정했다. 제이미는 그의 옆에 무릎을 꿇다가 움찔했다. 그래서 무릎을 살짝 옆으로 옮긴 뒤, 한 손으로 램프를 든 채 다른 한 손으로 바닥을 더듬거렸다. 제이미의 손가락이 카펫 위에 떨어져 있던 약병 뚜껑에 닿았다. 그 위로 램프 불빛을 비추자 자신이 직접 놓아두었던 검은색 줄무늬 잠옷이 보였다. 순간 숨이 턱 막혔다. 제이미는 침대 아래에 손을 뻗어 병을 찾았다. 분명 그 병이 거기 있을 터였다. 손에 플라스틱병이 닿았다. 약병의 라벨을 본 순간, 가장 두려워했던 일이 실제로 일어났다는 것을 알 수 있었다.

대법관은 가끔씩 팔다리에 경련이 일어나는 발작 때문에 약을 처방받아 먹고 있었다. 그 약만으로도 위험하지만, 다른 약물이나 술과 함께 복용했을 경우에는 치명적일 수 있었다. 제이미는 침대 밑을 더듬어 떨어져 있는 알약들을 모았다. 하지만 차트를 확인해 보기 전까지는 얼마나 없어졌는지 알 수가 없었다. 하지만 윈 대법관이 자살을 시도한 것만큼은 명확했다.

제이미는 죄책감에 목이 졸리는 것 같았지만, 애써 고개를 들어 불같은 성질에도 좋아하고 존경했던 남자를 쳐다보았다. 미국 정부가 남편인 토머스에게 충분한 자금과 함께 자유를 주겠다고 한 약속은 그녀의 배신에 충분한 정당성을 부여하는 것처럼 느껴졌다. 바로 병으로 인해 안보에 위험이 되고 있는, 권력이 있지만 병든 노인의 간병인이 되는 일이었다. 대법관이 쓰는 글들을 몰래 살피고, 매주 동태를 보고하며, 지시받은 대로 행동했다. 하지만 그건 제이미가 하워드 윈을 알기 이전의 일이었다.

지금 그녀는 선불 휴대전화를 손에 꼭 쥐고 있었다. 윈 대법관의 죽음이 임박했다는 것이 확인될 경우, 제이미는 알려준 번호로 연락하기로 되어 있었다. 그가 절대로 깨어나지 못할 거라는 확신이 들었을 때 해야 하는 전화였다. 제이미는 대법관이 의심했던 대로 배신을 하고 싶지 않아 망설였지만, 이젠 다 끝났다고 마음을 다잡았다. 자신이 했던 약속을 깨버리기에는 너무 늦었다. 일단 제이미는 보다 확실하게 하기 위해 확인을 하기로 했다.

원의 가슴에 청진기를 대자 힘겨운 숨소리가 들렸다. 힘이 빠진 노인의 팔에 혈압계를 두르고 재자 저혈압으로 나왔다. 이어서 펜라이트로 동체를 살피자 불빛에 최소한의 반응을 보였다. 죽음이 임박했음을 확인하는 검사들을 순차적으로 실행한 것이었다.

바로 그때 속삭이는 소리가 들려 제이미는 깜짝 놀랐다.

"그녀가 해내야만 해. 그 아이를 위해서."

깜짝 놀란 제이미가 카펫 위에 진단 도구들을 떨어뜨렸다. "원 대법관님?"

갑작스레 힘없는 손이 제이미의 옷소매를 붙잡았다.

"난 아직 죽지 않았어. 당신이 시도를 하긴 했지만 말이야."

"전 그런 적이……." 제이미는 자신의 팔을 붙잡고 있는 차갑고 떨리는 손을 잡았다. "대법관님이 약을……."

"변명 들을 시간 없어." 원이 온몸이 흔들릴 정도로 심하게 기침을 했다. "에이버리가 우리를 구해야 해. 맹세해!"

"구급차를 부를게요." 제이미가 더듬거리며 속삭였다. "정말 죄송해요!"

"사과하기엔 늦었어." 원이 쌕쌕거리면서 눈을 깜박였다. "약속해. 그녀에게 내 말을 전해주겠다고. 만일의 경우를 대비해서 말이야. 맹세해."

제이미는 너무 놀라 거절하지 못하고 대답했다. "맹세할게요."

"그녀에게 전해…… 해답을 구하려면 동쪽^{East}에서 찾아보라고. 강^{river}을 봐야 해. 그 사이$^{in\ between}$에 있는. 광장$^{the\ square}$으로 가야 해. 라스커. 바우어. **날 용서해**$^{forgive\ me}$."

"대법관님? 무슨 말씀인지 모르겠어요." 제이미가 당황해서 몸을 숙였다. "바우어 씨가 누군데요?"

"에이버리에게 전해. 동쪽. 강." 윈이 헐떡거리며 숨을 몰아쉬었다. "그 사이. 광장. **날 용서해**."

제이미는 자신이 들은 말을 확인하기 위해 윈의 어깨를 붙잡고 흔들었다. 하지만 그의 홍채는 아무 반응 없이 흐릿한 불빛을 멍하니 쳐다보고 있었다. 제이미는 그의 손을 침대에 내려놓았다.

"아니에요. 아니라고요." 제이미가 큰 소리로 중얼거렸다. "그 사람들이 저한테 대법관님을 죽이라고 한 건 아니에요."

제이미는 침대 옆에 놓인 전화를 들고 이런 상황에 대비해 미리 지정되어 있던 번호를 눌렀다.

"보안관실입니다. 어떤 위급한 상황입니까?"

"윈 대법관님이 의식을 잃으셨어요. 응급 치료가 필요해요."

"신고하신 분의 성함을 말씀해주십시오."

"간병인인 제이미 루이스예요." 그녀가 다급히 대답했다. "당장 구급차를 보내주세요. 대법관님이 죽어가고 있어요."

"전화 끊지 마세요."

구급차가 오고 있다는 것이 확실해지자, 제이미는 선불 휴대전화를 들고 한 번도 만난 적이 없는 남자에게 전화를 걸었다. 몇 초기다리지 않아 바로 연결되었다.

"끝난 겁니까?"

"약물 과다 복용인 것 같아요."

"의도적으로?"

"그런 것 같아요." 제이미는 머뭇거렸다. "맥박이 약해요. 정신이 왔다 갔다 하고요. 이제 곧 죽을 것 같아요."

"아무것도 하지 말아요. 내가 20분 안에 갈 테니까."

제이미가 눈을 꼭 감았다. "그렇겐 못해요."

"뭘 못한다는 겁니까?"

"아무것도 안 할 순 없다고요. 그건 옳지 않아요."

그러자 한참 동안 침묵이 이어졌다. "그 집을 나와요, 루이스 간병인. 지금 당장."

"그럴 수 없어요. 구급차가 오는 중이에요." 제이미가 고백했다. "선택의 여지가 없었어요."

"이건 국가 안보 문제입니다. 나를 제외한 그 누구에게도 연락하지 말라고 했을 텐데. 그자의 생명을 연장하기 위한 어떤 영웅적인 조치도 취해선 안 된다고 하지 않았습니까. 알아듣지 못했던 겁니까?"

"아뇨. 잘 알고 있었어요. 하지만 전 대법관님을 도울 수밖에 없었어요. 이분에겐 의사가 필요해요."

전직 군 간호사는 결국 자신이 쓸모가 없었다는 것을 인정했다. "알겠습니다."

남자의 대답을 듣자 어쩔 줄 몰라 하며 제이미가 다시 물었다. "이제 어떻게 해야 하죠?"

"그자를 데리고 병원에 가요. 그러고 나면 당신이 할 일은 끝난 겁니다. 이 일의 보수는 내일 받게 될 거예요."

그러곤 전화가 끊겼다. 제이미는 휴대전화를 내려다보았다. 이제

자유인 건가? 안도감이 밀려오자 다리에서 힘이 빠졌다. 제이미는 불과 1분 전에 자신을 붙잡았던 힘없이 늘어진 노인의 손 옆에 주저앉았다.

죽어가는 남자가 그녀에게 부탁을 했다. 마지막 부탁. 제이미는 대법관을 쳐다보았다. 조국을 위해 봉사한 사람이었다. 그런 그가 마지막 순간 정신을 차리고 부탁한 건 말을 전해달라는 것이었다.

우리를 구해야 해.

제이미는 다시 휴대전화의 번호를 눌렀다. **일단 시작한 일은**…….

이 번호는 이 집에서 몇 달을 지낸 덕에 알게 된 것이다. 신호가 울리자 짧은 인사말이 흘러나오고 발신음이 떨어졌다. 제이미는 죽어가는 남자가 남긴 말을 그대로 전했다. 그녀는 윈 대법관을 쳐다보며 재빨리 말한 뒤 전화를 마무리했다.

"에이버리, 윈 대법관님이 마지막으로 남기신 말씀은 **날 용서해** 였어요."

1

지저분한 창문 밖에서 날카로운 사이렌 소리가 울려 퍼졌다. 고음의 삑삑거리는 소리에 잠이 깬 에이버리 킨은 옆으로 돌아누우며 폭신한 베개를 끌어당겨 머리를 덮었다. 그녀는 무해한 보이밴드의 보컬이 캘빈 클라인 속옷만 입은 채로 부르는 세레나데를 들으면서 다뉴브강을 유람하고 있었다. 그런 와중에 바깥 소음이 끈질기게 울리는 전화벨 소리로 바뀌면서 더 시끄럽게 울리기 시작했다. 에이버리는 손을 뻗어 더듬더듬 휴대전화를 찾았다. 여전히 초록색 눈을 꼭 감은 채로, 그녀는 휴대전화를 잡았다.

"여보세요?"

"에이버리, 우리 딸." 귀에 거슬리는 기침 소리. 음침한 웃음소리. "엄마야."

사이렌 소리가 멀어지면서 더욱 불쾌한 현실만 남았다. 에이버리는 힘겹게 몸을 일으킨 뒤, 벽에 기대며 베개로 등을 받쳤다. 아직까진 침대 머리판을 살 여력이 되지 않았다. **1년 뒤에.**

피곤에 지친 눈을 억지로 뜬 에이버리는 빗물로 얼룩진 창문 너머로 깜박이는 네온사인을 쳐다보았다. "엄마, 어디예요?"

또 다른 웃음소리가 들렸다. "애덤스 모나탈란."

"애덤스 모건이요?"

에이버리는 한쪽 손을 들어 매끈한 캐러멜색 이마를 무겁게 덮고 있는 검은 머리를 넘겼다. 구불거리는 숱 많은 머리카락이 보기 좋게 벌어진 맨 어깨 위로 흘러내렸다. 순식간에 잠이 깼다. 에이버리는 침대 옆에 있는 시계를 확인했다. 일요일 3시, 아니, 월요일 새벽 3시였다. 생각해보았다. 이런 시간에, 애덤스 모건 외곽에 있는 엄마한테 무슨 일이 생겼다면 좋은 일은 아닐 것이다. 부자들이 자기들 집으로 돌아가고 난 뒤에, 클럽에서는 좀 더 뜨거운 행위를 추구하는 파티 참가자들이 쏟아져 나왔다.

"엄마, 지금 애덤스 모건에 있는 거죠?"

리타 킨이 헛기침을 했다. "물론이지. 그렇다고 했잖아. 애덤스 모라한이라고."

화가 솟구치는 것을 느끼면서, 에이버리는 재빨리 엄한 목소리로 물었다. "지금 감옥에 계신 거예요?"

"네가 여기 와서 내 애인한테 돈을 좀 주면 안 될까?"

애인? 에이버리는 이마를 찡그리며 생각에 잠겼다. 만일 엄마가 지금 감옥에 있다고 해도 공소장은 아침이 되어야 나올 것이다. 일요일 밤 불시 단속으로 체포된 사람들은 월요일 아침 판사들의 호출이 있을 때까지 기다려야 한다.

하지만 에이버리는 만일의 경우에 대비해 엄마에게 물었다. "보석으로 풀어준대요? 벌써?"

갑작스러운 고함에 리타는 목소리를 높여야만 했다. "보석이 아니야. 감옥에 있는 것도 아니고. 친구 집에 있어. 좋은 친구야. 그냥 내가 돈이 좀 필요해서 그래. 여기 와줄 수 있니?"

"저번에 말씀드렸죠. 더는 안 돼요." **제발, 이제 그만.**

잠시 정적이 흘렀다.

"낭비하지 않을게. 약속해. 그냥 약속을 지켜야 해서 그런 거야." 리타가 에이버리를 구슬렸다. "엄마를 위해 100달러는 줄 수 있잖니. 엄마가 바라는 건 그게 다야. 그 돈이 없으면 저이가 화를 낼지도 몰라."

"못 줘요."

"안 준다는 거겠지." 리타의 태도가 돌변하더니 욕설을 내뱉었다. "건방진 년. 곤경에 처한 엄마를 도와주지도 못할 만큼 돈이 아까운 모양이구나."

에이버리로선 처음 듣는 말도 아니었다. 그녀는 조용히 알코올 의존자 구제회의 좌우명을 되뇌었다. 하지만 엄마가 술 취한 선원처럼 마약상집에서 자신에게 저주를 퍼붓는 소리를 듣다 보면 마음의 평안은 저 멀리 날아가버리곤 했다.

고함이 잠시 멈추자, 에이버리가 조용히 말했다. "주소를 불러주세요. 제가 데리러 갈게요." 젠장. 어차피 네 시간만 자려고 했다. 어쩌면 골칫거리 엄마와 함께 한 주를 시작하는 게 나을지도 모른다. "엄마, 거기 어디예요?"

"말해줄 수 없어."

"왜요?"

"빌어먹을 재활원에는 가지 않을 거야. 난 100달러만 있으면 돼. 그게 다야. 네가 마음만 고쳐먹으면 엄마를 도와줄 수 있어. 이번 한 번만."

뒤쪽에서 어떤 남자가 딸이 예쁘냐고 묻는 소리가 들렸다.

"못생기진 않았어." 리타가 다 들리게 대답했다. "하지만 자기는 복사본이 아니라 원본을 원하잖아, 특히 내가 자기랑 할 때……."

나머지 말은 간드러진 웃음소리로 끝났다.

에이버리의 혈관을 타고 올라온 열이 뺨을 달아오르게 만들었다. 그녀는 전화를 끊고 싶었지만, 흔들리는 웃음소리를 들어보니 엄마의 상태가 점점 더 나빠지고 있음을 알 수 있었다. 오랜 훈련 덕에 그녀가 매번 터뜨리지 않겠다고 다짐했던 감정을 억누를 수 있었다. 순간, 에이버리는 아빠가 살아 있었다면 삶이 어떻게 달라졌을지 궁금해졌다. 눈가에 깊은 주름이 진 갈색 눈과 각진 턱선까지 팽팽하게 뻗었던 히코리 나무 같던 피부. 언제나 준비되어 있던 인내심과 편안한 미소……. 에이버리는 그런 특징들을 하나도 물려받지 못했다. 아빠가 살아 있었다면 엄마는 어떻게 됐을까?

쓸데없는 생각을 멈추고, 에이버리는 침대 아래로 다리를 내렸다. 아빠는 죽었다. 엄마는 약에 중독되었다. 그리고 에이버리는 억척스럽게 현실을 살아가고 있었다. 어둠 속에서 주변에 있던 테니스 신발과 야구 모자를 찾아냈다. 다행히 운동복 반바지와 민소매 셔츠를 입고 잠을 잤다. 다가오는 여름의 더위를 피해보려는 헛된 시도였다.

"엄마, 지금 어디 있는지 말해요."

"싫어, 망할 년……." 하지만 독을 부은 다음에 바로 설탕을 붓는 것처럼 태세 전환이 빨랐다. "내 딸, 그런 뜻이 아니었어. 사랑해. 내 오직 하나뿐인…… 난 네가 너무 자랑스러워. 똑똑한 변호사 딸. 우리 딸 대법원에서 일해."

"엄마." 에이버리가 리타의 말을 끊었다.

그녀의 눈은 사막처럼 메말라 있었다. 에이버리는 균형 잡기에 익숙했기에 엄마가 끌고 오는 악마들을 자신이 살고 있는 세상과 분리시킬 수 있었다. 보석과 재활, 혹은 초안 작성과 판례 찾기. 인내심을 가지려고 애쓰면서 에이버리는 협탁에 놓인 물병을 들고 물을 마셨다. 남아 있던 잠기운이 순식간에 날아갔다.

"엄마, 내 말 듣고 있어요?"

"그럼 듣고 있지." 전화상으로 작은 흐느낌이 들려왔다. "어차피 너 말고 아무도 없는데."

"재활원으로 들어가실 수도 있잖아요. 원하면 재활원에 연락할 게요."

또다시. 에이버리는 지난 2월에 마지막 저금을 재활원 비용으로 지불했다. 리타는 12주를 버텼고, 최고 기록이었다. 하지만 그 비용을 지불하느라 계좌는 텅텅 비었고, 카드도 사용 한도를 넘어섰다. 어쩔 수 없이 평소 하던 대로 소비를 최소한으로 줄였다. 하지만 대형 법률회사에서 직업을 얻기 전까지는 아주 검소하게 살아야 할 것이다. 만일 리타가 재활원에 다시 들어갈 것을 가정한다면 더욱더. 그리고 에이버리의 상관은 계약 기간이 끝나기 전에 서기가 구직 면접을 다니는 걸 금지하고 있었다. 사실 그녀는 자신의 취업에 관한 환상만 가지고 있었다.

"다시 들어가고 싶어요?"

"그 거지소굴 같은 곳에? 죽어도 안 가." 리타의 웃음소리가 점점 더 불안정해졌다. "재활 같은 건 필요 없어. 빌어먹을 적선도 원하지 않고."

돈을 주는 건 거절했지만, 에이버리는 어떻게 해야 할지를 잘 알고 있었다. 이 단계에서는 달래는 것이 가장 효과적이었다. 신발을

신은 뒤 운동화 끈을 꽉 묶었다. 오늘 밤의 외유로 위험에서 벗어날 수 있게 될지는 알 수 없다. 항상 대비하는 것이 최선이다.

"어디 있는지 말해요, 엄마."

"여기까지 쫓아와서 잔소리하려고? 됐어."

"어서 알려줘요."

에이버리는 협탁 서랍에서 작은 칼을 꺼냈다. 워싱턴에서 이런 칼을 소지하는 것은 불법이지만, 오랜 버릇은 사라지지 않는 법이다. 에이버리는 총기류를 좋아하지 않았지만 무기 없이 엄마가 즐겨 찾는 장소에 갈 순 없었다. 이 칼은 엄마가 저당 잡히지 않은 몇 개 안 되는 아빠의 유품이었다. 손잡이는 자개로 되어 있고, 자루에는 머리글자가 새겨져 있었다. 아빠의 우주적 농담으로, 에이버리 올리비아^{Avery Olivia}와 아서 올리버^{Arthur Oliver}의 칼^{Knife}에서 딴 AOK였다.

손바닥 정도 크기의 칼로 마약 중독자를 막을 순 없겠지만, 그래도 그 칼을 쓰게 된다면 속도를 늦출 수는 있을 것이다. 에이버리는 바지 주머니에 칼을 집어넣었다.

"어디 있는지 말하지 않으면 돈을 갖다줄 수 없잖아요."

"정말이니?" 리타는 믿고 싶은 마음에 전화기에 대고 나지막한 소리로 말했다. "그럼 빨리 와. 정말 빨리 와야 해."

에이버리는 거실로 나가 열쇠 뭉치를 집어 들고 현관문을 열어젖혔다. **열쇠, 휴대전화. 지갑!** 지갑을 잊어버렸다. 그녀는 몸을 돌려 닫히려는 문을 발로 걷어찬 뒤 다시 집 안으로 들어갔다. 리타가 위치를 말하기도 전에 전화를 끊지 않길 바라면서 에이버리는 휴대전화를 확인했다. 계단에 나가자마자 신호가 끊어질 것이다.

"주소요, 엄마. 빨리요."

"정말 올 거야?" 약속을 받아내기 위해 거짓말로 달래는 듯한 말투였다. "정말 올 거지? 돈도 갖다주고?"

에이버리는 탁자 위에 놓인 낡은 지갑을 쳐다보면서 26년 전에 마지못해 자신을 낳아준 중독자에게 마지막으로 남은 50달러를 가져다줘야 할 것인지 고심했다. 그만두자. 에이버리는 주머니에 10달러만 넣고, 지갑을 다시 탁자 위로 던졌다.

"물론이죠, 엄마. 지금 어디로 가야 하는지만 말해줘요."

2

흑단 지팡이가 바닥 타일 위에 부딪히면서 통통 울리는 소리가 텅 빈 복도를 따라 울려 퍼졌다. 인디라 스리니바산 박사는 아드바르 바이오제네틱스사™의 외떨어진 공간에 자신의 존재를 알리는 이 으스스한 소리와 반향이 울리는 걸 즐겼다. 이곳은 그녀의 영토였다. 지금은 대낮이었고, 첨단과학 산업체들이 몰려 있는 도시 벵갈루루에 위치한 이 건물 안에는 인디라가 데리고 있는 기술자들, 분석가들, 직원들이 가득 차 있었다. 하지만 이쪽 건물 복도에는 일자리를 준 그녀에게 감사하는 마음이 가득한 보안요원들 이외에 다른 사람은 아무도 없었다. 박사의 사무실로 통하는 이 길고 복잡한 통로는 정말 긴급한 용건이 있는 사람들을 제외한 다른 사람들의 방문 의욕을 의도적으로 꺾었다.

박사는 1층에 있는 자신의 사무실을 향해 넓은 복도를 절뚝거리면서 걸어갔다. 이곳은 이 도시에서 흔히 볼 수 있는 생명공학 단지 중 하나에 우뚝 솟아 있는 현대식 건물로, 서구식 전통에 따라고급 사무실들은 최고층에 위치해 있었다. 하지만 인디라는 극심한 류머티즘 관절염을 앓고 있었기에 엘리베이터가 고장이라도 날 경우 사무실로 올라갈 수가 없었다. 그래서 어쩔 수 없이 벵갈루루라는 대도시를 두꺼운 강화유리와 강철의 벽으로 막고 있는 넓고 햇빛이 잘 드는 1층에 거주하게 되었다. 그녀는 밖을 볼 수 있지만, 아무도 이 안을 들여다볼 순 없었다.

인디라는 비틀거리다가 가까운 벽에 몸을 기댄 뒤 다리 경련이 멈추길 기다렸다. 관절염은 점점 심해져 그녀가 병에 맞서 싸우기 위해 필사적으로 훈련한 몸을 신경 손상으로 쓰러뜨리려 하고 있었다. 입고 있는 푸른색 실크 크레이프가 팔을 타고 흘러내렸다.

서른여덟 살인 인디라의 몸무게는 조금의 변동도 없었다. 의사의 권장 기준보다 더 나가지도, 덜 나가지도 않았다. 그녀는 자신의 등장으로 차세대 기술 발전의 원동력이 된 유전공학에 방해가 될 생각은 없었다. 〈월스트리트 저널〉에서 그녀를 차세대 빌 게이츠로 포장한 특집 기사를 실었을 때 돌았던 가십들, 가령 그녀가 남아시아의 튀김 만두 사모사에 집착한다거나, 폭식증이 있다는 것 등은 전부 다 말도 안 되는 소문이었다.

사무실에 가까워지자 인디라는 그날 아침 얼기설기 끌어올려 묶은 단발머리를 단정하게 매만졌다. 머릿속으로는 주주들의 불안을 달래기 위해 증권거래소에 들어가는 데 필요한 아드바르의 주식 시작 가를 계산했다. 사무실 문이 소리 없이 열리자 길고 컴컴한 입구가 나타났다. 인디라가 얼굴을 잔뜩 찌푸린 채 안으로 들어가자 뒤에서 문이 닫혔다. 아주 오랫동안 그녀의 마음을 차지하고 있는 한 가지 생각을 제외한 다른 생각들은 모두 접었다.

미국 대법원은 인디라의 운명이 위태로운 상태임에도 계속해서 시간만 끌고 있었다. 인디라의 회사는 '젠 워크스'와 합병을 추진 중이었다. 젠 워크스는 노스캐롤라이나주 채플힐에 위치한 소수주주 지배회사로, 현재 유전학이나 상위작용, 생물정보학에 관해 아는 것이 거의 없는 남녀 아홉 명의 변덕에 따라 좌지우지되고 있었다. 대법원의 결정을 기다리는 동안 인디라의 아드바르 주가는 바닥을 치고 있었다. 만일 회사의 주가가 너무 많이 떨어질 경우, 이 사회를 차지하고 있는 광신적인 애국주의자들과 선구자들이 그녀의 목숨을 노릴 것이다.

세기의 합병, 경제 및 생명공학 천재의 기묘하고 절묘한 사업이 힘겨운 재선을 앞두고 앙심을 품은 대통령에 의해 무너졌다. 대통령은 국가 안보를 위해 그 합병을 거부하는 거라고 했지만, 인디라는 그의 행동이 무엇 때문인지 잘 알고 있었다. 복수와 자기 보호.

공포.

인디라도 그와 똑같은 공포에 사로잡혀 있었다. 이전에 크리슈나카무르 회장의 독촉으로 또 다른 대통령에게 호의를 베풀었을 때, 지금과 같은 위험에 처했던 적이 있었다. 경쟁사를 인수하고 그들의 비밀을 차지하게 되면 인디라는 자신의 모든 삶을 되찾게 될 것이다. 인디라는 이 세상과 이 세상의 모든 죄를 짊어지게 될 것이다. 지금 아드바르는 위험에 처했고, 인디라가 자신을 구할 수 있는 방법은 진실을 말하는 것밖에 없었다. 그녀가 지금껏 말해왔던 거짓말만큼이나 지독한 진실이었다.

인디라는 사무실 중앙을 차지한 책상 앞으로 가 떨리는 몸을 숙여 조심스럽게 의자에 앉았다. 경련이 일어나면서 근육이 뭉쳤다. 인디라는 눈을 감고 숨을 깊이 들이마셨다. 해야 할 일이 너무 많았다. 너무 많이 움직이는 바람에 망가진 몸이 항의를 하는 것이다. 이제 며칠만 있으면 승리든 패배든 결과가 나올 것이다. 인디라의 몸도 그때까지는 잘 버텨줄 것이다.

윙 소리와 함께 컴퓨터가 가동되면서 화면이 켜졌다. 그때 전용 회선이 긴박하게 울렸다. 인디라는 지체 없이 전화를 받았다.

"스리니바산입니다."

"좋은 아침이야."

인디라는 이마를 살짝 찌푸렸다가 인상을 풀었다. "나이절, 당신도 알다시피 여긴 오후야. 거긴 아직 새벽이겠네. 무슨 일인데?"

전화선 너머에 있는 젠 워크스 연구소의 설립자이자 소장인 나이절 쿠퍼는 러닝머신 위에서 가볍게 뛰고 있음에도 호흡이 고르고 안정적이었다. 그는 이제 40대라는 새로운 인구통계로 들어가기 직전이었지만, 대학원에서 함께 공부했던 안색이 창백한 영재들처럼 나이 먹는 것을 거부했다. 이른 아침 달리기는 그의 몸을 건강하고 탄력 있게 유지해주었고, 해변에서 놀거나 최근에 사귀는 여배우와 함께 영화 시사회장에 들어갈 때 찍히는 사진에서 완벽하게 보이게 해주었다.

나이절은 모델처럼 완벽한 외모만큼 뛰어난 재정 전문가로도 유명했다. 덕분에 경제방송과 연예 뉴스 양쪽에서 똑같은 인기를 얻었다. 하지만 오늘 아침 그의 전화는 정치 프로그램인 〈폴리틱스 나우〉에 방송될 법한 내용과 관련이 있었다.

"따뜻하게 받아줘서 고마워. 우리가 어째서 그만 만나게 된 건지 정말 모르겠다니까."

"당신이 정절의 개념을 이해하는 데 특별히 무능하다는 것을 입증했으니까." 인디라는 무미건조하게 대구하며 계약서 뭉치를 책상 위로 슬쩍 밀어냈다. "하지만 낭비한 우리의 청춘을 재탕하자는 게 요점은 아니겠지. 전화는 왜 했어? 어차피 몇 시간 뒤에 화상 회담이 예정되어 있는데."

"방금 들은 뉴스가 있거든."

의학, 돈, 권력의 복잡한 통로를 따라 속닥거리며 전해진 뉴스는 그 소식을 감추려고 하는 누군가 때문에 더욱 흥미를 끌었다. 소식통에 따르면, 베세즈다해군병원의 개인 병실을 무장 경비들이 지키고 있고, 환자 한 명이 군용 헬기로 이송되었으며, 죽은 자도 되살릴 수 있다는 최고의 신경학자와 의료팀이 도착했다.

"이제 어디든 방송국에서 확인하는 순간 국제적으로 퍼지게 될 거야. 하지만 난 따로 확실한 정보원이 있지." 나이절이 잠시 말을 멈췄다가 말을 이었다. "입원한 사람은 하워드 윈 대법관이야."

인디라는 배를 움켜쥐고 숨을 몰아쉬었다. "대학 졸업식에서 난동을 부렸다는 기사를 봤어. 하지만 자세한 상황은 듣지 못했는데. 언제 그렇게 된 거야? 대법관한테 무슨 일이 생겼어?"

"어젯밤에 그렇게 됐나 봐. 들리는 말로는 대법관이 혼수상태에 빠졌대. 아주 편리하게도 대법관이 스토크스 대통령이 악마와 결탁해 모든 사람들을 죽이려고 한다는 비난을 퍼부은 직후에 말이야. 어디서 많이 듣던 얘기지?"

"티그리스." 그 계시는 인디라를 스쳐 지나가면서 저주들을 퍼부었다. 비록 그녀는 힌두교의 신들을 믿지 않지만, 그 저주들 중 몇 가지는 통한 것 같다고 느꼈다. "확실한 거야?"

"대법관은 아무 말도 하지 않았지만 난 그 사람이 우리 생각보다 더 많은 걸 알고 있을 거라고 확신해." 나이절의 부드러운 말투도 충격 완화에는 도움이 되지 않았다. "대법원의 부동표가 완전히 미쳐 날뛰다가 혼수상태에 빠진 거야. 그 사람을 비장의 무기로 생각했다면 지금 우린 잠재적으로 완전히 망한 거지."

인디라는 이 역경을 헤쳐 나가기 위해 애써 마음을 다잡았다. "뇌졸중인 거야? 아니면 동맥류?"

"그게 뭐가 중요한데?"

"대법관이 깨어날 것인지, 아닌지, 만일 깨어난다면 언제 깨어날지 알아야 하니까."

"알아볼게."

"그래. 아무래도 이사회가 불안해할 거야."

인디라의 우려에 나이절이 경고했다. "이사회에는 가만히 있으라고 해. 이번 회기가 끝나기까지는 며칠 남았지만, 대법관은 적어도 몇 달간 병원에 있게 될 거야. 대법원은 이번 회기에는 더 이상 판결을 내리지 않을 테지. 만일 가을까지 연기된다면, 우린 스토크스 대통령에 대한 압박을 강화할 시간을 좀 더 얻는 셈이야. 매달 일자리가 부족하다는 보고서가 올라오고 있는 상황에, 우리가 합병을 하게 될 경우 창출될 일자리에 대한 성명서를 발표하는 거지. 11월은 중국식 물고문에서 살아남기 위한 긴 시간이 될 거야."

"이 시점에서 우리 이사회는 당신네 사법 체계를 믿지 않을 거야." 인디라가 쓸쓸하게 반박했다. "티그리스는 사라지지 않아, 나이절. 이사회는 이 난관에서 가능한 한 빨리 자기들 돈을 빼내고 싶어 하니까. 더군다나 당신네 은행들도 걱정이 많잖아."

"맞아. 하지만 난 그들을 진정시킬 거야. 이 거래만 이루어지면 수많은 억만장자들이 나오게 될 테니까. 당신도 할 수 있는 건 다 해야 해. 아직은 이 일을 접을 수 없으니까."

"우리 이사회도 〈블루밍 뉴스〉를 읽어. 아직까지 이번 합병이 이루어질 거라고 믿는 건 당신과 나밖에 없을 거야."

"돈 가진 인간들은 항상 하늘이 무너진다고 생각해."

"어쩌면 이번에는 그 사람들 말이 맞을지도 모르지." 인디라가 눈을 감고 머리를 가죽 의자에 기댔다. "법원이 휴정할 때까지 답을 얻지 못하면 계약을 깨라고 했으니."

"당신이 손을 떼면 우리에겐 더 이상 기회가 없어! 당신네 기술을 이용하지 못한다면 젠 워크스는 망할 테니까. 인디라, 그게 당신 개인한테 어떤 의미인지 모르진 않겠지."

"젠 워크스는 내 병 치료에 아무 도움도 되지 않아."

"아직은 그렇지. 하지만 언젠간 도움이 될 거야." 나이절이 러닝머신의 멈춤 버튼을 눌렀다. "이제 우린 굴복할 수 없어. 어쩌면 스토크스 대통령에게 가야 할지 몰라. 대통령이 마음을 돌리지 않는다면 폭로하겠다고 협박이라도 해야지."

"미쳤어? 그렇겐 못 해!"

"잘 생각해봐. 스토크스 대통령도 우리만큼 걱정하고 있을 거야. 대통령 쪽이 확보했다는 표 네 장은 우리 쪽보다 더 확실하지 않아. 윈 대법관이 살지 죽을지는 아무도 몰라. 어느 쪽이든 스토크스 대통령은 패배할 수 있고, 선거의 대가를 치를 수도 있어." 나이절이 난간에 몸을 기댄 채 논리정연하게 말했다. "만일 미국 국민들이 이번 일에 대한 진실을 알게 된다면 대통령을 십자가에 못 박아버릴걸."

"우리도 대통령과 함께 못 박히겠지." 인디라는 긴장으로 뭉친 목 뒤를 문질렀다. "너무 위험해, 나이절. 그들은 나한테 책임을 물을 거야."

"그럴 리 없어. 실제로 해를 끼친 게 없으니까."

인디라는 알아챌 수 없을 정도로 잠깐 망설인 후 입을 열었다.

"전에도 이런 얘기했었지, 나이절. 만일 우리가 진실을 알고 있다고 인정하면 대통령은 우리를 파멸시킬 거야. 지금으로선 우리가 뭔가 알고 있을지도 모른다고 의심만 하고 있는 상황이고, 우리한텐 증거가 없지."

"우린 거기에 뭐가 있는지 알잖아. 그냥 찾아내기만 하면 돼."

"이미 시도해봤잖아." 인디라가 좌절감이 어린 목소리로 상기시켰다. "그 기록은 출처가 아니라 무엇을 투자했는지만 보여주고 있어. 진실을 알고 있는 공직자들은 결코 인정하지 않을 거야."

"그럼 힘으로라도 얻어내야지."

"아니면 소송이 잘 풀리게 놔두거나. 기회가 있을 때마다 적대감만 보이지 않아도 도움이 될 거야." 미국에서 학교를 다녔음에도, 인디라는 여전히 논쟁거리도 거의 없는 나라에서 좌파와 우파의 분열이 깊은 이유를 이해하지 못했다. "이번 합병에 국제적인 사건을 끌어들일 필요는 없어."

"돈과 권력은 사람들을 비이성적으로 만들어. 당신이 누구보다 잘 알 텐데, 인디라."

인디라는 티그리스가 자신을 벌하는 것을 멈춰줄지 생각하며 창밖을 응시했다. "나보고 어떻게 하라는 거야?"

"지금 당장은 아무 할 일 없어."

"뭘 하려는 거야?"

여자는 오랫동안 남자와 잠을 자지 않았고, 남자의 목소리에 담긴 미묘한 차이를 알지 못했다. 교활하고 간교한 속임수가 담겨 있었다.

"숨기는 건 없어. 난 귀를 기울이고, 선택지도 열어놓을 거야. 다각적인 측면이 있으니까. 인디라, 당신은 계속 이사회의 찬성을 끌어내. 재산과 공국이 달려 있으니까."

"나도 뭐가 달려 있는지는 잘 알아." 인디라는 손을 떨면서, 자신이 티그리스에게 삶과 죽음을 허락한 이유를 되새겼다. "소식 들어오는 대로 계속 알려줘."

나이절 쿠퍼는 전화를 끊은 뒤 다른 번호를 눌렀다. 잠시 후 전화가 연결되었다.

"아침 일찍부터 죄송합니다, 대표님. 하지만 문제가 생겼어요. 다섯 시간 안에 워싱턴에 도착할 겁니다. 하원의장과 함께 세인트레지스 호텔에서 만나죠. 조심하십시오."

3

6월 19일 월요일

제이미 루이스는 메릴랜드주 타코마 파크 근처에 있는 집 안에 틀어박혀 있었다. 블라인드 사이로 이른 아침 햇살이 비쳤다. 제이미는 소파에 웅크려 앉아 흑백 영화를 보면서 잠이 오길 바라고 있었다. 소파 앞 테이블 위에는 뉴멕시코행 비행기 표가 놓여 있고, 그 옆에는 이미 식어버린 캐모마일 차가 담긴 찻잔이 있었다. 여덟 시간 뒤에, 제이미는 원 대법관과 함께 보낸 지난 몇 달을 뒤로한 채 이곳을 떠날 것이다.

너무 피곤했지만 도통 잠을 잘 수가 없었다. 이제 곧 남편 토머스를 만나 앞으로의 계획을 전할 것이다. 사촌 집에서 숨어 지내던 그를 공항에서 만나기로 되어 있었다. 만일 오늘 떠난다면 은밀한 고용주들도 그녀를 용서해줄지 모른다. 아마 원 대법관도 괜찮아 질 것이다.

누군가 문을 두드리는 소리에 깜짝 놀란 제이미는 가운의 허리 띠를 꼭 졸라맸다. 시계를 보니 새벽 6시였다. 서둘러 문 앞으로 다 가간 그녀는 문구멍으로 밖을 내다보다가 문밖에 서 있는 남자를 보고 얼굴을 찡그렸다.

제이미가 쉰 목소리로 말했다. "무슨 일이시죠?"

문구멍으로 배지가 보였다. "루이스 부인? 남편분 일로 찾아왔 습니다. 안으로 들어가도 될까요?"

속상한 마음에 체념한 채로 제이미는 문을 열었다.

"이번엔 무슨 일인데요? 그이가 무슨 짓을 저질렀나요?"

"토머스에게 문제가 생겼습니다."

남자가 배지를 집어넣은 뒤, 안으로 들어가라는 듯 손짓을 했다. 제이미가 거실로 걸음을 옮기자 남자는 등 뒤로 문을 닫았다.

"구금된 건가요?"

"토머스는 구금되지 않았습니다." 제이미를 따라 아무것도 없는 거실로 들어선 남자는 모조 벽난로 앞에 쌓여 있는 상자들을 살폈 다. "이사 가는 겁니까?"

"네." 별생각 없이 대답한 제이미가 얼굴을 찌푸렸다. "토머스가 구금된 게 아니라면 여긴 왜 온 거죠?"

"토머스에게 문제가 생겼으니까요, 루이스 부인." 남자가 상자 위에 손을 올렸다. "벌써 갈 곳을 정한 건가요, 제이미?"

남편에 대한 걱정이 공포로 바뀌었다. 제이미는 불현듯 남자의 얼굴이 아닌 목소리를 알아차렸다. 원 대법관 집에서 일하라고 자 신을 고용했던 남자였다.

"난……." 제이미는 손을 목에 올리며 말을 더듬었다. "당신은 경찰이 아니군요."

"맞아요. 난 경찰이 아니에요." 남자는 뒷짐을 진 채 다리를 벌리고 섰다. 드러내진 않았지만, 제이미가 현관으로 도망가는 것을 효과적으로 막았다. "당신은 우리를 실망시켰어요. 아주 간단한 일이었는데도 실패했죠."

제이미는 뒤로 한 걸음 물러섰다. "전 최선을 다했어요."

"그자가 아직 살아 있어요."

"전 겁에 질려 있었어요."

"아니, 루이스 부인, 당신은 겁먹지 않았어요. 사실 부인을 고용한 건 그런 상황에 겁을 먹지 않기 때문이에요. 걸프전에 두 번이나 참전했던 간호병 출신이니까." 남자가 고개를 저었다. "부인은 명령에 따르지 않기로 선택한 겁니다. 왜 그런 거죠?"

"옳지 않은 일이었으니까요." 제이미가 소리쳤다. "그분은 좋은 사람이에요. 전 그분이 죽어가는 걸 가만히 앉아서 지켜볼 수 없었어요."

"당신 말에 따르면 그자는 자살을 시도했어요. 그저 내버려두기만 했어도 될 일이었죠." 아무 조치 없이 30분만 내버려두었다면 하워드 윈은 저세상으로 갔을 것이다. "그자는 국가 안보를 위협했어요. 부인도 알고 있을 겁니다. 졸업식에서 그자가 어땠는지 봤잖아요."

"그분은 그림자만 봐도 겁에 질리는 노인일 뿐이에요. 이제 그분은 아무도 위협할 수 없어요."

"그건 당신이 결정할 문제가 아닙니다."

"그분은 혼수상태에 빠졌고, 아마 깨어나지 못할 거예요. 그 정도면 됐잖아요."

남자는 제이미를 가만히 응시했다. "지난밤 우리와 통화한 뒤에 어딘가로 전화를 걸었죠? 대법원에 연락한 겁니까?"

제이미는 거짓말을 생각하다가 머뭇거리며 고개를 끄덕였다. 남자가 대답을 이미 알고 있다면 묻지 않았을 것이다.

"대법관님은 아주 잠깐 정신을 차리셨어요. 그리고 법원 서기인 에이버리 킨에게 말을 전하라고 하셨어요. 대법관님이 하신 말의 뜻은 킨 씨가 알 거라고 생각했어요."

"뭐라고 했습니까?"

"에이버리가 우리를 구해야 한다. 동쪽에서 찾아라. 강을 봐라. 대법관님은 단호하게 말씀하셨죠. 그리고 라스크 바우어라는 사람 이름을 말하더군요. 횡설수설하셨어요."

"그런데 왜 전화를 한 겁니까?"

"킨 씨에게 전해주겠다고 대법관님과 약속을 했으니까요."

"부인을 고용한 건 영웅적인 행동을 하라는 게 아니라 신중하게 처신해주길 바라서였습니다. 그 점은 당신도 알고 있었을 거라고 생각합니다만."

"그럼요. 잘 알아요." 제이미가 말을 더듬거렸다. "당신에 대해서나, 당신이 하라고 했던 일에 대해선 아무에게도 말하지 않았어요. 에이버리도 대법관님의 말이 무슨 뜻인지 모를 수 있고요. 아무 문제 될 게 없어요."

"루이스 간병인 스스로가 계약을 위반했다는 걸 인정한 상황에서 어떻게 믿으라는 겁니까? 당신은 지시를 어기고 보안관에게 전화를 했어요. 그리고 법원 서기에게도 연락했고." 남자가 한 발 다가오며 차가운 눈으로 제이미를 쳐다보았다. "진실을 알아야겠습니다. 우리에게 윈 대법관에 관한 보고를 했다는 사실을 다른 사람에게 알린 적이 있나요?"

"그런 적 없어요!" 제이미는 흥분한 목소리로 반박하다가 기억이 떠올라 얼굴을 붉혔다. "제 말은…… 대법관님 이외에는 아무에게도 말하지 않았다는 뜻이에요."

남자가 차가운 푸른색 눈을 찌푸리자 제이미는 더듬거리며 말을 이었다.

"어제 대법관님이 하는 말을 들으셨을 거예요. 대법관님은 모든 사실을 다 알고 계셨어요. 하지만 지금은 혼수상태에 빠져 있고, 그 사실을 아는 사람은 아무도 없어요." 제이미가 애원하듯 손을 들어 올렸다. "당신에 관해선 아무에게도 말한 적 없어요. 맹세할 수 있어요."

"그건 고맙군요." 남자가 돌아서더니 창가로 걸어갔다. 블라인드가 드리워져 있었다. **잘됐군.** "당신 말을 믿어보죠."

제이미는 아무 말 없이 남자를 지켜보았다. 집 안에 있는 남자는 기분이 아주 좋은 것처럼 보였다. 그런데 자신은 왜 이렇게 불안한 건지 알 수가 없었다.

그녀는 초조하게 손을 떨면서, 남자가 빨리 떠나길 바라는 마음으로 물었다. "그럼 다 된 건가요?"

남자가 손을 재킷 속에 밀어 넣으며 대답했다. "네, 괜찮다면 물 한 잔 주시겠습니까?"

"물론이죠." 제이미가 안도의 미소를 지으며 돌아섰다.

총은 조용하고 정확하게 발사되었고, 무자비하게 효율적으로 제이미의 뇌를 관통했다. 총알은 석고판에 박혔다.

제이미의 몸이 소리 없이 꺾이며 바닥에 쓰러지자 노란색 꽃무늬 카펫이 피로 물들었다. 남자는 양손에 라텍스 장갑을 끼고 시신을 향해 몸을 숙였다. 그리고 장갑 낀 손가락으로 제이미의 목을 눌렀다. 다른 선한 장교들처럼 남자 역시 불가피한 살인을 후회했지만 가끔씩 선택에 제한이 생겼다. 배신으로 인해 제이미는 골칫거리가 되고 말았다.

남자는 끝이 바늘처럼 뾰족한 펜치를 꺼내 총알을 벽에서 뽑고 탄피를 수거했다. 시신을 치우는 것도 가능했지만 불필요한 위험을 감수하고 싶진 않았다. 제이미의 남편은 아내의 연락을 받을 때까지 계속 숨어 있을 것이고, 뉴멕시코에서 그들을 기다리는 사람은 아무도 없었다. 제이미의 시신이 발견될 경우 수사 당국에서는 가택 침입에 의한 살인으로 결론을 내릴 것이다. 남자는 제이미에게 폭행의 흔적을 남길까 생각했지만, 거기에 적합한 시나리오가 준비되어 있지 않았다.

그는 효율적으로 자신이 사용한 도구들을 치우고, 창가에 있는 온도조절기로 다가갔다. 시신의 악취를 막기 위해 온도를 제일 낮게 설정한 뒤 가방을 챙겨 현관문으로 걸어 나갔다. 굳어 있는 얼굴에는 아무 변화가 없었지만, 그는 만족감을 느끼며 차로 돌아갔다. 임무 해결이 엉성하긴 했지만, 목적은 달성했다.

흔들리던 대법관은 죽음의 문턱에 있었고, 이 작전에 대해 알고 있던 유일한 사람은 제거되었다. 병원 의사들은 원 대법관을 살리려고 애를 쓸 것이다. 만일 의사들의 노력이 통한다면 원 대법관도 제거해야 할 것이다.

남자는 몇 블록 떨어진 곳에 며칠 동안 주차되어 있던 차 문을 열었다. 시동을 걸고 도심의 조용한 거리로 들어선 남자는 워싱턴 시내로 향하는 길게 늘어선 행렬 사이로 끼어들었다.

제이미 루이스의 자백으로 느슨한 실마리가 드러났다. 에이버리 킨. 형식적인 절차에 가깝다는 것을 알긴 했지만, 남자는 자신의 보좌관에게 전화를 걸었다.

"네."

"새로운 과제가 생겼네."

4

"늦었네." 맷 브루어가 하워드 윈 대법관 집무실과 인접한 회의실로 터벅터벅 들어가는 에이버리에게 기소장을 내밀었다. "제대로 지각인데."

"쉿." 에이버리는 동료 서기를 지나 그들이 새로운 한 주를 시작할 직사각형 탁자 쪽으로 다가갔다. 대부분의 정부 청사들과 마찬가지로 조명이 밝지 않음에도 잠이 부족한 에이버리의 눈에는 오늘 아침 이곳의 형광등 불빛이 터무니없을 정도로 강렬하게 느껴졌다. 그녀는 천장에서 내리비치는 죽음의 빛과 브루어가 보여주는 능글맞은 웃음을 피하기 위해 떨리는 손을 들어 양쪽 눈을 가렸다. "긴 밤이었어."

"좀 쉬었어야지. 네가 자리에 없을 때, 대법원장님 집무실에서 호출이 왔어. 널 감싸주고 싶었지만, 거짓말은 별로라서."

에이버리는 수레바퀴가 배를 깔아뭉개는 것 같은 느낌을 받았다. 몇 달간 기회를 노리다가 간신히 얻은 대법원장과의 '우연한' 티타임을 날려버린 것이다. **맙소사, 그걸 어떻게 잊어버릴 수가 있지?**

대법원장 테리사 로즈버러는 에이버리를 포함한 법원 서기들과 세심하게 거리를 두고 있었다. 이곳에 상주하는 하급 직원들과의 의사소통은 예의 바른 인사와 고개를 끄덕이는 것이 다였다. 로즈버러가 20년간 법원에서 일하면서 서기들과 개인적인 대화를 나눈 건 몇 번 되지 않았다. 사적인 자리에서 그녀와 이야기를 나눈다는 것은 교황과 마주 앉아 담소를 나누는 것보다 훨씬 더 의미 있고, 큰 혜택을 얻는 일이었다.

에이버리는 그 전략을 세우는 데 1년 6개월이 걸렸다. 대법원장의 비서 두 사람에게 아부하는 것까지 포함해 다각적으로 공략했다. 1월에 에이버리가 데비 스타니스가 소중히 여기는 하운드종 강아지와, 메리 곤잘레즈의 종손녀라는 세 살짜리 말썽꾸러기를 귀엽다고 치켜세워주자 살짝 틈이 보였다. 3월이 되었을 때 데비 스타니스는 에이버리에게 오트밀 쿠키를 가져다주고, 데이트 정보도 알려주었다.

하지만 중요한 건 대법원장의 일정을 대통령이 가지고 다니는 핵 암호가 든 가방처럼 지키고 있는 마귀할멈 메리 곤잘레즈였다. 그러다 4월 7일, 마침내 해빙기가 왔다. 그날 아침 6시, 회의실을 청소하던 메리는 미합중국 대법원의 강철과 콘크리트로 된 벽을 뚫고 침투한 곤충들의 보금자리를 발견했다. 사무실에서 잠깐 눈을 붙이고 있던 에이버리는 날카로운 비명 소리에 헐레벌떡 휴게실로 달려갔고, 부서질 것 같은 의자 위에 올라가 있는 메리를 발견했다.

에이버리는 곧장 행동에 나섰다. 쓰레받기로 무장한 에이버리가 벌레를 한쪽으로 몰아 박멸하자 메리는 무척 기뻐했다. 5월이 되자, 에이버리는 메리로부터 그 귀하디귀한 종손녀를 보러 오라는 초대를 받았다. 그리고 지난 금요일, 메리와 데비는 대법원장이 월요일에 일찍 나올 거라는 금지된 정보를 무심코 흘렸다.

"회기의 마지막 몇 주일 동안은 대법원장님이 총력을 기울이는 시기지. 날이 밝기도 전에 출근하시니까."메리가 말했다.

"맞아."데비가 대꾸했다. "그래서 세리나가 담당 사건들을 가지고 일찍 찾아왔던 게 기억나네. 세리나와 대법원장님은 커피를 마시면서 몇 시간 동안 수다를 떨었지."

"지금은 법무법인 왓첼에서 전무이사로 있다고 했던가?"에이버리가 제대로 듣고 있는지 확인하는 것처럼 메리가 돌아봤다.

"세리나 스파크스요?"두 사람의 예상대로 에이버리의 눈이 휘둥그레졌다. "세리나 스파크스가 예전에 로즈버러 대법원장님 밑에서 일한 줄은 몰랐어요."

"아니에요. 세리나는 피스 법관님 밑에서 일했지. 하지만 그 여자는 아주 영리했어요. 다른 사람들보다 두 배는 빠르게 엄청난 양의 보고서를 쏟아낼 수 있었죠."

"깜찍하기도 했어. 예의도 발랐고."데비가 덧붙였다. "그리고 킨 씨처럼 남부 출신이었어요. 버지니아였던 것 같은데."

"아니야, 데비. 세리나는 아칸소 출신이었어. 자긴 늘 틀리더라."

"아닌데……."

에이버리는 기쁨에 겨워 휘청거렸다. 대법원장실 문지기들은 월요일 오전 6시까지 법원에 나오라고 했고, 에이버리는 대법원장과 커피를 마시며 대화를 나눌 수 있게 되었다.

그런데 그 기회를 날려버렸다. **젠장.**

에이버리는 회의실 의자에 주저앉았다. 그리고 술에 취한 것처럼 몸을 깊이 파묻었다. 숨을 쉬려고 애를 쓰며, 모친 살해와 자살 중 어느 쪽이 나을지 생각했다. 그때 에이버리가 탁자 위에 올려둔 손 바로 옆에 맷 브루어가 살집 없는 엉덩이를 들이밀자 법원 서기

살해 쪽으로 마음이 기울었다.

"뭐야?" 에이버리가 목소리를 떨지 않으려는 헛된 노력을 하면서 중얼거렸다.

"어제 우리 영감이 펼친 공연 봤어? 굉장했는데."

"전부터 늘 하시던 말씀이었던 것 같은데?" 에이버리가 쏘아붙였다. "자리에서 쫓아내버려야지."

브루어가 능글맞게 웃더니, 천장까지 닿을 것 같은 목소리로 말했다. "너부터 그만두고 싶은 것 같은데. 주말에 너무 즐긴 거 아니야? 우린 더 이상 로스쿨 학생이 아니잖아. 재미 보는 건 휴회 기간에 하라고. 알겠지?"

재미? 드라마 〈캅스〉에나 나올 법한 후미지고 으슥한 동네를 뒤지고 돌아다닌 시간을 그렇게 말할 수는 없었다. 그 몇 시간으로 에이버리는 자신의 미래를 망쳐버렸다. 뜨거운 눈물이 차오르자 에이버리는 깜짝 놀랐다. 그녀는 울지 않을 것이다. **절대.**

더 이상 자기를 찾지 않길 바라는 여자를 찾느라 인생을 허비하진 않을 것이다. 새벽 내내 에이버리는 가장 보고 싶지 않은 사람을 찾기 위해 술집과 마약 소굴을 돌아다녔다. 그러는 동안 간절히 이야기를 나누려고 했던 사람을 놓쳐버렸다.

이제 에이버리 앞에는 셰익스피어 작품을 타자로 칠 수 있는 명랑한 원숭이들보다 불과 한 단계 위에 있는 것처럼 보이는 남자를 위한 법적인 견해를 작성해야 하는 길고 긴 일주일이 기다리고 있었다. 그것도 그녀의 인생을 비참하게 만든 맷 브루어 같은 미친놈과 협력해서. 이건 에이버리가 감수할 수 있는 수모 중 하나였다. 하지만 전부를 감내할 수는 없었다.

에이버리는 커다란 가방에 손을 집어넣고 밑바닥에 깔려 있을 진통제를 찾았다. 약병을 찾아 물도 없이 한 알을 삼키고, 다시 한 알을 더 삼켰다.

브루어는 그런 에이버리를 보며 빈정거렸다. "숙취? 윈 대법관 님이 눈치채지 않으시길 바랄게."

하지만 그가 윈 대법관에게 그 사실을 고자질할 거라는 것을 두 사람 모두 알고 있었다.

"꺼져." 에이버리는 더 말하고 싶었지만, 그럴 기력조차 사라지고 있었다.

"상태가 점점 나빠지는 것 같은데, 킨. 지금 해장술 필요하지 않아? 아니면 이미 하고 온 건가?"

"꺼지라고 했다."

브루어가 길고 부드러운 손가락으로 에이버리의 창백한 뺨을 쓰다듬으면서 대꾸했다. "제안하는 거야. 한판 뛰면 기분 좋을걸. 샤워하고 난 뒤에."

아침에 급하게 쑤셔 넣은 맥머핀이 갑자기 올라오는 듯한 기분이 들었다. 에이버리는 고개를 돌려야 한다고 생각했지만 실제로는 돌리지 않았다. 그 대신 허리를 굽힌 뒤 그대로 입을 크게 벌리고 게워냈다. 복수였다.

"젠장, 에이버리!" 브루어가 펄쩍 뛰면서 망가진 신발로 에이버리의 얼굴을 걷어차고 싶은 충동을 간신히 억눌렀다. "이 구두 존 롭이야. 3000달러나 하는 거라고! 어떻게 할 거야?"

에이버리가 쓸데없이 입을 닦으며 중얼거렸다. "미안…… 오늘 아침은 정말 힘드네."

"내 청구서를 받으면 더 힘들어질 거야." 브루어가 문 쪽으로 돌아서더니 어색하게 뛰쳐나갔다.

에이버리는 주위를 둘러보다가 티슈를 한 움큼 쥐고 급하게 물을 한 모금 마신 뒤, 몸을 숙여 바닥을 닦기 시작했다. 그때 대법관실 전화가 울려댔다. 벨이 몇 번이나 울리자 에이버리는 대법관의 비서들이 전화를 받지 않는다는 것을 알아차렸다. 욕설을 내뱉으며 에이버리가 전화를 받았다.

"윈 대법관님 집무실의 에이버리 킨입니다."

"로즈버러 대법원장님이 찾아요. 지금 당장 오세요." 메리가 재빨리 말했다. 이상하게 작은 목소리였다.

두 번째 기회인가? 뜻밖의 행운에 깜짝 놀라며 에이버리는 재빨리 대답했다. "바로 갈게요. 고마워요, 곤잘레즈 씨."

그 말에 대한 응답인 듯 전화가 끊기기 전 작은 딸꾹질 소리가 들렸다. 에이버리는 남들 보기에 조금 나은 모습이 될 정도의 시간이 있었으면 좋겠다고 생각하면서 비틀비틀 일어나 물을 마셨다.

어느 정도 시간을 끌 수 있을지 가늠하다가, 갑자기 다른 생각이 떠올랐다. 기회가 다시 온 게 아니었다. 우연한 만남이 타당한 이유로 정식 만남이 될 가능성이 얼마나 되겠는가? 희박하다. 에이버리는 테이블을 돌아 나오다가 불안한 생각을 떠올리고 그 자리에 얼어붙었다.

리타.

갑자기 공포가 메스꺼움을 몰아냈다. 그녀의 어머니가 약에 취한 채 대법원으로 찾아와 자기 딸을 내놓으라고 한 걸까? 그게 아니면 체포되어 경찰한테 자기 딸이 대법원에서 일한다고 말했을 수도 있다. 리타가 구치소에서 어떤 옷을 입고 있는지, 누구에게 진술했는지에 따라 말도 안 된다고 웃어넘기거나, 선뜻 진짜라고 믿을 것이다. 에이버리가 태어나 기저귀를 떼고, 청바지를 입고, 학교에 다니면서 열 살이 될 때까지, 리타는 야성적인 빨간 머리와 에메랄드빛 눈으로 남자들에게 치명적인 매력을 발산했다. 그다음 10년 동안은 매력 발산이 성공적이었는지 입증되진 않았지만, 종종 에이버리를 혼자 내버려두곤 했다. 에이버리로서는 그편이 좋았다. 혼자 남은 그녀는 리타가 취했을 때 모텔에서 밤을 보내거나, 엄마가 재활원에 들어갈 경우를 대비했다. 그 형태는 유지되었다. 리타가 규칙을 기억하고 있는 한은.

에이버리는 천천히 숨을 내쉬었다. 지금까지 법원에서 두 번의 회기를 보냈으며 일을 잘해냈다. 마약에 취해 있는 엄마가 갑작스럽게 나타나 모든 것을 망쳐버리기에는 너무 아까웠다. **그렇지 않은가?**

에이버리는 조심스러운 걸음으로 회의실을 나와 대기실을 통과했다. 복도를 지나 대법원장의 집무실과 부관들의 사무실 사이에 있는 작은 공간을 가로질렀다.

손가락으로 머리를 쓸어 가다듬은 에이버리는 숨을 깊이 들이마시고 대법원장의 집무실 앞에 섰다. 내실 문 측면에 데비와 메리의 책상이 놓여 있었다.

"곤잘레즈 씨? 스타니스 씨?"

에이버리가 메리의 책상 쪽으로 다가가자 윤기 나는 검은 머리를 목 뒤로 단정하게 묶은 키 큰 여자가 고개를 들었다.

"킨 씨, 대법원장님이 곧장 안으로 들어오라고 하셨어요." 메리가 전화기의 내선 번호를 누르자 희미하게 윙윙 소리가 들렸다.

"유감이에요." 에이버리가 옆을 지나갈 때 데비가 중얼거렸다.

문 너머에 무엇이 기다리고 있을 것인지, 운명론에 입각해 생각하며 에이버리는 지난날을 돌이켜보았다. 자신의 존재를 알리기 위해 이 문을 두드린 적은 한 번도 없었다. 놋쇠 손잡이를 돌려본 적도 없었다.

"어서 와요, 킨 씨."

이 세상에서 가장 막강한 힘을 가진 판사 테리사 로즈버러는 넓은 공용 책상 앞에 서 있었다. 가구에 대해 잘 모르는 에이버리조차 그 책상이 유명 디자이너 작품이라는 것을 알아볼 수 있었다.

법복이 아니라 보랏빛이 도는 회색 정장을 입고 있는 대법원장은 키가 작아 보였다. 잘해야 163센티미터 정도. 종종 굽이 7센티미터가 넘는 구두를 신어서 커 보였지만, 실제 키는 크지 않았다. 사실 키가 큰 것처럼 인위적으로 꾸밀 필요도 없었다. 그 유명한 목소리만 들어도 대법원장의 권위는 살아났다. 딱딱한 어조였지만, 허스키하면서도 매력적인 목소리였다. 날카로운 선에, 뾰족한 턱과 부리 같은 매끈한 콧날을 가진 로즈버러의 얼굴은 각도와 면의 완벽한 예시였다. 법원을 찾는 참관인들은 그녀의 외모를 인상적이라고 칭했고, 정적들은 거만하다고 했다. 물론 법원에서 일하는 사람들은 단순히 대법원장의 권력만 인식하고 있었다.

"들어와요." 입구에 서 있던 대법원장이 물러서며 에이버리를 안으로 이끌었다. 그런 뒤 문을 밀자 잠금장치가 달칵하는 소리와 함께 문이 닫혔다. "앉아요."

에이버리는 방 안에 있는 의자들 중에 미색이 섞인 회갈색 가죽 소파를 골랐다. 그녀는 놀랍도록 부드러운 촉감의 소파에 불안정한 자세로 걸터앉았다. 그러고는 마치 숨어 있는 것처럼 창가에 서 있는 남자를 쳐다보았다.

에이버리의 시선을 알아차린 로즈버러가 고개를 끄덕였다. "저분은 윌리엄 밴스 소령이에요. 국토안보부 소속으로 대통령과의 연락을 담당하고 있죠."

"밴스 소령님." 가볍게 인사한 에이버리가 로즈버러를 돌아보았다. "대법원장님?"

"에이버리, 전하기 힘든 소식이 있어요." 로즈버러는 에이버리쪽으로 다가와 소파에 앉더니 몸을 그녀 쪽으로 돌렸다. "윈 대법관과는 얼마나 가까운 사이였죠?"

에이버리는 어리둥절한 채로 대답했다. "전 대법관님의 서기입니다. 대법관님이 지시를 내리시면, 전 그 지시에 따르죠."

"그게 다인가요?"

"네, 대법원장님. 전 대법관님을 위해 일하고 있습니다. 그게 다입니다."

어째서 이런 질문을 하는 건지 의아해하며, 에이버리는 창가에서 있는 키가 크고 체격이 좋은 남자를 흘낏 쳐다보았다. 미식축구 선수 같은 건장한 체구의 밴스가 뻣뻣하게 선 채로, 아무 말 없이 에이버리를 응시하고 있었다. 반쯤 감은 것 같은 푸른 눈에는 아무 감정도 담겨 있지 않았다. 에이버리는 다시 대법원장을 돌아보며 물었다.

"그런데 왜 그러시죠? 무슨 일이 있나요?"

"그래요." 로즈버러가 손을 내밀더니 가느다란 손가락으로 에이버리의 손을 감쌌다. "에이버리, 전부 다 사실대로 말해야 해요."

이게 대체 무슨 일이지? 졸업식에서 있었던 일 때문에 윈 대법관님한테 무슨 일이 생긴 건가?

"물론이죠." 에이버리는 고개를 끄덕였다. "믿으셔도 됩니다."

밴스 소령이 로즈버러에게 눈짓을 했지만, 대법원장은 그 경고의 눈빛을 무시했다. 여긴 대법원이고, 대법원장의 집무실이었다. 그녀의 선택이었다.

60

"간밤에 윈 대법관이 혼수상태에 빠졌어요."

"세상에." 에이버리는 고개를 돌려 밴스 소령을 쳐다봤다가 다시 대법원장을 돌아보았다. "윈 대법관님은 아픈 데가 없으셨어요. 그럴 리 없어요."

"오늘 새벽에 간병인이 윈 대법관을 발견했어요. 의식이 없었죠. 이걸로 윈 대법관의 최근 발언에 대한 설명이 될 거예요." 로즈버러가 에이버리의 손을 살짝 힘주어 잡았다. "에이버리, 하워드는 오랫동안 투병 중이었어요. 부르신 증후군으로 알려져 있는 퇴행성 뇌장애를 앓고 있었죠."

"뇌장애요? 어째서, 그게 무슨……." 에이버리는 무슨 말을 해야 할지 알 수 없었다. "윈 대법관님은 최근 감정의 변화가 심하고 성질을 부리시긴 했지만, 크게 이상한 점은 없었어요."

에이버리는 윈 대법관이 몇 주 전에 상징적으로 더치 디펜스*를 이용해, 우유 생산자 두 사람 사이의 계약을 무효화하고 다시 쓰라는 이상한 지시를 내렸다는 건 말하지 않았다. 잘 알려져 있지 않은 체스 오프닝에 신경 쓰는 사람은 아무도 없을 것이다. 에이버리는 체스를 좋아했지만, 그런 그녀조차도 윈 대법관의 수는 이해하기가 힘들었다. 게다가 그것으로는 아무것도 입증할 수 없었다.

"윈 대법관님은 이유 없이 고집을 부리지 않으셨어요." 에이버리는 강조했다. "그냥 평소와 똑같으셨죠. 전 대법관님이 편찮으시다고는 상상도 못 했습니다."

"하워드는 고집이 센 사람이에요. 내가 그 사람의 상태를 알게 된 건 하워드가 개인 간병 진료를 받는 것에 대한 허가를 내줘야

---

* 체스 오프닝 중 하나.

했기 때문이죠."

　몇 달 전, 하워드 윈은 타자조차 칠 줄 모르는 세 번째 비서를 고용했다. 국회의사당에 있을 때도 아닌데 너무 많은 바보들한테 둘러싸여 있고 싶지 않다면서 세 번째 서기를 두는 것조차 거절했던 사람이었다.

　에이버리가 모든 사실들을 종합해 질문했다. "루이스 부인을 말씀하시는 건가요?"

　"맞아요. 제이미 루이스는 주에서 공인한 간호사예요."

　"브루어는 루이스 부인을 대법관님 여자친구로 생각하던데." 에이버리는 계속 머릿속으로 정보들을 취합하며 중얼거렸다. "하지만 제가 보기에 루이스 부인은 너무……." 문득 자신이 어디에 있는지, 누구와 함께 있는지를 떠올리자 에이버리는 바로 입을 꼭 다물었다. "죄송합니다."

　"너무…… 뭐요?" 로즈버러가 에이버리의 손을 잡은 손에 힘을 살짝 주면서 재촉했다. "당신이 보기엔 어땠다는 거죠?"

　에이버리는 천천히 대답했다. "루이스 부인은 너무 날카로워 보였어요. 그러니까 통찰력이 있다는 뜻이에요. 루이스 부인은 법조인이나 법조인을 위해 일하는 사람처럼 보이진 않았지만, 정치적인 이야기는 잘 알아들었거든요. 부인은 언제나 상냥했지만, 지나치게 친절하지도 않았어요."

　"킨 씨가 루이스 부인을 윈 대법관의 연인으로 생각하지 않은 이유가 있습니까?" 밴스 소령이 처음으로 침묵을 깨고 물었다.

　에이버리는 어깨를 으쓱했다. "윈 대법관님은 그러실 분이 아니니까요. 여자친구를 직원으로 고용하다니, 너무 어울리지 않아요."

　"어울리지 않는다라."

질문의 의도가 담겨 있었지만 물음표는 붙지 않았다. 에이버리는 남자가 설명을 요구하고 있다는 것을 알아차렸다. 거부하기에는 너무 떨렸기에 에이버리는 그냥 설명했다.

"윈 대법관님은 족벌주의, 편애, 낮은 효율성을 경멸하셨어요. 여자친구가 이 나라 최고의 법률 비서가 아닌 한 일자리를 주지 않으셨을 거예요. 만에 하나 그런 경우라고 해도 일자리를 주기 전에 먼저 헤어지셨겠죠."

밴스 소령을 알 수 없는 표정으로 쳐다보고 있던 로즈버러 대법원장도 에이버리의 말에 동의했다. "정확해요."

"윈 대법관님은 훌륭한 분이십니다. 그래서 다들 그렇게 화를 내는 거죠. 누구든 그분과 논쟁할 수는 있지만, 대법관님의 논리나 가치관에 의문을 표해선 안 돼요."

그녀가 알고 있던 그 남자가 아니었다. 자신이 가장 좋아하는 일을 하지 못하는 채로, 지하 세계에 누워 있는 남자는.

침묵이 길어지자 에이버리가 과감하게 나섰다. "대법원장님, 제가 할 일이 있을까요? 법원에 관련된 일이나?"

로즈버러 대법원장과 밴스 소령이 또다시 눈빛을 주고받았다.

"한번에 받아들이기에 너무 큰일이라는 건 알아요." 대법원장이 결정을 내린 듯 눈을 가늘게 뜨고 에이버리를 쳐다보았다. "하워드는 당신을 아주 총애했어요."

에이버리가 손을 뺐다. "그게 무슨 말씀이시죠?"

대법원장의 입가에 미소가 떠올랐다. "하워드는 당신이 아주 뛰어나다고 생각했어요. 자기가 '견딜 수 있을 정도로 영리하다'는 것을 알았죠. 한마디로 극찬을 한 거예요. 하워드가 그렇게 말할 정도면."

"네, 대법원장님."

에이버리는 목구멍으로 울컥 올라오는 덩어리를 삼켰다. 고개를 숙인 채, 예상치 못한 눈물에 눈을 깜박거렸다. 하루에 두 번이나 울다니, 에이버리는 스스로가 비참했다. 이렇게 계속 눈물을 흘린다면 점심때쯤에는 분수가 되어 있을 것이고, 윈 대법관이 이 사실을 알았다면 에이버리를 혼냈을 것이다. 그 순간 그녀는 문득 이모든 일이 이상하다는 생각이 떠올랐다.

"대법원장님, 이 자리에 불러주셔서 감사합니다. 하지만 왜 제게 이런 말씀을 하시는 거죠? 맷 브루어와 함께 들어야 할 내용이 아닙니까?"

"이번 일이 당신과 직접적인 연관이 있으니까요." 에이버리가 인지하기도 전에 창가에 있던 밴스가 두 사람 앞으로 다가오며 말했다. 그는 소파에 앉아 있는 두 여자를 감정 없는 푸른 눈으로 지루하다는 듯 쳐다보았다.

에이버리는 워싱턴에서 밴스 소령 같은 남자를 본 적이 있었다. 보통 중요한 사람들이 모이는 자리였다. 하지만 그런 부류의 남자가 무섭지는 않았다. 군대보다 더 어두운 곳에 거대하고 치명적인 것이 존재했기 때문이다.

에이버리가 고개를 들었다. "다른 뭔가가 있나요?"

"윈 대법관이 당신에게 이걸 남겼습니다." 밴스가 봉인이 잘려나간 흰 봉투를 내밀었다. 그러고는 에이버리가 남의 문서를 뜯어본 것에 대해 항의하기 전에 서둘러 말했다. "킨 씨, 봉투를 먼저 뜯어본 건 예방책이었습니다. 내용을 확인해야 했으니까요."

에이버리는 윈 대법관이 사생활 침해와 정부의 간섭을 얼마나 싫어했는지 아느냐고 따지고 싶었지만, 호기심이 앞섰다. 봉투를 거꾸로 뒤집자 접혀 있던 종이들이 무릎 위에 떨어졌다. 에이버리는 첫 번째 장을 집어 들고 내용을 보다가 믿을 수 없다는 듯 눈을 휘둥그레 떴다. 세 번째 장까지 다 읽고 나서 에이버리는 종이들을 그대로 무릎 위로 떨어뜨렸다. 그중 한 장이 붉은색 카펫이 깔려 있는 바닥으로 떨어졌다.

에이버리가 대법원장을 돌아보았다. "농담이시죠?"

"윈 대법관의 뜻이에요. 그 사람의 소망이죠."

에이버리는 애써 그 내용을 이해해보려고 했다. "윈 대법관님에게는 자녀가 있어요. 부인도 있으시고요. 가족이 있죠. 전 그냥 서기예요. 이해할 수가 없습니다."

"이해가 안 되는 건 우리도 마찬가집니다. 그래서 킨 씨와 이야기를 나누고 싶었던 거고요. 이 서류들에 대해 따로 아는 게 있습니까?" 밴스가 물었다.

에이버리는 떨어진 종이들을 모은 뒤, 애써 공손한 목소리로 대답했다. "아뇨. 저도 처음 봤어요."

이건 실수여야만 했다. 엄청난 오해로 불거진 일일 것이다. 하지만 에이버리의 법률 지식으로 봤을 때 그 종이는 원본이었고, 내용도 진짜였다. 그녀는 다시 로즈버러 대법원장을 쳐다보았다.

"윈 대법관님이 이런 일을 벌이신 줄 몰랐어요. 정말이에요."

밴스가 계속해서 말했다. "그러니까 당신은 하워드 윈 대법관과 이 일로 어떤 이야기도 나눈 적이 없다는 말인가요? 지나가는 말로라도?"

밴스의 불신이 에이버리의 신경을 자극하자, 그녀는 고개를 돌려 그를 노려보았다.

"마지막으로 한 번 더 말씀드리죠. 그런 적 없습니다."

에이버리가 자리에서 일어났다. 아직도 무릎이 떨린다는 사실에 충격 대신 짜증이 치솟았다. 자신은 하워드 윈 대법관의 서기에 불과했다. 만일 국토안보부에서 나왔다는 불량배가 다른 암시라도 한다면 욕을 퍼부을 작정이었다. 에이버리가 초등학생이었을 때는 이보다 사소한 모욕에도 다른 아이들을 흠씬 두드려 팼다.

에이버리가 밴스를 밀치고, 마호가니 문 쪽으로 향했다. 그러곤 종이들을 꼭 움켜쥔 채로 대법원장을 돌아보았다. 밴스는 무시했다.

"다시 한번 말씀드리지만, 윈 대법관님이 자신의 법적 후견인으로 저를 지명한 걸 전혀 모르고 있었습니다. 실례가 안 된다면, 저는 이제 그만 일을 하러 가보겠습니다."

5

"아직 안 끝났습니다. 자리에 앉아요." 밴스 소령이 지시했다.

에이버리가 완고하게 그 자리에 똑바로 선 채 대꾸했다. "작성해야 할 보고서가 있어요."

"이건 부탁이 아닙니다."

에이버리에게서 충격 위로 겹겹이 쌓여 있던 반발의 기운이 솟구쳐 오르는 것을 느낀 로즈버러 대법원장이 끼어들었다.

"에이버리, 밴스 소령은 자기 일을 하는 거예요. 윈 대법관이 당신을 법적 후견인으로 지정한 배경에 대해 조사하는 거죠. 에이버리를 모욕할 의도는 없어요. 그러니, 일단 자리에 좀 앉아봐요."

밴스는 헛웃음이 나오려는 걸 참았다. **모욕할 의도가 없다고?** 저여자는 정적이 혼수상태에 빠진 채 대법원에 있다는, 대통령으로

서는 뜻밖의 선물과도 같은 이 상황을 복잡하게 만들었다.

"킨 씨, 몇 가지 물어볼 게 있습니다."

에이버리는 계속 서서 대답했다. "난 아무것도 몰라요."

"그건 내가 판단할 일이고."

밴스가 가까이 다가서며 에이버리를 똑바로 쳐다봤다. 여자는 그가 생각했던 것보다 키가 컸다. 또래 여자들이 신는 터무니없는 높이의 구두까지 신고 있다 보니 거의 180센티미터에 육박했다. 아주 매력적이기도 했다. 윈 대법관 같은 권력자도 매혹시킬 정도로. 만일 이 결정에 섹스가 중점이 된 것이라면 여자는 자기 나이에 맞게 재빨리 소셜미디어를 이용했을 것이다.

"윈 대법관과 마지막으로 이야기를 나눈 건 언제입니까?"

에이버리가 고집스러운 태도로 팔짱을 꼈다. "국토안보부의 권한이 엄청나다는 건 알지만, 그 범위가 대법원까지 미치는 줄은 몰랐네요."

"우리는 문제가 있는 곳이면 어디든 갑니다. 여기서 이렇게 계속 대화를 나눌 수도 있지만, 보다 더 적합한 환경을 찾을 수도 있죠." 밴스는 위협적으로 말했다.

로즈버러 대법원장이 에이버리에게 말했다. "에이버리가 중대한 책임을 맡게 됐잖아요. 그러다 보니 의문점들이 있을 수 있다는 건 이해해줘요."

"의문점이야 있을 수 있죠. 하지만 비난받을 짓은 하지 않았습니다. 전 잘못한 게 없어요."

밴스는 아무 말 없이 에이버리를 쳐다보기만 했다. 그가 국가 테러 대응 센터 NCTC에서 받아온 에이버리에 관한 자료들은 궁금증들을 해소하기보다 더 많은 의문점들만 불러일으켰다. NCTC는 유용한 시스템으로, 차량관리국 기록, 비행 정보, 지역경찰 기록은 물론, 심지어 휴대전화 기록이나 카지노 직원 명단까지 국토안보부의 접근을 정당하게 거부할 수 없는 모든 정보 출처에서 추출한 시민들의 정보를 제공했다. 테러 방지라는 기치 아래, NCTC는 의심스러운 행동 패턴을 찾아내기 위해 그런 정보들을 분석했다.

윈 대법관의 법적 후견인 지명은 에이버리 킨의 NCTC 파일을 검토해도 설명이 되지 않았다. 그 기록에 따르면 그녀의 가족으로는 사망한 아버지와 마약 중독인 어머니가 있었고, 스스로는 도박 중독의 기미가 있었다. 이런 배경으로 어떻게 대법원에 들어올 수 있었던 건지 밴스로서는 이해할 수 없었지만, 정부 인사 모두가 NCTC의 자료를 적극적으로 활용하진 않았다.

자유주의자 히피인 윈 대법관은 자신이 공개적으로 비판했던 시스템에 접근하는 걸 거부했을 것이 분명했다. 보나 마나 신원조회를 대충 하고, 에이버리의 이례적으로 모범적인 학력과 워싱턴의 상소법원에서 서기로 일했던 이력만 보았을 것이다.

하지만 밴스는 에이버리에 대한 선입견에, 새로 얻은 권위까지 더해지면서, 그녀의 이름을 제거해야 할 문제 목록 상단으로 이동시켰다.

"당신이 잘못한 게 없다면, 내 질문에 대답하는 걸 꺼릴 필요가 없겠죠. 솔직하게 말입니다."

대법원장이 끼어들며 말했다. "밴스 소령, 하워드의 결정은 모두에게 충격이었지만, 에이버리가 제일 많이 놀랐을 거예요. 이렇게 적대적일 필요는 없어요." 그러고는 에이버리를 돌아보며 덧붙였다. "에이버리도 하워드가 무슨 의도로 이런 일을 한 건지 이해할 수 있게 협조해줘요."

"전 정말 아는 게 없습니다. 지난 2년간, 윈 대법관님과 가장 사적으로 나눈 대화가 어떤 지루한 식사 자리에서 제가 스테이크와 새우 중에 무엇을 좋아하는지 말한 것 정도예요. 윈 대법관님은 제 존재를 간신히 참아내고 계셨어요. 저야말로 윈 대법관님이 저를 법적 후견인으로 지정한 이유를 모르겠습니다."

밴스가 물었다. "윈 대법관의 아들이나 부인을 알고 있습니까?"

"설레스트 터너 윈 부인을 만난 적은 있어요." 에이버리는 터너 윈 부인의 날카로운 얼굴과 머리부터 발끝까지 우아함을 두르고 있던 가느다란 몸매를 떠올렸다. 그날 저녁 내내 남편을 열받게 하고, 맷 브루어에게 추파를 던지며, 에이버리를 괴롭힌 독사 같은 여자였다. "하지만 터너 윈 부인과는 접점이 별로 없었죠. 그런데 두 분은 이혼한 게 아니었나요?"

"윈 대법관이 그렇게 말하던가요?" 밴스가 다그쳤다.

"윈 대법관님은 사생활에 관해선 아무 말씀도 없으셨어요. 〈워싱턴 가제트〉에서 본 거예요." 에이버리는 법원을 관통한 소문의 출처에 대해 언급하기를 거부했다. 법원처럼 세속과 격리된 곳에서는 비밀이 거의 지켜지지 않았다. 아니, 하나도 지켜지지 않았다. "윈 대법관님은 결코 결혼 생활에 대해 말씀하신 적이 없어요."

"아들인 재러드는 만나본 적이 있습니까?"

"아뇨."

들리는 바에 따르면 윈 대법관은 첫 번째 아내가 죽은 뒤로 자기 아들과 말을 해본 적이 없다고 했다. 당시 열 살이던 재러드 윈은 모친이 세상을 떠나고 일주일 뒤에 이모와 이모부에게 보내졌고, 거기서 성장했다.

갑자기 떠오른 생각에, 에이버리가 대법원장을 돌아보며 질문을 던졌다. "가족분들도 윈 대법관님의 상태를 아시나요?"

로즈버러가 고개를 끄덕였다. "재러드와 설레스트는 의사들한테서 하워드 상태를 전해 들었을 거예요."

"저도 병원에 가봐야겠어요."

어쩌면 의사들이 하워드 윈이 언제 의식을 되찾을 것인지 말해 줄지도 모른다. 에이버리가 자리에서 일어나려고 하자, 밴스가 재빨리 앞을 가로막았다.

"당신이 이렇게 나가면 이 위임장이 어떻게 된 건지 알 길이 없습니다."

"내가 얼마나 오래 윈 대법관님의 법적 후견인을 하게 될지 모르잖아요." 밴스가 뭐라고 대꾸하기 전에 에이버리가 손을 들어 올렸다. "이런 경우 의식을 언제 되찾을지 모른다는 건 알아요. 하지만 대법관님의 상태를 보면 언제쯤 깨어날지 의사들은 알고 있을 거예요. 대법관님이 언제쯤 의식을 차릴 거라고 하던가요?"

"에이버리, 지금 하워드는 베세즈다해군병원에서 검사를 받고 있어요. 그 질병의 마지막 단계에 혼수상태가 오는 경우가 종종 있다고 하더군요." 로즈버러가 숨을 들이마시며 말을 이었다. "어쩌면 깨어나지 못할 수도 있어요."

"어떻게 그런 일이……."

"그러니 서기인 당신이 윈 대법관의 법적 후견인이 되었다는 것에 대한 우리의 염려를 이해할 수 있을 겁니다." 밴스가 차가운 표정으로 에이버리를 응시했다. "당신이 법적 후견인 자리를 포기한다면 모두가 편해질 거예요. 윈 대법관 부인에게 그 권한을 넘겨주면 됩니다."

에이버리가 입을 열기 전에 로즈버러가 말했다. "하워드는 자신의 법적 후견인으로 에이버리를 원했어요, 설레스트가 아니라."

"우리가 확인할 수 없는 이유로 말이죠. 킨 씨가 명확하게 해명할 수 없다면 우리로선 이 위임장이 위조되었을 거라고 의심할 수밖에 없습니다."

로즈버러 대법원장이 몸을 뻣뻣하게 굳힌 채, 오만하게 고개를 치켜들었다. "하워드로선 명백한 이유가 있겠죠. 아들과는 관계가 소원하고, 아내와는 이혼 소송 중이니까요. 틀림없이 다른 대안이 필요하다고 생각했을 거예요."

"그래요. 하지만⋯⋯."

로즈버러가 밴스 소령을 보며 말을 이었다. "소령은 위임장의 유효성에 대해 의심하고 있지만, 하워드 윈은 이 봉투를 지난 2월 2일에 나한테 맡겼고 그때부터 계속 내 집무실 금고에 들어 있었어요. 그리고 소령의 동석하에 이 봉투를 열었죠." 로즈버러가 딱딱하게 굳은 표정으로, 주름 한 줄 없는 치마를 천천히 매만졌다. "지금 소령의 말대로라면 내가 이 서류에 손을 댔다는 뜻인가요?"

밴스는 대법원장이 던진 미끼를 물지 않았다. "그건 아닙니다. 그저 윈 대법관의 상태에 대해 좀 더 많이 알려주거나, 킨 씨가 병원에 가기 전에 좀 더 많은 해명을 얻고자 했던 것뿐입니다."

"그래야죠." 로즈버러가 에이버리를 돌아보며, 차분한 목소리로 물었다. "잘 생각해봐요, 하워드가 자신의 병에 대해 말한 적이 있어요?"

"아뇨." 에이버리가 부끄러워하며 대답했다. "저는 그분이 편찮으신 줄도 몰랐어요. 지난 2년 내내 똑같은 모습이셨으니까요."

"어떤 모습이었죠?" 밴스가 물었다.

"영리하고, 무뚝뚝했죠. 신랄했고."

"피곤한 인간이었어요." 로즈버러가 말을 뱉어놓고 바로 후회했는지 얼른 덧붙였다. "하지만 하워드는 자기가 데리고 있는 서기들을 많이 배려했어요. 업무에 있어서도 공정했죠. 비록 상고 신청 검토*에 참여하진 않지만, 그쪽에 할당된 사건들 중 일부는 자기가 가져가서 처리했으니까."

"아까 원 부인을 만난 적이 있다고 했죠." 밴스가 끼어들었다. "법원 밖에서 원 대법관과 함께 시간을 보낸 적이 많았습니까?"

"행사가 있을 때요. 다른 서기들과 마찬가지로 나 역시 공짜 음식이 있는 곳이라면 어디든 갔으니까요. 일반적으로 우리 같은 서기들은 대법관이 초대하면 응해요. 평가에 신경 써야 하니까요."

"그보다 사적인 만남은 없었나요? 법원 밖에서 두 사람만 만난 경우는 없습니까?"

"대법관님 댁에 세 번 정도 갔었죠." 에이버리가 대답했다. 새빨간 거짓말이었다. "식당에서 저녁을 먹은 적도 있고요."

"그래요?" 그 대답에 뭔가 있다는 것을 알아차린 밴스가 재촉했다. "원 대법관 집에는 무슨 일로 갔습니까?"

"한 번은 대법관님이 집무실에 놔두고 간 서류를 드리려고 갔어요. 나머지 두 번은 저녁 식사 초대를 받았고요."

"당신 혼자서요?"

"서류를 전해드리러 갔을 때는 혼자였죠. 나머지 두 번은 아니었고요. 작년, 처음으로 참석했던 만찬에는 동료 서기인 어맨다 레예스와 함께 갔어요. 그 자리에 원 부인은 없었습니다."

"얼마나 오래 있었습니까?"

---

* 연방 대법원으로 들어오는 수천 건의 상고 신청을 아홉 명의 대법관이 다 할 수 없기 때문에 법원 서기들이 먼저 기록을 검토하고 보고서를 작성한다.

"시간을 재진 않아서 잘 모르겠네요. 하지만 서류를 전해드리러 갔을 때는 대법관님이 문밖으로 손만 내밀어 파일을 받으면서 뭔가 투덜거리셨어요. 처음 저녁 식사를 하러 갔을 때는 두 시간쯤 있었을 거예요. 그리고 이번 회기 저녁 식사 때는 한 시간 정도 있었습니다."

"그 만찬에 참석한 사람들이 또 있습니까?"

"윈 대법관님은 1년에 두 번, 서기들을 만찬에 초대해주세요. 아까도 말했지만 작년에는 어맨다와 날 부르셨죠. 다른 사람은 없었어요. '파티'라고 부를 만한 모임은 아니었죠. 대법관님은 우리와 함께 식사를 하면서 대화를 나누셨어요. 그리고 우리는 집으로 돌아갔고요."

"두 번째 만찬은요?"

"맷 브루어와 같이 갔어요."

"그땐 더 짧은 시간 있었나요?"

에이버리는 입술을 깨물었다가 이내 어깨를 으쓱했다. "한마디로 재앙이었죠. 대법관님이 우릴 내쫓으셨으니까. 윈 대법관님이 브루어는 질릴 정도로 아부나 늘어놓고, 나한테는 다락방에 사는 부엌데기들 화법을 쓴다고 하셨거든요."

"다른 사적인 만남은요?"

"회기가 시작되면 대법관님 댁에서 만찬을 가져요. 그리고 회기가 끝날 때는 우리 수준으로 갈 수 없는 고급 식당에서 근사한 저녁을 사주시죠. 이번 회기가 끝나는 6월 30일에 대법관님 비서가 '비오 마르셰'를 예약해뒀어요." 에이버리는 문득 떠오른 생각에 대법원장을 돌아보며 물었다. "만일 윈 대법관님이 깨어나지 못하시면 어떻게 되는 거죠?"

"그건 나중에 의논할 일입니다." 로즈버러가 주의를 주었다. "밴스 소령, 킨 씨에게 더 질문할 게 남았나요?"

"정말로 원 대법관과 법원 밖에서 단둘이 만난 적은 없습니까? 그런 짧은 방문 말고?"

"그냥 대놓고 물어보시죠. 내가 원 대법관님과 잠을 잤는지 알고 싶은 거잖아요."

"맞아요. 당신과 원 대법관이 성관계를 맺은 건 아닌지 궁금합니다. 법원에 들어오기 전이든, 그 뒤로든."

에이버리는 또다시 자리에서 벌떡 일어났다. 손에 들고 있던 서류들을 조심스럽게 접은 뒤 문 쪽으로 향했다. 이번에는 손잡이를 잡는 순간까지도 분노가 가라앉지 않았다. 지금껏 살아오면서 많은 일들을 했다. 합법적인 일도 있었고, 다소 의심스러운 일도 있었다. 의심스러운 일들은 대부분 리타 킨과 관련된 것이었다. 하지만 지금껏 단 한 번도 몸을 판 적은 없었다. 에이버리는 마음이 가라앉을 때까지 기다렸다가 두 사람을 돌아보았다.

"하워드 원에게 난 집무실 비품과 같은 존재였어요. 읽는 능력이 있는 아주 편리한 타자기 같은 거였죠. 난 오전 7시에 출근해서 절대 듣게 될 일이 없는 청원서들을 읽고, 진심으로 신경 쓰는 사람은 아무도 없는 모호한 법률 사항들에 대한 제안서를 작성해요. 내가 쓴 제안서를 원 대법관님이 찢어버리면, 다시 쓰고, 또 쓰는 거죠. 저녁 식사에 초대를 받으면 가요. 여기 없을 때는 그냥 잠을 자죠. 이 직업은 사교 생활이나 다른 일들을 할 여유를 주지 않아요. 원 대법관님은 내게 불행의 원천이자, 끊임없는 비평가였어요. 상사이자 멘토였죠. 하지만 난 원 대법관님의 친구나 지기, 연인이 아니었어요. 그분의 서기일 뿐이죠."

"이 서류에 따르면 이제 당신은 하워드의 법적 후견인이에요."
로즈버러 대법원장이 자리에서 일어서며 말했다. "에이버리, 이제
사무실로 돌아가봐요. 밴스 소령과 나는 몇 가지 더 정리한 뒤에,
당신이 병원에 가도 되는지 의논해볼게요."

　에이버리가 집무실을 나선 뒤, 로즈버러가 책상으로 다가서자
밴스는 어쩔 수 없이 책상 맞은편 자리로 이동했다. 밴스의 휴대전
화가 관심을 가져달라는 듯 윙윙거렸다. 로즈버러가 쳐다보자 밴
스는 휴대전화를 귀에 댔다. 소리를 작게 설정한 듯 상대방의 목소
리는 들리지 않았다. 밴스의 얼굴이 대리석처럼 뻣뻣하게 굳었다.
선천적으로 단단하게 생긴 턱은 아무 단서도 주지 않았다. 그 대신
로즈버러는 전화선 너머 들리지 않는 요구에 대해 "네, 알겠습니
다"라는 조용한 세 번의 대답으로 이어지는 일방적인 대화만 들을
수 있었다. 90초가량의 통화 끝에 밴스가 전화를 끊었다.
　대법원장의 질문을 예상했는지 밴스가 단도직입적으로 말했다.
"지금 상황은 전화로 전할 내용이 아닙니다."
　"그건 그렇죠." 로즈버러도 동의하며 물었다. "정확하게 뭐라고
전할 건가요?"
　"사실대로 말해야죠."
　"어떻게요?"
　"하워드 윈 대법관이 대법원장님 집무실에 봉인된 서류를 보관
해왔고, 그의 의사결정 능력이 없어짐에 따라 제 참관하에 그 봉투
를 열어보니, 윈 대법관이 자신의 서기였던 에이버리 킨을 후견인
으로 지목하는 내용이었다고 말입니다. 그래서 킨 씨가 그 자리에
앉는 것이 타당한지에 대해 제가 의문을 제기했으나, 대법원장님

과 킨 씨가 무시했다고요."

로즈버러는 밴스가 실제로 보고할 때는 그들의 만남에 대해 보다 다채로운 설명을 할 거라고 생각했다.

"킨 씨를 조사할 생각인가요?"

"킨 씨를 기다리는 동안 팀원들에게 그녀의 NCTC 파일을 가져오라고 지시했습니다. 추가 정보가 있어야 검토하기 좋을 테니까요. 이 일은 국가 안보가 걸려 있는 사안입니다. 저는 제 일을 하려는 것뿐입니다."

"이봐요, 밴스 소령." 로즈버러가 푹신한 가죽 의자에 편안하게 몸을 기댄 뒤, 미지근하게 식은 찻잔을 들어 올렸다. "20년간 이 일을 하면서, 난 당신이 현재 맡고 있는 것과 같은 일을 하는 사람을 본 적이 없어요. 아무리 국토안보부가 신설되었다고 해도, 당신처럼 군인 직위를 유지하면서, 무기를 가진 채로 민간 사무직을 차지하고 있다는 건 아주 흥미로운 일이라는 거죠. 정확하게……." 로즈버러가 책상에 놓여 있던 밴스의 명함을 집어 들었다. "과학기술국 연락책이란 게 무슨 일을 하는 건지, 대법원에 파견된 이유가 뭔지 모르겠네요."

"제 임무는 유동적입니다. 로즈버러 대법원장님."

"그리고 모호하죠. 밴스 소령, 당신이 원하는 건 뭔가요?"

"대법원장님의 침묵이죠. 대통령께서는 원 대법관의 상태가 아주 중요한 문제가 될 수 있다고 생각하십니다. 이 사안에 관한 결론이 날 때까지 원 대법관과 그가 선택한 후견인에 관한 정보는 기밀 사항으로 분류될 겁니다."

"이번 일이 특정 사건이기 때문인가요?"

"대통령께선 법원의 운영을 염려하고 계십니다. 대법원장님께선 특정 사건을 염려하는 거라고 생각하신 겁니까?"

"뭐라 할 말이 없네요."

밴스가 몸을 앞으로 숙였다. "대법원장님의 입장도 다시 한번 생각해보시는 게 좋을 겁니다."

로즈버러가 자리에서 일어나며 말했다. "당신이 비윤리적인 일을 의뢰하는 건 아닐 거라고 생각하도록 하죠."

"그저 단순한 대통령의 요청일 뿐입니다." 밴스가 말을 돌렸다. "법원은 앞으로 열흘간 중요한 결정을 내려야 하니까요. 우리 중 그 누구도 대법원장님이 하시는 일의 타당성이 훼손되기를 바라지 않습니다."

"그럴 일은 없을 거예요."

"대법원장님께서 킨 씨에 대한 조사가 끝날 때까지 법적 후견인 문제에 대한 논의를 제한해주신다면 대통령님도, 저도 개인적인 호의로 받아들일 겁니다."

"아무것도 찾아내지 못할 거예요."

밴스는 대법원장의 터무니없는 말에 깜짝 놀랐지만, 그 말이 진심이라는 것을 깨달았다.

"사람들은 모두 비밀을 가지고 있죠. 에이버리 킨이 후견인으로 정해진 것에 숨겨진 동기가 있을지도 모릅니다."

밴스의 말에 책상 앞에 서 있던 로즈버러가 비웃었다.

"숨겨진 동기요? 맙소사, 그 아이는 아무 관련이 없어요. 노인네의 결정 때문에 그 아이의 명예가 훼손되는 일은 없게 할 겁니다."

밴스는 손을 등 뒤로 한 채 서 있었다. 군인의 자세 그대로였다. "윈 대법관의 생사는 많은 사람들에게 아주 중요한 문제입니다, 로즈버러 대법원장님. 대법관의 병을 빌미 삼아 미국을 공격할 기회로 여기거나, 미국의 심장이라고 할 수도 있는 법치주의를 망치려고 노리는 사람들이 있으니까요. 우리가 경계를 늦추면 안 되는 이유를 아시겠습니까?"

"그 경계심이 너무 과하게 적용되지 않을 경우라면요." 대법원장이 반박했다.

"그만 가보겠습니다, 로즈버러 대법원장님." 밴스는 그대로 돌아서서 문을 향해 성큼성큼 걸어 나갔다.

집무실에 혼자 남게 된 로즈버러는 메리를 불렀다. "대법관들은 다 모였나요?"

"말씀하신 대로 모였습니다. 대법원장님을 기다리고 있어요."

"서기들한테도 9시에 보자고 통보하세요. 일단 개리 스튜어트부터 잠깐 봐야겠어요."

언론이 순식간에 몰려올 것이고, 그런 언론을 가장 잘 다루는 사람이 법원 공보 담당관이었다.

"네."

"교환대에 앞으로 한 시간 동안은 법원으로 들어오는 모든 전화는 당신이나 개리에게 돌리라고 해요. 아무도 외부로 전화를 걸거나 받아선 안 돼요. 알았죠?"

메리는 이유를 묻지 않았다. "네, 알겠습니다."

6

워싱턴 DC의 머나먼 반대편에서 인디라는 직사각형 모양의 탁자에 앉아 있었다. 문명의 진보라는 이름 아래 오래전에 사라져버린 고대 숲에서 잘라낸 나무로 만든 탁자였다. 반들거리는 탁자 주위에는 급히 소집된 여덟 명의 남자와 한 명의 여자가 앉아 회의가 시작되기를 기다리고 있었다. 탁자의 반대쪽 끝에는 커다란 TV가 걸려 있고, 그 화면에는 현재 다보스의 복합건물에 있는 구릿빛 피부에 흰 머리카락을 가진 남자가 비치고 있었다.

"여러분, 비상회의에 참석해주셔서 감사합니다." 인디라가 맑고 안정적인 목소리로 말했다. "모두 아시다시피 미국 내에서 앞으로 있을 아드바르와 젠 워크스 합병에 영향을 미칠 중요한 사건이 발생했습니다. 미국 대법원에서 표결의 열쇠를 쥐고 있던 윈 대법관이 혼수상태에 빠졌습니다."

"윈 대법관의 상태에 관한 새로운 소식은 없나요?"

그 자리에 있던 여자가 물었다. 미국에서 가장 수익성이 높은 콜센터를 운영하며 새롭게 거물로 부상한 인물이었다. 그녀는 하루 24시간 내내 전화기 앞에 완벽한 중서부식 미국 영어를 구사하는 젊은 직원들을 앉혀놓는 체계를 구축했다. 그 회사가 한 달 이내에 마이크로소프트나 버라이즌을 추월할 것이라는 소문과 함께 여자의 재산은 기하급수적으로 늘어났다.

인디라는 신중하게 대답했다. "아직까지는 윈 대법관의 상태에 변화가 없다고 합니다. 혼수상태의 원인이 무엇인지, 언제 정신이 돌아올지도 미지수라고 하더군요. 정보를 알아내기 몹시 어려운 상황이지만, 내일까진 좀 더 많은 사실들을 알아내야 합니다."

머리가 벗어지고 피부가 갈색으로 그을린 건장한 중년의 금융인이 말했다. "이 일이 소송에 어떤 영향을 미치는지 설명해주시죠. 지난 회의에서 윈 대법관이 우리에게 도움이 될 수도 있다는 이야기가 나왔잖습니까."

"지금도 그래요." 인디라는 부드럽게 정정했다. "원 대법관의 의사결정 능력이 없어진다고 해서 법원의 결과에 영향을 미친다는 보장은 없습니다."

뭄바이 거리를 달리는 인력거들을 통해 부를 쌓기 시작한 또 다른 남자가 투덜거렸다. "반대로 이 무모한 시도가 끝장날 수도 있겠죠. 애초에 난 그 저주받은 회사의 인수와 경솔한 모험에 우리가 참여하는 것을 반대했으니까."

"우리 주가가 급상승했을 때는 그런 말을 듣지 못했던 것 같은데요, 비노드." 탁자 주위로 퍼져나가는 웅성거림 사이에서, 인디라는 스위스에서 온 남자를 똑바로 쳐다보며 속삭이듯 말했다. "우리의 '시도'가 시장에 알려졌을 때 당신이 구입했던 그 멋진 요트가 몇 주 뒤면 출항할 예정이라면서요?"

비노드가 한숨을 내쉬었다. "이 합병의 경제 효과를 부정하는 건 아닙니다. 하지만 쉽게 해결될 단순한 문제라고 하기엔⋯⋯."

"상황이 복잡해졌죠." 인디라가 말을 받았다. 그녀는 화면 속 남자와 슬쩍 눈빛을 주고받은 뒤 말을 이었다. "크리슈나카무르 회장님, 이 자리에 함께해주셔서 감사합니다."

남자가 고개를 끄덕이고 입을 열었다. "워싱턴에서 온 소식이 상당히 불안하긴 합니다. 나 역시 젠 워크스와의 합병이 현명한 일인지에 대한 우려가 남아 있으니까요. 무역 협정에 대한 우리 정부의 거절은 스토크스 대통령에게 받아들여지지 않은 데다, 지금 우리는 미국 대통령의 정적과 힘을 합침으로써 그를 조롱하고 있는 셈이니까요. 스토크스 대통령이 변덕을 부릴 수도 있습니다."

"젠 워크스는 우리가 개발한 것과 티그리스로부터 얻은 것들을 효과적으로 시장에 내놓을 수 있는 기술과 특허권을 가진 유일한 파트너입니다. 거기에 더해, 정확하게 말하자면 나이절 쿠퍼와 스토크스 대통령과의 관계가 우리에게 힘을 실어줄 겁니다." 인디라는 모여 있는 사람들을 향해 고개를 살짝 숙였다가 말을 이었다. "우린 정치가가 아닙니다. 선지자죠. 난 우리의 우수한 기술과 젠 워크스의 제약 전문지식의 결합으로 아드바르가 이 세상에서 가장 크고 중요한 생명공학 기업으로 부상할 것이라고 굳게 믿고 있습니다. 아드바르가 완전히 활성화될 경우 경제적으로는 수조 달러의 가치에 이르게 될 겁니다. 조심해야 한다는 회장님 말씀에도 동의하지만, 매일같이 정치적 기반을 잃고 있는 대통령의 신경질적인 외국인 공포증 때문에 우리 자리를 잃고 싶진 않습니다."

"외국인 혐오증이 있을지라도, 그자는 여전히 이 지구상에서 가장 강력한 정치인이죠. 난 스토크스 대통령이라는 사람이나, 이 합병을 막으려는 그자의 의지를 과소평가할 생각이 없어요. 만일 이번 합병이 실패한다면 스토크스의 친구들이 젠 워크스를 훔쳐갈 것이고, 우리는 잊힌 기업이 되겠죠. 우리에게 아무리 뛰어난 계책이 있더라도 과대평가해선 안 됩니다." 크리슈나카무르가 말했다.

인디라는 눈살을 살짝 찌푸리며 짜증을 드러냈다. 눈에 띄긴 하지만, 절제된 반응이었다. "무슨 말씀인지 잘 알겠습니다, 회장님."

남자는 얼굴이 화면에 가득 찰 정도로 몸을 앞으로 내밀었다. "우리한텐 생각하고 행동할 시간이 없습니다. 만일 아드바르가 이번 싸움에서 진다면 우리는 시장에서 우위를 잃게 되고, 주가도 폭락하게 될 겁니다. 그런 손실에 대비해 필요한 모든 조치를 취하길 바랍니다. 아직 끝나지 않은 티그리스 문제를 해결하는 것도 포함해서 말이죠."

인디라는 고개를 끄덕였고, 주위에서도 소리 없는 동의가 이루어졌다. 크리슈나카무르는 예정대로 행동했다. 지시받은 그대로.

"걱정해주셔서 감사합니다, 회장님, 이사 여러분. 아드바르의 창립자로서 내게 현재의 성공뿐만 아니라 미래의 번영에 대한 권리도 있다는 걸 아실 겁니다. 따라서 다음과 같은 조치를 취하기 전에 먼저 동의를 구하기 위해 여러분을 이 자리에 모셨습니다." 인디라는 주위를 둘러싸고 있는 사람들의 우울한 눈빛과 마주했다. "지금부터는 기록을 남기지 않을 겁니다."

7

에이버리는 사무실 문을 닫고, 불도 켜지 않은 채 자리에 앉아 있었다. 긴급 메시지가 왔음을 알리듯 휴대전화가 깜박거렸지만 다 무시했다. 그 대신 책상 위에 펼쳐놓은 핵폭탄 같은 서류들을 다시 한번 읽었다. 위임장에는 공증받은 윈 대법관의 서명이 적혀 있었다. 소지자에게 하워드 윈의 법적인 사항들과 재정, 건강에 관한 모든 결정을 위임한다는 간단한 서류의 마지막 페이지였다.

그 서명은 진짜였다. 에이버리는 간신히 읽을 수 있게 휘갈겨 쓴 H와 아주 작게 쓴 W를 알아보았다. 그 사이에 있는 글자들은 엉망진창으로 뒤섞여 있어 실제 단어가 무엇인지 보는 사람의 상상에 맡겨야 할 정도였다.

1월 28일. 하워드 윈이 증인 앞에서 잘 알지도 못하는 여자에게 모든 것을 넘겨준다는 서명을 한 날짜였다. 거의 다섯 달 전이었다. 에이버리는 컴퓨터 달력에서 그 날짜를 열었다. 하지만 이미 알고 있었다. 평소와 다를 게 없는 날이었다.

하지만 그 전날인 월요일은 상황이 달랐다. 일요일도 마찬가지였다. 다른 때였다면 에이버리는 사무실 밖에서 원 대법관과 같이 있었을 것이다. 밴스 소령에게 말했던 것과 달리 거의 그랬다.

"엄마, 제발 좀." 에이버리는 술에 취한 엄마를 지하철역에서부터 반은 들고 반은 끌고 가면서 애원하고 있었다.

"딱 한 번만 더 출게." 리타가 낄낄거리며 가짜 모피를 걸친 어깨 위로 고개를 축 늘어뜨렸다. "그 사람이 한 번만 더 추자고 했어. 마지막 춤이야." 리타가 고개를 들더니 노래를 부르기 시작했다. "마지막 춤, 리타를 위한 마지막 춤. 그래, 이건 오늘 밤 로맨스를 위한 마지막 기회야!"

리타가 엉망진창으로 노래를 부르자, 전철에서 내리는 사람들이 쳐다보기 시작했다. 관중이 생겼다는 것을 알아차린 리타는 에이버리를 밀어내고 재빨리 몸을 흔들기 시작했다.

"그땐 내가 나빴어, 난 너무, 너무 나빠. 그러니 춤을 춰!"

에이버리가 리타를 붙잡기 위해 돌아섰지만, 얼룩이 잔뜩 묻은 엄마의 엉덩이를 움켜잡은 남자와 부딪치기만 했다.

"숙녀분이 춤을 추고 싶다면." 그 남자가 리타를 돌리며 말했다.

리타가 또다시 키득거리면서 남자의 어깨를 양팔로 감싸자 펄럭거리던 커다란 소매가 접히면서 주사 자국이 남아 있는 앙상한 팔이 드러났다. 리타의 춤 파트너는 빨지 않은 청바지에, 얼룩이 묻은 커다란 코트를 입고 있었다. 전형적인 하층계급의 복장이었다. 야구 모자로 이마를 가리고 있었지만, 칙칙한 갈색 곱슬머리가 목 뒤를 덮고 있었다. 에이버리는 서둘러 두 사람 앞으로 달려갔다. 남자의 낡은 옷에 배어 있는 마리화나 냄새가 코를 찔렀다.

그녀는 리타의 부러질 것처럼 마른 어깨를 붙잡고 말했다. "제발 엄마를 놔주세요."

남자는 리타를 바짝 끌어당기며 에이버리에게 맞섰다. "춤을 추고 싶다잖아."

"엄마는 취했어요. 그저 당신 주머니에 든 걸 털려는 것뿐이에요." 에이버리가 말했다.

리타는 남자 주머니 쪽에 손을 대고 있었다. 뭔지는 몰라도 이제 약효가 떨어지고 있다는 것을 보여주듯 눈이 번쩍거리고 있었다. 만일 그녀가 지하철역에서 그대로 기절해버렸다면 에이버리는 정말 힘들었을 것이다. 리타의 몸무게가 54킬로그램밖에 나가지 않는다고 해도 에이버리가 옮기기에는 너무 무거웠다.

"놀이는 끝났어요. 이제 그만 엄마를 놔주세요."

남자는 리타의 허리를 감은 팔에 힘을 주면서 끌어당겼다. 그에 응하듯 리타는 남자의 어깨에 머리를 파묻었다.

"봐, 내가 좋다잖아." 에이버리가 리타를 힘껏 잡아당기자 남자는 남는 손으로 에이버리를 밀었다. "너나 꺼져."

다른 지하철 승객들은 그들의 실랑이를 못 본 척하고 그대로 가버렸다. 아직 초저녁이었음에도 대부분의 사람들은 남의 일에 신경 쓰지 않으려고 했고, 자기 아닌 다른 사람들이 끼어들어주길 바라고 있었다.

에이버리는 싸우고 싶지 않았고, 관객을 원하지도 않았기에 조용히 부탁했다. "엄마, 이리 와요. 그만 가야죠."

에이버리는 리타를 구하기 위해 주머니에 넣어두었던 작은 칼을 움켜쥐면서 다시 한번 앞으로 나섰다.

리타는 그대로 반쯤 의식을 잃고 쓰러졌다. 남자는 에이버리를 음흉하게 쳐다보면서 리타의 가슴을 무례하게 주물럭거리더니 플랫폼 쪽을 쳐다봤다.

"나하고 네 엄마는 저쪽 구석에 가서 재미를 볼 거야. 여기서 가만히 기다리고 있으면 조금 뒤에 데리다줄게. 한 번만 더 나를 귀찮게 굴면 그땐 널 자빠뜨릴 줄 알아."

강간의 위협에도 흐릿해진 리타의 정신은 돌아오지 않았고, 에이버리의 선택은 명확해졌다. 등 뒤에서 칼날이 칼집에서 튀어나왔다. 지하철 CCTV가 앞으로 벌어질 공격에 앞서 교섭을 시도했다는 점도 포착했기를 바랄 뿐이었다.

"이제 그만 엄마를 놔줘. 마지막 기회야."

"웃기고 자빠졌네."

에이버리는 등 뒤에서 칼을 꼭 잡은 채 앞으로 한 발 내디뎠다.

"젊은 숙녀가 모친을 놓아달라고 하는데, 그 말을 들어주는 게 좋을 것 같소만."

에이버리는 뒤에서 들리는 누군가의 목소리에 등이 뻣뻣해졌다. 믿고 싶지 않은 마음에, 다시 한 걸음을 내디뎠다.

"엄마를 놔줘."

"내가 경찰에 신고하거나, 이 젊은 여성이 그쪽한테 불법으로 칼을 휘두르는 일은 없게 해줬으면 좋겠군." 에이버리의 뒤쪽에서 윈 대법관이 점잖게 타일렀다. "나도 이 여자분을 도울 수밖에 없을 것 같으니 말이오."

남자는 에이버리의 어깨 너머를 쳐다본 뒤, 바로 리타를 밀어버렸다. "이 여자한테서 지린내가 나는군. 데리고 꺼져."

에이버리가 어색하게 리타를 붙잡자, 남자는 그대로 플랫폼 쪽으로 사라졌다. 에이버리는 한 손으로 리타를 잡은 채, 다른 한 손으로 능숙하게 칼날을 접어 넣었다. 그런 다음, 마지못해 자신을 도와준 사람을 향해 돌아섰다. 그 자리에는 짐작했던 대로 윈 대법관이 서 있었다. 그는 인체에 심각한 해를 입힐 것 같은 두꺼운 흑단 지팡이를 휘두르고 있었다.

"대법관님."

윈은 지팡이를 아래로 내린 뒤 가볍게 몸을 기댔다. "킨."

"감사합니다." 여전히 콧노래를 엉망진창으로 흥얼거리고 있는 리타의 허리를 팔로 감싸 안으며 에이버리가 말했다. "어떻게 된 일인지 말씀드릴게요."

"물어본 적 없는 것 같은데. 그만 가보겠네." 윈은 그대로 돌아서서 에스컬레이터 쪽으로 향했다.

에이버리는 수치심을 느끼며 리타를 이끌고 다음 지하철에 올라탔다. 그리고 리타를 최근까지 묵고 있던 숙소에 데려다주었다.

다음 날 아침, 윈 대법관이 호출하자 에이버리는 해고될 것을 각오하고 집무실 문을 두드렸다.

"무슨 일이지?"

문을 반쯤 열고 에이버리가 대답했다. "에이버리예요. 부르셨다고 해서요."

"복도에서 그러고 있지 말고 들어와." 윈 대법관이 고압적인 손짓으로 에이버리를 안으로 불러들였다. "홀리 사건에 관해서는 정리가 됐나?"

에이버리는 재빨리 집무실 안으로 들어갔다.

"네. 대법관님이 모턴 사건에서 쓰셨던 방식으로 접근해봤습니다. 브루어는 휴글리 주식회사의 판결을 따르고 있는 것 같습니다. 아침에 초안을 작성할 겁니다." 가죽으로 된 기록부에 색인이 붙은 서류들과 판결문들이 들어가 있는 것을 보고 에이버리가 덧붙였다. "대법관님 계정으로도 사본을 보냈습니다."

"알겠네." 윈은 눈을 지그시 뜬 채 에이버리를 지켜보며, 파일을 들고 페이지를 넘겼다. "자네가 내 밑에서 2년 정도 있었나."

전날 저녁에 마주쳤던 것을 떠올리며, 에이버리가 힘없이 고개를 끄덕였다. "네."

"내가 흔히 봐왔던 무능의 전형적인 징후가 자네한테선 보이지 않아."

에이버리는 순간적으로 한쪽 보조개를 보이며 살짝 미소를 지은 뒤 뻣뻣하게 대답했다. "감사합니다. 최대한 무능을 드러내지 않기 위해 노력하고 있습니다."

"빈정거리라는 게 아닌데." 에이버리가 사과하기 전에 윈이 얼른 말을 이었다. "예일에선 재미있었나?"

"'재미있다'는 너무 강한 표현인 것 같습니다. 전 훌륭한 교육을 받을 수 있는 기회를 얻은 것에 감사했으니까요."

"그전에는 스펠먼칼리지 학생이었지. 그리고 오벌린과 센트럴칼리지도. 그러면서 전공을 여러 개 이수했어. 화학, 프랑스 문학, 역사, 정치학."

"제가 관심이 다양해서요."

"역사도 포함되나?"

에이버리가 고개를 끄덕였다. "네."

"역사라. 인류의 전기 전체를 배울 생각이 아니라면 노력의 범위가 지나치게 광범위하군."

에이버리가 말했다. "역사는 그저 몇 학기 공부한 게 다입니다."

"생화학에 관해서는 잘 모르는 것 같은데. 변덕스러운 관심사의 범위를 넓히기 위해 특별한 도움이 필요한 건가?"

에이버리는 이를 악물고 싶은 것을 간신히 참으며 대답했다. "전 미국 역사를 좋아합니다. 하지만 1학년이나 2학년 때는 역사를 전공으로 하기 어려웠습니다."

"미국 역사를 좋아하는 이유가 뭐지? 자만심과 자아도취 없이 위대한 성취를 이룬 다른 나라들도 있는데 말이야."

"말씀하신 대로예요. 하지만 미국은 모순적이면서도 조숙한 나라입니다. 우린 아주 단시간 동안, 국민에 반하는 부패한 죄들을 저질렀고, 전 세계에 예외주의의 전형적 사례를 반복적으로 제공했죠. 미국인들은 탐욕스럽고, 뛰어나며, 동정심이 많습니다. 우리는 모든 이들에게 우리의 천재성을 상기시키는 것을 좋아하지만, 우리 지도자들은 똑똑한 사람들을 비웃죠. 200년도 안 되는 시간 동안 우리는 대륙의 과반을 차지했고, 인류를 달에 보냈습니다. 그리고 촬영용 슬레이트를 발명했죠. 전 이런 대조적인 면을 좋아합니다."

윈 대법관이 재미있다는 기색을 살짝 내비치며 여전히 에이버리를 응시한 채 말했다. "누군가는 호의와 어리석음의 나라라고 했지. 정의는 어디에나 있지만 보기 힘들어. 그래서 자네도 프랑스어 공부에 푹 빠진 거겠지. 뒤마 소설처럼 대담한 행동을 보여주는 이야기는 별로 없으니 말이야."

"프랑스 문학은 아주 낭만적이거나, 끔찍하게 실용적으로 보이죠. 그래서 그만뒀습니다."

"나도 프랑스 작가들에게 관심을 갖고 있다네. 그들은 야만인을 우아하게 묘사하는 독보적인 능력을 가지고 있지. 프랑스 문학을 공부하는 동안 좋아했던 작가는 누군가?"

"코르네유와 볼테르를 좋아했습니다."

"주제에서 주제로 넘어가는 볼테르의 성향이 매력적이었던 모양이군."

면접 때 이미 다뤘던 주제였지만, 에이버리는 그대로 따랐다. "그렇습니다."

"전학을 많이 다녔던데?"

"집안 사정으로요."

바로 지난밤 윈 대법관이 직접적으로 마주한 일들이었다.

"쓸데없는 말을 하는군." 윈이 실소를 날렸다. "그 '집안 사정'으로 학업에 영향을 받았나?"

"아뇨. 세 학교에서 모두 평점 4.0을 유지했으니까요."

"장담컨대, 지금까지 이룬 모든 성과는 자네의 직관적인 기억력 덕분일 거야."

에이버리는 움찔하고 싶은 본능을 막았다. "기억력이요?"

"내가 몰랐을 거라고 생각하나? 자네처럼 사건들을 자연스럽게 기억하는 사람은 아무도 없어. 그리고 자네는 세부 사항들을 떠올릴 때마다 시선을 위쪽으로 올리는 경향이 있지. 허공에 서류들을 띄워놓고 페이지를 넘기면서 읽고 있는 거야. 아닌가?"

정곡을 찔린 에이버리는 고개를 끄덕이며 말했다. "제 기억력은 자산입니다. 의존하고 있진 않아요. 전 제가 하는 일이 무엇인지 알고 있고, 제가 알고 있는 것이 무엇인지도 알고 있습니다."

"지금 자네가 화가 났다는 건 알아. 자네 가족 문제나 자네가 숨은 능력을 이용해서 편법으로 공부했다는 것에 의문을 제기할 생각은 없네."

윈 대법관은 에이버리의 허를 찔렀고, 그녀가 반응을 보이길 원하고 있었다. 하지만 에이버리는 가만히 있는 것이 최고라고 배웠기에 그저 침묵할 뿐이었다.

에이버리가 아무 말도 하지 않자, 윈은 거의 웃는 법이 없는 입매를 끌어올리며 싱긋 웃었다. "잘했어. 자넨 심지어 눈빛까지 침착하게 유지하는 법을 알고 있군."

"네?"

"자네 눈은 자신을 드러내지 않아. 지방법원에서 일했을 때 난 항상 알 수 있었어. 변호사든 피고든 같은 반응을 보였으니까. 동공은 확장되고, 이를 악무는 거야. 체스는 둘 줄 아나?"

갑자기 바뀐 주제에 에이버리가 어리둥절한 채로 고개를 끄덕였다. "그럭저럭 둘 줄 압니다."

"거짓말쟁이."

"네?"

"자네는 거짓말을 했어. 아마 습관적으로 거짓말을 하는 훌륭한 선수일 거야. 자네가 얼마나 잘하는지 사람들에게 알리고 싶지 않은 거지."

에이버리는 어깨를 으쓱하며 윈의 말을 인정했다. "제법 하는 편이긴 합니다."

"음." 윈은 에이버리가 몸을 꼼지락거리고 싶어질 때까지 그녀를 쳐다봤다. "거짓말쟁이들은 모두 비슷해. 안 그런가?"

에이버리는 솟구치는 화를 애써 억누르며, 현재 자신의 자리에 대한 위신과 불복종으로 해고될 경우의 불이익을 떠올렸다. 정말 열심히 일해서 이 자리까지 왔다. 말 한마디 잘못했다가는 이 자리에서 쫓겨날 것이다. 지금 윈 대법관은 에이버리를 자극하면서 뭔가를 찾고 있었다. 무슨 시험을 하고 있든 그녀는 절대로 떨어지지 않을 것이다.

에이버리는 절제된 목소리로 나지막하게 물었다. "만약 이 모든 것이……."

"내 일이 끝나면 자네는 해고될 거야. 아직은 아니고." 윈은 평온한 표정으로 에이버리를 꼼짝 못 하게 만들었다. "아직 내 질문에 대답하지 않았어. 거짓말쟁이들은 모두 비슷한가?"

"아닙니다."

"어째서?"

에이버리는 어깨를 으쓱하며 설명했다. "자신의 이익을 위해 거짓말하는 이들도 있고, 무언가를 지키기 위해 거짓말을 하는 이들도 있으니까요. 거짓말을 하는 상황에 따라 다릅니다."

"착한 거짓말도 있다는 말인가?"

"거짓과 진실은 착한 것도 나쁜 것도 아닙니다. 나쁜 사람이 진실을 말할 수도 있고, 좋은 사람이 거짓을 말할 수도 있으니까요."

"얼버무리는군." 그가 다시 한번 고개를 끄덕이며 말했다. "음, 아직도 도박을 하나?"

"어떤 것에 대한 말씀이신가요, 대법관님?"

갑자기 터진 걸걸한 웃음소리가 방 안을 가득 메웠다. "탁월한 질문이야. 자넨 무슨 도박을 하나? 이론적으로 말이야."

에이버리는 잠시 입을 다물고, 대답할 말을 신중하게 골랐다. 면접 때를 제외하고 지금이 윈 대법관과 가장 길게 응대하는 것이었다. 여전히 어려웠지만, 그가 거슬리진 않았다. 그는 뭔가를 알고 싶어 했다. 에이버리는 그게 무엇인지, 그가 왜 이러는 건지 알 수가 없었다.

"운에 맡기는 게임은 재미있지만, 궁극적으로는 언제 손을 떼야 할 것인지 알 때만 가치가 있습니다. 뛰어난 도박꾼은 위험과 보상의 균형을 맞추는 법을 알죠. 예를 들어 대법관님이 대학 시절 룸메이트들에게 자기 방세까지 바가지 씌운 사실을 대법관님의 상사에게 폭로한다면, 그건 비합법적인 행동을 저지르는 성향에 대해 알리는 것이지만 동시에 독창성과 파격적인 재능을 가지고 있다는 것을 보여주기도 합니다."

"그렇겠군. 하지만 내가 기억하기로 그게 남부 지역이었다면, 법을 어긴 거야."

"크게 달라질 건 없죠."

"자넨 무슨 도박을 하나?"

"포커요. 카지노에서 책임자가 너무 가까이에서 지켜보지만 않는다면 블랙잭도 하고요. 제대로 된 동네에 가면 공원에서 체스도 두죠."

"지금은 얼마나 자주 도박을 하나?"

"하지 않습니다."

"어째서?"

"지금 받는 급여가 필요를 충족시키고 있으니까요. 전 욕구를 위해 도박을 하지 않습니다. 반드시 필요한 경우에만 하죠."

"그 차이를 어떻게 구분하지?"

에이버리의 입매가 올라갔다. "많은 경험을 했으니까요. 필요와 욕구를 구분하는 건 전혀 어려울 게 없습니다."

원 대법관이 몸을 앞으로 숙였다. 그리고 가격이 여느 가족의 일주일 생활비는 될 법한 몽블랑 만년필을 집어 들었다.

"다른 사람들이라면 그 말에 동의하지 않을 거야. 필요와 욕구는 대부분 동일하게 보이니까. 자네는 무엇으로 그 차이를 구분한다는 거지? 빈곤의 고귀함인가?"

"아닙니다. 그저 실용적으로 보는 거죠."

"실용적?"

"네. 욕구를 위한 도박은 위험합니다. 제가 하는 일에 무슨 일이 생기지 않는 한, 뭔가 조금 나아질지도 모른다는 무시해도 좋을 기회를 얻자고 지금 현재 제가 가지고 있는 걸 위태롭게 만드는 것들은 믿지 않습니다."

"포커는 대부분의 사람들에게 위험한 게임이야. 난 체스를 좋아해. 고귀한 게임이거든. 공원에서 하는 속도전으로 폄하해선 안 되는 게임이지."

에이버리는 움찔하며 말했다. "그렇게 하는 게 재미있을 수도 있어요. 시계와 상대방에 맞서 시합을 하는 거니까."

"고대 인도의 제왕들은 동의하지 않을 거야. 이 게임은 처음 만들어졌을 때, '차투랑가'로 알려졌지. 무어인들이 유럽에 전파한 뒤 우리는 이 게임을 체스라고 부르게 됐어. 퀸이 가장 강력한 말이지만, 여전히 킹을 섬기지. 어떻게 생각하나?"

"뭘 말입니까?"

"퀸은 킹을 구할 책임이 있고, 오직 킹의 목숨만 신성시된다는 점 말이야. 페미니스트의 감성으로 봤을 때 불쾌하지 않은가?"

에이버리는 싱긋 웃었다. "제 페미니스트 감성으로는 불쾌하지 않습니다. 이 전략 게임 안에서 킹은 다른 말들의 도움 없이는 자신의 생명을 구할 수 없는 명목상의 최고위자죠. 퀸은 강력하고 역동적입니다. 퀸은 킹을 지키지만, 약해서 그런 게 아니에요. 바로 퀸이 해야 하는 일이기 때문에 하는 겁니다. ……체스판에서 '비지어Vizier'가 퀸으로 대체된 건 10세기에 이르러서였어요. 비지어는 고위관료라는 뜻이죠. 그 뒤로 500년 이내에 퀸은 체스판 위에서 가장 강력한 말이 됩니다. 바람직한 진화죠."

"대부분의 사람들이 직접적으로 관계를 맺기에는 너무 재미가 없어. 난 온라인으로 체스를 두지. 잡담 같은 건 나누지 않는 어려운 게임이야."

"놀랄 일이네요." 에이버리는 대법관이 컴퓨터로 체스를 둘 거라고는 생각해본 적이 없었다.

윈이 컴퓨터 화면을 톡톡 두드리며 말했다. "체스다이너모닷컴 Chessdynamo.com."

"아……." 무슨 말을 해야 할지 몰라 에이버리는 화면을 들여다보았다. "한번 들어가 봐야겠네요."

"그래야 할 거야." 윈이 생각에 잠긴 듯 손가락으로 턱을 두드렸다. "그럼 신의는 어떤가?"

갑작스러운 화제 전환에 당황한 에이버리가 파일을 쥐고 있던 손가락에 힘을 주었다. "무슨 말씀이신지요?"

"신의 말이야. 의사결정을 내릴 때 신의도 영향을 미치나?"

"전 약속한 것은 지키고 빚진 것은 갚습니다. 그런 걸 말씀하시는 건가요?"

"그런 것도 포함되지." 대법관이 생각에 잠긴 채 손가락을 까딱거렸다. "자네가 신의를 약속했다면, 그쪽에서 요구하는 일이 터무니없거나 설령 위험한 일이라 할지라도 지켜줄 건가?"

에이버리는 평온한 눈빛으로 쳐다보는 윈과 시선을 마주했다. "전 친구들을 신중하게 선택합니다. 우정에는 의무가 따르죠. 이미 말씀드린 대로 전 약속은 지키고 빚은 갚습니다."

윈이 알 수 없는 표정으로 계속해서 에이버리를 쳐다봤다. 에이버리는 꼼지락거리고 싶은 것을 꾹 참으며, 그 대신 팔을 양옆으로 느슨하게 내렸다.

잠시 뒤 대법관이 물었다. "난 어떤가? 자네의 신의 대상들 중에 어디쯤 자리 잡고 있지?"

"네?"

"간단한 질문이잖아. 나한테 지킬 신의도 있나?"

"전 이 법원에 신의를 지킬 겁니다." 에이버리가 조심스럽게 입을 열었다. "저는 법을 지키고 헌법을 지지할 것을 맹세했습니다. 대법관님의 서기로서, 대법관님이 하시는 일을 돕고, 모든 일이 순조롭도록 온 힘을 다 하는 것이 제 의무입니다."

덥수룩한 흰 눈썹이 치켜 올라갔다. "아, 그렇다면 자네가 존경하는 건 이 직업이로군. 내가 아니라."

"그렇게 말씀드리진 않았습니다. 대법관님은 제게 신의에 대해 물으셨죠. 전 대법관님을 위해 일을 합니다. 그러므로 대법관님이 내리시는 결정이 합헌적이고, 합법적인 한 저는 최선을 다해 대법관님을 지지할 것입니다."

"만일 내가 합법이라고 주장하는 것이 헌법의 테두리 안에 정확하게 들어가 있지 않은 거라면, 그땐 어떻게 할 거지?"

"그때는 가능하다면 그 주장이 헌법에 맞을 수 있는 방법을 찾아봐야겠지요. 그렇게 되지 못할 경우라면 대법관님뿐만 아니라 어느 누구를 위해서라도 법을 어기진 않을 겁니다. 전 대법관님을 존경하고 존중하지만, 언제 어디서나 법을 우선으로 하니까요."

"그럼에도 칼을 소지하고 다니지." 윈이 투덜거리며 파일을 다시 들어 올렸다. 그리고 그 파일을 내려놓더니, 노란색 색인표가 붙어 있는 푸른색 파일과 뚜껑이 달린 펜을 집어 들었다. "그런데 자넨 서류 작업에 주의를 하지 않는 모양이야. 인사과에서 자네 서명이 필요한 서류가 있다고 하더군."

에이버리는 분한 마음으로, 책상 앞에 다가가 윈이 내미는 펜을 받아들었다. 그녀는 파일을 펼친 뒤 서명란을 보았다. 그리고 서류의 다음 장에 손을 대면서 물었다. "무슨 서류인데 제 서명이 빠졌다는 거죠?"

"난 자네의 행정 보좌관이 아니야. 사인을 다 했으면 자네가 확실히 과잉 보상을 받고 있는 업무로 돌아가보게."

괴팍한 노인네로 돌아갔네. 에이버리는 서류의 나머지 장들은 잊어버린 채 생각했다.

그녀는 검은색 테두리 안에 이름을 날려 쓰고, 급히 날짜를 적어 넣었다. 두 사람이 공유한 시간과 윈 대법관 입장에서의 심문은 확실히 끝났다. 에이버리는 펜을 돌려준 뒤, 재빨리 집무실을 빠져나왔다.

***

지금 그 서류들을 쳐다보고 있자니, 온몸에 한기가 들었다. 후견인 서류에는 그다음 월요일 날짜로 윈 대법관의 서명과 증인 노아 폭스의 서명이 들어가 있었다. 에이버리는 두 사람에게 서명해준 기억이 없었다. 그날 자신이 정말 인사과 서류에 서명했던 것일까? 에이버리는 전화기를 집어 들고, 이 상황에 대해 알 만한 사람에게 전화를 걸었다.

"서무과 리사 보더스입니다."

"에이버리 킨이에요."

상대방의 목소리가 부드러워졌다. "킨 씨, 무슨 일이에요?"

에이버리는 리사가 원 대법관 일에 대해 묻고 있다는 것을 알아챘지만 무시했다. 리사 역시 다른 사람들처럼 뉴스를 통해 정보를 얻게 될 것이다.

"원 대법관님이 지난 1월에 제게 인사과 서류에 서명하라고 하신 적이 있어요. 그 서류 사본을 얻을 수 있을까요?"

"인사과 서류요? 잠깐만 기다려봐요."

아무 소리도 들리지 않자, 에이버리는 그동안 이메일을 훑어보았다. 2분 정도 지난 뒤에 리사가 전화로 돌아왔다.

"미안해요. 하지만 당신이 채용된 뒤로 새로 서명한 서류는 없었어요. 업데이트된 W-4를 제외하면 말이에요. 그 서류라도 보고 싶어요?"

놀라움이 예감과 충돌했지만, 에이버리는 침착하게 대답했다. "아니, 괜찮아요. 제가 잘못 알고 있었나 봐요."

"그래요. 혹시 필요한 게 또 있으면 연락 줘요."

에이버리는 수화기를 내려놓았다. 인사과 서류가 아니라면 대체 무슨 서류에 서명한 것일까?

8

"어쩌다 그런 걸 놓친 거야?"

예전에 물러난 국가 원수가 남긴 값비싼 항아리에 세라믹 컵이 부딪히는 소리가 시끄럽게 울렸다. 부서진 조각들이 푹신한 카펫 위에 흩어지자, 대통령 집무실에 잠시 정적이 흘렀다.

"법원을 계속 지켜봤어야지, 윌! 국토안보부는 개뿔. 이렇게 날 실망시킬 거라면 왜 자네를 군사 계급 승인까지 내주면서 편안한 일자리에 앉혀야 하지?"

브랜던 스토크스 대통령은 화가 잔뜩 난 채 밴스 소령을 노려보았다. 대통령이 아무리 큰 소리를 내도 최첨단의 도청 방지 기술과 매일같이 행하는 수색 덕분에 누군가 그의 말을 엿들을 위험은 없었다. 미국 대통령 집무실은 지구상에서 가장 안전한 곳에 속했다.

윌리엄 밴스는 아무 말 없이 오랜 친구를 쳐다보았다. 대통령의 불같은 화는 곧 가라앉을 터였다. 크리스털 재떨이가 책상 위에서 쓸려나갔고, 펜들이 공중으로 날아갔다. 그런 뒤 대통령은 의자에 털썩 주저앉더니, 양손을 포개 턱을 받쳤다.

"저것들 좀 치워주겠나? 한 시간 뒤에 여기에서 사진 촬영이 있어. 걸스카우트랬나, 보이스카우트랬나, 모르겠네. 그런 걸 누가 기억한다는 거야?"

밴스 소령은 깨진 조각들을 빠짐없이 주웠다. 그리고 그 조각들을 쓰레기통에 버리면서 설명했다. "로즈버러 대법원장이 그 서류를 보관하고 있었습니다. 자기는 무슨 내용인지 전혀 몰랐다고 하더군요. 하지만 윈 대법관이 무슨 내용인지 전혀 언급하지 않은 채, 그 서류를 대법원장에게 맡겼다는 건 믿기 힘듭니다."

"윈 대법관은 교활한 놈이야." 스토크스 대통령이 인정하며 말했다. "졸업식에서 부렸던 난동은 경고였어. 하지만 무슨 일이 일어날지 정확하게 알았다면, 그 개자식은 법원 계단 위에서 다 불어버렸을 테지. 그 여자에게 그런 권한을 준 건 자기 보존 본능일 거야. 죽을 때가 다가오니 그런 마음이 들었겠지. 암울함을 이겨내는 데 젊은 여자만큼 좋은 건 없으니까."

"이번 일이 애정을 기반으로 발생한 거라고 믿긴 어렵습니다. 윈 대법관이 암호로 된 메시지를 보낼 만한 가치가 있었을 겁니다."

"암호라니, 무슨 말이야?"

"감시자가 윈의 집에서 전화를 걸었습니다. '동쪽에서 찾아라, 강을 봐라'라는 말을 전하라고 했답니다."

대통령이 눈을 가늘게 떴다. "그자가 알았을 리 없는데."

"가능성을 배제할 순 없습니다. 중동 지역의 강에 관한 모호한 단서를 말한 거로 봐선 많이 진행된 것 같지는 않습니다만." 밴스가 바닥에 흩어진 펜들을 주워 모아 책상 위에 있던 통에 집어넣었다. "이런 상황을 어쩌다 놓친 건지 말씀드리자면, 겨우 몇 주 전에야 감시를 붙일 수 있었기 때문입니다. 제 부하들은 윈이 인도의 고등법원 판사까지 조사했다는 사실을 알아냈지만, 다른 내용들은 알아낼 수가 없었습니다. 인도인들조차 도시 전설이라고 믿고 있는 티그리스 프로젝트에 관해 언급했다는 것뿐이죠." 밴스가 넓은 마호가니 책상의 한쪽 구석에 재떨이를 올려놓으면서 물었다. "라스크 바우어라는 이름을 알고 계십니까?"

대통령이 고개를 들었다. "누구?"

"라스크 바우어요. 한 사람의 이름일 수도 있고, 두 사람의 성일 수도 있습니다. 이것도 우리가 알아낸 메시지에 들어 있던 내용입니다. 아직 NCTC를 통해 신원조회를 해보진 못했습니다."

"윈이 말했다는 거지?"

"네."

스토크스 대통령은 몸을 앞으로 숙인 뒤 천천히 고개를 내저었다. 그런 뒤 짧게 웃음을 터뜨렸다. "개자식 같으니."

"누군지 아십니까? 라스크나 바우어?"

"이렇게 즐거울 수가 있나." 대통령이 말했다. "윈 대법관도 이 정도로 즐겁진 않았을걸. 그자는 자기 말을 희생하는 걸로 유명한 체스 전략을 언급한 거야. 1889년, 에마누엘 라스커는 암스테르담에서 열린 토너먼트에서 요한 헤르만 바우어를 물리쳤지. 라스커는 체스판 위에 있던 자기 비숍들을 이용해 바우어가 그 말들을 잡게끔 유인했어. 그 과정에서 바우어는 자신의 퀸을 위험에 노출시켰지. 라스커는 시합에서 이기기 위해 자신의 실패를 이용했던 거야. 빌어먹을, 그 교활한 자식이 여전히 게임을 하고 있었어. 혼수상태에서조차 말이야."

"전 체스 선수가 아닙니다, 대통령님."

"잊고 있었군. 자네 취향에 맞을 것 같은데."

대통령은 돌아서서 캐비닛 위에 올려둔 자신의 체스판을 쳐다보았다. 말들은 네팔 장인이 수공으로 만든 것이었다.

"비숍은 흥미로운 말이야. 킹과 퀸 옆에 서 있거든. 체스판에서 세 번째로 중요한 말이지. 그래서 수호자라고 부르기도 해."

"그렇다면 에이버리 킨이 비숍 중 하나군요." 밴스가 등 뒤에서 양손을 포개며 말했다.

"원은 우리 쪽에서 부주의한 수를 두도록 그 여자를 미끼로 이용한 거야. 그렇다면 우리는 두 번째 비숍의 정체도 파악해야 해." 대통령이 비숍 두 개를 들어 나란히 놓으며 말했다. "누군지 몰라도 그자가 원을 인도로 이끌었을 거야. 그 프로젝트는 우리가 거부하기 전까지는 인도 정부에서조차 몰랐을 만큼 극비로 진행된 거니까."

"티그리스는 인디라 스리니바산이 젠 워크스 합병을 시도하면서 묻혔죠. 그 여자일 수도 있습니다." 밴스가 말했다.

대통령이 고개를 저었다. "나이절 쿠퍼 쪽이 더 가능성 있지. 그자는 벌써부터 월스트리트에서 내가 실패한 대통령이 될 거라고 떠들고 있다더군. 아드바르와 젠 워크스가 합병하게 내버려두면 내가 감옥에 가 있는 동안 쿠퍼는 억만장자가 될 거야."

대통령도 그 남자가 탐욕에 눈이 멀었다는 것을 알고 있었다. 자신에게 유용할 수도 있었던 탐욕이었다. 하지만 급진적 자유주의자인 그 기업가는 대통령을 경멸했고, 대통령 역시 그를 싫어했다.

"윈 대법관에게 제보한 사람이 누군지 알아내고, 두 번째 비숍도 찾아내야 해."

"자세히 알아보니, 윈 대법관은 인도 카르나타카의 고등법원 수석재판관인 아룬 모한과 함께 법률 규범에 관한 국제위원회에서 일한 적이 있었습니다. 모한의 아내는 NGO 이사회에서 의학 연구를 위한 해외 지원을 확보하는 일을 하고 있죠. 듣자하니, 디너파티에서 자기 남편과 남편의 미국인 동료에게 이제는 무너진 '히게이아'라는 유전공학 회사에 대해 떠들었다고 합니다. 그런 자리에서 흔히 나올 만한 평범한 대화였지만, 이미 부르신 증후군의 치료제를 찾고 있었던 윈 대법관에겐 그렇지 않았던 거죠."

"그게 언제였는데?"

"지난 10월 분기가 시작되기 직전이었습니다. 바로 그때 아드바르가 히게이아를 분해하고 흡수했죠. 티그리스 프로젝트와 그 기술은 묻혀버린 상태에서, 모한의 아내가 윈 대법관에게 시작점을 알려준 셈이었던 겁니다."

"그자는 계속 파헤칠 만한 충분한 이유가 있다고 생각했겠지." 스토크스 대통령은 책상을 밀어젖히고 일어난 뒤, 전임자들이 200년 동안 모아둔 장신구들을 진열해놓은 선반 주위를 돌았다. "디너파티에서 나온 대화가 윈을 티그리스로 이끌었군."

"디너파티에서 나온 대화와 미국 대법원의 조사 능력이 합쳐진 겁니다." 밴스가 대통령의 말을 정정했다. "히게이아에 대해 안다고 해서 티그리스로 연결되지는 않으니까요. 누군가 말을 얹은 거죠. 어쨌든 우린 실마리를 찾았고, 끝까지 따라가다 보면 그게 누군지 잡게 될 겁니다."

"서두르게, 윌. 나와 지나치게 가까우니까. 다라 아람 켈 마을에서 무슨 일이 있었는지 기억하겠지?"

"파키스탄에 대해 말씀하실 필요는 없습니다."

밴스의 반응은 거의 알아차릴 수 없을 정도였지만, 오랫동안 그를 알고 지낸 스토크스는 바로 알 수 있었다. 밴스는 남들이 알아차리기 어려울 정도로 아주 미세하게 자신의 감정을 드러냈다.

대통령이 흡족한 마음으로 말했다. "난 단 하루도 그 일을 잊은 적이 없어. 10년이 지나도 잊을 수 없을 거야. 우리는 21세기 미국이 직면한 가장 큰 위협에 대한 해결책을 주도했던 거니까." 대통령은 필리핀에서 선물받은 예식용 지팡이를 움켜쥐고, 밴스를 돌아보았다. "나이절 쿠퍼와 서부 해안 속물들은 내가 신을 믿는다고 조롱해. 자유주의와 애국심을 믿는다고 말이지. 나이절 쿠퍼나 혼수상태에 빠져 있는 사법 폭군 때문에 우리가 몰락하는 일은 없을 거야."

"물론입니다." 밴스가 대답했다.

비록 몇 년이나 지난 일이지만 파키스탄에서의 그날 밤, 대통령이 된 남자는 밴스와 유대감을 형성했고, 그에게 일생의 사명을 내렸다. 티그리스는 스텔스 군사 계획 이상의 프로젝트였다. 그것은 혁명이었다, 밴스가 탄생을 도울 혁명.

"연락책을 통해 그자들의 처리가 끝났다는 것을 확인했습니다.

그리고 대통령님은 아드바르와 젠 워크스의 합병을 중단시켰죠. 원 대법관도 그릇된 사법적 판결을 이끌어내기 위해 노력하는 대신 혼수상태로 누워 있습니다. 우리가 수집한 정보에 따르면, 그렇게 되지 않았다면 법원은 분열되었을 겁니다. 원은 부동표이고, 지금은 말 그대로 깊은 잠에 빠져 있습니다."

여전히 마음이 놓이지 않은 스토크스가 반박했다. "허튼소리, 원이 혼수상태에 있다고 해서 법원에서 물러난 게 아니야. 지금은 법학을 공부한 어떤 여자가 그 자리를 대신하고 있으니까."

"대통령님, 우리로서는 법원이 꼼짝 못한 채로 누워 죽음만을 기다리고 있는 원 대법관을 그대로 놔둘 거라고 생각할 이유가 없습니다. 원 대법관은 혼수상태로, 합의된 내용에 서명할 수도 없고, 서기에게 자기 대신 투표할 수 있는 권한을 줄 수도 없으니까요. 이미 백악관 변호인단에 이 상황에 대한 상세한 보고서를 제출해달라고 요청했습니다. 대통령님이 지적하신 대로 원 대법관은 사임하거나 죽을 때까지 법원에 남게 될 겁니다. 후견인이 사임을 제안할 수도 있지만, 현 상황은 전례가 없습니다."

대통령은 작은 테이블과 함께 놓여 있는 나지막한 푸른색 양단 소파 옆에 멈춰 섰다. 그러고는 가나 총리에게 선물로 받은 자기 그릇을 열고, 그 안에 들어 있던 네모난 감초를 꺼내 입에 집어넣었다. 쌉쌀한 맛이 지금 기분과 어울렸다. 대통령은 오랜 친구이자 상담역인 밴스 앞에 우뚝 섰다.

"원은 자기가 데리고 있던 법원 서기를 첫 번째 비숍으로 이용했어. 두 번째 비숍이 누군지 알아내야 해. 원은 우리가 그자를 막을 걸 예상하고, 이기기 위한 별도의 방법을 마련해뒀을 거야. 그 두 사람은 서로의 존재조차 모를 수 있어."

"누군지 알아내겠습니다."

대통령은 아무 말도 하지 않았다. 그는 밴스를 몇 안 되는 친구로 여겼다. 최근 들어 대통령에게 친구라는 것은 아주 조심스러운 개념이었다. 스토크스가 워런 캐드리스 대통령과 함께 젊고 활기찬 부통령으로서 일하기 시작했던 첫해에는 좋을 때만 동맹이 되는 사람들에게 둘러싸여 있었다. 그들은 스토크스를 정계의 록스타로 변신한 전쟁 영웅이라고 치켜세웠다. 군 복무를 마친 뒤 미상원에 들어가기 위해 선거운동을 할 때도 퍼플 하트 훈장과 청동성장 메달이 힘을 실어주었다. 기록적인 액수의 후원금을 모았고, 경쟁자들을 제쳤다. 군사위원회에서 일했고, TV에 어울리는 외모로 빠르게 정계의 스타가 되었다. 그리고 마침내 48세의 나이로 캐드리스 대통령의 부통령으로 나서게 되었다.

압도적인 선거운동 속에서 스토크스는 공화당의 마스코트가 되었고, 정치색과 관계없이 모든 정치인들의 롤모델이 되었으며, 대통령보다 더 많은 인기를 누렸다. 확실한 차기 대선 후보였다.

그 이후 그는 실질적으로 대통령직을 수행하기에는 너무 무능하고 노쇠한 노인을 돕기 위해 발 벗고 나섰다. 부통령으로서 그는 국민들의 불안을 진정시키기 위해 군 복무 시절의 경험을 되살려 지도부의 대표 역할을 맡게 되었다. 외국의 고위인사들을 만나고, 유엔 연설 또한 캐드리스 대통령이 아니라 스토크스 부통령이 했다. 조약들을 타결하고, 정부를 운영했다. 스토크스는 신병 훈련소 내무반 동료이자, 전장에서 여러 차례 뛰어난 작전을 세웠던 윌리엄 밴스를 호출했다.

임기 2년이 지났을 때 캐드리스 대통령은 급작스러운 심장마비를 일으켰고, 그 해결책으로 자연스럽게 브랜던 스토크스 부통령이 대통령직을 넘겨받았다. 스토크스의 명성은 더욱 치솟았다. 그의 재선은 순항할 것처럼 보였다. 하지만 그것도 주가 폭락, 마다가스카르에서 발생한 인질 구조 작전 실패, 마이크가 켜진 상태로 사적인 대화가 흘러나가버린 사건이 있기 전의 일이었다. 설상가상으로 전혀 경계하지 않던 동맹국인 인도가 배짱을 부리며 무역협상에 응하지 않았다. 시기적으로 이보다 더 나쁠 순 없었다.

바로 다음 주에 스토크스는 자신을 파멸시킬지도 모를 합병을 중단시키라는 명령서에 서명을 했다. 만일 아드바르와 젠 워크스가 합병할 경우 비밀리에 젠 워크스로 은밀한 군사 프로젝트를 위한 자금이 흘러 들어갔음이 드러날 것이기 때문이다. 그런 행위에 대한 미국인들의 관용은 베트남전 동안 많이 없어졌고, 레이건 행정부가 레바논에 억류되어 있던 미국인을 구하기 위해 비밀리에 이란에 무기를 팔고 그 대금 일부를 니카라과의 반군에게 지원한 사건 이후로 완전히 사라졌다.

게다가 그것만으로는 티그리스 프로젝트로 무엇을 할 수 있는지 알지 못했다. 그래서 스토크스는 명령을 내렸고 나이절 쿠퍼의 투자자들이 분노에 찬 비난을 외치게 내버려두었다가, 실리콘 밸리가 전국에 네거티브 광고를 내놓는 것을 보고 아연실색했다.

한때 찬란했던 여론조사 수치는 이제 처참한 수준이었다. 이 모든 것은 스토크스와 밴스가 자신들이 숭배하는 나라를 지키려고 노력했기 때문이다.

"이번 작전이 얼마나 중요한지는 말하지 않아도 알 거야. 우리가 한 일들이 무엇인지, 의회에 앉아 있는 머저리들은 절대 이해하지 못할 테니까."

"티그리스는 긴요했습니다. 선택의 여지가 없었죠."

"그 서기는 어떻게 할 생각인가?"

"그 여자야말로 윈 대법관의 의도가 뭔지 전혀 모르는 것처럼 보였습니다. 계속 지켜보면 그 여자가 알고 있는 게 무엇인지 알아낼 수 있을 겁니다."

"그냥 끌고 가서 심문하지 않고?"

"그럴 근거가 없다고 로즈버러 대법원장이 경고했습니다." 대통령의 항의를 예상하고 밴스가 한 손을 들어 올렸다. "아직까지는 말입니다."

"윈 대법관이 쓰러졌으니, 이제 그자의 컴퓨터를 확인할 수 있는 건가?"

"법원은 요새나 마찬가지입니다. 판사들은 첩보기관의 보안을 받아들이지 않을 것이고, 외부에서 침투할 수 없는 자체적인 전산망을 가지고 있으니까요. 우리가 효과적으로 이용할 만한 취약점을 찾지 못했습니다. 아무래도 그 서기에 관해 더 많은 것들을 알아낼 때까지 신중하게 행동해야 할 것 같습니다."

스토크스는 책상 위에 있던 마사지볼을 집어 들며 생각을 정리했다. "후견인 자리에 그 서기 대신 설레스트 터너 윈을 올려줄 우호적인 판사는 없을까? 아직은 그 여자가 윈의 부인이잖아."

"가능할 겁니다. 에이버리 킨의 NCTC 파일을 살펴보니, 그 여자의 모친과 그 여자랑 같이 살고 있는 룸메이트가 말을 들을 것 같더군요. 오늘 오후쯤이면 윈이 그 여자를 선택한 이유를 알게 될 겁니다. 그 뒤에 이 사태를 정리해보도록 하겠습니다."

"그렇게 해." 스토크스가 잔디밭이 내려다보이는 프랑스식 문 쪽으로 밴스를 부르면서 말했다. "자네의 충성심과 능력에 대해서는 고맙게 생각하고 있어."

"감사합니다."

"평화를 유지하기 위해 극단적인 보수주의자들의 비위를 맞춰주고, 그보다 더 지독한 보수주의자들에겐 불평을 해야 해. 의지가 나약한 진보주의자들에겐 인내심을 가지고 있는 척해야 하고. 애국주의와 양당주의라는 이름 아래 내가 사실이라고 알고 있는 것들을 고발했어."

"힘든 선택을 하신 겁니다."

"우리에게 직면한 위협을 고려하면, 내가 할 수 있는 유일한 선택이었지. 티그리스는 테러를 막을 수 있어." 대통령이 밴스를 쳐다보며 말을 이었다. "우린 애국자야, 밴스. 공익을 위해 헌신하는 사람들이지. 아드바르와 젠 워크스의 합병은 공익을 끔찍하게 해치는 길이야. 이 세상은 우리가 얻은 지식을 이해하지 못해. 자넨 무엇을 했는지, 무엇을 해야 하는지 알고 있어."

"에이버리 킨은 제 선에서 알아서 할 수 있습니다. 허점을 찾아내겠습니다."

"법원 휴회 기간 동안 빈자리가 생겼으면 좋겠어." 대통령이 다시 한번 유리창을 통해 쳐다보았다. "아이젠하워 대통령이 휴회 기간에 윌리엄 브레넌을 대법관으로 임명했다는 걸 알고 있나?"

지난 3주 동안 수도 없이 이야기했던 내용이었지만 밴스는 모르는 척했다. "그랬습니까?"

"아이젠하워는 국회가 해산되기를 기다렸다가 브레넌을 대법관 자리에 앉혔어."

대통령은 집무실 너머로 무장 경호원들이 교대하는 것을 지켜보았다. 그들의 임무는 오직 하나였고, 목적도 하나였다. 대통령을 지키는 것. 그렇게 함으로써 나라를 지키는 것이었다.

"윈이 법원에서 나가기만 한다면, 난 역사를 만들 수 있어. **역사.** 그리고 국회의사당에 있는 빌어먹을 민주당원들 중 누구도 날 막을 수 없을 거야. 분열된 표와 공석으론 안 되지. 그 자리는 내가 채울 때까지 비워져 있을 테니까. 하지만 그러려면 의자가 먼저 비어 있어야 해. 그렇게 만들어, 윌. 그땐 이 모든 혼란이 끝날 거야."

"알겠습니다."

9

윈 대법관님이 나를 속여 서명하게 만든 서류는 무엇일까?

에이버리는 무수한 가능성을 고려하며 책상 위에 쌓여 있는 서류 탑을 쳐다보았다. 그 답이 윈의 집무실에 있을 거라는 사실을 떠올리자, 에이버리는 재빨리 자리에서 일어나 문밖을 살펴보았다. 대기 중인 사람은 아무도 없었다. 브루어는 내년에도 고용되기 위한 노력의 일환으로 다른 대법관의 방에 가 있을 것이다.

그녀는 조용히 윈 대법관의 집무실에 들어간 뒤 문을 잠갔다. 사방의 벽면과 탁자 위에 조심스럽게 쌓여 있는 서류들과 법률 서적들이 늘어서 있었다. 윈 대법관은 컴퓨터에 능했지만, 손으로 묵직한 파일을 직접 만지면서 찾아보는 것을 선호했다. 에이버리는 자신이 서명했을지도 모를 서류를 찾기 위해 파일들을 체계적으로 확인했다. 대부분의 서류들은 주제별로 분류되어 있었다. 하지만 에이버리의 서명이 들어간 서류는 보이지 않았다.

좌절한 그녀는 책상 앞으로 다가가 주인의 형태가 남아 있는 가죽 회전의자에 조심스럽게 앉았다. 책상 위에는 연필통과 메모장,

컴퓨터를 제외하면 아무것도 놓여 있지 않았다. 에이버리는 컴퓨터 전원 버튼을 누른 뒤 옆에 있는 캐비닛으로 손을 뻗었지만 서랍은 열리지 않았다.

"제발 좀 열려라." 에이버리가 중얼거리면서 다시 한번 서랍을 힘껏 잡아당겨보았지만 아무 소용없었다. "당연히 잠가뒀겠지."

자신이 쓰는 사무실 책상을 떠올리며 에이버리는 포스트잇과 기타 사무실 비품이 들어 있는 중앙 콘솔에 손을 뻗었다. 분홍색 메모지 밑에 봉투 칼이 놓여 있었다. 에이버리는 은으로 된 가느다란 봉투 칼을 집어든 뒤 엄지손가락으로 표면을 쓸어내렸다. 그런 뒤 서랍의 잠금장치를 다시 살폈다. 기본적인 나사 형태였다. 에이버리는 서랍의 열쇠 구멍에 칼끝을 밀어 넣고 이리저리 돌려보았다. 금속 막대가 미끄러지면서 서랍이 열렸다.

내용에 따라 색인표가 붙어 있는 진녹색 파일들이 가지런히 꽂혀 있었다. 대부분의 색인표들은 이번 분기에 법원에서 다루기로 동의했던 상고들과 일치했다. 윈 대법관의 서기로 일했던 첫해, 이송명령서부터 법정 조언자에 의한 의견서, 보조 조사 보고서까지 모든 서류들을 정리하는 일은 에이버리의 책임이었다. 올해에는 맷 브루어가 그 영예를 안았다. 그 일을 하는 것에 대해 브루어가 불평을 늘어놓자 윈 대법관은 자기 비서들의 품위를 떨어뜨리는 거냐며 내쫓았다.

에이버리는 슬쩍 미소를 짓고는 그 색인표에 적힌 제목들을 입으로 속닥거리면서 파일들을 뒤적거렸다.

"아르노스테. 캐버노. 델레크루아. 에번스 도매. 전방 도로 개발." 서랍 아래쪽에도 파일들이 늘어서 있었다. 에이버리는 위쪽 서랍을 닫고 아래쪽 서랍을 열었다. "풀턴, 기타 등등. 젠 워크스."

에이버리는 젠 워크스 파일을 꺼내 펼쳐보았지만, 아무것도 없었다. 이전 내용을 표시한 색인표 외에는 아무것도 없었다. 젠 워크스와 관련된 열한 개의 서류들이 하나도 없었다. 젠 워크스는 에이버리에게 배정된 건이었는데, 윈 대법관이 여느 때의 꼼꼼하고 세심함을 넘어 강박적으로 정보들을 모아오라고 지시했을 때는 이 사건을 배당받았던 것을 후회했었다. 그녀는 판례법들을 분석하고, 행정특권과 과도한 대통령 권한에 관한 자료들을 끌어모아 몇 편의 보고서를 작성해야만 했다.

서랍에는 그 작업의 결과물인 몇 백 장의 서류들이 단 한 장도 남아 있지 않았다. 텅 비어 있는 젠 워크스 다음 파일에는 '인사과'라는 색인이 붙어 있었다. 그 파일 안에는 두 건의 서류가 들어 있었는데, 그중 하나에는 단정한 글씨로 '맷 브루어'라고 쓰여 있었고, 나머지 하나에는 '에이버리 킨'이라고 쓰여 있었다.

에이버리는 문 쪽을 흘끔 쳐다본 뒤, 자신의 이름이 붙어 있는 서류부터 펼쳐보았다. 안에 있는 건 에이버리의 지원서와 로스쿨 성적표, 추천서들이었는데, 위쪽 빈칸에 윈 대법관이 직접 쓴 평가가 남아 있었다. **'적합'**. 에이버리가 페이지들을 넘겨보았지만, 자신이 서명했던 서류는 없었다. 자기가 무엇에 동의한 것인지는 몰라도 그 서류는 이 집무실 안에 없었다.

에이버리는 자신에 관한 서류들을 정리한 뒤, 브루어에 관한 평가는 어떤지 훔쳐보기로 마음먹었다. 브루어의 지원서에는 윈 대법관의 서체로 **'견딜 만함'**이라고 쓰여 있었다. 에이버리는 코웃음을 쳤다.

에이버리는 실망한 채로 서랍을 닫은 뒤, 오른쪽에 있는 세 번째 서랍을 열었다. 파일들 중 맨 앞에 놓여 있는 건 '국제 연안 동맹',

바로 물 전쟁 사건이었다. 다른 파일들도 재빨리 살펴보았지만, 아무것도 남아 있지 않는 건 젠 워크스 사건뿐이었다.

"윈 대법관님, 우리가 조사한 것들은 다 어디로 가버린 건가요?"

에이버리는 다시 집무실을 샅샅이 뒤지기 시작했지만, 아무것도 찾지 못했다. 여느 법조인들과 달리, 윈 대법관은 잡동사니들을 쌓아두는 걸 경멸했다. 탁자 위에도 예전 서류들이나 읽지 않은 학술지 같은 것들은 하나도 남아 있지 않았고, 아직 정리하지 못한 자료들만 놓여 있었다. 그 자료들을 대충 훑어보았지만, 에이버리나 브루어가 담당한 사건들은 아니었다. 집무실은 윈 대법관이 수십 년 전 물려받았을 때처럼 거의 비어 있었다. 젠 워크스 파일이 어디에 있는지 몰라도 이 집무실 안에는 없었다.

에이버리는 컴퓨터로 시선을 돌린 뒤, 다시 책상 앞에 앉았다. 컴퓨터 화면에는 암호를 입력하라는 아이콘이 깜박거리고 있었다. 에이버리는 제일 먼저 떠오르는 이름을 입력했다. 설-레-스-트. 그러자 '비밀번호를 잘못 입력했습니다'라는 문구가 떠올랐다. 두 번째로 윈의 직책을 입력해보았다. 대-법-관. 이번에도 컴퓨터는 명령어를 거부했다.

에이버리는 의자에 비스듬히 기대앉은 채로 아랫입술을 깨물었다. 윈 대법관은 동물도 키우지 않았고 취미도 없었다. 더 이상 생각나는 것이 없었다. 그녀가 알고 있는 개인정보는 윈이 호밀 빵에 겨자를 바르고 훈제 소고기를 넣은 샌드위치를 좋아한다는 것과 가족들과 관계가 소원하다는 것 정도였다. 실제로 집무실에 있는 개인 물건은 윈과 어린 소년이 낚싯대를 들고 있는 사진 액자 하나가 전부였다. 에이버리는 그 소년이 아들일 거라고 짐작했다.

그녀는 다시 몸을 앞으로 내밀고 어림짐작으로 '재-러-드'라고 입력했다. 컴퓨터는 앞으로 한 번만 더 잘못 입력하면 비밀번호 입력횟수 초과로 계정이 잠길 거라고 경고했다. 에이버리는 그 자리에서 얼어붙었다. 그녀는 다시 한번 사진을 쳐다본 뒤, 예전에 읽었던 재러드에 관한 내용을 떠올렸다. 에이버리보다 나이가 몇 살 많았다. 그녀는 다시 한번 재러드의 이름을 입력한 뒤 그의 출생연도를 덧붙였다. 컴퓨터가 윙 하며 돌아가기 시작했다. 에이버리는 기분 좋게 컴퓨터가 로딩되기를 기다렸다.

"대법관님이 숨기고 있는 것들, 어디에 숨기셨나요?"

에이버리가 컴퓨터 파일들을 검색해보았지만, 법원에서 현재 진행하고 있는 사건들에 관한 기록들과 윈이 쓰겠다고 동의한 의견서들밖에 나오는 것이 없었다. 서랍에 들어 있던 서류들처럼 젠 워크스 항목에는 아무 내용이 없었다.

"대법관님이 무슨 생각을 하는지 아무도 모르길 바라신 거죠." 에이버리는 속삭였다. "그래서 서류들을 다 치워버리고, 컴퓨터에서도 삭제한 거잖아요."

에이버리는 그 의미를 생각했다. 윈 대법관은 고집스럽기로 악명이 높았고, 결국 의무적으로 의견을 제시해야 하는 회의에서가 아니면 자신의 생각을 동료들과 공유하는 일이 거의 없었다.

"소문으로 봐서는 대법관님의 생각을 아는 사람은 저밖에 없는 것 같네요." 에이버리는 유감스럽다는 듯 웃었다. "그런데 전 대법관님이 무슨 생각을 하고 계신지 모르겠어요."

그녀가 집중적으로 조사했던 사안은 행정부 특권과 엑슨 플로리오 수정헌법*의 입법 의도였다. 다른 비밀스러운 과제는 없었다.

---

* 외국 기업이 미국 기업에 투자할 때 미국의 국가 안보에 위협이 될 경우 이를 저지할 수 있는 권한.

그러다 문득 생각이 떠올랐다. 이메일에 뭐가 있진 않을까? 에이버리는 윈 대법관의 아웃룩을 열고 폴더들을 살피기 시작했다. 윈은 자신이 받은 메일들을 보낸 사람과 제목순으로 정리해두었다. 맨 위에 있는 폴더에는 '대법원장'이라고 표시되어 있었고, 그 뒤로 '동료 판사들' '서기들'이라고 표시된 폴더가 이어졌다.

에이버리가 '서기들' 폴더를 누르자 세 개의 하위폴더가 나타났다. 첫 번째에는 에이버리의 이름이 있었고, 두 번째는 브루어의 이름이 있었다. 세 번째는 **'체스다이너모'**라고 표시되어 있었다. 에이버리는 그 세 번째 폴더를 클릭했다. 메시지 함에 들어 있는 첫 번째 메일은 윈 대법관이 자기 자신에게 보낸 것이었다. 제목이 그녀의 관심을 끌었다.

〈**아니는 강에 있다**〉

'아니'는 사건명도 아니었고, 직원들의 이름도 아니었기에 에이버리는 혼란스러운 마음으로 그 이메일을 클릭했다. 하지만 내용은 더 혼란스러웠다. **뒤마는 아니를 찾아라.** WHTW5730.

뒤마. 윈 대법관은 뒤마의 소설이 대담한 행동을 보여주는 이야기라고 말했다. **상사 집무실에 몰래 들어와 컴퓨터 파일을 뒤지는 것처럼 말이지.** 하지만 그 메일엔 이상한 문구와 암호 같은 조합 이외에 다른 내용은 없었다. 병이 깊어진 남자가 정신없이 남긴 게 아니라는 걸 보여주는 내용이나 명확한 증거 같은 건 없었다.

에이버리는 그 이메일을 닫고 같은 폴더에 있는 다른 메일들을 살펴보았다. 이메일 주소 끝이 @comcel.co.in으로 끝나는 여러 개의 연락처들로 전송된 것들이 있었다. 이메일을 통해 전송한 문자 메시지들로 약 스무 통에 달했다. 아주 짧은 내용으로, 거의 1년에 걸쳐 전송되었다. 메시지 내용은 동일했다. **광장에서.**

유튜브 링크가 포함된 불분명한 추가 항목들이 산재되어 있는 것들도 있었다. 에이버리는 그 링크를 클릭했다. 답답한 속도로 열린 창은 쉽사리 연결되지 않고 뜸을 들였다. 결국 그 사이트는 더 이상 영상을 이용할 수 없다고 나왔다. 에이버리는 얼굴을 찡그리며 그 페이지를 출력했다. 그리고 재빨리 다른 메일들을 살펴보았다. 그 폴더에는 깨진 링크와 간단한 문자들로 가득 차 있었다. 원의 컴퓨터에 다시 접속할 수 없을지도 모른다는 사실을 떠올린 에이버리는 다시 한번 그 내용들을 훑어본 뒤, 머릿속에 집어넣었다.

잔뜩 실망한 채 에이버리는 창밖을 바라보았다. 아니는 누구이며, 뒤마는 무엇을 뜻하는 걸까? 광장에는 대체 누가, 혹은 무엇이 있는 걸까? 에이버리는 책상 서랍에 손을 대면서 무언가 간과한 게 있지 않은지 생각해보았다. 그 순간 휴대전화가 울렸다. 전화를 받으면서, 에이버리는 만일의 경우에 대비해 그 폴더에 담겨 있는 내용들을 전부 출력하기로 마음먹었다. 그녀의 기억력은 뛰어났지만 틀릴 수도 있기 때문이다.

"에이버리 킨입니다."

"킨 씨, 마이클 토카라고 합니다. 원 대법관의 주치의인 신경학과 전문의죠. 현재 킨 씨가 원 대법관을 대리하는 걸로 알고 있습니다."

에이버리는 조심스럽게 물었다. "무슨 일이 있나요?"

"약간 문제가 생겨서요. 지금 당장 베세즈다해군병원으로 와주셨으면 합니다."

"원 대법관님에게 무슨 일이 있는 건가요?"

"아뇨, 원 대법관님의 상태와는 관련 없습니다." 토카 박사가 한숨을 쉬며 설명했다. "원 대법관님의 부인과 아들 때문에요. 가능한 한 빨리 여기로 와주셨으면 합니다."

"전 지금 시내에 있어요. 그래도 최대한 빨리 가겠습니다."

"서둘러주세요."

의사가 전화를 끊자, 에이버리는 지금까지 보고 있던 폴더를 닫고 출력한 종이들을 모았다. 컴퓨터 전원을 끄려다가 잠시 망설였다. 법원의 네트워크는 외부에서 침투할 수 없는 것으로 명성이 자자하긴 했지만, 법원 안에 있는 사람이라면 누구라도 에이버리가 찾아낸 것들을 발견할 수 있었다. 그녀는 이게 뭔지 몰랐지만, 본능적으로 다른 사람들이 보지 못하게 없애야 할 것 같았다. 결국 다시 자리에 앉아 **체스다이너모** 폴더와 내용물을 모두 삭제했다. 그리고 봉투에 출력한 종이들을 집어넣은 뒤 집무실을 빠져나왔다.

10

에이버리는 베세즈다해군병원의 긴 복도를 지나 접수대로 향했다. 주변에는 환자의 가족들과 친구들로 가득했고, 그중에는 제복을 입은 사람들이 많았다. 에이버리는 병원과 대기실, 임종이 연상되는 약 냄새가 싫었다. 그녀는 병원에서의 볼일이 빨리 끝나기를 간절히 바라는 마음으로 접수대 직원에게 방문 목적을 알리고 신분증을 제시했다.

"신경학과의 토카 박사를 만나러 왔습니다."

"킨 씨." 접수대 앞에 있는 에이버리 쪽으로 흰색 가운을 걸친 비쩍 마른 체격의 남자가 다가와 손을 내밀었다. "마이클 토카입니다. 빨리 와주셔서 감사합니다."

"급한 일이라고 하셨으니까요." 에이버리는 토카를 따라 복도를 걸어가며 물었다. "지금 터너 윈 부인이 와 계신 겁니까?"

토카 박사는 에이버리를 이끌고 미로 같은 복도를 지나 엘리베이터로 향했다. 두 사람이 엘리베이터에 올라타자 토카 박사가 설명해주었다.

"터너 윈 부인뿐만 아니라 아들인 재러드도 와 있습니다."

에이버리는 깜짝 놀랐다. 재러드 윈은 하워드 윈의 외아들이었지만, 그 자리에 연연하지 않았다. 법원에서 일하는 동안 터너 윈 부인은 몇 번 보았지만, 재러드는 한 번도 본 적이 없었다. 비록 대법관의 집무실에 그의 사진이 한 장 놓여 있긴 했지만, 윈 대법관은 아들이나 전부인과의 결혼 생활에 대해 아무 말도 하지 않았다. 대신 법원 비서들이 온갖 중요한 세부 사항들을 알려주었다.

첫 번째 윈 부인은 하워드와 함께 공부했던 법대생으로, 당시 몇 명 안 되는 여학생이었다. 두 사람은 사랑에 빠졌고, 졸업하자마자 바로 결혼했다. 둘 사이에서 아들이 태어났지만, 아들이 열 살 되던 해 윈 부인은 조지타운에 있던 근사한 저택에서 사망했다. 어린 재러드는 이모 집에서 살게 되었고, 하워드 윈은 그 집을 팔아버렸다. 그는 거기서 두 블록 떨어진 곳에 있는 집을 샀지만, 아들과 함께 살진 않았다. 윈 대법관은 그 뒤로 15년을 혼자 살다가 사교계 명사였던 설레스트 터너와 재혼했다.

에이버리는 윈 대법관에게 아들에 대해 물어본 적이 없었다. 뿐만 아니라 공개적으로 소원한 관계인 두 번째 아내 설레스트에 대해서도 묻지 않았다. 6개월 전, 설레스트의 지시에 따라 이삿짐센터 직원들이 그들의 저택에서 옷가방과 짐 상자들을 실어 날랐다는 소문이 있었다. 그다음 날 아침부터 설레스트는 세인트 레지스 호텔에서 지내게 되었고, 윈 대법관은 또다시 홀아비가 되었다. 하지만 종종 입에 올랐던 두 사람의 이혼은 성사되지 않았다.

지금 에이버리가 토카 박사의 사무실에서 마주하게 된 상황이 그랬다. 설레스트 터너 윈은 포기하지 않은 끈기로 젊음을 유지하고 있었다. 실제로는 41세였지만, 자신은 35세라고 주장했고, 겉으로는 25세로 보였다. 신경 써서 손질한 흑갈색 머리카락이 완벽한 각도로 어깨 위로 흘러내렸다. 도도하게 보이는 눈썹 아래, 촉촉한 갈색 눈동자가 짙은 속눈썹으로 둘러싸여 있었다.

그녀는 높은 창문 앞에 서 있었다. 햇살이 머리카락을 물들여 금빛으로 반짝거렸다. 오늘 설레스트는 아예 미망인처럼 검은 베르사체 드레스를 입고 이 자리에 참석했다. 목걸이와 귀걸이조차 슬픔에 잠긴 아내에게 어울리는 흑진주로, 모든 것이 검은색이었다. 다만 에이버리를 바라보는 짜증스러운 표정만큼은 평소 거만한 모습과 똑같았다.

에이버리는 방 안에 있던 다른 사람을 흘깃 쳐다보았다. 널찍한 사무실에 놓여 있는 1인용 소파에는 재러드 윈으로 보이는 남자가 편안하게 앉아 있었다. 그는 끝단이 해진 청바지를 입고, 검은색 워커를 신고 있었다. 엄숙한 상황임을 의식한 듯 남자는 흰색 티셔츠 위에 푸른색 폴로셔츠를 받쳐 입고 있었지만, 단추는 반쯤 풀어져 있었다. 네모난 턱에, 뺨이 움푹 파인 각진 얼굴은 윈 대법관의 책상에 놓여 있던 어린 시절의 사진 속 모습과 똑같았다.

에이버리는 괴로울 정도로 닮은 그 모습에 깜짝 놀라 뒤로 한 걸음 물러서다가 토카 박사와 부딪쳤다. "죄송해요."

"잠깐만 기다려주세요." 토카 박사가 친절하게 속삭였다. 그는 에이버리를 사무실 안으로 이끈 뒤, 안에서의 대화를 다른 사람들이 듣지 못하게 문을 닫았다. 그러곤 에이버리를 책상 옆 의자로 안내하며 설명했다. "킨 씨, 이쪽은 설레스트 터너 윈 부인과 재러드 윈 씨입니다."

에이버리는 언제라도 일어날 수 있게 가장자리에 걸터앉은 후 예의를 차려 말을 꺼냈다. "안녕하세요. 이렇게 힘든 상황에 이 자리에 오게 돼서 유감입니다. 윈 대법관님은 제게 큰 의미가 있는 분이에요. 대법관님의 회복을 기원하는 바입니다."

설레스트가 왕족처럼 손을 내젓더니 토카 박사에게 말했다. "저 여자가 어째서 이 자리에 있는 건지 모르겠군요. 그 사람 아내는 나예요."

"별거 중인 아내죠." 재러드가 거만한 자세를 바꾸지 않은 채 덧붙였다. "나는 직계고. 이 자리까지 와주신 킨 씨에겐 외람되지만, 외아들은 나예요."

토카 박사가 사과하는 표정으로 에이버리를 잠깐 쳐다보았다. "이미 두 분께 말씀드린 대로, 킨 씨에겐 어떤 조치를 취하기 전에 고려해야 할 사항들을 윈 대법관을 대신해 전달받을 권한이 있습니다."

"저 여자는 그냥 법원 서기예요. 하워드의 변호사가 아니라." 설레스트가 비웃었다. "하워드 바로 옆에 있던 귀염둥이. 저 여자의 배려는 감동적이지만, 아무 관계가 없죠. 이혼 서류에 서명하기 전까지 하워드는 내 남편이에요."

"대법관님의 결정에 저 역시 두 분만큼 놀랐어요." 에이버리는 무릎 위에 올려놓은 가방을 꼭 움켜잡았다. 가방 안에는 위임장 사본이 들어 있었다. 원본은 토카와 통화를 한 뒤에 사무실에 잘 숨겨두었다. "저도 오늘 처음 알았으니까요."

그때 재러드가 처음으로 움직였다. 몸을 앞으로 내밀며 에이버리를 쳐다보았다. "뭘 알았다는 거죠?"

에이버리는 혼란스러운 표정으로 토카 박사를 쳐다보았다. "저분들께 말씀드리지 않았나요?"

토카 박사가 고개를 저었다. "병원 변호사들의 조언에 따른 겁니다. 그 이야기는 당신이 직접 해야 한다더군요. 미안해요."

"뭐가 어떻게 됐다는 거예요?" 설레스트가 오만한 자세를 버리고, 창문에서 손을 뗀 뒤 의사의 책상을 내리쳤다. 다이아몬드가 햇빛 아래 반짝거렸다. "저 여자가 여기서 뭘 하고 있는 거죠?" 설레스트가 자세를 바로 하며 팔짱을 꼈다. "난 하워드의 소망을 전달했어요. 하워드는 이런 상황에서 과한 의학적 조치를 하지 말아달라고 여러 번 이야기했어요. 그러니 하워드의 생명 유지 장치를 제거해주세요. 그 사람 말대로, 신이 그이를 살리고 싶어 한다면 자가 호흡을 할 테니까요."

"신의 뜻 같은 소리하네." 재러드가 욕설을 내뱉으면서 자리에서 일어나 책상 쪽으로 다가왔다. 그는 키가 크고 마른 체격에 육상 선수처럼 탄탄한 몸을 가지고 있었다. 짧게 깎은 머리카락은 옅은 밤색 눈과 같은 색이었다. "그 사람에 대해 잘 모르긴 하지만, 내가 기억하기로 죽음을 소망하기에는 너무 자기 위주인 사람이었어요, 선생님. 그럼에도, 지금 이 자리에 있는 사람들 중에 그 사람에 대해 말할 자격이 있는 건 나뿐인 것 같군요."

"뭐라고?" 설레스트가 재러드 쪽으로 고개를 돌렸다. 광대뼈를 따라 얼굴색이 붉게 달아올랐다. "넌 지난 몇 년간 하워드와 이야기 한번 나눈 적 없잖아? 이제 와서 그이가 원하는 게 뭔지 안다는 거야? 하워드가 너한테 용서를 빌고 싶어 했을 때 어떻게 했어? 그때 넌 어디에 있었지?"

"나와 그 사람 사이의 일은 그쪽이 상관할 바가 아니에요. 난 당신이 어째서 호텔에서 살고 있는지, 누가 당신을 찾아가는지 묻지 않았잖아요?" 냉정하고 직접적인 경고였다. 그의 목소리에 서린 분노가 뚜렷하게 느껴졌다. 마치 슬픔이 어려 있는 것처럼 들렸다. 설레스트에게서 몸을 돌린 재러드가 이번에는 에이버리를 쳐다보았다. "당신이 상관할 일도 아니에요. 아버지의 직계로서, 이 문제는 내가 결정해요."

"킨 씨?" 토카 박사가 유감스럽다는 표정으로 에이버리를 쳐다보았다. "아무래도 어떻게 된 상황인지 설명해야 할 것 같은데요."

에이버리는 차라리 이쑤시개를 무기 삼아 굶주린 사자들의 소굴에 들어가는 편이 나을 것 같았다. 저 사람들보다는 사자가 덜 포악할 것이다.

에이버리는 어쩔 수 없이 가방을 손에 쥐고 자리에서 일어선 뒤 숨을 깊이 내쉬고 말을 꺼냈다. "윈 씨, 터너 윈 부인, 두 분이 아셔야 할 일이 있어요."

"갑자기 의학 학위라도 받은 게 아니라면, 그쪽이 무슨 말을 하든 아무 관심 없어요." 설레스트가 기를 죽이는 눈빛으로 에이버리를 노려보았다. "재러드와 달리 나는 그쪽이 누군지 잘 알고 있으니까. 기회주의자이자, 과대평가된 법원 서기잖아. 어느 쪽이든 그쪽이 이 방에 있을 이유는 없어요. 이건 가족들이 알아서 할 문제예요. 그쪽이 내 남편한테 뭔지는 몰라도 우리 가족이 아니라는 건 확실해요."

재러드가 어깨를 으쓱하며 동의했다. "토카 선생님께는 죄송하지만, 이건 선생님과 상관없는 일이에요. 괜찮다면 자리를 좀 비켜주시죠.” 재러드가 에이버리에게서 눈을 떼고 토카 박사를 돌아보았다.

에이버리로서는 윈 대법관의 부인이나, 자기 아버지의 사교성을 물려받은 것이 분명한 아들한테 아무 관심이 없었다. 토카 박사가 에이버리를 보며 절망적인 표정을 지었다.

에이버리는 마음을 단단히 먹고 단도직입적으로 말을 꺼냈다. “윈 대법관님이 저를 법적 후견인으로 지정하셨어요. 제가 위임장을 가지고 있습니다.” 에이버리가 가방에서 위임장을 꺼내는 동안 방 안에는 정적이 흘렀다. “이건 공증된 서류예요.”

“뭐라고?”

셀레스트는 분명히 뭔가 잘못된 거라는 믿음으로 위임장에 달려들었다. 백악관이 분명 나에게 약속하기를……. 셀레스트는 뾰족한 손톱으로 서류를 낚아챘다.

“아니야, 이건 아니야.” 셀레스트는 윈 대법관의 독특한 서명이 적힌 마지막 페이지까지 확인한 뒤 에이버리를 노려보았다. “이건 가짜야! 위조된 거라고! 그이가 나한테 이럴 수는 없어.”

“하지만 그 사람은 나한테 그렇게 했죠. 마지막까지 날 밀어냈으니까.” 재러드는 따지지 않았고, 위임장을 확인하지도 않았다. 그 대신 그 상황에서 발을 뺐다. “알겠습니다.”

“이게 사실일 리 없어.” 셀레스트가 위임장에서 시선을 떼지 못한 채 속삭였다. “난 그 사람 아내야. 내가 결정해야 해.”

“유감입니다, 터너 윈 부인.” 에이버리가 말했다.

“유감? 그렇겠지.” 셀레스트는 입을 꾹 다물었다. “난 당신 같은 인간이 어떤지 알아, 에이버리 킨. 나한테 이런 짓을 하다니 가만두지 않을 거야.”

"전 아무것도 하지 않았어요. 윈 대법관님의 뜻이죠." 에이버리가 항의했다.

"그이가 왜 이런 일을 벌였겠어? 그쪽이 그이를 유혹하지 않았다면 말이야."

"터너 윈 부인······."

"그 사람이 노망이 났을 가능성이 크지. 그렇다면 이 위임장은 무효야."

설레스트가 위임장을 흔들더니, 그대로 찢으려고 했다. 순간 뒤로 물러나 있던 재러드가 그녀의 손목을 붙잡아 손에 쥐고 있던 위임장을 놓게 만들었다. 에이버리가 그 위임장을 다시 낚아챘다. 사실 원본은 아니었지만, 설레스트는 그 사실을 몰랐다.

"그만해요. 이번 일은 킨 씨 잘못이 아니에요. 언제나처럼 판사님이 제멋대로 일을 저질러 모두를 물 먹인 것뿐이니까." 재러드는 소파 쪽으로 가더니 검은색 캔버스 가방을 집어든 뒤, 그 앞에 달린 주머니에 손을 집어넣었다. 그런 뒤 다시 책상 쪽으로 돌아와 에이버리에게 손을 내밀었다. 그녀가 손을 맞잡자 재러드가 손에 힘을 주었다. "그 사람을 잘 부탁해요, 킨 씨."

재러드는 에이버리의 손을 놓은 뒤 성큼성큼 사무실을 걸어 나갔다. 설레스트는 여전히 이를 악문 채로, 에이버리를 밀치고 핸드백을 집어 들었다. 그러곤 고개를 치켜들고 선언했다.

"재러드는 자신의 타고난 권리를 빼앗겨도 상관없는지 몰라도, 난 그렇지 않아. 내 변호사들이 당신한테 연락할 거야."

설레스트는 격분해서 사무실 문을 열어둔 채 그곳을 떠났다.

토카 박사는 털썩 자리에 주저앉아 머리를 쥐어뜯더니 고개를 들고 에이버리와 시선을 마주했다. "이번 일은 정말 미안합니다,

킨 씨. 에이버리라고 불러도 될까요?"

"네." 에이버리는 주먹을 꼭 쥔 채로 멍하니 대답했다. "윈 대법 관님을 뵙고 싶어요."

"지금 검사받고 있을 겁니다. 바로 병실로 찾아가도 될 거예요."

"알겠어요. 혹시 제가 알아야 할 일이 있을까요? 어떤 결정을 내려야 할 일이 있다든가?"

토카 박사가 고개를 저었다. "그런 건 없습니다. 하지만 윈 대법 관님의 상태와 예후에 대해 간단하게 설명해드렸으면 합니다."

"감사합니다. 그렇게 해주시면 좋겠어요."

에이버리가 조금 전까지 앉아 있던 자리로 돌아가 의자 옆 카펫이 깔린 바닥에 가방을 내려놓았다.

"로즈머리 대법원장님께 듣기로 윈 대법관님은 부르신 증후군에 걸렸다고 하시더군요. 인터넷으로 검색해봤지만, 그게 어떤 병인지 잘 모르겠더라고요."

"윈 대법관님의 상태는 현재 안정적이에요. 하지만 유감스럽게도 언제 의식이 돌아올지는 알 수가 없습니다."

"다른 의사분들을 만나볼 수 있을까요? 병원 법률 자문위원도 만나고 싶은데요."

"그러시죠. 당신이 왔다고 알리겠습니다. 모두 당신과 이야기하고 싶어 하니까요. 그럼 나가서 그 사람들도 데려오고, 뭔가 마실 것도 내오겠습니다."

"물을 가져다주시면 감사하겠어요."

"잠깐만 기다리세요." 토카 박사는 지원군들을 데려오기 위해 자리에서 일어났다. 그는 분노한 가족들을 많이 상대해왔지만, 오늘처럼 멜로드라마 같은 일은 없었다. 에이버리에게 연락하기 전에 있었던 만남을 감안하면 이제 2막이 시작된 것이다. 토카 박사는 서둘러 문 쪽으로 향했다.

토카 박사가 사무실을 나서자 에이버리는 자리에서 일어나 박사가 문을 닫고 나가는 걸 확인했다. 문밖에는 아무도 없었다. 혼자 남게 되자 에이버리는 꼭 쥐고 있던 주먹을 펼쳤다. 그리고 재러드 윈이 그녀와 악수할 때 몰래 넘겨주었던 쪽지를 읽었다.

11

크레이머북스 — 레스토랑 테라스. 자정. JW

그리고 그 밑에 아주 작은 글씨로 다음과 같은 내용이 휘갈겨 쓰여 있었다.

조심해요.

쪽지를 구겨 넣은 뒤 에이버리는 황급히 문을 열고 복도로 달려갔다. 그녀가 복도를 가로지르며 쏜살같이 뛰어가자 간호사들과 의사들이 짜증스럽게 쳐다보며 에이버리를 피했다. 그녀는 전혀 의식하지 못한 채 비상구 쪽으로 뛰어가 문을 열었다. 청바지에 푸른색 셔츠를 입은 키 큰 남자가 보이자 에이버리가 소리쳤다.

"재러드! 윈 씨! 잠깐만요!" 앞으로 돌진한 그녀가 남자의 팔을 붙잡고 돌려세웠다. "재러드, 내가……."

"네?" 돌아선 남자는 재러드보다 나이가 더 들어 보였고, 얼굴이

까칠했다. "무슨 일이시죠?"

당황한 에이버리가 남자의 팔을 놓고 재빨리 고개를 저었다. "죄송해요. 다른 사람으로 착각했어요."

그녀는 정신없이 지나가는 다른 사람들을 살펴보았다. 허탕이었다. 재러드는 그곳에 없었다. 포기하고 돌아서던 에이버리는 다른 남자와 부딪쳤다. 그녀는 비틀거리며 뒤로 물러서다가, 지금 부딪친 남자가 〈폴리틱스 나우〉의 앵커 중 하나인 스콧 컬리라는 것을 알아차렸다. 그는 의기양양해 보이는 설레스트 터너 원과 나란히 서 있었다. 에이버리가 돌아서자 촬영 카메라에 달린 눈부신 조명이 앞을 가로막았다.

그녀는 팔을 들어 얼굴을 가렸다. "날 좀 내버려둬요."

"킨 씨, 병원에 무슨 일로 왔는지 말씀해주시겠습니까?" 스콧 컬리가 마이크를 앞으로 들이대며 물었다. "원 대법관의 보호자 자리를 부인에게서 빼앗았다는 것이 사실인가요?"

에이버리가 뒤로 물러섰다. "아닙니다."

스콧 컬리는 단념하지 않고 마이크를 더 가까이 들이밀었다. "무슨 일로 재러드 원을 쫓아간 건가요? 하워드 원과는 어떤 관계입니까?"

"이런 일을 벌이기에는 시기도, 장소도 적절하지 않은 것 같은데요. 터너 원 부인." 에이버리가 충고했다.

"내 남편을 훔쳐갈 생각하지 마." 설레스트가 카메라를 의식하며 말했다. "그쪽한테 했던 말을 컬리 씨한테도 했어. 내가 그 사람의 아내고, 보호자라고. 넌 나한테서 그 권리를 빼앗아갈 순 없어."

"전 아무것도……." 에이버리는 말을 멈췄다. 법원 공보 담당관의 경고가 귓가를 맴돌았다. "더 이상 드릴 말씀이 없습니다."

에이버리가 서둘러 문을 열고 토카 박사의 사무실 쪽으로 향하자 스콧 컬리가 쫓아왔다. '허가받은 사람만 출입이 가능합니다'라는 푯말에 카메라맨이 멈춰 섰지만, 컬리는 아랑곳하지 않았다.

"국민은 당신의 의도를 알 권리가 있습니다, 킨 씨." 컬리가 에이버리를 따라 뛰다시피 하면서 물었다. "윈 대법관과 부적절한 관계인가요?"

"킨 씨?" 복도 중간에서 토카 박사와 마주쳤다. 그의 옆에는 민머리에 덥수룩한 콧수염을 기른, 호박 같은 몸매의 남자가 있었다. 그 남자는 눈을 가늘게 뜨고 에이버리를 쳐다보았다.

토카 박사가 가까이 다가오더니 컬리와 에이버리 사이를 가로막았다. "여긴 출입 제한 구역입니다."

"표지판을 보지 못했는데요."

그러자 호박 같은 남자가 앞으로 나섰다. "이 문 반대편에 '허가받은 사람만 출입이 가능합니다'라고 쓰인 커다란 빨간색 표지판이 붙어 있을 텐데요. 계속 이러면 보안요원을 부를 겁니다. 군에서 잘 훈련받은 사람들이죠."

컬리가 양손을 들어 올렸다. "그럴 필요 없습니다. 나중에 뵙죠, 킨 씨."

컬리가 그 자리를 떠나자 에이버리는 손에 꼭 쥐고 있던 재러드의 쪽지를 재킷 주머니에 집어넣었다. "두 분 모두 감사합니다."

"자네 사무실에서 기다리고 있을 거라고 하지 않았나, 토카?"

"별일 아니야, 로버트. 필요한 게 있습니까, 킨 씨?"

에이버리는 거짓말을 했다. "화장실을 찾고 있었어요. 다시 돌아가야겠네요."

"기다리겠습니다."

"괜찮아요." 에이버리가 고개를 끄덕였다. "사무실로 갈까요?"

"이쪽입니다." 사무실 안에는 또 다른 여자가 기다리고 있었다. 토카 박사가 그들을 소개했다. "이쪽은 미셸 녹스 박사입니다. 먼저 보신 로버트 멈퍼드는 병원 법률 자문위원이구요."

"안녕하세요." 에이버리가 토카 박사를 돌아보았다. "윈 대법관님은 언제 뵐 수 있을까요?"

"아까 말했듯이 검사를 받고 있는 중이라 시간이 걸릴 겁니다. 하지만 가능한 한 빨리 면회할 수 있도록 조치를 취하겠습니다."

에이버리가 대답하기 전에 로버트 멈퍼드가 말했다. "킨 씨, 윈 대법관이 당신을 법적 후견인으로 삼은 이유가 뭡니까?"

"모르겠어요." 에이버리는 정직하게 대답했다. "저 역시 오늘 아침에 알았으니까요."

"이상하다고 생각하지 않았습니까?"

"이상하다고 생각했죠."

"그리고요?"

"아무것도 모르겠어요. 지금으로선 윈 대법관님이 요청했다는 것만 알아요." 에이버리는 로버트 멈퍼드에게서 몸을 돌려 의사들에게 집중했다. "윈 대법관님이 걸렸다는 병에 대해 알고 싶어요. 부르신 증후군은 어떤 병이죠? 인터넷으로 찾아보긴 했는데……."

"희귀한 퇴행성 신경질환이에요. 파킨슨병, 뇌암과 비슷하죠." 소파에 앉아 있던 녹스 박사가 몸을 앞으로 내밀었다. "부르신 증후군은 공격적이면서 변덕스러운 병이에요. 몇 달 동안 신경계를 공격했죠. 윈 대법관은 때때로 변덕스럽고, 불안해 보였을 거예요. 성급하고, 적대적이었을 거고요."

"윈 대법관님은 전혀 불안해 보이지 않으셨어요. 성질이 급하긴 하셨지만." 에이버리가 말했다.

"음, 윈 대법관의 대뇌피질에 뇌종양이 생겼어요. 환자들 중에는 편집증이나 비이성적인 공포의 징후를 보이는 경우도 있죠."

"아메리칸대학교에서 늘어놓은 장광설처럼 말이군요." 하지만 에이버리는 마음속으로 윈의 컴퓨터에 있던 이상한 이메일들에 대해 생각했다. '아니는 강에 있다. 아니를 찾아라.' 어쩌면 그 메일들도 진짜가 아닐 가능성이 있다. "그런 증상이 잘 드러나지 않는 경우도 있나요?"

"네, 많은 환자들이 현실을 바탕으로 상당히 정교한 환각을 일으키니까요. 뭔가 기억나는 일이 있나요?" 녹스 박사가 말했다.

에이버리는 대답에 신중을 기했다. "아뇨. 그런 건 없어요."

녹스 박사는 의심하는 빛이 역력했지만, 그대로 말을 이었다. "부르신 증후군은 뇌의 감정 중추에 영향을 미치지만, 초기에는 환자의 지적 능력까지 해치진 않아요. 대부분의 경우, 윈 대법관님은 아무 이상이 없는 것처럼 보였을 겁니다."

"이제 어떻게 되는 거죠? 언제쯤 혼수상태에서 깨어날까요?"

녹스 박사는 가볍게 고개를 끄덕이는 토카 박사와 엄숙한 표정을 주고받았다. "윈 대법관님은 이대로 깨어나지 못할 가능성이 많아요. 종양이 발견됐을 때, 전이를 늦추기 위해선 방사능 치료를 받는 게 최선이었음에도 윈 대법관님은 거절하셨죠."

"법원 일에 방해가 된다고 생각하셨을 테니까요." 에이버리가 추측했다.

"그 점에 있어서는 요지부동이었어요. 윈 대법관님의 자존감은 정말……." 녹스 박사가 적당한 표현을 찾았다. "……대단했어요. 의사들 앞에서조차 말이에요. 그분은 자신이 없으면 법학이 100년

전으로 퇴보할 거라고 단언했죠."

에이버리는 그 상황이 눈에 보이는 것 같았다. 그녀는 미소를 지었다. "그 정도는 아닐지 몰라도, 이번 회기 때 윈 대법관님이 비판적인 의견을 많이 내긴 하셨죠."

"윈 대법관님은 종양을 치료하려고 하지 않았어요. 우리의 강력한 권고도 무시했죠." 녹스 박사가 쏘아붙였다.

에이버리는 고개를 끄덕였다. "완고한 분이시죠."

"현재 혼수상태에다가, 종양의 크기까지 생각하면 수술이 여의치 않은 상황이에요. 방사선 치료를 한다고 해도 이미 야기된 손상 부위를 줄이거나 되돌릴 수 없어요. 토카 박사와 나는 윈 대법관님의 현재 상태로 보아 더 이상 뇌에 산소가 공급되지 않는다고 보고 있습니다."

"터너 윈 부인은 윈 대법관님의 생명 유지 장치를 제거하고 싶다고 했어요." 에이버리가 몸을 앞으로 내밀었다. "하지만 박사님의 말씀대로라면, 현재 윈 대법관님의 상태가 위중하긴 해도 아직 죽진 않았다는 거잖아요. 그러니까 제가 말하고 싶은 건 뇌사 상태가 아니라는 거죠."

"네, 아직 뇌사 상태는 아니에요." 토카 박사가 말했다. "하지만 검사 결과를 보면 윈 대법관님의 뇌파 패턴이 현저히 둔화되긴 했어요. 현재 종양이 척추를 누르고 있고, 몸 전체의 혈액 순환이 줄어들고 있어요. 인공호흡기를 달고 있고, 다른 신체 기능 역시 대부분 기계의 도움을 받고 있는 상황이죠."

"회복될 수 있을까요? 일시적으로라도 말이에요."

"그건 모르겠어요. 하지만 예후가 좋진 않아요. 윈 대법관님은 깊은 혼수상태에 빠져 있으니까요."

"혼수상태에서 깨어나는 사람들도 있잖아요."

말은 그렇게 했지만, 에이버리는 그 함축된 의미에 휘청거렸다. 그런 사람들은 교통사고나 비행기 사고를 당한 경우였다. 그들은 뇌를 포위하며 거대하게 자라나는 종양을 무시하지도 않았고, 스스로를 인류의 진보와 민주주의의 활력에 반드시 필요한 법학의 신이라고 믿는 완고한 노인도 아니었다. 에이버리는 그런 반역적인 생각을 했다는 게 부끄러웠다. 충성심이 너무 지극했다.

에이버리는 의사들을 보며 애원했다. "윈 대법관님을 위해 뭐든 해주세요. 어떻게든 깨어나게 말이에요."

토카 박사가 부드럽게 대답했다. "가능성이 적어요, 에이버리."

녹스 박사가 핵심을 찌르며 덧붙였다. "의학의 발전에도, 우린 윈 대법관님의 상태를 되돌릴 순 없어요. 지금 대법관님은 겨우 숨만 붙어 있는 상태예요."

"하지만 바로 지난주까지 대법관님을 뵀어요. 이렇게 갑작스럽게 상태가 나빠질 수 있다는 걸 대법관님도 알고 계셨나요?"

녹스 박사와 토카 박사가 쳐다보자 멈퍼드가 고개를 저었다. 에이버리는 그 사실을 알아차리고 다시 물었다.

"뭐죠? 제가 모르는 일이 있나요?"

"아직 정보가 충분하진 않습니다만……." 멈퍼드가 말을 꺼냈다.

"말씀해주세요."

토카 박사가 에이버리의 어깨에 손을 올렸다. "간밤에 윈 대법관님이 병원으로 실려 왔을 때 약물 과다 복용 징후를 보였어요. 루이스 간병인이 침대 옆에서 발견했다는 약병을 가져왔죠. 아무래도 자살을 시도했던 것 같아요."

"아뇨." 에이버리는 토카 박사를 돌아보며 말했다. "윈 대법관님은 그러실 분이 아니에요."

"윈 대법관님은 상태가 점점 나빠지고 있었어요, 에이버리." 녹스 박사가 에이버리 옆으로 다가왔지만 몸에 손을 대진 않았다. "윈 대법관님은 빨리 끝내고 싶었을 수도 있어요."

신호를 기다리고 있었던 것처럼 멈퍼드가 말했다. "그 시간의 문제는 윈 대법관이 얼마나 이 지옥에 머무르느냐에 달려 있습니다."

멈퍼드가 팔짱을 끼며 에이버리를 자세히 살폈다. "당신이 윈 대법관의 법적 후견인 자리를 맡은 거라면 윈 대법관의 생명을 유지시켜주는 장치를 언제까지 달고 있게 할 건지를 결정할 힘을 가지게 된 셈이죠."

에이버리는 멈퍼드의 말에서 의혹의 기미를 알아차렸다. "'맡은 거라면'과 '가지게 된 셈'이라고 했나요?" 에이버리가 그 말을 되풀이하며 자세를 바로 했다. "멈퍼드 씨, 저한테 할 말이 있나요?"

"윈 대법관님의 최근친이 위임장의 유효성에 관한 적절한 의문을 제기했습니다. 이미 알고 있겠지만 터너 윈 부인이 그 위임장에 이의를 제기할 생각이에요. 이미 부인의 변호사로부터 전화를 받았습니다."

"위임장은 유효합니다. 멈퍼드 씨의 우려는 주의하도록 하죠." 에이버리가 딱딱하게 대답했다.

"내가 걱정하는 건 이 병원 내에서 가족 간에 싸움이 벌어지는 거예요." 멈퍼드가 씩씩거리며 말했다. "이런 식으로 법적 후견인 자리가 넘어가는 건 아주 드문 일이니까요."

"윈 대법관님은 누구든 자기가 원하는 사람을 대리인으로 선택할 권리가 있어요."

"킨 씨, 이 병원을 찾아오는 고객들의 수준에도, 우리는 어떤 환자에 대해서든 홍보전을 벌일 필요가 없습니다. 이제까진 로비에서 언론을 쫓아내야 하는 경우가 한 번도 없었어요."

"불편을 끼친 점에 대해선 유감스럽게 생각합니다."

"당연한 거라고 생각합니다." 멈퍼드가 말을 하는 동안, 그의 가슴이 부풀어 올랐다. "아무래도 존경받는 미국 최고 법원의 판사가 자신의 생사 결정을 내릴 사람으로 법원에서 일하는 서기를 선택한 이유가 뭔지 의심할 수밖에 없으니까요. 윈 대법관은 좀 더 나은 선택을 했어야 합니다."

"로버트!"

에이버리가 자리에서 벌떡 일어나는 것과 동시에 토카 박사가 병원 법률 자문위원을 노려보았다. 토카 박사가 로버트 멈퍼드를 꾸짖는 동안 에이버리 뒤로 의자가 넘어졌다.

"그 문제에 대해선 이미 의논했잖은가. 지금은 이분이 우리 환자가 선택한 후견인이야. 킨 씨를 대할 땐 예의를 갖추게."

"미안하네, 마이클. 하지만 지금 여기서 우리 병원의 평판에 대해 책임질 사람은 나밖에 없어. 자네는 환자를 보살피는 게 일이지. 설령 자살 시도를 한 환자라고 해도 말이야. 하지만 내가 할 일은 우리 병원이 법정에 설 일이 없게 만드는 거라네. 정신적 고통을 겪고 있었던 국가 지도층의 생사를 이 여자가 결정하게 내버려 두는 건 있을 수 없는 일이야." 멈퍼드가 쌓여 있는 파일 앞으로 다가가 종이 다발을 잡아당겼다. "이런 어린애에게 무한한 권한을 부여하는 위임장이라니. 이건 노망이 났다거나 낭만적인 어리석음의 발로라고 볼 수밖에 없어. 어느 쪽이든 간에 우리 병원이 이 여자의 멜로드라마에서 노리개가 되는 일은 없을 거야."

"난 스물여섯 살이에요." 에이버리는 앞에 있는 땅딸막한 병원 법률 자문위원의 목을 조르지 않기 위해 양팔을 옆으로 내린 채 냉정하게 대꾸했다. "그리고 지금 난 윈 대법관의 후견인이죠. 윈 대법관님은 많은 일을 했지만, 노망난 적도 없고, 어리석은 짓도 한 적 없어요."

"자살을 시도했잖아요?" 녹스 박사는 에이버리가 화낼 것을 예측해 한 손을 들어 올리며 조용히 말을 꺼냈다. "만일 당신이 윈 대법관과 개인적인 관계를 가졌다면 대법관의 행동을 좀 더 잘 이해하고 있을 거예요. 치료를 거부한 이유나, 어째서 부인이나 아들이 아닌 당신한테 모든 것을 맡겼는지, 지난밤 약물을 과다 복용한 이유까지 말이에요. 만일 당신이 윈 대법관과, 그러니까 깊은 관계였다면 우리도 알아야 해요. 도움이 될 테니까요."

"제게 윈 대법관님은 멘토이자 상관이에요. 그 외의 다른 관계는 없고, 그분을 다른 식으로 생각한 적도 없습니다. 윈 대법관님은 결혼하신 분이에요. 박사님의 동료분은 빗대듯이 말씀하셨지만, 그 서약을 아주 신성하게 여기셨어요."

"그걸 당신이 어떻게 압니까?" 멈퍼드가 쏘아붙였다.

"그야 윈 대법관님은 모든 서약을 신성하게 여기셨기 때문이죠. 특히 판사로서의 서약을 말이에요."

에이버리는 그 약에 관해선 설명할 수 없었지만, 자신이 윈 대법관에 대해 알고 있는 사실들은 설명할 수 있었다.

"윈 대법관님은 최근 몇 년간 대법원에서 결정을 내려야 할 중요한 사안들에 관해 대부분 부동표를 행사하셨어요. 대법관님이 투표에 참여하지 않았다면 지난 수십 년간 그분의 업적이 사라졌을 거예요. 대법관님은 의료 위기보다 훨씬 더 무거운 책임을 지고 계세요. 이런 사실을 알고 있는 건 이게 내 직업이기 때문이에요."

에이버리는 멈퍼드의 반응을 예상하고, 다음과 같이 덧붙였다. "난 원 대법관님이 내리신 결정들을 검토하고 의견서를 썼어요. 하워드 원이라는 인물을 잘 알고 있죠."

"그렇다면 당신한테 묻고 싶군요. 원 대법관이 생명 유지 장치를 무기한으로 유지하고 싶어 할까요?" 토카 박사가 조용히 물었다. "만일 생명 유지 장치를 제거하는 것이 실행 가능한 질문이라면 원 대법관은 어떻게 하고 싶어 할까요?"

에이버리는 토카 박사의 친절한 얼굴과 의심스러운 눈빛을 돌아보았다. 그리고 정직하게 대답했다. "그건 모르겠어요."

12

에이버리는 컴컴한 사무실에 앉아 그날 하루 동안 일어난 일들을 이해해보려고 애썼다. 재러드 원과는 자정에 만나기로 되어 있었고, 다른 일에 집중하는 건 불가능할 것 같았다. 에이버리는 원 대법관의 집무실에 다시 들어가고 싶었지만, 이미 낌새를 느낀 법원 독수리 떼가 주위를 에워싸고 있었다. 에이버리는 의자 등받이를 한껏 뒤로 젖힌 채 천장을 올려다보았다. 얼핏 쳐다보니 새 이메일이 도착했다는 불빛이 깜박거리고 있었다. 에이버리는 한숨을 쉬며 책상으로 다가가 컴퓨터 버튼을 눌렀다.

에이버리가 원 대법관과 함께 일한다는 것을 알게 되자, 친구들은 물론 그녀와 잠시 알고 지낸 사람들한테서도 연락이 왔다. 평소에는 법원 서기를 무시하는 언론사들의 논평 요청이 제일 많았다. 에이버리는 메일함을 가득 채우고 있는 이메일들을 날카로운 눈으로 읽어 내린 뒤에 이메일을 보낸 사람들의 이름과 전화번호를 무심코 받아 적었다.

그중 로즈버러 대법원장과 원 대법관의 변호사들이 보낸 메일을 확인한 뒤, 에이버리는 그들에게 전화를 걸려고 했다. 순간 기계음이 울리면서 지난밤 자정 무렵에 도착한 음성 메시지가 있다는 것을 알려주었다. 에이버리는 어젯밤 잠에서 깨기 전에 리타가 전화를 한 건지 궁금했다. 하지만 음성 메시지를 보낸 여자의 목소리는 엄마의 목소리와 달랐다.

"킨 씨, 제이미 루이스라고 해요. 원 대법관님의 간병인이죠. 원 대법관님이 전화를 해달라고 부탁하셨어요." 상대방의 목소리가 멈추더니, 이어 마른침을 삼키는 소리가 들렸다. "대법관님은 당신이 우리를 구해야 한다고 하셨어요. 그리고 '해답을 구하려면 동쪽에서 찾아라, 강을 봐라, 광장도'라고 말씀하셨어요. 아주 중요한 일인 것처럼 두 번이나 말씀하셨죠. 그리고 라스 바우어라는 사람의 이름도 언급하셨어요. 그 사람을 기억해야 한다고 하시면서 말이에요." 음성 메시지는 잠시 멈췄다가 다시 이어졌다. "에이버리, 원 대법관님이 마지막으로 남기신 말씀은 **날 용서해**였어요."

메시지가 끝나고 그 음성 메시지를 보관하거나 삭제하라는 기계음이 이어졌다. 에이버리는 습관적으로 메시지를 삭제했다. 자신이 그 내용을 잊지 않을 거라는 것을 잘 알고 있었다. **우리를 구해야 해.** 그리고 마지막으로, **날 용서해.**

원 대법관의 이메일 중에도 같은 메시지가 있었다. **뒤마.** 하지만 에이버리는 아니가 누군지 알지 못했다. 그녀는 원 대법관의 컴퓨터에서 출력한 종이들을 꺼냈다. **아니는 강에 있다. 뒤마는 아니를 찾아라.** 그리고 제이미가 전해준 메시지. **해답을 구하려면 동쪽에서 찾아**

라. 강을 봐라. 광장도.

하지만 지금까지 찾아낸 것들을 아무리 쳐다봐도 원의 메시지가 더 명확해지진 않았다. 어쩌면 루이스 간병인은 그 메시지가 무슨 뜻인지 말해줄 수 있을지도 모른다.

에이버리는 가방과 자동차 열쇠를 집어 들었다. 사무실 밖으로 나가자 브루어와 다른 서기 몇 명이 어슬렁거리며 떠들고 있었다. 에이버리가 나타나자 그들은 대화를 멈췄다. 에이버리가 비서의 책상 쪽으로 다가가자 그들이 그녀를 쳐다보았다.

"홀버그 씨 어디 있는지 아는 사람 있어?"

로런스 하디 대법관의 서기인 첼시가 대답했다. "조금 전에 다른 직원과 같이 나가던데. 아직까지도 많이 속상한 모양이야."

"너무 조심스럽게 말하는 것 같은데." 브루어가 말했다. "어떻게 된 거야, 에이버리?"

에이버리는 브루어와 다른 서기들을 쳐다보았다. 스콧 컬리의 보도로 그녀가 얻은 새로운 지위가 법원에 다 퍼진 모양이었다.

"뭐가?"

"지금 어디 가는 건데?" 브루어가 에이버리의 가방을 쳐다보며 되물었다. "윈 대법관의 침대 맡으로 뛰어가려고?"

에이버리는 주먹을 꼭 쥐었다. "전화번호 좀 찾아보려고 왔어."

"누구 전화번호? 윈 대법관의 자금담당자나 중개인 전화번호가 필요해서?" 브링먼 대법관의 서기인 칼린이 비꼬았다. "도대체 어떻게 얻어낸 거야, 킨?"

"입 다물어, 칼린." 첼시가 가볍게 질책했다. "우리가 도와줄 일은 없어?"

"괜찮아, 첼시, 고마워."

에이버리는 비서 책상 뒤쪽으로 갔다. 한쪽 구석에 구식 회전카드파일 홀더가 놓여 있었다. 윈 대법관은 과학기술을 받아들이긴 했지만, 전적으로 신뢰하진 않았다. 그래서 그의 비서들은 모든 자료들을 파일에 넣어 보관하고 있었다. 브루어와 다른 서기들이 지켜보는 가운데 에이버리는 루이스 간병인의 연락처를 찾았다.

제이미 루이스가 직접 이름과 주소를 쓴 것으로 휴대전화 번호에는 빨간색으로 테두리가 쳐져 있었다. 에이버리는 재빨리 연락처를 머릿속에 집어넣은 뒤 바로 다른 사람의 연락처를 뒤적였다. 혹시라도 에이버리가 누구를 찾고 있는지 확인할 경우에 대비해 다시 다른 사람의 연락처 쪽으로 카드 파일을 넘겼다. 윈 대법관의 지독한 비밀 엄수는 부르신 증후군 때문일 수도 있지만, 에이버리는 어깨 너머를 홀깃 살피며 인정했다. 편집증은 전염성이 있었다.

그날 들어 두 번째로 에이버리는 아래층으로 향했다. 이번에는 좀 더 쉽게 기자들을 피할 수 있었다. 택시를 타는 대신 차를 세워둔 쪽으로 걸어갔다. 법원에 주차하는 건 힘든 일이기 때문에 차가 그곳에 있다는 건 그녀가 주차에 성공한 극소수의 사람에 속한다는 의미였다. 에이버리는 먼저 타코마 파크에 있는 제이미 루이스의 집에 갔다가 윈 대법관의 위임장 초안을 작성한 변호사를 보러 가기로 마음먹었다.

30분 뒤, 에이버리는 잡초만 무성한 잔디밭이 있는 갈색 건물 앞에 차를 세웠다. 보도에 시꺼멓게 파인 부분들을 보니 보행자들이 판석이 깨진 것도 무시하고 통행하는 길이라는 것을 알 수 있었다. 어떤 낙천적인 성품의 이웃이 돌출부에 붓꽃이 가득한 화분을 걸어두었다. 초라해지지 않기 위해 필사적으로 싸우며 간신히 버틸 만한 장소였다. 건물은 개방형으로 비상전화나 방범문 같은 것도 보이지 않았다.

에이버리는 서둘러 안으로 들어가 2층으로 올라갔다. 루이스 간병인의 집 앞에 이르러 문을 두드렸지만, 아무 응답이 없었다. 에이버리는 의연하게 휴대전화를 꺼내 연락처에 적혀 있던 번호로 전화를 걸었다. 휴대전화 벨소리인 듯한 재즈 음이 건물 안쪽에서 울려 퍼졌지만 상대방은 전화를 받지 않았다.

자고 있을지도 몰라. 에이버리는 전화 연결음이 음성사서함으로 넘어가는 동안 생각했다. 평상시였다면 메시지를 남겼겠지만, 지금은 상대방의 대답이 필요했다. 에이버리는 전화를 끊었다가 다시 한번 통화 버튼을 눌렀다. 이번에도 집 안에서 울리는 전화벨소리가 복도까지 새어나왔다.

제이미 루이스가 휴대전화를 놓고 나갔을지도 모른다는 생각에 그녀가 소속되어 있는 요양보호단체로 직접 전화를 걸었다. 교환원이 전화를 받자 에이버리가 물었다.

"제이미 루이스 씨와 통화할 수 있을까요?"

"아뇨. 지금 없습니다."

"언제쯤 자리로 돌아오실지 알 수 있을까요?"

교환원이 머뭇거렸다. "연락주신 분은 누구시죠?"

"윈 대법관님 밑에서 일하는 사람입니다. 루이스 씨한테 연락할 일이 있어서요."

"안타깝게도 제이미가 일을 그만뒀어요. 오늘 아침에 연락을 받았습니다. 다른 도움은 필요 없으신가요?"

"네, 감사합니다."

실망한 에이버리는 전화를 끊은 뒤 계단 쪽으로 돌아서 가다가 멈춰 섰다. 제이미 루이스는 자신에게 전화를 걸어 이상한 메시지를 남겼다. 그리고 지금 그녀는 직장에 나가지 않았고, 휴대전화도 받지 않으며, 초인종을 눌러도 대답이 없다. 에이버리는 이대로 이곳을 떠날 수도 있고, 아니면 답을 찾을 수도 있다.

주위를 둘러보고 아무도 없다는 것을 확인하자 에이버리는 현관문 손잡이를 돌려보았다. 문은 잠겨 있었다. 에이버리는 다시 주위를 둘러본 뒤 재빨리 무릎을 꿇었다. 가방을 뒤져보니 매니큐어 도구가 있었다. 리타의 예전 남자 친구가 당시 열 살이었던 에이버리에게 자물쇠 따는 법을 알려준 적이 있었다. 더불어 지문에 관한 주의 사항과 어떤 경우에 주거 침입죄로 교도소에 가게 되는지도 알려주었다.

에이버리가 시험 삼아 몇 번 돌리자 문의 잠금장치가 열렸다. 그녀는 가방에서 꺼낸 휴지와 손소독제로 잠금장치 부분을 닦아낸 뒤 손잡이를 돌렸다. 에이버리는 경보음이 울리기를 기다리다가 아무 소리도 들리지 않자 그대로 문을 열고 들어갔다. 갑자기 차가운 공기가 덮쳐와 몸이 떨렸다. 집 안으로 들어서자 벽 앞에 쌓여 있는 상자들이 보였고, TV 소리가 작게 흘러나왔다.

"루이스 간병인?" 에이버리는 천천히 거실로 들어가며 다시 한 번 이름을 불렀다. "계세요? 루이스 간병인?"

소파를 돌자 나지막한 탁자와 그 위에 놓인 머그잔이 보였다. 에이버리는 그곳을 지나쳐 주방으로 이어지는 벽 쪽으로 시선을 돌렸다. 벽에 구멍이 뚫려 있었고, 핏자국이 보였다.

"맙소사." 에이버리는 서둘러 주방으로 향했다. 꽃무늬 카펫 위에 여자가 엎어진 채로 쓰러져 있었다. 에이버리는 무릎을 꿇고 여자를 살폈다. 엎어진 몸에 난 구멍에서 흐른 피로 보아 여자가 죽었다는 것을 알 수 있었다. 에이버리는 한 손으로 입을 틀어막고 다른 손으로 카펫을 움켜잡았다. 축축하고 끈적거리는 느낌에 움찔하며 뒤로 물러나자 빛바랜 노란색 꽃들 위로 핏자국이 남았다.

공포에 질린 에이버리가 벌떡 일어나 문밖으로 뛰쳐나가자 뒤에서 문이 닫히며 옷자락이 끼였다. 옷자락을 잡아당겨 빼낸 에이버리는 서둘러 차로 돌아왔다. 피에 젖은 손가락이 차 문 손잡이에서 미끄러졌다. 그녀는 욕을 뱉으며 손잡이에 남은 핏자국을 닦아냈다. 그런 뒤 다른 손으로 간신히 차 문을 열고 올라탔다. 에이버리는 가방에서 손소독제를 꺼내다가 바닥에 버려진 휴지를 발견하고 재빨리 휴지에 손소독제를 뿌려 피를 닦아냈다.

에이버리는 애써 마음을 가라앉혔다. 자동차 열쇠를 꽂아 넣은 뒤 차 창문을 통해 건물을 응시했다. 제이미 루이스의 시신을 발견했다는 것을 신고해야 했다. 그러다가 에이버리는 멈칫했다. 그녀가 제이미 루이스의 시신을 발견했다는 것을 알게 되면 밴스 소령이 어떻게 나올까? 로즈버러 대법원장은 어떻게 생각할까?

먼저 원 대법관이 혼수상태에 빠졌고, 대법관과 마지막으로 이야기를 나눈 사람이 죽은 것에 대해.

에이버리는 당장 그곳을 떠나야만 했다. 일단 멀리 떨어진 곳으로 간 뒤 공중전화로 경찰에 전화를 걸어 시신이 있다는 것을 익명으로 신고했다. **살인사건이다.** 에이버리는 전에도 총상으로 죽은 피해자를 본 적이 있었다.

"원 대법관님."

원 대법관이 다음 희생자가 될 수도 있다는 것을 깨달은 에이버리는 급히 자동차 시동을 걸고 베세즈다해군병원으로 향했다. 짙은 파란색 세단이 계속 따라오는 것을 전혀 알아차리지 못한 채.

13

원 대법관이 입원한 병실은 베세즈다해군병원에서 몇 해 전에 별도로 마련한 일반인 통제구역에 위치해 있었다. 대기실 너머에 있는 화이트보드 위에서 사랑하는 사람의 이름을 확인하며 정처 없이 헤매는 가족들을 무시하는 인간미 없는 간호사들만이 그 구역으로 들어갔다. 대신 간호사 한 명이 9층에서 열리는 엘리베이터를 살피고 있었다. 면회객이 그곳을 지나가기 위해서는 신분증과 지문, 사진을 제공해야만 했다.

남자는 병원의 컴컴한 구역에 숨은 채 신호가 잡히지 않는 휴대전화를 확인했다. 그는 원 대법관의 병실로 들어갔던 병원 직원들이 나오기를 30분째 기다리고 있었다. 에이버리를 미행하라고 붙여둔 여자의 가장 최근 보고는 에이버리가 법원에서 나와 점심을 먹으러 간다는 것이었다. 임무를 수행할 시간은 충분했다.

그는 뒷짐을 진 채 간호사가 지키고 있는 접수대 쪽으로 다가갔다. 나중에 그의 인상착의를 물어보더라도 그 간호사는 짙은 갈색 머리, 흐린 갈색 눈, 햇볕에 그을린 것 같은 불그스레한 낯빛, 두꺼운 윗입술, 군인 휘장을 단 재킷 아래 거짓으로 집어넣은 불룩한 배에 대해 이야기할 것이다.

"무슨 일로 오셨습니까?"

"랜들 상병?" 그는 접수대 위에 있는 간호사의 명판을 읽었다. "웨인 스태포드 상원의원을 보러 왔습니다."

"허가받은 면회자인지 확인하기 위해 신분증을 확인하겠습니다."

"물론이죠."

그는 재킷 안쪽에서 자기 사진이 붙은 적합한 신분증을 꺼내 내

밀었다. 이선 제임스라는 이름이었다. 그 신분증만으로 부족할 경
우 여권과 신용카드도 제시할 수 있었다. 신원이 완벽하게 꾸며진
다른 위장 신분과 마찬가지로.

"감사합니다." 간호사가 신분증을 돌려주었다. "이제 사진을 찍
고 지문을 확인하겠습니다."

남자는 얼굴을 살짝 찡그렸다. "그럴 필요는 없을 텐데요."

간호사가 데이터베이스에 남자의 이름을 입력하자 화면에 추가
적인 보안 절차를 생략해도 좋다는 뜻의 녹색 줄무늬가 떴다.

간호사가 고개를 들고 말했다. "그러네요. 9112호실입니다."

"고마워요."

남자는 스태포드의 병실로 들어갔다. 진정제를 맞고 잠든 미국
상원의원은 태국에 무역 사절단으로 갔다가 성병의 과격한 변종에
걸려 정기적인 입원과 집중 치료가 필요한 상황이었다. 그 병을 옮
긴 남자 매춘부는 상원의원과 같은 치료를 받지 못해 1년 전에 죽
었다. 스태포드는 일주일 뒤에 퇴원할 예정이었다.

스태포드의 불운 덕분에 남자는 아주 유용한 순간을 얻었다. 상
원의원이 입원해 있는 병실은 9113호실과 벽을 공유하고 있었다.
남자는 병실 문을 잠근 뒤 재빨리 작업에 들어갔다. 재킷과 셔츠,
바지를 벗자 안에 입고 있던 몸에 딱 붙는 전투복이 드러났다. 벗
은 옷들을 서랍에 집어넣은 뒤, 그는 조용히 옷장을 움직여 가벽
쪽으로 옮긴 뒤 판을 올려 기어 들어갈 수 있는 공간을 만들었다.

가벽 건너편으로 넘어간 그는 몸을 낮추고 조심스럽게 바닥으로
뛰어내렸다. 스태포드와 마찬가지로 윈 대법관 역시 팔에 정맥주
사를 꽂고 있었고, 모니터는 삑삑거리며 일정한 패턴으로 바이털
을 표시하고 있었다. 침대 쪽으로 다가간 남자는 주머니에서 주삿

바늘과 약병을 꺼냈다. 그리고 능숙한 동작으로 약물을 주사기에 주입했다. 그 주사는 부르신 증후군의 흔한 부작용 증상인 마비와 호흡부전을 일으킬 것이다.

남자가 침대 옆에 서서 정맥주사 튜브에 손을 대려는 순간, 사람들의 목소리가 크게 들리더니 순식간에 병실 문이 열렸다.

"킨 씨, 녹스 박사님이 병문안을 받지 말라고 하셨습니다."

"병문안을 온 게 아니에요. 조금 전에 랜들 상병에게 설명했던 것처럼, 난 윈 대법관님의 후견인이에요. 당연히 들어갈 수 있습니다. 이제 난 병실에 들어가 윈 대법관님을 볼 거예요. 문제가 된다면 토카 박사님께 연락하세요."

침입자는 튜브를 놓고 재빨리 병실을 가로질렀다. 그리고 사람들이 들어오기 직전 욕실에 몸을 숨겼다.

"이렇게 계속 의사의 지시에 따르지 않으면 경비를 부를 수밖에 없어요, 킨 씨."

에이버리는 윈 대법관이 핼쑥한 모습으로 누워 있는 침대 옆으로 다가섰다. "그렇게 하세요. 아니, 그냥 보안 책임자한테 연락해서 여기서 보자고 해주세요."

그 간호사는 열린 병실 문을 통해 접수대 쪽을 지키고 있는 직원을 돌아보았다. 랜들 상병이 수화기를 든 채 어깨를 으쓱해 보였다.

"랜들 상병이 이미 경비들을 불렀어요."

"잘됐네요." 에이버리는 간호사에게서 돌아서 윈 대법관을 쳐다보았다. "저 왔어요, 대법관님."

욕실에 숨어 있던 남자는 공간을 확인했다. 장기 입원 환자들을 위해 설계된 병실이라 욕실 안에는 샤워실과 욕조뿐만 아니라 얕은 벽장까지 구비되어 있었다. 그는 선택의 여지 없이 샤워실로 들어가 커튼을 쳤다.

곧바로 욕실 문이 열렸다. 에이버리가 들어와 수도꼭지를 틀고 손을 씻기 시작했다. 그녀는 거울에 이마를 기댄 채 속삭였다.

"윈 대법관님, 대체 무슨 일에 절 끌어들이신 건가요?"

에이버리는 수도꼭지를 잠근 뒤 손을 흔들어 물기를 말렸다. 그리고 욕실 문을 활짝 열고 나갔다. 뒤에 있던 남자는 샤워실에서 나와 욕실 문이 완전히 닫히지 않도록 서둘러 붙잡았다.

에이버리가 윈 대법관의 침대로 돌아가자 어느새 녹스 박사와 토카 박사가 와 있었다. 에이버리가 두 사람 쪽으로 다가갔다.

"빨리 와주셔서 감사해요."

토카 박사가 고개를 끄덕였다. "간호사가 당신의 방문에 걱정이 많았던 모양입니다. 안 그래도 연락하려고 했어요. 윈 대법관에게 추가 검사를 시행할 예정입니다."

"무슨 문제라도 생겼나요?"

"윈 대법관이 어떤 약을 먹은 건지, 진짜 자살을 시도한 건지 확실하지 않으니까요. 혼수상태에 빠진 건 약을 먹었기 때문인데, 병원에 실려 올 때 가져온 약병에 들어 있던 약이 아니었어요." 녹스 박사가 대답했다.

"그게 무슨 말씀이죠? 약물 과다 복용이 아니라는 건가요?"

"확실하진 않습니다. 윈 대법관에게 처방한 발작 치료제 몇 알이 사라졌는데, 대법관의 몸에선 그 약물이 검출되지 않았거든요."

토카 박사가 덧붙였다. "우린 윈 대법관이 병원에 실려 오자마자 루이스 간병인의 보고를 바탕으로 독성 검사를 실시했습니다. 당시 함께 가져왔던 약병에 들어 있던 건 위중한 심장질환에 효과가 있는 약이었죠. 혼수상태를 일으킬 수도 있긴 하지만 가능성이 낮아요. 하지만 심장마비나 뇌졸중을 일으켰다는 증거가 없으니, 발작 치료제를 복용했을 리 없습니다."

"그럼 대법관님이 드신 약은 뭐죠?"

"첫 번째 검사로는 찾아내지 못했습니다. 하지만 혈액 분석에서 이상이 발견되었기에 또 다른 검사들을 지시한 상황이에요. 그 결과를 기다리고 있는 중입니다."

"대법관님이 드신 약이 뭔지 언제쯤 알 수 있을까요?"

"오늘 중에 알아낼 수 있기를 바라지만, 늦어도 내일까지는 알아낼 수 있을 겁니다." 토카 박사가 머뭇거렸다. "분석을 위해 두 번째 혈액 샘플을 콴티코 해병기지로 보내달라고 요청했습니다. 우리 쪽 기술도 훌륭하지만 그쪽에서도 관심을 보여서요. 거기에 더해 루이스 간병인에게도 연락을 했습니다만, 연락이 되지 않고 있는 상황입니다."

에이버리는 움찔했다. "다른 사항은 없나요?"

토카 박사가 손에 쥐고 있던 서류를 가리켰다. "윈 대법관님이 섭취한 화학물질은 동맥류의 순환 속도를 느리게 하는 효과를 모방하고 있습니다."

"어떻게요?"

의사들이 서로를 쳐다보며 고개를 저었다.

"아직까진 그 약이 뭔지 모릅니다. 알아볼 수 있는 표식은 있습니다만, 그런 효과가 있는 약물은 제조된 적이 없어요." 녹스 박사가 윈 대법관을 쳐다보며 덧붙였다. "에이버리, 첫 번째 검사 결과에 따르면 윈 대법관은 혼수상태에 빠졌지만, 목숨이 위태로운 상황은 아니었어요."

에이버리는 병원 침대에 누워 있는 남자에게 시선을 고정한 채 새로 알게 된 사실들에 대해 생각했다. "대법관님이 자살 시도를 한 것처럼 꾸몄다는 건가요?"

"그건 모르죠."

미친 인간. 에이버리는 목소리를 가다듬었다. "정확한 상황을 알게 될 때까지 대법관님의 병실에 24시간 경비를 붙이고 싶어요. 다른 사람들이 접근하지 못하게 해주세요. 지금부터 이 방에는 저와 의료진 이외에는 아무도 들어올 수 없습니다."

토카 박사가 고개를 끄덕인 뒤 에이버리의 팔꿈치를 붙잡았다. "보안실까지 안내해드리죠. 보안관한테도 연락하겠습니다. 보안관들이 경호해주기 전까지는 우리 쪽 직원들에게 병실 문 앞을 지키라고 요청하죠. 윈 대법관을 혼자 두는 일은 없을 겁니다."

"전 다른 사람이 올 때까지 여기 있을게요. 누군가는 윈 대법관님 옆에 있어야 하니까요."

토카 박사는 잠시 머뭇거리다가 다시 고개를 끄덕였다. "독성 검사 결과가 나오는 대로 녹스 박사가 연락을 드릴 겁니다. 편하게 있어요. 윈 대법관은 안전하게 지키겠습니다."

의사들이 병실을 나가자 에이버리는 침대 옆에 있는 전화기로 전화를 걸었다. 첫 번째 신호음이 떨어지자 메리 곤잘레즈가 전화를 받았다.

"에이버리예요. 대법원장님과 통화하고 싶어요."

몇 초 뒤, 대법원장이 전화를 받았다. "에이버리, 무슨 일이라도 있나요?"

"네, 대법원장님. 일이 있었습니다." 에이버리는 잠시 말을 멈췄다가 다급하게 말을 이었다. "오늘 오후에 윈 대법관님의 간병인인 제이미 루이스 씨를 만나러 갔다가 누군가 그녀를 총으로 쏴 죽인 걸 발견했습니다. 현장에 제 DNA가 남아 있을 거예요. 그 순간 윈 대법관님도 위험할지 모른다는 생각이 들어서 그 자리를 떠났습니다. 지금 병원에 있는데, 이제 어떻게 해야 할지 모르겠어요."

"지금 어디에 있다고 했죠? 정확하게 말해봐요."

"윈 대법관님의 병실에 있습니다."

"즉시 보안관들을 보낼게요. 그 사람들이 당신을 법원까지 데려다줄 거예요."

"차를 가져왔는데요."

"놓고 와요. 나머진 내가 알아서 할게요."

욕실 안에 있던 남자는 소리 없이 욕을 내뱉으며 주사기를 든 채 생각에 잠겼다. 이대로 윈 대법관을 죽이고 저 여자를 기절시킬 수도 있지만, 보안관들이 오고 있기 때문에 탈출 가능성이 희박했다. 불가능한 일은 아니었지만, 불필요한 위험을 감수해야 했다.

남자는 조용히 욕실 문을 닫은 뒤 변기 위에 올라가 소리를 내지 않은 채 천장 뚜껑을 열고, 그 위로 올라갔다. 그리고 좁은 공간을 기어서 다시 스태포드 상원의원의 병실로 돌아왔다.

남자가 좀 전에 벗어두었던 옷을 입고 병실에서 나오자, 보안관들이 엘리베이터에서 내렸다. 그는 그들을 지나쳐 차를 세워둔 쪽으로 걸어갔다. 휴대전화 신호가 다시 잡히자 에이버리가 병원으로 가고 있다는 경고를 포함한 일련의 메시지들이 연이어 나타났다. 지역 경찰이 루이스 간병인의 사망 사건을 수사할 경우, 이름을 알리고 싶어 하는 지나치게 열성적인 수사관들은 말할 것도 없고 지역 언론과 기자들까지도 제멋대로 떠들게 될 것이다.

남자는 간결하게 답신을 보냈다. 아무래도 그가 빈손으로 상관에게 돌아갈 일은 없을 것 같았다.

14

 FBI 특수요원 로버트 리는 그 직종 고유의 복장이라고 할 수 있는 평범한 진회색 양복에 윤이 나는 검은색 구두를 신고 있었다. 강인해 보이는 턱 덕분에 적갈색 뺨의 살이 축 늘어진 처량해 보이는 얼굴이 제법 단호하게 보였다. 가벼운 짜증과 명백한 불신 사이를 오가는 특유의 표정 역시 다소 시무룩해 보이는 외모와 일치했다. 업무상 진술을 받아내고 진실을 파헤치다 보니 이런 반응은 습관적이었다. 리가 크게 소속감을 느끼지는 않는 법 집행 조정국, 다시 말해 OLEC^{Office of Law Enforcement Coordination}에 대해서는 민간인들뿐만 아니라 다른 법 집행기관들 역시 비슷한 반응으로 마지못해 협조하곤 했다. FBI 범죄 수사국의 산물이라고 할 수 있는 리 요원은 이 파견이 고행의 일환이며, 협동이라는 환상을 위한 전문성의 희생이라는 것을 알아차렸다.

 FBI에서의 시간, 특히 OLEC에서는 효율성과 정직성을 위해 그의 출신 성향을 잊으라고 가르쳤다. 그는 FBI 본부를 떠나면서 더 이상 기대하지 않았고, 다른 정부기관으로 들어갈 때는 더 기대치를 낮추었다. 국토안보부가 상대였을 때는 그곳에서의 모든 말을 거짓말이거나, 더 큰 거짓말을 은폐하기 위한 것이라고 여겼다. 이번에도 리는 특별 심문에 관한 준비를 하지 않았다. 저녁 약속을 한 아내를 기다리게 만들 테지만, 그녀는 그가 일 때문에 어디에 가게 됐다고 해도 그 말을 믿지 않을 것이다.

 해가 저물어갈 무렵, 리 요원은 로즈버러 대법원장의 집무실에 앉아 있었다. 이렇게 법원 깊숙한 곳까지 들어온 건 처음이었다. 그가 이 자리까지 올 수 있는 허가를 받은 건 끔찍한 시신을 발견한 젊은 여자를 심문하기 위해서였다. 이례적으로 국토안보부까지 개입한 이번 사건을 위해 FBI에서 OLEC로 파견 나오는 일이 그에게 떨어졌다. 대법원으로 오는 길에 리는 타코마 파크 경찰서에 들러 살인사건 담당 형사의 수사 열망을 억누르고, 이번 사건의 관련 자료들을 옮겨 받았다.

광택 있는 골동품 탁자에 자리를 잡자, 리 요원은 사건과 관련해 별게 없는 세부 사항들을 적어놓은 수첩을 앞에 놓고 한 시간째 질문을 되풀이하고 있었다.

"다시 질문 드리겠습니다, 킨 씨. 낮에 루이스 부인의 집에는 왜 갔습니까?"

"루이스 부인을 만나러 갔어요."

"집 안에는 어떻게 들어갔죠?"

"문이 열려 있었어요."

"킨 씨, 내 인내심을 시험하고 있군요. 난 당신이 루이스 부인의 집 현관문 잠금장치를 딴 걸 알고 있습니다."

에이버리가 딱 잘라서 대답했다. "문이 열려 있었어요."

"집 안에는 왜 들어갔습니까?"

에이버리는 성실하게 응답했다. "여러 번 말했다시피, 제이미 루이스 씨는 원 대법관님의 간병인이에요. 원 대법관님이 쓰러지기 전에 마지막으로 만난 사람이지요. 몇 가지 물어보고 싶은 게 있어서 갔어요."

"현관문 잠금장치에 억지로 연 흔적이 남아 있었어요." 리 요원이 주장했다. "당신 짓이죠? 시신 옆에서 발견한 피 묻은 지문 자국이 당신 지문과 일치해요."

"난 문을 두드렸어요. 그런데 문이 열려 있었죠. 집 안에서 시신을 발견한 뒤에 혹시 살아 있는지 확인해봤어요. 그런 뒤에 어떻게 해야 할지 몰라서 그 자리를 떠난 거고요."

리 요원은 쓰지 않은 펜의 뚜껑을 덮었다. "당신은 지금 거짓말을 하고 있어요. 나도 알고, 이 방 안에 있는 사람들도 다 알아요. 사실대로 말하지 않으면 난 당신을 살인 혐의로 체포해 법의 심판에 맡길 수밖에 없습니다."

"이만하면 됐어요." 로즈버러 대법원장이 FBI 요원을 노려보았다. "에이버리는 충분히 해명했어요. 그만 넘어가죠."

"우린 예의상 여기에 온 겁니다." 무표정한 얼굴로 서 있던 밴스 소령이 끼어들었다. "킨 씨는 범죄를 저질렀어요. 리 요원에게 제대로 대답해야 할 겁니다."

"도와주셔서 감사합니다, 밴스 소령. 하지만 내가 알아서 하죠." 리 요원이 국토안보부에서 나온 담당자를 질책하며 말했다. "루이스 씨의 집에 어떻게 들어갔는지 인정할 경우 킨 씨가 곤란해질 테니 두려울 겁니다. 킨 씨는 젊고 똑똑한 법조인인 데다, TV에서 경찰 쇼도 많이 봤을 테니까."

순간 문자 알림 소리에 리 요원이 휴대전화를 흘끗 쳐다봤다. 검시관이 보낸 정보였다.

그는 얼굴을 찌푸린 채 다른 질문을 했다. "오늘 새벽 5시에 어디에 있었습니까?"

대답을 이미 알고 있는, 더 많은 질문을 이끌어내기 위한 질문이었다. 에이버리는 아무 말도 하지 않았다. 리 요원이 얼굴을 한층 더 찡그렸다.

"침묵해서 좋을 게 없습니다. 킨 씨, 오늘 새벽에 어디에 있었는지 왜 대답하지 못하는 겁니까?"

거짓말이 튀어나올 것 같았지만, 에이버리는 지하철에 설치되어 있는 카메라들을 떠올렸다.

"밖에 있었어요. 하지만 메릴랜드는 아니었어요."

"입증할 수 있습니까?"

"아뇨."

로즈버러 대법원장이 평가하는 표정으로 에이버리를 쳐다보더니, 리 요원이 따라 일어서기를 기다리며 자리에서 일어났다.

"수고 많았어요, 리 요원."

"아직 끝나지 않았습니다, 대법원장님." 리 요원은 그만 끝내라는 압박을 무시한 채 계속 자리에 앉아 있었다. "이미 충분히 협조해드린 걸로 아는데요. 이곳에서 심문하는 데 동의했고, 킨 씨를 체포하지도 않았습니다. 도와주지 않으시면 그 두 가지 조항 모두 물릴 수도 있습니다."

상대방의 무례에 익숙하지 않은 로즈버러가 억지 미소를 지었다. "아주 긴 하루였어요. 에이버리 역시 많이 지쳤을 거라는 점에 대해선 이해할 겁니다. 에이버리는 자기가 아는 사실들을 전부 다 이야기했어요."

"그건 아니죠. 킨 씨가 혼수상태에 빠진 대법관의 법적 후견인이라는 건 아무래도 상관없습니다. 다만 내가 신경이 쓰이는 건 후버 빌딩이 아니라 킨 씨를 싸고도는 이곳에서 심문해야 하는 이유죠. 혹시 내가 뭔가 놓친 게 있습니까?" 마지막 질문은 밴스 소령에게 하는 것이었다.

"곤혹스럽다는 건 이해합니다, 리 요원. 하지만 아무래도 미묘한 상황이라서요. 이번 사건 수사는 비밀 유지가 아주 중요합니다." 밴스가 대답했다.

"소령, 난 아주 까다로운 사람입니다. 만일 내 도움을 받고 싶다면 이름이나 직위, 사회 보장 번호보다 더 많은 정보를 알아야 할 필요가 있어요." 리 요원이 펜을 들며 말을 이었다. "범죄 현장에 함께 들어갔던 법의학자의 말에 따르면 제이미 루이스를 죽인 총알을 파낸 흔적이 벽에 남아 있었는데, 탄피는 없었다고 하더군요. 명백하게 등 뒤 근접거리에서 총에 맞았다는 거죠. 총을 가지고 있습니까, 킨 씨?"

"아뇨."

리 요원이 밴스를 쳐다봤다. "킨 씨가 그쪽 사무실에서 조사받고 있는 건가요? 그 사무실이 어디에 있는 건지는 모르겠지만, 난 그쪽 소관이 뭔지 아직 모르겠군요."

"킨 씨는 국토안보부에서 주시하고 있는 인물입니다."

리 요원이 고개를 쳐들었다. "킨 씨를 주시하는 이유가 혼수상태에 빠진 대법관의 간병인이 집으로 돌아온 지 몇 시간 뒤에 총에 맞아 죽었다는 사실 때문인가요? 아니면 죽은 여자가 거실에 쌓여 있는 짐 상자들과 볼티모어 공항에서 구입한 비행기 표를 들고 관할 구역을 떠날 준비를 하고 있었기 때문인가요? 더군다나 그 여자의 죽음의 최고 수혜자는 시신을 발견한 사람이잖아요? 맞아요, 난 킨 씨를 주시해야 한다고 생각합니다, 소령. 보자마자 그 사실을 깨달았죠, 안 그렇습니까?"

밴스도 그 사실을 받아들인다는 듯 고개를 살짝 숙였다. "우리가 바라는 건 당신이 신중한 속도로 수사를 진행해주는 것과 알아낸 사실들을 내게 알려주는 것뿐이에요. 리 요원, 이렇게 당신의 시간과 재량을 보여준 것에 대해 감사드립니다."

리가 고개를 저었다. "이 우스꽝스러운 심문은 나로선 시간 낭비였고, 죽은 여자에게도 다소 모욕적이었어요. 하지만 국장님이 그만두라고 하기 전까지는 킨 씨를 용의자로 생각할 겁니다."

"날 체포할 건가요?" 에이버리가 물었다.

"아직은 아닙니다." 마침내 자리에서 일어난 리 요원이 재킷 주머니에 손을 집어넣었다. "하지만 아무 데도 갈 생각은 하지 않는 게 좋을 거예요."

로즈버러 대법원장이 리 요원을 집무실 밖으로 이끌었다. 그리고 문밖에서 기다리던 데비에게 넘겼다. 에이버리는 그대로 밴스 소령과 함께 남았다.

밴스가 에이버리가 앉아 있는 의자로 한 발 다가왔다. "FBI는 갔어요. 킨 씨, 대체 그 간병인 집에는 왜 간 겁니까?"

거짓말은 쉬웠다. "대법관님의 상태에 대해 알고 싶어 할 거라고 생각했어요. 문을 두드려도 아무 대답이 없어서 안으로 들어갔던 거고요."

"잠금장치를 따고 말입니까?"

에이버리가 어깨를 으쓱했다. "문이 열려 있었어요."

로즈버러가 집무실로 돌아왔다.

"에이버리, 당신이 루이스 간병인의 시신을 발견한 건 유감스러운 일이에요." 그러곤 밴스 소령을 경고하는 표정으로 쳐다보며 에이버리에게 말했다. "집에 보내줄게요. 리 요원에게도 말했지만, 오늘 하루는 아주 충격적인 날이었으니까요."

에이버리가 고개를 들었다. 법원 안에 있어야 안전했다. 그보다 더 중요한 건 윈 대법관의 책상이 법원에 있다는 것과 거기서 약간의 해답을 찾을 가능성이 있다는 것이다. 에이버리는 노골적으로 눈물을 글썽거렸다. 완전히 연기는 아니었다.

"집에는 조금 있다 가고 싶은데요." 에이버리가 로즈버러에게 말했다. "대법원장님만 허락해주신다면요."

"아직 킨 씨에게 질문할 내용이 남아 있습니다. 리 요원의 질문에도 대답이 필요하고요." 밴스가 끼어들었다.

"아까도 말했지만, 루이스 부인이 어쩌다 그렇게 됐는지 난 몰라요." 에이버리는 시신을 발견했던 순간을 다시 떠올렸다. "난 루이스 부인을 발견했고, 겁에 질렸어요. 그래서 도망쳤죠. 자랑스러운 일은 아니지만, 그때 이미 루이스 부인은 사망한 상태였어요."

"오늘 할 일은 끝났어요, 밴스 소령." 로즈버러가 단호하게 말했다. 그리고 한 손을 내밀어 에이버리의 팔꿈치를 잡고 일어날 수 있게 부축해주었다. "마음이 진정될 때까지 사무실에서 쉬다가 집에 돌아가요. 운이 없게도 당신과 병원에서 마주친 뒤로 터너 원부인이 인터뷰를 하느라 바쁜 모양이에요. 당신이 원 대법관의 법적 후견인이라는 것이 세상에 알려지는 바람에 법원으로 온갖 전화가 쇄도하고 있어요. 만일 의사들이 당신을 찾는다면……."

"의사들이 제 휴대전화 번호를 알고 있어요."

"잘됐네요." 로즈버러가 에이버리의 어깨를 토닥였다. "타고 갈 차를 준비해둘게요. 당신 집에도 조치를 취해뒀어요."

"조치라고요?" 그 말은 곧 연방 요원들이 재러드 원과 만나는 장소까지 따라올 것이라는 의미였다. "전 괜찮은데요."

로즈버러가 밴스 소령과 똑같은 엄격한 표정을 지었다. "FBI와 타협한 부분이에요. 루이스 간병인 사건의 진상이 밝혀질 때까지 에이버리는 그 차를 타고 다녀야 해요. 당신 차는 압수됐어요. 협상의 여지가 없는 일이에요."

에이버리는 반박하려고 하다가 그만두었다. 사무실로 돌아가 거기 있으라는 말을 들은 것도 처음이 아니었다.

에이버리는 짧게 고개를 끄덕이며 말했다. "알겠습니다."

에이버리는 그 집무실을 나왔다. 회기가 끝날 무렵이라 늦은 시간까지 일하는 다른 서기들을 피할 생각이었다. 하지만 평소보다 많은 수의 서기들이 각자 사무실에 앉아 대법관들이 지시한 질의서를 처리하는 대신 온갖 이유를 만들어 원 대법관의 집무실 근처에서 서성거리고 있었다.

에이버리는 책상 의자에 털썩 앉아 머리를 등받이에 기댔다. 아침에 느꼈던 메스꺼움이 머리를 콕콕 찌르는 두통과 함께 되살아났다. 그때 휴대전화가 울렸고, 에이버리는 시끄러운 벨소리가 듣기 싫어 무작정 전화를 받았다.

"여보세요?"

"에이버리 킨인가요?"

전화를 건 남자의 목소리는 누군지 알아들을 수 없을 정도로 변조되어 있었다. 에이버리는 속이 뒤틀리는 것 같았지만, 침착한 목소리로 대답했다.

"네, 제가 에이버리 킨입니다. 전화 건 분은 누구시죠?"

"당신이 원 대법관님을 반드시 지켜드려야 합니다. 그분이 돌아가시게 내버려두지 마세요."

의구심에 에이버리의 목소리가 딱딱해졌다. "누구시죠?"

"친구입니다."

그녀의 이성은 바로 전화를 끊고 밴스 소령이나 FBI에 알려야 한다고 말하고 있었지만, 본능이 통화를 계속해야 한다고 말하고 있었다. 어쩌면 이 남자가 어딘지 모를 토끼 굴에 빠진 에이버리에게 빛을 비추어줄 수 있을지도 모른다.

"원하는 게 뭐죠?"

"새롭게 후견인이 된 당신을 돕고 싶습니다."

"어떻게요?"

"당신이 윈 대법관님을 지키는 것을 돕고 싶어요."

"대법관님을 누구한테서 지킨다는 거죠?"

"그분을 해치려고 하는 모든 사람들로부터요."

"대법관님의 목숨이 위협당하는 건 심각한 문제예요." 에이버리는 천천히 자리에서 일어나 문 쪽으로 향했고, 손잡이를 붙잡으며 물었다. "그분을 해치려는 사람이 누군데요?"

"회기가 끝날 때까지 당신이 대법관님의 목숨을 지켜야 해요, 에이버리."

"왜요? 대체 원하는 게 뭐죠?"

"우린 당신을 믿어요." 아주 잠깐 전화기에서 탁탁거리는 소리가 들렸다. "내가 도와줄게요. 지켜봐요."

15

에이버리는 집이 격리실처럼 느껴졌다. 몇 분 사이에 다섯 번째로 에이버리는 휴대전화를 확인했다. 시간은 오후 11시 18분이었고, 계획에 따르면 출발할 때까지 12분 정도 남아 있었다.

에이버리는 거울 앞에 서서 다시 한번 옷차림을 확인했다. 몸에 딱 맞는 검은 청바지에 검은색 탱크톱을 입고 있었는데, 약간의 허영심과 무더위를 고려해 선택한 옷차림이었다. 에이버리는 아버지로부터 수영선수 같은 체형, 즉 넓은 어깨와 긴 팔다리, 근사하고 탄력 있는 근육을 물려받았다. 리타로부터는 가느다란 허리와 초록색 눈동자를 물려받았지만, 짙은 속눈썹은 확실히 아버지에게 물려받은 것이었다. 에이버리는 부모님 양쪽의 특징이 섞인 것 같은 연한 갈색 피부와 자연스럽게 구불구불한 머리카락, 복합적인 이목구비를 가지고 있었다. 가느다란 얼굴에 넓고 강인해 보이는 코, 높이 솟은 광대뼈와 큐피드의 활처럼 휘어진 풍만한 입술이 자리 잡고 있었다.

자기 모습을 충분히 확인한 에이버리는 재러드 원에게서 받은 구깃구깃한 쪽지를 쳐다보았다. 한 시간 전에, 에이버리는 이 정도만으로도 지나치게 드라마 같은 하루를 보냈다고 마음먹고 그 쪽지를 뭉쳐 쓰레기통에 던져 넣었다. 하지만 다시 생각한 끝에 쓰레기통에서 그 쪽지를 꺼냈다.

제이미 루이스는 죽었고, 재러드는 그 이유를 알지도 모른다. 이런 식으로 집에 숨어 있어봤자 아무것도 알 수 없다. 에이버리는 욕을 내뱉으며 검은색 모자를 눈썹 아래까지 깊이 눌러 썼다. 뒷주머니에 지갑을 밀어 넣은 뒤 검은색 셔츠를 허리에 묶었다. 그런 뒤 발소리가 나지 않는 검은색 스니커즈를 신고 현관문을 열었다. 에이버리는 중앙 복도를 돌아나가 빠른 속도로 걸었다.

복도에 죽 이어져 있는 문들을 성큼성큼 지나 3층 복도 끝에서 창문을 열었다. 그 창문은 금세라도 무너질 것 같은 화재 대피로로 통했다. 에이버리는 그 위로 올라가 계단을 내려갔다. 그리 높지 않은 높이에서 보도로 뛰어내린 뒤 숨을 몇 번 들이쉬었다. 주위에서 아무 움직임도 없자 에이버리는 빠른 걸음으로 골목 앞으로 나가 주위를 살폈다. 대법원장의 말대로 아파트 건물 앞에 순찰차가 한 대 서 있었다. 에이버리는 고개를 숙인 뒤 모퉁이를 돌아 거리로 나섰다. 다음 블록에서 에이버리는 요금 미터기를 내리는 택시 운전사를 발견했다.

"타도 될까요?"

택시 기사가 고개를 저었다. "퇴근 시간이에요."

에이버리는 슬쩍 뒷좌석에 올라탄 뒤 기사에게 지폐 한 장을 건넸다. "크레이머북스까지 태워다주면 50달러 드릴게요. 이 정도면 오늘 밤 벌이 중에 최고일 것 같은데."

에이버리가 창밖을 흘깃 내다보았다. 하지만 아무도 없었다.

택시 기사는 50달러를 받아든 뒤 싱긋 웃었다. "물론이죠. 바로 출발하겠습니다."

듀퐁 서클 한복판에 위치한 크레이머북스 서점은 24시간 영업을 하고 있다. 에이버리는 북적거리는 인도 위에 서서 망설였다. 신경이 곤두선 상태였다. 이곳에 도착한 뒤로 아드레날린이 치솟으면서 재러드 윈을 만나보겠다는 결심에 대해 다시 생각하고 있었다.

이건 그녀가 계획했던 삶이 아니었다. 윈 대법관이 에이버리의 미래를 낚아채고, 그녀의 서투른 손에 자신의 운명을 쥐여주었다. 불안해진 에이버리는 지하철역 방향으로 돌아섰다. 죄책감이 들긴 했지만, 이곳을 떠나기로 마음먹었다. 윈 대법관은 리타가 아니었다. 그의 목숨은 에이버리의 책임이 아니었다.

에이버리가 발을 뗀 순간 누군가의 손이 그녀의 어깨를 강하게 붙잡았다.

"킨 씨?"

에이버리는 돌아서면서 주머니에서 칼을 꺼냈다. 그리고 바로 칼날을 꺼낼 수 있게 엄지손가락을 올렸다. 재러드 윈의 얼굴에 드리운 가로등 불빛 그림자가 넓은 칼날 같은 코와 툭 튀어나온 이마를 음침하게 보이게 만들었다. 에이버리는 그의 외모가 어머니를 닮은 건지는 모르겠지만 좀 더 다듬어졌어야 한다고 생각했다.

"윈 씨." 에이버리는 재러드의 손에서 어깨를 빼내며 고개를 서점 쪽으로 기울였다. 재러드가 알아차리기 전에 칼을 다시 주머니에 집어넣었다. "테라스에서 보기로 한 줄 알았는데요."

"재러드라고 불러요." 그가 무시하듯 어깨를 으쓱하더니, 웃는 걸 꺼리는 것처럼 입술을 비틀었다. "그냥 갈 것처럼 보이던데."

"여기 있잖아요."

"칼로 찌르지 않은 건 고마워요."

에이버리는 깜짝 놀라 재러드를 쳐다보았다. "봤어요?"

"오랜 습관이죠. 잠깐 군대에 있었거든요. 해군정보부요. 날 죽이려는 사람들을 찾아내는 훈련을 받았죠."

"그런 거 아니에요."

에이버리가 주먹 쥔 손을 바지 주머니에 집어넣었다. 따뜻한 여름 저녁임에도 손가락에 감각이 없었다. 탈출구가 사라졌으니, 이제 무슨 일을 할 수 있을지 알아보는 편이 나을 것이다.

"쪽지에 대해서 설명해주시겠어요?"

"일단 안으로 들어가죠."

재러드가 문을 밀고 들어갔다. 서점 안의 웅성거리는 소리가 두 사람을 감싸 안았다. 재러드는 에이버리의 팔꿈치를 잡고 사람들이 북적거리는 서점 안으로 이끌었다. 두 사람이 나지막한 계단을 올라가 레스토랑 테라스로 나가자 웨이터가 두 사람을 묵직한 나무 테이블로 안내했다.

"음료는 뭐로 하시겠습니까?" 웨이터가 공손하지만 무심한 태도로 물었다.

"다이어트 콜라요." 에이버리가 말했다.

"캐모마일 차로 주세요." 재러드가 대답했다.

"알겠습니다."

에이버리가 보기에 재러드의 세련된 주문은 웃음기 없는 딱딱한 얼굴과 전혀 어울리지 않았다. 그는 허브 차보다는 위스키가 들어 있는 플라스크를 가지고 다니는 게 더 어울릴 것 같았다.

재러드는 낮에 봤을 때와 비슷한 복장이었다. 군살 없는 몸에 딱 맞는 짙은 색 청바지에, 푸른색 셔츠 대신 흰색 셔츠로 바꿔 입었지만, 여전히 검은색 워커를 신고 있었다. 아름다울 수 있었을 얼굴은 잔뜩 인상을 쓰고 있었다. 재러드 원은 아마 에이버리보다 다섯 살이 많을 것이다. 하지만 그 이상일 수도 있을 것 같았다.

에이버리는 재러드가 만나자고 한 이유를 밝힐 때까지 아무 말 없이 기다리기로 마음먹었다. 하지만 그녀가 마음을 다잡기도 전에 음료수를 든 웨이터가 다시 나타나 식사 주문을 받았다.

"식사는 곧 준비될 겁니다."

재러드는 생각에 잠긴 듯 차를 휘저었다.

"당신 말대로 나왔어요. 무슨 일이죠?" 에이버리가 물었다.

"놀라게 할 생각은 아니었어요."

에이버리가 억지웃음을 지었다. "그런 거라면 낯선 사람에게 보내는 비밀 쪽지에 끔찍한 경고는 넣지 말라고 조언하고 싶네요."

"미안합니다." 재러드가 칼을 집어 들더니 얇은 금속을 흉터가 남아 있는 손가락 관절 밑에서 능숙하게 뒤집었다. 해군에서 배운 습관인 듯, 한 번 더 칼을 넘겼을 때 재러드는 에이버리의 짜증 난 표정을 알아차렸다. 그는 말을 꺼내는 것을 꺼리고 있었다. "판사님과는 지난 20년간 말도 하지 않았어요."

"어머니가 돌아가신 뒤로 말인가요?"

"판사님이 나를 보내버리고, 더 이상 날 만나지 않겠다고 했을 때부터죠." 체념에 잠긴 지 너무 오래돼서인지 아주 잠깐 씁쓸함이 드러났다. 가족에 대한 이야기를 하는 건 결코 쉽지 않았다. "어머니는 판사님이 대법원에 임명되고 몇 년 지나지 않아 돌아가셨어요. 장례식 다음 날, 판사님은 나를 메릴랜드에 있는 이모 집에 보내버렸죠. 그리고 돌아오지 않았어요."

"그렇게 하신 이유는 알고 있나요?"

"아뇨. 하지만 수십 가지 가정이 있었죠. 이모는 평소 낭만적인 분답게, 판사님이 나를 보면 너무나 사랑했던 우리 엄마가 떠올라서 그런 거라고 했죠."

"하지만 당신은 그 말을 믿지 않는군요."

재러드가 짧게 웃었다. "사람을 사랑하는 게 가능한 사람이나 그렇게 슬픔에 잠길 수 있는 거죠. 내가 세운 가설을 말해줄까요? 판사님은 아이를 키우는 책임 같은 건 지고 싶어 하지 않는 이기적이고 차가운 사람이에요. 그 사람은 대법원에 임명된 뒤로 완벽한 인생을 살고 있었죠. 바로 그때 엄마가 돌아가신 거예요. 엄마가 돌아가시자 나는 아무 쓸모가 없어지고 만 거죠."

"연락은 해봤어요?"

"1년 동안 매일요. 어렸을 때 난 한심한 데다 고집도 셌거든요."

"그런데도 아무 일이 없었단 말이에요?"

"매해 여름 회기가 끝나는 마지막 날, 아버지가 보고 싶어서 대법원에 몰래 들어갔어요. 열여덟 살이 될 때까지 그랬죠." 어떻게 대법원에 들어갈 수 있었는지 에이버리가 묻기도 전에 재러드가 설명했다. "법원 서기가 우리 엄마를 좋아했거든요. 그래서 항상 나를 들여보내줬어요."

"열여덟 살이 되던 해에 무슨 일이 있었는데요?"

"판사님 집무실로 데려다달라고 했어요. 그리고 판사님을 봤죠. 그때 판사님은 누군가와 언쟁을 하고 있었는데, 그 사람도 나를 봤다는 걸 알았어요. 하지만 언쟁을 멈추지 않았죠. 그 뒤로는 더 이상 기다리지 않았어요. 열여덟 살이 되던 해에야 마침내 깨달았던 거죠. 난 절대로 그 사람의 인생에 속할 수 없다는 것을." 재러드는 어깨를 한 번 돌린 후 말을 이었다. "그래서 그다음 날 아침, 해군에 입대해 더 큰 세상을 보러 떠났죠."

윈 대법관은 한창 날을 세우고 싸우고 있을 때면 다른 것에는 전혀 신경을 쓰지 않았다. 에이버리는 윈 대법관이 그때 재러드를 알아봤는지, 심지어 그가 있다는 사실 자체를 알아차렸을지 의문이었다. 하지만 에이버리는 여전히 오싹함을 느꼈다. 그녀는 연민을 표하는 것을 멈추고, 대신 질문했다.

"해군에는 얼마 동안 있었어요?"

"충분히 오래요."

"구체적으로 말해줄 수 있어요?"

"그건 곤란해요."

"왜요? 뭔데요? 특수부대 같은 곳에 들어갔던 거예요?"

"그 비슷한 곳에 들어갔죠. 지루하기 짝이 없는 분석가로 일했어요. 그래서 제대한 뒤로 그때 훈련받은 것을 써먹고 있어요. 컴퓨터와 전자 보안 업무를 하는 컨설팅 회사를 운영하고 있으니까요."

"해군 정보 분석가였어요? 그건 지루했을 리 없는데."

재러드가 어깨를 으쓱했다. "꼭 그런 건 아니에요."

"그럼 뭔데요?" 앞에 앉아 있는 깔끔하고 단단한 남자는 신체적인 약점이 아무것도 없었다. "무슨 문제가 있었나요?"

"꽤 특별한 승진을 앞두고 있었죠. 혈액검사와 DNA 검사를 했는데, 검사 결과 아버지로부터 물려받은 선천적인 유전병에 양성 반응을 보였다고 하더군요. 뇌 속에 잠자고 있는 살인마가 언젠가는 나를 판사님처럼 쓸모없는 사람으로 만들어버릴 거라고 했죠."

"부르신 증후군이군요."

"맞아요." 에이버리의 얼굴에 드러난 연민을 보고 재러드가 고개를 저었다. "불쌍하게 생각할 필요 없어요. 언젠가는 모두 죽어요. 난 그저 언제인지는 몰라도 내 목숨을 앗아가는 게 뭔지 알게 됐을 뿐이에요."

에이버리는 얼굴에서 모든 표정을 지우고 목소리에서도 감정을 지웠다. "윈 대법관님의 주치의들을 만났어요. 치료법이 없대요."

재러드는 테이블 위로 팔을 뻗었다. 그의 손가락이 에이버리와 닿을 것처럼 가까운 곳에 있었다. "아직은요."

에이버리가 눈을 크게 떴다. "그게 무슨 말이에요?"

이제 본론에 들어간 것이다.

재러드는 몸을 앞으로 내밀고 목소리를 한층 더 낮췄다. "판사님은 날 치료할 수 있는 유전자 치료법이 개발 중이라고 믿었어요."

에이버리가 얼굴을 찡그리며 말했다. "토카 박사는 그런 말을 하지 않던데요."

"현재 나와 있는 방법이 아니니까요. 판사님 말에 따르면 내 뇌를 죽이고 있는 유전자가 무엇인지 알아낸 회사가 있지만, 치료법 개발을 계속하려면 특정 기술에 접근해야 한다고 했어요. 잠재적 전달 체계인데 소유권을 해외 회사가 가지고 있다고 했죠. 제한 효소 배열이라고 불리더군요. 그리고 제조하는 회사가……."

"아드바르. 젠 워크스와 합병하려고 하고 있죠."

재러드가 눈에 띄게 뻣뻣해졌다.

"당신도 알고 있군요. 아드바르의 생물유전학 기술과 젠 워크스의 제약 연구가 합쳐진다면 내 목숨을 구할 수 있어요." 재러드는 재빨리 주위를 둘러본 뒤 몸을 내밀었다. "스토크스 대통령이 내게 남은 마지막 희망을 빼앗으려고 하고요."

치료법. 에이버리는 멍하니 생각했다.

"그 회사들이 합쳐지면 윈 대법관님도 살릴 수 있는 건가요?"

재러드는 거짓말을 해야 하나 망설이다가 고개를 저었다. "아뇨, 그쪽은 너무 늦었어요. 하지만 판사님은 앞으로 나한테 일어날 일을 잘 알고 있었죠. 판사님은 젠 워크스와 아드바르에 대해 말했어요. 당신에 대해서도요."

"어떻게요? 대법관님이 당신한테 연락을 하신 건가요?"

그때 웨이터가 다가와 에이버리 앞에는 감자튀김이 담긴 접시를, 재러드 앞에는 햄버거가 놓인 접시를 내려놓았다.

또다시 두 사람만 남게 되자 재러드가 설명했다. "그래요, 판사님은 자기한테 무슨 일이 생기면 당신을 찾아가라고 했어요."

"하지만…… 왜요?" 지난 몇 시간 동안 에이버리의 머릿속을 떠나지 않았던 의문이었다. "대법관님이 자신의 질병에 대해 당신에게 알렸다면, 어째서 당신 대신 나를 법적 후견인으로 삼은 거죠?"

"모르겠어요." 재러드는 햄버거를 한입 베어 문 뒤 생각에 잠겼다. "대법원에서의 그날 이후 난 판사님과 연락하지 않았어요. 그런데 넉 달 전 어느 날 저녁에 판사님이 내 집으로 찾아왔어요. 나한테 할 말이 있다고 하더군요."

"그래서 대화를 했나요?"

"아뇨, 난 판사님 면전에서 문을 닫아버렸죠. 그리고 한 시간 뒤에 바에나 가볼까 하고 집을 나왔어요. 그런데 판사님이 복도에 서 있더군요. 날 기다리고 있었어요."

"그래서 그때 이야기를 나눴군요."

"아뇨. 판사님은 모퉁이에 있는 술집까지 나를 따라왔어요. 그리고 내가 자기를 알아봐주길 계속 기다렸죠. 그 상태로 세 시간이 지나도 계속 그 자리에 있었어요. 난 욕을 퍼부었죠. 그때까지도 그 사람은 한마디도 하지 않았어요."

이야기가 이어지자, 재러드의 목소리가 부드러워졌다.

"결국 난 그 사람한테 자리에 앉으라고 말했어요. 쓰러질 것처럼 보였으니까요. 우리는 스카치를 마셨고, 그런 뒤에 이제 와서 무슨 볼일이냐고 물었죠. 난 그 사람이 사과하러 온 거라고 생각했어요."

"대법관님이 사과를 했어요?"

"그 사람이요? 당연히 아니죠."

에이버리는 놀라지 않았다. "뭐라고 하시던가요?"

"그 사람은 자기가 죽을 거라고 했어요." 재러드가 접시를 옆으로 밀었다. "날 도우려고 했는데 일이 복잡해졌다면서요."

복잡해졌다? 그 합병을 허용하기 위해 대법원 판결을 이끌어내는 일은 그저 복잡한 정도가 아니지 않는가. 에이버리는 신랄하게 생각했다. 그건 탄핵의 근거이며, 거의 불가능에 가까운 일이었다. 대법원 판결의 상황에 대해 누군가에게 말했던 것처럼.

"대법관님이 당신한테 그 합병에 찬성표를 던질 생각이라고 하시던가요?"

"일단 그 사람은 별 이야기를 하지 않았어요. 하지만 그 뒤로 계속 연락을 주고받았죠. 판사님은 내가 입대했을 때부터 지금까지의 모든 경력을 다 알고 있었어요. 그 사람은 내가 그 병의 진행 과정에 대해 알고 있으면 좋겠다고 하더군요. 그리고 지난 몇 주일 동안에는 국제적인 문제와 '소인배들의 작은 마음'에 대해 횡설수설하면서 늘어놓더니, 더 많은 내용들을 암시하기 시작했어요. 난 정보 관련 일을 했고 조사 능력도 괜찮은 편이에요. 몇 가지 검색과 올바른 질문들을 쫓아가니, 마침내 판사님과 정면으로 마주쳤어요. 그래서 그 사람이 가지고 있다는 해결책이 대통령이 막고 있는 젠 워크스 합병과 관련이 있는지 물었죠."

"대법관님이 그 안건에 대해 말씀하시던가요?"

"전부 다 말해준 건 아니에요. 그 사람은 여전히 시치미를 떼더군요. 판사님이 말해준 건 자신이 해결책을 얻기 위해 일하고 있다는 것뿐이에요. 하지만 내가 찾으러 갈 거라는 것을 알기에 힌트를 충분히 주더군요. 난 그 안건을 찾아냈고, 젠 워크스의 생물유전학 연구에 대해 알게 됐어요. 하지만 그 외에는 아는 게 별로 없어요. 그래서 난 당신이 알고 있을 거라고 생각했어요."

"무엇을 원하시는 건지 잘 모르겠어요. 대법관님 생각에 내가 할 수 있을 만한 일일 텐데요."

"나도 몰라요." 재러드가 찻잔을 들었다. "젠 워크스에 대한 법원 판결인 건지. 이제 최종 판결인 거죠?"

사실은 그렇지 않다는 것이 법원에서 도는 소문의 근원이었다. 소문으로는 원 대법관이 결정권을 가지고 있다고 했지만, 그는 아직 로즈버러 대법원장의 의견서에 서명하는 것을 거절했다고 했다. 그 이유를 아는 사람은 아무도 없었지만, 에이버리는 그 질문의 내용보다는 많이 알고 있었다. 그 대신 그녀는 고개를 저었다.

"법원에서는 이번 달 말까지 계속해서 여러 안건들에 판결을 내릴 거예요. 하지만 난 현재 법원에서 진행되고 있는 사안에 대해서는 말할 수 없어요. 그러니 물어보지 마세요."

재러드의 턱에 힘이 들어갔다. "물어볼 수밖에 없어요. 내 목숨이 달려 있는 거니까요. 아버지의 목숨도 달려 있고."

"대법관님에겐 도움이 안 될 거라고 했잖아요."

"맞아요. 하지만 그 사람은 당신이 나를 도와줄 수 있다고 생각했어요."

"내가 어떻게요? 법원에서 하는 일은 판사가 최종 판결을 내릴 때까지는 기밀이에요. 설령 내가 알고 있다고 생각하는 일이라고 해도 당신한테 말해줄 수 없어요."

하지만 젠 워크스 안건은 그녀에게도 미스터리였다. 만일 윈 대법관이 그 안건을 해결할 수 있다면 어째서 처리하지 않은 것일까? 대신 그는 스스로 혼수상태에 빠진 것처럼 보인다.

에이버리는 머릿속으로 온갖 가설들을 떠올렸으나 이치에 맞는 것이 하나도 없었다. 만일 아들을 살리기 위해 필요한 것이 법원에서의 한 표였다면 윈 대법관은 확실하게 투표를 했을 것이다. 에이버리를 이 자리까지 끌고 올 이유가 아무것도 없었다.

"에이버리, 무슨 생각해요?"

"네? 미안해요, 재러드. 내가 어떻게 당신을 도울 수 있다는 건지 정말 모르겠어요."

재러드는 초조한 얼굴로 테이블 위로 몸을 내밀었다. "당신이 도와줘야 해요, 에이버리. 판사님 말로는 그 조각들을 합치는 법을 당신이 알고 있다고 했어요. 그 조각이란 게 뭐죠?"

제이미 루이스의 메시지가 머릿속을 날카롭게 스쳐갔다. **우리를**

구해야 해. 날 용서해. 왜 그들의 목숨을 구하는 데 용서가 필요한 걸까? 그리고 그 일의 한복판에 있는 그녀는 누구일까?

에이버리는 의자를 뒤로 밀어내며 자리에서 일어섰다.

"재러드, 당신 아버지가 내가 뭘 알고 있고 무엇을 할 수 있다고 생각하는지 모르겠지만, 난 아무것도 몰라요. 당신이 병에 걸린 건 유감이에요. 하지만 난 당신 병을 고칠 수 없어요. 당신 아버지 병도 마찬가지고요."

16

재러드는 재빨리 자리에서 일어나 에이버리 앞으로 다가갔다. 그리고 그녀의 팔에 그의 손을 올렸다. 걸걸한 목소리는 간청을 하느라 분노가 사라진 상태였다.

"에이버리, 당신은 뭔가 아는 거죠. 내 눈에는 그렇게 보여요."

"당신 상상이겠죠." 에이버리는 주위의 관심을 끌지 않기 위해 속삭이며 말했다.

"미안해요." 재러드가 손을 내렸다. "제발 부탁해요. 이건 아버지가 20년 만에 나한테 부탁한 일이에요. 자기가 문제가 생겨 아무것도 할 수 없게 되면 당신을 찾아가라고 했어요."

"이 일은 대법관님 일이 아니잖아요." 에이버리가 다시 자리에 앉으며 따졌다. "당신 일이에요. 원 대법관님이 혼수상태에서 깨어나는 게 아니잖아요. 대법관님이 아니라 당신 목숨을 구하기 위한 일을 하라는 거라고요."

재러드는 에이버리에게 시선을 고정한 채 목소리를 낮췄다. "당신 말이 맞아요. 하지만 내가 보기엔 이번 일이 그게 전부일 것 같진 않아요."

우리를 구해야 해.

"그게 무슨 말이에요? 어째서요?"

"판사님이 나를 그렇게 많이 사랑한다고 생각하지 않으니까요." 재러드가 갑자기 숨을 내쉬었다. "그 사람은 나와 이야기할 때 불안해했어요. 겁에 질려 있었죠. 이야기를 하는 동안에도 계속 뒤를 살폈어요. 뭔가 더 있는 거예요. 나나 우리 두 사람을 죽이려고 하는 질병에 관한 문제 이상의 뭔가가 있어요."

"의사들 말로는 대법관님이 편집증 증상을 보였을 수 있다고 했어요."

"편집증일 수도 있지만, 뭔가 알고 있는 것일 수도 있잖아요? 판사님은 내게 진실을 알려주는 건 너무 위험한 일이지만, 국가 안보의 문제라고 말했어요."

"재러드, 대법관님이 망상에 빠진 걸 수도 있어요. 더군다나 당신이 해군에서 무슨 일을 했는지도 알고 계시다면서요. 어쩌면 죄책감이 당신의 목숨을 구할 수 있을 거라는 환상의 시나리오를 만들어낸 건지도 몰라요."

"그럴 수도 있죠. 나도 모르니까요. 판사님은 나한테 자세한 이야기를 해주지 않았어요. 하지만 대통령에 관해 큰 소리로 불만을 털어놓긴 했죠. 그 사람은 스토크스 대통령을 진심으로 증오했어요. 그리고 의사들을 싫어했죠. 하지만 시간이 부족할 경우 대안이 있다고 했어요."

"그게 뭔데요?"

"당신." 재러드가 에이버리를 쳐다보았다. "그게 자기한테 무슨 일이 생기면 당신을 찾아가라고 한 이유예요. 이 세상의 운명이 달려 있는 일이라고 했어요. 과장법처럼 들리긴 하지만, 그 말을 할 때 판사님은 아주 심각했어요."

"대법관님이 망상에 빠졌거나 편집증 때문에 그런 말씀을 한 거겠죠." 에이버리가 반박했다.

재러드가 고개를 저었다. "어떻게 생각해야 할지 모르겠어요. 판사님은 20년 만에 나를 찾아와서 경고했어요. 그러니 뭔가 의미가 있을 거예요. 그때 그 사람 정신은 아주 맑았어요, 에이버리."

에이버리는 윈 대법관의 컴퓨터에서 발견했던 폴더를 떠올렸다. 제이미 루이스의 죽은 시신도. 누군가 전화로 수수께끼처럼 남긴 경고도. "그 외에 다른 말씀은 없으셨어요?"

"계속 우기더군요. 만일 이번 회기가 끝날 때까지 자기가 그 일을 해내지 못하면 당신이 그 일을 끝내야 한다고 말이에요." 재러드가 자기 얼굴을 문질렀다. "사실 나는 '그 일'이 뭔지 모르겠어요. 내가 법률가도 아니고. 그래서 난 그게 무슨 뜻이냐고 묻지도 않았어요."

"그건 나도 몰라요." 에이버리가 정직하게 대답했다. "이번 일은 대법관님의 병 때문일 수도 있어요, 재러드. 아무것도 없는데 위협이 보이는 거죠."

"아니면 다른 사람은 볼 수 없는 뭔가를 봤을 수도 있죠." 재러드는 생각에 잠긴 채 의자에 몸을 기댔다. "젠 워크스에 대해 해줄 수 있는 이야기가 있어요? 합법적으로 말이에요."

에이버리는 윈 대법관의 지시로 젠 워크스 조사를 도왔고, 그 덕분에 다른 사람들보다 상하 양원 위원회의 업무 과정에 대해 잘 알고 있었다.

"이미 알려진 게 다예요. 미국의 한 유전공학 회사가 인도의 생명공학 회사와 합병해서 기술을 공유하고 싶어 했어요. 그런데 대통령의 반대로 합병이 중단됐죠. 그게 시작이에요."

"대통령은 왜 반대한 거죠?"

"그건 누구한테 물어보느냐에 따라 달라요." 구두 변론의 날을 떠올리며, 에이버리는 얼굴을 찡그렸다. "유전공학 연구에 대한 도덕적인 문제가 있어요. 그런 회사들은 인류의 기본 요소들을 조작하고 있으니까요. 시작은 복제 양이나 인간의 게놈 지도를 만드는 것부터였어요. 유전적으로 완벽한 아이나 새로운 팔다리를 만든다는 것처럼 허무맹랑하게 들리는 이야기들도 더 이상 공상과학소설에나 나오는 게 아니에요. 줄기세포 주는 점점 더 많은 데이터들을 생산해내고 있어요. 예전 같으면 몇 년이나 걸렸을 일들이 이제는 유전자 편집 기술로 몇 주 만에 이루어져요. 새로운 지평이 열렸지만, 책임지는 사람은 아무도 없죠."

"당신은 스토크스 대통령의 생각에 동의하는 건가요?"

"그렇게 말한 적 없어요. 비판가들은 스토크스 대통령이 헌법을 뛰어넘어 권력의 한계를 확장했다고 말하고 있으니까요. 생명유전학도 위험할 수 있지만, 권위주의적인 성향을 가진 대통령 또한 위험하죠."

"그럼 누가 옳은 거죠?"

"모르겠어요. 내가 결정하는 게 아니니까요."

재러드가 물었다. "그 안건에 대해 더 해줄 말은 없나요?"

"정상적인 관념에서 보면 아무것도 없죠. 판사들은 심문하는 내내 두서가 없어요. 핵심은 엑슨 플로리오 법이에요. 외국의 투자로 인한 미국의 이익과 국가 안보 간의 균형을 맞추어야 하니까요."

주제에 열기가 더해지자 에이버리가 몸을 앞으로 내밀었다.

"젠 워크스 대표인 나이절 쿠퍼는 합병에 국가 안보를 우려할 만한 요인이 없으며, 단지 대통령이 작년에 자신이 서명했지만 체결되지 못한 무역 협상에 대한 보복으로 보호무역주의를 내세운 것뿐이라고 주장했죠. 인도가 중국과 몇 가지 통상로에 대해 협의하자, 반년 뒤에 스토크스 대통령은 인도 역사상 가장 큰 기술 거래를 막아버렸어요. 국가 안보를 내세워 이 안건은 순식간에 처리됐고, 지금 여기까지 오게 된 거죠."

"당신은 그런 종류의 기술을 외국과 공유하게 될 경우 국가 안보에 위협이 될 수 있다는 점에 동의하는 모양이군요. 스토크스 대통령이 멍청이일 수도 있지만, 완전히 틀렸다고 볼 수는 없네요."

"나이절 쿠퍼도 마찬가지죠. 하지만 대통령과의 공개적인 반목은 신뢰성에 있어 두 사람 모두에게 이로울 게 없어요. 젠 워크스가 나이절 쿠퍼의 자식 같은 회사일 수도 있지만, 그 사람은 지난 선거 때 공화당을 이기기 위해 수백만 달러를 쏟아부은 전적이 있고, 이번 선거에 또다시 나설 거예요. 그 합병만 성사된다면 하룻밤 사이에 어떤 사람들은 억만장자가 되겠죠. 만일 그들의 기술이 실제로 적용된다면 나이절 쿠퍼는 그중에서도 더 큰 부자가 될 거고요."

"아니면 그런 위험한 기술을 적의 손에 넘겨줌으로써 미국의 국가 안보를 약화시키겠죠."

"인도는 우리의 적이 아니에요." 에이버리가 주의를 주었다.

재러드의 표정이 살짝 누그러졌다. "그렇죠. 하지만 인도는 우리의 동맹이 아닌 다른 나라들과도 우호적인 관계를 맺고 있어요. 더불어 그 지정학적 결합을 통한 DNA를 변화시킬 수 있는 종류의 기술이 나쁜 놈들의 손에 들어가게 된다면 무기로 이용될 수도 있겠죠. 또는 내 목숨을 살리는 약이 될 수도 있고."

"많은 사람들의 목숨을 살릴 수 있겠죠." 에이버리가 동의했다. "이건 명확하게 딱 떨어지는 문제가 아니에요. 그래서 사람들이 대립하는 거죠."

"그럼 당신은 그 합병에 대해 어떻게 생각하죠?"

자신의 자리를 떠올리며 에이버리가 신중하게 대답했다. "난 아무 생각 없어요."

"좋아요. 그렇다면 그런 논쟁으로, 결과가 일치하지 않게 되면 어떻게 되는 거죠?"

"대법원의 표가 반으로 나뉘어서 판결을 내리지 못한 안건은 하급법원에서 담당하게 돼요."

"그렇게 될 경우 젠 워크스는 어떻게 되죠?"

"하급법원은 대통령과 뜻을 함께하고 있으니, 합병이 이루어질 수 없겠죠."

"우리 판사님이 자리를 비웠으니, 대통령에게 유리해진 건가요?"

"그렇게 생각할 수도 있지만 아직 확정된 건 아니에요. 만일 표가 나뉜다거나 판결 결정을 거부할 경우에는 대통령의 뜻대로 될 거예요. 하지만 법원이 이 안건을 계속 유지한 채로 다음 회기까지 판결을 내리지 않을 수 있어요. 그렇게 되길 원할 경우, 대법관들은 재심리를 열고 모든 과정을 다시 시작하고 싶을 거예요. 수많은 선택지가 있어요. 체스 게임과 같죠."

그 말을 내뱉는 순간, 에이버리의 머릿속에 어떤 생각이 떠올랐다. **라스 바우어.** 어떻게 이걸 놓쳤던 걸까?

"그건 판사님과 똑같군요." 재러드가 중얼거렸다. "난 그저 내가 어떤 말인지, 어느 칸^{square} 안에 있는지만 알았으면 좋겠어요."

광장^{square}**에서. 라스커 바우어.** 계속해서 생각들이 떠오르자, 에이버리는 자리에서 벌떡 일어났다. "가봐야겠어요."

"무슨 일 있나요?"

"아뇨. 그냥 가봐야 할 것 같아요." 에이버리는 재러드를 뚫어지게 쳐다보며 말했다. "라스커 바우어."

"뭐라고요?"

재러드의 얼굴에 혼란 이외에 다른 반응은 보이지 않았다.

에이버리가 몸을 앞으로 숙이고 반복했다. "라스커 바우어."

"에이버리, 그게 무슨 말이에요?" 이제 재러드의 얼굴에선 혼란 대신 근심이 엿보였다.

"체스 둘 줄 알아요?"

재러드가 고개를 저었다. "어릴 때 해본 게 다예요. 판사님이 가르쳐줬죠. 그때 난 그 사람을 기쁘게 해주고 싶었어요. 판사님이 날 이모한테 보낸 뒤로 체스판은 쳐다보지도 않았지만."

"하지만 지금 말이니 칸이니 그런 말을 했잖아요."

"판사님이 지난번에 나한테 했던 말이에요. 그 사람은 내가 어느 칸 안에 있는지 보고, 모든 말들에서 눈을 떼지 말라고 했어요."

"라스커나 바우어라는 이름을 알아요?"

"모르는데요." 재러드가 잠시 말을 멈췄다. "에이버리, 당신한테는 힘든 날이었을 거예요. 난 도움이 안 되고요. 시간도 새벽 1시가 다 되어가니…… 이제 집에 가야겠네요." 그가 테이블 위에 놓여 있던 계산서를 집어 들었다. "가요. 내가 집까지 태워다줄게요."

에이버리는 거절하고 싶었지만, 손가락 하나 까딱할 수 없을 정도로 몰려오는 피곤함에 굴복했다. 식당을 나온 재러드는 에이버리를 한 블록 아래에 세워둔 자신의 67년식 콜벳으로 이끌었다. 버터처럼 매끄러운 좌석에 올라타자 온몸이 편안해지는 것을 느꼈다. 재러드가 운전석에 앉자, 에이버리는 집 주소를 알려주었다.

"좋은 차네요."

"원래 이모와 이모부 차예요. 주말마다 이 차를 수리하는 데 매달리셨죠. 그리고 내 스물다섯 번째 생일선물로 주셨어요. 원래 타던 혼다 어코드의 코를 완전히 깔아뭉갰죠."

"예전에 68년식 차저를 탔었어요. 폭주하기엔 최고였죠." 에이버리가 졸린 목소리로 말했다.

"폭주요?"

"그 말은 잊어주세요."

한밤중이라 치도는 텅 비어 있었고, 황량한 거리엔 정적만 흐르고 있었다. 에이버리는 갑자기 집 앞에서 자기를 지키고 있을 순찰차를 떠올렸다. 만일 건물 정문 앞에 차를 세우게 되면 지키고 있던 경찰들이 로즈버러 대법원장에게 이 일을 보고할 것이다.

에이버리의 집은 15번가와 큐스트리트 모퉁이에 자리 잡고 있었다. 차가 집 근처에 이르자 에이버리가 말했다. "한 바퀴 돌아서 저 아래 골목으로 들어가도 될까요? 정문으로 들어가고 싶지 않아서요."

제이미 루이스의 창백한 시신이 눈앞에 떠오르면서, 에이버리는 한기를 느꼈다.

재러드는 다 안다는 표정으로 에이버리를 쳐다보았다. 하지만 아무것도 묻지 않은 채 전조등을 끄고 모퉁이를 돌았다. 그리고 좁은 골목으로 들어갔다. 어둠 속에 차를 세운 뒤, 재러드는 차에서 내려 조수석의 문을 열어주었다. 에이버리가 거절했음에도, 재러드는 비상구 앞까지 데려다주었다.

"저 앞을 지키고 있는 순찰차 때문에 이렇게 몰래 들어가야 하는 모양이군요."

"어떻게 알았어요?"

"해군정보부에 있었다고 했잖아요."

"고마워요." 에이버리가 가방을 뒤져 열쇠를 꺼냈다. "더 많은 이야기를 해주지 못해서 미안해요."

"아직까진 그렇죠. 하지만 뭔가 기억나는 게 생길지도 몰라요." 재러드는 에이버리가 무슨 말을 하기 전에 손을 들어 올렸다. "난 당신보다도 판사님에 대해 잘 몰라요. 하지만 판사님은 겁에 질려 있었어요. 지금 당신도 그렇고. 내가 힘이 되고 싶어요."

에이버리는 망설이다가 다시 가방에 손을 집어넣었다. "내 명함이에요."

"고마워요." 재러드가 에이버리의 손을 힘껏 잡고는 차를 세워둔 쪽으로 돌아섰다.

"잠깐만요." 에이버리가 충동적으로 가방에서 펜을 꺼냈다. 그녀는 재러드가 쥐고 있던 명함을 뽑아낸 뒤 뒷면에 번호를 날려 적었다. "이건 휴대전화 번호예요."

"다행이네요. 안 그래도 당신 번호를 알아내기 위해 통신사를 해킹해야겠다고 생각했었는데."

에이버리가 싱긋 웃었다. "그런 것도 할 줄 알아요?"

"그럼요."

에이버리는 잠시 망설이다가 명함에 다른 번호를 적어 넣었다. "오늘 발신인 불명의 전화를 받았어요. 오후 4시 30분쯤에, 법원 전화가 아니라 내 휴대전화로 왔어요. 이 번호 좀 추적해줄 수 있어요? 누가 걸었는지 알아낼 수 있을까요?"

재러드가 가로등 아래에서 고개를 끄덕였다. "알아볼게요."

고마운 마음에 에이버리는 미소를 지었다. "고마워요. 재러드, 집에 돌아가면 무사히 도착했다고 연락 주세요. 알았죠?"

재러드가 입술 끝을 살짝 올리며 웃어 보였다. 에이버리는 그 미소에 가슴이 두근거렸다.

"그럴게요. 이제 들어가요, 에이버리…… 오늘 만나줘서 고마웠어요." 재러드는 에이버리의 뺨에 의례적인 키스를 한 뒤 또다시 미소를 지으며 비상구를 가리켰다. "들어가는 거 보고 갈게요."

"고마워요."

에이버리는 자신이 뭔가 바보 같은 짓을 하기 전에 비상구 계단을 세 단씩 올라갔다. 그리고 복도에 있는 창문을 통해 집 건물로 들어갔다. 모퉁이를 돌자마자 에이버리는 멈춰 섰다.

"엄마, 여기서 뭐하는 거예요?"

"어서 오렴, 우리 딸." 바닥에 앉아 있던 리타가 자리에서 일어났다. 검붉은 머리카락이 창백하면서도 얼룩덜룩한 얼굴 위에 드리워져 있었고, 딸과 똑같은 초록색 눈동자 주위가 벌겋게 부어 있었다. "널 기다렸지. 한 시간 동안 문을 두드렸어. 어디 갔다 오니?"

"알 것 없어요." 에이버리는 열쇠를 주머니에 넣은 뒤 문을 막아섰다. 리타는 자신의 집에 들어온 적이 없었고, 쉽게 팔 수 있을 만한 물건들을 가져갈 기회가 없었다. 에이버리는 계속 그 상태를 유지할 생각이었다. 그녀는 다리에 힘을 주고 선 채로 단호하게 물었다. "이 집은 어떻게 알았어요?"

교태 어린 미소가 무너졌다. "네가 사는 곳이 비밀인 줄은 몰랐구나."

"어떻게 알았냐고요?"

"굳이 말할 필요 없잖니."

에이버리는 최근 위험한 징후들을 읽을 수 있었고, 어떤 식으로든 좋은 해결책은 없다는 것을 알고 있었다.

"원하는 게 뭐예요? 돈이 필요하다고 해도 지금 당장은 한 푼도 없어요."

"나라고 항상 돈 때문에 널 찾아오는 건 아니야." 리타가 말했다.

에이버리가 간격을 넓히자 리타가 다시 거리를 좁혔다. 겹겹이 마스카라를 칠한 눈이 보였다. 한때 밝은 초록색이었던 눈동자는 이제 평범한 색조의 칙칙한 올리브색으로 흐려져 있었다.

갑자기 밀려드는 피로감에 에이버리는 손을 들어 리타가 더 이상 앞으로 다가오지 못하게 막았다. "무슨 일로 왔어요?"

리타가 가늘고 높은 굽 때문에 휘청거리면서 입을 뿌루퉁하게 내밀었다.

"난 그냥 내 딸하고 이야기를 하고 싶었을 뿐이야. 그래서 밤새 기다렸어." 리타는 끝을 검게 칠한 손톱으로 헝클어진 머리카락을 쓸어내렸다. "안에 들어가서 좀 앉으면 안 될까? 여기 바닥은 너무 딱딱해. 그리고 잠깐 샤워만 할게. 혹시 저녁으로 먹을 것 좀 있니?"

에이버리는 리타의 눈이 탐욕으로 번쩍거리는 것을 보았다. 만일 이 문을 열게 되면 주말을 다 날리게 될 것이다. 자신을 낳아준 한심한 여자를 집에 들이지 않기로 마음을 독하게 먹은 에이버리는 한숨을 내쉬었다.

"너무 늦었어요. 내일도 일해야 돼요. 그러니까 그만 가보세요."

"가라고? 그게 엄마한테 할 소리야?"

"엄마한테야 무슨 말을 못 하겠어요?" 에이버리가 더 이상 참지 못하고 날카롭게 대꾸했다.

그러자 리타는 에이버리의 뺨을 때리는 것으로 응대했고, 이내 후회의 신음을 내뱉었다. 그녀는 그 자리에 얼어붙어 있는 딸을 끌어안았다. "오, 우리 딸. 미안해. 엄마가 너무 화가 나서 그랬어. 아가, 정말 미안해."

그런 뒤 바로 훌쩍거리기 시작했다. 얼룩덜룩하게 화장이 지워진 뺨 위로 흘러내린 눈물이 에이버리의 욱신거리는 뺨 위로 떨어져 내렸다. 비쩍 마른 팔에 안긴 채, 감지 않아 시큼한 냄새가 나는 머리카락에 코를 묻자, 에이버리는 절망이 심장을 스쳐지나가는 것을 느꼈다. 오랫동안 신중하게 계획을 세워 이 여자, 그러니까 어머니로부터 탈출했다. 리타는 결코 에이버리를 흔들 수 없었다.

재러드 원처럼 되었으면 좋았을걸. 에이버리는 악의적으로 생각했다. 두 사람 다 부모 중 한 사람이 죽었지만, 재러드는 남은 한쪽의 무관심이라는 축복을 받았다. 어째서 그 버스 사고는 아버지 대신 이 여자의 목숨을 가져가지 않은 것일까?

에이버리는 어깨가 넓고 잘생겼던 아버지를 떠올렸다. 짙은 갈색 피부에 큰 소리로 웃는 사람이었다. 그는 딸이 백인 엄마와 흑인 아빠를 가졌다고 놀림을 당할 때마다 조용히 달래주곤 했었다. 리타의 변덕스러운 성격과 체스 시합을 할 때 갑작스럽게 심술을 부리는 구석에 대해 설명해주기도 했다. 에이버리의 이상할 정도로 뛰어난 기억력을 놓고 다른 사람들이 괴짜라고 부를 때 아버지는 축복해주었다. 심지어 지금껏 리타와 함께해서 좋았던 최고의 날보다 아버지에 관한 가장 희미한 기억이 훨씬 더 밝고 뚜렷했다.

에이버리는 팔을 들어올려 리타의 품에서 벗어났다. "엄마한테 더 이상 줄 게 없어요. 제발 가줘요. 그냥 가시라고요."

"내가 너한테 어떻게 했는데!" 가식적인 모성애는 사라지고, 매끄럽게 흘러나온 위협과 뾰족하게 단련된 질투가 드러났다. "네 집 안에 내가 들어가지 못하게 할 수는 있을 거야. 하지만 난 네 직장이 어딘지 알아. 내일 네 직장에 찾아가길 원하는 거니? 어쩌면 네 상관에게 인사를 할 수도 있겠지. 그 사람들에게 에이버리 킨의 실체에 대해 말해줄 거야."

"사람들이 들여보내주지 않을 거예요." 에이버리는 오싹한 공포심을 애써 무시하며 반박했다.

리타는 그 말을 듣고 대꾸했다. "거긴 공공기관이야. 급한 상황이라고 말하면 네 사무실 안까지 들여보내주지 않겠니? 네가 엄마를 어떻게 버렸는지 알게 되면 대형 법률회사들이 어떻게 생각할까? 내가 마약을 사는 걸 네가 어떻게 도와줬는지 말할 수도 있고. 그건 기억하고 있지, 에이버리?"

화가 나고 기가 막혔던 기억들이 머릿속을 스쳐 지나갔다. 전형적인 아이비리그 졸업생들로 구성된 회사들은 변명의 여지조차 주지 않을 것이다. 그들에겐 마약 중독자 엄마를 둔 오점을 가진 변호사는 필요 없을 것이며, 다른 깨끗한 후보들과 경쟁할 기회조차 주지 않을 것이다. 단 한 번의 추문만으로 에이버리의 예일 법대 학위는 아무 가치가 없어지고, 학자금 대출을 갚는 데도 도움이 되지 않을 것이다. 그들이 보는 것은 떠오르는 유망주가 아니라, 잠재적인 마약 중독자였다.

에이버리는 기진맥진한 상태로 리타에게 물었다. "20달러 주면 사라져줄 거예요?"

"소파에서 잠을 재워준다면 모르지. 하지만 지금 나보고 이 한밤

중에 쉴 곳을 찾아 나가라는 거잖아. 그렇게 하려면 100달러는 있어야 해."

"100달러는 없어요."

"지금 가지고 있지 않다는 말이겠지." 리타가 비열하게 상기시켰다. "집 안에는 있잖아. 아마 책 속에 끼워뒀을 거야."

에이버리는 그 즉시 안으로 들어가 더 안전한 곳으로 돈을 옮기고 싶었다. 그녀는 지갑을 꺼내 숨겨두었던 돈을 꺼내 내밀었다. "여기 80달러 있어요. 이게 내가 줄 수 있는 전부예요."

리타는 에이버리의 손에서 지폐를 낚아챈 뒤 엘리베이터 쪽으로 돌아섰다. 굽이 뾰족한 구두를 신고 비틀거리며 걸어가다가 뒤를 돌아봤다. "언젠가 너하고 똑같은 딸을 얻기를 바라마. 너한테 지나치게 잘한다고 생각하는 냉정한 년으로."

에이버리는 아무 말도 없이 복도에 선 채로 불이 들어온 엘리베이터의 화살 표시만 쳐다보고 있었다. 자꾸만 차오르는 눈물을 닦아내고 싶은 충동을 억눌렀다. 에이버리는 리타가 비틀거리며 엘리베이터에 타는 모습을 지켜보았다. 문이 닫히자 에이버리는 작은 소리로 헛된 기도를 했다.

"잘 가요."

17

에이버리는 집 문을 밀고 들어간 뒤 발로 걸어차 문을 닫았다. 전등을 켜고 탁자에 열쇠를 던져놓은 뒤, 다시 문 쪽으로 돌아서서 빗장을 걸었다. 룸메이트인 링은 이번 교대에 야간 근무를 하게 됐고, 그 말은 곧 에이버리가 아침에 출근하고 몇 시간이 지난 뒤에야 집으로 기어 들어올 거라는 뜻이었다.

에이버리는 그날 있었던 일들에 대해 알려주기 위해 호출을 해볼까 생각했다. 하지만 그 생각만으로도 피곤했다. 소리 없이 확인을 바라는 듯 전화기에 메시지가 들어와 있다는 불빛이 깜박거리고 있었다.

"뭐지?" 에이버리는 가방을 열고 윈 대법관의 컴퓨터에서 출력해온 종이들이 든 봉투를 꺼내 탁자 위에 던졌다. 그리고 전화 메시지를 받아 적기 위해 메모장을 집어 들었다.

삑. "킨 씨, 〈채널나인〉의 리베카 더하트라고 합니다. 최근 하워드 윈 대법관의 법적 후견인으로 지정된 것에 관해 이야기를 나누고 싶습니다. 시간이 괜찮다면 가능한 한 빨리 제게 연락해주세요. 번호는 (202) 555-0151입니다."

삑. "에이버리 킨 씨, 〈토크 1280〉의 웬디 캐버노입니다. 안락사의 윤리에 대한 논의를 위해 내일 방송에 나와주셨으면 합니다. 특별 게스트로 아지 프레스턴 박사와 바브 마스턴 박사도 함께하실 겁니다. 아침 출근 시간인 7시 방송이에요. 제 번호로 연락 주시기 바랍니다."

"망할." 에이버리는 펜을 무릎 위에 떨어뜨린 뒤 눈을 문질렀다.

삑. "에이버리, 스펠먼의 아야네 퍼거슨이에요. 혹시 알고 있을지 모르겠지만, 〈해리스 아우어〉의 프로듀서죠. 우리 앵커인 마이클 홀러먼과 일대일로 독점 인터뷰에 응해주신다면 큰 도움이 될 것 같아요. 마이클은 당신과 윈 대법관과의 우정과 대법관의 생명에 대한 최종 결정권을 맡길 사람으로 당신을 선정한 이유에 관한 이야기를 나누고 싶어 해요. 아침에 다시 전화 드리죠. 그때 휴대전화 번호도 알려줬으면 좋겠어요. 그럼 잘 있어요!"

그 뒤로도 계속해서 온갖 라디오, TV, 인터넷 방송사들에서 출연을 요청하는 메시지가 이어졌다. 죽이겠다는 협박까지 이어지자 에이버리는 펜을 건너편으로 던져버렸다. 시간이 괜찮을지 생각하지도 않고 곧장 수화기를 집어 들고 익숙한 숫자를 눌렀다.

잠시 후 졸린 목소리가 전화를 받았다. "에이버리, 자동차 18대 연쇄 추돌사고와 이중 교대 근무 끝에 처음으로 쉬고 있는 중이야. 차라리 집에 불이 난 게 낫지."

"뉴스 못 봤어?"

"비장에 구멍 난 거, 엄지손가락 절단된 거, 지미 헨드릭스랑 똑같이 성형 수술하겠다는 남자를 봤고, 해 뜨는 것도 두 번 봤지. 하시만 뉴스를 못 본 건 맞아. 오늘 TV를 못 봤어."

"미안해. 급한 용건 아니었어. 나중에 다시 전화……."

링이 에이버리의 말을 가로막았다. "이제 완전히 깼어. 무슨 일인지 말해."

에이버리는 무릎을 꿇고 앉아 이야기를 늘어놓았다. "원 대법관님이 혼수상태에 빠지셨는데, 날 법적 후견인으로 지정하셨어. 그리고 대법관님 아들은 내가 자기들 부자의 목숨을 구해줄 거라고 생각하고 있고, 대법관님 부인은 대법관님의 생명 유지 장치를 떼고 싶어 해. 대법관님의 간병인은 죽었고, 기자들 1000명이 우리 집 전화번호를 알아. 그리고 엄마가 이 집을 알아냈는데……."

급류처럼 쏟아지는 이야기를 막아서듯 링이 마지막 말을 물고 늘어섰다. "네 어머니가 우리 집을 찾아냈다고? 뭔가 가져갔어?"

"아니, 엄마는 집 안에 들어오지 못했어." 에이버리는 수치심을 느끼며 눈을 감았다. "마약에 취해 있더라. 그래서 가지고 있던 현금을 줘서 보냈어."

"잘했어. 자, 이제 오늘 있었던 일 다시 말해봐. 천천히."

에이버리는 편하게 기대앉아 자신이 겪은 일에 대해 다시 이야기했다. 새벽에 리타를 찾으러 갔던 일부터 재러드 원과 함께한 이상한 저녁 식사까지. "그런 뒤에 메시지를 확인해보니까 언론 전체가 이 이야기에 달려들었잖아. 제정신이 아니라니까."

에이버리는 다시 눈을 감고 벽에 머리를 기댔다.

"난 그냥……."

"완전히 뻗었겠네." 링이 말했다. "당연히 그렇겠지. 그리고 넌 바보야."

에이버리가 눈을 떴다. "뭐라고?"

"너 바보라고."

"내가 한 이야기 제대로 들은 거 맞아? 정확하게 어느 부분에서 잘못했다는 건데?"

"그런 일이 있었는데 새벽 2시가 돼서야 나한테 전화를 했으니 바보라는 거지."

"내가 알아서 할 수 있을 줄 알았어."

"그게 바로 네가 멍청하다는 뜻이야."

"격려해줘서 고맙다."

"그게 내가 여기 있는 이유니까."

좁은 병원 간이침대에서 링은 휴대전화를 귀에 받친 채 몸을 엎드렸다. 에이버리 킨과 친구가 된 뒤로 지루했던 적은 한 번도 없었다. 에이버리는 2학기 때 학교를 떠났지만 링은 에이버리의 행적을 쫓아다니며 고집스럽게 연락을 이어갔다. 다른 사람들과 달리 링은 에이버리가 곁을 내놓게 만들었다. 에이버리에겐 그녀가 필요했다.

"결론은 뭔데?"

"재러드와 같이 있다가…… 루이스 간병인이 메시지에 남겼던 '라스 바우어'가 뭔지 알았어. 체스에 관한 거야. 윈 대법관이 나를 이 게임의 중요한 요소라고 했다고 했어. 그리고 나한테 상대방을 찾아야 한다고 했지."

"그게 너한테 중요한 일이라면 좋은 소식이잖아. 안 그래?"

에이버리는 한 박자 쉬었다. "라스커의 참신함은 비숍을 죽인 거였어. 라스커는 비숍을 희생해서 바우어와의 게임을 이겼지."

"그게 널 뜻하는 말이야?"

"그럴 수도 있어."

"그렇다면 법적 후견인 자리를 거절해."

"말도 안 되는 소리 하지 마. 난 거절할 수 없어."

"누군가 간병인을 살해했고, 넌 발신인 불명의 전화를 받았어. 네 상관은 널 버릴 수 있는 체스 말로 여기고 있고. 이건 네 싸움이 아니야. 윈 씨 일가에게서 도망쳐."

"윈 대법관님이 내게 도움을 청하셨어." 에이버리는 속이 뒤틀리는 것을 무시하고 단호하게 말했다. "대법관님은 이 일을 끝내는 데 내가 필요하다고 하셨어. 그게 무슨 일이든 간에 말이야. 난 도망칠 수 없어. 아직은 말이야."

"대법관은 널 소모품이라고 말했어. 정신 똑바로 차려." 링은 적당한 표현을 찾기 위해 잠시 말을 멈췄다. "윈 대법관은 너를 이용하고 있어. 어머니처럼 말이지. 네가 너 자신보다 대법관의 안위를 우선시할 거라는 것을 알고 있는 거야. 넌 항상 그랬으니까. 그놈의 순교자 증후군, 어머니에 대한 죄책감, 아버지 같은 사람에게 애정 전이. 넌 호구야."

"정신과 상담하는 것 같은 헛소리는 집어치워." 에이버리가 맞받아쳤다. "내가 윈 대법관님을 돕기로 결정했다면 그건 그렇게 하는 게 옳은 일이라고 생각했기 때문이야. 아빠 콤플렉스 같은 건 없어."

"만약 그 일로 네가 위험에 처하게 된다면 어떡해? 나까지도 말이야." 링이 에이버리를 상기시키며 말했다. "네가 있는 곳을 마약 중독자인 네 어머니가 찾아낼 수 있다면, 그 간병인 여자를 죽인 살인마 역시 찾아낼 수 있어."

에이버리는 그 말에는 대꾸하지 않은 채 숨을 깊이 들이마셨다. "그래서 말인데, 한동안 넌 이 집에 오지 않는 게 나을 것 같아."

"내 집에서 날 내쫓겠다는 거야?"

"임시 해결책이야." 에이버리가 고개를 숙인 채 손끝으로 이마를 꾹 눌렀다. "보안관들이 우리 집 주변을 순찰하고 있어. 대법원장님한테 부탁드리면 현관문 앞에서 지켜줄 거야."

"그럼 넌 밖에 나가지 않을 거야?"

"내가 대법관님의 말을 오해한 걸 수도 있어. 내가 위험에 처한 건지는 사실 몰라."

"뭐가 됐든 네가 잘못 알았을 일은 없어." 링이 반격했다.

"그렇다면 대법관님이 부탁하신 일을 해야지. 대법관님은 아무도 믿을 수 없는 상태니까."

"윈 대법관이 널 많이 믿고 있는 건 사실이야. 너한테 이해할 수 없는 단서 몇 개와 화재경보기를 울리는 미친 남자를 남겼으니까." 집 안까지 확실히 전달된 빈정거림에 에이버리가 대꾸하기 전에 링이 다시금 경고했다. "윈 대법관은 네 책임이 아니야. 그 사람한테 빚이라도 진 것처럼 충성을 바칠 필요는 없어."

에이버리는 지하철역에서 대법관이 보여준 의협심을 떠올렸다. 그녀는 눈을 감고 머리를 벽에 기댔다. "네가 틀렸어. 난 대법관님한테 빚이 있으니까. 그냥 그 사람이 원하는 게 뭔지 모를 뿐이야."

나이절 쿠퍼는 에이버리 킨에 관한 서류를 쳐다보았다. 에이버리는 자신의 역할을 해야만 했다. 바라는 게 있다면 자신의 선물이 에이버리가 올바른 선택을 할 수 있게 돕는 것이다.

컴퓨터 화면에서 핑 소리와 함께 발신 확인이 되자 나이절은 범죄 파트너에게 전화를 걸었다.

"나이절."

"내가 보낸 정보 받았어?"

"받았어."

전화기 건너편 벵갈루루에서는 달빛이 어두운 물결을 지나 잔잔한 파도 속에 석고 기둥 같은 흔적을 남겼다. 인디라는 오솔길에 있는 대리석 벤치에 앉아 있었다. 그 시간 이 길을 거닐고 있는 소수의 사람들은 모두 실험실 직원들과 콜센터의 젊은 직원들이었다. 도시 전체에 스모그가 낮게 깔리면서 무더위와 진보의 폐해가 인디라를 감쌌다.

"젠 워크스의 제한 효소 배열이 부르신 증후군과 유사한 질병에서 배열 순서의 모델로 완벽하게 적용됐어." 나이절의 시원찮은 반응에 인디라는 넌더리를 내며 애써 한숨을 속으로 삭였다. "당신이 과학자가 아니라는 것을 잊고 있었네."

"나야 금융인이자 기적의 일꾼이지. 내가 가져다준 원 대법관의 의료 기록으로 이 상황을 설명해주면 그 개념을 이해할 수 있을 거야." 나이절이 대답했다.

"명료하게 말해줄게. 아드바르와 젠 워크스의 연구 결과가 합쳐지면 부르신 증후군을 치료할 수 있어." 인디라가 매끈한 대리석 벤치 위에 손가락을 구부렸다. "잠재적인 유전자 치료법이 하플로 그룹 이용에 근거가 될 거야."

"티그리스 말이야?"

"그런 셈이지."

"빌어먹을."

"맞아. 우리 아킬레스건이 윈 대법관한테는 희망의 원천이지."

"우리가 대법관을 살릴 수 있다는 거야?"

"아니, 우리의 기술과 자원을 합친다고 해도 윈 대법관을 치료하기에는 병세가 너무 악화됐어. 하지만 부르신 증후군은 아버지로부터 아들에게 이어지는 유전성 신경 질환이야. 재러드 윈은 이제 서른한 살로, 아직 증상이 나타나진 않았지만 징후가 보여."

"윈은 히게이아에 대해 알고 있어. 하지만 티그리스에 대해선 알아내지 못했을 거야. 당신도 그쪽 팀에서 처리했다고 장담했잖아." 나이절이 말했다.

"그랬지." 인디라가 연못을 응시했다. "윈 대법관이 알아야 할 건 우리한테 자기 아들을 치료할 수 있는 잠재적인 방법이 있다는 것뿐이야. 대법원에서 접촉했을 때 이미 그 사실을 알려줬고."

"우리한테 큰 도움이 됐지. 대법관의 법적 후견인이 멍청한 짓을 하지 못하게 만들고, 그가 완전히 죽지만 않는다면 말이야."

"그건 당신이 알아서 할 일이지. 이사회에서 승인받은 자금을 이체했어. 그 정도면 충분할 거야."

"우리도 준비 끝났어."

"하나만 더, 나이절. 윈 대법관의 혈액 샘플 구해줄 수 있어?"

"이미 그자의 의료기록 전체를 가지고 있잖아."

"실험을 위해서 최근 혈액 샘플이 필요해."

"무슨 일인데?"

"새로운 문제를 만들고 싶진 않지만, 내 생각대로라면 다른 문제가 생길 수도 있어." 인디라가 말을 멈췄다. "혈액 샘플을 구해줘. 계속 찾아볼 테니까."

18

6월 20일 화요일

6시 반, 잠에서 깨어났을 때 에이버리의 머릿속에서는 한 단어만 울려 퍼지고 있었다. **라스커 바우어**. 진정한 체스 애호가들은 그 시합에 대해, 그 초반의 수가 얼마나 무모해 보였는지에 대해 잘 알고 있었다. 만일 에이버리에게 전화한 남자가 윈 대법관과 관계가 있다면, 어쩌면 그도 '아니'가 누군지, 혹은 무엇인지 알고 있을 것이다. 그에게 들을 때까지, 에이버리는 윈 대법관의 남은 메시지를 해독하기 위해 노력했다.

그녀는 흐릿한 눈으로 주방에 들어가 시리얼과 우유를 준비했다. 그리고 다이어트 콜라 캔을 들고 탁자 앞에 있는 의자에 걸터앉았다. 멍한 동작으로 그릇에 시리얼과 우유를 부은 뒤 카페인 효과에 감사하며 콜라를 벌컥벌컥 들이마셨다. 그런 다음 뉴스를 보기 위해 TV를 켰다가 그대로 탁자에 캔을 떨어뜨렸다.

비상구 앞에서 재러드와 함께 찍힌 에이버리의 흐릿한 사진 아래, **'법원 서기와 대법관 아들의 은밀한 로맨스'**라는 굵직한 자막이 떠 있었다. 그의 입술이 에이버리의 뺨에 닿아 있었고 그의 손이 그녀의 어깨를 잡고 있었다. 에이버리의 웃고 있는 옆모습이 숨어 있던 카메라맨에게 고스란히 찍혀 있었다.

TV 화면에 나온 스콧 컬리가 정면을 보며 말했다. "어제 이 일로 인터뷰를 시도했습니다만 킨 씨는 질문에 대답하는 것을 거절했습니다."

병원에서 마주쳤을 때의 모습이 화면에 비쳤다.

"소식통에 따르면 에이버리 킨은 윈 대법관과 그의 아들, 두 사람 모두와 연인 관계를 맺고 있다고 합니다. 이 사진은 위중한 병에 걸린 대법관의 법적 후견인으로서 그녀가 적합한지에 관해 심각한 의문을 제기하고 있습니다."

그리고 마이크 앞에 맷 브루어가 나타나자 에이버리는 숨이 막혔다. 화면 하단에 **'킨의 법원 동료'**라는 자막이 떴다.

"킨은 정말 야심이 크죠. 주로 혼자 있고 동료들과도 어울리지 않아요. 그녀가 우정과 경쟁은 상호 배타적인 게 아니라는 걸 알았으면 좋겠어요. 난 그녀가 불쌍해요. 여기 법원에서 소중한 친구들을 사귀지 못했으니까요. 그건 정말 비극이에요."

컬리가 말을 이었다. "예일대 동기들 역시 킨 씨와는 친하지 않았던 걸로 기억하고 있습니다. 법적인 수완에 대해서는 감탄스럽지만, 이번 일로 접촉한 사람들한테서 킨 씨에 관한 개인적인 일화는 하나도 들을 수 없었습니다. 가족을 찾아보았지만, 그 역시 실패했습니다. 법원 공보 담당관은 이번 일에 대해 아무 말도 하지 않고 있습니다."

그런 뒤 화면은 사형수의 재심 요구가 있었다는 다음 기사로 넘어갔다. 그와 동시에 때맞춰 전화벨 소리가 집 안에 울려 퍼졌다. 에이버리는 멍하니 수화기를 집어 들었다.

"여보세요?"

"에이버리, 데비예요. 대법원장님이 지금 바로 집무실에서 보자고 하시네요." 딱딱하고 거리감이 느껴지는 말투였다.

회기가 끝나갈 무렵이라 로즈버러 대법원장은 보통 오전 6시 30분에 출근했고 다른 사람들보다 많이 늦게 퇴근했다. 하지만 이제껏 오전 7시에 호출을 당한 적은 한 번도 없었다.

"윈 대법관님한테 무슨 일이 생긴 건가요?"

에이버리의 말을 무시한 채 데비가 물었다. "언제까지 올 수 있겠어요?"

"아직 샤워도 못 해서 준비하는 데 시간이 좀 걸릴 거예요. 그리고 어제 절 태워다 준 운전기사분이 8시까지 온다고 했어요."

데비가 누군가에게 작은 소리로 에이버리의 말을 전달하자 잘 들리지 않는 말소리가 이어졌다. 기다리는 동안 에이버리가 TV를 다른 채널로 돌리자 거기에서도 똑같은 이야기가 흘러나왔다.

"에이버리?"

에이버리는 수화기에서 흘러나오는 목소리에 집중했다. "네."

"대법원장님이 차를 보내주겠다고 하셨어요. 20분 뒤에 집 앞으로 나와요." 에이버리의 대답도 기다리지 않고 전화가 끊겼다.

에이버리는 눅눅해진 시리얼을 버리고 서둘러 샤워를 끝냈다. 간신히 시간에 맞춰 준비를 끝마친 뒤 마지막으로 시계를 차고 스커트를 매만졌다. 그리고 혹시라도 엘리베이터가 고장 날지도 모른다는 생각에 계단으로 내려갔다.

에이버리가 문을 열고 밖으로 나온 순간, 수많은 카메라들이 번쩍거리면서 그 자리에 얼어붙은 에이버리의 모습을 찍어대기 시작했다. 몰려 있던 기자들로부터 질문들이 쏟아지는 가운데, 에이버리는 대법원장이 보냈다는 차를 찾기 위해 필사적으로 거리를 둘러보았다. 길쭉한 검은색 세단이 연석에 서 있었다. 에이버리는 사람들을 헤치며 앞으로 나아가기 시작했다.

"재러드 원과 사귄다는 게 사실인가요?"

"원 대법관이 사망할 경우 무엇을 상속받게 되는 겁니까?"

"재러드 원과 공모해서 설레스트 터너 원의 상속권을 박탈하는 건가요?"

사방에서 질문들이 터져 나왔다. 에이버리는 차 문을 열어젖힌 뒤 가방을 집어 던졌다. 뒤에서 내민 마이크가 에이버리의 뺨을 스쳤다.

"원 대법관과 재러드와의 잠자리를 비교해줄 수 있나요? 아버지와 아들, 양쪽과 함께한다는 건 어떤 느낌입니까?"

에이버리는 마이크를 밀어낸 뒤 차에 올라탔다. 그리고 재빨리 문을 닫았다. 조용히 시동이 걸려 있던 차는 바로 출발했다. 기자들이 추격전을 벌였고, 에이버리는 깜짝 놀라 그들이 시야에서 멀어지는 것을 지켜보았다. 과묵한 기사가 모는 자동차는 이른 아침 워싱턴의 교통체증을 이리저리 헤치며 달려 나갔다. 차 안에는 라디오 채널이 틀어져 있었는데, 악의적인 비난을 생략한 채 사실만을 자세히 전달하고 있었다.

심한 피로가 몰려왔다. 에이버리는 힘없이 기사의 짧게 자른 머리를 쳐다보다가 군인들의 머리 모양이라는 것을 알아차렸다.

"저기요."

기사가 룸미러를 통해 에이버리와 시선을 마주했다. 에이버리는 룸미러에 비친 기사의 얼굴을 똑바로 쳐다보았다.

"리 요원?" 차를 몰고 있는 기사는 전날 에이버리를 심문했던 FBI 요원이었다. 에이버리는 앉아 있던 자리에 몸을 파묻었다. "여기서 뭐하시는 거예요?" 리가 아무 말도 하지 않자 에이버리가 따지며 물었다. "날 체포하는 건가요?"

거울을 통해 리는 날카롭게 에이버리를 쳐다보았다. "아직은 아닙니다."

그 뒤로 두 사람은 법원에 도착할 때까지 아무 말도 하지 않았다. 리 요원은 주변의 안전을 확인한 뒤 세단의 문을 열고 에이버리의 팔을 꽉 붙잡았다. 그리고 법원 안으로 그녀를 이끌었다. 에이버리는 붙잡힌 팔을 빼내보려고 했지만 아무 소용이 없었다. 이런 취급을 당하는 것이 지긋지긋했다.

FBI 요원은 기록적으로 짧은 시간 내에 보안 시설을 통과해 대법원장의 집무실로 들어갔다. 밴스 소령이 어제와 똑같이 살아 있는 말뚝처럼 창가에 우뚝 선 채 에이버리를 아무 말 없이 노려보고 있었다. 창문으로 햇살이 쏟아졌지만, 밴스는 모퉁이에 남겨진 그늘 속에 서 있었다.

로즈버러 대법원장은 리 요원이 에이버리를 책상 앞으로 데려오는 모습을 지켜보고 있었다. 하지만 자리에서 일어나지 않았다. 책상 위를 흘깃 보니 재러드와 함께 찍힌 에이버리의 사진 사본이 놓여 있었다.

로즈버러가 권위적인 고갯짓으로 에이버리에게 앉을 자리를 가리켰다.

"대법원장님." 에이버리는 리 요원을 재빨리 쳐다보았다. "이건 보시는 것과는 다른 상황입니다."

로즈버러가 우아한 손을 들어 올리더니 흑단 같은 머리카락을 쓸어내렸다. "어제 말했던 것과는 달리 재러드 윈과 잘 아는 사이처럼 보이는군요."

"그 사람은 어제 처음 만났어요." 자기가 듣기에도 힘이 없는 목소리였다. "그러니까 재러드와는 어제 오후 병원에서 처음 만났다는 뜻이에요. 그때 그 사람이 자정에 만나자고 했어요. 그게 다입니다."

"그 만남에 관해선 아무 말도 하지 않았잖아요. 순찰하던 경관의 보고에 따르면 당신은 비상구로 빠져나갔다고 하더군요. 사진을 봐도 그렇고요."

에이버리가 움찔했다. "죄송합니다. 다시는 이런 일 없을 거예요. 맹세해요."

"그 얘긴 나중에 다시 하죠." 로즈버러가 리 요원을 쳐다본 뒤 다시 물었다. "에이버리, 재정 상태는 어때요? 혹시 무슨 문제가 있나요?"

"아무 문제도 없습니다, 대법원장님. 법원에서 받는 급료도 넉넉한 편이고요."

"도박을 합니까?" 리 요원이 물었다.

에이버리는 하마터면 웃음을 터뜨릴 뻔했다. 하지만 리 요원이 이런 유머 감각을 좋아하지 않을 거라는 것을 깨달았다.

"대학에 다닐 때 카드놀이를 한 적이 있고, 농구 시합에 돈을 몇 번 건 적은 있죠."

"그럼 라스베이거스로 여행 갔을 당시 5만 6000달러를 딴 건 뭡니까?"

"불법적인 건 아니었어요. 난 카드를 잘 쳐요. 소득 신고하고 세금도 냈어요."

"그 돈은 어디에 썼죠?"

감옥에 들어간 어머니의 보석금으로 썼죠. 약물 재활 치료비로 썼고요.

"친구들한테 썼어요. 빚도 좀 갚고."

"킨 씨, 당신은 빚이 없어요." 집무실 구석에 서 있던 밴스가 지적했다.

"맞아요. 다 갚았으니까요." 에이버리가 말했다.

"아니, 애초에 학자금 대출 이외에는 빚을 진 적이 없었다는 말입니다." 밴스가 파일을 휘두르며 앞으로 나섰다. "당신의 신용 보고서에 따르면 카드값을 제때 못 갚은 적이 한 번도 없었어요. 그런 상황인데, 라스베이거스에서 딴 돈으로 정확히 어떤 빚을 갚았다는 거죠?"

에이버리가 턱을 앞으로 내밀었다. "대법원장님, 죄송한 말씀이지만, 제 재정 문제는 고용에 영향을 미칠 수 없습니다. 지금 이게 어떻게 된 상황인지 말씀해주실 수 있을까요?"

로즈버러가 고개를 저었다. "질문에 대답해요, 에이버리."

"대답할 게 없어요." 에이버리가 밴스와 리를 차례대로 노려보았다. "대학에 다닐 때 도박을 했고 딴 돈은 다 써버렸어요. 로스쿨에 다닐 때 라스베이거스에 갔었는데, 운이 좋았죠. 난 세금을 내고 직장도 제대로 다녀요. 달리 알고 싶은 게 더 있나요?"

"재러드 원과는 무슨 관계입니까?" 리 요원이 물었다.

"아까 말한 대로, 어제 병원에서 처음 만났어요. 그리고 재러드가 아버지의 사태와 위임 문제를 의논하기 위해 보자고 한 것뿐이에요. 한두 시간 정도 이야기를 나눈 뒤에 재러드가 집까지 바래다

줬어요."

"그럼 이 사진은 어떻게 된 거죠?" 로즈버러가 우아한 손가락으로 사진을 톡톡 두드렸다.

"감사의 의미를 담은 의례적인 키스였어요."

"뭐가요?" 선정적인 의미를 담은 질문을 한 건 밴스였다. 에이버리는 처음부터 밴스가 싫었다. "재러드 윈은 자신의 아버지와 생득권을 훔친 당신이 뭐가 그렇게 고마웠을까요?"

"난 그런 일은 하지 않았어요."

에이버리가 꾹꾹 누르고 있던 감정을 터뜨렸다. 기분이 나쁜 걸 알려주는 새로운 지표로, 불안함에 위가 조이는 것만 같았다. 이렇게 이른 아침 호출엔 목적이 있었다. 대법원장의 지지를 기대하며, 에이버리는 스스로 어떤 상황에 처해 있는지를 다시 떠올렸다.

"윈 대법관님이 내게 법적 후견인 자리를 부탁하셨고, 난 그 이유가 뭔지 알아내기 위해 최선을 다했어요. 재러드는 그런 내 상황을 이해해줬고, 자신과 이야기를 나눠준 것에 대해 고맙게 여겼어요. 그게 다예요."

"그게 다는 아니죠." 로즈버러가 자리에서 일어나 책상을 돌아나왔다. "FBI는 윈 대법관의 결정과 당신의 역할이 타당한지에 관한 의문을 가지고 있어요. 그들의 의문을 해소시켜주기 위해 난 당신을 이 자리에 불렀어요. 하지만 저들의 세부적인 보안 사항을 피하는 건 도움이 되지 않아요. 이 사진도 마찬가지고."

로즈버러가 마호가니 책상 끄트머리에 걸터앉은 뒤, 에이버리와 시선을 맞추었다.

"어제 있었던 일에 관해 물어보는 건 정당한 일이에요."

밴스가 끼어들었다. "킨 씨도 인정해야 할 겁니다. 당신이 쥐게 된 갑작스러운 권력과 윈 대법관의 아들과 연락을 주고받는 건 우려의 원인이 된다는 걸 말이에요. 윈 대법관의 간병인이 살해당한 뒤 그 시신을 공교롭게도 당신이 발견한 건 말할 것도 없고요."

에이버리는 밴스를 돌아보며 화를 냈다. "갑작스러운 권력? 당신은 정말로 내가 루이스 간병인을 죽였다고 생각하는 건가요?"

"여기 있는 사람들 모두 확실한 건 모릅니다." 밴스가 에이버리 옆으로 다가섰다.

"루이스 간병인이나 윈 대법관님을 해쳐서 내가 얻을 건 아무것도 없어요."

"아무것도 없다?"

밴스의 반문에는 의심의 여지가 없었다. 함정의 기미를 역력하게 풍기며 그는 강철 같은 턱을 위협적으로 앞으로 내밀었다.

더 이상 피할 수 없게 된 에이버리가 진지하게 대답했다. "난 윈 대법관님의 말씀을 따른 것뿐이에요."

"그렇다면 오늘 새벽 4시에 당신 계좌로 50만 달러가 입금된 이유도 설명해줄 수 있겠죠?"

강철 같은 턱이 덜컥 소리를 내며 다물어졌다.

19

"50만 달러라뇨?" 에이버리가 더듬거리며 물었다. "지금 무슨 말을 하는 건지 모르겠어요."

그건 중요하지 않았다. 에이버리가 알고 있든 모르고 있든 돈을 받았다는 사실은 명백하니까. 누군가로부터, 어딘가에서.

"난 아무것도 몰라요."

밴스가 파일에서 얇은 서류 한 장을 꺼냈다. 그 서류는 대법원장 바로 옆 책상 위로 떨어졌다. 위쪽에 찍혀 있는 은행 이름이 친숙했다.

"이건 오늘 아침에 당신 거래 은행에서 받은 이체 기록입니다. 당신이 재러드 원과 만난 직후에 해외 계좌에서 전자 송금으로 50만 달러가 이체됐어요."

에이버리는 상처받은 눈으로 대법원장을 쳐다보며 속삭였다. "처음 보는 거예요. 맹세컨대, 이 돈이 어디서 들어왔는지 몰라요."

"이 돈의 출처는 조사해봤나요?" 대법원장이 물었다.

"아직 조사 중입니다. 누군지 몰라도 이 돈을 보낸 사람들은 신원을 숨기기 위해 많은 노력을 했더군요." 리 요원이 의심과 불신의 눈초리로 에이버리를 에워싸며 다가왔다. "킨 씨가 협조만 잘 해준다면, 이 일이 언론에 퍼지지 않도록 최대한 막아보겠습니다. 잘하면 법률 면허 취소는 피할 수 있겠죠."

불안은 공포가 되었다. "면허 취소라니요? 무슨 근거로요?"

"일단은 사기죄죠." 밴스가 에이버리의 머리 위에서 피할 수 없는 고리로 휘감는 것처럼 암울한 바리톤 음성으로 말했다. "당신이 재러드 원과 공모해서 원 대법관의 돈을 사취했거나, 대법관의 뜻을 꺾었다면……."

"그와 더불어 제이미 루이스의 죽음과 관계가 있다면 살인죄도 더해질 겁니다." 리 요원이 말을 받았다.

"FBI로부터 조사가 끝날 때까지 당신을 휴직 처리해달라는 요청이 들어왔어요." 로즈버러 대법원장이 덧붙였다. "지금으로선 내가 그 요청에 응하지 않을 이유가 없는 것 같네요."

에이버리는 대법원장이 냉정하게 내뱉는 말 속에서 자신에게 해명의 기회를 주고 있다는 것을 알아차렸다. 그녀도 해명을 하고 싶었지만 할 수 없었다. 에이버리의 계좌에는 50만 달러는 말할 것도 없고, 1000달러도 들어 있으면 안 된다.

FBI 요원의 위협은 엄청난 혼란을 불러일으켰다. **면허 취소. 휴직. 사기죄. 살인죄.** 머리가 빙글빙글 돌면서 에이버리는 애써 정신을 집중해 상황을 바로잡아보려고 했다. 이런 상황이라면 혐의가 뭐든 에이버리의 경력은 끝이 나게 될 것이다. 설령 무죄가 밝혀진다 해도 운이 좋아야 무단횡단이나 노출증 정도를 변호하는 일만 받게 될 것이다. 아무 인맥도 없는 그녀로서는 평판이 전부였다.

에이버리는 자리에서 벌떡 일어나 책상에 양손을 짚고 애원했다. "로즈버러 대법원장님, 부탁드려요. 전 사람을 죽이지 않았어요. 윈 대법관님에 대해 알고 있는 것이 있는지 알아보러 루이스 간병인의 집에 찾아갔던 것뿐이에요. 그리고 재러드와 몰래 만난 건 그 사람이 따로 만나자고 해서 그랬던 거예요. 걱정되고 혼란스러워서요."

"계좌에 들어온 돈에 대해 설명해봐요." 리 요원이 소리쳤다. "이 돈을 어디서, 누가 보낸 건지 말하란 말입니다. 살인에 대한 대가죠?"

"아니에요!" 에이버리가 비틀거리며 외쳤다. "난 아무도 죽이지 않았어요. 뇌물도 받지 않았고요."

"믿을 수 없어요." 리 요원이 서류를 집어 들고 흔들었다. "배심원단도 믿지 않을 겁니다."

로즈버러가 자리에서 일어섰다. "에이버리, 어서 설명을 해봐요. 뭐든."

"뭘 알아야 설명을 하죠. 대법원장님, 전 아무 잘못도 없어요."
에이버리가 날카롭게 말했다.

그렇지만 그곳에 있는 다른 사람들과 마찬가지로 그녀도 범죄와
처벌 사이의 빈약한 관계를 알 수 있었다. 혐의는 차고 넘쳤다. 유
죄를 입증하기 전까지 무죄라는 건 도시 전설이나 마찬가지다.

에이버리는 겁에 질린 채 중얼거렸다. "어제 아침까지만 해도 전
법원 서기였어요."

"에이버리, 미안해요. 하지만 나도 어쩔 수 없어요." 로즈버러가
차분한 표정으로 말을 이었다. "당신을 휴직 처리하겠어요."

리 요원이 덧붙였다. "새로 얻은 재산에 대해 설명할 수 있을 때
까지 정부 재산에 대한 당신의 접근을 제한하겠습니다. 신분증을
반납하고, 법원 시스템에 대한 접근도 금지합니다."

리 요원은 FBI 훈련소에서 배운 것으로 보이는 법칙을 아무 감
정 없이 읊었다. 에이버리는 귀 기울여보려고 했지만, 그 말들은
흐릿하게 빙글빙글 돌기만 했다. **우리를 구해야 해. 그 일을 끝내. 원
대법관님을 지켜주세요. 광장에서.** 감옥 안에서는 아무것도 할 수 없
을 것이다.

그러다가 에이버리는 아무도 자신을 체포하지 않았다는 사실을
깨달았다. 그녀는 지방법원에서 서기로 일할 때 연방법원의 법칙
에 대해 배웠다. 에이버리는 리 요원 앞으로 한 발 다가서 지루하
게 읊고 있던 FBI 법칙을 끊었다.

"난 구금된 건가요?"

"아직은 아닙니다."

"기소된 건가요?"

"아뇨." 리 요원이 밴스 소령 쪽을 쳐다보았다. "좀 더 조사가 진

행될 때까지 보류할 겁니다."

밴스가 덧붙였다. "하지만 우린 당신이 터너 윈 부인에게 법적 후견인 자리를 내줄 거라고 기대하고 있습니다. 그렇게 한다면 리 요원도 나도 더 이상 이 문제를 파헤치지 않을 겁니다."

에이버리는 두 남자를 쳐다보았다. "거부합니다."

"이건 요구사항이 아닙니다, 킨 씨." 리 요원이 에이버리 앞으로 한 발 다가서며 말했다. "당신은 조사를 받는 중이니, 이런 문제에 관해 권한을 행사하는 건 부적절합니다. 제안을 받아들여요."

에이버리는 고개를 저으며 말했다. "내가 윈 대법관님을 위험에 빠뜨렸거나, 나를 지정하라고 강요했다는 것을 입증하지 않는 한 내 후견인 자격을 가져갈 수 없어요. 체포하지 않을 거라면 그냥 내버려두세요."

"로즈버러 대법원장님?" 리 요원이 도움을 청하는 표정으로 대법원장을 돌아보았다. "터너 윈 부인이 남편의 법적 후견인이 되어야 합니다."

"난 하워드와 부인과의 관계에 대해 잘 알고 있어요. 터너 윈 부인에게 하워드의 법적이나 건강상의 문제를 책임질 권한을 주는 건 하워드의 이익이나 바람과 일치하지 않을 겁니다." 대법원장이 이의를 제기했다.

깜짝 놀란 FBI 요원이 소리쳤다. "그럼 어떻게 하라는 겁니까?"

"에이버리의 말에 따르세요. 체포하지 않을 거면 그냥 두세요."

"그렇다면 선택의 여지가 없군요." 밴스가 FBI 요원에게 손을 흔들었다. "리 요원, 킨 씨를 체포해요."

리 요원은 에이버리를 돌아보지 않은 채 팔짱을 꼈다. "잠깐만요, 소령. 우린……."

"근거가 없죠." 로즈버러 대법원장이 끼어들었다. "그러니 체포 같은 건 할 수 없어요. 내가 동의한 건 조사가 끝나고 위법 행위의 증거를 찾을 때까지 에이버리에 대한 휴직 요청이에요."

"체포할 근거가 없다는 건 동의합니다…… 아직까지는. 그리고 죄송스러운 말씀이지만 그 역시 우리가 요청한 건 아닙니다. 내가 요구한 건 즉각 해고였고, 휴직은 타협안이었죠. 나야 에이버리 킨 씨를 안 지 이틀밖에 되지 않았으니, 킨 씨의 진실성이나 판단을 믿기에는 어려울 수밖에 없으니까요." 밴스가 말했다.

로즈버러가 되물었다. "그래서 어떻게 하고 싶다는 겁니까?"

"리 요원이 주요 증인으로 에이버리 킨 씨를 구금했으면 합니다. 그리고 터너 윈 부인이 윈 대법관의 법적 후견인으로 적합하지 않다면 제3자에게 권한을 위임하는 것으로 하죠. 킨 씨는 도주 위험이 있으니까요." 밴스가 제안했다.

"난 지금 여기 있어요." 에이버리가 날카롭게 상기시켰다. "어디 갈 계획도 없고요."

밴스 소령이 에이버리의 계좌 내역서를 손가락으로 찔렀다. "요 며칠 사이에 당신은 제법 큰 힘을 가지게 됐고, 적당한 재산도 모았어요. 더 기다릴 생각은 없습니다."

에이버리는 대법원장에게 간청했다. "약속드릴게요. 전 도망갈 이유가 없어요. 사실 전 이번 일과 관련해서 아무것도 원하지 않지만, 그래도 대법관님이 맡기신 일은 하고 싶어요. 부탁드려요."

로즈버러는 에이버리를 쳐다보았다. 그리고 자리에서 일어서더니 평결을 내릴 때처럼 다른 사람들이 물러나게 만들었다.

"이번 사안에 있어서 확실하게 FBI에 협조할 겁니다. 하지만 법원 직원 관리는 그쪽 소관이 아니에요. 에이버리는 휴직을 하게 됐지만, 하워드의 법적 후견인 자리는 그대로 유지할 거예요. 주요 증인 구금 영장도 기각할 겁니다. 리 요원."

밴스가 항의하려고 앞으로 나섰지만, 리 요원이 고개를 저었다.

"법원의 협조에 감사드리는 바입니다, 대법원장님." 리 요원은 에이버리를 돌아보았다. "킨 씨는 후버 빌딩까지 같이 가주시죠."

"안 가요."

"네?"

"안 간다고 했어요."

에이버리는 몸을 굽혀 가방을 집어 들었다. 그리고 아침에 착용하는 것을 잊었던 신분증을 꺼냈다. 리 요원과 함께 보안을 통과했기 때문에 신분증을 꺼낼 필요가 없었다. 에이버리는 신분증을 책상 위에 탁 올려놓았다.

"로즈버러 대법원장님, 강제 휴직은 받아들이겠습니다. 접근도 제한됐으니, 제가 할 수 있는 일도 별로 없을 테니까요. 제가 범죄를 저질렀다는 확실한 증거가 나오기 전까지는 집이 아닌 다른 곳에 갈 생각은 없습니다."

"우린 당신 생활을 아주 힘들게 만들 수도 있습니다." 리 요원이 경고했다.

"이번 주에 내가 아주 편한 시간을 보내서요?" 에이버리는 목에 뭔가 걸린 것 같은 느낌과 금방이라도 수갑을 차게 될 수도 있다는 긴장감으로 인한 떨림이 지나가자, 그 대신 정의로운 분노가 솟구쳐 오르는 것을 알아차렸다. 에이버리는 FBI 요원을 외면했다. "대법원장님, 전 원 대법관님의 서기예요. 시민적 자유의 한계는 잘 알고 있고, 그 한계는 넘지 않을 겁니다. 대법관님도 원하지 않으실 테고, 대법원장님도 그런 요구를 하진 않으실 테니까요."

로즈버러 대법원장은 에이버리를 말없이 쳐다본 뒤 나지막이 소리 내어 웃었다. "물론이죠. 하워드가 당신을 잘 가르쳤군요. 에이버리, 그만 나가봐요."

에이버리는 위엄 있게 집무실을 나와 대법원장실 비서들의 호기심 어린 시선들을 지나쳤다. 엘리베이터를 타고 로비로 내려올 때까지 그녀는 침착함을 유지했다. 금속 탐지기 근처에 수많은 직원들이 줄을 서 있었다. 날카로운 인상에 갈색 머리, 보수주의자의 영혼을 가진 여자가 그녀를 불렀다.

"에이버리! 길을 잘못 든 거 아니야?"

에이버리의 인생이 무너졌다. 그들이 그녀를 비난할 무언가를 찾든 말든, 강제 휴직과 재러드 덕에 끌게 된 언론의 관심은 에이버리의 인생을 끝장낼 것이다. 하지만 아직은 그 사실을 아무도 알아선 안 된다.

"원 대법관님의 일을 처리하기 위해 휴가를 낸 것뿐이야."

"대법관님이 건강을 되찾으시길 빌게." 〈기네스북〉에 IQ가 기재된 키 작고 건장한 남자가 소리쳤다. "그분을 응원할 거야."

"고마워." 에이버리가 묵직한 유리문을 밀기 시작했다.

하지만 갈색 머리 여자가 막아서며 말했다. "잠깐만, 저 앞에 독수리 떼들이 카메라를 들고 진을 치고 있어. 다른 문으로 나가는 게 나을 거야."

신분증이 있었다면 그렇게 했을 것이다. 하지만 에이버리는 더 이상 법원 직원이 아니었다. 에이버리는 쫓겨났다. 하지만 리타에게서 배운 몇 가지 잔기술들이 있긴 했다. 보안요원들이나 비서들을 포함해 이 세상을 돌아가게 만드는 사람들은 항상 친절하다. 직원들이 엘리베이터에 올라타자 에이버리는 평소에 좋게 보았던 보안요원을 찾아갔다.

"킨 씨, 도와드릴 일이라도 있습니까?"

"빈스, 기자들이 밖에서 날 기다리고 있어요. 다들 원 대법관님에 대한 이야기를 듣고 싶어 해요."

"다른 출구로 나가야겠네요."

"택시도 타야 돼요." 에이버리가 더불어 부탁했다.

"방법을 찾아보죠." 빈스는 지키고 있던 금속 탐지기 앞자리를 동료에게 넘긴 뒤 에이버리에게 따라오라는 손짓을 했다. 5분 뒤, 에이버리는 빈스의 도움으로 택시에 올라탔다.

"정말 고마워요."

빈스의 얼굴이 기쁜 듯 달아올랐다. "대법관님만 잘 보살펴줘요. 그분은 좋은 사람이니까."

"맞아요. 좋은 분이시죠."

빈스가 차의 위쪽을 툭 치자 택시는 펜실베이니아 애비뉴에서 북쪽으로 달리기 시작했다.

"어디까지 가십니까?"

에이버리는 택시 기사에게 집 주소를 알려주었다. 순식간에 아드레날린이 사라지면서 에이버리는 축 늘어진 몸을 찢어진 비닐 좌석에 기댔다. 흐느낌이 새어나오지 않게 손으로 입을 막았다.

모든 게 끝났다. 지금껏 해온 일들이 순식간에 사라졌다. 그녀의 존재를 거의 인정하지 않았던 한 남자를 위해.

FBI와 국토안보부가 협력한다면 몇 시간까지는 아니더라도 며칠 내에 에이버리는 구금될 것이다. 스콧 컬리가 방송에서 이 소식을 퍼뜨리게 되면 모든 것이 끝날 것이다. 에이버리는 원 대법관의 어리석은 윤리적 규범 때문에 단단한 인맥도 없었다. 직장도 없고,

돈도 없다. 쓸 수도 없고, 써서도 안 되는 50만 달러를 제외하면.

전날 밤 들었던 링의 경고가 다시 귓가에 울려 퍼졌다. **법적 후견 인 자리를 거절해······ 네 상관은 널 버릴 수 있는 체스 말로 여기고 있고. 이건 네 싸움이 아니야. 윈 씨 일가에게서 도망쳐.**

하워드 윈은 무례하게도 아무 설명도 없이 에이버리를 함정에 빠뜨리고, 그녀의 인생 전체를 위험에 빠뜨렸다. 에이버리의 룸메 이트가 집에 돌아오는 것을 두려워하게 만들었고, 모르는 사람들 이 에이버리를 마치 체스판 위의 말처럼 다루게 만들었다. 쓸모없 는 힘을 가지고 있고, 움직임에 제약이 있는 불운한 비숍처럼.

에이버리는 하워드 윈을 위해 충실하게 일해온 뛰어난 서기였 다. 그녀는 더 이상 그에게 빚진 것이 없었다.

택시기사가 출근 교통 혼잡을 뚫고 도로를 달리는 동안, 에이버 리는 휴대전화를 꺼내 윈 대법관을 대리하는 법률회사에 전화를 걸었다.

"노아 폭스입니다."

"에이버리 킨이에요."

"아, 킨 씨, 안 그래도 어제 만나서 윈 대법관님의 부동산 정보를 살펴봤어야 하는데 그러지 못해 유감이었습니다."

에이버리는 속이 차갑게 얼어붙는 것 같은 느낌이 들었지만, 그 배신감을 무시했다. 그녀는 자신을 돌봐야만 했다. 오래전에 리타 가 다른 사람은 신경 쓸 것 없다고 가르쳐주지 않았던가?

"폭스 씨, 윈 대법관님에 관해 의논할 게 있는데 시간이 괜찮으 시면 지금 만날 수 있을까요?"

"네, 괜찮습니다."

"다행이네요. 제가 그쪽으로 가죠."

10분 뒤, 에이버리는 화려한 건물에 도착해 엘리베이터를 탔다. 그녀는 로비에서 노아 폭스를 만났다. 그가 악수를 청하며 에이버리를 반갑게 맞아주었다.

"만나서 반갑습니다. 상황이 조금 달랐으면 더 좋았겠지만요."

"정말 그렇네요."

노아 폭스가 복도를 가리키자 두 사람은 그쪽으로 걸어갔다.

"우리 모두 윈 대법관님이 완쾌하시길 희망하고 있긴 하지만, 킨 씨에겐 막중한 책임이 있습니다."

"알고 있어요." 에이버리가 무뚝뚝하게 인정했다.

설령 지금까지 이 상황을 제대로 이해하지 못하고 있었다 해도 이제는 확실히 알 수 있었다. 문제는 그녀가 그 책임을 원하지 않는다는 것이다. 에이버리는 지금껏 한 명의 길 잃은 영혼을 보살펴 왔다. 자신의 앞날에 또 다른 누군가를 책임질 위험을 지고 싶지 않았다. FBI에서 말한 사기나 뇌물수수 혐의는 쉽게 지워지지 않을 것이다. 살인 혐의를 받았으니 연방 교도소에 처박혀 썩지 않는다고 가정하더라도, 그 어디서든 변호사로 자리 잡을 수는 없을 것이다.

대법관과 관련된 일이나 에이버리가 내리는 결정은 무엇이든 음모의 증거가 될 것이다. 완벽한 덫. 대법관의 생명을 유지하든 죽이든 어떻게 해도 유죄의 증거가 될 것이다. 더 나쁜 건 앞으로 에이버리의 이력을 확인해줄 모든 서류에 빨간 줄이 그어질 것이라는 점이다.

복도를 지나가면서 에이버리는 변호사를 흘깃 쳐다보았다. "폭스 씨, 도움이 필요해요."

"당연히 도와드릴 겁니다." 노아 폭스가 진지하게 고개를 끄덕였다. "윈 대법관님은 아주 세세하게 지시사항들을 남기셨습니다. 그분의 대리인으로서 무엇을 해야 하는지 알 수 있을 겁니다."

에이버리는 그 자리에 멈춰 서서 몸을 돌린 후 무뚝뚝하게 말했다. "바로 그거예요. 난 그 일을 맡고 싶지 않아요."

"네?"

"간단해요. 폭스 씨, 난 그만둘 거예요."

20

노아 폭스는 에이버리를 작은 회의실로 이끌었다. 테이블 위에는 윈 대법관의 부동산들에 관한 개요서들이 쌓여 있었다.

"킨 씨, 정말 그만두고 싶다는 건가요?"

"네, 그렇게 할 생각이에요." 에이버리는 테이블의 맞은편으로 걸어갔다. 압지 위에 펜과 함께 물병이 놓여 있었다. "난 후견인 자리를 포기하고, 그 권한을 테리사 로즈버러 대법원장에게 위임하고 싶어요. 이 자리에서 바로 말이에요. 대법원장님은 윈 대법관님과 오랜 세월 알고 지낸 사이니, 대법관님의 의료적 결정을 내리는 데 훨씬 적합할 거예요."

처음에는 후견인 자리를 재러드에게 넘기려고 했지만 FBI는 이미 두 사람이 공모했다고 의심하고 있었다. 로즈버러 대법원장이라면 나무랄 데가 없었다. 완벽한 해결책이었다.

"오늘 안에 문서 초안을 작성할 수 있을까요? 여기서 기다렸다가 사인해도 돼요."

"정말 법적 후견인 자리를 거절하고 싶은 겁니까?"

"네." 에이버리는 스스로도 그렇게 믿기 시작했다. 윈 대법관의 부탁을 들어주기에는 너무 큰 대가를 지불해야 했다. "윈 대법관님의 법적 후견인 자리는 거절하겠습니다."

유리가 깔린 테이블 너머로 한참 동안 정적이 흘렀다.

마침내 노아가 말했다. "킨 씨, 유감스럽게도 후견인 자리는 로즈버러 대법원장님께 넘길 수 없습니다."

에이버리가 얼굴을 찌푸렸다. "왜요?"

"윈 대법관님은 이럴 경우에 대비해 아주 철저하게 준비하셨습니다. 킨 씨가 윈 대법관님의 법적 후견인 자리를 맡을 수 없을 경우 그 자리는 터너 윈 부인에게 넘어갑니다."

"설레스트한테요? 아니에요, 대법관님이 그렇게 하셨을 리 없어요. 터너 윈 부인은 대법관님의 후견인이 될 수 없어요."

"킨 씨가 후견인 자리를 받아들이지 않을 경우에는 터너 윈 부인이 후견인이 됩니다."

"그 여자는 대법관님을 죽일 거예요."

"만일 터너 윈 부인이 윈 대법관님의 생명 유지 장치를 제거하는 쪽을 선택한다면, 부인의 뜻을 막을 만한 의학적인 이유를 의료진들이 제시하지 않는 한 그대로 될 겁니다."

FBI와 국토안보부의 의심을 가라앉히기 위해 뭔가 하지 않는다면 난 모든 것을 잃게 될 거야. 에이버리는 다시금 되새겼다. 죽어가는 사람을 살리기 위해 모든 것을 거는 셈이다.

"방법을 찾아봐야죠, 폭스 씨. 뭔가 허점이 있을 거예요."

"그런 건 없습니다. 함께 검토해보려고 했던 서류 중 하나가 위임의 조건부 목록입니다. 그 조항에 따르면 킨 씨가 후견인 자리를 거부할 경우 설레스트 터너 윈 부인에게 위임하라는 사실이 정확하게 명시되어 있습니다."

"어째서 그렇게 하신 거죠? 윈 대법관님은 부인을 신뢰하지 않았는데요."

이렇게 묻긴 했지만, 에이버리는 그 이유를 알고 있었다. 설레스트를 후견인으로 선택한 건 고의적이었다. 나쁜 인간. 무슨 일이 있어도 자신의 뜻에 따르라는 거다.

"윈 대법관님은 위임에 관련된 준비를 아주 철저하게 하셨습니다. 초안을 열두 번도 넘게 고쳤죠."

노아는 윈 대법관의 최종 목적이 뭔지 이해할 수 없지만, 대법관이 지난 6개월 동안 변호사들을 바꿔가면서 계속해서 서류들을 만들었을 거라고 생각했다. 각각 다른 이름과 다른 목적을 가진 유언 보충서와 대리인 지정의 미로였다. 1월 말에 이르러, 에이버리 킨이라는 새 이름이 나타나기 전까지.

윈 대법관은 노아가 선호하는 고객이 아니었고, 독설을 일삼는 대법관의 취향도 마음에 들지 않았다. 하지만 회사의 신탁과 자산 그룹 담당 부서에 소속된 지 3년차에 윈 대법관을 배정받자 노아는 성취감에 고양되었다. 처음 만나기 전까지는. 대법관이 자신에게 변호사 자격을 길바닥에서 주웠느냐고 빈정거리던 걸 생각하면 지금도 짜증이 났다. 그때 그는 하워드 윈을 담당하는 것은 신탁과 자산 그룹 부서에서 괴롭힘을 당하는 것과 같다는 것을 알게 되었다. 윈 대법관만 무사히 이겨낸다면, 파트너로 가는 길에 들어서게 될 것이다.

노아는 복도 끝에 있는 회의실에서 윈 대법관과 마지막으로 만났을 때를 떠올렸다. 그는 만반의 준비를 끝마쳤고, 수정하느라 백과사전 두께로 쌓여 있던 서류 더미들도 치웠다. 앞에는 윈 대법관의 유언장에 포함된 40페이지의 서류만 놓여 있었다. 치워버린 서류더미 안에는 무덤 속에서나 전달받게 될 수많은 부가 조항들과 조롱, 야유가 담겨 있었다. 오늘 수정할 내용은 하워드 윈의 유언장에 들어갈 마지막 부가 조항이 될 것이다.

"처음부터 시작할까요?"

"그럴 시간이 어디 있나." 윈이 소리쳤다. "성가신 마녀가 날 집에 데려다주겠다고 다시 돌아올 거야. 난 그 여자를 믿지 않아."

"부인 말씀하시는 겁니까?" 노아는 설레스트 터너 윈을 사무실에서 보게 될 줄 몰랐다. 윈 부인이 온다면 경비원에게 미리 이름을 알려주어야만 했다. 운전기사는 윈 대법관이 안에 있는 동안 밖에서 대기하고 있었다. "언제쯤 오시는데요?"

"마녀가 온다고 했지, 매춘부가 온다고는 안 했는데." 윈 대법관이 신랄하게 말했다. "그 여자가 날 위해 일하는 건지 아닌지 모르겠단 말이야."

노아는 불안감을 느꼈다. 법적으로 치매 증상을 보일 경우 윈 대법관은 유언장을 또다시 바꿀 수 없었다.

"지금 누구 얘기를 하시는 겁니까?" 노아가 부드럽게 물었다.

"루이스 간병인을 말하는 거잖아, 이 엉터리 변호사야. 뭐든 가져오라고 보내버리지 않으면 나한테 딱 붙어서 떨어지지 않는 성질 나쁜 여자 말이야." 윈 대법관이 화를 내며 설명했다. "그 빌어먹을 여자는 내 집에서 비밀을 캐내려고 온갖 곳을 다 뒤지고 다니지. 남자가 자기 비밀을 숨길 정도로 전락한다면 글러 먹은 거야."

"자기 비밀이요?"

윈 대법관이 조바심에 눈을 번쩍거렸다. "자꾸 내 말만 따라할 건가? 그럴 거면 그냥 자네 방으로 돌아가는 게 나을 거야. 앵무새한테 수임료를 지불할 생각은 없으니까."

"전 그냥 원 대법관님이 바라는 게 무엇인지 확실하게 알고 싶었던 것뿐입니다."

"자네한테 알아달라고 한 적 없어." 원 대법관이 쏘아붙였다. 그는 회의실 의자에서 앉아 있던 자세를 바꾸더니, 주먹 쥔 손으로 가죽 팔걸이를 두드렸다. "자넨 사법 제도나, 그것을 좌절시키려고 하는 사람들이 어디까지 손을 뻗고 있는지 전혀 이해하지 못해. 그러니까 자네의 그 어리석은 머리로는 내가 자네한테 맡긴 사소한 일들에나 집중하는 편이 좋아. 내가 하는 말이나 받아 적어. 시간당 520달러를 벌게 해줄 단어들을 근사하게 포장하면서 말이야. 그런 뒤에 내가 서명할 서류를 가져와."

노아는 반박하고 싶은 충동을 억눌렀다. 지옥에나 가라고 퍼붓고 싶었지만, 원 대법관은 지난 6개월간 그가 벌었던 수입의 4분의 1을 담당한 고객이었다.

노아는 입안을 잘근잘근 깨물며 다시 물었다. "수정하고 싶은 조항이 뭡니까?"

"제일 먼저 대리인 지정부터 확실하게 해야겠어. 그녀가 후견인 자리를 거절할 경우의 대비책으로 말이야."

노아는 원 대법관과 그 자리에서 세 시간 동안 유언장의 변경 내용과 비상사태에 대비한 대책에 대해 논의했다. 그 시간 동안 노아는 신탁자산법에 관해 학교와 지금껏 일하면서 배웠던 것보다 더 많은 것을 알게 되었다. 그날 밤 늦게까지 작성한 서류들에는 원 대법관과 증인의 서명을 받았다. 나중에 노아는 친구와 함께 원 대법관과 그 서기의 관계에 대해 추측해보았다.

이제 그 의문의 여자와 함께 앉아 있자니, 원 대법관의 선택을 이해할 수 있었다. 에이버리 킨은 모델처럼 아름답진 않았지만 구불거리는 머리카락과 멋진 입매, 날카로운 초록색 눈동자는 모든 연령대 남자들의 시선을 사로잡을 수 있을 것 같았다.

"킨 씨, 원 대법관님은 구체적으로 두 가지 선택권만을 제시하셨습니다. 당신이 모든 일에 있어서 원 대법관님의 법적 후견인이 되는 것에 동의하거나, 그렇지 않을 경우 그 권한은 별거 중인 부인에게 넘어갈 거라는 거죠. 제가 부인 대신 아드님이나 친구분께 넘기는 게 어떠냐고 권해보았지만, 거절하셨습니다."

"대법관님의 아들은 아버지를 미워하죠. 그리고 대법관님은 친구가 별로 없어요."

"대법관님도 그렇게 말씀하셨습니다."

"재러드는 어떨까요? 제가 지지한다고 하면, 재러드가 후견인 자격을 신청할 수 있을까요?"

"아뇨. 킨 씨, 유감이지만……."

"에이버리라고 부르세요."

"에이버리." 노아가 예의 바르게 다시 불렀다. "재러드 원의 경우 신청을 할 수는 있어요. 하지만 그렇게 한다고 해도 당신이 후견인 자리를 거절할 경우 그 자리는 셀레스트에게 넘어갑니다."

"방법이 있을 거예요." 에이버리가 고집스럽게 주장했다. "법원은 재러드가 그 자리에 적합한지 아닌지 고려할 수 있을 것이고, 셀레스트한테 아무것도 못 하게 할 수 있을 거예요."

"그렇게 간단한 문제가 아닙니다. 제 일은 대법관님의 뜻대로 될 수 있게 돕는 거예요. 원 대법관님은 아드님이나 대법원장님이 자신의 후견인이 되길 바라지 않으셨습니다. 당신이 해주길 바라셨어요. 만일 에이버리가 그 자리를 거절하거나, 재러드의 후견인 신청을 당신이 거절하지 않을 경우, 저는 터너 윈 부인을 대리하게 될 겁니다." 노아가 잠시 말을 멈췄다가 다시 덧붙였다. "우린 이런 일을 아주 잘합니다, 킨 씨. 윈 대법관님도 마찬가지고요."

좌절한 에이버리는 테이블 위에 놓인 서류들을 쳐다보았다. 윈 대법관이라고 해도 모든 것을 다 생각하진 못할 것이다.

"여기 있는 것들은 뭐죠? 윈 대법관님이 변호사님께 작성하라고 했던 초안은 어떤 건가요?"

노아가 제목을 붙여놓은 파일을 집어 들었다. "이게 대리인 지정 서류입니다. 대법관님이 지난 1월에 서명하셨던 거죠."

에이버리는 이제는 눈에 익은 서류를 흘깃 쳐다보았다. "이건 저도 봤어요. 다른 것들은 뭐죠?"

"대법관님의 최종 유언장입니다. 기본적인 내용은 재러드가 제1상속자라는 겁니다."

"그게 전부인가요?" 에이버리가 두툼한 서류 위에 손을 올렸다. "아드님께 재산을 상속한다는 내용이라면 이렇게 서류가 두꺼울 필요가 없을 텐데요. 다른 내용은 뭐죠?"

노아가 한숨을 쉬었다. "윈 대법관님은 평생에 걸쳐 유언장을 몇 번 수정하셨습니다. 원안은 첫 번째 부인을 상속인으로 삼는 내용이었죠. 그리고 재러드가 태어난 뒤에 부가 조항을 덧붙였습니다. 윈 대법관님이 자서전을 쓴 뒤에는 그 수익금을 신탁에 넣으셨죠." 노아는 서류들을 하나씩 집어 옆으로 옮기면서 얘기했다. "그다음으로 첫 번째 부인이 죽은 뒤에 부인의 재산을 재러드에게 넘기기로 하셨죠. 우리가 가진 자료에 따르면, 대법관님은 자신의 지분을 거부하고 전 재산을 재러드에게 넘겼습니다."

노아는 윈 대법관의 첫 번째 부인의 유언장을 수십 번 읽었다.

"윈 대법관님의 첫 번째 부인은 가족에게 1000만 달러가 넘는 유산과 그 외 다른 재산들을 몇 가지 남겼죠. 윈 대법관님은 조지아의 저택을 제외한 전 재산을 전부 다 재러드에게 주었습니다."

윈 대법관은 부인의 유산과 열 살 된 아들을 처제 부부에게 맡기고 연락을 끊었다. 에이버리는 암울하게 그 사실을 알아차렸다.

"재러드가 상속자로 지정된 건 언제죠?"

노아가 다음 부가 조항을 집어 들며 대답했다. "5년 전입니다."

에이버리는 재빨리 연도를 계산했다. 재러드가 해군에서 의병제대를 한 것이 그 무렵이었다. "이건 몇 번째 부가 조항이죠?"

"열세 번째입니다. 그사이에 대법관님은 주기적으로 자선단체들을 마구 골라 유언장의 기부 명단에 올리셨어요." 노아가 서류를 넘기며 말을 이었다. "미국시민자유연합. 라 라자, 멕시코계 미국인들을 돕는 단체입니다. 그리고 미국 흑인지위향상협회, 미국농장노동자조합, 방과 후 돌봄 소년소녀클럽. 자선단체 중에 아는 이름이 있다면 그게 뭐든 이 명단 안에서 찾을 수 있을 겁니다."

에이버리는 그 명단들을 그대로 넘겼다. "대법관님 때문에 변호사님이 바쁘셨겠네요."

"윈 대법관님의 일을 처리한 것만으로도 파트너 자리에 오를 수 있을 겁니다." 노아가 중얼거렸다. 그는 에이버리를 쳐다보다가 순간 울컥했다. "어쨌든 재러드를 제1상속인으로 삼은 뒤로, 유언장의 기부 명단에 자선단체들을 계속 추가하셨죠."

"그 단체들이 선정된 다른 이유는 없었나요?"

"대법관님의 자료를 처음 받았을 때 표를 만들어본 적이 있습니다. 전부 윈 대법관님의 반대 의견으로 패소한 단체들이더군요. 대법관님은 유언장에 그 단체들을 모두 올렸습니다."

"정말요?"

"매해, 대법관님은 법원에 강탈당했다고 생각하는 단체들을 기부 대상으로 유언장의 새로운 부가 조항에 집어넣으셨습니다. 총열다섯 개의 부가 조항이 첨부됐죠."

"터너 윈 부인은 어떻게 되죠? 셀레스트에 관해서도 부가 조항이 붙었나요?"

"아뇨." 노아가 서류들을 뒤적거렸다. "만일 재러드가 아버지인 윈 대법관보다 먼저 사망할 경우 전 재산은 유언장에 명시된 단체들에 동등하게 배분될 겁니다. 그 집행자, 그러니까 킨 씨는 상당한 금액의 보상금을 받게 될 거고요. 터너 윈 부인은 아무것도 물려받지 못합니다."

제대로 못을 박으시네. 에이버리는 낙담하며 생각했다.

"셀레스트도 그 사실을 아나요?"

"그건 아닌 것 같습니다. 어제 병원에서 당신을 만난 뒤에 터너 윈 부인이 바로 이곳으로 들이닥쳐서는 윈 대법관님의 자산 관련 서류를 보여달라고 하더군요. 제가 거절하자 해고하겠다고 위협했습니다." 노아가 설명했다.

"터너 윈 부인이 유언장에 이름을 올린 적이 있나요?"

"아뇨." 노아가 양손을 테이블 위에서 포갰다. 마침내 최후의 계시에 도달했다. "하지만 여기엔 문제가 있습니다."

"무슨 문제요?"

스물여덟 번째 부가 조항이 들어간 서류를 테이블 위에 내려놓으며, 노아는 자신과 신탁자산부서의 선임 파트너를 곤란하게 만들었던 페이지를 뒤집었다.

"여기 윈 대법관님의 유언장 원안과 지금 앞에 놓인 서류를 포함해 부가 조항이 적혀 있는 스물일곱 장의 서류가 있습니다."

"스물일곱 장이요? 부가 조항은 스물여덟 개라고 하셨잖아요."

"스물일곱 번째 부가 조항이 적힌 서류가 없습니다. 윈 대법관님은 우리에게 부가 조항이 스물여덟 개라고 언급하셨지만, 전 그 부가 조항의 초안을 작성한 적이 없고, 그 조항 자체를 본 적이 없습니다."

노아는 마지막으로 수정된 윈 대법관의 유언장을 파트너들에게 보여주었을 때 소란이 일어났던 단락을 가리켰다.

"윈 대법관님은 파국적인 사건이 일어날 경우 변호사들이 해야 할 일을 지시한 부가 조항이 있다고 언급했습니다. 대법관님께 이게 무슨 뜻인지 여쭤보자, 그분은 제게 빌어먹을 자기 일이나 신경 쓰고 자신이 하라는 일이나 제대로 하라고 말씀하시더군요."

"대법관님이 그 부가 조항을 찾을 단서를 남기지 않으셨나요?"

"네, 한 가지 남기셨죠." 노아는 에이버리의 의아한 표정을 알아차리고 차분히 마주 보았다. "대법관님은 그 부가 조항이 어디에 있는지 에이버리가 알 거라고 했습니다. 때가 되면 당신이 우리에게 가져다줄 거라고요."

21

에이버리가 새로 알게 된 사실에 정신이 팔려 있을 때 휴대전화가 울렸다.

"전화 좀 받을게요." 에이버리가 휴대전화 화면을 확인하자 모르는 번호가 떠 있었다. "여보세요?"

"선물은 잘 받았습니까?" 나이절이 물었다. "당신을 이 게임에 계속 참가시키려면 아무래도 격려금이 조금 필요할 것 같아서요. 도움이 됐으면 좋겠군요."

에이버리는 황급히 회의실 끝 쪽으로 걸어갔다. "도대체 무슨 생각으로 이러는 거예요?"

"격려금이라도 받으면 당신이 그 자리를 꺼리는 마음이 덜해지지 않을까 생각한 것뿐입니다."

"당신이 누군지 모르지만, 바로 그 '선물' 때문에 난 FBI의 조사를 받게 됐어요." 에이버리가 거칠게 말했다. 속삭이는 것보다 조금 큰 목소리였다. "지금 저들은 내가 누군가와 공모해 윈 대법관님을 해치려고 한다고 생각한단 말이에요."

"에이버리, 당신은 자신의 임무에 열정을 보이지 않는 것처럼 보이는군요. 하워드 윈의 목숨을 지키는 일은 많은 사람들에게 아주 중요한 일이에요. 우리에겐 최선의 방침을 결정할 때까지 당신이 현상 유지를 해줄 거라는 확신이 필요합니다. 더불어 약간의 정보 수집이 필요할 수도 있고요."

"난 당신을 위해 일하지 않을 거예요."

"전해 들은 바로는 당신이 법원 일을 그만뒀다고 하더군요. 분명히 합시다. 휴직 같은 건 당신이 걱정할 일이 아니에요."

"윈 대법관님의 투표권은 내 맘대로 할 수 없어요. 그러니 당신을 도울 수 없어요." 에이버리가 말했다.

"내가 원하는 게 뭔지 당신은 아직 모릅니다."

"뭐든 상관없어요. 난 법적 후견인 자리를 그만둘 거니까요. 터

218

너 윈 부인이 그 자리를 맡게 될 거예요."

"그렇게 하지 않을 거잖아요."

"어째서요? 당신 때문에 난 일자리와 평판을 잃었어요."

"아뇨. 난 그저 위험하게 만들었을 뿐입니다." 그가 부드럽게 정정했다. "만일 당신이 협조만 한다면 빛나는 후광과 든든한 은행계좌를 가진 채 이 시기를 벗어날 수 있을 거예요."

"내가 원하는 건 변호사가 되는 거예요. 당신 덕분에 이젠 불가능하게 됐죠."

"당신이 윈 대법관을 지키고 내가 알고 싶은 것을 알려준다면, 앞으론 평생 일 같은 건 안 해도 되는 삶을 살게 해주죠."

"싫어요."

"당신은 윈 대법관에게 충실해야 하지 않나요?"

윈 대법관과 나누었던 대화를 떠올리고, 에이버리는 휴대전화를 쥔 손에 힘을 주었다.

"내가 어떻게 할지 결정해도 그건 윈 대법관님과 나 사이의 일이에요. 당장 당신 돈은 도로 가져가고, 난 그냥 내버려둬요."

"윈 대법관의 목숨을 지키면서 말썽부리지 말고 가만히 있어요. 그럼 우리 모두 다 행복해질 테니까."

"지옥에나 떨어져요."

에이버리는 전화를 끊어버린 후 손으로 목을 눌렀다.

"무슨 일 있습니까?"

에이버리가 원래 자리로 돌아가자, 노아가 물었다.

에이버리는 손을 내저었다. "다른 지시사항이 있나요?"

노아가 물건더미 속에서 완전히 봉한 뒤 테이프까지 붙인 베이지색 봉투를 꺼냈다. 라우리 키너먼 사무실에 보관되어 있는 동안 아무도 손대지 않았음을 확인시켜주듯, 봉인된 자리에 윈 대법관의 서명이 남아 있었다.

"윈 대법관님의 자택 열쇠입니다. 현관문 비밀번호와 금고 비밀번호가 안에 들어 있을 거예요. 어쩌면 그 금고 안에 스물일곱 번째 부가 조항이 들어 있을 수도 있겠네요."

"어쩌면요." 에이버리가 모호하게 대답했다. 그녀는 윈 대법관의 의도가 무엇인지, 그가 자신이 알고 있다고 생각하는 게 무엇인지 전혀 알 수 없었다. 하지만 분명한 건, 윈 대법관이 에이버리의 손을 뒤로 묶은 채 어둠 속에 움직이게 하는 것을 즐기고 있다는 것이다. "다른 게 또 있나요?"

"유언장과 기타 서류들의 사본을 준비했습니다." 노아가 카펫이 깔린 바닥 위에 놓인 작은 청백색 상자를 가리켰다. "그리고 대법관님이 회사를 통해 맺은 여러 가지 계약들이 있습니다. 함께 살펴봐야 할 것들이죠."

"그건 다음에 하죠." 에이버리가 봉투를 집어 들었다. 윈 대법관의 집에 들어갈 수 있다면 답을 찾게 될 수도 있다. 그녀가 앞날을 저버린다고 해도 더 이상 막을 것이 없었다. 하루만 더 해보자. "오늘 시간 내주셔서 감사해요. 아까 드라마 찍는 것처럼 행동한 것도 죄송하고요."

"많이 놀라셨을 만합니다. 대법관님이 당신한테 아무 말도 하지 않은 줄은 몰랐어요." 노아가 자리에서 일어나 압지 위에 서류를 내려놓았다. "제가 지금껏 말씀드린 조건에 따라 윈 대법관님의 법적 후견인으로서의 책임을 받아들이겠다는 내용이 담긴 이 서류에 서명하셔야 합니다. 편하게 읽어보시죠."

에이버리는 아무 말 없이 서류에 적힌 내용을 읽은 뒤 **법적 후견**

인이라는 단어 위에 서명을 했다. 그러는 동안 에이버리는 지금 자신이 노아에게 거짓말을 하는 건 아니라는 점을 스스로 되새겼다. 유능한 변호사라면 서명을 한 것이 취소될 수도 있다는 점을 잘 알고 있을 것이다. 에이버리는 먼저 윈 대법관의 금고 안에 무엇이 들어 있는지 확인한 뒤 선택을 할 것이다.

에이버리는 회의실 테이블 위에 펜을 내려놓았다. "저 상자는 나중에 가져가도 될까요? 다른 할 일도 있고, 택시로 이동하는 중이라서요."

"그러시죠." 노아가 주머니에서 명함을 꺼냈다. "에이버리, 지금 이 상황을 한꺼번에 받아들이기는 어렵다는 거 잘 알고 있습니다. 혹시 궁금한 게 있으면 언제라도 연락 주세요."

에이버리가 고개를 끄덕이며 명함을 받았다. "고마워요."

"별말씀을요." 테이블을 돌아 나온 노아는 에이버리를 회의실 밖 엘리베이터 앞까지 배웅했다.

에이버리는 엘리베이터에 탄 뒤 버튼을 눌렀다. "도와주서서 감사해요. 곧 연락드리죠."

로비에 도착하자 에이버리는 거리로 나와 택시를 잡았다.

"조지타운으로 가주세요. 알 앤드 위스콘신스트리트요."

택시가 출발하자 에이버리는 봉투를 뜯었다. 무릎 위로 열쇠가 떨어졌다. 그녀는 봉투 안에 들어 있던 종이를 꺼냈는데, 거기에는 윈 대법관의 서체로 비밀번호 세 개가 적혀 있었다.

경보 장치 해제 : 9-1-8-7-4
금고 비밀번호 : 2-5-7-1-1-6-3-8-2(카로 개요서 뒤쪽)
VGC : 3-1-0-7-7-4

에이버리는 그 종이를 접어 가방 안에 집어넣었다. 그런 뒤 열쇠를 들고 만지작거렸다. 택시가 윈 대법관의 집 앞에 도착하자 에이버리는 집에 들어가 경보 장치를 해제한 뒤 예전에 찾아왔을 때의 기억으로 곧장 서재로 향했다. 책장에는 책들이 가지런히 꽂혀 있었다. 에이버리는 임무에 충실하게 서쪽 벽면으로 걸어가 책장에 꽂혀 있는 책들의 제목을 살폈다. 로버트 카로의 책을 찾아내자 조심스럽게 그 묵직한 전기들을 꺼내 바닥에 내려놓았다.

그러자 강철로 된 금고문이 보였다. 에이버리는 괜히 주위를 한 번 살핀 뒤 손잡이를 돌렸다. 금고 문이 열렸다. 지폐 뭉치가 놓여 있고, 그 위에는 두꺼운 검은색 파일이 금고 벽에 기대서 있었다. 돈다발 뒤쪽으로는 은색 벨벳 상자가 보였고, 파일과 금고 벽 사이에 아주 얇은 파일이 끼워져 있었다.

에이버리는 먼저 그 파일을 꺼냈다. 맨 앞장에 검은색 라이터가 붙어 있었다. 파일을 펼치자 검은색 글씨가 쓰인 종이 한 장이 들어 있었다. 종이는 거의 투명해 보일 만큼 얇았다. 에이버리는 그게 무엇인지 바로 알아차렸다. 니트로셀룰로오스.

"아주 영리하시네요, 대법관님."

니트로셀룰로오스는 질산과 황산의 혼합물로, 간단하게 종이의 글씨를 보이지 않게 만들 수 있었다. 제대로 공부한 화학과 학생이라면 누구나 이 실험을 해봤을 것이다.

에이버리는 윈 대법관이 마법의 불꽃 종이라고도 알려진 방식으로 써놓은 문서를 읽었다. 맨 위에는 '다 읽고 난 뒤 소각 요망'이라고 쓰여 있었다. 그리고 그 밑으로 글자와 숫자, 기호들이 가득 나열되어 있었다. 에이버리는 그 종이를 가만히 응시하며 기억에 남긴 뒤, 다시 신중하게 휴대전화로 사진을 찍었다.

e4c5Gf3d6Ob5+Od7oxd7+Vxd7c4Gc6Gc3Gf6oog6d4cxd4Gx
d4Og7Gde2Ve6!?Gd5Vxe4Gc7+Rd7Gxa*Vxc4Gb6+axb6Gc3H
a8a4Ge4Gxe4Vxe4Vb3f5Og5Vb4Vf7Oe5h3Hxa4Hxa4Vxa4Vxh
7Oxb2Vxg6Ve4Vf7Od4Vb3f4Vf7Oe5h4b5h5Vc4Vf5Ve6Vxe6+
Rxe6g3fxg3fxg3b4Of4Od4Rhi!b3g4Rd5g5e6h6Ge7Hdie5Oe3R
c4Oxd4exd4Rg2b2Rf3Rc3h7Gg6Re4Rc2HhiRf5bi=VHxbiRxbi
Rxg6d2h8=Vdi=VVh7b5?!Rf6+Rb2Vh2=RaiVf4b4?Vxb4Vf3+Rg
7d5Vd4+Rbig6Ve4Vgi+Rb2Vf2+RciRf6d4g7i−o

원 대법관은 탐정소설이라도 되는 양 다 읽고 나서 소각하라고 한 종이에 이렇게 말도 안 되는 내용을 타자로 쳐놓았다. 에이버리는 한 손에 종이를 들고, 다른 손으로 라이터를 들었다.

지난 24시간 동안의 불합리함에 딱 들어맞는 편집증적인 지시였다. 순간 제이미 루이스의 시신이 머릿속에 떠올랐다. 에이버리는 종이를 구겨 라이터로 불을 붙였다. 그리고 옆에 놓여 있던 탁자 위에 불붙은 종이를 내려놓았다. 그 즉시 그 종이에 적힌 암호는 불길 속에 사라져버렸다.

"첫 번째 임무 완료."

그다음엔 어떤 일이 일어날지 생각하며 에이버리는 다시 금고 안에 파일과 라이터를 집어넣었다. 그런 다음 검은색 파일을 꺼내 펼쳤다. 에이버리는 호기심에 가득 찬 채 파일의 목차를 살폈다. 회사명이 나열되어 있었다.

히게이아. 젠 워크스. 아드바르. 르마르 제약. 겐에이 바이오서비스……

전부 아홉 개였다. 안에 들어 있는 서류들은 회사순으로 주제별 색인에 따라 정리되어 있었다. **재무제표. 상품. 특허.** 마지막 항목이

자금 출처였다. 전부 다는 아니지만, 몇몇 회사가 윈 대법관의 지시로 조사했던 곳이라는 것을 알아차렸다. 어떤 파일에는 서류들이 한두 장 들어 있을 뿐이었고, 그 외 다른 파일에는 훨씬 많은 서류들이 들어 있었다.

에이버리는 내용들을 살펴보다가 습관적으로 세부 사항들을 분류했다. 윈 대법관은 회사들의 국적에 주목했다. 미국, 영국, 중국, 인도. 에이버리는 정보의 차이가 국적이 원인이라는 것을 알아차렸다. 중국 회사들은 경제를 개방했음에도 철옹성처럼 막혀 있었고, 인도 회사들의 경우에는 기업 공개가 아직 이루어지지 않은 상황이었다.

에이버리는 빽빽하게 적혀 있는 사항들을 살펴보면서 누가 이 자료들을 모았을지 궁금했다. 윈 대법관이 뭔가를 직접 조사하는 경우는 드물었다. 브루어에게 맡긴 게 아니라면 이 자료들을 모은 사람은 윈 대법관 본인일지도 모른다는 의심이 들었다. 에이버리는 수백 페이지에 달하는 자료들을 넘기면서 그 정보를 얻은 날짜와 분량에 깜짝 놀랄 수밖에 없었다.

그 순간 갑작스럽게 뭔가 휙 하며 휘두르는 소리가 들렸지만, 에이버리가 알아차리고 대응하기엔 이미 늦은 상황이었다. 그 소리를 제대로 듣기도 전에 머리가 고통의 천연색 만화경 속에서 폭발하는 것 같았다. 에이버리는 자신의 무릎이 꺾이는 것을 느꼈다. 자신을 공격한 사람의 모습을 어렴풋이 보면서 그대로 의식을 잃었다. 누군가의 말소리가 흐릿하게 들렸다.

"대장, 여자가 쓰러졌습니다."

몇 분 뒤, 남자가 다른 집에서 보이지 않게 뒷문을 통해 안으로 들어왔다. 나머지 부하들 역시 재빠르게 집 안에 들어왔다. 모두 이삿짐센터 직원처럼 옷을 입고 있었다. 그가 큰 소리로 명령을 내리자 부하들은 여느 때와 마찬가지로 즉각 이행했다.

"계속해서 주변을 경계해라. 어머니 쪽엔 카스티요를 보낸다. 실수들 하지 말고."

"알겠습니다." 건장한 부관이 그의 총을 바꿔주었다.

남자는 마지못해 에이버리의 몸을 넘어가 열려 있는 금고에 손을 내밀었다. 여자가 대중의 관심을 끄는 바람에 영구적인 제거가 힘들어졌다. 그래서 그는 여자를 죽이는 대신 미행하면서 지켜보기로 결심했다.

남자는 금고 안에서 벨벳 상자 안에 들어 있는 여성용 다이아몬드 반지와 결혼반지, 백금 세공으로 사파이어가 매달려 있는 형태의 귀걸이, 천연 광택으로 빛나는 진주 목걸이를 발견했다. 그는 애초에 물건들을 훔칠 생각으로 가져왔던 가방에 금고에 들어 있던 보석과 현금을 집어넣었다. 이제 금고 안에는 텅 빈 파일과 라이터가 남아 있었지만, 아무 가치가 없는 싸구려로 보였다.

남자는 바닥에 떨어져 있던 검은색 파일까지 배낭 속에 집어넣은 뒤 에이버리 옆에 놓여 있던 가방을 집어 들었다. 가방 안에는 접힌 종이 한 장이 들어 있었다. 남자는 휴대전화를 꺼내 그 종이에 적혀 있던 경보 장치 해제 비밀번호와 금고 비밀번호, 수수께끼 같은 VGC 비밀번호를 사진으로 찍었다. 시간을 확인해보니 에이버리가 곧 깨어날 시간이었다. 남자는 에이버리의 가방 안에서 휴대전화를 꺼냈다.

"7분 뒤에 여기서 나간다." 금고 문을 닫고, 에이버리의 가방에 들어 있던 종이를 배낭에 쑤셔 넣으며 남자가 말했다. "이게 무슨 상황인지 여자가 궁금해할 거야. 강도가 든 것처럼 위장한 뒤에, 처음 위치에서 만난다."

"저희가 알아서 하겠습니다."

그는 에이버리의 휴대전화를 부하에게 건넸다. "이 휴대전화를 복사해. 저들은 이 여자가 무슨 일을 하는지, 어디에 가는지, 누구와 이야기하는지 전부 다 알고 싶어 하니까."

"알겠습니다."

남자는 그곳을 떠났다. 지시사항들은 부하들이 확실히 이행할 것이다. 그는 차를 몰고 가면서 암호화된 전화를 걸었다.

상대가 바로 전화를 받았다. "어떻게 됐나."

"그 문제에 관련된 파일과 자료들을 가져왔습니다. 대법관이 제대로 짚었더군요."

"얼마나 많이 알고 있는 것 같은가?"

"우리가 생각했던 이상으로 많이 알고 있는 것 같습니다. 하지만 대법관은 아무한테도 말하지 않았습니다. 오늘 밤만 지나면 저 여자가 뭘 알고 있는지 알아낼 수 있을 겁니다. 가능한 한 빨리 마무리 짓도록 하겠습니다."

"그래야 할 거야. 이젠 시간이 없으니까 말이지."

22

갑작스럽게 정신이 들었다. 에이버리는 욱신거리는 머리에 손을 올리며 칼을 꺼내들었다. 눈앞이 빙글빙글 돌았다. 에이버리는 정신을 차리려고 애를 썼다. **여기가 어디지?**

공포가 밀려왔지만 애써 두려움과 불안함을 밀어냈다. 그녀는 숨을 헐떡거리면서 산소를 들이마셨다.

정신 차려. 에이버리는 자신을 다그쳤다. **여기가 어딘지 기억해봐.**

기억의 조각들이 흩어진 채 제자리로 돌아가기를 거부하고 있었다. 변호사를 만났다. 뉴스를 봤다. 금고를 열었다. 로즈버러 대법원장의 집무실에 서 있었다. 휙 하는 소리와 귀가 멀 정도의 엄청난 균열. 에이버리는 손가락 끝으로 머리 뒤쪽에 부풀어 오른 혹을 확인했다. 누군가 자기 머리를 내리쳤다. **아주 세게.**

에이버리는 양 무릎을 세우고 그 위에 턱을 받쳤다. 도망가야 할지도 모른다는 생각이 머리를 스쳤지만 그대로 가만히 있었다. 이 시점에서 누군가 그녀를 해치고 싶었다면 이미 그렇게 했을 것이다. 에이버리는 이렇게 가만히 앉아 어떻게 된 일인지를 되짚어보는 편이 나을 거라고 생각했다.

사방에 책들이 꽂혀 있었다. 윈 대법관의 서재였다. 대법관 밑에서 일하는 동안 회기가 시작될 때마다 이 방에서 칵테일을 마셨다. 카펫이 깔린 바닥 위에 책이 여러 권 흩어져 있었다. 에이버리가 금고를 열기 전에 뽑았던 책들이었다.

그녀는 비틀거리면서 자리에서 일어났다. 움직일 때마다 욕지기가 올라왔지만 무시했다. 금고 앞으로 가보니 문이 닫혀 있었다. 떨리는 손으로 다시 비밀번호를 입력했다. 안이 텅 비어 있었다. 억장이 무너지는 기분이었다. 현금과 보석상자가 없어졌다. 더 나쁜 건 그녀가 맡은 임무의 단서들과 검은색 파일 역시 없어졌다는 것이다.

윈 대법관의 집에 강도가 들었다. 에이버리는 재빨리 움직여 가방을 들고 비밀번호들이 적혀 있던 종이를 찾았다. 그 종이 역시 없어졌다. 강도들이 에이버리를 따라 이 집에 들어와 윈 대법관의 물건들을 훔치고, 에이버리의 가방도 뒤졌다. 에이버리는 자기 잘못이라고 생각했다. 가방 안에 손을 집어넣은 채로 카펫 위에 주저앉았다.

만일 문을 잠갔더라면, 경보 장치를 다시 켰더라면, 강도들은 들어오지 못했을 것이고, 물건들을 가져가지도 못했을 것이다. 그녀는 얻어맞은 머리를 아래로 숙이고, 고통보다 더 큰 후회로 눈을 꼭 감았다. 실패 이틀째. 윈 대법관이 원하는 것이 무엇인지, 자기가 어째서 여기에 있는 건지 알아내지 못한 또 다른 날.

만일 에이버리에게 분별력이 있다면 지금 당장 신용카드 한 장만 들고 안티구아행 비행기를 탈 것이다. 회기가 끝날 때까지 남의 눈에 띄지 않을 것이다. 에이버리는 손가락으로 지갑을 한참 쓰다듬었다. 일곱 시간 안에 해변에서 비키니를 입고 있을 수도 있었다.

지갑!

에이버리는 손가락으로 지갑을 움켜잡은 뒤 가방 밖으로 꺼냈다. 지갑 안에는 신용카드와 직불카드, 얼마 안 되는 현금이 그대로 남아 있었다. 번호가 적혀 있는 종이를 훔쳐가면서 지갑은 놔두고 가는 도둑이 대체 어디 있단 말인가?

에이버리는 다시 한번 주의 깊게 서재를 둘러보았다. 금고에 들어 있던 물건들은 없어졌지만 윈 대법관의 책상에 놓여 있던 골동품 시계는 그대로 놓여 있었다. 저쪽 벽에 걸려 있는 비싸 보이는 유화 역시 그대로였다. 강도는 현장을 잘 꾸며놓았지만, 그 종이를 훔쳐간 건 아무래도 어울리지 않았다. 재물을 목적으로 강도 짓을 한 게 아닌 경우라면 또 몰라도.

에이버리는 자리에서 일어나 휴대전화로 전화를 걸었다. "재러드, 지금 당장 만났으면 해요."

그녀는 가방을 어깨에 메고 서둘러 현관문으로 향했다. 경보 장치를 다시 설정한 뒤 문을 잘 잠갔다. 이 집의 경비 시스템을 재설정하기 전에 경보 장치 비밀번호를 아는 누군가가 다시 들어올 수도 있겠지만, 에이버리는 그들이 이미 원하는 것을 가져갔다는 것에 이 집에 있는 물건들을 전부 다 걸 수도 있었다.

"위스콘신 34번가에 있는 스타벅스에서 만나요."

상대방의 대답도 기다리지 않고 에이버리는 전화를 끊었다. 그리고 높은 굽의 구두와 딱 달라붙는 치마에 신경 쓰지 않은 채 거리를 뛰어갔다.

머리를 얻어맞기 전에 봤던 파일에 들어 있던 서류 몇 장은 머릿속에 남아 있었다. 아주 긴 시간은 아니었지만 에이버리가 본 것을 기억하기엔 충분한 시간이었다. 세계 각국에 있는 회사들. justicewon@ariesworld.com, tigrislost@gmail.com 같은 이메일 계정의 사용자 이름. 그리고 태워버린 뒤죽박죽인 암호.

에이버리는 복잡한 거리를 달리면서 두 번째 전화를 걸었다. "노아, 에이버리 킨이에요. 지금 바쁜가요?"

"무슨 일 있어요? 필요한 게 있나요?"

"조지타운에서 만날 수 있을까요?" 그녀는 거리를 가득 메운 시민과 관광객 무리를 몸으로 밀면서 지나가느라 숨이 찼다. "지금 당장 여기로 와준다면 정말 고마울 거예요."

"물론이죠…… 갈게요. 지금 괜찮은 거죠?"

"아뇨. 안 괜찮아요." 에이버리는 지나갈 틈도 없이 모여 있는 보행자들을 어깨로 밀며 지나갔다. "노아, 다른 사람들한테는 행선지를 밝히지 말고 와주세요. 부탁할게요."

"경찰에 신고할까요?"

"아무한테도 말하지 말고, 그냥 와주세요."

전화를 끊은 뒤, 에이버리는 사람들로 붐비는 스타벅스로 들어가 빈자리를 찾았다. 소파와 의자가 놓인 구석 자리가 비어 있었는데, 그전에 앉았던 사람들이 버리고 갔는지 갈색 봉투와 다 쓴 냅킨 뭉치가 놓여 있었다. 에이버리는 그 자리로 가서 소파에 몸을 파묻었다.

재러드와 노아에게 전화를 건 것은 위험한 일이었지만 대안이 없었다. 두 사람은 그녀에게 꼭 필요한 정보를 가지고 있었다. 신뢰는 자립보다 비싸지만, 에이버리는 지금 궁지에 몰려 있었다. 윈 대법관은 자기 아들과 변호사를 제외하고는 확실한 아군을 남겨주지 않았다.

에이버리는 재러드 윈에 대해 잘 모르지만, 그는 그녀에게 도움이 될 만한 컴퓨터 기술을 가지고 있었다. 노아는 윈 대법관의 책략을 누구보다 잘 이해하고 있었다. 적어도 그는 에이버리가 윈 대법관의 전략을 알아차리기 전에 교도소에 들어가는 일은 없게 해줄 것이다. 불안해서 그냥 앉아 있을 수 없었던 에이버리는 주문대로 향했다.

"화이트 초콜릿 모카 프라푸치노 한 잔 주세요. 그런데 사이즈로요." 에이버리는 두개골 바닥에 구멍이라도 날 것처럼 신경이 곤두섰다. "그냥 벤티 사이즈로 주세요. 휘핑크림 추가해주시고요."

바리스타가 에이버리의 주문을 받는 동안 에이버리는 그 집에 접근할 수 있는 사람이 누구일지 생각했다. 어쩌면 그녀를 따라온 게 아닐 수도 있었다. 그들이 먼저 집 안에 있었을지도 모른다. 에이버리를 기다리면서.

"성함은요?"

"설레스트." 에이버리는 머릿속에 막 떠오른 이름을 중얼거렸다.

"저, 고객님?"

에이버리가 눈을 깜박거렸다. "네?"

"성함을 여쭤봤는데, 제가 대답을 제대로 못 들었어요." 바리스타가 종이컵과 펜을 들어 올렸다. "설스트라고 적으면 될까요?"

"설스트요? 아, 아니에요. 에이버리예요."

10대로 보이는 바리스타는 에이버리를 이상하게 쳐다보더니, 종이컵에 이름을 적고 영수증을 건네주었다. "음료가 완성되면 이름을 부를게요. 좋은 하루 보내세요."

에이버리는 옆으로 비켜서며 머리에 난 혹을 문지른 후 중얼거렸다. "이미 그른 것 같은데."

스타벅스에 새로운 손님이 들어왔다는 종소리가 울렸다. 무심코 그쪽을 쳐다본 에이버리는 경악하며 눈을 크게 떴다. FBI 특수요원 로버트 리가 입구에 선 채 가게 안을 둘러보고 있었다.

에이버리는 그가 떠날 때까지 여자 화장실에 숨어 있을까 생각하다가 이내 도망가지 않기로 마음먹었다. 숨을 몰아쉬고, 그 앞으로 다가간 에이버리는 리 앞에 우뚝 서서 고개를 치켜들었다.

"리 요원."

"킨 씨, 혼자 있습니까?"

"이미 답은 알고 있을 텐데요."

"당신이 누군가를 만나러 이곳에 들어왔을 거라고 생각했습니다." 리는 그늘진 눈으로 스타벅스를 둘러보았다. "바람이라도 맞았나요?"

"누구한테요?"

"재러드 윈이요."

"아이스 화이트 모카 나왔습니다!" 바리스타가 소리쳤다.

"내 커피 나왔네요. 실례할게요." 에이버리가 몸을 돌리자 리가 그녀의 팔을 붙잡았다. 에이버리는 자신을 붙잡은 리의 손을 쳐다보다가 고개를 들어 시선을 마주했다. "지금 체포하는 건가요?"

리는 고개를 저었다. 하지만 팔을 붙잡은 손을 놓지 않았다. "당신한테 꼭 해야 할 말이 있어요."

"날씨에 관한 얘기가 아니라면, 미리 조언하건대 영장부터 가져와야 할 거예요." 에이버리는 상대방을 무시하며 자신의 팔을 붙잡고 있는 손을 떼어냈다. 잠시 자신을 공격한 사람이 리 요원이 아닐까 하는 생각이 들었지만, 그 생각은 이내 떨쳐버렸다. FBI 요원이 그녀의 머리를 내리칠 필요는 없었다. 그냥 집 안에 들어가겠다는 영장만 청구하면 되니까.

에이버리는 돌아서려다가 멈췄다. 누구 짓인지 리 요원이 알 수도 있었다. "언제부터 날 미행했죠?"

그는 에이버리의 어깨 너머를 흘깃 쳐다보았다. "난 그런 정보를 공개할 의무가 없습니다. 킨 씨도 잘 알고 있을 텐데요."

"맞아요. 그럴 필요가 없죠. 하지만 당신이 나한테서 아주 조금이라도 협조를 얻고 싶다면 대답하는 것도 나쁘진 않을 거예요." 에이버리의 음료가 완성되었다는 소리가 다시 들렸다. "저쪽 자리에 가서 앉아 있어요."

에이버리는 천천히 주문대로 걸어가 주문한 음료를 받은 뒤 한 모금 마셨다. 처음 흡입하는 카페인은 정맥주사의 정밀도로 혈관을 두드렸다. 에이버리는 여전히 딱딱한 표정인 리 요원이 앉아 있는 자리로 갔다.

"아마 법원에서 라우리 키너먼 법률회사, 거기서 다시 대법관님의 집까지 쫓아온 것일 테죠."

"난 당신을 쫓아온 게 아닙니다." 리 요원이 손을 내밀어 에이버리에게 자리를 권했다. "원 대법관 자택에 경보 장치가 울렸다는 연락을 받았습니다. 당신이 경보 장치를 해제하자마자 경비 회사에서 연락이 왔죠."

"하지만 그쪽에 부하들을 보내진 않은 거죠?"

"그런 적 없습니다만?"

그 말은 에이버리를 공격한 자들의 정체를 아는 사람이 아무도 없다는 뜻이었다. 리 요원은 강도에 대해 알지 못했다. 에이버리는 고개를 들어 리를 쳐다보았다.

"그렇다면 무슨 일로 여기 온 거죠?"

"당신이 정신없이 그 집에서 나왔잖아요…… 마치 공황 상태에 빠진 사람처럼 말입니다." 리는 에이버리의 반응을 기다렸다. "무슨 일이 있었습니까?"

그 말을 듣자, 에이버리는 두통이 다시 심해졌지만 아무 일 아닌 것처럼 대답했다. "그냥 그 집에 가서 볼일 보고 나온 거예요."

리 요원이 한숨을 쉬었다. "그렇다면 다른 식으로 물어보죠. 그 집 안에서 뭘 찾아낸 건지 말해봐요."

"그냥 한번 둘러본 거예요." 에이버리가 대꾸했다.

"좋습니다. 질문에 대답하고 싶지 않으면 그냥 내 말을 들어요." 리 요원이 천천히 주위를 살폈다. 그의 시선이 스타벅스에 있는 사람들의 얼굴을 훑고 지나갔다. "킨 씨, 나한테는 당신이 위험에 처해 있다고 생각할 만한 충분한 근거가 있습니다."

에이버리가 싱긋 웃었다. "내가 위험에 처해 있다고요? 오늘 아침에 난 돈을 받고 사람을 죽였을지도 모르는 잠재적 범죄자였어요. 요원님 이론은 다시 세울 필요가 있을 것 같네요."

"난 여전히 당신한테 혐의가 있다고 생각합니다. 하지만 당신이 위험에 처할 가능성이 있다는 점 역시 배제하진 않고 있어요. 만일 루이스 부인의 죽음과 아무 관계가 없다면 당신은 범인과 반대편에 서 있게 되는 겁니다. 난 당신이 다음 표적이 될까 봐 걱정돼요." 리 요원이 대답했다.

"누구한테 말인가요?"

"대법원이 판결을 내릴 사건에 속해 있는 사람들 중 누군가요." 리 요원이 간단하게 대답했다. "당신은 엄청난 권력을 갖게 됐어요. 원 대법관과 가장 가깝게 있었던 사람 중 하나가 이미 죽었죠. 킨 씨는 원 대법관의 목숨을 제거하고 대법원에서 자리를 잡을 능력을 갖게 됐습니다. 지금까지 사람들은 그보다 못한 이유로도 죽었어요."

"난 원 대법관님을 죽이지 않을 거예요. 제이미 루이스도 해치지 않았고요. 내가 원하는 건 대법관님이 원하는 게 뭔지 알아내는 것뿐이에요." 에이버리가 반박했다.

"그럼 그 돈은 뭡니까? 우연인가요?"

"네." 에이버리는 거짓말을 했다. 그 말을 믿는 사람은 없었다.

리 요원은 더 이상 진전이 없으리라는 것을 깨닫자 자리에서 일어났다. "난 그 문제에 있어선 관여하지 않을 겁니다. 내 일은 대법원을 포함, 사법 체계를 수호하는 거니까요."

"그런 지시를 내린 사람이 누구죠?"

"법무장관이죠." 리는 주머니에 수첩을 집어넣은 뒤 명함을 꺼냈다. "내 도움이 필요하면 연락해요."

"지금 당장 원 대법관님 자택의 지난 6개월간 통화 내역을 구해 준다면 도움이 될 텐데요."

"경찰 드라마라도 본 겁니까?"

"아뇨. 전에 볼티모어 지방 판사 밑에서 서기로 일한 적이 있어요. 거기서 피고들의 통화 내역과 지역 사용 데이터의 합법성에 이의를 제기한 사례들을 많이 다뤘죠."

"좋아요. 그렇다면 그걸 알아내기 위해서는 법원 명령이 필요하다는 것도 알겠네요."

"난 원 대법관의 법적 후견인으로서 요구한 거예요. 사생활 침해나 영장 같은 건 걱정할 필요가 없죠. 날 도와주고 싶다고 하셨잖아요."

"잘 모르겠군요."

"됐어요." 에이버리는 상대를 경멸하는 눈으로 쳐다보며 말했다. "나를 체포하지 않았더라도, 나를 해고시키려는 사람의 도움 같은 건 필요 없어요."

"동시에 당신을 살리려고 애쓰는 사람이기도 하니까 이건 받아 가요." 리가 테이블에 명함을 내려놓았다. "이런 것밖에 못하지만, 난 당신 적이 아닙니다. 하지만 진짜 적이 누군지 당신 스스로 생각해볼 순 있겠죠."

리 요원은 입구 쪽으로 걸어가다가 에이버리를 돌아보았다.

"지금 당신 머리가 어떤 모양인지 다른 사람한테 물어봐요."

에이버리는 리가 스타벅스를 나갈 때까지 그 자리에 가만히 앉아 있었다.

20분 뒤, 노아가 스타벅스에 들어왔다.

"에이버리? 연락받고 바로 달려온 거예요. 괜찮은 건가요?"

"지금은요." 에이버리가 흘깃 창밖을 내다보며 말했다.

"기다리는 사람 있어요?"

"재러드 윈이요."

"재러드? 다행이네요."

에이버리는 누군가에게 말해야만 했기에 나지막한 목소리로 덧붙였다. "윈 대법관님 집에서 공격을 당했어요. 누군가 뒤에서 내 머리를 내리치고 금고 안에 있는 물건들을 다 훔쳐갔어요."

"공격을 당했다고요? 괜찮은 겁니까? 경찰에 신고했어요?" 노아가 경악한 표정으로 쳐다보았다. "그 일이 윈 대법관님의 아들과 관계있다고 생각하는 거예요?"

에이버리가 힘없이 미소 지었다. "몸은 머리가 아픈 것 빼고는 괜찮아요. 경찰에 신고는 하지 않았어요. 그리고 재러드는 이번 일과 아무 관계가 없다고 생각해요. 하지만 재러드한테 범인을 밝혀내는 데 도움이 될 만한 정보가 있을 수도 있어요."

"범죄를 밝혀내는 일을 하는 사람들이 있죠. 그런 사람들을 경찰이라고 해요."

"이번 일에 경찰을 끌어들이고 싶지 않아요." 그녀의 말에 노아가 반박하려고 하자 에이버리는 고개를 젓다가 하마터면 신음이 나올 뻔했다.

"그럼 의사한테라도 가요."

"머리에 혹 난 것 정도로요?" 에이버리는 그 제안도 거절했다. 머리가 부풀어 터지지 않는 한 병원 근처에도 갈 생각이 없었다. "간호사가 주는 아스피린을 먹고 잠을 잘 자라는 소리나 들으려고 응급실에서 몇 시간을 보낼 생각은 없어요."

"뇌진탕일 수도 있잖아요." 노아가 앞으로 다가와 에이버리의 동공을 살폈다. "어지럽거나 시야가 흐릿하진 않아요?"

"전혀요, 의사 선생님. 졸리지도 않고, 정신이 몽롱하지도 않아요." 에이버리가 얼굴을 찡그리며 말했다.

"하지만 기분이 안 좋은 것처럼 보여요." 노아는 허락도 받지 않고, 손으로 에이버리의 뒷목을 잡더니 고개를 앞으로 숙이게 만들었다. "대학에 다닐 때 응급구조사 일을 했어요. 상처를 보여줘요."

에이버리가 고개를 앞으로 숙이자 아래로 흘러내린 머리카락이 얼굴을 가렸다. "맘대로 해보세요."

"당신이 잘했다는 것처럼 보이네요." 노아가 부풀어 오른 부위를 손가락으로 조심스럽게 눌렀다. 찢어진 두피에 피가 말라붙어 있었다. "가늘고 딱딱한 물체로 내리친 것처럼 보여요. 어쩌면 총부리일 수도 있겠어요."

"느낌으로는 총 전체로 내리친 것 같았는데." 에이버리가 나지막한 목소리로 중얼거렸다. "영구적인 손상이 있을까요?"

"그건 나도 모르죠." 노아가 에이버리의 머리를 놓아주고 다시 초점이 맞는지 동공을 확인한 뒤에 소파에 기대앉았다. "이제 어떻게 할 거예요?"

"윈 대법관님이 당신한테 금고를 보여주신 적이 있나요?"

노아가 말도 안 된다는 표정으로 에이버리를 쳐다보았다. "전 그 집에 딱 한 번 들어가봤어요. 그것도 현관까지만. 훔쳐간 게 뭐죠?"

"보석, 현금, 정보들이 가득 담긴 서류들이요." 에이버리는 고개를 젓다가 바로 후회했다. "일단 그 정보들을 모은 사람이 누군지 알아낼 생각이에요. 제가 모았던 것보다 훨씬 많이 모았더군요."

"법원 동료 중 하나가 아닐까요?"

"그건 아닌 것 같아요." 에이버리는 선택의 여지를 없애며, 목 뒤의 뭉친 부분을 주물렀다. "그 서류에 담긴 내용은 여러 회사에 관련된 정보였어요. 우리가 다루는 사건 중에 스토크스 대통령에 맞서는 젠 워크스 건이 있긴 하지만, 그 서류들 중에는 소송과 관련 없는 회사들에 관한 정보들도 있었어요. 혹시 윈 대법관님을 위해 자료를 모아주신 적은 없나요? 비공식적으로 말이에요."

"윈 대법관님은 직접 작성한 유언장들을 수정해야 하는 일에서조차 저를 믿지 못하셨어요." 노아가 몸을 앞으로 내밀더니 속삭이는 것처럼 목소리를 낮췄다. "한 번만 더 물어볼게요, 에이버리. 지난 6년간 전 엄청난 부자들을 대리하는 신탁 자산 변호사로 일했어요. 수백만 달러의 돈을 물려받을 가능성이 있으면 사람들은 미친 짓들을 해요. 신문 보도대로라면, 당신은 재러드 윈과 친한 사이인 거죠?"

에이버리의 표정이 굳어졌다. "재러드가 범인이라면 내가 아니라 윈 대법관님을 공격해야죠."

"당신이 재러드와 그 사람이 물려받을 유산 사이에 서 있는 사람이라는 것을 제외하면 그렇죠. 이미 그 소식이 다 퍼졌어요, 에이버리. 재러드는 당신이 윈 대법관님의 생명 유지 장치를 떼어낼 경우 자기가 모든 유산을 다 물려받게 된다는 것을 알고 있어요."

"변호사님이 알려주셨죠. 재러드가 이미 어머니로부터 1000만 달러의 유산을 물려받았다고 말이에요. 그런 재러드가 나를 따돌리겠다고 감옥에 갈 위험까지 감수한다는 건 말도 안 돼요."

그 순간 누군가가 소파 맞은편에 있던 의자에 앉았다.

"믿어줘서 고마워요." 재러드가 에이버리를 쳐다보며 은근슬쩍 말했다. 그리고 노아를 흘끗 쳐다보았다. "이 사람은 누구죠?"

"아버님의 변호사예요. 내가 와달라고 부탁했어요." 에이버리가 대답했다.

재러드는 노아가 에이버리의 남자친구가 아니라는 사실에 안도했다. 하지만 그 안도감은 순식간에 사라졌다.

"나하고 이야기를 할 때 판사님의 변호사는 필요 없어요. 에이버리, 내 변호사를 부를까요?"

에이버리는 그 제안을 거절했다. "그럴 필요 없어요. 두 분을 부른 건 정보가 필요하기 때문이에요. 그것도 가능한 한 빨리 말이에요. 재러드, 조금 전 아버님 집에 있다가 누군가한테 공격당했어요. 그자가 대법관님의 금고에 들어 있던 물건들을 다 훔쳐갔어요." 에이버리는 커피를 한 모금 마신 후 말을 이었다. "그 물건들을 훔치고 싶어 하는 사람이 누굴까요?"

"설레스트." 두 사람이 동시에 대답했다.

노아가 의심스럽다는 듯 재러드를 쳐다보았다. "재러드가 지금 당신을 속이고 있는 게 아니라면 그럴 이유를 가진 사람은 설레스트예요. 설레스트는 윈 대법관님의 유언 내용을 알아내기 위해 필사적이니까요."

"나도 설레스트라고 생각했어요. 하지만 설레스트가 날 공격한다면 깡패가 아니라 변호사를 이용할 거예요. 게다가 그 사람은 그 집의 경보 장치 비밀번호나 금고 비밀번호를 알고 있을 가능성이 높아요. 설레스트라면 그 자료들을 언제든 가져갈 수 있으니까요." 에이버리는 재러드에게 다음 질문을 했다. "윈 대법관님은 여러 회사에 관련된 자료들을 모아놓으셨어요. 그 회사 이름들을 보니 그중 일부는 유전공학과 관련이 있는 회사들인 것 같았어요. 젠 워크스와 아드바르 이외에 다른 회사들도 있더군요. 윈 대법관님이 당신을 만나러 갔을 때 그 파일을 가지고 있었나요?"

그 질문에 기억이 떠오른 듯 재러드가 천천히 고개를 끄덕였다. "맞아요. 두꺼운 검은색 파일을 가지고 있었어요." 그렇게 대답한 뒤에 그는 욕설을 내뱉었다.

"왜 그래요?" 에이버리가 물었다.

"그때 판사님이 내게 뭔가 보여주고 싶다고 했어요. 하지만 내가 거절했죠."

"그 내용이 뭔지 말씀해주시던가요?" 노아가 끼어들었다.

"그건 술집에서 만났던 밤에 있었던 일이에요. 그 뒤로는 그 파일을 다시 가져오지 않았어요." 재러드가 잠시 말을 멈췄다가 다시금 욕설을 내뱉었다. "심지어 난 쳐다보지도 않았고."

23

"괜찮아요, 재러드. 우리한텐 시작점이 있으니까." 많지는 않지만, 에이버리에겐 빵 부스러기가 있었다. "금고 안에 두 번째 파일이 있었어요."

노아가 한 손을 들었다. "금고 이야기를 하기 전에, 이 모임을 당신이 법적 후견인을 그만두지 않겠다는 의미로 받아들여도 될까요? 제 사무실을 나설 때까지만 해도 확실하지 않은 것처럼 보였거든요."

에이버리가 입술을 깨물었다. "서류에 서명을 했잖아요."

"서명했다고 해도 깨면 그만이니까요. 에이버리, 우리 둘 다 아는 사실이죠."

재러드가 에이버리를 보며 얼굴을 찌푸렸다. "법적 후견인을 그만두려고 했다고요? 어젯밤에만 해도 아무 말 없었잖습니까."

"어젯밤에는 기자들이 집 앞까지 몰려오지도 않았고, 휴대전화 메시지를 1000개 넘게 받지도 않았으니까요." 에이버리가 방어적으로 말했다. "또 낯선 사람이 전화로 50만 달러를 주겠다는 제안도 없었고."

"뭐라고요?" 재러드가 물었다.

에이버리는 침착하게 대법원장에서의 일과 아침에 받았던 전화에 대해 설명했다. "그러니 내가 어떻게 하고 싶은 건지 확신이 없었던 것에 대해선 양해 바랄게요. 오늘 노아와 함께 그 대안을 의논하면서 로즈버러 대법원장님이 후견인을 맡아주시면 좋지 않을까 의견을 냈었죠."

"내가 하면 되잖아요?"

"그건 안 됩니다. 아버님께서는 자신의 법적 후견인으로 에이버리 아니면 터너 원 부인을 지정했으니까요. 다른 사람은 할 수 없습니다." 노아가 대답했다.

"그러니까 판사님이 자기를 보살피는 사람으로 나는 안 된다고 했다는 말인가요?" 아무도 대답하지 않자 재러드가 중얼거렸다. "당연히 그랬겠죠."

"나를 억지로 붙잡아놓으려고 그러신 거예요, 재러드. 다른 뜻은 없어요."

재러드는 어두운 표정으로 에이버리를 한참 처다보았다. "그래서 당신은 판사님을 위해 후견인 자리를 맡겠다는 건가요? 낯선 사람에게 공격당하고, 언론에 시달리면서?"

"네."

"왜요?"

"원 대법관님이 부탁하신 일이니까요." 에이버리는 자세한 설명을 하지 않고 화제를 돌렸다. "혹시 VGC가 뭔지 아시나요?"

"VGC요? 처음 들어보는데요." 노아가 말했다.

에이버리는 재러드를 쳐다보았다. "VGC 아세요? 아버님으로부터 들은 적 없어요?"

재러드는 그 머리글자를 곰곰이 생각해보더니 고개를 저었다. "아뇨, 잘 모르겠어요. 무슨 뜻이죠?"

"두 분 중에 아는 분이 있을 줄 알았는데."

에이버리는 답답한 마음으로 소파에 몸을 기댔다.

"노아가 건네준 봉투에 들어 있던 비밀번호 목록 중 하나예요." 에이버리는 머릿속으로 온갖 가능성들을 떠올리면서 설명했다. "첫 번째는 저택 경보 장치를 해제하는 비밀번호고, 두 번째는 금고 비밀번호였어요. 세 번째 줄에 VGC의 비밀번호가 나와 있었죠. 법원에는 그 머리글자에 해당되는 게 없고, 은행 이름 같지도 않아요. 이게 뭔지 알아내야 할 것 같아요."

"그 종이를 볼 수 있을까요?" 재러드가 나지막이 물었다.

"아뇨."

"이봐요." 재러드가 입을 꾹 다물었다가 열었다. "맹세컨대 난 당신을 공격하지 않았어요. 그 종이에 적혀 있는 비밀번호를 훔칠 생각도 없고요." 재러드가 얼굴을 가까이 들이대며 에이버리의 눈을 똑바로 쳐다보았다. "분명히 말하지만, 난 판사님 집에 있는 것들에 대해선 관심 없어요. 지금도 그렇고 앞으로도 그럴 거예요."

"그런 뜻이 아니에요. 당신한테 보여줄 수 없다는 건 날 공격한 사람이 그 종이를 훔쳐갔기 때문이에요."

"그러니까 우리한텐 그 암호가 없고, 그 암호로 무엇을 열 수 있는지도 모른다는 말이군요." 재러드가 요약했다. "VGC가 무엇인지 알아낼 방법도 없고."

"사실 그 비밀번호가 뭔지는 알고 있어요." 두 남자가 기대에 찬 표정으로 에이버리를 쳐다보았다. 에이버리는 모호하게 설명했다. "내가 기억력이 아주 좋거든요. VGC가 뭔지만 알아낸다면 그걸 열어볼 수 있어요."

"아까 우리한테 시작점이 있다고 했죠?" 재러드가 회의적인 표정을 숨기지 않은 채 물었다. "아니면 어림짐작으로 시작해야 하는 건가요?"

"어느 정도는 양쪽 다라고 해야겠네요." 에이버리가 솔직하게 털어놓았다.

사실 그건 말을 하면서 생각한 계획이었다. 마약 중독자들은 은닉처와 도구들을 숨겨놓는 것을 좋아했다. 일부는 편집증 때문이고, 일부는 이기심 때문이었다. 에이버리는 그 틈새를 파고 들어가 그 물건들을 찾아내는 법을 알고 있었다. 죽어가는 남자의 은신처를 찾는 것도 그와 다를 바 없었다.

"재러드, 어머님의 유품은 누가 가지고 있죠?"

"그건 왜요?"

"VGC는 개인적인 것이거나 전문적인 어떤 것일 거예요. 만일 개인적인 거라면 그런 쪽을 시작점으로 삼기 좋거든요. 사진이나 편지처럼, 힌트를 줄 수 있는 그런 물건들 말이에요."

재러드의 얼굴에 거의 알아차릴 수 없을 정도로 걱정 어린 표정이 떠올랐다가 이내 사라졌다. "판사님이 보낸 물건들은 대부분 이모님이 보관하고 있어요. 알링턴에 있는 집 다락에 있을 거예요.

지금 당장 가볼게요."

"노아, 당신은 유언장과 부가 조항들을 샅샅이 살펴봐주셨으면
해요. 이 머리글자를 가진 수혜자를 찾아주세요. 그리고 윈 대법관
님이 버지니아에 있는 은행에 안전 금고를 가지고 계셨는지 확인
해주세요. 아, 그리고 밴쿠버나……." 에이버리는 잠시 말을 멈추
고, 인접해 있는 국립공원들을 떠올렸다. "다른 주, 연방 공원 중에
그런 머리글자에 해당되는 곳이 있는지도 알아봐주세요."

"에이버리는 몇 시간만 알아보면 되는 것처럼 말하지만, 실제로
는 며칠 걸릴 일이네요."

에이버리가 눈썹을 치켜세웠다. "라우리 키너먼 법률회사에는
정교한 서류 작업을 하는 인턴 직원들이 여러 명 있는 걸로 아는데
요. 실제 청구 가능 시간이 발생할 경우 그 사람들한테 일을 할당
하잖아요." 에이버리는 어떤 과정으로 일이 돌아가는지 잘 알고 있
기에 마법의 단어를 사용했다. "이건 윈 대법관의 법적 후견인으로
말하는 거예요. 우리의 우선 과제는 VGC가 뭔지 알아내는 거예요.
서둘러주세요."

에이버리는 스타벅스를 나온 뒤 손을 들어 택시를 잡았다. 차가
복잡한 도로에 들어서자 에이버리는 휴대전화를 꺼내 전화를 걸었
다. "스타니스 부인?"

"에이버리?" 데비 스타니스는 메리의 주의를 끌기 위해 손가락
을 부딪쳐 딱 소리를 냈다. "에이버리, 윈 대법관님의 일을 돕기 위
해 휴직하기로 했다는 말은 들었어요."

"네, 새로 맡은 일을 다 하려니 아무래도 시간이 부족해서요. 회
기가 끝나갈 무렵이라, 대법원장님도 괜찮을 거라고 하셨어요."

"에이버리가 없는데 괜찮을 리 있나요." 데비가 성실하게 편을 들어주었다. "안 그래도 윈 대법관님한테 에이버리가 얼마나 소중한 사람이었는지에 대한 이야기를 하고 있었어요. 윈 대법관님이 뒷일을 당신한테 맡긴 건 당연한 일이에요."

당연한 일이라니? 완전 미스터리인데. 에이버리는 비꼬며 생각했다.

"그렇게 믿어주시니 정말 감사할 따름이에요. 혹시 제가 신경 써야 할 일은 없을지 알아봐주실 수 없을까요?"

"알았어요."

메리가 종이를 들어 올리더니 뭔가 휘갈겨 쓴 단어들을 쿡쿡 찔렀다. 데비는 그 사실을 말해야 할지 말아야 할지 생각하며 입술을 오므렸다. 메리가 거의 폭발할 것처럼 보이자 데비가 낮은 목소리로 말했다.

"음, 저기, 에이버리?"

"네?"

데비는 나쁜 소식을 전하기 싫었다. 소문은 재앙과는 다른 느낌이었다.

"점심시간에 어떤 여자분이 찾아왔어요. 짙은 빨간 머리에, 예쁘장한 분이긴 했는데. 음, 사실 복장이 단정해 보이진 않았고, 숙취도 좀 있는 것처럼 보였어요. 이게 무슨 뜻인지 알 거예요."

에이버리는 그 말에 마음의 준비를 했다. 두통이 점점 심해졌다. "그 사람이 누군데요?"

"글쎄, 그분이 자기가 에이버리의 엄마라고 하더군요." 데비는 닫혀 있는 대법원장실의 문을 슬쩍 쳐다보았다. "연락을 받은 뒤에 대법원장님께 말씀드렸어요. 사람들은 그분을 그냥 밖으로 내보내려고 했는데, 내가 보기엔 아무래도 지금 같은 상황에선 만나보는 게 나을 것 같았어요. 대법원장님도 동의하셨죠. 그래서 지금 두 분이 대화를 나누고 있어요."

"세상에." 에이버리는 욕설을 내뱉었다. 너무 작은 소리라 전화선 너머로 전해지진 않았다. 리타와 로즈버러 대법원장이라니. 에이버리는 이전에 이런 악몽을 꾼 적이 있었지만, 항상 깨어났었다.

"두 분이 대화를 시작한 지 얼마나, 얼마나 됐어요?"

"15분쯤 됐어요. 어머님께서는 대법원장님께 에이버리가 걱정된다고 말했어요. 그건 우리도 마찬가지예요." 데비가 말했다.

머리에 난 혹이 다시 욱신거리기 시작했다. 호흡이 가빠졌다. 에이버리는 공황 상태에 빠지지 않으려고 애써 마음을 가라앉혔다.

"연결해주시겠어요?"

"두 분이 대화 중이신데요?"

"지금 당장이요." 에이버리는 초등학교 때부터 했던 변명들을 모두 떠올렸다. 흐릿한 눈은 알레르기, 창백한 얼굴은 폐렴 때문이라고. "부탁드려요."

잠시 주저하던 데비가 말했다. "잠깐만 기다려요."

에이버리는 변명할 말을 다시 점검하면서 허점이 없는지 확인했다. 그녀는 지난밤 마약 중독자에게 돈을 줬다. 하지만 엄마에 관해선 선택할 수 있는 것이 별로 없었다. 그녀는 여전히 자신에게 50만 달러를 준 사람이 누군지 몰랐다. 아는 거라곤 전화를 건 남자가 에이버리의 인생을 망치겠다고 위협했다는 것뿐이다.

에이버리가 머릿속으로 할 말을 다 정리하기 전에 대법원장이 전화를 받았다. "여보세요."

"대법원장님."

"손님과 담화 중이었다는 걸 알고 있었을 텐데." 대법원장이 얼룩진 금색 바지와 커다란 셔츠를 입은 후줄근한 여자를 보며 친절하게 미소 지었다. 한때는 사랑스러웠을 리타의 창백한 피부는 방치로 인해 피폐한 상태였다. "무슨 일이죠?"

"대법원장님이 어머니에게 들으신 이야기에 대해 설명해드리고 싶습니다."

리타가 이야기를 하면서 자신의 딸을 떠우고 있다면 에이버리는 성인聖人이 되어 있을 것이고, 끌어내리고 있다면 배은망덕한 자식이 되어 있을 것이다.

"어머니가 많이 편찮으세요. 그래서 종종 혼동을 하세요."

"내가 보기엔 아주 명석하신 분 같던데. 어머님이 하시는 말씀을 직접 듣는 게 나을 것 같네요." 에이버리의 대답을 기다리지 않고 로즈버러 대법원장이 스피커폰으로 돌렸다.

"오, 에이버리!" 리타는 부드러운 쿠션이 깔려 있는 소파에서 몸을 앞으로 약간 내밀더니 집무실 안에 쩡쩡 울려 퍼질 정도로 큰 목소리로 말했다.

밤새 둥둥 떠 있던 기분이 아침에 가라앉으면서 리타에겐 딸을 공격하고 있는 세상에 대한 경계심만 남아 있었다. 리타는 쉼터로 가서 샤워를 하고 남은 것 중 가장 깨끗한 옷으로 갈아입었다. 그녀가 기억하고 있는 가장 평범했던 부분, 자신이 어머니라는 사실이 억지로 지하철을 타고 법원까지 오게 만들었다.

리타는 떨리는 손으로 소매의 단추를 만지작거렸다. "우리 딸, 귀가 많이 따가웠지?"

에이버리가 거칠게 말했다. "엄마, 내 직장까지 가서 뭘 하는 거예요? 우리 이야기 좀 해요."

"신문을 봤고, TV에서 비열한 인간들이 떠드는 소리를 들었어."

리타가 떨리는 손으로 비서가 대법원장의 책상 위에 올려둔 컵을 들어 올리면서 말했다.

컵 안에 담긴 연한 호박색 내용물은 뭔가 근사한 이름의 차로, 그녀가 요청한 대로 설탕을 넣어주었지만 어쩐지 마시기가 두려웠다. 차를 마시다가 발밑에 깔려 있는 값비싼 카펫에 흘릴까 봐 걱정이었다. 또한 여기까지 오면서 생각해두었던 말을 잊어버릴까 봐 걱정되기도 했다. 하지만 뭔가 손에 들고 있을 것이 필요했기에 리타는 컵을 집어 들었다. 자기로 된 컵을 놓치지 않기 위해 리타는 양손으로 잡고 입가로 가져갔다. 그녀는 입을 축이기 위해 차를 조심스럽게 마셨다.

"사람들이 너에 대해 떠드는 이야기를 들었어. 그래서 사실을 밝히기 위해 여기까지 온 거야."

"괜찮아요. 제가 다 알아서 해요." 에이버리가 사정했다.

리타는 고개를 저었다. "넌 네 이야기를 못하잖아. 자식을 지키는 건 엄마가 할 일이야."

"엄마."

대법원장이 끼어들었다. "어머님께서 많은 도움을 주셨어요, 에이버리."

리타가 전화기 쪽으로 몸을 좀 더 내밀었다. "네가 얼마나 똑똑한지 엄마가 네 상관에게 말했어. 얼마나 정직한지도 말이야."

리타는 달콤한 맛을 기꺼워하며 차를 더 마셨다. 한 모금이라도 좋으니 술을 마시고 싶었다.

"네가 투손에서 글짓기로 상 받았던 것 기억하니? 주최 측에서 실수로 100달러를 줬는데 넌 원래 상금인 50달러만 받았지. 그때 우리가 집에서 쫓겨날 상황이었는데도 넌 그 사람들에게 편지를 쓰고 돈을 돌려보냈어."

에이버리는 그때 일을 똑똑히 기억하고 있었다. 비비 꼬인 코카인 중독자와 열한 살짜리 아이 사이에 살벌한 논쟁이 벌어졌다. "그건 내 돈이 아니었으니까요."

"맞아." 리타는 그 돈을 돌려보내지 않기 위해 에이버리를 어떻게 위협하고 꼬드겼는지 다 잊어버리고 자랑스럽게 대답했다. "넌 옳은 일을 했어."

리타는 초록색 눈으로 대법원장을 쳐다보았다.

"제 딸은 어떤 상황에서든 옳은 일만 해요. 사람들이 자기에게 실망하거나, 자신을 다치게 할 때조차 말이에요. 에이버리는 절대 그 아픈 남자를 괴롭히거나 다치게 하지 않아요. 정말 착하니까요."

로즈버러 대법원장은 손을 내밀어 떨고 있는 리타의 손을 잡아주었다. 들쭉날쭉한 자국이 남아 있는 축축한 피부가 온기를 유지하기 힘든 것처럼 보였다.

대법원장이 큰 소리로 말했다. "그 말씀에 동의해요, 킨 부인. 에이버리의 정직함은 의심받을 이유가 전혀 없어요. 그리고 난 어떤 말들이 나돌든 상관없이, 스스로 판단을 내린답니다." 대법원장은 잡고 있던 연약한 손에 살짝 힘을 주었다. "신문에 나오는 거나 방송에 나오는 이야기들을 전부 믿지 않을 만큼 에이버리와는 충분히 오래 알고 지냈습니다."

"다행이에요. 정말 다행이에요." 리타가 불안했던지 한숨을 내쉬었다. 아주 드물게도 술을 마시고 싶다는 열망이 사라졌다. 리타는 몸을 돌려 자신의 손을 잡고 있는 대법원장의 손 위에 다른 한 손을 겹쳤다. "에이버리는 지금껏 열심히 일했어요. 만일 이런 거짓말 때문에 모든 것을 잃게 된다면 전 정말 어떻게 해야 할지 모르겠어요."

"그런 일은 없을 겁니다." 로즈버러 대법원장이 자부심과 회한이 섞인 눈을 빛내고 있는 리타에게 장담했다. "에이버리, 이제 알겠어요?"

"네…… 네. 대법원장님."

택시 뒷좌석에 앉아 있던 에이버리는 가슴속에 고마운 마음이 바위처럼 굳게 자리 잡는 것을 느꼈다.

"엄마……." 에이버리는 거의 잊고 있었던 리타의 어머니다운 모습에 어떤 말을 해야 할지 모른 채 목이 메었다. "고마워요, 엄마." 뜨거운 속삭임에 목이 화끈거렸다.

"다 잘될 거야, 우리 딸."

눈앞의 여자가 안정된 것을 확인한 대법원장이 스피커폰을 끄고 수화기를 집어 들었다. "에이버리, 더 필요한 건 없나요?"

에이버리는 전화를 걸었던 본래 이유에 애써 집중했다. "음, 어머니와 말씀이 끝나셨다면 법원에서의 제 위치에 대해 말씀드리고 싶습니다."

"휴직은 재고의 여지가 없어요." 대법원장은 소파에서 꼼지락거리고 있는 리타를 살핀 뒤 부드러운 목소리로 말했다. "지금 이런 상황이 에이버리의 인생을 얼마나 힘들고 복잡하게 만들고 있는지는 잘 알지만, 나도 어떻게 할 수가 없어요."

"대법원장님, 전 뇌물을 받지 않았고, 루이스 부인도 죽이지 않았습니다."

"난 당신을 믿어요. 그리고 리 요원도 그런 것 같고요."

"하지만 밴스 소령은 믿지 않죠."

"맞아요. 그 사람은 당신을 믿지 않아요. 하지만 소령 역시 증거를 더 모아야 할 거예요. 그런 것들은 내가 보류해놓을게요." 대법원장이 머뭇거리며 말을 이었다. "조심해요, 에이버리. 전부 다."

"네, 대법원장님. 그리고……."

"네?"

"제가 어머니를 보낸 게 아니에요. 맹세해요."

"한 번도 그런 의심은 한 적 없어요."

대법원장은 이토록 무거운 짐을 져야 하는 호리호리한 젊은 여성의 모습을 생각했다. 그런 뒤 에이버리의 명성을 무너뜨리려고 혈안이 되어 있는 권력자들과의 대결을 떠올렸다. 어쩌면 하워드는 대법원장이 생각한 것보다 더 많은 것을 알고 있을지도 모른다. 그럼에도 그녀는 여전히 법원을 고려해야만 했다.

대법원장은 유감스러워하며 에이버리에게 말했다. "연락할게요. 이제부터는 내 쪽에서 연락하는 게 나을 거예요."

에이버리는 치맛단을 잡고 비틀면서 대법원장의 회한과 책망이 담긴 목소리를 들었다. "알겠습니다."

그녀는 혼자였다.

24

라우리 키너먼 법률회사 건물 23층에 있는 빈 사무실에서, 에이버리는 컴퓨터 화면을 쳐다보고 있었다. 이곳에 오는 길에 원 대법관의 상태를 확인하기 위해 병원에 먼저 들렀다. 그는 생명 유지 장치와 정맥주사, 온갖 기계들을 몸에 연결한 채 조용히 누워 있었다. 에이버리는 30분 동안 침대 옆에 앉아 있었다. 단조로운 기계

음을 들으면서 윈 대법관에게 여러 가지 질문을 했지만 아무 대답
도 듣지 못했다. 그런 뒤 집에 돌아가 윈 대법관의 컴퓨터에서 출
력한 문서를 챙긴 뒤에 라우리 키너먼 사무실로 온 것이다.

지난 몇 시간 동안 에이버리는 키워드를 다양하게 치환해 입력
해보았지만 아무 소용이 없었다. 종이들이 캐비닛 위에 쌓였다. 각
각 나뉘어 있는 서류 뭉치들은 윈 대법관의 파일 안에 나와 있던
회사들과 연관된 것들이었다. 에이버리는 대법관의 금고에 있던
파일들과 똑같은 것을 만들어보려고 했다. 윈 대법관이 그 회사들
을 무작위로 골랐을 리 없었다. 에이버리는 그 안에서 이미 강이나
광장, 그리고 **아니**라는 단어가 언급된 것이 없는지 살펴보았다.

동쪽에서 찾아라. 강을 봐라. 그 사이도. 에이버리는 몸을 앞으로 숙
인 채 이마를 문지르며 중얼거렸다. 맨해튼에 기반을 둔 회사들이
몇 개 있음에도 뉴욕의 이스트 리버는 이미 제외시켰다.

"아니. 인도 이름이야. 회사 이름인가? 동쪽? 인도? 중국?" 그런
뒤 에이버리는 이메일 주소를 떠올리고 욕설을 내뱉었다. "망할.
이메일에 있었네."

에이버리는 몸을 돌려 윈 대법관의 컴퓨터에서 출력한 종이를
집어 들었다. 그 서류 맨 위에는 티그리스로스트 TigrisLost 와 주고받
은 이메일이 있었다. 어떻게 이렇게 빤히 보이는 걸 놓칠 수가 있
었지?

"대법관님이 말씀하신 건 티그리스강이었어. 중동에 있는."

에이버리는 그 회사들에 해당하는 서류 뭉치를 끌어당겼다.

"좋아요, 윈 대법관님. 티그리스강과 그쪽 회사들을 살펴볼게요.
젠에이 바이오서비스는 베이징에 있어. 르마르 제약하고 히게이아
는 인도에 있고. 르마르는 하이데라바드, 히게이아는 뭄바이야. 아

드바르는 벵갈루루에 있고. 중동하고 관련된 건 없는데."

에이버리는 잠시 입을 다물었다. **아드바르.** 젠 워크스와 합병하기로 되어 있는 그 회사에 관련된 수십 개의 보고서를 살펴보았기에 에이버리는 그 회사의 전체 약력을 읊을 수 있을 정도였다. 원대법관도 그 사실을 알고 있었다. 에이버리는 그 서류들 중 일부를 한쪽으로 옮겼다. 지금부터는 이번에 새로 등장한 회사들에 집중할 것이다.

젠에이 바이오서비스의 약력을 담은 서류는 얇았지만 흥미로운 기업 경영 팀이었다. 최소 두 명 이상의 구성원이 하급법원 소송 기간 동안 젠 워크스 편에서 증언을 했다. 한 명은 노벨상 수상자이고 다른 한 명은 맥아더 지니어스상 수상자였다. 에이버리가 기억하기로 두 사람 모두 젠 워크스가 헌팅턴과 파킨슨병과 같은 유전적 질환 치료의 혁신적인 전환점에 서 있다고 주장했다. 합병을 중단시키는 것은 의학 발전의 큰 진보를 죽이는 것과 마찬가지라고 했다.

다음으로 르마르 제약을 재빨리 훑어보니 인도에 기반을 둔 회사로 주요 자금 제공자가 다름 아닌 젠 워크스의 나이절 쿠퍼였다. 르마르는 줄기세포와 복제라는 불확실한 연구를 다루고 있었다. 미국 회사인 젠 워크스는 줄기세포 사용 금지에 직면해 있었다.

"나이절 쿠퍼가 바다 건너로 돈을 보내 해외에서 생명공학 연구를 한 모양이네." 에이버리가 중얼거리며 깨달았다. "심지어 그 사실을 숨기려고 하지도 않았어. 이러니 스토크스 대통령이 그를 싫어하는 것도 당연하네."

중국 회사들인 '첸 쿠'와 '선 푸'는 막대한 국가 자금과 엄격한 정보 통제로 이익을 얻고 있었다. 그 회사들에 관한 얄팍한 자료들은 에이버리가 조사했던 게 다였다. 자료가 부족한 회사들은 제쳐두고 에이버리는 목록에 있는 다른 회사로 넘어갔다.

"히게이아, 여기선 뭘 알아낼 수 있으려나?"

다운로드한 페이지에서는 단기간 내 고급 연구를 통한 창업과 인수에 관련된 재미없는 세부 사항들이 나와 있었다. 히게이아의 실험실 인재들은 특정 염색체 표적, 바로 염색체 컨소시엄에 특화되어 있었다. 에이버리는 처음으로 생물학을 임시 전공 목록에 넣지 않은 것을 후회했다.

"이게 무슨 뜻인지 링이 설명해줄 수도 있겠다."

에이버리는 그 페이지를 넘기고, 그다음 내용을 계속해서 읽었다.

히게이아는 몇 년 사이에 괄목할 만한 연구 성과를 냈고, 그 획기적인 성과로 뭄바이를 넘어 국제적인 관심을 끌게 되었다. 세계 곳곳에서 투자금이 쏟아졌고, 설립자는 다보스와 클린턴 글로벌 이니셔티브의 초대를 받았다. 그러다 갑자기 회사를 접었다. 인도 언론들은 히게이아의 자산이 아드바르 바이오제네틱스에 매각되었다고 보도했다.

에이버리는 그 기사들을 넘겼다. 전부 같은 내용이었다. 떠오르는 스타 회사가 추락했다는 것이었다. 모든 것이 젠 워크스와 아드바르 합병으로 이어졌다.

"에이버리?"

에이버리가 고개를 들자 문 앞에 재러드가 서 있었다. 슬쩍 컴퓨터 시계를 보자 시간이 많이 늦었음을 알 수 있었다.

"재러드…… 어서 와요. 시간 가는 줄도 몰랐네요."

"걱정하지 말아요. 노아랑 이야기하러 왔는데, 당신이 여기서 자료를 보고 있을 거라고 하더군요. 뭐 좀 알아낸 게 있어요?"

"아직 잘 모르겠어요." 에이버리가 뭉치기 시작한 어깨와 목을 주물렀다. "당신은 어때요?"

"내 생각에 VGC는 조지아에 있는 것 같아요." 재러드가 설명했다. "어머니의 유품이 들어 있는 상자들을 샅샅이 뒤지다가 앨범을 찾았어요. 어머니와 아버지, 내가 진짜 가족이었을 때 찍었던 옛날 사진들이 많이 있더군요."

재러드의 목소리는 지쳐 있었고, 문틀에 기대선 모습 역시 진이 다 빠진 것처럼 보였다. 그가 낮은 목소리로 말을 이었다.

"아버지와 어머니는 1년에 한 번씩 낚시 여행을 가곤 했어요. 내가 태어난 뒤로도 그 전통은 이어졌죠. 우린 노스 조지아 산맥에 있는 블랙록 호수로 갔어요. 연례 가족 여행이었죠. 어머니는 거기 있는 오두막을 은신처라고 부르셨어요."

에이버리의 눈이 반짝 빛났다. "어머님 성함이 비비언이었죠. 비비언의 조지아 캐빈 ^{Vivian's Georgia Cabin}."

재러드가 고개를 끄덕이며 에이버리의 추측이 맞는다는 것을 확인해주었다.

"윈 대법관님은 게임을 좋아했어요. 이 모든 게 체스 게임이에요. 공격, 대응. 대법관님에게 우린 그저 체스판을 가로지르는 말인 셈이죠."

"게임을 그만두고 싶어요?"

에이버리가 유감스럽다는 듯 짧게 웃었다. "아뇨. 나 역시 게임을 좋아한다는 걸 대법관님도 알고 계세요. 난 이 모든 것이 무슨 의미인지 알아내야만 해요."

"판사님이 당신을 선택한 이유를 알 것 같네요." 재러드가 사무실 안으로 들어왔다. "전에 말했던 당신 휴대전화 통화 목록도 뽑았어요. 발신인 불명의 전화번호를 추적했죠."

"어떻게 됐어요?"

"당신한테 전화를 건 사람은 몇 개의 위성을 거쳤어요. 그 자취를 따라가는 건 복잡했지만 불가능할 정도는 아니었죠. 내가 알아낸 바에 따르면 그 전화 추적은 노스캐롤라이나의 롤리에서 끝났어요."

"롤리요? 확실한 건가요?"

"그곳이 발신지예요. 정보부에 있는 친구한테 재확인시켰어요. 누군지 몰라도 숨기기 위해 많은 노력을 했지만 데이터 자취에 표시가 남아 있었죠. 하지만 그렇게 위성들을 이용할 수 있는 사람이다 보니 마무리가 엉성하지 않더군요. 곧 정체가 밝혀질 거예요."

"당신 본업이 대체 뭐죠? 전자자물쇠를 따고 위성을 추적하는 일인가요?"

"미 정부 덕분에 특별한 재능들을 많이 가지게 됐죠. 비록 그곳을 나오긴 했지만, 그쪽에선 여전히 함께 일을 하고 싶어 해요."

재러드 뒤로 노아가 나타났다. "뭐하고 있어요?"

"재러드가 VGC가 뭔지 알아냈어요. 비비언의 조지아 캐빈이에요." 에이버리는 자리에서 일어났다. 팔다리를 쭉 펴며 몇 시간 동안 앉아 있느라 뭉친 근육들을 풀었다. "장거리 여행을 가실 의향이 있나요?"

"정말 그곳이 맞는지 어떻게 확신합니까?" 노아가 물었다. "물건 찾기 놀이를 하러 가기엔 조지아는 먼 곳입니다."

"그래도 가야 해요."

재러드가 에이버리를 쳐다보았다. "어째서요?"

"그것 말고는 방법이 없으니까요." 에이버리는 피로감에 눈을 감았다. "윈 대법관님은 '그 사이'를 찾아보라고 하셨어요. 거기가 아니라면 달리 시작할 곳이 없어요."

"뭐라고요?" 두 남자가 동시에 물었다.

재러드가 덧붙였다. "지금 무슨 말을 하는 겁니까?"

일단 시작한 일은 끝을 내야지. 에이버리는 체념하며 생각했다.

"어제 대법관님의 간병인이 보낸 메시지를 들었어요."

에이버리는 자신이 알고 있는 사실들을 재빨리 설명했다.

"루이스 부인의 연락을 받았다고요?" 노아가 물었다. "윈 대법관님은 루이스 부인이 자신을 염탐하고 있다는 피해망상을 갖고 있었어요. 아마 대법관님이 의심하신 대로였을 거예요. 루이스 부인이라면 대법관님의 단서들을 풀 수 있을지도 모르겠네요."

에이버리는 몸이 떨리는 것을 애써 참았다. "그건 힘들겠어요. 어제 오후에 내가 루이스 부인을 만나러 집에 찾아갔다가 부인의 시신을 발견했거든요. 머리에 총을 맞았더군요."

"세상에." 재러드가 중얼거렸다. "경찰이 범인에 대한 단서는 찾았나요?"

"모르겠어요. 오늘 아침에 날 체포하려고 한 것 말고는 FBI나 국토안보부에서 별 이야기가 없었어요. 하지만 루이스 부인의 죽음이 윈 대법관님과 관련이 있다면 부인이 내 자동응답기에 남긴 내용 때문일 수도 있어요."

"아버지가 남긴 다른 단서는 없나요? VGC나 파일 이외에 말이에요." 재러드가 물었다.

"윈 대법관님의 컴퓨터에서 파일들을 찾았는데, 그중에 인도로 보낸 문자 메시지가 있었어요. 그리고 대법관님은 체스다이너모닷컴을 언급하셨죠. 메일이 있었는데, 그 내용이 '**아니는 강에 있다, 아**

니를 찾아라'라는 거였어요. 또 다른 암호도 있었어요. WHTW5730. 그리고 메일이 몇 개 더 있었는데, 전부 다 '광장에서'라는 내용이었어요."

"WHTW5730?" 재러드가 그게 뭔지 알았다는 듯이 짧게 웃었다. "내가 어렸을 때 아버지는 자신을 윌리엄 하워드 태프트 전 대법원장과 비교하는 걸 좋아했어요. 내 생각이긴 하지만, 그 암호는 이름으로 만든 걸 거예요. 윌리엄-하워드-태프트-윈, 그리고 그 숫자는 태프트의 출생 연도와 사망 연도, 다시 말해 1857과 1930을 말하는 거죠." 재러드는 에이버리의 책상 앞으로 다가와 펜을 잡았다. "아니와 관련된 내용은 모르겠지만, WHTW5730은 게임 아이디처럼 보이네요."

"체스다이너모닷컴, 광장에서." 에이버리는 서둘러 책상 앞에 앉아 재빨리 그 온라인게임 사이트를 찾아냈다. 3차원의 체스 폰이 화면 위에 떠오르더니, 아이디를 묻는 입력창이 떴다. "이렇게 쉬울 리 없는데."

재러드와 노아가 지켜보는 가운데, 에이버리는 아이디 입력 칸에 WHTW5730을 넣었다. 비밀번호를 묻는 칸이 나오자 에이버리는 이번에도 재러드와 그의 생년월일을 입력했다. 사이트는 그녀의 입장을 거부했다. 에이버리는 화면을 새로 고친 뒤 컴퓨터가 비밀번호나 윈 대법관의 비밀을 알려주기라도 할 것처럼 모니터를 뚫어지게 쳐다봤다. 대법관은 에이버리가 뭔가를 찾아내기를 바랐다. 그러니 해석이 불가능한 단서를 남기진 않았을 것이다. 그녀는 입술을 깨물면서 윈 대법관이 이미 드러낸 것들을 선별했다. 마음속으로 행운을 빌면서 '아니는강에있다 ^{AnitIsintheRiver}'를 입력했다. 로그인 창이 사라지고, 에이버리는 사이트로 들어갈 수 있었다.

"됐어요!" 노아가 소리쳤다. "그런데 뭘 찾는 거죠?"

"윈 대법관님이 이 게임을 언급한 건 이유가 있을 거예요. 어쩌면 이 안에서 진행되는 체스 게임이 뭔가를 말해줄지도 몰라요. 이제껏 대법관님이 했던 일들을 보면 그러고도 남죠."

아바타가 나타나 진행 중인 게임을 이어서 할 것인지 물었다. 이제 어떻게 해야 할지 확신은 없었지만, 에이버리는 '예'를 눌렀다. 게임 창이 열리더니 에이버리에게 자리를 권했다.

"시작해요." 재러드가 나지막한 목소리로 재촉했다.

"알았어요."

화면에 나와 있는 카운트다운 시계로 보아 마지막 수를 둔 것이 몇 주일 전이었다.

"아무래도 상대방이 돌아오지 않을 것 같은데요."

재러드가 몸을 앞으로 숙여 화면을 들여다보았다. "판사님이 가르치려고 하긴 했지만, 난 체스 게임에 별로 관심이 없었어요. 지금 이 게임의 상황을 알려줄래요?"

에이버리가 검은색 폰을 이동시켜보려고 했지만 움직이지 않았다. "대법관님이 흰색 말인가 봐요. 움직여보죠."

에이버리가 흰색 폰을 움직이자 화면이 어두워졌다. **이동 불가.**

에이버리는 얼굴을 찡그린 채 화면을 쳐다보았다.

"정상적인 이동이었는데." 그녀는 마우스를 움직여 다시 한번 폰을 앞으로 이동시켜보았다. 또다시 이동 불가 화면이 떴다. "정말 모르겠어요. 폰을 f4 자리로 이동시키려고 하는데 움직이지 않아요."

노아가 물었다. "F4요?"

"체스판의 자리를 말하는 거예요. 체스는 그런 식으로 말의 움직임을 기억해요. 대수 표기법으로 행과 열을 나타내죠."

"체스 선수들이 그 정도로 꼼꼼한 줄은 몰랐어요."

"꼼꼼하지만, 느리죠. 이틀이나 지났는데도, 대법관님이 원하는 게 무엇인지, 그걸 어떻게 찾아야 하는지 모르겠으니까요." 에이버리는 눈을 감고 한숨을 내쉬었다. "윈 대법관님은 날 이 체스 게임으로 이끌었지만, 아무 의미도 없는 단서만 가지고는 할 수 있는 게 없어요. 하지만 대법관님은 내가 화학을 좋아한다는 것과 직관적인 기억력이 있다는 것을 알고 계세요."

"에이버리, 많이 지친 것 같아요." 재러드가 휴식을 권하며 말했다. "오늘 밤은 이만하는 게 어떨까요? 아침에 다시 모이는 걸로 하죠. 화학이나 당신 기억력 이야기는 그때 해도 돼요."

뭔가 생각이 날 듯 말 듯 했다. 에이버리는 다시 의자를 돌려 화면을 쳐다보면서 생각나는 대로 말했다. "대법관님은 내가 화학을 전공했던 것을 기억하고 계셨어. 그래서 내가 불꽃 종이를 태우는 법을 알고 있는 거고."

재러드가 얼굴을 찡그렸다. "불꽃 종이? 지금 무슨 말을 하는 거예요?"

"대법관님이 금고 안에 인화성 종이 한 장과 라이터를 넣어두셨어요. 그 종이에는 숫자와 글자, 구두점이 나열되어 있었는데, 전혀 말이 되지 않는 내용이었어요. 어디선가 본 것 같았지만 뭔지 알 수가 없었죠."

"그 내용을 기억해요?" 재러드가 물었다.

"물론이죠."

에이버리는 컴퓨터에서 워드프로세스 프로그램을 열었다. 그런 뒤 순식간에 그 종이에 적혀 있던 내용을 전부 입력했다.

```
e4c5Gf3d6Ob5+Od7oxd7+Vxd7c4Gc6Gc3Gf6oog6d4cxd4Gx
d4Og7Gde2Ve6!?Gd5Vxe4Gc7+Rd7Gxa*Vxc4Gb6+axb6Gc3H
a8a4Ge4Gxe4Vxe4Vb3f5Og5Vb4Vf7Oe5h3Hxa4Hxa4Vxa4Vxh
7Oxb2Vxg6Ve4Vf7Od4Vb3f4Vf7Oe5h4b5h5Vc4Vf5Ve6Vxe6+
Rxe6g3fxg3fxg3b4Of4Od4Rhi!b3g4Rd5g5e6h6Ge7Hdie5Oe3R
c4Oxd4exd4Rg2b2Rf3Rc3h7Gg6Re4Rc2HhiRf5bi=VHxbiRxbi
Rxg6d2h8=Vdi=VVh7b5?!Rf6+Rb2Vh2=RaiVf4b4?Vxb4Vf3+Rg
7d5Vd4+Rbig6Ve4Vgi+Rb2Vf2+RciRf6d4g7i−o
```

에이버리는 두 사람을 돌아보며, 화면을 가리켰다. "그 종이에 적혀 있던 내용이에요."

"이걸 전부 기억한다고요?" 재러드가 몸을 앞으로 내밀며 화면에 적힌 내용을 읽었다. "컴퓨터 코드처럼 보이기는 하지만, 내가 아는 언어는 아니에요."

에이버리도 다시 화면을 들여다보면서 이마를 문질렀다. "무슨 말인지 알겠어요. 나도 이걸 처음 봤을 때 체스 시합 표기가 떠올랐거든요. 하지만 글자들이 좀 달라요."

노아가 웃었다. "이게 체스 시합이라고요?"

"거의 비슷해요." 에이버리가 미소 지었다. "이게 정말 대수 표기법을 따른 거라면 이 배열은 게임 전체의 기록일 거예요."

에이버리가 첫 번째 부분을 가리켰다. "여기 보여요? E4c5? 체스 시합에서 첫 번째 말을 움직이는 거예요. 양쪽 폰들이 두 칸 앞으로 전진한 곳이죠. 하지만 체스를 두는 사람들은 폰을 P로 표기하지 않고 그 두 동작은 칸으로 구분해요."

시범 삼아 에이버리는 칸을 띄운 뒤 c5 뒤에 엔터를 쳤다.

"각각 짝을 짓는 동작들은 숫자가 매겨지죠. 이건 체스 시합을 시작하는 배열이에요."

노아가 두 번째 줄을 가리켰다. "그럼 이 G는 뭡니까?"

에이버리가 고개를 저었다. "모르겠어요. 체스 표기에는 G가 없어요. 체스 말들은 K, Q, R, B, N으로 표기해요. 킹, 퀸, 룩, 비숍, 나이트죠. 폰은 알파벳으로 표기하지 않아요."

"나이트Knight는 왜 N인가요?"

"킹이 가장 중요하니까요. 그래서 킹을 K로 표기하죠. 체스 선수들 중에는 나이트를 Kt로 표기하는 사람들도 있긴 하지만, 흔한 경우는 아니에요."

"잠깐 확인해볼 게 있어요." 재러드가 에이버리 옆으로 다가와 자판에 손을 댔다. 에이버리가 의자를 옆으로 끌었지만, 그는 이미 뭔가를 분주하게 입력하고 있었다. 마침내 재러드가 어떤 페이지를 열더니 스크롤을 내렸다. "에이버리, 어떻게 생각해요?"

화면에는 체스 말에 관련된 여러 나라의 언어와 표기법이 나와 있는 표가 떠 있었다. 재러드가 손가락으로 힌디어 표기법 옆쪽을 두드렸다.

"R, V, H, O, G, P. 이걸 대입해보면요?"

에이버리는 본래 화면을 띄운 뒤 그 표기법을 대입해보았다. 그녀는 아무 말 없이 칸과 숫자들을 추가했고, 이동된 열에 행을 만들었다. 전부 62칸이었다.

"와, 훌륭하네요."

"고마워요." 재러드가 말했다.

에이버리는 눈을 깜박거리며 재러드를 쳐다보았다. "아, 물론 당신도 대단해요. 하지만 지금 내가 말한 건 원 대법관님과 상대방을 뜻한 거였어요. 내 생각엔 아니는 원 대법관님과 체스 시합을 두고 있는 상대인 것 같아요."

"강 건너에 있는 사람이요?" 노아가 물었다.

"뿐만 아니라 나한테 50만 달러를 주고 발신인 불명 전화를 건 사람일 수도 있어요." 에이버리가 체스 표기를 손가락으로 두드렸다. "이 배열은 러시아 출신의 체스 그랜드마스터였던 게리 파스카로프와 겨루는 일종의 시범 게임이에요. 체스 말과 코딩을 변환했지만, 이 게임 배열은 아주 수준이 높아요."

노아가 걸터앉아 있던 캐비닛에서 뛰어내려 컴퓨터의 맞은편에 섰다. "이제 이걸로 어떻게 할 거예요? 궁금해 죽겠어요!"

"체스 시합을 하는 수밖에 없어요." 에이버리는 체스다이너모 사이트의 시합으로 돌아갔다. 그녀는 체스판을 새로운 눈으로 들여다보았다. "이제 효과가 있나 보죠. 이미 시합 중이에요. 여기요. 내가 원래 시합 상대인 것처럼 해야죠. 이제 이 판에 뛰어들어봅시다."

해석한 배열에 따라 에이버리는 폰을 전진시켰다. 이동을 금지하는 알림 대신 컴퓨터는 말의 이동을 받아들였다. 그리고 폰은 상대방에게 잡혔다.

"됐어요." 노아가 소리쳤다. "그런데 아니를 기다려야 하는 거 아닌가요?"

"아니는 돌아오지 않을 것 같아요. 그렇다면 상대의 말 역시 내가 움직일 수 있다는 뜻이겠죠."

에이버리는 재빨리 정해진 배열에 따라 다음 말을 움직였다.

19분이 걸렸다. 에이버리는 원 대법관이 기록해놓은 대로 게임을 진행했다. 그동안 사무실 안에는 정적이 흘렀다. 에이버리가 양쪽의 말을 다 움직인 덕분에 시합의 진행은 아주 빨랐다. 마지막으로 에이버리가 폰을 g7에 놓았다. 그러자 화면에 메시지가 떠올랐다. **광장에서 만납시다.**

재러드가 화면 위쪽에 떠 있는 작은 상자를 가리켰다. "저 아이콘이요."

에이버리는 재러드의 손가락이 가리키는 대로 이용자들이 실시간으로 채팅을 나눌 수 있는 푸른색 상자로 이동했다.

"클릭해봐요." 에이버리가 마우스를 클릭하자 새로운 상자가 열렸다. 재러드가 스크롤을 내리며 채팅 메뉴를 살폈다. "아무것도 없네요."

"뭘 찾는 건데요?" 에이버리가 조용히 물었다.

"모르겠어요." 재러드가 손가락으로 자판을 두드렸다. "보통 게임을 하는 사람들은 의사소통을 하기 위해 채팅 기능을 사용하거든요."

"블랙베리를 쓰는 사람치고 첨단 기술에 대해 좀 아는 것처럼 들리네요. 하지만 그 방법을 윈 대법관님과 체스를 두던 상대방 쪽에서 썼을 수도 있죠." 노아가 말했다.

재러드가 새로 화면을 연 뒤 채팅 방의 URL을 찾아냈다. "나도 궁금하네요."

그의 손가락이 자판 위에서 날아다니는 것처럼 움직이더니 1분도 채 되지 않아 컴퓨터 화면이 푸른색으로 번쩍이다가 흰색으로 변했다. 그런 뒤 연속적인 줄로 뒤섞인 문자들이 흘러나오기 시작했다.

"이게 뭐죠?" 노아가 물었다.

"기록보관소요. WHTW5730과 티그리스로스트가 나눈 채팅을 보관해놓은 곳이죠."

재러드가 또 다른 명령어를 실행하자 이름 하나가 번쩍거리면서 강조되었다. 그는 만족스러워하며 뒤로 물러섰다.

"에이버리, 아니를 만났네요."

25

"밴스 소령님?"

자신을 부르는 소리를 무시한 채 밴스는 앞에 펼쳐져 있는 에이버리 킨과 재러드 원, 노아 폭스의 인생을 간단하게 요약한 보고서를 뒤적거렸다.

"밴스 소령님?"

그가 짜증스럽게 고개를 들고 문 위에 걸린 시계를 쳐다보았다. 저녁 8시 15분이었다. 보고서를 읽는 것을 방해한 여자를 쳐다보며 밴스가 독촉했다. "존슨, 무슨 일이지?"

그의 비서가 사무실 안으로 들어왔다. "조금 전에 차관이 승인한 연구보조금에 대한 연락을 받으면 알려달라고 하셨죠? 예산 관련 부서 직원이 오늘 오후에 찾아왔습니다."

"그래서?"

"그자는 엘리자베스 퍼팔레오의 보관실에 있었답니다. 엘리자베스 퍼팔레오 박사가 금요일에 있을 하원 예산 위원회에 S&T 보고서를 제출할 예정이라고 합니다." 캐밀 존슨이 수첩을 넘겼다. "차관의 지시에 따라 올해 CRG에 관한 언급을 수정한 것과 관련해, 퍼팔레오 박사가 그 이유를 알려달라고 요청했다는군요."

밴스는 차관이 내렸다는 지시에 관해 전혀 알지 못했다.

"차관이 그렇게 했다면 더 신중해야 할 거라고 퍼팔레오 박사에게 전해." 그가 차갑게 말했다.

"네. 예산 관련 부서 직원 말로는 윈 대법관 역시 최근에 비슷한 정보를 요청했다고 하더군요. 대법원장님께 연락할까요?" 존슨이 물었다.

"아니, 그건 내가 알아서 하지."

***

펜실베이니아 애비뉴에 밤의 어둠이 가볍게 자리 잡았다. 스토크스 대통령은 영빈관에서 브리 치즈와 함께 샤또 디켐 와인을 마셨다. 방문 기간 동안 사적인 만남을 기대하고 있는 야심 많은 프랑스 대사의 선물이었다. 번쩍거리는 드레스를 입은 여자들이 방 안을 빙글빙글 돌고 있었다. 남자들의 뚱뚱한 몸매를 가려주는 턱시도의 흑백색이 그 반짝거리는 색상들도 가로막고 있었다.

워싱턴의 최근 소문에 관해 열렬히 대화를 나누는 사람들 한가운데에서 밴스 소령은 대통령의 팔꿈치 옆에 자리 잡았다.

"불쌍한 하워드, 어떻게 그런 수치스러운 짓을 한 건지."

가지처럼 차려입은 고상한 노부인이 미심쩍은 이중적 의미를 담아 말을 꺼냈다. 그 부인은 미국 상류층이 참석하는 모든 의례적인 행사에서 그랬듯이 스토크스 대통령 근처를 맴돌았다. 자신의 집안과 대통령과의 유대감이 시간이 지날수록 희미해져가고 있다는 것을 깨달은 그녀는 다른 사람을 물어뜯는 것으로 아부를 했다.

"그 사람들이 불쌍한 셀레스트를 대하는 방식이 정말 역겨울 정도라니까요. 저희 아들 말로는 셀레스트가 남편 병실에도 들어가지 못하게 막고 있다고 하더군요."

스토크스 대통령이 가볍게 관심을 표하며 친절한 표정으로 부인을 쳐다보았다. "아들이요? 개릿을 말하는 겁니까?"

대통령이 자신의 아들을 기억하고 있다는 사실에 깜짝 놀란 노부인이 우쭐대며 말했다. "네, 대통령님. 개릿 포스터 박사가 맞아요. 저희 아들은 내과 의사지만 병원에서는 말이 빨리 도니까요. 그 여자가 자신의 허락 없이는 아무도 하워드의 병실에 들어가지 못하게 했답니다. 설레스트는 병원 변호사를 통해 그런 사실을 알게 됐죠. 이게 말이 되는 소린가요?"

"그럼 화를 낼 만도 하네요." 영부인 폰테인 스토크스가 말했다. 스토크스 대통령이 애리조나주립대학에서 학생회장으로 출마했을 때부터 남편 옆을 지켰던 튼튼한 말 같은 여자였다. 폰테인은 남편이 포스터 부인 같은 여자를 짜증스러워한다는 것을 잘 알고 있다. 그럼에도 상대방이 설레스트를 언급하자 가식적으로 행동하던 남편이 관심을 보였다는 사실에 주목했다. 더 많은 것을 알아내라는 신호였다. "변호사가 뭐라고 했다던가요?"

"개릿 말로는 변호사가 하워드의 면회는 이미 자신의 손을 떠났으니 그 문제는 법원에 가져가야 할 거라고 했다더군요."

"재러드는 어떻게 됐나요?" 남편의 미세한 표정 변화에 주의를 기울이면서 폰테인이 물었다. "그쪽에선 아무 말도 없었나요?"

"재러드에 관해서는 아무 말도 듣지 못했어요." 포스터 부인이 그들 사이의 유대감을 강조하면서 공모자라도 되는 것처럼 속삭이며 대답했다. "정말 추잡한 일이죠."

밴스가 포스터 부인과 스토크스 부부 사이에 끼어들었다. "대통령님, 잠시 드릴 말씀이 있습니다."

"실례하겠소." 스토크스 대통령은 아내에게 모임을 맡기고 밴스를 따라 안전한 집무실로 향했다. "무슨 일인가?"

"예상했던 대로 병원에 있는 원 대법관 주변 경호가 강화되었습니다. 간병인의 죽음에 모두 불안해진 거죠. FBI는 킨을 어떤 혐의로도 구속하지 않았습니다."

"국토안보부가 있잖아. 그쪽에서 그 여자를 체포하라고 해."

"그건 제 권한 밖입니다, 대통령님. 그리고 그런 행동을 하게 될 경우 대통령님 입장에서 원치 않은 의문들을 불러일으킬 겁니다."

"그 여자가 그 늙은이에 대해 어떻게 할 작정인지 보여주고 있잖아?" 대통령이 낮은 목소리로 물었다. "어쩌면 그 여자는 빌어먹을 죽음의 존엄성을 믿는다면서 조부모를 죽이는 자유주의자들일지도 몰라."

"그런 것 같진 않습니다." 밴스가 등 뒤에서 손을 맞잡았다. "그 여자는 원 대법관에게 제법 충성을 보이고 있으니까요."

"충성심에는 한계가 있어. 그 여자가 받았다는 돈에 관해서는 알아봤나?"

"킨은 레지던트인 친구와 함께 방 두 개짜리 아파트에 살고 있습니다. 그 갑작스러운 횡재를 제외하면 은행 잔고는 거의 없고, 이젠 영구직이라고 할 수 있는 법원 서기직도 떨어졌습니다. 뿐만 아니라 혼자서 어머니의 재정적인 지원까지 떠맡고 있는 것 같습니다."

"그 돈의 출처에 대한 단서는?"

"그랜드 캐니언에 있는 계좌에서 입금됐지만, 우리 기술진의 추적 결과 스위스의 또 다른 계정을 거친 것으로 보입니다. 원 출처는 마카오에 있는 계좌로, 그 계좌는 아일랜드에 있는 유령회사에 등록되어 있었습니다. 그 회사의 설립자들을 찾기 위해 아일랜드 정부와 교섭 중이고 자금 동결을 요청받았습니다. 머지않아 그 돈은 킨의 손을 떠나게 될 겁니다."

"좀 더 창의적으로 움직여봐, 밴스. 만일 그 여자를 움직이게끔 설득할 수 없으면 여자의 신용을 완전히 떨어뜨리는 방법을 쓸 필요도 있어. 이미 그 여자는 윈의 아들까지 끌어들이는 묘기를 부리면서 우리 일에 뛰어들었으니까." 스토크스 대통령이 화가 난 듯 밴스의 어깨를 쿡쿡 찔렀다. "이번 달이 끝나기 전에 윈이 죽으면 법원에 빈자리가 나게 되지."

대통령은 와인을 한 모금 마셨다.

"자금을 풀어주고 여자가 그 돈을 어떻게 쓰는지 지켜봐. 그쪽에선 우리를 상대로 작은 승리를 거뒀다고 생각하겠지. 그리고 우리는 그 여자의 지출을 추적 장치로 쓸 수 있을 거야."

"FBI와 재무부에 알리겠습니다."

"그리고 간병인이 쓴 윈 대법관의 정신 상태에 관한 보고서가 많이 있을 거야. 미치광이로 만드는 지도라고 할 수 있지. 그 기록들을 숨기는 게 낭비인 것처럼 보이는군."

"우리가 그 기록을 공개하면 루이스 간병인의 죽음이 세상에 알려지게 될 겁니다. 현재로서는 병원에 있는 보안관들만 알고 있을 뿐 그 외에는 비공개 상태이니까요."

"FBI가 알고 있으니 금세 세상에 퍼질 거야. 그쪽은 뜰채보다 더 숭숭 뚫려 있으니까. 범죄 현장은 강도 짓인 것처럼 보이게 했다고 했지?"

"네."

"그렇다면 누군가를 그 간병인의 집에 보내 그 기록들을 찾게 만드는 편이 좋을 거야. 난 그 기록들을 손에 넣은 정신 나간 미망인의 탄원에 우호적인 반응을 보일 훌륭한 보수적인 판사들을 알고 있어. 무슨 말인지 알아듣겠나?"

"알아서 하겠습니다."

스토크스는 남은 와인을 마저 마신 뒤 밴스에게 지시를 내렸다.

"행사 자리로 돌아가야 할 시간이군. 난 11시 15분 전에 여기서 나가고 싶어." 스토크스 대통령이 밴스에게 와인 잔을 내밀었다. "국가 비상 상태를 일으켜 날 좀 여기서 빼내주게, 알았지?"

"알겠습니다."

두 사람은 영빈관 복도로 나왔다. 스토크스 대통령과 보조를 맞춰 안으로 들어간 밴스는 자유세계의 지도자가 불편하지 않도록 뒤로 물러섰다.

대통령은 자신의 계획에 만족하며 손님들이 모여 있는 곳으로 걸어갔다. 그는 최근 전복된 독재 국가의 수상과 대화를 나누다가 옆에 그림자가 드리워지는 것을 느꼈다. 몸을 돌리자 바로 옆에 켄 네이버스가 있었다. 스토크스는 속으로 욕을 내뱉으며, 두 사람을 소개시켜주었다.

"램 수상, 이쪽은 상원 다수당 대표이자 코네티컷 의원인 켄 네이버스입니다."

"만나서 반갑습니다." 네이버스가 햇볕에 그을린 넓은 이마 위로 흘러내리는 머리카락을 쓸어 넘기며 인사했다. 그러고는 대통령에게 남는 손을 내밀었다. "대통령님, 안 그래도 대통령님 이야기를 하던 참이었습니다."

스토크스는 가식적인 미소를 지으며 고개를 저었다. 그리고 고개를 돌려 네이버스의 납작한 눈과 시선을 마주했다. 그 별난 거인은 180센티미터에 달하는 자신보다 훨씬 큰 197센티미터로, 꼴사나운 걸리버처럼 보였다.

"좋은 이야기가 나왔어야 할 텐데요."

"당연한 말씀을요."

대통령 참모진 중 한 사람의 접대를 받으며 수상이 연회장의 다른 곳으로 떠나자, 스토크스는 상원 다수당 대표와 단둘이 남게 되었다. 달갑지 않은 친목이었다.

"잘 지내셨습니까?"

"잘 지냈습니다, 대통령님. 누구보단 아주 잘 지내고 있죠."

"마르그리트는 같이 안 왔나요?" 스토크스가 물었다.

그는 상원 다수당 대표의 조그마한 작가 아내가 극단적인 알코올 의존증 부작용을 치료하기 위해 섭식 장애 클리닉의 병실을 예약했다는 것을 알고 있었다.

상원 다수당 대표는 분노한 티를 거의 내지 않았지만, 공격적으로 대답했다. "마르그리트는 안식 기간을 보내고 있습니다. 예술가적인 기질이 어떤지 아시지 않습니까."

"아내와 난 다음 달에 두 사람을 캠프 데이비드에 초대할 생각인데, 그때쯤엔 마르그리트의 안식 기간이 끝날까요?"

상원 다수당 대표는 상처를 쉽게 찌르는 날붙이를 알아차렸다. 브랜던 스토크스는 연방법이나 워싱턴 사교계의 사회적인 관습에 따라야 할 때가 아니면 자신을 초대한 적이 없었다. 실제로 스토크스 대통령이 있음에도 상원 다수당 대표가 이런 행사들에 참석하는 것은 입법 의제에 관해 거의 절대적인 통제를 하고 있는 대통령에 대한 경의를 표함과 동시에, 여론조사에서 스토크스에 대항하는 민주당의 도전자로 가장 친한 친구가 언급되고 있기 때문이었다. 그런 사실을 알고 있기에 상원 다수당 대표는 폭군에게 관대할 수 있었다.

"현재로서는 계획을 느슨하게 짜고 있긴 합니다. 몇 주일 뒤에 의회가 휴회를 하면 서부에 있는 목장으로 갈 생각이에요. 몬태나의 듀보스 소유지에서 멀지 않은 곳에 있는 목장을 샀거든요. 투자 가치가 있는 곳이죠."

스토크스 대통령이 켄 네이버스보다 더 싫어하는 유일한 사람이 앨라배마 출생에 예일 출신 하원의장 듀보스 포터였다. 스토크스는 적개심을 씻어내기 위해 일부러 와인을 한 모금 마셨다.

"좋을 것 같군요. 포터 하원의장의 가족과 어울리는 겁니까?"

"물론이죠." 네이버스는 술도 마시지 않은 채 자신의 의사를 대통령에게 전달하는 데 집중했다. "윈 대법관 문제도 논의하는 중이에요. 독립기념일 휴일은 줄일 생각이고, 어쩌면 8월 휴회 기간에 대해서도 재고해야 할 것 같습니다. 듀보스는 하원의원들도 이해해줄 거라고 하더군요."

스토크스는 숨이 막힐 뻔했다. "의회 휴회를 연기하겠다는 말입니까? 선거가 있는 해에? 선거운동을 못하게 되는 것에 관해선 어쩔 셈인가요?"

"국익을 위해서라면 연기하지 못할 게 뭐가 있겠습니까." 네이버스가 정중하게 위협했다.

스토크스는 수많은 대통령들이 자기 멋대로 하는 데 이용했던 휴회 중 임명의 가능성에 대해 여섯 시간을 들여 고민했다. 미국 헌법은 의회가 휴회하고 있을 때 대통령이 상원 인준 없이 고위 공직자를 임명할 수 있도록 허용하고 있기 때문이다. 대통령은 의회가 휴회하는 동안 대법관을 은근슬쩍 교체하는 방안에 대해 끝없이 전략을 세웠다. 만일 윈 대법관이 적시에 죽어주기만 한다면 후보 지명 과정을 피할 수 있었다.

"우리는 적시에 행동할 준비가 되어 있길 바라니까요."

"간부 회의에서 논의된 일입니까?"

아직은 아니지. 네이버스는 속으로 인정했다. 그렇게 되게 하려면 뇌물과 협박이 필요할 것이다. 하지만 네이버스와 포터는 물에서 피 냄새를 맡았다. 스토크스의 피였다.

"윈 대법관의 입원과 법적 후견인에 대한 소문 때문에 모든 일들이 빠르게 진행되고 있어요. 우린 그저 일이 끝났다고 전속력으로 도심을 떠나는 문제에 대해 신중하고 싶을 뿐입니다."

"무엇 때문에요?"

"대통령님도 아시잖습니까. 우리 중 아무도 그 말을 하고 싶어 하지 않습니다. 하워드가 자리를 털고 일어나길 바라니까요. 그렇지만⋯⋯."

"그렇지만?"

"혼수상태는 보통 나쁜 징조죠. 그래서 의회 전체의 뜻을 반영하고 싶은 겁니다. 상원에서 할 일이긴 하지만, 국익을 위해 단합된 모습을 보일 필요도 있으니까요. 안 그렇습니까?"

마지막 말은 경고와 약속으로 두 사람 사이에 걸려 있었다.

"그 문제는 그때 상황을 봐서 처리하도록 하죠."

스토크스가 몸을 돌려 연회장 저편을 응시하자 네이버스는 듀보스 포터 하원의장과 시선을 맞추었다. 네이버스가 고갯짓으로 주랑현관으로 통하는 프랑스식 문을 가리켰다.

이내 포터가 유리문을 열고 나타났다. "대통령과 대화를 나누는 것 봤네. 소외감이 들던데."

"걱정할 것 없어. 저 뱀 같은 작자가 한 말 중에 신경 써야 할 건 아무것도 없으니까."

포터는 담배에 손을 대려다가 지난주에 끊기로 결심한 것을 떠올리고 손을 내렸다. "윈 대법관에 대해서는 뭐라고 하던가?"

"아무 말 없었어. 하지만 내가 휴회를 연기할 거라고 하자 말문이 막히더군." 정성껏 관리된 잔디밭 위로 커다란 웃음소리가 퍼져 나갔다. "나이절 쿠퍼가 옳았어. 조커한테 대법원 자리에 대한 계획이 있을 거야. 스토크스는 아마 우리가 나가 있는 사이에 그 노인네가 죽어버릴 거라고 생각하고, 우리가 표를 구걸하는 사이에 자기 오른팔 한 명을 그 자리에 밀어 넣을 작정이었겠지."

"동기에 대해서는 쿠퍼의 말이 옳을지도 모르지만, 우리도 영원히 이 자리에 있을 순 없어. 상원은 내가 아니라 자네 소관이지. 확인은 자네가 알아서 해." 포터가 엄격하게 상기시키고 덧붙였다. "이번 일에 관해서는 그 남자의 도움이 환영할 만하지만, 그자는 큰 그림을 보지 못하는 것 같군. 우리 당에서는 그 자리를 노리고 있고, 그중 몇 명이 접전을 벌이고 있는 중인데."

"접전? 윈 대법관 자리에 초보 보수당원이 앉게 되면 세상이 어떻게 될 거라고 생각하나? 그 얼간이는 융화되기 힘들 거야. 만일 우리가 교외에 있는 동안 제8순회법정에 도널드슨 주교가 호출된다면 어떻게 할 거지? 종신직을 가진 그 남자를 상상할 수 있겠어? 그렇게 되면 11월에 대통령 진영에서 얼마나 신이 나겠나? 접전은 자네가 안고 있는 문제 중 가장 하찮은 게 될 거야."

상원 다수당 대표의 냉정한 말에 하원의장은 아무 말도 하지 못했다. 윈 대법관이 없어지면 지금껏 괜찮았던 대법원의 균형은 극단적으로 보수 쪽으로 기울게 될 것이고, 그의 유권자들은 겁에 질려 발작을 일으킬 것이다.

"빌어먹을."

"맞아." 상원 다수당 대표가 주위를 살핀 뒤 공모라도 하는 것처럼 목소리를 낮췄다. "그래도 우리한테는 선택권이 있어."

"선택권?"

"법률 고문 말에 따르면 목숨이 붙어 있는 한 원 대법관을 그 자리에서 물러나게 할 수는 없다고 하더군. 나이절 쿠퍼의 말이 맞는다면 원 대법관은 혼수상태로 몇 십 년은 버틸 수 있을 거야."

"우리 쪽 사람들은 그걸 헌법상의 위기라고 부르던데. 4 대 4. 거의 한 세대에 걸친 법원의 분열이지. 확실히 헌법을 만든 사람들이 염두에 두었던 상황은 아닐 거야."

"헌법을 만들었던 시대에는 인공호흡기나 인공영양, 안락사 같은 것이 없었으니까." 켄 네이버스가 다시 주위를 살피더니 몸을 앞으로 숙이며 부드러운 목소리로 말했다. "하지만 헌법을 만든 사람들은 법원의 크기를 늘릴 수 있는 권한을 의회에 부여했지."

포터가 눈썹을 치켜올렸다. "대법원을 재구성하겠다는 건가? 그게 해결책이야?"

"더 좋은 방법이 있나? 생각해보게. 청문회를 열어서 국민들의 화를 돋운 뒤에, 스토크스에게 타협안을 제안하는 거야. 대법관을 열한 명으로 늘리는 거지. 원 대법관은 죽을 때까지 그 자리를 차지하게 될 거야. 대통령이 억지로 도널드슨을 밀어붙이면, 우리도 우리 편인 사람을 올리면 돼. 건강 상태가 극히 양호한 서른다섯 살의 귀재로."

"괜찮은 것 같군. 하지만 수학 실력이 형편없는 것 아닌가? 지금 4 대 4야. 거기에 둘을 더하면 현재 상황과 똑같잖아."

"백악관에 이길 때까지 우리 사람을 들이자는 거지. 몇 년 있으면 브링먼이 그 자리까지 올라갈 거야. 2년째가 되면 그자도 유령을 포기할 거야. 그때 우리 쪽 사람을 그 자리에 앉힐 수 있어. 그때까지 버티는 거지. 원 대법관도 원하는 만큼 자리를 지킬 수 있을 거고. 우리는 두 표를 앞서게 되는 거야. 그러다 노인이 죽으면 세 표로 벌어지겠지. 정말 끝내주지 않나, 듀보스."

하원의장이 흥미를 보이며 물었다. "그렇다면 이 일에 관해서도 자네 편으로 통과시킬 수 있는 표를 가지고 있다는 말인가?"

"물론이지." 네이버스는 거리낌 없이 거짓말을 했다.

그가 가지고 있는 아슬아슬한 54표 중에는 공화당에는 질렸지만 진보적인 엘리트들을 포용할 준비는 되어 있지 않은, 주에서 선출한 보수적인 민주주의자 두 명이 포함되어 있었다. 하지만 성공시킬 것이다.

"사법부에서 청문회를 소집하게 만들 거야. 우리가 일을 끝마칠 때가 되면 전 국민이 미국 대법원을 구하기 위해 단상에 올라가 선거운동을 하게 될 걸세. 하지만 듀보스, 스토크스가 연극을 할 경우에 대비해 하원에서도 똑같이 달려들어야 해. 가능하겠나?"

"그 청문회가 어떻게 될지 모르겠군. 우린 전국에서 총격전을 펼치고 있어. 우리 쪽 사람들은 현장에서 선거운동을 해야 할 필요가 있네. TV에서 점수를 얻을 기대는 없으니까 말이야."

상원의원들은 방송에서 자신들의 목소리를 내는 걸 좋아했다. 하지만 하원은 완전히 달랐다. 그들은 실제로 사람들과 만나 이야기를 나누어야만 했다.

"그러니 우리 의원들은 집으로 보낼 필요가 있어. 자기 지역에 가서 불길에 부채질을 하게 말이야. 만일 원 대법관이 혼수상태에 빠져 있다면 그 문제를 쐐기로 박는 거지. 그런 뒤에 일찍 돌아와 타협을 강요할 거야."

"우리가 떠나면 저 개자식이 무슨 일이든 벌일 거야." 네이버스가 주장했다. "스토크스는 윈 대법관을 제거하고 휴회 중 임명을 하겠지. 그렇게 되면 우린 끝나는 거야."

"의원들을 계속 이곳에 잡아둘 수 있을지는 모르겠어. 하지만 필요하다면 스토크스를 붙잡아둘 만한 몇 가지 절차상의 속임수라도 부려야지. 그런 뒤에 돌아와서 스토크스를 먹어치우는 거야."

26

6월 21일 수요일

서류들을 보다가 그대로 엎드린 채 잠이 들었던 에이버리는 탱크톱과 반바지를 벗으면서 욕실로 들어간 뒤 샤워기의 물줄기 아래 섰다. 뜨거운 물에 흐릿하던 머리가 깨어나자 재빨리 옷을 입었다. 전자레인지에 붙은 시계가 오전 6시 23분을 가리키고 있었다. 에이버리는 얼마 남지 않은 시리얼을 탈탈 털어 그릇에 부은 뒤 냉장고에서 우유를 꺼냈다.

에이버리가 아침을 먹는 동안 문이 열리면서 링이 들어왔다. 의료용 가방이 쿵 소리와 함께 바닥에 떨어졌고, 이어 열쇠꾸러미가 테이블 위에 던져졌다. 링은 발로 문을 걷어차듯 닫은 뒤 눈을 문질렀다.

"집 앞에 진을 치고 있는 기자들은 언제쯤 철수할까?"

"미안해. 하지만 지금은 그냥 들어가서 쉬어. 자고 일어나서 이야기하자."

"잠은 무슨." 링이 하품을 하며 말했다. "내가 쓰러지기 전에 콜라나 하나 갖다줘."

에이버리는 링에게 콜라를 건네준 뒤 지난 24시간 동안 있었던 일들을 모두 털어놓았다.

링은 에이버리가 공격받았다는 얘기에 경악했다. "머린 어때?"

"뇌진탕은 없어."

"확실해? 바로 어제 대법관의 집에서 공격받았는데도 여전히 후견인을 하겠다는 거잖아." 링이 한숨을 내쉬었다. "대법관에 대한 네 충성심은 알겠지만, 넌 그 사람한테 빚진 게 없어."

"그냥 머리에 혹이 좀 난 것뿐이야. 게다가 그자들이 원하는 게 무엇인지 알기 전까지는 후견인을 그만둔다고 해서 안전해질 거라는 확신도 없고."

"이렇게 말해서 네가 화를 낼지 모르겠지만, 그 친절한 FBI 요원한테 도움을 청해볼 생각은 안 해봤어? 아니면 국토안보부에서 나왔다는 거인은 어때? 이런 문제는 그쪽 소관 아니야?"

에이버리도 그런 생각을 했었지만, 뭔가가 자신을 가로막았다.

"원 대법관님이 그쪽을 의지하지 않은 건 이유가 있기 때문일 거야. 뭔가를 더 알아내기 전까지는 그 사람들 중 누구도 이번 일에 끌어들일 생각 없어. 게다가 FBI는 애초에 부를 필요도 없고. 그들은 계속 내 뒤를 따라다니는 데다 지금도 길 건너편에서 진을 치고 있으니까."

"그럼 국토안보부에서 나왔다는 사람은?"

"그 사람은 믿음이 안 가." 실제로 에이버리는 오전에 시간을 내서 밴스 소령에 대해 알아봐야겠다고 마음먹었다. 더 좋은 생각은 재러드에게 그 일을 맡기는 것이었다. "아무래도 정부기관은 끌어 들이지 않는 편이 나을 것 같아."

"공식적으로는 나도 좋아하지 않아." 링이 선언했다.

"잔소리는 이제 그만해." 화제를 돌리면서 에이버리가 물었다. "바쁜 건 알지만, 내가 너한테 보낸 이메일에 있던 이름들에 관해 선 좀 알아봤어?"

"그래. 일단 씻고 잠 좀 잔 다음에 출력해서 줄게."

"그냥 모니터로 봐도 되는데."

"네가 어젯밤에 미생물학과 유전학을 공부한 게 아니라면 힘들 거야. 낯선 내용일 테니까."

"뭘 찾았는데?"

"일단 잠 좀 자고, 제임스 본드 놀이는 그 뒤에 하자." 링이 남은 콜라를 마저 마신 뒤에 침실로 향했다. "넌 나갈 거야?"

"법원에는 출입금지 상태고 경찰과 FBI 양쪽에서 날 주시하고 있는 중이라 집으로 지원군을 좀 불렀는데." 에이버리가 머뭇거렸 다. "내일은 몰래 조지아에 갔다 와야 할 것 같아."

링이 침실로 가는 도중에 멈춰 섰다. "조지아?"

"윈 대법관님이 애틀랜타 근처에 오두막을 가지고 있어. 거기에 도움이 될 만한 게 있을까 해서."

"재러드 윈도 같이 가는 거야?"

"그래."

"그 사람 사진에 나온 것처럼 귀여워?"

에이버리가 눈을 치켜뜨며 말했다. "그런 말 마. 재러드는 자기 아버지를 위해 날 돕는 거야. 그게 다라고. 우린 지난밤 이 퍼즐의 다른 조각을 알아냈어. 원래는 오늘 가려고 했는데, 오후에 리 요원이 제이미 루이스와 내 통장에 이체된 돈에 관해 면담을 하자고 해서 내일로 미룬 거야."

"그럼 어떻게 할 건지 알면서, FBI에 또 거짓말을 하겠다고?"

"선택의 여지가 없어."

링은 침실 문을 열면서 고개를 저었다. "선택의 여지는 있어, 에이버리. 난 그저 네가 잘못된 선택을 할까 봐 걱정이 되는 거고."

친구의 말이 틀렸다는 확신은 없었지만, 에이버리는 자기 침실로 돌아가 침대 위에 펼쳐놓았던 자료들을 끌어모았다. 그녀는 밤새 사이트에 보관되어 있던 윈 대법관과 아니가 나눈 대화를 해독하기 위해 씨름했다.

그 과정에서 에이버리가 알게 된 건 그들이 1년 전에 만났다는 것이었다. 바로 윈 대법관이 인터넷으로 부르신 증후군에 관한 정보를 찾고 있을 때였다. 또한 그들은 체스에 관한 공통된 집착을 공유했다. 확실한 건 아니가 은신처에 숨은 채 목숨을 잃을까 봐 두려워했다는 것이다. 메시지 중에 아니가 윈 대법관에게 잠재적인 치료법에 대해 알고 있다는 것을 숨겨야 한다고 경고하는 내용이 있었다.

그들의 대화에서 점차 커져가는 히스테리는 두 사람이 공유하고 있던 편집증의 불안한 형태를 대변하고 있었다. 자신과 비슷한 부류의 인간을 발견하고 광적인 음모 이론에 엮여 망상으로 자살하려던 미친 남자를 돕기 위해 에이버리가 미래를 걸었을 가능성도 있었다.

하지만 거실 바닥에 쓰러져 있던 제이미 루이스의 모습과 자신의 은행 계좌에 들어 있는 50만 달러를 생각하면 그 광기 속에도 진실이 있다는 것을 알 수 있었다. 에이버리는 아무것도 몰랐지만, 그게 무엇인지 알아낼 것이다.

에이버리는 자료들을 모아 거실로 나갔다. 그 메시지들 어딘가에 윈 대법관이 단서를 남겨놓았을 것이다. 에이버리는 자신의 서류 가방을 한참 쳐다보았다. 법원에 있는 다른 사람들이 그 가방 안에 들어 있는 소송 기록들과 완성되지 못한 보고서들을 읽을 리 없다는 것을 잘 알고 있었다. 에이버리는 고개를 내저었다. 그녀가 대법원을 위해 할 수 있는 최선의 일이 지금 테이블 위에 펼쳐놓은 메시지에 숨겨져 있었다.

한참 동안 잠을 자다가 깬 링이 어슬렁거리며 거실로 나왔을 때, 에이버리는 현관문을 열고 있었다.

하품을 하면서 링이 말했다. "에이버리, 손님이 오셨으면 소개해 줘야지."

"이쪽은 재러드 윈, 그리고 노아 폭스야. 이쪽은 룸메이트예요. 의사고, 이름은 링 인이에요."

링은 기운 없이 손을 흔든 뒤 주방으로 들어갔다. "지금 음식 주문할 거야. 태국 음식 괜찮아?"

"좋지." 에이버리가 무심코 대답했다. "재러드, 그 이메일 주소 추적에 진전이 있나요?"

재러드가 테이블 위에 노트북을 올렸다. 노트북에는 에이버리가 전에 보지 못한 부품들이 부착되어 있었다. 어리둥절한 에이버리의 표정을 알아차린 재러드가 설명했다.

"해킹은 복잡한 작업이에요. 오늘 아침 판사님의 개인 계정에 들어갔어요. 하지만 내가 본 게 무엇인지 제대로 이해한 건지 모르겠습니다. 지난 6개월간 판사님은 티그리스로스트나 아니와 이메일을 주고받았어요. 당신이 읽었던 체스다이너모 채팅방 메시지와 같은 것이었죠. 하지만 그 이메일들에는 그들이 주고받은 파일들도 포함되어 있었죠."

재러드가 그 화면을 불러냈다.

"그들이 나눈 대화의 대부분은 워싱턴은 화창하다든지, 티그리스가 사는 곳은 춥다든지 하는 내용이었지만, 확실한 건 날씨 이야기를 하는 게 아니라는 겁니다. 핵심은 아니가 누군가 자기를 죽이려고 했다고 믿고 있다는 거죠."

"채팅방에서도 같은 내용이 있었어요. 양쪽 다 암살 추정에 겁을 먹고 있었죠."

재러드가 화면에 떠 있는 특정 메시지를 툭툭 두드렸다. "아니는 누군가 자신의 동료들을 살해했다고 생각하고 있었어요."

"동료들이요? 어느 회사일까요?" 에이버리가 서류 뭉치에 손을 댔다. "아니가 금고 안에 있던 회사들 중 어느 곳에 다니는 건지 알아내지 못했어요. 원 대법관님은 강을 찾아보라고 하셨죠. 티그리스강은 터키와 이라크를 가로질러요. 하지만 아니는 인도 이름이죠. 원 대법관님이 확인한 회사는 인도, 중국, 미국 회사였어요. 터키나 이라크 회사는 없었죠."

"나도 ISP를 역추적하면서 트래픽 분석을 해봤지만, 이 티그리스로스트라는 사람은 철저하게 자신을 숨기고 있어요. 아직 전기도 들어가지 않은 지역들을 거쳐 신호를 보냈더군요." 재러드도 당혹스러워하고 있었다. "내가 생각할 때 이 사람은 자신의 위치를 숨기기 위해 복잡한 네트워크와 위성 체제, 암호화된 프로토콜을 이용했어요. 티그리스로스트는 확실하게 게임에서 기록을 숨기고, 당신을 위한 테스트를 설정해뒀어요."

링이 마실 것을 들고 거실로 나오자 노아가 수첩을 꺼냈다.

"재러드가 저한테 루이스 간병인의 클라우드를 해킹한 내용을 보내줬어요. 그 내용대로라면 윈 대법관님은 병세가 빠르게, 예상했던 것보다 훨씬 빠르게 진행되고 있었어요."

"그 내용 중에 아니와 윈 대법관님이 무슨 일을 했는지 알려줄 만한 건 없었나요?"

"없었어요. 루이스 간병인이 기록한 내용 대부분이 대법관님의 편집증과 스토크스 대통령에 대한 집착이 심해지고 있다는 것이었어요. 제법 심한 내용들이었는데, 아메리칸대학교에서 대통령을 비난했을 때가 정점이었어요."

"좋은 소식은 없나요?" 에이버리가 물었다.

잠깐 자리를 비웠던 링이 두툼한 파일을 들고 돌아왔다.

"네가 보내준 목록들을 확인하면서 그 회사들의 특허 연구와 기사들만 집중적으로 찾아봤어." 링이 파일을 뒤적거리다가 에이버리에게 보여주려고 찾아두었던 기사들을 끄집어냈다. "주로 부르신 증후군이나 그와 유사한 질병들을 연구하는 회사들과 관련된 의학 저널에서 찾은 정보들이야."

재러드가 이마를 찡그린 채 몸을 앞으로 내밀었다. "부르신 증후군이 사람들의 관심을 끌 줄은 몰랐네요."

"그 병은 질병 자체로는 중요하지 않아요." 링이 양해를 구하며 설명했다. "하지만 부르신 증후군의 유전자 표식은 몇 가지 두드러진 특징을 가지고 있어요. 그래서 생물 유전자학자들 중에서는 파킨슨병이나 헌팅턴병과 마찬가지로 DNA 배열을 새로 하거나 증후군을 유발시키는 결함이 있는 염색체를 표적하는 것으로 치료할 수 있다고 믿는 사람들이 있어요."

노아가 끼어들었다. "의대에 가지 않은 우리 같은 사람들을 위한 해석인가요?"

링이 미소를 지으며 대답했다. "만일 유전자 치료로 독특한 특징을 가진 부르신 증후군 같은 특정 염색체를 표적할 수 있다면 이론적으로 다른 유전자 표식에도 그 과정을 적용시킨 기술을 개발할 수 있다는 것을 뜻해요." 링은 그 자리에 있는 사람들의 혼란스러운 표정을 보자 더 자세히 설명했다. "예를 들면 히게이아라는 회사는 전도유망한 일을 하고 있어요."

"원 대법관님도 히게이아에 관련된 보고서를 여러 장 가지고 계셨어. 그 회사는 얼마 전에 아드바르가 인수했지." 에이버리가 떠올리며 말했다.

"놀랄 일도 아니야. 히게이아는 유전자 연구 중에서도 최첨단 기술을 개발하고 있었어. 비록 논란의 여지가 있는 이론들이긴 했지만." 링이 두꺼운 파일을 뒤져 서류 한 장을 찾아냈다. "흥미로운 점은 히게이아가 Y하플로그룹에 관한 연구를 많이 했다는 거지."

"다른 곳에서도 하는 게 아닌가요?" 노아가 진지한 표정으로 물었다.

링은 잠깐 노아를 쳐다보고는 이어서 설명했다. "Y하플로그룹은 DNA 변형 정도에 따라 구분된 유전자 그룹으로, 특정한 지리적 분포가 특징인 유전자예요. 기본적으로 DNA 코딩을 바탕으로 당신 조상들이 어디서 왔는지를 확인할 수 있는 좋은 기회가 생기는 거죠. 히게이아는 전문적으로 그런 유전자들에 집중했고, 거기 연구팀은 수많은 특허를 확보했어요."

"그쪽에서 개발한 게 뭔데?" 에이버리가 물었다.

"시장에 나온 건 없지만, 유전자 특허는 새로운 분야야. 특허 소유자들을 상호 참조해봤더니 같은 연구원의 이름이 계속 나왔어. 그리고 그 특허들이 정지됐지."

에이버리가 그 지원서의 날짜들을 훑어보았다. "아드바르가 히게이아를 인수하기 직전에 특허권들이 정지됐네. 이게 아드바르와 젠 워크스로 이어지는 거고."

"기술을 가진 회사들을 인수하는 건 드문 일이 아니에요. 머리가 좋은 사람들도 새로운 주인을 위해 물건을 만들 뿐이죠." 재러드가 말했다.

링이 고개를 끄덕이며 말했다. "목록에 가장 많이 등장하는 사람의 이름을 봐봐."

"A. K. 람지 박사." 에이버리가 특허들을 찬찬히 살펴보았다. "이 사람은 모든 명단에 다 올라 있어. 연구를 계속하기 위해 다른 회사로 옮긴 건가?"

"나도 그렇게 생각했지. 하지만 그들의 연구를 잇는 새로운 특허는 없었어. 더 흥미로운 점은 그 특허의 주제야. 시간이 지나면서 람지 박사는 특정 Y하플로그룹을 조작하는 데 집중했어. L과 H 그룹이지. 그 뒤에 박사의 초점에 의문을 제기하는 기사가 뜨자 람지 박사는 논문 출간을 그만둬버렸어. 그러곤 잊혔지."

"그게 언젠데?"

"대충 18개월 전쯤일 거야." 링은 서류 더미에서 마지막 기사를 찾아냈다. "람지 박사는 지난 5월에 아데노바이러스 매개체의 응용에 관한 논문을 냈어. 하지만 그건 그 논문을 대략 1년 전에 썼다는 의미야. 오늘은 더 깊이 파고들 시간이 없었어."

"A. K. 람지. 이 사람이 미지의 인물, 아니일 수도 있겠군요." 재러드가 명령어를 자판으로 입력하며 말했다. "이제 어디를 찾아야 할지 알게 됐으니 뭐가 나올지 한번 파헤쳐보죠. 다른 개발자들의 이름은 없나요?"

링이 서류 더미 속에서 종이 한 장을 빼냈다. "히게이아와 비슷한 연구에 집중하던 회사들이 받은 특허들을 모아봤어요. 중국 회사들은 우리 특허 과정에 대한 인내심이 부족하더군요."

"람지 박사의 연구는 특별히 부르신 증후군에 중점을 둔 거야?" 에이버리는 링이 준 자료들을 유심히 살펴며 물었다. "윈 대법관님은 이런 회사들과 연구 결과들을 오랜 시간을 두고 조사하셨지. 만일 그들이 부르신 증후군의 치료약을 만든 게 아니라면 윈 대법관님이 이렇게 광범위한 자료들을 모은 이유를 모르겠어."

"아까 말했듯이 부르신 증후군은 유전자 치료로 치료할 수 있는 질병이긴 해. 하지만 유전공학 연구에 모두가 호의적인 건 아니지. 많은 생명 윤리자들이 유전자 치료의 무기화를 우려하고 있어."

"어떤 점에서?"

"광범위해. 만일 네가 사람을 강하게 만드는 단백질을 가진 특정 유전자를 표적으로 삼을 수 있다고 상상해봐. 기본적으로 운동선수들은 몰래 유전자 도핑을 하겠다고 생각하겠지. 그리고 그걸 군대에 적용하게 되면 잠을 적게 자고 장비도 적게 드는 초강력 전사들을 보유하게 되는 거야."

"그 반대로 할 수도 있어? 군대를 표적 삼아서 더 약하게 만들 수도 있는 거야?" 에이버리가 조용히 물었다.

"현재 유전자 치료는 대상자와 밀접한 접촉을 필요로 해. 네가 말하는 건 화학물질을 조합해 미세한 표적에 타격하는 거야." 링이 신중하게 대답했다. "유전자 무기화는 주변 영역이야. 명망 있는 과학자들은 대부분 그런 종류의 일을 인정하지 않아."

"찾았어요!" 컴퓨터를 보고 있던 재러드가 에이버리를 돌아보며 말했다. "A. K. 람지의 정식 이름은 아니 칸다하르 람지예요. 그 사람은 1년 반 전에 논문 출간을 그만뒀는데, 그와 비슷한 시기에 유전자 무기화의 폐해에 대한 글이 올라왔어요. 저자가 누구일 것 같아요?"

에이버리는 테이블 위에 흩어져 있는 이메일을 출력한 종이들을 쳐다보았다. **강을 봐라.**

"티그리스로스트요."

27

"맞아요." 재러드가 자판으로 더 많은 명령어를 입력했다. "초기에 올린 게시물에선 유전자 특허와 그 연구 방향의 위험성에 대해 경고하고 있어요. 그 뒤로 계속 글을 올리면서 히게이아가 생물의학을 대량 살상 무기로 전환시키는 허가받지 않은 연구에 개입했다는 주장을 했어요. 히게이아와 다른 회사들 몇 곳을 고발했죠. 새로운 형태의 생물학적 무기를 개발하는 데 공모했다고 주장했어요."

"전부 티그리스로스트가 작성했어요?" 에이버리가 재러드 뒤에서서 어깨 너머로 화면을 들여다보았다. "나도 보여줘요."

"잠깐만요." 재러드가 명령어를 연속으로 입력하자 게시물들이 빠른 속도로 나타났다. 그러다 갑자기 똑같은 속도로 사라지기 시작했다. 재러드가 좀 더 빠른 속도로 자판을 입력하다가 작은 소리로 욕설을 내뱉었다. "이게 뭐야?"

"뭐가 잘못됐어요?"

"나도 모르겠어요." 게시물들이 사라지는 것을 보면서 재러드가 중얼거렸다. 도저히 멈출 수 없자 재러드가 급하게 화면을 캡처했다. 1분도 되지 않아 모든 자료들이 사라졌다. 재러드는 좌절감에 테이블을 주먹으로 내리쳤다. "이런 건 처음 봐요."

"어떻게 이런 일이 가능한 거죠?"

"모르겠어요." 재러드가 앉아 있을 수 없었던지 벌떡 일어났다. "캐시 복구 프로그램으로 유사한 언어나 관련된 ISP들을 이용해 게시물들을 찾았어요." 그가 텅 빈 화면을 가리켰다. "그 게시물들을 화면에 띄우자 바이러스라도 걸린 것처럼 사라져버렸어요."

"다시 찾을 순 없나요?" 링이 물었다.

재러드가 컴퓨터 앞에서 몸을 숙였다. "간신히 화면 두 장을 캡처했죠. 그게 다예요."

"그럼 이제 우리한텐 아무것도 없다는 거네요."

"아직은 아니에요."

재러드가 명령어들을 입력한 뒤 컴퓨터에 낯선 장치를 연결했다. 30분가량 정적이 흐른 뒤에 재러드가 만족스러운 한숨을 내쉬었다.

"어떻게 됐어요?" 에이버리가 물었다.

"누군가 티그리스로스트에 관련된 내용을 숨기기 위해 애를 썼어요. 람지 박사나 그 동료들의 최근 목격담을 찾을 수 없는 걸 보면 말이에요." 재러드가 의자를 뒤로 젖히며 양손으로 머리 뒤를 받쳤다. "방금 링이 준 명단에 나와 있는 사람들 중 몇 사람을 찾아봤어요. 람지 박사와 공동 개발자로 이름을 올린 과학자들은 모두 죽었어요."

"어떻게 죽었는데요?" 노아가 화면 앞으로 다가오며 물었다.

"이 팀 사람들한테는 사고가 아주 많이 일어났더군요. 파르쿠 트라팔리 박사는 6개월 전 뭄바이에서 교통사고로 죽었어요. 비자푸르에 있던 자야 굽타 박사는 주택 화재로 사망했고, 상기타 말호트라 박사는 하이데라바드에서 강도가 쏜 총에 맞아 죽었어요. 그리고 프리아 센 박사는 인도네시아에서 휴가를 보내는 중에 물에 빠져 죽었죠."

에이버리는 갑자기 소름이 돋아 양팔을 문질렀다. "아니에 관한 정보는 없어요?"

"일단 판사님의 체스 상대가 그 사람이었을 거라고 추정되지만, 그 외에 아니 람지 박사에 대해서는 아무것도 나오는 게 없어요. 회사가 인수되기 전에 람지 박사가 하이데라바드에서 빌린 아파트와 인터넷에 떠도는 몇 년 전까지의 구매 내역은 찾아냈지만, 그 이외에는 전부 다 지워졌어요."

"국제 데이터베이스를 이렇게 빨리 확인한 거예요?" 노아가 물었다.

"제대로 된 기술만 있으면 가능해요. 돈은 흔적을 남기니까요. 현금은 추적하기 힘들지만 출처는 있게 마련이죠. 일반적인 경우에는 그 원점을 찾을 수 있어요. 람지 박사가 다른 나라에 있을 수도 있지만, 인도 은행 계좌와 전자상에서의 흔적은 사실상 사라졌어요."

"그럼 그 사람은 떠난 건가요?" 링이 에이버리의 어깨에 손을 올렸다. "이제 찾을 수 없는 거예요?"

재러드가 고개를 살짝 끄덕였다. "지금까지 상황으로 봐선 그래요. 하지만 전자상의 흔적을 완벽하게 지울 수 있는 사람은 아무도 없어요. 그래서 일단 특정 검색어에 태그를 달아놨어요. 누군가 같은 정보를 찾는다거나 람지 박사가 머리를 내밀 경우 바로 알 수 있게 말이에요. 박사가 신용카드를 이용하거나 온라인으로 움직일 경우에도 대비했죠. 혹시 람지 박사를 찾는 다른 사람이 있다면 그 사람과 채팅할 수 있을 겁니다."

에이버리는 죽은 과학자들과 사라진 람지 박사에 대해 생각했다. 윈 대법관이 남긴 빵 부스러기의 흔적은 그녀를 아니 람지에게로 이끌었다. 나머지는 조지아에 있는 오두막에 있을 것이다.

"그 사람을 찾을 필요가 있을 것 같아요. 실제로 말이에요."

"인도로 갈 겁니까?"

"아직은 아니에요. '광장에서'란 의미는 체스 게임 이상의 뜻이 있는 게 분명해요. 만일 아니가 열쇠라면 윈 대법관님은 우리가 그 사람을 찾아주길 기대했을 거예요. 하지만 그 사람이 아직 인도에 있는 건지는 모르겠어요."

"어째서요?"

"이 모든 게 너무 잘 계획되어 있어요. 거기다 인도에 가서 아니를 찾는다는 건 아무래도 무리수잖아요. 만일 우리한테 그 사람을 찾으라고 한 거라면 아니는 여기 미국에 있을 거예요."

재러드가 말했다. "출입국 기록과 비행기 승객 명단을 확인해봤어요. 아니 람지는 작년에 미국에 들어오지 않았어요. 물론 람지 박사가 가명으로 들어왔을 가능성도 있죠. 그런 경우라면 그 사람을 추적할 방법이 없어요."

"광고를 이용하면 어때요?" 링의 제안에 방 안에 있는 모든 사람들이 그녀를 쳐다보았다. 링이 어깨를 으쓱했다. "디지털 방식으로 그 사람을 쫓을 거라면 위험도 감수해야죠. 광고로 그 사람한테 요청하는 거예요. 광장에서 만나자고 말이에요."

"그 사람이 어디 있는지 아직 모르잖아요." 노아가 말했다.

"에이버리가 알아낼 거예요. 그러는 동안 소셜미디어를 이용해 연락을 하는 거죠. 그 사람이 미국에 있다고 가정하고, 다양한 채널을 이용해 글을 올려서 우리가 뭔가 알아냈다는 것을 알리는 거예요. 그리고 광장에서 만나자고 하는 거죠."

"한 사람을 찾기 위해 디지털 광고를 하자는 겁니까? 모든 곳에다 노출을 시키려면 비용이 엄청나게 들 거예요." 노아가 말했다.

"다른 방법이 있나요? 우리에겐 구체적인 뭔가가 필요하고, 그 사람이 가장 큰 희망인데." 링은 손을 들어 노아의 말을 막은 뒤 이렇게 덧붙였다. "맞아요. 디지털 광고는 비용이 많이 들죠. 하지만 지금은 돈을 따질 때가 아니에요. 대법원 회기가 끝날 때까지 2주도 안 남았어요. 문제의 50만 달러를 처리할 수 있는 좋은 방법이기도 하고요."

에이버리가 노아를 쳐다보았다. "광고에 올릴 회사의 가명과 소셜미디어, 체스다이너모의 계정이 필요해요. 추적이 불가능한 것으로요. 내일까지 가능할까요?"

"알겠습니다. 광고를 게재할 곳을 물색하고, 프로필을 만들죠. 이 일이 지금 하고 있는 조사보다 흥미롭네요. 광고에 올릴 메시지는 뭐라고 할까요?"

"체스다이너모. 광장에서. 기다리겠습니다."

"그게 답니까?"

"온라인으로 체스를 하는 사람이나 체스 관련 정보를 검색하는 사람들, 윈 대법관님에 관한 정보를 검색하는 사람들에게 태그가 걸리도록 광고를 해야죠. 만일 그 사람이 겉으로 보이는 것처럼 게임에 전념하는 사람이라면 그 광고를 볼 거예요. 운 좋게 람지 박사가 알아차린다면 윈 대법관님의 게임이나 체스다이너모의 메시지로 나한테 연락을 하겠죠."

"만일 그 사람이 연락을 하지 않으면요?"

에이버리가 테이블을 둘러보았다. "더 좋은 의견이 있으면 들을게요."

"디지털 광고로 박사를 쫓는 동안 난 팝업을 몇 개 설치할 겁니다. 대부분의 엔진에서 올바른 검색어를 입력한 사람이라면 당신에게 연락하라는 초대를 받게 될 거예요." 재러드가 말했다.

"아까 화면을 캡처한 건 어때요? 뭐라고 되어 있죠?"

재러드가 이미지 하나를 열고 재빨리 읽으면서 대략적인 요점을 파악했다. "티그리스로스트는 점차 진보하는 악에 대항하는 목소리를 냈다가 직업을 잃었다는 것으로 이야기를 시작했어요. 샌새드에게 행동을 하라고 요구했어요."

"샌새드는 인도 의회를 말하는 겁니다." 노아가 설명했다. "무슨 행동을 하라는 거였나요?"

"람지 박사는 자신의 행동 때문에 세상이 히게이아의 폭정을 배우려 했다고 주장했어요. 하지만 조사가 시작되기 전에 아드바르가 히게이아의 지배지분을 사들였죠. 모든 특허와 데이터까지 말이에요. 람지 박사는 아드바르가 정부와 진실을 묻어버리겠다는 약속을 했다고 주장했어요." 재러드가 또 다른 화면을 불러왔다. "이건 몇 달 전에 올라온 거예요. 티그리스로스트는 히게이아가 이상한 요소들에 근거해 특정 대상자들을 모집했다고 주장했어요."

"그게 뭔데요?"

재러드가 눈을 가늘게 뜨고 화면을 봤다. "L1, L3, R2, HM69 경향이라고 되어 있는데."

"그게 뭐죠? 상상 속 체스 게임을 위한 대수 표기라도 되는 건가요?" 노아가 물었다.

"아니요." 링이 재러드 옆으로 다가갔다. "하플로그룹이에요. 유전학과 고고유전학의 맵핑을 위한 코드와 숫자예요."

에이버리가 몸을 내밀어 재러드의 노트북 화면을 들여다보았다. "맵핑이 뭔데?"

"DNA 염색체 표기야. 모계인 mt DNA 대신 Y 염색체를 집어넣은 거지. 이 표기들은 어머니나 아버지의 DNA에 근거한 특정 지역을 가리키고 있어. 연구자들은 민족별로 더 발병이 많이 되는 특정 질병이 있다는 것을 알아. 이를테면 아프리카인들에게 나타나는 겸상적혈구성 빈혈이나 스칸디나비아 사람들에게서 많이 보이는 쇼그렌 라손 증후군처럼."

"그럼 여기 있는 숫자들은 무슨 뜻이야?"

"내가 좀 써도 될까요?" 링이 재러드의 컴퓨터에 손을 내밀자 재러드가 아무 말 없이 노트북을 밀어주었다. 링이 자판을 입력하면서 설명했다. "난 유전학자가 아니야. 하지만 유전자 그룹, 그러니까 Y하플로그룹을 추적해서 특정 지역에 나타나는 빈도를 측정하는 인류 진화 프로젝트가 있다는 건 알지. 조상을 밝히는 것은 DNA 테스트로 알아낼 수 있는 일의 일부고."

"20달러짜리 테스트로 그 모든 것을 알 수 있다면 좋은 거 아닌가요?" 노아가 실소를 했다.

"조상을 찾는다는 건 표면적인 거고, 그들은 기본 전제를 이용해요. Y 염색체는 주로 돌연변이가 없이 아버지에서 아들로 전달되고, 재조합을 피해 혈통을 보존하는 최고의 능력을 가지고 있어요."

노아가 재치 있게 말했다. "아버지와 아들이 닮았다는 것에 새로운 의미를 부여하는군요."

"맞아요." 컴퓨터 화면을 뚫어지게 보던 링이 말을 끊었다. "아, 이거 흥미로운데."

에이버리가 물었다. "뭔데?"

"나도 잘 모르겠어. 잠깐만." 링이 계속해서 스크롤을 내리다가 고개를 저었다. "이 하플로그룹들. 이 사람이 인용한 지명. 인도와 파키스탄에 이런 표식을 가지는 특정 그룹이 있어."

"어떤 그룹인데?" 에이버리가 물었다.

"파키스탄의 훈자족, 로드하 지역. 인도의 카슈미르, 아삼, 서벵골 지역."

"인도 과학자들이 자신들 지역에서 그룹을 연구한다는 건 이상할 게 없지 않아요? 어쩌면 아대륙을 위해 독자적인 유전자 기업을 세우려는 걸지도 몰라요." 노아가 말했다.

"람지 박사의 동료들이 죽은 이유와 관련이 없다면 그럴 수도 있겠죠." 재러드가 상기시켰다. "하지만 파키스탄과 인도는 영국이 1947년에 분할하기 전까지는 한 나라였어요. 인도의 힌두교도들과 이슬람교도들이 새롭게 만든 나라가 파키스탄이죠. 물론 그렇다고 해서 간단한 문제는 아니었어요. 가족 간의 유대, 역사적인 동맹, 그 모든 것이 깔끔한 분할이 아니었다는 것을 의미하니까. 한 민족이었던 집단이 공통점을 가지고 있는 건 당연한 일이에요. 링, 이런 걸 연구할 가치가 있을까요?"

링이 대답하기 전에 에이버리가 끼어들었다. "인도와 파키스탄의 분할은 더 복잡한 문제들에 대한 지정학적 해결책이었어요. 지금 우리가 보고 있는 이 그룹들은 유전학 밖에서 이들을 연결하고 있는 눈에 띄는 특징이 있어요."

노아가 화면을 쳐다보았다. "그게 뭔데요?"

"한때 같은 나라에서 살았던 민족과 종교 집단을 분리시킬 만한 분열이 왜 일어났을지 생각해봐요." 에이버리가 불안한 눈으로 친구들을 쳐다보았다. "만일 내가 잘못 알고 있는 게 아니라면 이 사람들은 모두 인도에 남아 있던 이슬람교 소수집단에 속해 있을 거예요."

28

차가운 정적이 방 안에 흘렀다.

"히게이아가 이슬람교도들을 상대로 실험을 했다는 건가요?" 노아가 믿을 수 없다는 듯 물었다.

에이버리는 그 집단들의 연결 고리를 발견한 것에 스스로도 멈칫했다. 윈 대법관은 종교인들에 관한 실험의 가능성에 대해 알지 못했을 것이고, 아무 말도 하지 않았다.

에이버리는 손을 들어 올리며 사람들에게 상기시켰다. "모두 진정하죠. 우리가 가진 건 어떤 연구 자료의 캡처본, 합병 교착, 사라진 과학자 문제뿐이에요. 아는 것도 몇 가지 없죠. 하나, 티그리스로스트는 히게이아에서 일한 과학자다. 둘, 아니 람지 박사가 티그리스로스트일 가능성이 있다. 셋, 히게이아는 스토크스 대통령이 합병에 반대하는 이유라고 말하는 유전 치료 실험에 참여했다."

재러드가 덧붙였다. "넷, 그 실험의 대상은 염색체 연관이 있는 지역에서 선정되었다. 다섯, 람지 박사를 돕던 사람들은 현재 모두 죽었다."

노아가 목 뒤를 문질렀다. "인도 중부에 있던 생명공학자가 이슬람교도들을 상대로 유전자 표기를 연구했다니, 좀 불길하게 들리는데요."

링이 양손을 들었다. "잠깐만요. 그 지역에는 기독교도들과 유대교도들, 힌두교도들도 있어요. 우린 그 표식이 무슨 용도로 사용되었는지 몰라요. 미리 경고했어요. 난 유전학자가 아니라고."

"조금 전에도 말했지만, 우리한테는 데이터가 있지만 증거가 없어. 좀 더 많은 정보가 필요해." 에이버리가 의자를 뒤로 밀고 자리에서 일어났다. "아침이 되면 재러드와 난 원 대법관님이 이번 일을 해결하는 데 도움이 될 만한 정보를 남겼는지 알아보러 조지아로 갈 거예요. 링과 노아는 이 회사들에 대해 좀 더 알아봐줄 수 있어요? 찾을 수 있는 건 뭐든지 좋아요. 난 대법관님의 노트를 다시 만들고 싶어요. 그리고 디지털 광고도 진행해주세요. 우리한테는 람지 박사가 필요해요."

"이 일에 여름휴가를 바칠 겁니다. 인도에 있는 업무 파트너한테도 연락해볼게요. 람지 박사를 찾을 다른 방법은 없는지 찾아보죠."

"안 돼요!" 에이버리는 자기에게 연락한 뒤에 죽은 간병인을 떠올렸다. 사라진 과학자, 죽은 동료들, 그리 비밀스럽지 않은 자신의 숭배자. "지금 당장은 우리 네 명만 알고 있어요. 다른 사람들한테는 알리지 말고요." 에이버리가 네 사람과 차례로 눈을 마주쳤다. "알겠죠?"

모두 만장일치로 대답했다.

"알았어요."

스토크스 대통령은 백악관에서 저녁 뉴스를 틀었다. 사랑스럽게

296

생긴 여성 진행자 옆에서 20대로 보이는 평범한 미남이 프롬프터를 읽고 있었다. 그는 다 안다는 표정으로 카메라를 쳐다보았다.

"윈 대법관은 재임 기간 내내 수수께끼 같은 인물이었습니다. 스콧, 더 할 이야기 없나요?"

분할된 화면에서 스콧 컬리가 똑같이 침울하면서도 흥분된 모습으로 대답했다. "데이비스, 윈 대법관의 운명이 누구 손에 결정될 것인가에 관한 의문과 함께 혼수상태에 빠진 채 사흘이 지났습니다. 윈 대법관은 법정 전문가들 사이에서도 논란이 많은 사안에 관해 부동표를 행사하는 것으로 알려져 있고, 예측하기 어렵다는 점에서 악명이 높았죠."

이번에는 공동 진행자인 피비가 물었다. "스콧, 윈 대법관의 투표가 중추적인 역할을 할 것으로 보이는 사건들이 현재 계류 중인가요?"

"젠 워크스 대 미합중국의 국제 사건에서 윈 대법관의 표가 결정적인 역할을 할 것으로 기대되고 있었습니다. 지난 몇 달간 보도했던 대로 미국 생물유전학 회사인 젠 워크스는 인도에 기반을 둔 아드바르와 합병을 추구하고 있었죠. 아드바르는 내년에 폭발적인 성장을 할 것으로 보이는 거대 생물공학 회사입니다. 아드바르는 종래의 치료법에 면역이 생긴 치명적인 질병들을 치료할 수 있다고 주장하는 새로운 유전자 치료법의 특허를 가지고 있어요. 하지만 윈 대법관의 급환으로 두 회사의 미래에는 그림자가 드리워지고 말았죠. 합병은 현금과 주식의 교환으로 이루어질 것으로 예상되었고, 양국에도 묵직한 발자국을 남겼습니다. 만일 대통령이 계속 반대한다면 앞으로 국제 합병에 큰 타격이 될 수도 있어요."

"논쟁이 벌어진 이유는 무엇입니까?" 다시 데이비스가 물었다.

"미국의 대외 무역법에 관한 엑슨 플로리오 개정법에 따라 대통령은 국가 안보 위협을 제기하는 회사의 외국 회사 인수를 중단하거나 금지할 권한이 있기 때문입니다. 기억하고 있을지 모르겠지만, 조지 W. 부시 대통령이 플로리다에 있는 항구를 중동 회사에 파는 것을 막기 위해 이 조항을 사용할 뻔했던 적이 있었죠."

피비가 물었다. "스토크스 대통령은 그 인도 회사도 그런 위험을 가지고 있다고 생각하는 건가요?"

"좋은 질문이에요, 피비. 상업적인 거래에서 걸림돌로 보이고 싶은 대통령은 없는 법이죠." 스콧이 말했다.

데이비스가 고개를 끄덕이며 말했다. "그렇다면 스토크스 대통령은 기본적으로 그 회사들의 합병에 자신의 허락을 받아야 한다고 말하고 싶은 거군요. 푸틴 대통령이 말했던 것과 비슷하게 들리는데요."

스콧이 책망하는 눈초리로 데이비스를 쳐다보았다. "그렇지 않습니다. 스토크스 대통령은 젠 워크스와 아드바르 사이에 공유된 생화학과 생물유전학 기술이 그 인도 회사에 존속될 경우 국가적인 위기를 불러일으킬 수도 있다고 주장했으니까요."

"하지만 나이절 쿠퍼는 합병 후에도 미국 지사를 직접 이끌 거라고 했습니다."

"그렇게 말을 했지만, 과거에 이런 합병을 지켜본 사람들이라면 모든 약속이 반드시 지켜지는 게 아니라는 것을 알고 있으니까요. 스토크스 대통령은 유전자 검사와 줄기세포 연구에 일관되게 반대하고 있습니다."

피비가 보이지 않은 시청자들을 향해 미소 지었다. "인도는 인간의 유전자 검사에 대한 국제적인 논쟁에서 중요한 역할을 하게 되었을 뿐만 아니라, 미국에서 일부 의원들이 그런 유형의 유전자 연구를 불법화하기 위한 법안을 도입한 것에 비해 훨씬 관대하게 대처하고 있습니다. 스토크스 대통령은 이번 합병을 허용할 경우 선거 직전에 생명 윤리 문제로 인해 힘든 상황에 처하게 될 경우를 걱정하는 것일 수도 있겠네요."

데이비스가 끼어들었다. "더불어 스토크스 대통령이 강력하게 추진했던 무역 협정의 승인을 인도 의회가 거부한 뒤로 인도와 대통령 사이에 긴장감이 고조되어 있는 상태죠. 대통령의 합병 금지 결정 역시 자신의 명성을 걸었던 협정이 거부당한 것의 복수가 아닐까요, 스콧?"

"내부자들 사이에선 그런 추측도 나오고 있습니다만, 확실한 증거는 없습니다."

"캐드리스 대통령이었다면 이렇게 논란이 많은 결정을 내렸을까요?" 피비가 정곡을 찔렀다.

스콧이 고개를 저었다. "일반적인 통념에선 아니라고 말할 겁니다. 캐드리스 대통령은 보수주의자였으니까요. 하지만 캐드리스 대통령의 심장마비 때문에 우리는 그 답을 알 수 없게 됐죠. 스토크스 대통령은 확실히 외교 문제에 더 공격적이긴 합니다. 하지만 훈장을 받은 전쟁 영웅한테 다른 걸 기대해야 할까요? 인도는 미국의 무역 정책에 분노한 나라들에 동조했다는 이유로 비난받았습니다. 스토크스 대통령은 명백하게 자기 책임이라고 믿고 있어요."

데이비스가 고개를 끄덕였다. "감사합니다, 스콧."

스콧이 사라지고 새로운 얼굴이 튀어나왔다.

"이번에는 저명한 정치학자이자 재판 연구관인 크리스티나 그리어 박사를 모셨습니다. 나와주셔서 감사합니다."

"반갑습니다."

"대법원이 이번 회기가 끝나기 전에 젠 워크스와 아드바르 문제에 관한 판결을 내릴 것으로 예상하고 있습니다. 사실인가요?"

그리어가 대답했다. "제4순회법원에서 대통령의 결정을 지지하자 젠 워크스가 항소했어요. 대법원은 사건을 접수했고, 3월에 구두 변론을 들었죠. 월스트리트에서도 이번 판결을 주의 깊게 지켜보고 있어요. 하지만 앞으로의 방향은 동전 던지기나 마찬가지가 될 겁니다."

"윈 대법관은 쓰러지기 전에 어느 쪽에 속해 있었나요?"

"구두 변론에서 윈 대법관이 했던 질문들을 보면 젠 워크스를 지지한다는 것을 알 수 있죠. 윈 대법관이 자리를 지키지 못하게 될 경우, 다른 재판관들의 질의와 이전 판결들에 근거해보면 상황이 불리해집니다. 법원이 분열될 거라는 소문이 돌고 있어요. 이럴 경우 하급법원의 판결에 따르게 되고 스토크스 대통령이 이기게 되는 겁니다."

피비가 얼굴을 찌푸렸다. "만일 윈 대법관이 끝내 회복하지 못하면 어떻게 될까요?"

그리어 박사는 잠깐 슬픈 표정을 지어 보인 뒤, 침통한 어조로 의견을 제시했다. "그렇게 되면 스토크스 대통령은 결심을 굳히고 공석을 채우게 될 겁니다. 윈 대법관과 가족분들을 위해 기도해야죠. 좀 잔인한 이야기지만, 윈 대법관의 부재는 대통령의 위상과 올해 있을 선거의 중요성을 극적으로 향상시켜주었습니다."

"법원이 판결을 내리지 못하면 어떻게 됩니까?"

"그렇게 되면 그 사건은 계속 진행 중인 상태로 남게 됩니다. 이번 합병을 하게 되면 젠 워크스의 주주들과 직원들 중에 억만장자가 되는 사람들이 나타나게 될 거예요. 나이절 쿠퍼는 스토크스 대통령이 불경기에 일자리를 없앤다고 비난하고 있고, 그 불평은 점차 영향력을 얻고 있죠."

"윈 대법관의 건강 상태에 관한 새로운 소식은 없습니까?"

"아직은 없어요." 그리어 박사가 대답했다.

"말씀 주셔서 감사합니다, 크리스티나." 화면 가득 피비의 얼굴이 떠올랐다. "이 재판이 마무리될 때까지 우리는 대법원과 병원, 주식시장을 면밀히 지켜볼 것입니다. 지연되고 있는 판결의 영향에 관해 더 많은 소식을 알아보기 위해 재무 전문가인 해럴드 파우브를 불러보죠."

해럴드 파우브가 분할 화면에 등장했다. "고마워요, 피비."

스토크스 대통령은 음 소거 버튼을 눌렀다. 파우브가 무슨 말을 할지 이미 알고 있었다. 만일 법원이 젠 워크스에 유리한 판결을 내릴 경우 대선이 위태로워지는 또 다른 엄청난 손실에 직면하게 될 것이다. 만일 법원이 젠 워크스에 반하는 판결을 내릴 경우 백악관은 유전자 실험에 맞서 큰 승리를 거두게 될 것이다. 그를 위한 승리지만, 주식시장은 저항할 것이다. 시장을 지탱할 방법을 찾고 의회의 도움을 강제로 얻을 때까지, 언제나 그랬던 것처럼 아주 잠깐 혼돈이 올 것이다. 그리고 그건 스토크스 본인이 만든 위기를 해결할 수 있는 아주 절묘한 수완이 될 것이다. 11월에 딱 맞춰서.

한때는 화학자였고, 현재는 과학기술부의 전략&정책 및 예산 책임자인 엘리자베스 퍼팔레오 박사는 금요일에 하원에서 있을 '급변하는 세계 환경에서 과학기술의 효율성 향상'이라는 제목의 청문회에서 설명해야 할 세부 항목 자료가 잔뜩 적힌 두꺼운 문서

위에 몸을 숙였다. 그 모든 것을 생각하는 것만으로도 머리가 아팠다. 준비된 발언 내용은 이미 차관에게 보냈고, 수정된 자료는 박사의 팔꿈치 옆에 놓여 있었다. 입법부에서는 알지 못할 적절한 절차에 따라 승인된 예산 배정이니, 하원 예산 위원회에서 청문회도 없을 것이다.

국가 안보의 예산 안에 있는 세금을 쓴 내역은 기밀 사항에 들어갔으며, 일반적인 선출직 공무원보다는 훨씬 높은 권한을 가진 사람들만 그 내역을 볼 수 있었다. 퍼팔레오가 제출한 파일은 **연구, 개발, 실험, 평가**와 같은 위험하지 않은 문구로 포장되어 그 예산 안쪽 깊은 곳에 포함되어 있었다. 이 항목들은 하원 예산 위원회와 국방비 관련 강경파들이 논의하게 될 것이다. 그리고 대법원의 요청에 따라 그 파일은 금요일, 다른 누군가와 논의될 것이다.

S&T 부서의 지하에서 퍼팔레오는 책상다리를 하고 앉아 있었다. 먼지 속에서 깜박거리는 희미한 형광등 아래에서 보고서들을 샅샅이 뒤졌다. 박사의 영역에서는 초록색과 흰색의 점 문자로 된 출력물들도 박물관으로 밀려나지 않았다. 그 대신 그들이 해명해야 할 수십억 달러를 위해 채광이 나쁘고, 벽장이 가득 차 있으며, 그림자가 가득한 지하 2층 임시 가옥들을 찾아왔다. 퍼팔레오는 높이 쌓여 있는 짚더미에서 바늘을 찾아내기 위해 은신처에 보관되어 있는 보고서 상자들을 꺼냈다.

퍼팔레오는 출력물들을 각각 전년도 날짜가 새겨진 예산 장부와 비교했다. 전부 다섯 개였다. 특히 강조해야 할 내용들을 노란색으로 표시해놓은 페이지들을 주의 깊게 살펴보았다.

"염색체 연구보조금." 그녀가 입으로 소리를 내어 말했다. 수십 년간 홀로 연구하면서 생긴 버릇이었다. "보조금은 수십 개의 기금

302

으로 분할 지급된다. 그중에 2500만 달러가 넘는 것은 없다. 하지만 그 어디에도 이 보조금이 발표되거나 수여되거나 보고되었다는 것을 보여주는 서류가 없다. 자금 제공 가능 여부에 대한 공지도 없고."

정부가 제공하는 과학 연구 기금의 세계에서 자금 제공 가능성에 대한 공지는 왕국으로 들어가는 열쇠였다. 바로 이 세계로 와서 얻어가라고 말하는 정부의 방식이었다. 자금 제공 가능성이 발표된 후에 연구 프로젝트와 실증 프로젝트, 그러니까 연구 프로젝트와 실증 프로젝트의 평가 프로토콜의 평가로 돈이 사라졌다. 하지만 단 1달러라고 해도 자금 제공 가능성 공지 없이 연방 금고를 떠나는 경우는 드물었다. 퍼팔레오는 뭔가를 놓쳤다는 것을 확신하고 조달 기록 더미에 손을 댔다. 아무래도 그 자금은 서비스 비용으로 나간 모양이었다.

퍼팔레오는 자금과 보조금 범주에 해당하는 분할 지급 목록을 발견했다. 하지만 자금 제공 가능성 공지나 서비스 계약, 직접 수여에 관한 기록은 없었다. 아무것도. 그저 돈이 뒷문으로 빠져나가 찾을 수 없는 계좌로 흘러들어간 것이다. 지난 5년간 이런 식으로 염색체 연구보조금으로 나간 돈이 3억 달러가 넘었다.

그렇게 서류들을 뒤적이던 퍼팔레오가 마침내 승리의 환호성을 질렀다. 돈은 열두 곳으로 이체되어 있었다. 하지만 박사는 이 부서를 이끌면서 속임수를 한두 가지 알게 되었다. 연방정부를 제외한 거의 모든 사람들이 돈세탁을 할 수 있었다. 길을 덮으면 흔적이 남게 된다. 제대로 볼 줄 아는 사람이라면 그 작은 정보만으로도 전체 그림을 그릴 수 있다. 이제 보기만 하면 됐다.

29

에이버리의 집에서 한 블록 떨어진 곳에 전조등과 시동을 모두 끈 세단 한 대가 서 있었다. 운전석에 앉은 남자는 건물 입구 근처를 지키고 있던 FBI 요원을 알아차리고 조용히 지켜보았다. 조금 뒤, 경호를 담당한 보안관이 도착해 FBI 요원과 교대했다. 밤이라 연석에 주차해둔 자동차들 사이에 끼어들어 있는 세단을 아무도 알아차리지 못했다.

약속 시각이 되자, 카스티요는 그날 지급받은 암호화된 전화기로 전화를 걸었다. 살짝 내려져 있던 창문으로 부드러운 바람이 들어왔고, 차 안에 무겁게 고여 있던 담배 연기가 빠져나갔다. 한적한 위치에 자리 잡고 있던 그를 방해하는 것은 스쳐지나가는 밤의 생물들뿐이었다. 하지만 카스티요는 1월 중순에 모았던 스컹크 팀 멤버들의 정체가 들통났던 적이 있었기에 예방 차원에서 창문을 올렸다. 그들 모두 전직 군인들로, 지휘관에 대해서는 전장에서의 충성심을 가지고 있었다.

"표적들은 여전히 안에 있습니다. 대화 내용은 들으셨을 겁니다."

"재러드 원의 컴퓨터를 똑같이 볼 수 있나?"

"그건 불가능합니다. 재러드 원의 방화벽이 군사용 등급입니다. 그자는 여자의 네트워크로 접속하지 않았습니다. 하지만 그들이 알고 있는 것이 무엇인지는 알고 있습니다."

"그래. 저들이 아니 람지와 티그리스의 정체를 밝혀냈지."

남자는 뇌에 점차 쌓여가는 좌절감에 의자를 뒤로 젖혔다. 이성을 소멸시킬 수도 있다는 위협적인 불협화음이었다.

"자네는 오늘 밤, 조지아에 있는 원 대법관의 오두막에 가. 필립

304

스가 감시를 대신 맡아줄 사람을 보낼 거야. 여자의 모친도 여전히 지켜보고 있겠지? 그 여자를 이용해야 할 수도 있어."

"네."

"간병인의 죽음에 관한 수사는 어떻게 되고 있나? 더 이상의 움직임은 없는 것 같던데."

"사건 기록들은 전부 복사했습니다. 지방 경찰에서 간병인의 남편을 찾고 있지만 지시하신 대로 그자는 위고가 처리했습니다. 리 요원이 자신의 생각을 공유하지 않고 있지만, 경찰 쪽에서는 그저 FBI 요원의 헛소리로 치부하고 있습니다. 만일 리 요원이 의심하는 것이 있더라도 그자는 자신의 생각을 숨길 겁니다."

"알겠네. 그자한테는 탕헤르를 붙였나?"

"네. 전 오늘 밤 야간 비행 편으로 애틀랜타에 가겠습니다."

"아니야. 검은 비행으로 알아봐. 괜히 기록을 남겨서 재러드 윈이 알아내는 건 원치 않으니까. 그리고 뭐든 알아내면 필립스한테 보고해."

"알겠습니다."

밴스 소령은 전화를 끊은 뒤 필립스를 사무실로 호출했다.

기다리는 동안 국토안보부에서 가져온 보고서 사본을 훑어보았다. 신중하게 자금을 분산한 덕분에 지난 5년간 눈에 띄지 않고 지나갔는데, 지나치게 열성적인 행정관료 때문에 걸리게 생겼다. 밴스는 손에 쥐고 있던 보고서를 구겨 버렸다.

필립스가 사무실에 들어오자 밴스가 단도직입적으로 말했다. "엘리자베스 퍼팔레오는 어디에 처박혀 있는 거야?"

"아직도 보관실에 있습니다. 하지만 그 여자의 국토안보부 사무실 전화와 휴대전화에 도청장치를 심어놓았습니다."

"병원 쪽은 변화가 없고?"

"이제 곧 혈액검사 결과가 나올 겁니다. 끄나풀을 심어뒀으니, 윈이 삼킨 것이 무엇인지 결과가 나오는 대로 알려줄 겁니다."

"카스티요가 조지아로 갈 거야. 카스티요를 대신해서 집을 감시할 팀을 보내. 에이버리와 재러드가 출발하면 카스티요한테 알려주라고 하고."

"알겠습니다."

밴스는 다음 통화를 위해 사무실을 나섰다. 그 스마트폰은 미국 땅에서 외국 고위인사들을 납치하는 것이 실행 가능한 일이라고 믿는 것 같은 멍청한 대학생 그룹을 대상으로 했던 작전에서 얻은 것이다. 그 젊은이들은 특수전담반의 도움을 받아 위조 신용카드로 상품 목록을 다양화시키려는 멕시코 마약 카르텔이 만든 위장집단으로부터 대포 폰을 무더기로 구매했다.

그 작전에서 밴스의 부서가 맡은 역할은 피부 아래 미세한 송신기를 박아 넣는 실험 장치를 이용해 국내 테러범들을 추적하는 일이었다. FBI의 4년차 베테랑인 거짓 주동자가 감방에 어울리는 문신을 하자고 설득하자 각 피실험자들은 저도 모르는 사이에 그 절차에 동의했다.

과학부서는 007 영화 속 제임스 본드의 파트너라도 될 생각인 건지 흥미로운 제품들을 개발하는 것을 좋아했다. 밴스는 그 성공적인 작전을 차분히 기념하면서, 차후에 이용할 수 있게 스마트폰 몇 대를 징발했다. 그중 세 대에는 사이버 보안 부서에서 개발한 도청 방지 기술이 들어가 있었다. 밴스가 쓰는 것 이외에 다른 두 대는 수천 킬로미터 떨어진 곳에서 그의 전화를 기다리고 있었다.

밴스는 제퍼슨 기념관으로 차를 몰고 갔다. 맑은 하늘도 볼 수 있고 사생활도 지킬 수 있는 장소가 있는 곳이기도 했다. 첫 번째 신호음이 떨어지자 전화가 연결되었다.

"네."

"그들이 과학자와 계획을 알아냈습니다. 그자의 위치는 알아냈습니까?"

한참 침묵이 흐른 뒤 상대방이 말했다. "아뇨. 그자가 아직 국내에 있는 것은 알아냈지만, 정확한 위치를 특정하긴 어렵습니다."

"더 노력해봐요. 그자는 그쪽에서 해결할 문제이긴 하지만, 대법원의 대법관과 비밀리에 논의도 했으니까. 두 사람이 대화를 나눈 기록이 발견됐어요."

"우린 아니 람지가 다시 접속하리라고 가정하고, 그 대화를 미끼로 이용할 작정이었어요. 그들이 접속했을 때 우리 쪽에서 다운로드 되는 것을 막았어요. 운이 나쁘게도 그 알람을 울린 사람이 람지가 아니긴 했지만."

"더 알아낸 게 없다는 말이군요."

"네. 하지만 람지 이외에 나머지 팀원들은 모두 죽었어요."

"다른 사람들은 아무래도 좋습니다. 그들은 체스 게임에 기밀 정보를 집어넣지 않으니까. 이건 람지의 짓이에요."

"곧 끝날 겁니다." 상대방이 대답했다. "람지가 이다음에 친구든 가족이든 우리가 감시하고 있는 누군가와 접촉을 한다면 그자를 잡을 수 있어요."

"아니, 그렇겐 안 될 거요. 그들이 람지를 잡기 위해 덫을 놨어요. 람지가 가까이 온다면 우리가 잡을 겁니다."

"이건 내 문제예요. 람지는 내가 처리할 겁니다."

밴스가 단호하면서도 자제하는 어조로 말했다. "람지를 처리한다고 해서 그쪽에 득이 되는 게 아닙니다. 우리한테 넘기세요."

다시 침묵이 흘렀다. 이전보다 깊고 적대적인 기운이 흘렀다.

마침내 상대방이 말했다. "그게 전부인가요?"

"나이절 쿠퍼를 조용하게 만들어요. 그자가 너무 많은 관심을 끌고 있어요. 국회의사당과 백악관을 뒤흔들 정도로."

"내가 섣불리 나서긴 어려워요. 그의 의심을 사게 될 테니."

"창의력을 발휘해봐요. 하지만 그자의 입은 막아야 합니다."

"내가 할 수 있는 만큼은 하죠."

바다 건너편을 향해 밴스가 정정했다. "성공해야 합니다."

몇 시간 뒤, 렌터카를 몰고 있는 카스티요는 인적이 드문 고속도로를 벗어나 오두막으로 이어지는 길로 접어들었다. 길을 따라 서 있는 집들은 차도에서 멀리 떨어져 있었고, 그 너머로 길쭉하게 울퉁불퉁한 산맥이 솟아 있는 것이 보였다. 목적지 근처에 이르자 GPS 알림음이 긴박하게 울렸다. 그러다 신호 범위를 벗어나자 아무 소리도 나지 않았다.

카스티요는 칠흑 같은 어둠 속에서 길을 찾았다. 그는 임무 수행 중에 어두운 골목길을 자동차 전조등 불빛에만 의지해 다니는 것에 익숙했다. 이내 카스티요는 진입로에 들어가 차를 세웠다. 사방이 고요했다. 그는 보조석에 놓아두었던 장비를 챙겼다. 자물쇠 따개, 손전등, 다른 손님들이 있을 경우를 대비한 반자동 권총. 위급한 상황에 대비해 휴대전화도 챙겼지만, 나중에 쓸 생각이었다.

그는 달빛에 의지한 채 현관을 향해 조심스럽게 계단을 올라갔다. 조심스럽게 발을 디뎠음에도 계단의 썩은 판자가 삐걱거렸다.

재빨리 층계참까지 뛰어오르자 부드러운 쿵 소리와 함께 착지했다. 현관 앞에 다가서자 졸졸 흐르는 물소리와 쥐가 바닥을 긁는 소리와 함께 야생동물들의 소리가 들렸다. 카스티요는 손전등을 쥔 채 버려진 건물 주변을 감싸고 있는 베란다를 한 바퀴 돌았다. 거미줄이 살갗에 붙었고, 관리 소홀의 잔해가 신발에 달라붙었다. 카스티요 이외엔 아무도 없었다.

그는 현관문으로 돌아와 무릎을 꿇고 서둘러 자물쇠를 땄다. 마침내 잠금장치가 풀리자 카스티요는 자리에서 일어나 경보 장치 해제 비밀번호 3-1-0-7-7-4를 입력할 준비를 하고 손잡이를 돌렸다. 하지만 경보 장치는커녕 전기도 들어오지 않았다.

카스티요는 지시받은 대로 위성전화를 작동시킨 뒤 귀에 블루투스 이어폰을 꽂았다. 필립스가 전화를 승인했다.

"경보 장치 해제 비밀번호가 아니었습니다." 카스티요가 쉰 목소리로 나지막이 말했다. 귀에 꽂은 이어폰이 쉽게 신호를 잡고 전화선을 연결했다. "탐색 시작합니다."

필립스가 지시를 내렸다. "금고나 자물쇠가 걸려 있는 상자를 찾아봐. 거기 어딘가에 있을 거야."

"알겠습니다." 카스티요는 거실로 들어가 작은 구멍까지 다 뒤졌지만 아무것도 찾지 못했다. 오랫동안 내버려져 있던 보드게임 위에 먼지가 자욱하게 쌓여 있었다. 오래된 TV에는 비밀 공간이 없었고, 그 아래 있던 거실장 서랍도 쉽게 열렸다. "아무것도 없습니다."

이어서 욕실을 뒤졌지만, 역시 아무것도 찾지 못했다.

"침실로 이동합니다."

그는 거실의 절반 크기인 두 번째 방으로 들어갔다. 한때 아늑했을 공간은 너무 오래 방치되어 있었다. 침대 옆에는 서랍장이 놓여 있고 맞은편에는 옷장이 있었다. 15분 정도 뒤졌지만 아무 소득이 없었다.

"주방으로 이동합니다." 스토브를 뒤졌지만, 방해를 받아 짜증이 난 쥐의 보금자리만 발견했을 뿐이다. 비밀 금고는 냉장고에도 없었고, 작은 조리실에 있는 찬장에도 없었다. "없습니다. 다락방으로 이동합니다."

위층에 있는 좁은 다락은 남자아이의 침실로 개조되어 있었다. 묵직해 보이는 오크나무 침대는 별다른 것 없이 검은색 시트가 덮여 있었다. 파란색과 흰색 페인트로 칠한 천장에는 별자리가 그려져 있었다. 마루 아래쪽에도 숨겨진 공간은 없었고, 침대 밑도 텅 비어 있었다.

"집 안에는 없습니다."

그러자 필립스가 지시를 내렸다. "다시 확인해봐. 그 비밀번호로 열 수 있는 게 있을 거야. 한 번 더 돌아본 뒤에, 바깥도 살펴봐."

"알겠습니다."

카스티요는 거꾸로 되짚어가며 다시 집을 뒤졌지만 아무것도 나오지 않았다. 바깥 베란다에는 떨어진 나뭇가지와 잎사귀들이 어지럽게 널려 있었다. 그는 20분에 걸쳐 바깥을 뒤졌다. 썩어가는 오두막집 아래 공간까지 기어들어간 카스티요는 축축하고 지저분한 상태로 집 아래에서 빠져나왔다.

"전부 다 확인했습니다. 아무것도 없습니다."

필립스가 천천히 한숨을 쉬었다. 윈 대법관이 에이버리와 재러드를 조지아에 보낸 데는 뭔가 이유가 있을 것이다. 그리고 그것이 무엇이든 밴스는 자신들이 먼저 찾기를 바라고 있었다.

"우리가 뭔가 놓치고 있는 거야. 애틀랜타로 돌아가서 아침에 에이버리 킨과 재러드 윈을 따라 다시 오두막으로 가. 두 사람이 아침 6시 비행기를 예약했어."

"알겠습니다." 카스티요는 다시 현관으로 가 아무도 손을 대지 않은 것처럼 잠금장치를 손봤다. 그런 뒤 뒷문으로 돌아가 똑같이 정리했다. 다음 방문객들이 오두막 안으로 들어가려면 자신들이 알고 있는 사실들을 모두 드러내야 할 것이다. "다른 지시사항은 없습니까?"

"뭐든 그쪽에서 찾아내는 것을 확보하고, 두 사람이 다시는 돌아오지 못하게 해."

"알겠습니다."

30

6월 22일 목요일

바큇자국이 나 있는 도로를 따라 자갈이 깔려 있었고, 빌린 SUV는 비포장도로의 파여 있는 홈에 맞춰 튀어 올랐다. 흐릿하고 엷은 새벽빛에 구름조각들이 나지막이 걸려 있었다. 재러드가 운전하는 동안, 에이버리는 태블릿을 이용해 인터넷에 빵 부스러기들을 흩뿌리고 있었다. 그녀가 찾을 수 있는 모든 체스 게임 앱들을 다운로드 받은 뒤 WHTW5730으로 로그인을 하고 시합 상대로 티그리스로스트를 초대했다. 재러드의 노력에 힘입어 잃어버린 연결고리를 앞으로 끌어내는 데 그리 오래 걸리진 않을 것이다. 그자가 자신을 찾아주길 바라는 경우라면.

머지않아 차가 산꼭대기까지 올라가자 앞에 A자형 통나무집이 나타났다. 재러드가 그 목재 건축물로 통하는 길에 접어들자 바퀴 아래로 붉은 먼지가 뿜어져 나왔다. 일정한 간격으로 우뚝 서 있는 두꺼운 나무 기둥이 튼튼하게 받치고 있고, 밑이 꺼진 베란다에 둘러싸여 있는 '비비언의 조지아 캐빈'은 에이버리의 눈에 조용한 시골집이 아닌 폐가로 보였다. 재러드는 진흙이 굳어 있는 척박한 길에 차를 세웠다.

엔진이 공회전을 하는 동안 에이버리는 아무 말 없이 기다렸다. 재러드는 애틀랜타에 도착해 차를 빌린 뒤부터 말이 없었다. 에이버리가 대화를 시도할 때마다 재러드가 무뚝뚝하게 반응하자 경직된 침묵이 이어졌다. 재러드는 운전대 위에서 주먹을 쥐었다 풀었다 하고 있었다.

에이버리가 조심스럽게 손을 내밀어 재러드의 손등을 감쌌다. "괜찮아요?"

재러드는 무너져가는 오두막집을 쳐다보았다.

"엄마가 돌아가신 뒤로 처음이에요. 그동안 한 번도 안 왔어요." 그가 운전대에 팔을 걸치며 말을 이었다. "이곳에 있을 때는 판사님과 가장 가까웠어요. 매해 여름의 몇 주일 동안만큼은 판사님도 엄격하지 않았고, 거리를 두지도 않았죠. 내게 낚싯바늘에 미끼 끼우는 법을 가르쳐줬어요. 여기에서만큼은 판사가 아니었어요."

재러드가 유감스럽다는 듯 소리 내어 웃었다.

"여기선 그저 **아빠**였어요. 우린 행복했죠. 이곳에서는."

"내키지 않으면 혼자 들어갈게요. 여기서 기다려도 돼요."

재러드는 고개를 흔들면서 이마를 문질렀다. "난 괜찮아요. 그저 이런 느낌이 들 줄 몰랐던 것뿐이에요."

"어떤 느낌이 드는데요? 향수?"

"아뇨, 상실감이요. 처음으로 아버지를 잃게 될지도 모른다는 걸 깨달았어요. 또다시 말이에요." 재러드가 시동을 껐다. "들어가죠."

에이버리는 차에서 내렸다. 진흙 바닥 한복판에 갑자기 판석을 깐 길이 시작되고, 그 옆으로는 잡초들이 우거져 있었다. 베란다로 통하는 나무 계단과 마찬가지로, 바닥의 판석들 역시 세월의 흐름에 따라 쩍쩍 갈라져 있었다.

에이버리는 오두막이 무너지지 않을지 걱정하며 썩은 나무 계단 위를 조심스럽게 올라갔다. 녹이 잔뜩 슨 경첩이 줄에 매달려 느슨하게 걸려 있었다. 흰개미들이 베란다 주위를 감싸고 있는 널빤지를 갉아먹었고, 쥐들이 판자에 구멍을 파놓았다.

에이버리는 노아가 준 열쇠를 재러드에게 건넸다. 그가 열쇠를 꽂고 문을 열어보려 했지만 열쇠 구멍이 뭔가에 막혀 있었다. 몇 번 시도해본 뒤에 재러드가 에이버리를 돌아보았다.

"뒤로 물러서 있어요." 그가 한 발로 문손잡이를 겨냥해 힘껏 걸어차자, 썩어가는 나무가 부서지면서 문이 활짝 열렸다. 재러드가 문지방을 넘어갔다. "'비비언의 조지아 캐빈'에 오신 걸 환영합니다."

"경보 장치가 없는 것 같네요." 에이버리가 망가진 문설주를 흘깃 쳐다보며 중얼거렸다. "뭔가 다른 걸 여는 번호인가 봐요."

"앞장서요."

1인용 소파, 커다란 의자, 테이블을 비롯한 모든 곳에 먼지가 자욱하게 깔려 있었다. 에이버리가 좀 더 안쪽으로 들어갔을 때 장식장 위에 켜켜이 쌓여 있던 먼지에 줄무늬가 나 있는 것이 보였다. 문이 경첩에서 삐걱거리며 흔들렸다. 그 안쪽에 나 있는 미세한 흔적으로 누군가가 집 안에서 움직였다는 것을 알 수 있었다.

에이버리가 자세를 바로 했다. "이 안에 누가 있어요. 먼지 형태로 보아 최근에 들어온 거예요."

"확실한 겁니까? 여기서 잠깐만 기다려봐요." 재러드가 거실을 가로지르더니 시야에서 사라졌다. 곧 다시 돌아와 문손잡이 앞에 쭈그려 앉았다. "여기처럼 뒷문 열쇠 구멍도 막혀 있어요. 녹슨 것처럼 보이긴 하는데 잘 모르겠네요." 재러드가 자리에서 일어났다. "이 안에 그 비밀번호로 열 수 있을 만한 것이 있는지 확인해보죠. 난 주방을 살펴볼게요. 손님이 있을 경우를 대비해 빨리 움직여야겠어요."

두 사람은 아무 말 없이 경첩이나 뚜껑이 달려 있는 걸 열어보면서 집 안을 살폈다. 20분 뒤, 그들은 다시 거실에 모였다.

"아래층엔 아무것도 없어요. 그 비밀번호를 입력할 만한 건 없는 게 확실해요." 재러드가 2층으로 올라가는 계단 앞에 서서 말했다.

"위층엔 뭐가 있어요?"

"부모님은 아래층에 있는 침실을 이용하셨죠. 난 다락에 있는 침대를 썼고." 그가 재빨리 계단을 올라갔다.

에이버리가 계단을 올라 위층에 이르렀을 때, 재러드는 경사가 진 천장 아래쪽 벽에 붙어 있는 침대 옆에 서 있었다. 다락방은 비좁았고, 투박한 침대가 공간을 차지하고 있었다. 좁은 창문 밑에는 서랍장이 놓여 있었다. 검푸른색으로 칠한 천장에는 흰색 점들이 그려져 있었고, 그 점들은 가느다란 선으로 연결되어 있었다.

"저건 뭐예요?"

"내가 다섯 살 되던 여름에, 아빠의 도움을 받아 천장에 별자리를 그려 넣은 거예요." 재러드가 중얼거렸다. "그때 우린 책을 보고 별자리를 그려 넣었고, 아빠는 매일 밤마다 나와 같이 별을 셌어요. 지금껏 잊고 있었네요."

"목가적인 여름을 보낸 것처럼 들리네요."

"늘 그랬죠. 내가 일곱 살 때 아빠가 별자리 이름을 가르쳐줬어요." 재러드가 부드러운 목소리로 회상했다. "뱃사람들이 어떻게 별을 보고 항해를 하는지 말해줬죠. 별들이 뱃사람들을 집으로 데려다준다면서요."

"그게 해군에 들어간 계기였나요?"

재러드는 이제까지 한 번도 그 사실을 연결시켜본 적이 없다는 것을 깨달았다. "어쩌면 그럴 수도 있겠어요. 매일 밤 별을 헤아렸고 양자리, 오리온자리, 외뿔소자리 같은 많은 별들을 알고 있었으니까……."

"외뿔소자리요?"

"별자리 중 하나예요. 외뿔소자리는 네 개의 별로 이루어져 있지만 여름에는 육안으로 그 별자리를 볼 수가 없어요. 대신 겨울에 잘 보이죠." 재러드가 천장에 그린 별자리를 가리키면서 설명했다. "그 옆이 오리온자리예요. 일곱 개의 별들로 이루어져 있죠. 그 옆이 황소자리로 역시 일곱 개의 별들로 이루어져 있어요."

에이버리는 목 뒤가 뻐근해지는 것을 느꼈다. "재러드, 별 세 개로 이루어진 저 별자리는 뭐죠?"

"삼각형자리예요. 그 옆에 있는 게 양자리죠. 양자리는 실제로는 두 개의 성좌로 이루어져 있어요. 별 세 개짜리 성좌와 별 열 개짜리 성좌죠."

에이버리는 무릎을 꿇고 앉아 지저분한 바닥 위에 숫자를 썼다.

"이거예요!" 에이버리가 3-1-0-7-7-4, 그 숫자들을 따라가면서 소리쳤다. "그 종이에 적혀 있던 번호예요. 이 숫자들은 금고나 경보 장치 해제 비밀번호가 아니었어요. 힌트였죠. 당신을 위한, 우리 두 사람을 이곳으로 이끌어주기 위한. 바로 이 별자리의 별들을 가리키는 거였어요. 3-10-7-7-4."

에이버리가 자리에서 일어나는 것을 도우며 재러드가 물었다. "무슨 힌트란 거죠?"

"위치요. 당신 아버지는 우리가 이 오두막집에 오길 바랐어요. 그래서 당신에게 별에 대해 가르쳐줬던 여름에 상응하는 숫자를 이용한 거죠. 다른 일은 없었나요?"

"별것 없어요. 그해 여름에 엄마는 수렵 채집과 재활용, 퇴비를 만드는 일에 열중했어요. 그래서 아빠를 미치게 만들었죠. 엄마는 쓰러진 통나무들을 가져오라고 우리를 숲으로 보내곤 했어요." 재러드는 그 당시 추억을 떠올리며 미소 지었다. "나도 가담해서 아빠한테 우리가 찾은 소나무 목재로 침대 만드는 일을 도와달라고 했죠. 아빠는 투덜거렸지만, 결국은 톱질하는 법과 구멍을 내는 법, 사포로 문지르는 법을 가르쳐줬어요."

"원 대법관님이 아이 침대를 만들다니, 상상이 가지 않아요."

"하지만 아버지는 내가 이럴 줄 알고 있었던 거예요."

재러드는 에이버리 앞을 가로질러 가족들과 헤어지기 전까지 여름마다 꿈을 꾸며 잠들었던 소나무 침대 앞으로 다가갔다.

"이 침대 틀을 들어 올릴 겁니다." 재러드가 끙끙거리며 무거운 침대를 앞으로 끌어낸 뒤 위로 들어 올렸다. "뭐가 보여요?"

에이버리는 무릎을 꿇고 침대 밑으로 기어 들어갔다. 마루 판자를 긁거나 두드리면서 틈이 보이거나 열리는 입구가 있는지 찾아 보았다. "운이 없네요."

"스프링 사이도 확인해봐요. 어릴 땐 자동차 장난감을 거기 숨겨두곤 했으니까."

에이버리가 몸을 뒤로 젖히며 소리쳤다. "여기 뭐가 있어요!"

아무도 보지 못할 단단한 침대 틀 바닥에 굵은 글씨로 이름이 적혀 있는 봉투가 붙어 있었다.

에이버리에게.

31

에이버리는 아주 조심스럽게 봉투를 뜯어냈다. 그녀가 몸을 꿈지락거리며 빠져나오자 재러드는 침대를 다시 내려놓고 에이버리 옆에 앉았다. 그녀가 아무 말 없이 봉투를 재러드에게 건네자 그는 거절했다.

"당신 앞으로 남긴 거잖아요."

침대 밑에 고정시키느라 붙어 있던 테이프를 뜯어내고 은색 실이 매달려 있는 봉투에서 내용물을 끄집어내자 단정하게 접힌 종이와 다급하게 쓴 것처럼 손 글씨를 빽빽하게 채워 넣은 노란색 메모지가 떨어졌다. 에이버리는 그 노란 메모지를 들어 올린 뒤 소리 내어 읽기 시작했다.

에이버리에게

먼저 비밀과 의문으로 가득 찼을 이번 여정에 대해 사과하겠네. 하지만 자네와 재러드는 내가 바란 대로 이곳으로 연결된 충분한 단서들을 제대로 풀었을 거야. 태만한 아버지에 대한 아들의 기억이 희망을 걸 수 있는 가느다란 갈대였지.

내 뇌에 무늬처럼 수놓인 자연의 섭리가 나를 더욱 신중하게 만들었네. 재러드는 내가 요구한 대로 자네를 찾으라는 말에 귀를 기울였겠지. 이제 이 일을 끝내는 것은 두 사람에게 달려 있어. 나는 이 편지를 나 자신뿐만 아니라 내가 물러나기만을 기다리며 지켜보는 사람들을 피해 숨긴 거야. 내 정신을 마지막까지 통제한 사람은 자기들이 아닌 나라는 것을 이제 그자들도 알게 되겠지.

또한 난 마지막으로 남아 있던 시간들을 나를 죽음으로 몰아가고, 내 아들의 미래를 위협하는 이 질병의 해답을 찾는 데 썼어. 그 과정에서 난 거짓말의 미로에서 비틀거렸지. 폭로가 더 간단한 선택인 것처럼 보이지만, 솔직히 말하자면 난 이 빌어먹을 운명에 내 아들을 버려둔 거야. 이미 난 그 애를 버린 적이 있다네. 다시는 그렇게 하지 않을 거야. 그래서 자네가 숙독할 수 있게 내 연구 조사를 남겼지. 내가 알아낸 것들을 자네도 확실히 알게 될 거야. 발견될 위험을 감수할 수 없었고, 내 명예도 박탈당하지 않았지만, 내가 법을 지키지 못한다면 내게 무슨 명예가 남아 있겠나? 만일 내가 아들이 유일하게 생존할 수 있는 희망을 저버림으로써 아들을 지키지 못한다면?

내 목숨이 다할 날이 가까워지고 있어. 자넨 내게 점점 줄어드는 시간 속에서 무엇을 기대하는지 물어보겠지. 난 내 침대에 누워 있는 독사에게 줄 것들을 준비해뒀어. 동봉한 서류는 회기가 끝날 때까지 자네에게 힘을 줄 거야. 만일 자네가 내가 부탁한 일을 완수하지 못한다면 내 가치는 끝날 것이고, 나 역시 마찬가지겠지.

나머지 절반은 이거야. 나의 지시와 최종 증거는 숨겨져 있다네. 나한테서조차. 그것들을 찾게나. 세상의 속박에서 날 풀어줄 때가 오겠지. 하지만 자네가 내 일을 끝마쳐줄 때까지는 아니야. 이것만 기억하게. 만일 내가 부조리를 받아들이고, 내 아이에게 천연두를 주었다면 오늘날 그 애를 애도하지 않을 것이고, 그런 잔학한 행위들도 일어나지 않았을 거야. 자네는 이전에도 내 진실을 목격했어. 그러니 그 사이 공간, 그것이 놓여 있는 곳을 찾아낼 수 있을 거야.

하워드 윈

에이버리는 그 편지를 재러드에게 넘겨주었다. 그리고 봉투를 겨드랑이에 끼워 넣은 채 접혀 있던 흰색 종이를 펼쳐 재빨리 읽었다.

"이게 무슨 말이죠? 당신한테 이런 알 수 없는 헛소리를 또 남겼다는 말인가요?" 재러드가 편지를 다 읽은 뒤 물었다.

"노아와 만났을 때 당신 아버지가 수정한 유언장을 보여줬어요. 그중에 사라진 부가 조항이 있었어요. 27번이었죠. 대법관님은 거기에 파국적인 사건이 일어날 경우에 해당하는 지시사항이 적혀 있다고 말씀하셨대요. 그게 바로 이 서류인 것 같아요. 당신 아버지는 사전에 의료 지침에 서명했어요. 실제로는 두 가지네요. 첫 번째는 자신의 생명 유지 장치를 제거하는 결정은 후견인에게 맡긴다는 거예요."

"두 번째는요?"

"어느 시점이 되면 노골적으로 생명 유지 장치를 제거하라는 지시예요." 에이버리는 말을 멈추고 그 지시사항을 다시 읽었다.

"그게 언젠데요?"

"내가 대법관님의 지시를 철회시키는 문서를 제공하지 않는 한,

올해 대법원 회기가 끝날 때 생명 유지 장치를 제거하라고 하셨어요." 에이버리가 재러드와 시선을 마주했다. "만일 내가 대법관님의 수수께끼를 풀지 못할 경우 설레스트가 대법관님의 생명 유지 장치를 제거하게 될 거예요."

"그럼 그 두 번째 지시는 거부해요."

"안 돼요." 에이버리가 테이블 위에 그 서류를 내려놓았다. "윈 대법관님은 내가 따르지 않을 경우 설레스트에게 같은 내용을 전달하라는 지시를 내리셨어요. 라스커 바우어."

"그게 누군데요?"

"제이미 루이스가 내게 남긴 말이에요. 19세기 유명한 체스 시합을 뜻하는 거죠. 에마누엘 라스커는 그 시합으로 명성을 얻었어요. 그가 요한 바우어의 상대로 나섰을 때 모두들 라스커를 신진 선수라고 무시했죠. 그 시합에서 라스커는 이전 토너먼트에서 실패했던 비숍 두 개를 희생시키는 전술을 썼어요. 하지만 그는 그 중요한 말 두 개를 포기해도 자기가 이길 거라는 것을 알고 있었죠."

"그게 아버지가 남긴 사전 지시와 무슨 상관이 있는 거죠?"

"그 시합에서 라스커는 퀸을 움직이기 위해 비숍 한 개를 희생시켜요."

"그게 설레스트를 뜻하는 거라고 생각하는 건가요?"

에이버리는 머릿속으로 그 시합의 전개를 떠올렸다. "라스커는 폰을 잡아 킹을 노출시켰죠. 그렇게 비숍 두 개를 희생시킬 수를 준비한 거예요. 그러면서 중간 점검으로 퀸의 위치를 설정했어요. 몇 수 뒤에 시합에서 이길 수 있는 위치였죠."

"아버지만큼은 아니지만, 나도 체스는 좀 알아요." 재러드가 이마를 찌푸리며 말했다. "만일 당신이 그 비숍이 아니라면 어떻게 되는 거죠? 당신이 라스커라면? 아버지는 당신한테 지시를 내렸어요. 내 생각에 아버지는 킹을 노출시키기 위해 희생되는 비숍 중 하나예요. 아버지는 당신이 주저할 거라는 걸 알고 있었어요. 그래서 설레스트를 끌어들여 당신을 협박한 거죠."

"그 지시에 이의를 제기하지 못하게 만들었죠. 당신 아버님은 이미 예상하셨던 거예요. 내가 어쩌면 후견인 자격을 다른 판사에게 인계할지도 모른다고 말이에요. 두 번째 지시사항은 첫 번째 지시사항을 작성하고 한 달 뒤에 서명하셨어요. 내가 망설일 경우를 방지하신 거죠."

"빌어먹을."

"당신 말대로 윈 대법관님이 비숍 중 하나라는 것에는 동의해요. 만일 내가 비숍이 아니라면 아니 람지가 남은 비숍일 거예요." 에이버리는 윈의 집무실에서 나누었던 대화를 떠올리다가 울컥했다. "대법관님은 이번 일을 공원에서 두는 체스 속도전처럼 계획을 세우셨어요."

"그게 무슨 말이에요?"

"법원 회기…… 윈 대법관님의 혼수상태. 여기선 그 시한이 체스시계인 셈이에요. 난 라스커고, 대법관님을 움직이게 만들어야 하죠. 제이미 루이스의 살인범. 대법관님 자택에서 내가 받았던 공격. 그 일들이 상대의 반격이었던 거예요."

"좋아요. 당신이 라스커예요. 그렇다면 이 빌어먹을 시합에서 바우어는 누구죠? 당신의 남모르는 은인일 수도 있고. 어쩌면 합병을 원하는 나이절 쿠퍼일 수도 있어요. 이런 젠장, 어쩌면 아버지는 바우어를 스토크스 대통령이라고 생각했을 수도 있어요."

"윈 대법관님의 주된 목표는 당신의 목숨을 구하는 일이에요. 거기에 맞서는 사람은 누굴까요?"

"당신은 그게 아버지의 목표라고 생각하는군요. 하지만 아주 편리하게도 아버지는 혼수상태에 빠져 있어요." 재러드가 간결하게 말했다. "아버지가 법에 관해선 어느 정도 신과 같은 존재라는 건 알지만, 이건 말도 안 돼요. 미친 짓이고, 협박이에요. 아버지가 낸 수수께끼를 당신이 풀지 못하면 아버지를 죽게 만들고 날 죽이는 셈이라니, 이건 옳지 않아요."

"그렇죠. 하지만 그 덕에 내가 빨리 움직일 필요가 있다는 걸 알게 됐어요." 에이버리는 담담히 받아들였다. "무언가, 아니면 누군가가 법원이 젠 워크스에 유리한 판결을 내리게끔 강요할 거예요. 그렇게 되면 그쪽에서 당신 목숨을 구할 치료제를 개발하겠죠. 필요하다면 첫 번째 지시사항을 따르겠지만, 실패할 경우에는 두 번째 지시사항이 우세해질 거예요. 더불어 그 사실을 법원과 공유하지 않아 자격을 박탈당하게 되고요."

"에이버리, 아버지는 편찮으세요. 양심을 달래기 위해 정교한 환상을 만든 편집증 환자라고요."

재러드가 손에 들고 있던 편지를 흔들었다.

"아버지는 천연두에 불평을 하고 있잖아요. 빌어먹을!" 그가 자리에서 일어나며 말했다. "그만 갑시다. 이런 게임 따위 집어치우는 거예요."

에이버리는 그 제안을 거부했다. "이 일은 게임이 아니에요. 그리고 윈 대법관님은 미치지 않았어요. 이건 당신을 도울 수 있는 연구를 이어나갈 유일한 방법이에요."

"그 연구는 이슬람교도들을 죽이기 위해 고안된 것일 수도 있어요. 얼마나 터무니없는 소리처럼 들리는지 알아요? 아버지와 사기

꾼 같은 과학자가 확실하지도 않은 치료제를 만들겠다고 법원 판결을 조작하려고 한다니."

"윈 대법관님은 필사적이신 것뿐이에요. 살짝 제정신이 아니시기도 하고." 에이버리가 부드럽게 말했다. 그리고 봉투 안을 들여다보다가 얇은 흰색의 또 다른 봉투가 들어 있다는 것을 알아차렸다. 에이버리는 그 봉투를 재러드에게 건넸다. "당신 차례예요."

재러드는 주먹을 불끈 쥔 채 머뭇거렸지만 에이버리가 계속 봉투를 내밀고 있자 결국 받아들였다. 그리고 그 봉투 안에서 종이한 장을 꺼냈다. 재러드는 내용을 재빠르게 읽었다.

"국토안보부에 보낸 편지 사본이에요. 윈 대법관은 정보의 자유법에 따라 정보를 공개하라고 요청했어요."

"어떤 정보를 말하는 거죠?"

"지난 5년간 미 정부가 지급한 염색체 연구보조금 내역이요."

"그 자료는 나도 본 적이 없어요. 다시 요청해야겠네요." 에이버리는 다락방의 난간 쪽으로 다가가 아래층을 내려다보았다. "제이미 루이스는 뭔가를 알고 있었기에 죽었어요. 우린 그만둘 수 없어요, 재러드. 이번 회기가 끝날 때까지는 말이에요. 아직 일주일 이상 남았어요."

재러드는 아무 말 없이 편지만 쳐다보았다. 그리고 천장에 그려진 별자리를 올려다보았다. 그의 세상이 끝나기 전 마지막 여름의 어느 날. 그때 윈 대법관은 진정한 아버지였다.

침대 기둥의 티끌을 쳐다보다가 재러드는 한숨을 크게 내쉬었다. "이제 뭘 하죠?"

에이버리는 재러드의 묵인에 고마워하며 말했다. "천연두에 관련된 구절이요. 기억나는 것 같아요."

"어디서 들었는데요?"

"모르겠어요."

재러드가 얼굴을 찡그렸다. "사진 같은 기억력은 어쩌고요? 직관적인 거라면서."

"사람들이 생각하는 것과는 달라요. 이미지를 떠올릴 수는 있어요. 하지만 대부분은 어렸을 때처럼 오래 남아 있진 않아요. 보통 사람들보다 많은 것을 기억하고, 내가 기억하는 내용들은 대부분 정확하죠. 하지만 난 컴퓨터가 아니에요."

에이버리가 부가 조항과 편지를 손바닥에 대고 펄럭거렸다. 그 기억의 해답은 머릿속 어딘가에 잠겨 있지만, 그 열쇠가 어디 있는지 알 수 없었다.

"윈 대법관님은 내가 알고 있는 어떤 것, 내 머릿속에 박혀 있을 거라고 믿고 있는 뭔가를 상기시키려는 거예요. 당신과 이 침대처럼 말이에요." 에이버리는 좌절하며 주먹을 쥐었다. "그런데 기억이 나지 않아요."

재러드는 에이버리의 좌절감 어린 커다란 눈에서 피로와 긴장을 보았다. 그는 그녀를 마주 보며 양손을 에이버리의 어깨에 부드럽게 올렸다.

"그게 뭐든 찾게 될 거예요…… 우리 같이 알아봐요. 하지만 여기선 더 이상 알아낼 게 없을 것 같아요. 해답은 워싱턴에 있어요."

"그렇겠죠." 에이버리는 재러드의 눈에 담긴 친절함을 보았다. 그리고 그의 손길이 닿는 순간 온몸이 편안해지는 것을 느꼈다. "고마워요, 재러드."

에이버리는 가방에 편지와 봉투들을 넣은 뒤 아래층으로 내려갔다. 재러드는 망가진 문을 제자리에 밀어 넣은 뒤 뒷문으로 나가

도구를 챙겨왔고, 문손잡이를 다시 틀에 끼워 넣었다. 완벽하진 않았지만 사람을 불러 수리할 때까지는 버틸 수 있을 것이다.

두 사람은 함께 집을 가로질러 주방으로 향했다. 재러드는 에이버리를 밖으로 내보낸 뒤 자물쇠를 비틀었다.

"다 가지고 나왔죠?"

"네."

재러드는 만족스러운 듯 문을 휙 잡아당겨 닫았다. 오두막 뒤쪽에는 넓은 강가에 튀어나온 작은 선착장이 있었다. 그 강의 급류는 블루리지 호수로 통했다.

"우리가 예약한 것보다 더 빠른 비행편이 있나 알아볼게요. 조금 더 돌아보지 않아도 괜찮겠어요?" 에이버리가 조용히 말했다.

"신경 써줘서 고마워요. 하지만 괜찮아요. 집으로 돌아갈 준비됐어요. 향수도, 신선한 공기도 지나칠 정도로 누렸어요."

"신선한 공기라니 말인데, 출발하기 전에 선착장에 내려갔다 와도 될까요? 금세 갔다 올게요." 에이버리는 잠시 머리를 식히고 싶었다.

"그렇게 해요." 재러드는 에이버리가 무성하게 자란 풀들과 썩은 나뭇가지들을 넘어가는 모습을 지켜보았다. "조심해요. 발밑을 보면서 가요."

엄마도 재러드에게 이렇게 주의를 주곤 했었다. 순간 가족 세 사람이 낚시를 하던 모습들이 눈부시게 번쩍거리며 머릿속을 가득 채웠다. 아버지는 재러드에게 낚싯줄 던지는 법을 끈기 있게 가르쳐주었다. 어머니는 바위에 물방울이 떨어지는 것처럼 아름다운 소리로 웃었다. 그는 계속해서 떠오르는 추억들을 이겨내기 위해 눈을 감았다.

"여기 당신……." 에이버리가 뒤를 돌아보았을 때 검은색 모자를 쓴 남자가 오두막 모퉁이에서 돌아 나오는 것이 보였다. "재러드, 조심해요!"

에이버리의 외침에 재러드는 베란다 아래쪽으로 몸을 숙였다. 곧바로 날아온 총알이 재러드의 머리 바로 옆을 지나 나무 기둥에 박혔다. 재러드는 앞으로 돌진해 총을 쏜 남자를 들이받았다. 범인은 재러드의 머리 위에서 신음을 내뱉더니 두 번째 총알을 발사했다. 그리고 재빨리 몸을 비튼 뒤 재러드를 밀쳐 쓰러뜨렸다.

에이버리는 버려져 있던 카누의 노를 떠올리며 베란다 난간 위로 기어 올라갔다. 총을 든 남자는 에이버리 쪽으로 몸을 돌리며 그녀를 겨냥해 총을 들어 올렸다. 에이버리가 반응을 보이기 전에 재러드가 벌떡 일어나 남자와 맞붙었다. 두 사람의 몸이 뒤틀리면서 남자가 다시 총을 겨냥하려고 했다. 재러드가 신음을 내뱉으면서 남자의 손을 밀어내 에이버리를 겨냥하고 있던 총구를 돌렸다. 총을 들고 있는 남자의 주먹이 재러드의 관자놀이를 가격하자 재러드의 몸이 축 늘어지면서 남자가 그를 집어던질 수 있는 틈을 내주고 말았다. 재러드는 숨을 헉헉거리며 휘청거리는 다리로 남자의 복부를 걷어차 뒤로 밀어냈다.

"도망가요, 에이버리!"

재러드가 총을 든 남자에게 몸을 던지며 목을 붙잡자 남자가 고성을 지르며 자리에서 일어났다. 두 사람은 비틀거리며 선착장 쪽으로 향했고, 총을 든 남자는 팔꿈치로 재러드의 흉골을 가격했다.

재러드는 둔탁한 검은색 금속 무기가 자신을 향하고 있는 것을 보았다. 그 순간 갑자기 에이버리가 남자의 얼굴에 카누 노를 휘둘렀고, 총을 들고 있던 남자는 퍽 하는 큰 소리와 함께 차가운 물속에 빠졌다.

재러드는 순간 남자를 쫓아가야겠다는 생각을 했지만, 남자가 총을 들고 있다는 사실을 기억했다. 그래서 에이버리에게 손을 내밀어 그녀가 들고 있던 미끌미끌하고 갈라진 노를 잡아당겼다. 재러드는 에이버리를 안전하게 지켜야만 했다.

그가 그녀를 앞으로 밀면서 소리쳤다. "가요!"

두 사람은 SUV까지 뛰어갔다. 재러드가 시동을 걸었을 때 또다시 총알이 날아와 앞 유리가 깨졌다. 재빨리 차를 돌리자 바퀴가 자갈이 깔려 있는 바닥을 파헤쳤다. SUV는 흔들거리면서 좁은 길에 접어들었다. 길은 지방도로로 이어졌고, 자갈길도 포장도로로 바뀌었다.

"이제 따라오는 사람은 없는 것 같아요." 에이버리가 불안한 눈으로 뒤쪽을 살피며 말했다.

"그건 중요하지 않아요." 재러드가 차의 속도를 좀 더 높였다. "저들은 오두막집에 있던 우리를 찾아냈어요. 누구든 간에 또다시 우리를 쫓아올 거예요."

32

엘리자베스 퍼팔레오는 수면 부족 탓에 시야가 흐릿하고 멍해진 상태로 사무실에 몸을 웅크리고 있었다. 자료들을 찾다 보니, 겹겹이 쌓여 있는 거짓과 부정의 흔적을 발견했다. 지주회사들과 전신환이 제멋대로 나타났다가 사라졌다. 하지만 퍼팔레오는 아주 집요한 사람이었고, 이 변칙은 이 일에 종사했던 지난 12년간 마주쳤던 그 어떤 것보다도 흥미로웠다.

그녀는 지친 손가락으로 컴퓨터 자판을 두드려 재무부에서 도태된 자료들을 불러왔다. 수천 개의 항목들이 번쩍거리는 동안 박사는 다 식은 커피를 마셨다. 바로 그때 그녀는 보았다. 신경에 거슬리는 이름이었다. **히게이아.**

이 이름을 어디서 봤더라? 퍼팔레오는 다른 화면을 끌어올려 연방정부로부터 전신환을 받을 수 있도록 다양한 방식으로 승인받은 외국 회사들 명단을 뒤졌다. 그 회사의 이름은 FDA(식품의약국) 부서에서 심사한 것으로 되어 있었다. 비록 승인 기록이 기밀로 분류되어 봉인되어 있는 것이 이상하긴 했지만.

"정식 절차가 아니야." 퍼팔레오는 텅 빈 사무실에서 중얼거렸다. "어째서 FDA가 군사 기밀 정보 허가를 받은 문서를 가지고 있는 거지?"

그녀는 자신이 생각할 수 있는 모든 통로를 이용해 그 기밀문서의 내용을 알아보려고 애썼다. 하지만 그 문서는 어떻게 해도 손에 닿을 수 없는 곳에 있었다.

퍼팔레오는 자리에서 일어나 몇 시간 동안 웅크리고 있던 팔다리를 쭉 폈다. 정부에서 일한 뒤로 그녀는 비밀을 지키는 것이 어렵다는 걸 잘 알고 있었다. 대중에게서 정보를 지키는 가장 좋은 방법은 숨기지 않는 것인데, 그럴 경우 법을 어기게 되고 관심을 끌었다.

아니, 정보를 숨기는 가장 좋은 방법은 의회의 지시에 따라 매년 배포되는 수백만 개의 보고서들 중 어딘가에 포함시켜 발표하는 것이다. 정치인들은 일상적으로 또 다른 감사나 보고서, 혹은 감사받은 보고서를 요구하는 것으로 위기에 대응했다. 그 수하들과 정

무관들은 몇 주일 동안 세상과 격리된 방에 모여 애초에 완벽하게 할 수 없는 일에 실패한 기관들에 관한 맹비난을 분석했다. 그 뒤에 그들은 자신들이 찾아낸 내용에 관한 보고서들을 발행했다. 관료들은 실수하기 쉬운 인간들이고, 법은 단순한 것을 무한히 복잡하게 만들었다. 그 보고서들에는 금색 인장을 찍은 빨간색이나 파란색 표지가 씌워져 있었다. 무관심한 대중이 극적인 진실을 무시해버리면 쓰레기 매립지에 파묻히게 될 종이 뭉치들이었다.

하지만 모든 보고서들은 어딘가 누군가의 집에 있게 마련이다. 퍼팔레오는 그 보고서를 찾아내기만 하면 됐다. 그녀는 전화기를 들고 조수를 불렀다.

"부르셨습니까?" 조수가 문틈으로 머리를 내밀었다. "꼴이 말이 아닌데요. 어젯밤에 여기서 주무신 거예요?"

"그건 그렇다 치고, 마이크. 국토안보부에선 누가 제일 괴짜지? 〈스타트렉〉 열혈 팬 대회가 열린다면 참석할 만한 사람 말이야."

"지금 농담하세요? 이런 곳에서? 아닌 사람을 찾는 게 더 빠를 걸요." 마이크가 문짝에 어깨를 기댔다. "뭘 찾고 계신 건데요?"

"여기로 보내는 보고서 사본들을 실제로 보관하는 정부에서 고용한 음모 이론가."

마이크가 환하게 미소 지었다. "오, 그건 쉽네요. 저요."

퍼팔레오가 얼굴을 찡그렸다. "자기가?"

"전 국방부에서 일했던 사람이에요. 그들이 우리를 감시하고 있다는 것을 알고 있거든요. 그리고 정보를 가지고 있는 걸 좋아하죠." 마이크가 문 안쪽에서 어슬렁거렸다. "찾고 있는 게 뭔데요?"

"인도나 중국의 생물유전학 연구가 언급되어 있는 보고서 전부. 기왕이면 최근 3년치 정도 있으면 좋고. 그런 게 있을까?"

"아시아의 생물 무기의 잠재적 위협에 관한 둘리 위원회 보고서를 말씀하시나 보네요."

퍼팔레오의 입이 벌어졌다. "진짜야?"

"앨라배마 출신 국회의원인 팻 둘리는 2년 전에 소위원회를 가졌고, 대책위원으로 지명됐어요. 하원에 있는 제 친구가 그 조사를 담당하게 됐죠. 거기서 정말 말도 안 되는 것들이 발견됐어요."

"내가 볼 수 있을까?"

"그럼요." 마이크는 사무실을 나갔다가 몇 분 뒤에 보고서 뭉치를 들고 돌아왔다. "친구한테 부탁했더니 당시 조사했던 기록 전부를 이메일로 보내줬어요."

"그 자료를 부탁한 사람이 나라고 말했어?"

마이크는 짜증이 난 것처럼 보였다. "아뇨."

"미안해. 내가 신경이 좀 곤두선 상태라." 퍼팔레오가 미소를 지으며 사과했다.

마이크가 앞으로 다가와 책상 위에 자료를 내려놓았다. "이것까지 보게 되면 악몽을 꾸게 될 거예요."

두 시간 뒤, 퍼팔레오는 마이크의 말에 동의했다. 자료를 읽으면 읽을수록 점점 더 신경이 날카로워졌다. 히게이아는 인간 게놈을 수익화하는 방법을 연구하는 것 이상의 일들을 한 것처럼 보였다. 그들은 군사 연구의 수익성이 좋은 부차적인 프로젝트도 맡았다. 그 보고서에 따르면 그들은 하플로그룹에 기반을 둔 그룹의 유전자 치료의 정확성을 시험하기 시작했다.

퍼팔레오는 책상에 팔꿈치를 기댄 채 불안감에 손가락으로 입술을 잡아당겼다. 화학 교육을 받은 덕분에 과학적인 데이터를 샅샅이 살펴볼 수 있는 능력은 있었지만, 유전학은 자신의 능력 밖이었다. 퍼팔레오에게 필요한 건 제3자였다. 염색체 연구에 대해 알고, 이 데이터를 알아볼 수 있는 사람으로.

"좋아. 정부에서 정부의 정보를 알아낼 수 없다면 차선책을 시도해보는 수밖에." 퍼팔레오는 생각한 것을 소리 내어 말했다.

정부의 데이터베이스는 정보를 공유하는 것이 아니라 수집하도록 설계되어 있었다. 진실을 찾아가는 과정에서 마주치는 제정신이 아닌 인간들이나 미치광이들을 신경 쓰지만 않으면 인터넷은 실제 조사에 가장 뛰어난 매개체였다.

그녀는 씩 웃으면서 웹브라우저를 열었다. 익숙한 검색창이 나타났다. 첫 번째 검색에서는 피상적인 정보만 알아낼 수 있었다. 히게이아는 인도 뭄바이에 있는 작은 유전학 회사로, 설립자는 미국의 지적인 연구실에서 연구를 하던 젊은 귀재였다. 그는 모국인 인도로 돌아와 인간 게놈을 수익화하는 방법을 연구하기 위한 목적으로 벤처 자금을 모집해 생명공학 회사를 설립했다.

이 작은 생명공학 회사에 대해 같은 언론에서 말한 이야기가 끊임없이 반복되면서 수백 건의 기사가 떴다. 하지만 대부분 링크가 깨졌거나 지금은 찾을 수 없는 페이지라는 메시지만 남아 있었다. 퍼팔레오는 거의 100개의 삭제된 게시물을 거친 뒤에야 아드바르가 히게이아를 인수했다는 기사를 발견했다. 그 기사를 추적해봤지만, 아무것도 뜨는 것이 없었다.

퍼팔레오는 결국 다른 방향으로 검색해보기로 하고, 검색 칸에 '히게이아' '아드바르' '하플로그룹'을 입력했다. 순간, 컴퓨터 스크린이 검은색으로 변했다.

"이게 뭐야?"

퍼팔레오가 마우스를 흔들어봤지만 아무 소용이 없었다. 심지어 커서까지 사라져버렸다. 박사는 투덜거리면서 컴퓨터를 껐다가 다시 켰다. 거의 이틀 내내 켜놓았으니 먹통이 될 수밖에 없을 거라고 생각했다. 시스템이 다시 정상적으로 작동하자 브라우저를 열기 위해 데스크톱을 살펴보았다. 박사의 손가락이 마우스 위에서 멈췄다. 데스크톱에 낯선 아이콘이 나타났다. 물음표처럼 생긴 아이콘이었지만, 춤추는 것 같은 눈을 가지고 있었다.

퍼팔레오는 국토안보부의 고위관리자들을 강제로 참석시켰던 컴퓨터 세미나를 떠올렸다. 침투, 바이러스, 웜에 관한 프로토콜이 기억 속에 선명히 새겨져 있었다. 하지만 이 친절해 보이는 물음표는 그런 훈련은 무시하고 본능에 따르라고 청하고 있었다. 퍼팔레오는 그 아이콘을 클릭했다.

애틀랜타 공항에서 재러드는 노트북 위에 몸을 숙인 채 몇 분에 한 번씩 문제가 없는지 살피고 있었다. 에이버리는 잔뜩 긴장한 채로 그 옆에 앉아서 책을 읽는 시늉만 하고 있었다. 두 사람은 구사일생으로 시간을 조금 벌었으며 공항까지 따라온 사람은 없었다.

노트북에서 삑삑거리는 소리가 나자 재러드가 화면 한 귀퉁이를 슬쩍 쳐다보다가 그대로 얼어붙었다. 누군가 검색어에 걸어놓은 미끼를 물었다.

"에이버리?"

에이버리가 책에서 시선을 들었다. "왜요?"

"누군가 낚시에 걸렸네요. 유명한 강에서." 재러드가 아리송하게 말했다.

에이버리는 기쁜 표정을 짓기 위해 애를 썼다. 누군가 재러드의 미끼를 물었다면 그자가 바로 그들을 죽이려는 사람일 수도 있다.

문제는 그 사람이 누구냐는 것이다. 그리고 정말 한 사람인지, 같은 사람인지도 문제였다.

"그쪽에서 당신한테 위치를 보내줬나요?"

"그래요." 재러드는 에이버리에게도 잘 보이도록 노트북을 조금 돌려주었다. 채팅방이 열리자 커서가 깜박거리기 시작했다. "직접 대화를 나눠볼래요?"

"네." 노트북을 받아들자 심장이 두근거리기 시작했다. 에이버리는 잠시 망설이다가 마침내 자판에 손가락을 올렸다.

안녕하세요?

누구시죠?

에이버리는 가명을 찾았다. **커샌드라예요. 당신은요?**

사무실에 있던 퍼팔레오 박사는 어린 시절 사용했던 온갖 별명을 떠올려보다가 마침내 미소를 지으며 대답했다. **윌마라고 해요.**

안녕하세요, 윌마. 무엇을 찾고 있나요?

대답이요.

무슨 질문에 대한 답을 찾고 있는 거죠?

생물유전학과 하플로그룹에 관한 게 궁금해서요.

그럼 이야기 좀 하죠.

이미 하고 있는 거 아니었어요? 퍼팔레오 박사는 어떻게 되고 있는 일인지 모르겠다는 말을 할 이유가 없다고 생각했다. **컴퓨터의 뛰어난 속임수죠.**

마법이죠. 난 친구를 찾고 있어요. 도와줄 수 있을까요?

FDA와 관계가 있나요?

아뇨. 왜요?

비밀 취급 인가 가지고 있어요?

에이버리는 재러드가 볼 수 있게 화면을 틀어주었다. 그는 계속 질문해보라고 소리 없이 손짓했다. 화면 한쪽 모퉁이에 떠 있는 윌마의 IP 주소를 추적하는 프로그램이 작동하면서 빨간색 불빛이 초록색으로 바뀌었다. 이제 몇 분만 기다리면 재러드가 숨겨둔 열쇠를 건드리고, 어젯밤에 깔아놓은 실시간 메시지 서비스를 작동시킨 사람이 누군지 알게 될 것이다.

반면 상대방이 에이버리가 쓰고 있는 컴퓨터를 찾으려고 할 경우 여러 복잡한 터널을 거친 뒤에 재러드가 설정한 보안장치에 접속하는 사용자들에게 발송되는 가짜 이메일 주소만 찾게 될 것이다. 해군에서 배운 편리한 기술을 시간을 들여 발전시킨 것이다.

재러드가 에이버리에게 속삭였다. "계속 교신을 해요. 거의 다 잡았어요."

에이버리는 고개를 끄덕인 뒤, 다시 자판을 두드렸다. **그게 필요한가요?**

당신이 나와 이야기를 나누고 싶다면요.

잠깐만요. 하플로그룹과 히게이아, 아드바르는 흥미로운 조합이죠. 그쪽을 위해 일하나요?

어쩌면요. 당신은 뭘 알고 있는 거죠?

에이버리는 자신이 가진 카드 한 장을 보여주기로 마음먹었다. **아니가 떠났어요. 그 사람이 어디 있는지 아나요?**

퍼팔레오는 히게이아에 관한 자료 중 한 개를 집어 들었다. 아니 람지는 히게이아의 최고 과학자였다. 하지만 인수 과정에서 그 사람이 어떻게 됐는지 말해주는 기사는 하나도 없었다. 그 자체는 특이할 것이 없었지만, 박사는 그의 이름 옆에 그 사실을 기록했다.

조금 전에 이야기했어요.

정말요? 어디서요?

인도요.

아니가 어디 있는지 모르는 거죠? 아닌가요?

에이버리는 시치미를 떼고 미소를 지었다. 윌마는 에이버리를 믿지 않았고, 에이버리 역시 윌마를 믿지 않았다. 그들은 체스판 위에서 말들을 밀어내면서 서로의 속내를 떠보며 교전을 피하고 있었다. 교착상태였다. 에이버리는 새로운 방향으로 공략해보기로 했다.

과학을 좋아하나요?

열정을 쏟는 분야죠. 그쪽은요?

과학자는 아니에요. 하지만 확실히 좀 더 배우고 싶어요.

어떤 분야를 배우고 싶죠?

인도의 유전공학에 대해 배우고 싶어요. 인도에 가서 일자리를 구할 계획이에요. 아니도 만나보고 싶고요.

내 컴퓨터를 기웃대다니, 이상한 방식으로 일자리를 구하네요.

정말 관심이 아주 많거든요. 에이버리는 숨을 들이마신 뒤 모험을 해보기로 마음먹었다. 하플로그룹에 대해 아는 게 있나요?

왜요?

아니는 사람을 해치는 데 그걸 이용한다고 생각해요.

당신은 누구죠?

관심을 가지고 있는 시민이에요.

그쪽은 하플로그룹에 대해 뭘 알고 있죠?

유전자 표식이라고 알고 있어요. 나쁜 마음으로 이용하면 아주 위험하죠.

나쁜 사람들 손에 들어가도 그렇죠.

무기로 쓰인다는 말인가요?

퍼팔레오는 자판을 두드리던 손을 멈췄다. 책상의 한쪽 구석에는 염색체 연구보조금과 관련해 찾아낸 몇 개 안 되는 보고서들이 놓여 있었다. S&T 보조금이 공인한 대상 중에 Y하플로그룹 연구의 이용에 대한 조사도 있었다. 그 보고서는 몇 줄이 수정되어 있었다. 그녀가 읽을 수 없게 되어 있는 페이지들도 있었다.

신경이 다시 곤두섰다. 퍼팔레오는 정부 컴퓨터로 낯선 사람과 채팅을 한 것만으로도 연방법을 여러 개 어긴 상태였다. 아직까지는 어떤 기밀 사항도 언급하지 않았지만, 직감적으로 문제의 소지가 될 징후를 느낄 수 있었다. 위험한 아이콘 때문에 자신보다 더 많은 것을 알고 있는 상대와 채팅을 시작하게 되다니. 상대방은 Y하플로그룹과 생물유전학 연구, 무기에 대해 알고 있었다. 과학기술부에 대해서도.

퍼팔레오가 다시 자판을 두드렸다. **당신은 누구죠?**

당신처럼 관심을 가지고 있는 사람이요. 티그리스로스트를 찾고 있어요. 찾기 어렵네요.

난 당신을 도울 수 없어요. 그만 가야겠어요.

에이버리는 주도권을 잃었음을 깨닫자 위치 추적이 이루어지고 있는 화면을 두드렸다. 재러드가 아직 몇 초 정도 더 걸린다는 의미로 손가락 세 개를 들어 올렸다.

난 히게이아에 대해 알고 있어요. 그 연구에 대한 것도. 커서가 빈 채로 깜박거렸다. 에이버리는 깜깜한 화면을 향해 과격하게 나갔다. **아드바르와 법원에 대해서도 알아요.**

지금 무슨 이야기를 하는 거예요?

젠 워크스와 아드바르, 히게이아. 윈 대법관. 전부 연관이 있어요.

내가 설명할 수 있어요.

에이버리는 윌마가 미끼를 물 것인지를 지켜보며 기다렸다.

내일. 링컨기념관. 푸른색 기둥. 오전 9시. 빨간색 스카프. 혼자 와요.

채팅이 갑자기 종료되며 컴퓨터에서 소리가 울렸다. 에이버리가 불안한 듯 쳐다보자 재러드가 고개를 끄덕였다.

"잡았어요."

그제야 마음을 놓은 에이버리는 노트북을 재러드에게 돌려준 뒤 한숨을 쉬었다. 그녀는 링컨기념관에서 윌마를 만날 것이다. 스카프를 매고 갈 사람이 어느 쪽인지 확실하지 않았지만 에이버리는 자신일 거라고 생각했다.

그녀가 아무 말 없이 지켜보는 동안 재러드가 자신의 추적 프로그램을 불러냈다. IP 주소는 암호화되어 있었고 그 암호의 행렬은 이제껏 그가 마주쳤던 것들 중에 가장 복잡한 형태에 속했다. 하지만 그 복잡성의 단순한 수준 덕분에 몇 가지 출처를 제외한 나머지 것들을 배제시킬 수 있었고, 숨길 수 없는 프로토콜로 남은 용의자들을 제거할 수 있었다. 워싱턴에서 데이터 보안 관련 일을 하면서 재러드는 정부기관의 지문을 찾는 일을 배웠다. 그쪽 기관들은 능력이 뛰어났지만, 예측이 가능했다.

재러드가 에이버리 쪽으로 몸을 숙이더니 그녀의 귓가에 대고 속삭였다. "윌마는 정부기관에 있어요. 지리적 정보에 따르면 국토안보부네요."

갑자기 윌마와의 만남에 흥미가 사라졌다. 에이버리는 소리가 들릴 정도로 침을 삼켰다. "밴스 소령일까요?"

"아니면 그 부서에 있는 다른 사람이겠죠."

"이 사람은 확실히 자신이 있어서는 안 될 곳을 찾고 있는 것 같아요." 에이버리는 이번 일이 끼칠 영향에 대해 생각해보았다. 아무것도 모르는 채로 걸어 들어가기에는 너무 위험한 함정일 수도 있다. "혹시 내가 원하면 다시 연락할 수 있어요?"

"그럼요. 그 컴퓨터 주소를 캡처했고, 윌마에게 다시 연락할 수 있게 트로이 목마도 깔아놨어요."

에이버리와 재러드의 위치에서 3미터 떨어진 공항 의자에 앉아 있던 남자가 그들이 속삭이는 것을 보더니 자리에서 일어나 두 사람이 있는 쪽으로 다가왔다. 재러드는 바로 그 남자를 알아차리고 에이버리의 어깨를 감싸 안으며 얼굴을 가까이 붙였다.

"지금 우리 감시당하고 있었어요." 재러드가 부드럽게 말했다.

그 요원은 어느 정도 위치에서 멈춰 섰지만, 여전히 두 사람을 은밀히 지켜보고 있었다. 그 남자는 6미터 떨어진 곳에서 신문을 보며 앉아 있던 또 다른 요원을 흘깃 쳐다보았다.

재러드는 만족스러워하며 중얼거렸다. "윌마한테 다시 연락할 수 있어요. 하지만 국토안보부가 다른 정보기관들과 같다면 시스템을 정기적으로 청소할 거예요. 그러니까 할 거면 빨리 해야 해요."

에이버리가 재러드 쪽으로 몸을 붙이며 귓가에 속삭였다. "직접 만나기 전에 윌마가 누군지 알아보는 게 좋을 것 같아요."

"어떻게 하려고요?"

"법원의 힘을 이용하는 거죠."

에이버리가 다시 손을 내밀자 재러드가 노트북을 넘겨주었다. 그녀는 개인 이메일 계정을 열고 계속 연락하고 지내는 몇 안 되는 법원 동료들 중 한 사람에게 보낼 메시지를 작성했다.

'개리, 도움이 필요해요. 국토안보부 과학기술부에서 일하는 직원 명단이 필요해요.' 원 대법관의 정보공개법 요구에 힘입어 에이

338

버리는 덧붙였다. '재무부서나 감사부 쪽이면 좋겠어요. 긴급하고 중요한 일이에요. 부탁할게요.'

메시지를 보낸 에이버리가 한숨을 쉬었다. "이제 어떻게 하죠?"

재러드가 요원들을 흘깃 쳐다보았다. "기다려야죠."

퍼팔레오 박사는 사무실 안에서 지금 당장 짐을 싸야 할지, 나중에 싸도 되는 건지 고민했다. 이제 곧 국토안보부에서 일하는 최첨단 기술자 중 하나가 문을 두드리며 나타나 자격증을 요구할 것이다. 리븐워스 교도소에 오늘 들어가게 될지, 다음 주에 들어갈 것인지가 유일한 문제였다.

퍼팔레오의 책상 위에는 워터게이트 사건을 고등학교 소문처럼 보이게 만들 정도로 엄청난 음모론의 시초가 놓여 있었다. 그녀는 화면에 떠 있는 아이콘을 쳐다보았다. 아이콘의 춤추는 눈이 그녀가 무슨 생각을 하는지 꿰뚫어 보고 있는 것처럼 느껴졌다.

사실 아무 생각도 하지 않고 있었다.

퍼팔레오는 정부에 대해 잘 알고 있었다. 돈보다 지식이 힘이 되는 곳으로, 제어만 잘 한다면 안전할 수도 있었다. 그 말은 곧 즉흥적으로 만나기로 했던 내일이 되기 전에 자신이 알고 있는 것이 무엇인지 알아야 할 필요가 있다는 뜻이었다. 사방으로 흩어지는 장어들처럼 머릿속을 휘젓고 있는 생각들을 적어두어야만 했다.

하지만 사무실에 있는 컴퓨터를 쓰는 건 위험했다. 춤추는 아이콘은 그녀의 피난처가 얼마나 위험한지를 경고하고 있었다. 퍼팔레오 박사는 자리에서 일어나 앞에 있던 자료들을 끌어모은 뒤 오래된 서류들과 골동품 같은 컴퓨터가 놓여 있는 지하로 내려갔다. 인터넷 접속이 되지 않는 컴퓨터였다. 기본적으로 1990년대 컴퓨터는 단순한 워드프로세서 프로그램이 달린 아주 커다란 계산기였다. 모두가 잊고 있는 컴퓨터였기에 완벽했다.

퍼팔레오는 자판을 두드리기 시작했다. 짤막한 메모 같았던 글이 논문 수준으로 올라갔다. 자판 위를 날아다니던 손가락은 관련 보고서나 교차 확인 데이터가 필요할 때만 움직임을 멈췄다. 그렇게 글을 계속 쓰는 동안 속이 점점 메스꺼워졌다. 그녀는 우연히 음모 이상의 것을 알게 되었다. 자신이 발견한 것은 치명적인 죄악이었다. 퍼팔레오는 자신이 고자질쟁이, 정부식 표현으로 하면 내부 고발자가 되는 것을 상상해본 적이 없었다. 엉성한 것과 위험한 것, 나쁜 것과 유해한 것의 차이를 배우지 않은 채 비밀 정보 접근 허가를 받을 수는 없다. 하지만 배 속에 진흙이 쌓여 있는 것 같은 느낌이 점점 더 심해지고 있었다. 고자질쟁이보다 더 나쁜 유일한 것이 진실을 말하는 것을 두려워하는 사람이기 때문이다.

퍼팔레오는 지친 채로 자신이 쓴 내용을 다시 읽어보았다. 그녀는 그 문서를 저장하려고 애쓰지 않았다. 이 컴퓨터의 플로피 디스크 드라이브는 이미 오래전부터 열리지 않았다. 그 대신 퍼팔레오는 출력 버튼을 눌렀다. 오래된 프린터기가 종이들을 토해내는 동안, 그녀는 복사기 앞으로 다가가 마이크가 준 자료 수백 장을 복사하기 시작했다. 복사가 끝나자 자신이 쓴 글을 출력한 종이들과 복사본을 함께 모았다.

퍼팔레오는 버려진 사무용품 선반을 뒤졌다. 보관에 적합한 상자가 손가락에 걸렸다. 갑자기 자신의 의도를 자각한 그녀는 살짝 머뭇거리며 그 상자 안에 서류들을 집어넣었다. 이 정보들을 건물 밖으로 빼내는 것은 불법일 뿐만 아니라 반역죄일 가능성도 있었다. 문제는 이 문서들을 누구에게 보내느냐는 것이다.

퍼팔레오는 결코 자신을 정치적인 인물이라고 생각한 적이 없었다. 투표를 했지만 정당은 중요하지 않았다. 그녀에겐 자신의 직업이 정치였고, 직원으로서 직업의 안정성을 위해서는 소속을 두지 않는 것이 최선이라는 것을 잘 알고 있었다. 여전히 그녀 앞에는 이번 정부가 아무도 상상하지 못할 나쁜 범죄를 저질렀을 가능성이 있다는 증거물이 놓여 있었다. 만일 조금 전 퍼팔레오가 썼던 내용이 사실이라면 미국은 아주 심각한 상태에 놓여 있었다.

이제 그녀에겐 이 보고서와 자신이 쓴 기록을 받아줄 만한 협력자가 필요했다. 퍼팔레오는 이것들을 내일 상관에게 전달할 것이다. 하지만 정부에서 10년 이상 일하다 보면 약간의 진실을 알게 될 수밖에 없다. 법은 내부 고발자를 보호해주겠지만, 그럼에도 자신들의 명성을 지키면서 탈출한 사람들은 보험용 정책들을 가지고 있었다. 이럴 경우 퍼팔레오에겐 대통령의 분노를 피하게 해줄 자원을 가진 국토안보부 바깥의 인물이 필요했다. 자신이 알아낸 것이 무엇인지 이해하고 보복의 두려움 없이 증거를 제출해줄 수 있는 누군가가.

눈 안쪽에서 편두통이 시작되자 퍼팔레오는 서둘러 그럴 만한 인물을 찾기 시작했다. 그녀가 알아낸 사실들을 공유할 만한 힘과 이유가 있는 누군가를. 그러다 지난가을, 유전자 프런티어 회의에서 만났던 완벽한 후보를 떠올렸다. 그때가 지난 수개월 동안 즐거웠던 마지막 자유 시간이었다. 노스캐롤라이나의 리서치 트라이앵글에서 10월을 보내면서 그 순간을 무척 즐겁게 생각했다. 그때 만났던 그 사람은 기조 연설자만큼이나 매력적이었다.

퍼팔레오는 서류가 담긴 상자의 크기를 재고 발송하기 전에 위층으로 올라가 그 사람의 주소를 가져왔다. 책상에서 꺼낸 매직펜으로 상자 위에 그녀만의 원탁의 기사의 이름을 적어 넣었다.

받는 사람 : 나이절 쿠퍼
젠 워크스

33

밴스는 사무실에 혼자 앉은 채, 화면에 떠 있는 엘리자베스 퍼팔레오의 컴퓨터 화면을 보며 얼굴을 찌푸렸다. 그는 재빨리 전화기를 들고 번호를 눌렀다. 애틀랜타 공항 안쪽에서 휴대전화가 울렸다. 첫 번째 신호음이 떨어지자마자 카스티요가 전화를 받았다.

"네."

"그들과 같이 있나?"

카스티요는 기둥 뒤쪽부터 탑승구 앞에 의자들이 놓여 있는 곳까지 공항 게이트 근처를 둘러본 후 낮은 목소리로 보고했다.

"그런 셈입니다. 6시 비행기예요. 45분에 탑승할 겁니다."

"킨이 컴퓨터를 쓰고 있나?"

"그런 것 같습니다. 킨과 재러드 원이 붙어 앉아 있습니다."

짧지만 강한 욕설이 튀어나왔다. "접속을 끊을 수 있나?"

카스티요가 승객들로 혼잡한 게이트 부근을 살피며 말했다. "네, 마침 장비도 가지고 있습니다."

"그럼 실행해."

표적이 많다 보니 도망치거나 처리하기도 전에 지나치게 빨리 대응한다.

밴스는 책상에서 일어나 서류가방을 집어든 뒤 사무실 문을 열었다. 아래층으로 내려가자 어두컴컴한 지하주차장의 구조가 지금 그의 기분과 딱 들어맞았다. 밴스는 차 문을 세게 닫은 뒤 시동을 걸었다. 허리춤에 꽂아놓은 묵직한 무기가 엉덩이에 닿자, 총을 쏘고 싶은 마음에 손가락이 근질거렸다. 너무 많은 실수를 저질렀고, 해결하지 못한 일들이 지나치게 많이 남아 있었다. 이런 건 그의 방식이 아니었다.

밴스는 복잡한 지하주차장을 요리조리 빠져나와 1층으로 올라갔다. 모퉁이를 돌다가 서류에서 봤던 여자를 알아본 것은 순전히 운이었다. 주차장의 남서쪽 구역에서 퍼팔레오가 파일들을 잔뜩 끌어안은 채 급한 걸음으로 가로질러 가고 있었다. 그 파일들에 히게이아의 정보가 담겨 있다는 데 밴스는 연금을 걸 수도 있었다.

그는 그 작은 행운이 기꺼웠다. 이번만큼은 작전이 계획대로 이루어지고 있었다. 밴스는 먼저 주차장을 빠져나온 뒤 퍼팔레오를 기다렸다. 그녀는 이미 정체가 시작된 늦은 오후 교통체증에 합류했다. 밴스는 두 대의 차량 뒤에서 그녀를 따라가기 시작했다. 박사의 낡은 볼보는 쉽게 눈에 띄었다. 밴스는 퍼팔레오가 신호등의 노란색 불이 보이기 시작하면 속도를 줄이는 것까지 포함해 온갖 교통 법규를 지킨다는 것을 알게 되었다. 두 사람 사이에 끼어 있던 차들은 퍼팔레오가 신호등이 노란색으로 바뀔 때마다 재빨리 지나가는 대신 브레이크를 밟자 짜증을 내며 경적을 울렸다.

밴스의 차 트렁크에는 현장용 장비들이 들어 있었다. 그의 결정은 충동적인 것이었기 때문에 즉흥적으로 하는 수밖에 없었다. 하지만 흥분으로 느려진 맥박이 혈관에서 기분 좋게 느껴졌다. 그에게 필요한 건 통제력이었다. 제이미 루이스가 전화를 잘못 건 순간 그 통제력은 사라졌다. 앞으로 머지않아 밴스는 통제력을 되찾게 될 것이다.

퍼팔레오는 미행을 알아차리지 못한 채 느릿느릿 차량들의 흐름에서 벗어났다. 그리고 고속도로를 이용해 알링턴과 워싱턴 경계선에 위치한 특색 없는 복합단지 한 곳으로 들어갔다. 퍼팔레오 박사는 통행증을 보여주기 위해 바깥에 있는 보안 입구 앞에 잠시 차를 세웠다. 밴스는 멈추지 않고 계속 앞으로 나아갔다. 인접한 상가들 덕분에 정체를 숨기는 것이 용이했다. 밴스는 건물들 사이로 흐릿하게 빛이 비치는 공간에 차를 세웠다.

정부 번호판을 달고 있는 평범한 세단에서 내리기 전에 밴스는 재빨리 벽들을 살피며 CCTV가 있는지 확인했다. 트렁크를 열고 현장용 장비들을 꺼낸 뒤 코트를 잽싸게 벗어 트렁크 안쪽에 집어넣었다. 계속해서 타이와 커프스 링크를 풀고 깨끗한 흰색 셔츠까지 벗어던지자 안에 입고 있던 메리야스만 남았다. 그런 뒤에 밴스는 고동색 스웨터를 입었다.

현장용 장비 중에는 유리병과 임무를 완수하는 데 필요한 도구들이 포함되어 있었다. 밴스는 두 가지 물품만 빼고 나머지 물건들을 집어넣은 검은색 배낭을 어깨에 둘러멨다. 야구 모자를 푹 눌러쓴 뒤에 얼굴을 완전히 가려주는 광각안경을 쓰고, 손에는 라텍스 장갑을 꼈다. 그는 끝에 금속 봉이 달려 있는 가느다란 철사 조각을 스웨터의 한쪽 주머니에 넣고 다른 주머니에는 천 조각 뭉친 것을 집어넣었다. 소리가 나지 않게 트렁크를 닫은 뒤 밴스는 고개를 숙이고 골목을 빠져나왔다.

그가 빠른 걸음으로 퍼팔레오가 들어간 주차장 입구로 들어가자 그녀가 보였다. 대통령을 끌어내릴 수 있는 호기심 많은 여자와 대통령의 몰락을 막기로 맹세한 남자. 밴스는 신중한 눈으로 주위를 살피며 이 주차장 1층에 그들 두 사람 이외에 다른 사람은 없는지 확인했다.

퍼팔레오는 주차장 기둥에 막혀 있는 구석 자리에 차를 세운 상태였다. 조수석 앞에 몸을 숙이고 있던 퍼팔레오는 밴스의 접근을 알아차리지 못했다. 그녀는 차에서 파일 더미를 꺼내 지붕 위에 올렸다. 그리고 커다란 가방에 손을 넣고 집 열쇠를 찾기 시작했다. 그러다 가방 안에서 딸랑거리는 소리가 나자 그쪽에서 열쇠를 찾아 꺼냈다.

퍼팔레오는 히게이아 관련 자료 사본이 들어 있는 파일들을 양팔로 끌어안고 열쇠를 손에 쥔 상태로, 내일 맥린 차관에게 설명할 내용을 머릿속으로 떠올리고 있었다. 링컨기념관에 갔다 온 뒤에 바로 맥린 차관을 만날 생각이었다.

퍼팔레오는 엉덩이로 차 문을 닫은 뒤 엘리베이터 쪽으로 돌아섰다. 파일들이 금세라도 떨어질 것처럼 불안정한 상태가 되자 그녀는 사무실에서 이 자료들을 상자에 담아오지 않은 자신을 탓했다. 어깨를 들썩거리며 가방을 고쳐 멘 순간 안고 있던 파일 한 개가 미끄러지기 시작했다.

"이런!" 퍼팔레오는 재빨리 파일을 붙잡았다.

바로 그때 주차장의 어두운 쪽에서 웬 남자가 나타났다. 깜짝 놀란 퍼팔레오는 너무 무서운 나머지 헛웃음을 지었다.

"여기 다른 사람이 있는지 몰랐어요. 정말 깜짝 놀랐네요."

"놀라게 했다면 미안합니다." 남자가 자동차 문과 콘크리트 기둥 사이로 다가오더니 퍼팔레오가 안고 있던 파일들을 가리켰다. "좀 도와드릴까요?"

남자의 목이 쉰 것 같은 낮은 목소리가 어쩐지 귀에 익었지만, 퍼팔레오 박사는 이미 엄청난 하루를 보낸 상태였다. 퍼팔레오는 들고 있던 파일들을 흘러내리지 않게 고쳐 들었다.

"감사합니다만, 그러실 필요 없어요." 그리고 한 걸음 앞으로 나갔지만 남자가 비켜서지 않자 퍼팔레오는 얼굴을 찌푸렸다. "실례할게요."

남자는 뒤로 물러나는 대신 위협적으로 한 발 앞으로 나섰다.

"좀 비켜주시겠어요?"

"싫은데요."

남자가 한 걸음 더 다가서자 퍼팔레오는 재빨리 뒤로 물러섰다. 그녀의 몸이 자동차와 기둥 사이에 끼었다. 심장이 튀어나올 것 같았다. 그녀는 애써 미소를 지어보려고 했다.

"여긴 보안이 잘 되어 있는 곳이에요. 사방에 CCTV가 달려 있다고요."

"그런 건 도움이 안 될 겁니다, 엘리자베스."

남자가 자신의 이름을 부르자, 퍼팔레오는 목소리의 주인이 누구인지 알아차렸다. 구석에 갇혀버린 퍼팔레오가 비명을 지르며 남자를 밀어내려고 애를 썼다. 하지만 밴스 소령은 꼼짝도 하지 않았고, 그대로 그녀의 오른팔을 붙잡아 등 뒤로 꺾었다. 그리고 그녀의 머리를 기둥에 밀어붙였다. 비명과 함께 파일들이 바닥으로 떨어졌다. 밴스는 그녀를 똑바로 세운 뒤 재빨리 왼팔을 마저 붙잡아 오른팔과 함께 수갑을 채웠다. 밴스가 한 손으로 박사의 팔을 잡기 위해 움직이는 동안 그의 손아귀 힘이 잠시 약해졌다. 그 순간 퍼팔레오가 또다시 비명을 지르기 시작했다. 그러자 밴스가 그녀의 머리를 두 번째로 기둥에 밀어붙였다. 퍼팔레오가 발버둥을 치며 반항하자 밴스는 자기 다리로 박사의 다리를 누른 뒤, 다른 한 손으로 뭔가를 그녀의 입안에 쑤셔 넣었다.

밴스는 퍼팔레오를 주차장 구석의 컴컴한 곳으로 끌고 갔다. 그의 커다란 몸이 그녀의 시야를 가렸고, 입이 막혀 있어서 소리를 낼 수 없었다. 곧 그녀의 목에 철사 고리가 휘감기면서 가느다란 끈이 부드럽고 연약한 살에 파고들었다. 몇 분도 되지 않아 숨이 끊어진 퍼팔레오의 몸이 축 늘어졌다. 밴스는 아직 따뜻한 그녀의 손에서 손쉽게 열쇠를 빼낸 뒤 세단의 문을 열었다. 그는 쓰러진 퍼팔레오의 몸을 번쩍 들어 다른 사람의 눈에 보이지 않게 뒷좌석에 눕혔다가 마음을 바꿔 차 바닥에 눕혔다.

밴스는 떨어진 퍼팔레오의 가방을 집어 차 안에 던져 넣었다. 그리고 바닥에 있던 파일들을 끌어모아 운전석 옆 콘솔에 넣어두었다. 밴스는 운전석에 올라탄 뒤 주차장을 빠져나가 첫 번째 목적지로 향했다.

공항 근처의 버려진 공사 현장은 완벽했다. 완성되지 못한 건물을 향해 가는 동안 자동차 바퀴 아래 철근이 찌그러지고 먼지가 흩날렸다. 밴스는 버려진 잔해 더미 사이에 차를 세운 뒤 콘솔에 넣어둔 파일들을 꺼냈다. 그는 눈을 가늘게 뜨고 퍼팔레오가 찾아낸 자료들을 재빨리 훑어보았다. 아마 박사는 이 진실을 아는 사람이 자기밖에 없다는 사실에 위안을 받으며 죽었을 것이다.

밴스는 자동차에 있던 시신을 쓰레기로 뒤덮인 땅바닥으로 밀어냈다. 그리고 박사의 시신 아래에 파일들을 밀어 넣고는 익숙한 동작으로 병 세 개를 꺼냈다. 이 치명적인 화학물질들은 그가 해군 생화학물질특수부대에서 새로운 무기를 창조하는 데 일생을 바친 과학자들과 함께 보냈던 시간의 특전이었다.

첫 번째 병의 뚜껑을 열었지만 아무 냄새도 나지 않았다. 밴스는 그 병에 들어 있던 것들을 한때 엘리자베스 퍼팔레오였던 시신과 그녀가 밝혀낸 비밀 서류 위에 부었다. 그리고 조심스럽게 병의 뚜껑을 닫은 뒤 가방에 집어넣었다. 그 위에 다시 촉매제를 붓고 세 번째 병에 들어 있던 건조제를 첨가했다. 약물들이 반응하면서 뼈와 조직을 갈기갈기 찢어놓았다. 살이 분해되는 악취가 바깥 공기 속에 분산되었다. 시신 밑에 두었던 서류들도 먼지로 사라졌다.

치과 기록도 남지 않고 지문도 남지 않는다. DNA는 도움이 될 수도 있다. 하지만 설사 퍼팔레오 박사를 찾아낸다고 해도, 그때쯤이면 추측과 어림짐작만 할 수 있을 것이다.

밴스는 다시 차를 타고 공항으로 향했다. 그는 여행자들의 차량을 장기 보관하는 외떨어진 주차장으로 들어갔다. 공항 주차장과 달리 이곳은 보안이 느슨했다. 밴스는 모자를 푹 눌러 쓰고 고개를 숙인 채 녹색 버튼을 눌러 주차증을 받았다. 주차장 안에 들어가자 그는 최근에 들어온 것처럼 보이는 차에서 멀리 떨어진 컴컴한 구석 자리로 향했다.

밴스는 차를 숨긴 뒤 주차장에서 나와 승객들을 태워주는 밴을 타고 공항으로 들어갔다. 거기서 재빨리 택시로 갈아탄 뒤 자기 차를 세워둔 곳에서 몇 블록 떨어진 곳에 내렸다. 밴스는 기사에게 요금을 낸 뒤 택시가 완전히 떠날 때까지 기다렸다가 골목을 따라 차를 세워둔 곳까지 걸어갔다. 그는 만족스럽게 자기 차에 올라탄 뒤 차도로 합류했다.

밴스는 운전하면서 음성을 이용해 전화를 걸었다. "필립스."

"네?"

"엘리자베스 퍼팔레오 이름으로 멕시코행 비행기 표를 끊어. 구입 날짜는 2주 전으로 하고, 동승객 표도 함께 끊도록 해. 남자, 그러니까 남편인 대런 퍼팔레오의 표 말이야. 오늘 밤 출발하는 걸로. 퍼팔레오 씨를 찾아내서 비행기에 절대 타지 못하게 하고."

34

6월 23일 금요일

다음 날 아침, 쿵쿵거리는 큰 소리에 잠을 깬 에이버리는 이불에 다리가 감긴 채로 침대에서 굴러떨어졌다.

"나가요." 에이버리가 쉰 목소리로 소리쳤다.

그녀는 다리를 감고 있는 이불을 걷어찬 뒤 티셔츠를 밑으로 끌어내렸다.

거실에서 자고 있던 재러드가 몸을 뒤척거리자 에이버리는 그냥 다시 잠을 자라고 손짓했다. 그녀는 문 앞에서 헝클어진 머리를 쓸어 넘기고, 열쇠 구멍으로 밖을 내다보았다. 문밖에 노아가 신문을 손에 쥔 채 서 있었고, 새로 온 근엄해 보이는 FBI 요원이 뒤에서 그를 노려보고 있었다. 에이버리는 손으로 더듬거리며 잠금 장치를 푼 뒤 문을 열었다.

"노아 폭스 씨." FBI 요원이 압수한 노아의 신분증을 읽었다. "리 요원이 방문객은 금지한다고 했습니다."

"내 변호사예요. 안전한 사람이죠." 에이버리가 다급히 설명했다. 논쟁을 미연에 방지하기 위해, 에이버리는 노아를 안으로 끌어들였다. "리 요원도 승인해줄 거예요."

"확인해보겠습니다." FBI 요원이 경고했다. 새로 온 이 요원은 일라이자 레이턴으로, 짧은 검은색 곱슬머리에 모자를 쓴 다부진 체격의 중년 여성이었다. 노아가 신분증을 돌려달라고 손을 내밀었지만, 레이턴 요원은 그의 신분증을 주머니에 집어넣고 두드렸다. "확인해볼 겁니다."

노아는 에이버리를 따라 주방으로 들어오면서 의미심장한 눈빛으로 재러드를 보았다.

"아직 다들 꿈나라 여행 중이에요." 에이버리가 말했다.

노아는 에이버리가 커피를 내릴 준비를 하는 걸 보더니, 카운터 위에 접혀 있는 신문을 올렸다. "좋아 보이네요."

커피가 끓기 시작하자, 에이버리는 찬장에서 머그잔을 꺼냈다. 전자레인지에 달린 시계를 보니 아직 5시 30분도 되지 않은 시각이었다. "이렇게 일찍 무슨 일로 왔어요?"

카운터에 기대 서 있던 노아가 에이버리에게 신문이 보이지 않게 자리를 옆으로 옮겼다. "이미 체육관에 갔다가 사무실에도 들렀다 오는 길인데요. 여긴 오늘 세 번째로 들른 곳이에요."

"세 번째요? 아직 새벽인데."

"전 일찍 일어나거든요." 노아가 천천히 설명했다. "당신이 이야기를 나누고 싶어 할지도 모른다고 생각했어요."

뭔가 의심이 든 에이버리가 노아를 똑바로 쳐다보았다. "무슨 이야기요?"

"이제 곧 당신 휴대전화가 울리기 시작할 거예요."

"왜요?"

"이것 때문에요." 노아가 신문을 집어 들면서 경고했다. "보기에 좋진 않지만, 우리 이야기라면 제대로 알고 있어야만 하니까요."

"보여줘요." 에이버리가 요구하자 노아가 즉시 신문을 건네줬다. 그녀는 신문을 펼치자마자 그 자리에 얼어붙었다. "맙소사."

"무슨 일이에요?" 재러드가 자리에서 일어나 카운터 앞으로 다가왔다. 에이버리나 노아가 대답하기도 전에 그가 신문을 자기 앞으로 돌렸다. "젠장. 에이버리, 괜찮아요?"

에이버리가 대답하지 않자, 재러드가 카운터를 빙 돌아 그녀 옆으로 다가왔다.

"아버지는 당신을 이런 일에 끌어들이지 말았어야 했어요." 재러드는 에이버리가 눈도 깜박하지 않고 신문을 쳐다보는 것을 걱정스럽게 바라보았다. "에이버리, 무슨 말이든 좀 해봐요."

링이 재빨리 에이버리가 서 있는 주방으로 들어와 그들과 합류했다. 그녀는 신문 1면을 보자마자 어떻게 된 상황인지 알 수 있었다. "맙소사, 에이버리. 이게 무슨 일이야."

〈워싱턴 가제트〉 1면에는 세 장의 사진이 나란히 실려 있었다. 집 앞에서 찍힌 에이버리와 재러드의 흐릿한 사진, 두 번째는 지하철역에서 에이버리가 엄마를 반쯤 끌고 가는 사진(윈 대법관과 마주쳤던 날이 아닌 다른 날에 찍힌 사진이었다), 마지막은 쓰레기통 같은 곳에 기대 있는 리타의 반쯤 제정신이 아닌 얼굴을 확대한 사진이었다. 그 사진들 밑에는 대서특필로 헤드라인이 달려 있었다.

대법관의 정부, 아들의 애인, 마약 중독자의 딸. 에이버리 킨은 대체 어떤 사람인가?

"노아, 커피부터 줄게요." 에이버리가 카운터에서 몸을 떼며 차분히 말했다. "아침 식사로는 오믈렛을 만들 생각이에요."

"에이버리, 우린 이 문제에 대해 이야기를 해야 해." 링이 부드러운 목소리로 조심스럽게 말했다.

재러드는 분노를 감추지 않은 채 신문을 흔들었다. "개새끼들 같으니. 〈가제트〉에 항의 전화를 하죠. 기사를 철회하라고 합시다."

"뭐하러 그래요? 신문 한 곳에서 기사를 실으면 실시간으로 전국에 다 퍼지는데. 마약 중독자와 그 딸이라고." 에이버리는 카운터 밑에서 손가락을 구부린 채 나무결을 따라 긁었다. 갑자기 벌거벗겨져 세상에 나온 자신을 진정시키려고 갖은 애를 쓰며 손가락을 쭉 뻗었다. "이번엔 대법원장님도 내 말을 믿지 않을 거예요."

"아뇨, 이미 명예훼손 소송 초안을 작성하는 중입니다. 이번 일은 선을 넘었어요. 당신의 신용을 떨어뜨리려고 하는 의도적인 중상모략입니다. 일단 사설탐정에게 의뢰해서 이 여자의 신원을 밝혀낸 다음에……." 노아가 말했다.

고개를 든 에이버리는 희미하게 미소를 짓고 있었다. "사진 속 여자는 우리 엄마가 맞아요. 워싱턴 거리에서 생활하는 마약 중독자죠."

에이버리는 조심스러운 목소리로 읊조리면서, 카운터 아래에서 손가락을 활짝 펼쳤다. 일이 너무 커졌다. 분명 리타는 큰 충격을 받았을 것이다.

"두 번째 건 갤러리 플레이스역에 있는 지하철 CCTV에 찍힌 사진일 거예요. 그때 엄마가 잠이 들어서 모텔에 데려갔죠."

카운터 아래 뭔가 툭 튀어나와 있는 것에 오른손 검지가 부딪혔다. 에이버리는 손을 움직여 그 부분을 톡톡 두드렸다.

"엄마 이름은 리타 킹이에요. 지난 화요일에 대법원에 찾아온 적이 있으니, 대법원장님 비서도 알아볼 거예요."

"골목에 쓰러져 있는 사진은 어떻게 입수한 걸까?" 링이 물었다. "어머님이 어디에 있는지 저들이 어떻게 알았지?"

"이제 그런 건 중요하지 않아. 엄마를 진짜 찾아냈다는 게 문제지." 에이버리는 카운터 아래 툭 튀어나온 부분을 만지작거리며 힘없이 말했다. "저들이 돈을 주겠다고 하면 엄마는 무슨 이야기든 다 털어놓을 거야. 마약 중독자의 꿈이잖아. 11시 뉴스에 나오는 거."

"에이버리."

에이버리는 고개를 저었다. "링, 그만해. 너도 알잖아."

카운터 아래에서 에이버리가 툭 튀어나온 부분을 누르자 그 압력에 뭔가가 밑으로 떨어졌다. 바닥에 떨어진 물체를 찾아서 에이버리가 무릎을 꿇었다.

그녀가 아픈 건가 걱정되는 마음에 재러드가 재빨리 나섰다. 그는 에이버리를 부축하려고 하다가 그녀가 손에 들고 있는 깜박거리는 동그란 검은색 장치를 보았다.

그 장치가 뭔지 알아본 재러드가 눈을 가늘게 뜨고 작은 목소리로 중얼거렸다. "괜찮을 거예요."

그는 자신의 손으로 에이버리의 손을 덮으며 그 물체를 감췄다. 재러드가 재빨리 자리에서 일어나자 에이버리도 함께 일어났다. 그는 그 장치를 가져간 뒤 카운터에 놓인 접시 아래쪽에 보이지 않게 밀어 넣고는 에이버리를 뒤로 몇 발자국 잡아당겼다.

"언론에서 이 사진들을 어떤 방식으로 입수한 건지 알아봐야겠어요." 재러드가 에이버리의 입가에 대고 속삭였다. "가만히 있어요. 도청장치가 있으니까. 소리만 잡히는 것 같긴 하지만, CCTV가 달려 있을 가능성도 있어요."

그가 위로하는 것처럼 에이버리의 얼굴이 가슴에 묻히게 꼭 끌어안았다가 몸을 뗐다. 에이버리는 재러드에게 몸을 기대며 그의 허리를 끌어안았다.

"계속 들으라고 해요." 에이버리가 돌아서며 말했다. "난 괜찮아요. 엄마 문제가 알려지게 된 건, 지난 월요일에 기자들이 여기서부터 엄마를 미행해서 그랬을 수도 있어요."

에이버리는 재러드의 품에서 빠져나와 링을 끌어안았다.

"도청장치가 있어. 노아에게도 이 사실을 알려줄 방법을 찾아야 돼." 에이버리가 속삭였다.

링에게서 몸을 뗀 에이버리는 재러드의 손을 붙잡고 거실로 이끌었다. 그리고 다른 사람들한테도 TV 앞으로 오라고 손짓했다.

"뉴스에 뭐가 나오는지 보죠."

링이 다정하게 노아의 팔짱을 끼면서 몸을 기대더니 재빨리 도청 장치 이야기를 전달했다. 두 사람은 에이버리와 재러드가 있는 TV 앞으로 다가왔다. 뉴스 채널마다 〈가제트〉의 헤드라인으로 도배되어 있었다.

"믿음에도 한계가 있어요." 노아가 제일 먼저 입을 열며 TV 화면을 가리켰다. "이건 악의적인 빙산의 일각이에요, 에이버리. 월요일에 당신은 공개 법정에 올라가 유언 검인 판사인 다이애나 매캐두 앞에서 어머님과 스스로를 변호해야 할 거예요." 노아가 신문을 집어 들더니 테이블에 대고 탁탁 쳤다. "전 윈 대법관님의 변호 사예요. 이번 일은 그분의 의도가 아닐 겁니다. 대법관님은 당신을 이런 일에 노출시킬 생각은 없었을 거예요."

"윈 대법관님은 내가 이 일로 치르게 될 대가에 대해 전혀 신경 쓰지 않으셨던 거겠죠." 에이버리가 노아의 말을 정정했다. "대법관님은 목표가 있었고, 무기가 필요했어요. 그게 나였던 거죠. 목표에 도달할 때까지 경로를 이탈하지 않는 멍청할 정도로 맹목적이고, 충성스러운 무기 말이에요."

"아버지는 당신한테 불가능한 일을 요구한 거예요." 재러드가 몸을 붙이며 침울하게 말했다.

"난 그만두지 않아요." 에이버리가 노아에게서 신문을 뺏었다. "이런 기사 따위에는 신경 안 써요."

재러드가 신문 기사를 손가락으로 찔렀다. "읽어봐요, 에이버리. 이 기사를 다 읽어보고, 정말 당신이 이런 일을 당할 만한 가치가 있는지 말해줘요."

에이버리는 그 신문 기사를 바라봤다. 잠시 검은색 잉크가 흐릿하게 보였다. 그 기사는 접힌 부분 아래쪽의 다른 칼럼으로 이어졌다. 1면에 남는 여백에 끼워 넣어진 작은 기사에서 그녀는 눈을 뗄 수가 없었다.

얼마 전, 메릴랜드주의 간병인 제이미 루이스가 타코마 파크에 있는 자택에서 총에 맞아 죽은 채로 발견되었다. 가택 침입으로 피해를 입은 것이 확실해 보인다. 타코마 경찰은 용의자에 관한 정보를 제공하지 않고 있다. 피해자의 남편인 토머스 루이스는 범인 체포에 도움이 될 만한 정보를 제공하는 사람에게 1만 5000달러의 보상금을 걸었다.

제대로 된 기사라고 할 수는 없었지만, 그 일을 떠올리기엔 충분했다. 이미 한 여자가 하워드 윈을 보호하다가 목숨을 잃었다.

에이버리는 리모컨을 집어 들고 TV 소리를 무음으로 돌렸다. 도청을 하는 자들에게 그녀는 이 말을 들려주고 싶었다. 에이버리가 하는 말에 귀를 기울이게.

"난 윈 대법관님의 법적 후견인 자리를 포기하지 않을 거예요. 지금 당장은 말이에요. 이 신문에 난 기사 때문에 이러는 건 아니에요. 대법관님은 진실을 찾을 수 있는 단서를 남겨주셨어요. 이 모든 것이 연결되어 있어요." 에이버리가 주먹을 불끈 쥐며 말했다. "저들은 나를 막기 위해 죽이려고 했지만 뜻대로 되지 않았죠. 난 이 일을 끝마칠 거예요."

"강한 여자입니다." 밴스의 책상 건너편에 앉아 있던 필립스가 화면에 보이는 킨을 쳐다보며 말했다. "지금 당장 저 여자를 제거해야 합니다."

밴스도 헤드폰을 벗으면서 같은 생각을 했다. 목숨을 잃을 뻔했는데도 여자의 의지는 꺾이지 않았다. 상황이 달랐다면 그는 그녀를 존중했을 것이다. 하지만 밴스는 에이버리의 끈기에 짜증이 나기 시작했다.

필립스가 사무실을 나가자 밴스는 의자에 몸을 기댔다. 적어도 한 시간 동안은 더 찾아올 사람이 없었다. 두 번째 단계에 돌입할 시간을 줄 것이다. 밴스는 내선 번호를 눌렀다.

선 너머로 여자가 딱딱한 목소리로 대답했다. "로버트 리 특수요원 사무실입니다. 용건을 말씀해주시겠습니까?"

"국토안보부의 밴스 소령이오. 대통령의 연락 임무를 담당하고 있지."

"바로 연결해드리겠습니다."

전화기를 통해 음악이 흘러나오는 몇 초 동안 교환원이 적절한 전송선을 연결했다. 이내 딸깍하는 소리와 함께 상대방의 목소리가 들렸다.

"리 특수요원입니다."

"로버트, 국토안보부의 윌 밴스요. 윈 대법관 사건이 내 담당인데, 계속 벽에 부딪히는 상황이라 연락한 겁니다."

"에이버리 킨이 고집불통이죠?"

밴스는 예상했던 웃음을 지었다. "그런 셈이죠."

"제가 도울 일이 있습니까?"

"아침 신문은 봤을 거라고 생각합니다만."

리의 어질러진 책상 위에 신문이 펼쳐져 있었다. 주요 문단에는 노란색으로 표시가 되어 있었다.

"헤드라인을 놓치긴 힘들죠."

"대통령께서는 이번 일로 원 대법관의 법적 후견인으로서 킨 씨의 판단에 어떤 문제가 있지 않을까 염려하십니다."

"그러시겠죠. 그래서 제가 뭘 도와드리면 됩니까?"

"어제 조지아에서 에이버리 킨의 살해 시도가 있었다고 들었습니다."

리 요원이 눈살을 찌푸렸다. "소식이 빠르군요."

"총알은 더 빠르죠." 밴스가 딱 잘라서 대답했다. "킨 씨가 혼자 밖에 있는 한 계속 노출될 겁니다."

"그래서 어떻게 하란 겁니까?"

"보호 감호요. 우리는 킨 씨에게 접촉할 근거가 약하지만, FBI는 이미 관할권과 관계성을 가지고 있지 않습니까. 킨 씨가 계속 돌아다니는 한, 그녀를 노리는 자가 누군지 알 수 없을 겁니다."

리 역시 같은 생각이었다. 하지만 에이버리 킨이 보호 감호에 동의할 것인지가 의문이었다. 하지만 보호 감호는 좋은 생각이었다. 그 제안을 국토안보부에서 제시했다는 게 짜증스럽긴 했지만. 영역 싸움은 그가 관여할 바가 아니었지만, 밴스 소령은 별로 좋은 느낌이 아니었다.

"그러니까 에이버리 킨을 지키기 위해 그 여자를 체포하라는 말인가요?"

"난 핵심 자산을 보호하고 싶습니다. 그쪽에서 못 하겠다면 내가
하죠."

"고려해보겠습니다." 리 요원은 그 제안을 가볍게 미뤘다. "지금
킨 씨를 보러 갈 겁니다. 상황이 좋지 않으면 연락드리죠. 킨 씨를
네려오게 된다면 그쪽에 알려드리겠습니다."

"우린 킨 씨에게 책임이 있어요. 그 여자의 안전을 지켜야 합니
다." 밴스가 리에게 상기시켰다.

리 요원은 파일을 정리한 뒤 책상에서 일어났다. "나중에 연락드
리겠습니다."

35

에이버리의 휴대전화 벨소리가 5분 사이에 여섯 번째로 집 안에
울려 퍼지자, 재러드는 그녀가 신문을 펼쳐놓고 앉아 있는 테이블
로 다가왔다.

"그냥 내가 받는다고 했잖아요? 나한테 휴대전화 맡길 거 아니
면 그냥 꺼둬요."

"안 돼요." 에이버리가 테이블 위에서 휴대전화를 어지럽게 돌
리며 말했다. "병원에서 연락이 올 수도 있잖아요."

"발신자를 확인하면 되죠." 재러드가 몸을 숙여 휴대전화를 집
어 들더니 벨소리를 무음으로 돌렸다. 에이버리가 쏘아보자 그의
눈빛과 말투가 진지해졌다. "난 당신이 걱정돼요."

에이버리의 입술이 위로 올라갔다. "왜요? 오늘 아침에는 히스

테리를 부리지 않아서요?"

"그것도 있고."

"26년이 지나서야 나쁜 소식에 대처하는 법을 배웠어요. 처음 감옥에 들어간 엄마를 보석으로 빼냈을 때가 열세 살 때였어요. 엄마의 결혼반지를 전당포에 맡겨야 했죠. 어느 순간, 난 우리 집에 있는 가전제품 대부분을 다 사고팔았어요." 에이버리가 무심하게 어깨를 으쓱했다. "그러다 보니 당신 아버지도 나한테 가치 있는 재능이 있다는 걸 알아차렸던 거죠."

"어머니에 대한 얘기는 왜 안 했어요?" 재러드가 다정한 목소리로 물었다.

"관련이 없으니까요…… 엄마는 현실이에요. 엄마가 사고를 치기 전에는 멀리 떨어져 있다가, 일이 터지면 해결하는 게 일상이었어요."

"아버지는 어떻게 되신 거예요?"

"돌아가셨어요." 재러드가 가만히 쳐다보자 에이버리는 마지못해 말을 이었다. "엄마한테 아버진 평생의 사랑이었어요. 두 분은 대학에서 만났고, 남아프리카공화국의 인종차별정책과 핵에너지, 인종차별적 환경보호정책을 비난하는 운동을 하셨어요. 내가 여섯 살 때 두 분은 버스 사고를 당했는데, 아버지는 돌아가셨고 엄마만 살아남았죠."

"그때부터 마약을 하셨던 겁니까?"

"그 사고로 입은 부상이 조금 오래 갔어요. 진통제를 처방받았고, 거기서부터 시작된 거죠. 하지만 여전히 고통을 느끼는 것 같아요." 에이버리의 목소리는 담담했다. "그때 난 5학년이었어요. 엄마가 중증 중독자가 되면서 우린 이사를 다니기 시작했죠."

재러드가 신문을 끌어당기며 물었다. "어머님을 마지막으로 본 건 언제예요?"

"당신하고 만났던 이날이요." 에이버리가 흐릿한 사진을 가리켰다. "엄마는 술을 마셨고, 어딘가 묵으려면 돈이 필요했어요. 하지만 이 사진은 그날 찍힌 게 아니에요. 다른 옷을 입고 있었으니까."

"왜 어머님을 계속 보살피는 거예요?"

"내 엄마니까요."

어떤 날은 위협적인 마귀할멈, 어떤 날은 연약한 챔피언. 리타 킨은 그렇게 살았다. 오늘은 어떤 모습일까? 에이버리는 그 사진을 보며 생각했다. 마약중개인에게 약을 구하기 위해 몸을 날리는 한물간 매춘부처럼 굴고 있을까? 아니, 어쩌면 당신 딸을 비하했다고 〈가제트〉에 전화해서 욕을 퍼붓고 있을지도 모른다.

에이버리가 갑자기 자리에서 벌떡 일어났고, 그 바람에 의자가 넘어졌다.

"가봐야겠어요." 그녀는 갑작스러운 깨달음에 숨을 몰아쉬었다. "그 사람들이 엄마가 어디에 있는지 알아요. 엄마를 찾아야겠어요. 저들이 엄마를 해치기 전에."

재러드도 자리에서 일어났다. "어디로 갈 건데요?"

"이번 주 초에 엄마는 애덤스 모건에 있었어요. 하지만 엄마를 어떻게 찾아야 할지 모르겠어요." 에이버리는 재러드 쪽으로 돌아서서 그의 티셔츠를 움켜잡았다. "사진을 찍은 게 그 사람들이라면, 엄마를 해칠 수도 있어요."

재러드는 양팔로 에이버리의 몸을 감싼 뒤 끌어안았다. 에이버리는 가만히 몸을 맡겼다. "어머님을 찾으러 같이 가요. 준비하고 있어요. FBI 요원은 내가 알아서 할 테니까."

에이버리는 고개를 끄덕인 뒤 침실로 뛰어 들어갔다. 재러드가 현관문을 활짝 연 순간, 못 보던 남자가 노크를 하려는 것처럼 손을 든 채 문 앞에 서 있었다.

"재러드 윈 씨, 특수요원 로버트 리입니다." 남자가 원래 문 앞을 지키고 있던 FBI 요원에게 고개를 끄덕이자 여자는 아래층으로 내려갔다. "당신과 킨 씨, 링 인 씨와 이야기를 하러 왔습니다만."

"에이버리와 난 할 일이 있습니다." 재러드는 리 요원을 막아서면서 말했다. 들어오지 말라는 걸 확실히 보여주려는 듯 팔뚝을 문설주에 올렸다. "몇 시간 뒤에는 당신 질문에 대답할 시간이 날 겁니다."

재러드 윈이 적어도 10센티미터는 더 컸음에도 리 요원은 자신의 입장을 고수했다. 통행을 보장해줄 총에는 손가락도 대지 않았다. 그는 기사도 정신의 발휘를 인정했고 재러드의 용기를 존중했다. 하지만 시간이 흐르고 있었다.

"윈 씨, 이건 요청이 아닙니다. 당신과 킨 씨는 내가 알고 있기로 최소 한 건 이상의 범죄 사건의 중요한 목격자입니다. 지금 당장 당신들과 이야기를 해야겠습니다."

재러드는 자신의 태도를 고수했다. "우리를 체포할 겁니까?"

"아직은 아닙니다. 하지만 원하신다면 그렇게 할 수도 있죠." 리 요원이 합리적으로 제안했다. "에이버리 킨 씨를 지키고 싶은 건 나도 마찬가지입니다. 내 일을 할 수 있게 해주시죠."

재러드가 어깨 너머로 확인해보았지만, 에이버리는 아직 침실에서 나오지 않은 상태였다.

그는 고개를 숙인 뒤 목소리를 낮춰 리 요원에게 말했다. "오늘 아침 신문 봤습니까?"

"신문도 봤고, 뉴스도 봤습니다. 밖에 진을 치고 있는 독수리 떼한테도 온갖 소리를 들었죠."

"에이버리는 자기 어머니를 걱정하고 있어요. 우리를 해치려고 했던 자가 어머니를 해칠지도 모른다고 걱정하고 있습니다."

리 요원이 고개를 끄덕이며 말했다. "그럴 겁니다. 그래서 요원을 파견해 워싱턴 마약단속반에 리타 킨 씨를 찾아 보호하라는 지시를 내렸습니다."

재러드의 어깨 너머로 에이버리가 다가오는 모습이 보였다.

"킨 씨, FBI에서 어머님을 찾고 있는 중입니다. 그러니 두 분과 이야기를 나눠야겠습니다. 지금 당장 말입니다."

"엄마가 어떤 사람인지는 내가 알아요. 내가 찾을 거예요."

"당신이 어머니를 찾으러 나간다면, 기자든 더 악랄한 누구든 당신을 따라갈 겁니다." 리 요원이 고개를 저었다. "이번 일은 나한테 맡겨요. 우리가 어머님을 찾을 겁니다. 약속하죠."

에이버리가 재러드를 보며 고개를 끄덕이자 재러드가 문에서 뒤로 한 발 물러났다. 리가 집 안으로 들어와 주위를 둘러보는 모습을 에이버리는 가만히 쳐다보았다.

"아, 여긴 그냥 작업실 같은 곳이에요." 에이버리가 문을 닫으며 농담을 던졌다. "펜트하우스는 수리 중이라서요. 대리석 바닥을 깔고, 문설주에 금 테두리를 두르고 있죠."

"저번 일로 아직 마음이 풀리지 않은 모양이군요."

"절도와 살인 혐의로 기소됐던 일 말인가요?" 에이버리가 앉으며 대꾸했다. "저번에는 또 다른 중상모략이 있었죠, 리 요원."

"지난 일주일간 힘들었을 겁니다."

"잘 보셨네요."

리 요원이 그녀를 똑바로 쳐다보았다. "당신을 돕고 싶습니다."

감시하겠다는 말이라는 것을 인지한 에이버리는 양심의 가책 없이 거짓말을 했다. "내가 아는 건 다 말했어요."

"그렇지 않은 것 같은데요." 에이버리가 항의하기 전에 리 요원이 주방에서 서성거리는 링을 쳐다보았다. "이리로 오시죠? 선생도 이번 일에 한 자리 차지하고 있지 않습니까." 그리고 그는 노아를 보며 고개를 끄덕였다. "폭스 씨, 당신도요."

링과 노아가 경계심이 가득한 눈빛으로 거실로 들어왔다.

"안녕하세요?" 링이 인사를 건넸다.

"이건 견해의 문제입니다." 리 요원이 건조하게 말했다.

네 사람이 완고한 얼굴로 자신을 쳐다보자, 리는 소리가 들릴 정도로 크게 한숨을 쉬었다. 직업의 특수성으로 사람들의 신뢰를 얻기가 힘들었다. 특히 자신이 실언한 적이 있을 경우에는.

그는 방 안에 있는 사람들 중 유일한 군인 출신을 겨냥해 물었다. "재러드, 내가 왜 FBI에 들어갔는지 아십니까?"

"약한 사람을 괴롭히려고?"

리 요원은 무릎에 팔꿈치를 댄 뒤 양쪽 손가락을 느슨하게 엮었다. "난 퍼즐을 좋아합니다. 조각조각 흩어져 있는 정보들을 모아 빈틈을 채우는 걸 좋아하죠." 그는 날카로운 시선을 에이버리 쪽으로 돌렸다. "당신과 노아가 법률가가 된 것이나, 인 선생이 의학을 선택한 데에도 어느 정도 그런 점이 있었을 거라고 생각합니다."

전혀 인상적이지 않은 듯, 에이버리가 별다른 반응 없이 리를 쳐다보았다. "무슨 말이 하고 싶은 거죠?"

"내가 좋아하는 퍼즐은 당신이 다시 찍은 사진이 들어 있는 퍼즐이 아니란 뜻입니다. 그런 건 반칙이라고 생각해요. 난 수수께끼

를 풀기 위해 암호를 해독하는 그 자리에 있고 싶습니다." 리 요원
이 에이버리의 눈을 쳐다보았다. "에이버리, 난 당신이 암호를 해
독하는 열쇠라고 생각해요. 윈 대법관은 뭔가 엄청난 사실을 알아
냈을 겁니다. 대법관은 그 해답을 숨겼고, 당신이 암호인 셈이죠."

"대체 물어보고 싶은 게 뭐죠?" 노아가 물었다.

"사실 확실한 건 아닙니다. 하지만 당신이 윈 대법관의 집에서
뭔가를 발견했고, 그것 때문에 조지아로 갔을 거라는 거죠." 리 요
원이 말했다.

"대법관님의 집을 둘러보긴 했어요. 하지만 이야기할 만한 건 아
무것도 없었어요."

"뭔가 숨기고 있다는 걸 압니다. 에이버리, 난 당신을 돕고 싶어
요." 에이버리가 자신을 노려보자 리는 항복의 의미로 양손을 들어
올렸다. "우린 시작을 잘못한 것뿐이에요."

"여러 번 잘못했죠." 에이버리가 리에게 상기시켰다. "요원님이
날 어떻게 생각하는지는 알고 있어요. 지금 이런 말도 워싱턴의 대
부분이 공유하게 되겠죠."

"내 생각이 어떤지 당신은 몰라요. 난 사실만 다룹니다. 당신이
단서를 주지 않겠다고 한다면, 알고 있는 사실들만 말해보죠." 리
요원이 주머니에서 수첩을 꺼냈다. "당신과 재러드는 어제 조지아
에 갔다 왔어요. 그 사실을 아는 사람은 누굽니까?"

따져봐야 소용이 없을 것 같자 에이버리가 대답했다. "요원님을
제외한 이 방에 있는 사람들 전부요."

누군지 모르지만 집 안에 감시 장치를 심어놓은 사람도 포함해
서. 그 사람이 리 요원일 수도 있다고 에이버리는 생각했다.

"그 외에는 없습니까?" 에이버리가 고개를 젓자 리가 재촉했다.

"정말 다른 사람은 없나요? 그자들이 어떻게 알아냈는지는 중요하지 않아요. 난 그들의 이름이 필요합니다."

"비행기 표는 온라인으로 예약했어요. 이제 일도 하지 않아서, 법원에 있는 사람들도 아무도 몰라요." 에이버리가 말했다.

"조지아에서 알아낸 사실은 없습니까?"

에이버리는 리 요원에게서 시선을 떼지 않으면서 재러드도 그렇게 해주기를 빌었다. 만일 오두막집에서 당했던 공격에 대해 말하면 세부적인 내용까지 이야기하게 된다. 그렇게 되면 월마와의 약속을 지키지 못할 것이다.

에이버리는 짜증스럽게 말했다. "윈 대법관님의 호의로 이번에도 막다른 길이었어요."

"재러드는 할 말 없습니까?"

"에이버리 말대로 허탕이었습니다."

"그랬군요." 리 요원은 그 뒤로도 몇 분 동안 이것저것 물어본 뒤 수첩을 집어넣었다. "누군가 당신 입을 막기 위해 무서울 정도로 열심히 일하고 있어요."

"적어도 내 평판은 바닥까지 끌어내렸죠."

"평판을 끌어내리자고 당신 머리를 내리치진 않았을 겁니다." 리 요원이 에이버리의 말을 정정했다. 그녀가 대꾸하려는 순간 리가 손을 들어 올렸다. "오늘 아침에 밴스 소령에게 연락을 받았어요. 소령은 내가 당신을 보호 감호하기를 바라더군요."

에이버리가 굳은 표정으로 물었다. "그래서 여기 온 건가요?"

"고려해볼 만한 사안이긴 합니다. 정오 뉴스가 나가면 모든 사람들이 당신을 찾아낼 테니까요. 게다가 이 건물은 피자 배달부도 출입할 수 있는 비밀번호가 달린 문 이외에 다른 보안장치가 없으니까요. 여긴 안전하지 않습니다."

"날 체포하면 밴스 소령은 확실히 기뻐하겠군요."

"체포하는 게 아닙니다. 보호 감호죠. 밴스 소령도 자기 일을 하는 것뿐입니다." 리 요원이 망설이며 말했다. "테러범들은 국가 안보를 약화시키기 위해 다양한 방법을 시도하고 있어요. 그런 위협에 대비하는 게 밴스 소령의 일입니다."

"범위가 좀 넓은 것 같네요. 그 사람은 과학부서에 있잖아요."

리 요원은 그 말에 동의하지 않았기에, 그들과의 거리를 좁히기 위해 몸을 앞으로 숙였다. "국토안보부의 관심사와 관계없이, 난 내 할 일을 합니다. 제이미 루이스를 죽인 자가 다음 시도에 성공하기 전에 윈 대법관이 원하는 것이 무엇인지 나한테 말해줄 준비가 됐는지 알고 싶어서 온 겁니다."

에이버리는 순간 살인마가 이 이야기를 엿듣고 있을 수 있다는 사실을 깨닫고, 자리에서 일어났다. 그러자 노아와 링, 재러드도 다 같이 일어났다.

"리 요원님, 어제 도와주신 건 감사해요. 나도 더 말씀드릴 내용이 있으면 좋겠어요. 하지만 내가 아는 건 전부 다 말했습니다."

리는 마지못해 자리에서 일어나며, 에이버리의 말을 일축했다. "난 그렇게 생각하지 않아요." 그러곤 갑자기 재러드를 돌아보았다. "에이버리가 당신 아버지를 위해 위험을 자처하고 있어요. 나 같으면 여자가 위험에 빠지게 내버려두지 않을 겁니다."

재러드는 그 도발에 넘어가지 않았다. "에이버리는 주관이 뚜렷하죠."

"혹시 보호 감호를 받을 생각은 없습니까?" 리 요원이 큰 기대 없이 물었다. 에이버리의 의사와 상관없이 요원 두 명이 지키게 할 생각이었지만, 그녀를 숨길 수 있으면 일이 더 수월할 것이다. "한 번 고려해보라고 강력하게 권하는 바입니다."

"그러죠."

에이버리는 리 요원을 문으로 이끌었다. 의심하는 것과 마찬가지로 그의 염려 또한 진짜였다. 에이버리는 감시를 하고 있는 자들의 의심을 사지 않으면서 도움을 줄 사람이 필요했다.

"요원들을 계속 남겨둘 생각인가요?"

"누군가 당신을 지켜봐야 하니까요. 당신이 아주 요란하게 항의한다면 이 자리에서는 요원들을 철수시킬 수밖에 없겠지만, 그래도 이 근방 어딘가에서 계속 지킬 겁니다."

에이버리는 숨을 깊이 내쉬며 말했다. "그럼 요원님들한테 우리를 라우리 키너먼 법률회사까지 태워다달라고 부탁드려도 될까요? 월요일에 후견인 청문회가 있어서 준비하러 가야 하는데, 지하철을 타지 않는 게 좋을 것 같아서요."

"물론입니다."

몇 분 뒤, 그들은 화물용 엘리베이터를 타고 건물 밖으로 나와 골목 바로 앞에 서 있던 익스플로러로 향했다. 에이버리는 재러드와 함께 뒷좌석에 올라탔다. 논의 끝에 링과 노아는 앞좌석에 FBI 요원을 동승한 채 노아의 차를 타고 가기로 했다. 리 요원은 익스플로러의 조수석에 앉아 운전을 하는 요원에게 지시를 내렸다.

차가 출발할 때까지 아무도 바로 옆 건물의 옥상에서 그들을 내려다보고 있는 꾀죄죄한 40대 남자를 알아차리지 못했다. 남자는 아래쪽의 움직임을 전부 찍고 있었고, 이미 대부분의 사진들은 메모리 드라이브에 보관되어 있었다. 사진을 찍던 남자가 활짝 웃자 얼굴에 잔주름이 자글자글 잡혔다. 그는 휴대전화를 들고 스콧 컬리에게 문자를 보냈다.

'사진 보낼게. **FBI, 에이버리 킨을 구금하다.** 정오 방송을 위한 완벽한 헤드라인인데.'

***

익스플로러 안에서 에이버리가 리 요원을 쳐다보며 물었다. "내가 요원님을 믿었으면 좋겠어요? 그러면 내 부탁을 들어주고 도움을 주기로 결정했나요?"

"윈 대법관 집의 통화 내역 말입니까?"

"네."

"선의의 표시로 알아봤죠." 믿을 수 없다는 에이버리의 표정을 보며 히죽 웃더니, 리가 상의 주머니에 손을 집어넣었다. 그 안에서 접혀 있는 종이를 꺼냈지만, 리는 건네주지 않았다. "윈 대법관은 전화를 많이 하지도 않았고, 받지도 않았어요. 휴대전화 사용은 훨씬 적었고요."

"그런데요?" 에이버리는 리 요원의 목소리에서 망설이는 기색을 알아차렸다.

"혹시 몰라 1년 전 기록까지 알아봤어요. 당신이 요구했던 것보다 반년 치를 더 알아본 셈이죠. 3개월에 걸쳐 국제 전화를 많이 했더군요."

에이버리는 흥분하지 않은 것처럼 보이려고 애를 썼지만, 리가 들고 있는 서류 쪽으로 손을 내밀었다. "번호도 알고 있나요?"

"보호 감호 받을 겁니까?"

"아뇨. 나한테 번호 넘겨줄 수 있어요?"

리가 헛웃음을 흘리더니 마지못해 서류를 건네주었다.

"더 이상 사용하지 않는 번호였어요. 이미 확인해봤죠." 리 요원이 고개를 들고 에이버리를 쳐다보았다. "놀라지 않는군요. 원 대법관이 연락하려고 했던 인도에 있는 사람이 누군지 말해주지 않겠죠?"

"유령이에요." 에이버리가 통화 내역 중에 몇 장을 빼낸 뒤 재러드 쪽으로 고개를 기울였다. "우리도 계속 알아보는 중이에요."

"그건 내가 할 일입니다. 제법 잘하는 일이기도 하죠. 지금 우린 차에 있어요. 집 안에선 왜 그렇게 말을 편하게 하지 못한 겁니까?"

에이버리는 깜짝 놀라 리 요원을 쳐다보았다.

그가 살짝 미소를 지으며 말했다. "도청되고 있나 보군요. CCTV도 설치되어 있고."

재러드가 고개를 끄덕이며 말했다. "아주 고성능 장치더군요."

"당신들이 밖에 있는 동안 우리가 치워줄 수 있어요. 언제 알게 된 겁니까?" 리가 생각에 잠긴 듯 얼굴을 찡그린 채로 물었다.

"오늘 아침에 도청장치 한 개를 발견했죠. 하지만 신중하게 처신했어요." 에이버리는 싸울 준비를 하듯 어깨를 쭉 펴며 말했다. "난 그 장치들은 그냥 놔둘 생각이에요."

리 요원이 얼굴을 찌푸렸다. "난 민간인을 미끼로 삼는 걸 좋아하지 않아요." 그럼에도 그 계획에는 장점이 있었다. 보다 중요한 건 감시를 위한 영장을 청구할 시간을 준다는 점이었다. "정말 그렇게 할 겁니까? 장치들을 그대로 놔두면 문제가 생길 수도 있는데."

에이버리가 딱딱한 미소를 지어 보였다. "리 요원님, 그냥 놔두겠다고 이미 말한 걸로 아는데요."

36

익스플로러가 라우리 키너먼 법률회사 건물 앞에 멈춰 서자 에이버리, 재러드와 함께 레이턴 요원이 엘리베이터에 올라탔다. 그들은 위층에서 링과 노아를 만나 에이버리가 윈 대법관의 계획에 대해 처음 알게 됐던 회의실로 들어갔다. 한쪽 벽에는 청량음료, 캔 커피, 물이 잔뜩 들어 있는 길쭉한 캐비닛이 놓여 있었다.

레이턴 요원이 회의실을 나가고 문이 닫히자마자, 에이버리가 테이블 위에 양손을 올려놓으며 모여 있는 사람들을 쳐다보았다.

"자, 이제 이야기해보죠."

한 시간 뒤, 리 요원이 회의실 문을 두드렸다. 그가 안에 들어오자 에이버리를 제외한 다른 사람들의 표정이 굳어졌다. 리 요원은 회의실에 있는 사람들을 한 명씩 돌아보았다. 모두 아무것도 모르는 얼굴을 하고 있어 그는 불안해졌다.

"무슨 일이 있습니까?"

에이버리가 그에게 물었다. "리 요원님, 밴스 소령에 대해 알아보셨나요?"

"국토안보부 소속인 다른 사람들과 마찬가지로 기밀 사항으로 분류되어 있을 겁니다."

국가기관 동료라고 할 수 있는 장교에 대한 소문을 언급하는 것이 자신에게 어울리지 않는 일이었지만, 리가 생각하기에 에이버리는 자신을 괴롭히는 남자들에 관한 정보를 알 자격이 있었다. 더군다나 그가 그녀에게 말한 것들은 정보공개법을 요구하면 다 알 수 있는 내용이거나, 아침에 밴스와 통화한 뒤에 살펴본 소령의 인사과 자료에 속해 있는 것이었다.

"밴스 소령은 대통령과 국토안보부 사이의 공식적인 연락책이에요."

"정확하게 어떤 일을 하는 거죠?"

"에이버리, 나도 조직도를 그리진 못해요. 내가 아는 건 밴스 소령이 전직 첩보부 소속이었다는 것과 그 이전에는 군대에 있었다는 것뿐입니다. 그러다가 현 대통령이 부통령으로 선출된 후에, 첩보부에서 S&T로 자리를 옮기면서 대통령과 직통으로 특정 국토안보문제에 관해 조정하는 일을 맡게 됐어요."

"과학 교육을 받은 적이 있나요?"

"생화학 학사, 생물학 석사 학위를 가지고 있어요." 리 요원은 보면서 자신도 모르게 깊은 인상을 받았던 밴스 소령의 복무 기록을 꺼냈다. "밴스 소령은 해군사관학교를 나와 해병대에 장교로 임관했습니다. 소령이 되고 나서 명예 제대를 했죠. 그리고 국내로 돌아와 첩보부에 들어갔습니다."

"해병대에 있을 때 주둔지는 어디였죠?"

"기밀 사항입니다." 리 요원이 이를 악물었다. 주로 심문을 하던 입장인 그로서는 반대되는 이런 느낌이 거슬렸다. "스무고개라도 하는 겁니까? 두 사람이 별로 맞지 않는다는 건 알지만, 만일 당신이 나에 대해 이런 식으로 소령을 추궁했다면 기분이 좋지 않았을 겁니다."

"많은 도움을 주셔서 감사해요, 리 요원님. 오늘은 온종일 우리 옆을 지켜주실 건가요?"

"아뇨. 레이턴이 지킬 겁니다." 리가 자리에서 일어났다. "이동하게 되면 레이턴에게 알려줘요."

리 요원은 회의실을 나간 뒤 레이턴과 함께 떨어진 곳에서 이야기를 나누었다.

그 순간 재러드가 재빨리 말했다. "펜타곤에 접속해서 자료를 확인해봤어요. 밴스 소령은 복무 기간 동안 포스리컨(미 해병대의 특수부대)과 CBIRF에 있었어요."

"CBIRF요?" 에이버리가 물었다.

"생화학물질 특수부대예요." 재러드는 자리에서 일어나 회의실 안쪽 끝으로 걸어갔다. "국가 안보를 위해 화학적, 생물학적 위협의 결과를 관리할 목적으로 만들어진 해군의 전략부대죠."

"밴스 소령은 어디에 주둔해 있었어요?"

"리 요원의 말대로 기밀 사항으로 분류되어 있어요. 하지만 지난 20년간 CBIRF는 대부분 중동지역에 집중적으로 나가 있었어요. 온갖 폭군들이 화학무기를 사용하겠다고 위협하던 곳이니까."

에이버리는 그 말의 의미를 생각했다. 화학적, 생물학적 무기 연구에 전념하는 엘리트 부대의 고위급 장교였던 밴스 소령이 철통 같은 국토안보부의 실제로 알려진 것이 없는 과학기술부서 소속으로 스토크스 대통령과의 직통 연락책을 맡고 있었다. 또한 민족 간의 갈등으로 혼란스러운 지역에 파견을 나갔다. **히게이아. 중동. 염색체 연구. 생화학 무기. 강을 봐라.**

에이버리는 노아를 돌아보았다. "지금 상황이 어떻죠?"

"월요일에 있을 후견인 청문회에 대한 준비는 했지만, 매캐두 판사에게 다시 연기를 요청할 수 있습니다."

"받아들여줄까요? 검인 법정의 판사에 대해선 잘 몰라서요."

"매캐두 판사는 여러 번 봤습니다. 아주 공정한 성품이긴 하지만 쉬운 상대는 아니에요. 당신에 대한 세간의 관심이 높아질수록 설레스트가 적합성을 따지기 쉬울 겁니다." 노아가 뭔가를 가늠하려는 것처럼 어깨를 들썩거렸다. "청문회를 연기하면 〈가제트〉 기사에 대해 반박할 시간을 며칠 정도 벌 수 있을 겁니다. 어쩌면 그 대항기사를 〈포스트〉에 독점적으로 제공할 수도 있겠죠."

"설레스트는 엄마를 내 약점으로 여길 거예요. 약물 중독과 중독 치료를 중점으로 삼겠죠. 저들은 나도 엄마와 같을 거라고 암시할 수 있어요."

"후견인 자리는 엄격한 의미로 보면 판단력을 보는 겁니다. 윈 대법관을 위해 좋은 결정을 내릴 능력이 없다고 의심될 경우, 매캐두 판사는 당신의 후견인 자리를 박탈할 권리가 있어요. 만일 우리가 좀 더 윈 대법관님의 의도를 보여주는 증거를……."

"증거는 있어요." 에이버리가 가방을 들어 올리더니 안을 뒤졌다. "그동안 당신한테 조지아에서 발견한 것에 대해 말해줄 기회가 없었어요. 이게 그 부가 조항인 것 같아요."

"그걸 찾았단 말입니까?"

"네." 에이버리가 테이블 위에 서류를 올린 뒤 노아 앞으로 밀어줬다. "당신 말처럼, 파국적인 사건이 일어날 경우의 지시사항이었어요. 윈 대법관님은 자신의 건강에 대한 사전 지침을 남기셨어요. 이거면 도움이 되겠죠? 내가 그 지시를 거절하지 않는 한, 윈 대법관님이 설레스트가 아닌 내게 후견인 자리를 맡기고 싶어 한다는 것을 입증하는 거니까요."

노아가 그 서류를 집어 들었다. 그는 그 내용을 한 번 읽은 뒤 다시 한번 더 읽었다. 세 번을 읽은 뒤, 그는 기대에 찬 시선으로 자신을 쳐다보고 있는 사람들을 향해 고개를 들었다.

"윈 대법관님이 회기가 끝나면 죽고 싶다고 하신 것만 제외하면,

아주 좋은 출발입니다. 대체 대법관님은 이걸로 제가 뭘 하기를 바라신 걸까요?"

"모르겠어요." 에이버리는 중얼거리다가, 태블릿으로 뭔가를 보면서 얼굴을 찡그리고 있는 링을 알아차렸다. "엄마 문제야?"

"아니, 하지만 좋지 않아. 스콧 컬리가 익명의 소식통을 인용해서 네가 마약 상용 조사를 받기 위해 대법원에서 정직당했다고 보도했어." 링은 노아까지 시야에 들어오게 몸을 돌렸다. "윈 대법관의 혼수상태가 부르신 증후군 때문이 아니라는 추측성 내용도 있고. 저들은 약물 과다 복용이 원인일 거라고 하고 있어."

노아가 비웃으며 말했다. "저들이 그런 사실들을 어떻게 알겠어요? 전부 지어낸 거예요."

"윈 대법관의 혈액으로 독극물 검사를 했다는 걸 알고 있어요." 링이 태블릿을 에이버리 쪽으로 밀었다. "아무래도 연구실에서 샌 것 같아. 유감스럽게도 대법관의 담당 의사들은 환자 특권을 침해하지 않고는 이 기사에 반박할 수 없고."

"내가 성명서라도 발표해야 하는 걸까?" 에이버리가 지친 목소리로 기운 없이 말했다. "후견인-피후견인 특권은 없잖아. 뿐만 아니라, 내일 성과를 얻어야 하니까."

"선임 파트너와 홍보부와 함께 확인해보겠습니다. 에이버리는 법원 공보 담당관과 연락을 해봐요. 어떻게 해야 할지 알려줄 겁니다." 노아가 말했다.

에이버리는 휴대전화로 시간을 확인한 뒤 속삭이듯 말했다. "난 9시까지 링컨기념관에 가야 해요. 벌써 8시 30분이에요."

"아무래도 당신 혼자 거길 간다는 게 마음에 걸려요. 다시 연락해서 약속을 새로 잡을 수도 있어요." 재러드가 경고했다.

"아니에요." 에이버리가 가방에서 지갑을 꺼내 주머니에 집어넣으며 말했다. "그 사람은 겁이 많아요. 우리가 약속을 새로 잡는다면 만나지 못할 가능성도 있어요. 만일 상대가 엘리자베스 퍼팔레오가 아니라면, 우린 헛수고하는 거고요. 링, 휴대전화 빌려줄 수 있어?"

"잠깐만요, FBI 요원들이 문 앞과 엘리베이터, 1층에서 지키고 있잖아요. 한 명 정도는 주의를 돌려줄 수 있지만, 세 명 다는 힘들어요." 재러드가 에이버리를 상기시켰다.

"계단으로 내려가면 어때? 여기가 12층이긴 하지만, 넌 젊고 아래층으로 내려가는 거잖아." 링이 말했다.

"하하하. 노아, 화재 대피용 계단 문은 이 건물의 다른 문들처럼 비밀번호를 입력하지 않아도 되죠?" 에이버리가 물었다.

"네. 하지만 맨 아래층에서 밖으로 나가려면 카드 열쇠가 필요해요. 비상시엔 잠금이 풀리지만, 그렇지 않을 땐 승인을 받아야 하거든요."

"구해줄 수 있어요?"

"물론이죠." 노아가 자리에서 일어나 문으로 향했다. "카드 열쇠와 값비싼 언론의 조언을 가지고 올게요."

"링, 하플로그룹 연구에 대해 가능한 한 많은 것을 알아봐줬으면 해. 이상한 소문 같은 거라도. 만일 회사들이 그 연구를 했으면 실험이나 최소한의 논의라도 남아 있을 테니까. 그 과학자들을 역추적하고, 그들의 연구와 고용주들을 상호 참조해보면 나오겠지."

"그렇게 하죠, 콜롬보 형사님."

미소로 맞서며, 에이버리는 재러드에게 지시를 내렸다. "윈 대법관님이 요청하신 정보공개법 말이에요. 대법관님이 뭘 요청하셨는지 가능한 한 빨리 알아봐줄 수 있어요? 통상적인 방법으로 알아보면 너무 오래 걸릴 것 같아서요."

"아무래도 당신 혼자 거기 나간다는 게 영 내키지 않아요."

"엘리자베스든 윌마든 위협을 한다고 해도, 탁 트인 공간이니 괜찮을 거예요. 누구든 더 좋은 계획이 없으면 내가 갈 거예요. 지금 당장 말이에요."

에이버리가 복도로 나오자 레이턴 요원이 얼굴을 찡그리며 말했다. "킨 씨, 조금 전 나간 폭스 씨한테도 말했습니다만, 여러분 모두 한 곳에 있는 게 좋습니다."

"그냥 저기 있는 노아의 사무실에 가는 거예요." 에이버리가 몇 미터 앞에 보이는 문을 가리켰다. "노아한테 물어볼 게 있거든요. 다른 사람들이 없는 곳에서 말이에요."

에이버리의 요청을 듣고 잠시 생각한 뒤에 레이턴 요원이 고갯짓을 했다. 변호사의 사무실 역시 시야에 들어오는 곳이었다. "가능한 한 빨리 다녀오십시오."

"알았어요." 레이턴 요원의 마음이 변하기 전에 에이버리는 회의실 문을 닫았다. 복도를 지나 사무실로 들어가자 노아가 책상 앞에 앉아 있었다. "노아, 카드 열쇠 부탁해요."

"여기." 노아가 주머니에서 원형 플라스틱 카드를 꺼냈다.

"한 가지만 물어볼게요. 화재 대피용 계단에도 CCTV가 있나요?"

"우리같이 직급이 낮은 변호사들한테는 말해주지 않아요."

"레이턴 요원의 주의를 끌어줄 수 있겠어요? 늦어도 10시 30분까지는 돌아올게요." 에이버리가 부탁했다.

"그럼요. 그 카드 열쇠는 로비에서 나갈 때 쓰는 거예요. 1층에 있는 커피숍 문으로 나가면 골목이 나와요. 사람들이 주로 담배를 피우는 곳이죠. 그쪽으로 몰래 빠져나가면 FBI 요원들 눈에 띄지 않을 거예요."

"고마워요."

두 사람은 다시 복도로 나와 레이턴 요원 쪽으로 다가갔다. 노아가 방음 유리를 통해 회의실 안으로 신호를 보내자 재러드가 밖으로 나와 합류했다.

"조사할 것도 있고, 병원과 이야기도 해야 한다고 하니 에이버리는 손님용 사무실로 갈 겁니다."

"거긴 어디죠?"

"바로 저기요." 노아가 복도 끝을 가리켰다. "사무실 공간은 비좁은 데다, 청문회가 월요일이라서요."

"잠시만 기다리세요. 다른 요원을 호출하겠습니다." 레이턴 요원이 손목을 들어 입가에 댔다.

노아가 제지하려고 했지만 에이버리가 짧게 고개를 저었다. "고마워요, 레이턴 요원. 현장에서 다른 요원까지 불러주셔서."

"그게 아니라, 이번 임무에 배정된 요원들 세 명의 배치를 다시 하려는 겁니다."

재러드가 물었다. "그럼 로비를 지키는 사람은 없는 겁니까?"

"그럴 리가요. 엘리베이터를 지키던 요원을 킨 씨가 있는 쪽에 붙일 겁니다."

"하지만 내가 경험한 바에 따르면 엘리베이터는 사각지대인데요. 아닙니까?" 재러드가 반박했다. "위험도로 따지면 엘리베이터가 제일 위험할 겁니다."

레이턴은 약간 짜증스럽다는 듯 한숨을 내쉬고는 자신의 권한을 되찾기로 마음먹었다. "복도 끝에 있는 사무실까지 내가 살필 겁니다. 폭스 씨는 킨 씨를 손님용 사무실까지 데려다주고, 자기 사무실로 돌아가세요. 요원들은 본래 자리를 지킬 겁니다."

에이버리와 노아는 빈 사무실로 향했다. 레이턴 요원은 그 자리에서 에이버리의 모습을 지켜보았다.

노아가 레이턴 요원의 시야를 가로막기 위해 몸을 돌렸다. "필요한 게 있으면 알려줘요."

에이버리는 노아가 사무실 문을 거의 닫을 때까지 기다렸다가 타이밍을 봐서 밖으로 나갔다. 그리고 모퉁이를 돌아 회사 도서실로 들어갔다. 노아가 알려준 대로 맞은편에 있는 비상구로 빠져나간 뒤 서둘러 계단을 내려갔다. 12층에서 7층까지 내려가는 건 쉬웠다. 하지만 1층까지 걸어 내려가자, 청바지를 입고 스니커즈를 신은 것에 감사했다. 노아가 말해준 대로 커피숍 근처의 출입문이 열려 있었다. 에이버리는 손님들 사이를 지나 골목으로 나갔다. 건물에서 한 블록 떨어진 곳에서 그녀는 택시를 불렀다.

"링컨기념관으로 가주세요." 택시가 달리기 시작하자 에이버리는 법원 공보 담당관인 개리 스튜어트의 사무실로 전화를 걸었다. "개리, 에이버리예요."

"번호 바꿨어요?" 개리의 아침 커피에는 이례적으로 알코올이 들어가 있지 않았다. 그는 뜨거운 커피를 벌컥벌컥 마시며 말했다. "잘했어요. 지금 많이 바쁘다는 거 알아요."

"그게……."

"알아요." 개리가 말을 가로챘다. "대법원장님도 그래요. 우린 당신 어머니가 방문한 뒤에 대화를 나눴어요. 다음 공격거리가 될 거라고 생각했죠."

"이제 어떻게 해야 하죠?" 에이버리가 좌석에 몸을 기댔다. "저들은 내가 정직당했다는 걸 알고 있어요."

"그래서 맷 브루어가 해고된 거예요." 만족스러운 기색이 역력
했다. "그자는 그 쓰레기 같은 신문에 인터뷰를 해주고 한몫 챙겼
으니까. 그중 일부는 〈폴리틱스 나우〉로도 유출했고."

"그랬어요? 그 사람이 그런 짓을 한 건 어떻게 알았어요?"

"이런 일이야 오래전부터 있었으니까요." 개리가 에이버리에게
경고했다. "브루어는 내보냈지만, 스콧 컬리는 조심해야 해요."

"알았어요. 월요일에 청문회가 있어요, 개리. 내가 직접 진술할
생각이에요. 내용을 바로잡기 위해 인터뷰도 해야 할 것 같아요."

개리도 같은 생각을 하고 있었다. 이미 그의 책상 위에는 인터뷰
요청이 산적해 있었다.

"에이버리, 최선의 방책은 피해를 최소화하는 거예요. 변호사가
청문회 연기 요청을 할 생각인가요?"

"연기 요청은 할 거지만, 뜻대로 안 될 것 같아요. 설레스트의 변
호인단이 청문회를 빨리 하라고 매캐두 판사를 압박할 테니까요."

"저쪽 편에 나한테 빚을 진 전 남자친구가 있을지도 있어요. 연
락 한번 해볼게요." 개리가 얼버무렸다.

"고마워요……."

"전화만 해보는 거예요, 에이버리. 고맙다는 인사는 일러요."

37

에이버리는 링컨기념관과 한 블록 떨어진 곳에서 내렸다. 인파
를 헤치며 전시장 안으로 들어서자, 에이버리는 무리 지어 몰려 있

는 사람들 중에서 푸른 기둥 앞에 빨간색 스카프를 두른 사람이 있는지 살폈다. 그녀는 먼저 기둥 맨 앞에 자리 잡았다. 시계는 8시 59분을 가리키고 있었다. **제때 도착했네.**

에이버리는 주머니에서 붉은색 스카프를 꺼내 목에 두른 뒤 유리 진열장 안의 금속판을 읽는 시늉을 했다. 그리고 기다렸다.

10분 뒤에도 에이버리는 혼자였다. 9시 30분이 되자 그녀는 초조해졌다. 9시 45분이 되자 조바심은 걱정이 되었다. 더 이상 기다렸다가는 FBI한테 들킬 거라는 사실을 인지하자 에이버리는 그 자리에서 돌아섰다. 그러다 기둥 반대편에서 어슬렁거리며 오던 남자와 부딪치는 바람에 넘어질 뻔했지만, 남자가 에이버리의 팔을 잡아주었다.

"죄송합니다."

에이버리는 작은 소리로 사과한 뒤 엘리자베스 퍼팔레오, 다시 말해 월마에게 무슨 일이 생긴 건지 고민하며 서둘러 그 자리를 떠났다.

에이버리가 돌아오자 링과 재러드가 쳐다보았다.

레이턴 요원이 쳐다보고 있는 것을 알아차린 링이 물었다. "일은 잘 끝냈어?"

"찾던 걸 못 찾았어." 에이버리는 자리에 앉아 리 요원에게 전화를 걸었다.

신호음이 떨어지자마자 상대방은 전화를 받았다. "링 인 씨?"

"에이버리예요."

"마침 찾아가려던 참이었습니다."

"좋은 소식이 있나요?"

"아뇨." 리 요원은 복도를 봉쇄하고 있던 팀원들에게 집에서 철수하라는 지시를 내렸다. "CCTV를 설치해놓은 자들에게 들키지 않기 위해 외부에서 검색을 했습니다. 재러드의 말이 맞더군요. 당신 집이 크리스마스트리처럼 번쩍거리니까 말입니다."

"대체 언제 집 안에 들어갔던 걸까요?"

"그건 알 수 없습니다."

"'그자'들을 쫓을 방법은 있나요?" 에이버리가 물었다.

"아마도요."

리의 팀은 송신기를 찾기 위해 건물을 수색했다. 건물 안이나 그 근방에는 에이버리의 집 안에 달려 있는 감시 장치들의 대역폭을 전달할 만한 것이 없었다. 기술팀에 따르면 그 감시 장치들은 최첨단이었고, 이런 장치들은 정부에서 비밀스러운 일에 사용하는 것이었다. 전문 스파이들이 사용하는 값비싼 최첨단 장치. 이런 장치들은 FBI에게 지급되는 것과는 다른 것이었다. 하지만 국토안보부에서는 이런 장치들을 사탕처럼 뿌렸을 것이다.

"며칠 걸릴 겁니다."

"리 요원님, 사람을 찾아주실 수 있을까요?"

"어머님은 여전히 찾고 있는 중이에요. 법을 피해 숨어 있는 사람을 찾는 건 쉬운 일이 아닙니다."

"그건 알고 있어요. 하지만 지금 제가 말하는 건 다른 사람이에요. 국토안보부의 과학기술부서 소속인 엘리자베스 퍼팔레오 박사를 찾아주세요."

잠시 침묵이 흘렀다. "그 사람은 왜 찾는 겁니까?"

에이버리는 테이블 건너편에 앉아 있는 재러드를 쳐다보면서 설명했다. "그 사람이 오늘 아침에 날 만나겠다고 한 데는 이유가 있을 거예요."

"그 법률회사에서 만나기로 한 건가요?"

"아뇨. 링컨기념관에서 만나기로 했어요."

"밖으로 나갔던 겁니까?"

레이턴 요원을 화나게 하고 싶지 않았기에 에이버리는 얼버무렸다. "요원님 지시를 어기고요? 그런 위험을 무릅쓰진 않아요. 하지만 연락이 끊기는 건 바라지 않아요."

"무슨 이유로 연락하는 겁니까?"

"퍼팔레오 박사가 실마리가 될 가능성이 있어서요. 난 정보를 모으고 있는 중이에요. 오늘 아침 스캔들이 나기 전에 박사가 만나자고 했어요. 나도 묻고 싶은 게 있었고."

"밴스 소령한테는 물어보고 싶지 않은 질문입니까? 아니면 밴스 소령에 관한 질문인 겁니까?"

"전자예요. 도와주실 건가요?"

리 요원은 에이버리가 질문의 형태로 던진 몇 개 되지 않은 요청 중 하나를 음미했다. "당신의 계획을 말해준다면 그 여자를 당신 앞에 데려다줄 수도 있죠. 전화는 받지 않던가요?"

"아뇨, 난 그 여자와 연락할 수 없어요. 그래서 오늘 그 사람과 이야기를 나누는 게 중요했던 거예요."

"어떻게 된 일인지 알아봐야겠군요." 리 요원은 에이버리의 목소리에서 다급함과 두려움이 어려 있는 것을 알아차렸다. "밴스 소령 밑에서 일하는 사람을 왜 만나려고 하는 겁니까?"

"연락이 닿았을 때 퍼팔레오 박사가 만나자고 했으니까요." 에이버리가 대답했다. "그게 중요해요."

FBI가 국토안보부 직원에게 연락할 경우 자격을 박탈당한 변호사의 요청보다 더 빠른 결과를 보게 될 수도 있었다. 에이버리는 리 요원을 이용하고 있었지만, 만일 그가 퍼팔레오 박사를 찾아낸다면 두 사람이 만나고 싶어 하는 이유를 제일 먼저 알게 될 것이다.

"부탁은 들어드리죠. 내가 직접 퍼팔레오 박사를 찾아가서 여기로 데려오겠습니다."

에이버리는 몸이 굳어졌다. 만일 엘리자베스 퍼팔레오가 두 사람이 어떻게 알게 됐는지를 말한다면 리 요원의 협조는 지금 그녀에게 보여주는 것보다 더 적은 것만 남기고 그 즉시 사라지게 될 것이다. 웹상에 경보 장치를 설치해 정부 공무원과 연락을 한 것은 불법이 아니었다. 하지만 리 요원은 보안 문제에서 에이버리가 융통성이 없다고 생각할 것이다.

그래서 그녀는 얼버무렸다. "부탁드릴게요. 하지만 퍼팔레오 박사가 겁먹지 않게 해주실 수 있을까요? 경험상 FBI가 찾아와 자기를 데려간다고 하면 친목 형성에 전혀 도움이 되지 않으니까요."

"신사답게 행동하죠."

밴스는 필립스로부터 팀원들이 보낸 최신 보고를 들었다. 지금까지는 엘리자베스 퍼팔레오의 죽음과 그 여자의 남편이 사라진 것에 대해 언론이나 경찰이 모르고 있었다. 경찰은 아직 버려진 볼보를 발견하지 못했고, 퍼팔레오 부부의 거짓 휴가는 적어도 일주일 동안 모든 의문을 차단해줄 것이다.

카스티요는 링컨기념관까지 에이버리 킨을 뒤쫓았다. 에이버리는 그곳에서 아무것도 찾아내지 못했다. 그 여자의 다른 움직임들은 임시방편인 FBI의 묵직한 감시로 억누르고 있음에도 진전을 보이고 있었다. 만일 스콧 컬리가 계속해서 여론을 몰아준다면 월요일에 있을 청문회에서 법원은 설레스트의 손을 들어주게 될 것이고, 다음 주 중반쯤이면 설레스트는 부유한 과부가 되어 있을 것이다. 최후의 수단도 있었다.

"리타 킨은 어디 있지?"

"온종일 취해 있습니다."

"지금 어디에 있나?"

"위스콘신에 있는 모텔에서 잠들어 있습니다."

"FBI가 리타 킨을 찾고 있어. 그 여자를 계속 지켜보다가 좋은 사진 건지면 보내. 마약에 취해 섹스를 하는 모습이면 완벽하겠군. 자네가 할 수 있다면 말이야."

그 여자의 외모가 그다지 나쁘진 않았기 때문에 필립스는 어깨를 으쓱했다. "기회를 보겠습니다."

필립스가 사무실을 나가자, 밴스는 리 요원에게 전화를 걸었다.

"리 특수요원입니다."

"밴스요."

"우리 아가씨가 어떻게 지내는지 궁금해서 연락한 겁니까?"

"오늘 아주 유명인사가 됐더군요. TV만 켜면 그 사진들이 나오니." 필립스가 일을 제대로 한다면 새로운 사진을 보게 될 것이다. "킨 씨는 보호 감호에 동의했습니까?"

"아직은 아닙니다."

"윈 대법관에 관한 말은 없던가요?"

"화요일에 들었던 내용이 답니다."

"그 사진들은요? 뭐라고 설명하던가요?"

"물어보지 않았습니다. 킨 씨의 어머니에 대해선 우리 둘 다 알고 있지 않았습니까. 오늘 나온 이야기 중에 뉴스랄 건 아무것도 없었어요."

"대중의 인식은 역동적으로 변화하죠." 밴스는 불만스러운 마음에 손바닥을 펴서 책상 위에 올렸다. 그는 리의 도움이 필요했다. 호전적인 모습은 통하지 않을 터였다. "모친의 성향과 에이버리 킨 자신의 과거 습관 때문에 위험을 초래할 수 있다는 점에 동의했잖습니까. 에이버리 킨이 자발적으로 후견인 자격을 포기하게끔 리 요원이 설득해줬으면 합니다만."

"그건 할 수 없을 것 같습니다. 에이버리 킨은 지금 완전히 방어적인 태도를 보이고 있어요. 원 대법관이 자신에게 잘못하지 않았다는 것을 입증하기로 결심한 것 같습니다."

"어떻게 할 작정이랍니까?"

"모르겠습니다. 그 여자와 난 친하지 않으니까요. 그저 그런 낌새를 느낀 것뿐이죠. 어떻게 할지 계획을 세웠을 겁니다. 준비가 되면 우리한테도 알려주겠죠."

밴스는 자신의 의지와 달리 주먹을 쥐고 있었다. 리 요원은 지금 말하고 있는 것보다 더 많은 것을 알고 있었다. 뿐만 아니라 말투로 보아, 그 불균형을 즐기고 있었다. 목구멍에서 욕이 튀어나올 것 같았고, 자신의 계급이 리보다 얼마나 높은지 소리라도 치고 싶은 심정이었다. 하지만 리는 명백하게 적에게 유리한 태도를 보였다. **그렇다면 좋아.** 그 여자의 순진한 외모에 처음부터 넘어간 건 아닐 것이다. 어쩌다 보니 에이버리의 노력하는 모습에서 고귀함을 발견했겠지. 어쩌면 중재를 시도할 수도 있으리라.

밴스의 잠재적인 최후의 수단 명단에 연방 요원이 추가됐다. 그는 회한의 가책을 느꼈다. 비록 두 사람은 같은 그늘 아래에서 일을 했지만, 밴스는 리 요원을 국가 안보의 절대성과 미묘한 차이를 이해하지 못하는 사람으로 여겼다. 리는 국내용 용사였고, 그건 밴스가 누리지 못한 사치였다. 총사령관이 그에게 명령을 내렸다, 그이상 다른 의미는 없었다.

"계속 상황을 알려줬으면 좋겠군요. 우린 여기서 눈 가리고 찾는 것이나 마찬가지인 셈이니까요." 밴스가 리에게 말했다.

"물론이죠. 뭐든 전달할 만한 가치가 있는 사실을 알게 되면 소령님한테도 전하겠습니다."

38

"당신이 구해준 원 대법관의 혈액 샘플이 드디어 도착했어." 인디라가 휴대전화에 대고 말했다.

그녀는 이불을 옆으로 밀어낸 뒤 다리를 침대 아래로 내렸다. 모르는 척해온 지속적인 통증이 몸 전체에 공격적인 힘을 뿜어냈다. 인디라는 책상 앞까지 힘겹게 천천히 걸어갔다. 책상에는 밀봉 포장된 혈액 샘플이 놓여 있었다.

"병원 검사에서 알아내지 못한 물질을 확인하기 위해 오늘 바로 신속하게 검사할 예정이야."

"결과는 언제쯤 나올까?" 나이절이 조바심을 내며 물었다.

"초기 결과는 몇 시간이면 나올 거야." 하지만 인디라는 그 화합물의 근원을 밝히지 않을 생각이었다. 나이절이 병원에서 빼돌린 검사 결과에서 이미 그녀가 의심하고 있던 것이 드러난 상태였다. 원 대법관은 아드바르에서 만들었지만 실험 결과가 좋지 않아 생산을 중단했던 약을 복용했다. 아니 람지 박사는 그 처방전과 부작용에 접근할 수 있었다. 그들은 그 약의 별명을 '잠자는 미녀'라고 지었다. 돌이킬 수 없는 혼수상태에 빠지지만 생명 징후는 안정적이기 때문이다.

인디라가 애써 담담한 목소리로 말했다. "뭐든 알아내면 당신한테 제일 먼저 알려줄게."

"당신 쪽에서 미진한 부분은 없어?"

"그런 거 없어." 인디라가 우물쭈물 대답했다.

"미진한 부분은 어디에나 있게 마련이야." 나이절이 경고했다. "속임수는 그들을 먼저 찾아내는 데나 쓰는 거고. 혹시 내가 보지 못한 문서가 있어? 뭐든 문제될 만한 건?"

"우리 쪽은 아무 문제도 없다고 말했잖아."

"믿지 못하겠는데." 나이절이 단호하게 응수했다. "뭘 숨기고 있는 거야?"

"그럼 나는 당신이 젠 워크스의 밑바닥까지 전부 다 공개했다고 생각해도 될까?" 인디라가 대답 대신 도전적으로 물었다.

"당신을 화나게 할 생각은 없었어."

"우리가 사들이기 전에 히게이아에서 있었던 일들은 문제될 게 없어, 나이절. 그 문제에 대해선 충분히 논의했으니까."

인디라는 스토크스 대통령이 처음으로 행동을 보였을 때 나이절에게 수많은 세부 사항들을 설명해주었다. 지금까지도 그녀가 믿는 건 거기까지였다. "난 당신들이 거래 장부에 무슨 짓을 했는지 물어보지 않잖아."

나이절은 서서히 흔들렸다. "대통령은 내가 기자회견 하는 걸 좋아하지 않지. 오늘 밤에는 콜버트 쇼에 나가기로 되어 있어."

"너무 무리하지 마, 나이절. 우리가 바라는 건 대통령이 공격에 나서는 게 아니라 방어하는 거니까." 인디라가 주의를 주었다.

"내가 뭘 하고 있는지는 잘 알고 있어." 나이절은 스토크스에게 싸움을 걸었고, 협상에서 점수를 땄다. "참, 인디라?"

"왜?"

"머지않아 만나는 것에 대해 생각해봐."

"알았어."

나이절은 어렴풋이 불안해하면서 전화를 끊었다. 인디라가 그에게 말하지 않는 게 있었다. 뭐라고 확신할 수는 없었지만, 나이절은 인디라를 잘 알았다. 무엇을 놓친 것일까?

"쿠퍼 씨?"

나이절은 화면에서 계속 이어져 나오는 헤드라인에서 시선을 돌려 비서를 쳐다보았다. 화면에는 자신의 구원자가 되어주길 바랐던 여성의 모습과 함께 그 옆에 그 여자의 어머니로 확인된 볼품없는 사람의 사진이 나오고 있었다. 윈 대법관의 목숨과 관련된 에이버리 킨의 미약한 지배력은 날이 갈수록 흔들리고 있었다.

나이절은 좌절감에 휩싸인 채 으르렁거리듯 말했다. "뭐죠?"

"소포가 왔습니다. 제가 먼저 뜯어볼까 했지만, 국토안보부에서 온 거라서요." 비서가 테이프와 붉은색 직인으로 둘러싸여 있는 갈색 상자를 들고 사무실로 들어왔다. "수신자가 직접 뜯어야 한다는 내용이 첨부되어 있었습니다."

나이절은 자리에서 일어나 책상 앞으로 다가갔다. "고마워요, 메리언."

그는 낚아채듯 상자를 받아든 뒤 비서가 사무실을 나갈 때까지 기다렸다. 비서가 나가고 사무실 문이 닫히자마자 나이절은 널찍한 사무실 한쪽 구석에 놓여 있는 골동품 오크 테이블 쪽으로 성큼

성큼 걸어갔다. 그는 상자를 조심스럽게 내려놓은 뒤 책상에 있던 봉투 칼을 가져왔다. 그러곤 재빨리 테이프와 붉은색 직인을 제거했다. 상자를 열자 맨 위에 편지가 놓여 있었다. 출력한 것이 아니라 손으로 직접 쓴 것이었다.

나이절 쿠퍼 씨께

이 상자에는 스토크스 대통령의 반대로 계류 중인, 당신 회사의 소송에 영향을 미칠 수도 있는 자료들이 담겨 있습니다. 오늘 내가 저지른 이 일이 반역죄에 해당될지도 모르지만, 달리 다른 방법이 없네요. 내가 잘못 알고 있는 것이기를 신께 기원하는 바입니다.

엘리자베스 퍼팔레오

그 편지 밑에 타자로 친 문서가 있었다. 재빨리 훑어보니 거의 열 페이지에 걸쳐 빽빽하게 채워져 있었다. 그 밑에는 길고 공식적인 제목이 달린 노란색과 파란색 표지의 보고서들이 쌓여 있었다.

나이절은 동봉된 문서를 푹신한 의자 위에 내려놓은 뒤, 마치 집어삼키는 것처럼 그 내용들을 읽기 시작했다. 한 시간 이상 지난 뒤에야 테이블 앞에서 물러난 나이절은 시차는 아랑곳없이 두 번째로 인디라의 전화번호를 눌렀다.

"아는 사람이 있어." 전화가 연결되자마자 나이절이 단언했다.

인디라는 이런 식의 갑작스러운 대화에 익숙해진 상태였다. "뭘 안다는 건데?"

"전부 다. 히게이아. 대통령. 티그리스. 보조금. 점들로 연결되어 있어."

인디라는 위가 천천히 조이는 것 같았다. "전부 다라고?"

"대부분." 나이절이 손으로 머리를 쓸어 넘겼다. "국토안보부에 있는 과학자가 보조금과 히게이아의 관계에 대해 설명하는 문서를 작성했어. 이걸 막아야 해."

"어떻게 알았어?"

"그 과학자가 나한테 보냈어. 사본이 있을지도 몰라. 젠장."

인디라는 한참 동안 아무 말도 하지 않았다. 그런 뒤에 한숨을 내쉬었다. "그 여자한테 말해."

"누구한테 말하라는 거야?"

"당신이 신경 쓰는 그 변호사. 그 여자를 이용해서 진실을 밝히라고 해."

"제정신이야? 히게이아에서 미국 정부한테서 불법 자금을 지원받아 이슬람교도들을 죽이기 위한 유전자 바이러스를 만들려고 시도했고, 지금 그 후임 기업이 내 회사를 인수하고 싶어 한다는 걸 밝히라고? 이 일이 우리 합병에 엄청난 손해를 입힐 수도 있다는 걸 모르는 거야?"

인디라는 대답하고 싶은 충동을 억누르며 눈을 감았다. 하지만 그녀는 지금조차도 공유하기에는 너무 친밀한 그 비밀을 지켰다. 수습책을 마련해야 할 시간이 됐다. 나머지는 그대로 묻혀 있게 될 것이다. 인디라는 소리 없이 가볍게 한숨을 내쉬었다.

"나이절, 우리가 잃을 게 뭐지? 어차피 에이버리 킨에게 스토크스를 막아달라고 하려면 그 이야기를 해야 하잖아. 그게 아니면 스토크스는 싸우지도 않고 이기겠지."

"엄청난 위험 요소야. 이것만 없으면 법원이 우리한테 유리한 판결을 내려줄 수도 있어."

"그건 희망 사항이고." 인디라가 천천히 다리를 문지르며 말했다. "그 정보가 당신 손에 들어왔다면 다른 사람 손에도 있을 거야. 우린 졌어, 나이절. 윈 대법관이 우리의 마지막 희망이야. 이제 우린 우리의 적을 파괴시킬 필요가 있어."

"난 자폭할 생각 없어."

"당신한테는 오늘이겠네." 인디라는 사무실 유리창 너머를 응시했다. 만일 그녀가 방 안에 있는 코끼리에 관심을 가졌더라면 어쩌면 갈라진 틈 사이로 지나가는 도둑 쥐를 알아차리는 사람은 아무도 없었을지 모른다. "내일 노스캐롤라이나로 갈게."

39

그날 저녁, 레이턴 요원은 그들을 에이버리와 링의 집으로 돌려보냈고, 포스터 요원에게 세부 사항들을 인계했다. 그 무뚝뚝한 남자 요원은 그들을 집 안으로 들여보내며 밖으로 나오지 말라고 경고했다. 공간이 비좁았음에도 아무도 자기 집으로 돌아가지 않았다. 에이버리와 재러드는 계속 가벼운 대화를 나누었고, 링과 노아는 그 메시지를 받아들였다. 도청에서 해방되기 전까지는 다른 설명을 할 수가 없었다. 그저 TV를 크게 틀어놓고 피자를 먹었다.

밤 10시 무렵 에이버리의 휴대전화가 울렸다. 조심스럽게 번호를 확인해보자 차단된 번호였다. 에이버리의 경우 발신인 불명의 전화는 보통 정부기관에서 오는 것이었다. 그녀는 엘리자베스 퍼팔레오의 전화일지도 모른다는 생각이 들었다.

"여보세요?"

"당신이 보낸 메시지를 봤습니다."

남자 목소리였다. 에이버리는 그 자리에서 얼어붙었다. 재러드가 절묘하게 손짓으로 화장실을 가리키자 에이버리도 알아들었다는 듯 고개를 살짝 끄덕였다.

"잠깐만 기다려주세요." 에이버리는 서둘러 욕실로 들어가 샤워기를 틀었다. 물소리에 말소리가 묻힐 것이다. 욕실까지 도청하진 않기를 바랄 뿐이었다. 에이버리는 변기 뚜껑을 내린 뒤 그 위에 웅크리고 앉았다. "여보세요?"

"네."

"누구시죠?"

전화선 너머로 살짝 억양이 느껴지는 말투가 들렸다. "만나고 싶습니다."

"누구신데요?"

"비숍 중 하나요. **광장**에서 만나고 싶습니다."

"람지 박사님이신가요?" 전화기 너머로 침묵이 이어졌다. 상대방이 대답하지 않을 거라는 것을 깨닫자 에이버리는 그 제안에 동의했다. "어디서 만나죠? 언제요?"

"광장에서 봅시다."

"어느 광장 말이에요? 온라인상을 말하는 건가요? 어딘지 모르겠어요."

"아, 그건……." 상대방이 말을 멈췄다가 다시 이었다. "중요하지 않아요. 그의 지시에 따르면, 정의의 다른 조각은 알려져 있지만 보이지 않는 곳에서 나와 합류하라고 했으니. 그 세상이 만나는 곳입니다."

"더 해줄 말씀은 없으신가요?"

"당신이 이번 일을 끝내려면 우린 반드시 만나야 한다는 거요."

가능한 한 많은 것을 알고 싶다는 열망에 에이버리가 질문을 계속했다. "무슨 말인지 모르겠어요. 지금 어디 계시죠?"

"광장에서 날 찾게 될 거요." 상대방은 좌절감을 드러내며 무겁게 한숨을 쉬었다. "그 사람은 당신이 이해할 거라고 말했소. 광장에서. 난 백색 퀸 쪽 룩으로, '버드 오프닝'에 있을 겁니다. 이틀 뒤까지만 이 위치에 머무를 거고요."

통화가 끝났다. 이제 에이버리는 48시간 내에 그 장소를 찾아내야만 했다. 그녀는 계속 변기 뚜껑 위에 웅크리고 앉은 채로 상대방의 지시를 분석했다. 머릿속으로 체스판을 떠올린 뒤 허공에서 그 자리를 찾았다. **백색 퀸 쪽 룩으로 버드 오프닝**. 백색 퀸 쪽 룩은 대수 판의 a1 자리에 있다. 그리고 버드 오프닝은 유명한 오프닝 공격 수 중 하나로 폰을 f4로 옮기는 것을 뜻한다.

그의 말이 오후를 뜻하는 거라고 가정하고, 그 글자들을 떨어뜨리면 오후 1시와 오후 4시가 남는다. 하지만 만나는 장소가 어디인지 모른다면 시간을 알아낸다고 해도 아무 의미가 없었다. **정의의 다른 조각은 알려져 있지만 보이지 않는 곳에 있다.** 도대체 거기가 어디란 말인가?

에이버리는 샤워기 물을 잠근 뒤 화장실에서 나왔다. 소파로 돌아가자 재러드가 컴퓨터에 명령어를 입력한 뒤 자신의 휴대전화로 어딘가에 전화를 걸었다.

"각자 휴대전화 확인해봐요. 신호가 잡히면 내게 말해주고."

아무도 대답하지 않았다.

에이버리의 표정을 본 재러드가 설명해줬다. "모든 신호를 방해하는 중이에요. 이제 저들은 카메라로 우리를 엿볼 수 있을진 몰라도 소리는 들을 수 없을 겁니다. 우리한텐 5분 정도 시간이 있어요. 그 시간이 넘어가게 되면 자연적인 방해가 아니라는 것을 저쪽에서 알아챌 겁니다. 링, 속이 안 좋다는 표정을 지어요." 재러드가 피자 상자를 에이버리 앞으로 끌어당겼다. "당신 친구는 뭐라고 하던가요?"

"전화를 건 사람은 아니 람지였어요. 이틀 뒤에 광장에서 만나기로 했는데, 거기가 어딘지 모르겠어요." 에이버리가 전화로 들은 내용을 전달했다.

"그런 허튼소리에서 접선 시간을 알아냈다는 거예요?" 노아가 믿을 수 없다는 듯 물었다.

"난 체스를 좋아하니까요. 수수께끼 같은 단서를 해결하는 데 큰 도움이 됐어요."

"방해전파를 끊기 전에 다른 할 이야기는 없어요?"

에이버리가 가방에서 윈 대법관의 편지를 꺼내 테이블 위에 올려놓았다. 그녀는 그 종이를 펼친 뒤 한 문장을 가리키며 링과 시선을 맞추었다.

"우린 이걸 앞서야만 해. 다음 주면 회기가 끝나고, 그때가 되면 내 시간도 끝나." 에이버리가 손가락으로 그 종이를 툭툭 쳤다. "링, 여기 봐봐. 이게 무슨 뜻인지 알겠어?"

"천연두에 관한 거야. 어디서 본 것 같네. 아마 18세기 문헌을 참조한 것 같아." 링이 생각에 잠긴 채 조용히 설명했다. "유럽에서 전염병이 도는 동안 의사들은 중국, 터키, 아프리카에서 실행되었던 천연두 자국에서 얻어낸 백신을 건강한 아이들에게 접종하는 법을 알게 됐어. 미친 짓이라고 반대가 많았지만, 18세기 영국의 왕세자 부부가 자기 아이들에게 예방 접종을 허용하자 대세는 찬성 쪽으로 기울었지."

"그게 판사님과 무슨 관계가 있는 거죠?" 재러드가 화가 난 듯 낮은 목소리로 따졌다. "난 이미 부르신 증후군이라는 진단을 받았어요. 유전자에 대항하는 백신을 접종하기 위해 할 수 있는 일이 아무것도 없는데요."

"당신을 지키기 위한 연구가 계속되고 있다는 것을 제외하면 말이죠." 에이버리가 재러드의 말을 바로잡았다. 그녀는 긴장으로 뭉친 등을 문지르며 말했다. "단서가 부족해요."

이제 곧 방해전파가 사라질 거라는 사실을 깨달은 노아가 다시 질문을 던졌다. "만약 당신이 이 문제를 해결하지 못하면 법원에선 어떻게 할까요?"

"교착상태에 빠지겠죠." 에이버리가 힘없이 대답했다. 그녀는 법정 비밀 유지 서약에 관한 마지막 윤리까지 버리고 설명했다. "소문에 따르면 로즈버러, 호지슨, 가드너, 로런스 하디는 합병에 찬성하는 쪽이라고 해요. 하지만 린덴바움, 뉴얼, 에스트라다는 이론가예요. 그들은 국가 안보에 대한 결정을 내리는 행정부의 권한을 방해하는 것에 완강히 반대하는 쪽이죠. 세스 브링먼은 고립주의자예요. 그 사람은 이 결정을 미국 시장의 회복력에 대한 국민투표로 여기고 있죠. 인도 회사가 살아남게 될 경우, 브링먼의 심기가 불편할 거예요. 만일 표가 동률이 된다면 그 합병은 물거품이 되고 지금껏 그들이 하던 연구는 그대로 사라지게 되겠죠."

재러드가 주먹으로 테이블을 내리쳤다. "판사님 때문에 당신이 두 번이나 죽을 뻔했어요. 당신이 도울 수 없는 일이라는 걸 알았어야만 해요. 당신은 판사님을 살릴 수 없어요. 만일 그 사악한 실험이 사실이라고 해도, 난 당신이 나를 구해주길 바라지 않아요."

"아니, 뭔가 거대한 게 숨겨져 있어요, 재러드. 우린 그걸 알고요." 에이버리가 배를 움켜잡은 채 불쑥 말했다. "당신 아버지는 히게이아와 그 실험에 대해 알고 있어요. 진실을 말할 경우 합병은 끝이라는 걸 의미해요. 만일 대법관님이 알아낸 것이 사실로 입증될 경우, 그분은 스스로 물러나야 할 테니까요. 종족 학살 시도는 합병을 무산시킬 뿐만 아니라 두 회사 모두 무너뜨릴 거예요. 당신의 치료법이 사라지게 되는 거죠. 비록 법원 상황은 불분명하지만, 대법관님은 수가 남아 있다고 믿으셨어요. 비숍 두 개를 희생시켜도 엔드게임은 아니라는 거죠. 바우어가 불가피한 상황에서 벗어나려는 헛된 시도를 하게끔 라스커가 설계한 함정인 거예요."

"이건 체스 게임이 아니에요, 에이버리. 그리고 어느 쪽이든 판사님이 잘못한 거예요." 재러드가 쏘아붙였다. "치료제를 만드는 게 가능하다고 해도 당신 목숨보다 중요하진 않아요."

에이버리는 입을 꾹 다문 채 의자 끝에 걸터앉았다.

"난 할 거예요. 하지만 대법관님이 무엇을 기대하고 계신 건지 모르겠어요. 어떻게 내가 대법원을 마음대로 할 수 있을 거라고 생각하신 걸까요? 새로 구두변론을 추진할 자격도 없고, 언론의 마녀사냥을 좋은 쪽으로 이끌어낼 물적 증거도 없는데 말이에요." 에이버리의 목소리에는 감정이 북받쳐 있었다. "이런 종류의 비난에 아무 증거도 없이 맞설 순 없잖아요!" 에이버리는 자리에서 벌떡 일어나 문을 활짝 열곤 앞을 지키고 있던 FBI 요원에게 말했다. "바람을 좀 쐬러 나가야겠어요."

"집 안에 계십시오."

"산책하러 나갈 거예요." 에이버리가 요원을 밀치며 말했다.

그 요원은 에이버리의 팔을 붙잡았다가, 그녀가 반사적으로 자신의 코를 노리며 주먹을 휘두르자 재빨리 몸을 피했다. 그는 에이버리의 주먹을 막은 뒤 억지로 끌어내렸다.

"킨 씨, 내일 아침까지 모두 집 안에 있어야 합니다. 리 요원의 지시예요."

에이버리가 FBI 요원의 손아귀에서 벗어나려고 발버둥 치자 재러드와 노아, 링이 문 앞으로 달려왔다.

"놔줘요!" 링이 외쳤다.

재러드도 밖으로 나와 에이버리의 뒤에서 어깨를 감싸 안았다.

그가 요원을 쳐다보며 요청했다. "계단참에 나가는 건 괜찮지 않습니까? 건물 안에만 있어야 하는 거라면 계단참에는 가도 되는 거잖아요?"

"그건……." FBI 요원은 에이버리의 커다란 녹색 눈동자에 절망적인 눈물이 고여 있는 것을 알아차리자 재러드의 요청을 받아들였다. 문을 열어두면 안전할 것이다. "좋습니다. 10분 드리죠. 그 뒤로는 다시 밖에 나오면 안 됩니다."

에이버리는 밖으로 뛰쳐나가고 싶은, 도시의 습한 거리로 숨어 버리고 싶은 충동과 싸웠다. 원 대법관의 기대를 저버리고 도망치고 싶었다. 하지만 자신의 어깨를 누르는 재러드의 손길에 몸이 굳어지고, 결심이 단단해졌다. 에이버리는 짧게 고개를 끄덕인 뒤, 어두운 계단참으로 향했다.

재러드가 뒤를 따랐다. 두 사람은 5분 가까이 세상에서 고립된 어둠 속에 아무 말 없이 서 있었다. 더 이상 다리가 버티지 못하는 것처럼 에이버리가 계단 위에 주저앉았다. 재러드도 그녀의 뒤쪽에 앉았다. 그는 몸을 앞으로 숙여 에이버리의 어깨를 가볍게 잡은 뒤, 그녀의 몸을 자기 쪽으로 살짝 돌렸다. 흐릿한 불빛 아래에서 에이버리의 눈이 촉촉하게 젖어 있었다.

"당신한텐 힘든 한 주였어요."

"맞아요." 에이버리가 길고 낮은 한숨을 내쉬며 재러드의 손을 감쌌다. "하지만 당신 아버지가 죽어가고 있어요. 당신한테 더 힘든 시간이었을 거예요."

"난 아버지를 잘 알지 못해요, 에이버리. 그리고 알면 알수록 좋아지지도 않고요." 그 말에 에이버리가 반박하려고 하자 재러드가 고개를 저었다. "사실이에요. 하지만 아버지가 투사를 고른 거라면 제대로 골랐다는 건 알겠어요."

"난 아무것도 모르겠어요."

"당신은 VGC의 의미를 알아냈어요. 링한테서 그 회사 이름들을 알아냈죠. 그리고 내일을 위한 계획도 갖고 있을 거예요."

흐느낌이 새어나오려고 했지만, 에이버리는 억지로 삼켰다. 그럼에도 말을 꺼냈을 때 목소리가 갈라졌다. "고마워요, 재러드. 난 아무것도 모르지만⋯⋯."

"말도 안 되는 소리 하지 말아요. 지금은 무슨 말을 하든 다 헛소리예요." 그는 엄지손가락으로 에이버리의 눈에서 흘러나온 눈물을 닦아주었다. "당신은 다 알고 있어요. 체스 게임. 노인네의 돈키호테 판타지를 해석하는 법. 노인네와 소원해진 아들을 남아 있게 하는 법까지."

"풍차와 싸워 이기려고 하는 건 가족 내력인가 봐요." 에이버리가 속삭였다.

"그럴지도 모르죠. 하지만 당신은 진짜예요. 당신은 영리하고, 배려심이 있어요. 아버지가 요구했던 것 이상이죠." 재러드가 손으로 에이버리의 턱을 들어 올리며, 완고한 곡선과 평평한 빰을 쓰다듬었다. "이제 들어갈래요?"

에이버리가 살짝 미소를 지었다. "조금만 더 여기 있고 싶어요."

재러드는 고개를 끄덕인 뒤 한 계단 아래로 내려와 에이버리의 어깨를 감싸 안았다. 그녀는 잠깐 저항하다가 이내 머리를 재러드의 어깨에 기댔다. 그들은 뒤에서 계단 문을 두드리는 소리가 들릴 때까지 그대로 앉아 있었다.

"시간 됐어요." 재러드가 일어섰다.

그는 에이버리의 손을 잡고 일어나는 것을 도와준 뒤 문을 열었다. 문 앞에는 FBI 요원이 서 있었다.

"조금 전에는 미안했어요. 너무 긴 하루였거든요." 에이버리가 억지로 미소를 지어 보였다. "오늘 밤에는 더 이상 문제 일으키지 않을게요."

요원은 고개를 끄덕인 뒤 한 발 물러났다. "괜찮습니다, 킨 씨."

재러드가 문을 열고 들어가자 링이 식탁 주위를 맴돌고 있었다. 그는 걱정이 가득한 링의 시선과 마주쳤다. 재러드는 에이버리의 뒤에서 고개를 살짝 저었다. 에이버리가 떨고 있는 것이 느껴졌다. 재러드는 마음속으로 자기 자신과 아버지에게 욕설을 퍼부은 뒤 조용히 문을 닫았다.

40

6월 24일 토요일

아침 햇살이 비추는데도 어두웠다. 카지노를 겸한 술집의 특성이었다. 끊임없는 밤의 환상이 시큼한 위스키와 따가운 럼주를 삼키는 것을 도왔다. 리타 킨은 익숙한 손길로 보드카 잔을 잡은 채 의자 위에서 몸을 흔들었다. 그녀는 넘어질지 모르지만 술잔은 무사할 것이다.

머리 위에서 뉴스 앵커가 그날 있었던 일들을 웅얼거리고 있었다. 리타는 불가피한 상황에 대비해 술잔을 들지 않은 손을 찐득거리는 나무 위에 올리고 있었다. 그녀가 테이블 위에 몸을 기대고 있는 불편한 사진이 화면에서 흘러나오고 있었다. 그 사진을 찍은 개자식은 리타가 평안을 찾아 팔을 구부렸던 힘없는 순간의 모습을 노렸다.

기자들은 그녀가 남편을 잃은 적이 없다고 단언했다. 리타는 어렴풋이 뒤틀린 의분을 느끼며 생각했다. 그건 수십 년간 그녀가 매달려 있던, 물고 늘어졌던 고통이었다. 그녀의 선택을 정당화하기 위해 필요했던 상처들의 가장 쓰라린 부분을 연마했다.

지금 리타는 공개적으로 굴욕을 당하고 있었다. 딸이 엉뚱한 사람들의 화를 샀기 때문이다. 에이버리 때문에 쓰레기 취급을 당하고 있었다.

리타는 언제나 아이가 자신을 필요로 할 때마다 모습을 보였다. 딸에게 먹을 걸 주었고, 학교를 들락날락거렸다. 배은망덕한 꼬마의 입에 들어갈 빵을 사기 위해 돈을 벌었다. 기억은 편리하게도 식료품점에서 시작해 망각의 작은 보따리로 가득한 그늘진 모퉁이로 우회했다.

지금 리타는 그 망할 년 때문에 이 지구상에 존재하는 높고 힘센 사람들에서부터 인간쓰레기들한테까지 비웃음을 당하며, 저 빌어먹을 화면에 나오는 자신의 모습을 지켜봐야만 했다. 그녀가 무슨 일을 겪었는지, 무엇을 잃었는지 아무도 모르면서.

리타는 유리잔에 남아 있던 술을 마저 들이켰다. 빠르게 기억을 잃어버리기에 보드카는 코크 펀치나 헤로인에 비해 부족했다. 하지만 지금은 살 수 있는 게 보드카밖에 없었다. 리타가 집에 들렀을 때 징징대는 인색한 딸은 없었다. 경찰이 들어가지 못하게 막았고, 전화를 해도 받지 않았다.

"여기요!"

인색한 바텐더는 TV에 나온 사진으로 리타를 알아보고 못 들은 척했다. 리타가 유리잔을 툭툭 쳤지만 소용없었다. 그녀는 멍하니 수중에 남은 돈을 계산했다. 갈증이 났고, 세간의 시선에 신경이 많이 쓰였다. 하지만 이 모든 것을 잊게 해주는 데 필요한 돈이 모자랐다.

그때 어깨가 넓고 각진 턱을 가진 장신의 남자가 옆에 앉았다. 리타는 희망을 품고 남자 쪽으로 자신의 빈약한 가슴골을 내보이며 탈수증과 필로폰 중독으로 인해 갈라진 입술을 위태롭게 끌어올리곤 미소를 지었다.

"이봐요, 잘생긴 양반. 술 한잔 사줄래요?"

리타와 눈을 마주친 갈색 눈의 남자가 바를 두드렸다. 더 이상 모르는 척할 수 없었던 바텐더가 다가오자 남자가 리타의 잔을 가리키며 손가락 두 개를 들어 올렸다.

바텐더는 새로 온 남자의 복장을 눈으로 살핀 뒤 술병을 꺼냈다. 그는 리타의 잔을 채우고, 남자에게도 술잔을 내밀었다. 남자는 바에 지폐를 올려둔 뒤 바텐더에게 물러서라고 손짓했다. 바텐더는 말 없이 지폐를 집어 들었다. 손안에 든 50달러면 리타의 계산서와 자신의 팁을 충당하는 데 충분했다. 깜짝 놀란 그가 눈을 가늘게 뜨고 리타의 얼굴을 확인했다. 가까이에서 보니 한때는 아주 예쁜 얼굴이었을 거라는 걸 알 수 있었지만, 비쩍 마른 창녀의 외모는 자신이 보기엔 아무것도 아니었다. 바텐더는 세상에는 별별 사람이 다 있는 법이라고 생각하며 모른 척하고 돌아섰다.

이런 바텐더의 평가를 모른 채 리타는 손가락으로 남자의 재킷을 더듬어 올라갔다. 섹시하게 느껴질 몸짓으로 넥타이를 어루만졌다.

"파티에 가는 거 좋아해요?"

"물론이죠."

남자에게선 술집에 있는 다른 손님들에게선 맡을 수 없는 깨끗한 향기가 났다.

리타는 황급히 보드카 잔을 비웠다. "그럼 여기서 나가요."

필립스는 리타의 어깨를 감싸 안은 뒤 문으로 향했다. "당신 집? 아니면 우리 집?"

나지막하게 들리는 남자의 목소리에 리타가 낄낄거리며 대답했다. "당신 집이요. 어디든 원하는 데로 날 데려가줘요."

손쉽게 납치 혐의를 벗은 필립스는 당당하게 고개를 끄덕였다. "그러죠."

도시 건너편, 노아의 회사에 있는 회의실에서 에이버리는 자료들을 뒤적거리고 있었다. 그중에는 윈 대법관이 정보공개법 요구로 얻어낸 보조금 내역도 있었다. 에이버리는 그 자료들을 보면 볼수록 속이 타들어가는 것 같았다.

저들이 숨기고 있는 게 뭘까?

노아는 복도 너머에 있는 자기 사무실에서 월요일에 있을 청문회 준비를 하고 있었다. 링은 병원에 있는 친구가 전달해준 천연두에 관한 자료들을 조사했다. 재러드는 에이버리의 집에 설치된 장치들에 관해 FBI에서 수사 중이라는 것을 알고 있음에도, 컴퓨터 앞에 몸을 숙인 채 그 장치들을 역추적하고 있었다. 덕분에 에이버리는 그들에 관해 조금이나마 알게 됐다.

그때 옆에 놔뒀던 휴대전화가 울리기 시작했다. 화면에 이제는 익숙한 발신자 불명이 뜨자 에이버리는 재빨리 전화를 받았다.

"여보세요?"

"에이버리, 잘 지냈나요?"

이전에 했던 두 번의 통화와 마찬가지로 변조된 목소리였다.

"날 내버려두라고 했을 텐데요."

"신화에 대해 잘 알아요? 페르세포네는 석류 씨앗을 먹은 뒤에 하데스에게 신세를 지게 되죠. 내가 보낸 돈의 일부를 썼더군요. 그래서 전화할 때가 됐다고 생각했어요."

"원하는 게 뭐예요?"

"당신은 씨앗을 먹었어요. 난 보답을 원해요."

"누구 밑에서 일하는 거죠? 목소리는 왜 변조하는 거예요?"

"쓸데없는 질문은 하지 말아요. 그냥 내 말만 들어요." 나이절은 엘리자베스 퍼팔레오에게 받은 자료들을 뒤적거리면서 계속해서 말을 이었다. "당신도 알다시피 정부기관은 지저분한 것들을 잘 처리해요. 내가 당신이라면 히게이아라는 회사에 관한 모든 것을 알아볼 겁니다. 돈을 따라가겠죠."

"돈을 따라가라고요? 그게 나한테 원하는 거예요?" 에이버리는 흥분했다. "이미 난 히게이아와 젠 워크스, 아드바르에 대해 알고 있어요. 조사도 했죠. 돈 가지고 장난치는 건 잘했지만, 그게 당신이 할 수 있는 전부라면 앞으로 전화 같은 건 하지 말아요."

"너무 냉소적이군요, 에이버리. 의심하는 거, 특히 착하고 올바르게 보이는 작자를 의심하기로 한 건 바람직하지만."

"그 말인즉 당신은 그런 사람이 아니라는 건가요?"

"물론이죠. 난 내 자신을 희생하는 부류가 아니니까. 하지만 당신이 대화를 나눠볼 만한 관료가 한 사람 있어요. 바로 국토안보부의 과학기술부서에서 일하는 엘리자베스 퍼팔레오 박사죠. 그 사람이 내가 하는 말들을 확인해줄 겁니다."

"퍼팔레오요?" 에이버리는 비웃으려다가 눈살을 찌푸렸다. "당신이 그 사람을 어떻게 알죠?"

"돈을 따라가요, 에이버리. 이건 언제나 들을 만한 조언이니까." 나이절이 반복해서 말했다.

"나도 퍼팔레오와 연락을 했어요. 하지만 그 사람은 사라져버렸어요. 그녀가 어떻게 됐는지 알고 있나요?" 에이버리가 물었다.

"사라졌다고요?"

"FBI에서 그 사람을 찾고 있어요. 그 사람이 가지고 있는 게 뭔지 알려줘요."

"내일 아침 10시에 당신의 새 이메일 계정을 확인해봐요."

"나한테 새 이메일 계정이 있나요?"

"갖게 될 겁니다. NancyDrew@ariesworld.com이 어떨까요? 비밀번호는……." 나이절이 말을 멈췄다. "비밀번호는 Nixon으로 합시다. 믿을 수 없는 공무원이라는 주제에 맞게 말이에요. 날 실망시키지 말아요."

에이버리는 전화를 끊자마자 노아에게 문자 메시지를 보냈다. 노아가 회의실에 들어오자, 에이버리는 조금 전 통화 내용에 대해 털어놓았다.

"누군지 모르겠지만, 이 자가 엘리자베스 퍼팔레오에 대해 알고 있어요. 하지만 별다른 이야기를 하지 않네요."

재러드가 컴퓨터 화면에서 시선을 떼고 물었다. "그 사람에 관해 리 요원한테 들은 기 없어요?"

"아직은 없어요. 전화해봐야겠어요."

에이버리가 전화를 걸자, 리는 두 번째 신호음이 떨어질 때 전화를 받았다.

"킨 씨, 별일 없는 거죠?"

"네, 퍼팔레오 박사에 대해 알아낸 게 있나 싶어서 전화했어요."

리는 눈썹을 찌푸리며 말했다. "요원 두 사람을 보냈는데 응답이 없어요. 퍼팔레오는 동료들한테 연락도 하지 않고, 멕시코 여행을 간다고 비행기 표를 끊었더군요. 비행기 탑승 기록에 퍼팔레오 부부의 이름이 있긴 했는데, 그들과 비슷한 사람을 봤다고 하는 사람이 아무도 없어요. 여권은 통과됐지만, 덜레스와 푸에르토 바야르타 공항 CCTV에 두 사람의 얼굴과 일치하는 사람이 잡히지 않았어요."

"그게 가능한 일인가요?"

"제법 복잡한 과정을 거쳐야 하죠. 중간급 관료가 그렇게까지 하려면 문제가 많았을 겁니다." 리 요원은 자신의 말을 제대로 이해했는지 확인하는 것처럼 잠깐 기다렸다. "그게 아니라면 퍼팔레오 박사가 국토안보부에서 뭔가를 알게 됐고, 그로 인해 범죄의 대상이 됐을 수도 있어요. 이제 말해봐요, 에이버리. 내가 도와줄게요."

"리 요원님, 뭐든 말할 게 생기면 제일 먼저 알려드린다고 약속 드릴게요."

41

6월 25일 일요일

에이버리는 새 사무실이 되어버린 회의실의 테이블을 손가락으로 두드렸다.

"병원에 전화를 해봐야겠어요." 에이버리가 벌떡 일어나며 말했다. "레이턴 요원, 복도 끝에 있는 사무실을 이용하고 싶어요."

레이턴이 동의하자 에이버리는 복도를 따라 저번에 눈속임용으로 썼던 사무실로 걸어갔다. 이번에는 책상 앞에 자리 잡고 앉아 컴퓨터를 켰다. 그리고 사무실에 있는 전화로 토카 박사에게 전화를 걸었다.

"에이버리 킨이에요."

"네, 킨 씨." 전화기 너머로 쌀쌀함이 아주 명확하게 전해졌다. "무슨 일이시죠?"

"현재 원 대법관님의 상태가 어떤지 알고 싶어서요. 지금쯤이면 독극물 검사 결과도 나왔겠죠?"

"원 대법관님의 상태는 변화가 없습니다."

"독극물 검사 결과는요?"

"그 건에 관해서는 말하기가 곤란하군요."

"무슨 문제가 있나요?"

"멈퍼드 씨가 이 상황이 정리가 될 때까지 당신과 접촉을 제한하라고 조언하더군요." 토카 박사가 인정했다.

"내가 원 대법관님의 법적 후견인이 아니라는 법원 판결이 나오기 전까지는 무관한 상황이에요. 만일 멈퍼드 씨가 이 문제로 나와 이야기를 하고 싶다면 언제든 전화하라고 해주세요."

"그렇게 전하죠. 그게 답니까?"

"아뇨. 난 대답을 듣고 싶어요. 병원 쪽에선 원 대법관님이 복용한 약물이 뭔지 알아냈나요?" 토카 박사가 대답하지 않자 에이버리가 다시 말했다. "난 원 대법관의 법적 후견인이에요. 선생님과 병원 측이 검사 결과를 내게 즉시 알려주지 않는다면 법을 어기는 거예요. 난 직접 가서 정보를 요구할 수도 있어요. 아무래도 멈퍼드 씨가 병원까지 내 뒤를 쫓아올 언론의 흥미 위주 보도를 주도하고 싶으신 모양이네요."

토카 박사가 안도하는 것처럼 들리는 한숨을 내쉬면서 말했다. "저번에 이야기를 했을 때 킨 씨한테 이론적으로 설명했던 내용이 검사 결과 확인됐습니다. 원 대법관님의 혈액에서 발견된 약물은 미국 내에서 유통 허가를 받은 제약회사에 등록된 것이 아니었어요. 우리가 판단하기로는 이 약물이 동맥류의 영향을 모방한 혼수상태를 유도하지만 신체의 장기를 손상시키진 않는 것으로 보입니다. 우리 쪽 독물 전문가들은 처음 보는 약물이라고 하더군요."

"그러니까 대법관님을 혼수상태에서 깨울 수 있는 방법은 모른다는 건가요?"

"네, 우린 이 약물에 대해 아무것도 모릅니다."

에이버리는 앞으로 있을 아니 람지와의 만남을 생각했다. 그 사람이라면 알 것이다. 지금으로선 만나는 장소를 알아내는 일이 더욱 중요해졌다.

"토카 선생님, FBI 특수요원인 로버트 리에게 전화를 해주세요. 그분에게도 지금 나한테 했던 이야기를 그대로 해주셨으면 해요. 지금 당장 말이에요."

"네?"

"부탁드려요. 리 요원님한테 전화해서 지금 나한테 했던 말을 그대로 해주세요. 리 요원님은 어떻게 해야 할지 알 거예요."

전화를 끊은 뒤 에이버리는 ariesworld.com 사이트로 들어가 NancyDrew로 로그인을 했다. 비어 있어야 할 메일함에 두 개의 메일이 도착해 있었다.

조심해요, 낸시. 원주민들은 점점 절망하고 있고, 당신이 최후의 보루예요. 스스로를 지켜요. 여기 핵탄두가 있어요. 첫 발사가 당신한테 달려 있어요. 머리를 감싸고 숨어요! 진행 상황을 확인할 겁니다.

두 번째 메일에는 첨부된 문서들이 있었다. 에이버리는 그중 '메모'라는 제목의 문서를 출력해 읽기 시작했다. 바로 행방불명된 엘리자베스 퍼팔레오가 작성한 문서였다. 몇몇 보고서들에 관한 분석으로 예산 전문가가 된 과학자가 자신이 소속된 곳에서 지급된 보조금과 나라 건너편에서 행해지고 있는 연구 사이의 연관성을 발견한 것이었다. 에이버리가 해독하는 법을 배우고 있는 암호문으로, 퍼팔레오 박사는 링이 추측했던 대로 '맞춤형 유전자 정보 보급'을 위해 '혈통'을 표적으로 삼은 연구에 보조금이 지급됐다고 기록했다.

에이버리는 다음으로 메일을 보낸 남자가 올려둔 재무 기록 문서로 넘어갔다. 그 문서를 출력하면서 중간중간 표시가 되어 있는 곳들을 훑어보았다. 수억 달러에 달하는 보조금이 인도의 작은 기술 회사로 보내졌다. 바로 히게이아였다.

메일을 보낸 남자는 그 회사의 재무 기록도 첨부했다. 에이버리는 다양한 차입 방식으로 일련의 투자자들에게서 염색체 연구로 흘러 들어온 자금 기록에 주목했다. 사실 드문 일은 아니라고, 에이버리도 속으로 인정했다. 회계사는 아니지만, 지금까지 손익계산서와 재무 대장이 엮여 있는 소송에 대해 자신의 할당량보다 훨씬 많이 검토했었다. 첨부된 은행 기록에 따르면, 돈은 전부 미국에서 보낸 것이었다. 신생 회사의 경우 다양한 출처로 자금이 유입되게 마련이고, 미국인들은 해외 투자를 선호하는 편이다.

에이버리는 은행 기록을 내려놓고, 연방준비은행의 상징이 찍혀 있는 보고서를 집어 들었다. 그 자금이 연방 계좌에서 나갔다는 사실을 지적하는 내용이 담겨 있었다. 공식 문서로 보이는 다음 장에서는 추적 결과 그 돈이 국토안보부, 그것도 과학기술부서에서 나왔다는 것을 밝히고 있었다.

에이버리는 이것이 미 정부가 히게이아에 수억 달러를 지불했다는 증거라는 것을 깨달았다. 그녀는 다시 메모를 살폈다. 이사회에서 정당하게 승인을 받은 자금이 아니었다. 그리고 그 자금 지원은 갑자기 중단되었다. 그 직후 히게이아의 재무재표 역시 마찬가지였다.

염색체 연구는 비밀리에 행해졌고, 티그리스로스트에 의해 부인되었다.

혈통을 대상으로 하는 유전자 연구의 무기화.

미국 재무부에서 사전 승인 없이 히게이아에 수억 달러의 자금을 지급했다.

윌 밴스 소령은 CBIRF에 배정된 생화학자다.

아프가니스탄. 인도. 쉽게 손이 닿는 세계에서 가장 큰 이슬람교도들의 나라.

사라진 과학자. 사라진 예산 분석가. 죽은 간병인. 살해 시도.

외아들을 살리기 위해 필사적인 대법관.

히게이아 과학자들은 도덕의 기본 윤리는 말할 것도 없고, 에이버리가 상상할 수 있는 모든 국가의 법률과 국제 조약에 위배되는 연구에 참여하기 위해 미국 달러를 사용했다.

제일 먼저 떠오르는 의문은 간단했다. 미국 대통령은 이번 일에 대해 어디까지 알고 있는가.

에이버리는 웹브라우저 캐시를 삭제하고 컴퓨터 전원을 껐다. 그리고 회의실로 돌아가 노아를 향해 말했다.

"돈을 보낸 남자가 보내준 메일을 받았어요. 나한테 이걸 보냈더라고요."

에이버리가 회의실 테이블 위에 조금 전 출력한 문서들을 내려놓았다. 재러드가 먼저 읽고 링에게 넘겨주면 링이 다시 노아에게 넘겼다. 가만히 앉아 있을 수 없었던 에이버리는 회의실 안을 맴돌았다. 정적이 흐르는 가운데 날카롭게 숨을 들이켜는 소리가 간간이 들렸다.

링이 먼저 입을 열었다. "모두 무슨 생각하는지 잘 알아요. 하지만 이건 증거예요."

"합병 이전에 자금줄이 끊겼어요." 재러드가 보고 있던 대차대조표에서 고개를 들더니 지적했다. "바로 아니 람지가 그 실험에 관한 정보를 흘리기 시작했을 때부터요."

에이버리도 이미 같은 결론에 도달해 있었다. "내가 도표로 만든 시간표에 따르면……." 그녀가 테이블 위에 있던 수첩을 펼쳤다. "히게이아는 인도 정부의 관심을 끌게 됐어요. 히게이아의 대표는 자신들이 쫓기고 있다는 것을 알게 되자 아드바르한테 도움을 요청했어요. 그들이 하던 연구는 아드바르의 비호 아래로 옮겨갔죠. 국토안보부는 그 프로젝트를 중단하고, 자금 지원을 끊을 수밖에 없었을 거예요. 그리고 아드바르가 젠 워크스와 합병을 시도했어요. 합병이 성사될 경우 대통령의 숙적인 나이절 쿠퍼가 행정부에서 생물학적 대량학살 연구를 재가했다는 사실을 알게 되겠죠."

"연구만 한 것이 아니야." 링이 걱정스러운 목소리로 정정했다. "퍼팔레오의 메모에 따르면 히게이아는 그 이론을 실체로 만들었어. 잘못된 염색체 변이를 가지고 있는 사람은 누구라도 죽일 수 있는 생물 유전자적 바이러스를 만든 거야."

노아가 물었다. "스토크스 대통령도 공모했을까요, 아니면 밴스 소령이 독단으로 저지른 짓일까요?"

"그건 아니 람지가 대답해줄 거예요. 그 사람이 그 위험을 밝히고, 윈 대법관님에게 알렸으니까." 에이버리는 전날 밤 집에서 다시 봤던 윈 대법관의 졸업식 연설 영상을 떠올리며 말했다. "만일 대법관님이 졸업식에서 했던 연설 내용이 믿을 수 있는 거라면, 대법관님은 스토크스 대통령도 공범이라고 생각하셨던 게 분명해요."

"아니가 어디에 있는지 알아내기만 하면, 그 사람이 확인해주겠군요."

에이버리는 머릿속으로 아니가 낸 수수께끼를 다시 떠올려보았지만 여전히 알 수 없었다. **정의의 다른 조각은 알려져 있지만 보이지 않는 곳에 있다. 그 세상이 만나는 곳.**

윈 대법관과 아니는 온라인으로 '광장에서'라는 문구를 이용해 서로에게 신호를 보내며 가상의 전투 세상에서 여러 번 만났다. 오두막의 재러드 방에 있던 별자리처럼, 단서는 에이버리가 알아차린 것보다 훨씬 더 명확해야 했다. 윈 대법관은 에이버리가 그것을 알아낼 거라고 믿고 있었다.

링이 물었다. "체스판하고 비슷한 장소가 아닐까? 놀이공원 같은 데 말이야."

재러드가 고개를 저었다. "난 그 뮤지컬의 배경이 됐던 방콕을 생각했어요. 시도는 해볼 수 있지만, 어디서부터 시작해야 할지 모르겠네요. 더군다나 판사님이 극장에 다니는 모습 같은 건 상상조차 할 수 없으니 말이에요."

"아뇨, 대법관님은 내가 그 점들을 연결할 수 있게 해두셨을 거예요. 접선 장소는 쉽게 갈 수 있는 위치에 있을 거예요. 이번 일로 윈 대법관님이 우리를 태국이나 인도로 보낼 것 같지는 않아요. 국내에 있어야 해요. 우리가 찾을 수 있는 광장으로 말이에요."

그때 마지막 한 수처럼 윈이 한 말이 머릿속에 떠올랐다.

"호의와 어리석음의 나라라고 했지. 정의는 어디에나 있지만 보기 힘들어." 에이버리가 중얼거렸다.

"뭐라고요?"

"예전에 대법관님이 날 집무실에 불러서 뭔가에 서명을 시켰던 날 했던 말이에요." 그건 아직까지도 풀지 못했던 수수께끼였다. 그때의 일을 떠올리며 에이버리가 설명했다. "윈 대법관님은 미국이 호의와 어리석음의 나라라고 했어요. 정의는 어디에나 있지만 보기 힘들다고 하셨죠. 그 말이 문자 그대로였다면요?"

다른 사람들도 자기처럼 혼란스러운지 확인하는 것처럼 주위를 둘러보던 링이 물었다. "그게 무슨 말이야?"

"어리석음. 나라의 어리석음. 수어드 광장." 에이버리가 점점 더 흥분하면서 설명했다.

미국 국무장관이었던 윌리엄 수어드는 일찌감치 알래스카의 가치를 알아보고 당시 소유주였던 러시아로부터 매입할 것을 주장했다. 당시 알래스카는 쓸모없는 땅으로 인지되던 때라 수어드는 언론으로부터 온갖 비난과 조롱의 대상이 되었다.

"노트북 좀 빌려줘요, 재러드."

재러드는 환한 얼굴로 노트북을 에이버리 앞으로 밀어주었다. 다른 세 명이 지켜보는 가운데 에이버리는 자판을 두드렸다. 원하던 페이지가 나오자 재빨리 내용을 확인했다.

그녀는 숨을 내쉰 뒤 의자에 몸을 기댔다. "알아냈어요."

재러드가 말했다. "어서 말해봐요."

에이버리가 만족스러운 듯 환하게 웃으며 재러드를 돌아보았다. "당신 아버지는 역사와 자신의 이름을 아끼셨어요. 당신이 게임 핸들에 주목했던 것처럼 윈 대법관님은 윌리엄 하워드 태프트와 스스로를 비교하셨죠. 그래서 대법관님은 자신을 정의의 아이, 다시 말해 정의의 한 조각이라고 여기셨어요. 그 사실을 어리석음에 관한 대법관님의 말과 결합시키면 오직 한 곳만 남아요. 워싱턴 DC에 있는 유일한 광장이자 윌리엄의 이름을 따서 지은 곳이죠. 바로 윌리엄 수어드 말이에요."

에이버리가 노트북 화면을 돌려 온라인 기사를 보여주었다.

"패러것, 맥퍼슨, 마운트 버논, 라파예트, 수어드. 아니 람지 박사는 여기에 있어요."

"그건 너무 나간 거 아닐까요? 윈 대법관님의 수수께끼 같은 단서에서 이 모든 것을 알아냈단 말인가요?" 노아가 의심스럽다는 듯 말했다.

"**광장. 알려져 있지만 보이지 않는 곳.** 수어드의 동상은 수어드 광장에 없어요. 그들은 한 번도 동상을 세워달라고 한 적이 없거든요. 더욱이 수어드는 '정의의 조각'이었어요. 그들 부부는 집에 도망 노예들을 숨겨준 노예 폐지론자들이었으니까요. 수어드는 대통령이 될 수도 있었던 훌륭한 변호사였어요. 하지만 그 사람은 에이브러햄 링컨에게 졌죠." 확신이 강해지자 에이버리는 덧붙여 말했다. "아니 람지는 은신처에 숨어 있어요. 인도를 떠날 수밖에 없었을 거예요. 동료들이 모두 살해당했으니까. 람지는 대법관님과 함께 미국으로 오는 방법을 찾아냈고, 이곳에 숨었어요. 내가 자기를 찾아주길 기다리고 있다면 틀림없이 워싱턴에 있을 거예요."

재러드가 다른 사람들을 흘긋 쳐다본 뒤 부드럽게 물었다. "확신하는 건가요?"

에이버리는 친구들의 불신을 깨닫고 가볍게 웃었다. "그래야죠. 시간이 없으니까."

밴스는 에이버리의 집에 설치한 도청장치의 녹음을 다시 틀었다. 오후 10시 43분, 휴대전화 벨소리가 울렸지만 샤워기 물소리에 묻혀 통화 내용이 들리지 않았다. 밴스가 인터콤을 눌렀다.

"캐밀, 내가 지시했던 통화 내역은 어떻게 됐나?"

"통신사로부터 자료를 받는 데 1분 걸렸습니다." 캐밀이 책상 위에 통화 내역서를 올리며 강조하듯 칠해둔 부분을 가리켰다. "발신 번호를 숨긴 통화들만 추린 것들입니다."

"몇 개나 되지?"

"추적이 되지 않는 번호로 온 전화는 두 통입니다. 그 번호들을 알아보는 중입니다."

"한 시간 안에 알아오게." 밴스가 쳐다보지 않고 말했다.

캐밀은 알았다는 표시를 한 뒤 사무실을 나갔다.

밴스는 이를 악문 채 계속해서 그 통화 내역을 쳐다보았다. 누군가 에이버리에게 연락을 하려고 한다. 그들을 찾아내야만 했다. 당장.

42

아니 람지 박사는 워싱턴 남동쪽, 큰길에서 떨어진 인터넷 카페에 앉아 있었다. 대학생들과 부랑자들은 주위를 의식하지 않은 채 터미널에 웅크리고 앉아 있었다. 아니는 자신이 찾고 있는 얼굴에 대해 확신이 없는 채로, 자판을 두드리면서 어깨 너머를 살폈다. 마지막 안전책이었다. 그에게 문제가 생길 경우 이 파일은 남아 있는 동료에게 전송될 것이다.

아니는 피곤함에 눈을 깜박거리다가, 무슨 일이 일어날지 알고 자꾸만 깨어나는 잠 속으로 빠져들었다. 그 꿈들은 자신의 일에서 방황할 때마다 머릿속으로 파고들었고, 그 이미지는 그 자신이 만든 악몽이었다.

날카로운 고통의 비명. 차가운 슬레이트 바닥에서 몸부림치는 몸. 빛을 반사하고, 비추고, 살균하기 위한 창백한 벽. 기괴하게 비틀린 중세시대 그림을 현대식으로 구현한 듯 울고, 피 흘리며, 죽음을 기도하는 것. **완전한 파괴.**

아니는 심호흡을 몇 번 한 뒤 정신을 차렸다. 이 인터넷 카페는 일곱 번째로 들어온 곳이었다. 그는 이런 카페 주인들이 CCTV 녹화 영상을 지우는 평균 기간인 14일 이내에는 같은 카페에 가지 않았다. 하지만 아니는 성실한 사람답게 도움이 필요한 경우가 있을지라도 지식의 영구성을 믿고 있었다. 미국에서 그는 친구와 동료, 안전한 피난처를 찾아냈다. 진실을 밝히기 위한 헌신에 있어 자신과 견줄 만한 사람들이었다. 이번 마지막 만남을 감행한 것은 그 자신을 위해서였다.

약속된 시간이 되자 아니는 자리에서 일어나 길 건너 공원으로 향했다. 공원 지도는 머릿속에 새겨져 있었다. 몇 주 동안 그는 자신을 쫓는 자들의 눈을 피해, 워싱턴 남동쪽의 잊힌 지역에 숨어 있었다. 수어드 광장으로 알려진 이곳은 연방의회 근처인 펜실베이니아 애비뉴와 노스캐롤라이나 애비뉴 교차점에 조성되어 있었다. 교차로 부근에 네 개로 만들어진 작은 공원으로, 윈 대법관이 추천한 장소였다.

아니는 중앙 분수 근처 벤치에 앉은 뒤 가방을 바닥에 내려놓았다. 비록 에이버리에게 다시 연락하지 않았지만, 그는 그녀가 이곳을 알아낼 거라고 확신하고 있었다. 아니는 매일 이곳에 왔고 한 번 더 올 예정이긴 했지만, 그 뒤로는 하워드 윈을 포기하기로 마음먹었다. 매일 그를 덮치는 두려움이 죄책감을 밀어낼 지경에 이르렀다. 만일 내일까지 에이버리가 나타나지 않는다면 그는 이대로 사라져버릴 것이다.

아니는 이 도시가 자신의 고향에서 수천 킬로미터 떨어진 곳임에도, 이곳에서 편안하게 지내는 것이 불가능하다는 것을 알게 됐다. 에이버리와 만나게 되면 캐나다나 터키, 티그리스 지역으로 떠날 것이다. 어쩌면 그에게 피해를 입은 사람들의 조국은 자신을 지켜주지 않을지도 모르지만, 어차피 악마들을 피할 수 있는 진정한 천국은 없을 터였다.

구름 한 점 없는 하늘을 올려다보면서, 아니는 그 프로젝트에서 자신이 맡은 역할에 대해 생각해보았다. 너무 복잡하긴 하지만, 다른 사람이라면 어떤 선택을 했을까? 그의 파트너는 자신의 희생이 정의의 실현인지, 그들 모두를 오만과 탐욕의 희생자로 남길 것인지 알지 못한 채 죽었다.

416

"램지 박사님?"

아니가 천천히 고개를 돌려 그들의 부름을 받은 원의 후견인을 쳐다보았다. 목소리와 신문에서 봤던 사진으로 바로 알아볼 수 있었다.

"킨 씨, 혹시 미행당했나요?"

"아뇨." 에이버리가 아니 옆에 앉았다. "이쪽은 재러드 윈으로, 예전에 정찰, 비밀작전 전문가로 일했던 사람이에요. 그림자들을 피할 순 있지만, 시간이 많진 않아요."

"해군 분석가로군요." 아니가 고개를 끄덕이며 말했다. "부르신 증후군 때문에 꿈을 포기했다고 들었습니다. 이제는 아버지를 위해 많은 위험을 감수하고 있군요. 윈 대법관은 당신이 이렇게 나서 줄 거라고 확신하지 못했는데요."

"나 역시 그랬습니다."

"왜 그랬죠?"

"지금은 이런 고해를 할 때가 아닙니다, 램지 박사님." 재러드가 목소리를 낮추고 재빨리 말했다. "우린 박사님의 이야기를 들으러 왔습니다."

"고해라, 그래요." 아니가 어깨를 움츠렸다. "난 속죄할 게 많답니다."

에이버리는 아니의 시선이 공원 입구를 향했다가 다시 자신에게 돌아오는 것을 지켜보았다. "박사님이 원하시는 게 뭐죠?"

"당신한테 재러드 윈을 살릴 열쇠를 주는 거죠." 아니가 주머니에서 USB 드라이브를 꺼냈다. "우리가 했던 일은, 히게이아에서 내가 했던 일은 끔찍한 짓이었어요. 신의 뜻을 저버리는 일이었죠. 하지만 이것으로, 어쩌면 아주 조금은 좋은 일에 쓰일 수도 있을 겁니다."

"그렇다면 그게 사실인가요? 이슬람교도들을 죽일 유전자 무기를 구상했다는 게?" 에이버리가 물었다.

"종교는 부정확한 과학 도구예요. 하지만 맞아요. 표적이 된 하플로그룹의 유전자 표지를 가진 사람들은 우리가 개발한 바이러스에 목숨을 잃게 될 겁니다. 인도는 큰 진보를 이루었지만, 우리 지도자들은 계속 힌두교와 이슬람교도 사이의 분할이 부적절하다는 공포심에 사로잡혀 있었어요. 그 사람들은 안전장치를 원했죠. 당신도 그걸 그렇게 부를 거라고 생각해요. 한마디로 갈등이 발생해, 우리의 존재를 위협할 경우의 대책인 거죠."

"연구는 어디까지 진행되었나요?"

"어디까지?" 아니가 이마를 찌푸리며 반문했다. "그게 무슨 말입니까?"

링이 에이버리에게 물어보라고 했던 질문이었다.

"무기의 유전자 구조에 관한 정보인가요? 제안된 바이러스의 게놈 지도? 아니면 이론적인 모델인가요?" 에이버리가 다시 물었다. "지금 우리한테 주신 게 뭐죠?"

"이미 알고 있는 줄 알았는데." 아니가 찌푸렸던 이마를 폈다. 그의 눈이 어두워졌다. "우린 무기를 완성했어요. 인체 실험도 했고."

"인체 실험을 했다고요?"

"내가 당신한테 넘긴 자료에는 정보뿐만이 아니라 실험 영상도 있습니다. 바이러스는 거의 완벽하게 작용해요. 300명의 실험체에게 시험해봤습니다. 생존율이 24퍼센트였죠."

에이버리와 재러드는 충격을 받아 아무 말도 하지 못했다.

"사람들을 감염시켰고…… 그중 대부분이 죽었다는 말인가요?"

에이버리가 속삭이듯 물었다.

"그래요. 그래서 내가 여기 있는 겁니다." 아니가 대답했다.

"감염에서 살아남은 사람들은 아직도 살아 있습니까?" 재러드가 물었다.

"아뇨. 결과적으로 모든 실험체는 비밀 유지를 위해 제거됐습니다." 아니가 고개를 들었다. "무슨 일이 일어났는지 증명하는 데 필요한 증거가 여기 있어요. 우린 차후에 검토하고 조사하기 위해 우리가 알아낸 것들의 모든 기록을 남겼습니다. 보호를 위해서이기도 했고요. 우린 미국과 연락책이 있었고, 계속해서 우리 일에 대해 알렸어요. 인체 실험을 할 때는 그 사람도 참석했습니다."

"그 사람이 누구죠?"

"이름은 모릅니다. 하지만 동료들과 나는 정부의 지시 아래, 협력 관계에 있는 미국인들에게 고용되어 일했다는 증거를 남기는 게 최선이라고 생각했어요." 아니는 자신들의 행동에 변명의 여지가 없다는 걸 알고 있었지만, 고해 성사에는 고해가 필요했다. "아무 의미가 없긴 하지만, 우린 실험체로 죄수들을 이용했습니다. 참여에 동의한 자들의 가족에게는 특별 수당을 지급했죠."

"그 사람들은 자신들에게 무슨 일이 생길지 알고 있었나요?"

"아뇨. 우리를 제외하곤 아무도 몰랐습니다."

재러드가 몸을 움직여 주위를 살폈다. "이 일에 대해 알고 있는 사람이 또 있습니까?"

"아무도 없어요. 생존자들을 제거하라는 말을 들은 뒤, 난 더 이상 이 연구를 계속할 수 없었습니다. 내가 그 프로젝트에 참여했던 건 애국심과 과학적 호기심 때문이었어요. 게놈의 힘을 이해하기 위해서였죠. 신이 되고 싶었어요. 하지만 우린 신이 아니고, 애국심

은 우리의 죄를 정당화해주지 않았습니다. 우리 팀이 인도 정부에
더 이상 연구를 계속하지 않겠다고 말하자, 그쪽에선 우리 연구실
을 폐쇄했고, 동료들이 죽어나가기 시작했어요. 난 간신히 몸을 숨
겼지만, 만일 여기 더 머무르게 된다면 머지않아 저들이 날 찾아낼
겁니다. 하워드에게 이 기록을 넘기겠다고 했지만, 그 사람은 거부
했어요. 자기가 가지고 있으면 안전하지 않을 거라면서요. 이제 이
걸 받을 사람은 당신들뿐이에요."

재러드가 아니의 손에 있는 드라이브를 쳐다보며 물었다. "에이
버리한테 이걸로 뭘 하라는 겁니까?"

"세상에 알려요. 당신 목숨과 다른 사람들의 목숨도 구하고. 죽
은 사람들의 목숨이 헛되지 않게 해줘요." 아니가 갑자기 에이버리
쪽으로 몸을 돌리더니, 그녀의 손을 잡았다. "난 처음에 이 연구가
애국적인 목적을 가지고 있다고 믿었습니다. 그런데 내가 틀렸던
겁니다. 그리고 그런 우둔함이 나를 깊은 공포에 빠뜨렸어요. 원
대법관은 끔찍한 선택에 직면해 있었지만, 좋은 사람이었습니다.
그 사람은 당신이 그들을 막을 방법을 알아낼 거라는 걸 알고 있었
어요. 하지만 무슨 일이 있었는지 당신이 세상에 밝힐 경우, 저들
은 당신과 당신이 사랑하는 모든 사람들을 죽이려고 할 거예요."

"박사님 가족들은 어떻게 됐나요?"

아니의 얼굴이 창백해졌다. "내 죄로 인해 몰살당했습니다."

그 뒤로 정적이 흐르는 가운데, 아니가 에이버리의 손을 더 꼭
잡았다.

"이걸로 좋은 일을 할 수도 있지만, 이대로 묻어버리거나, 밖으
로 드러낼 순 없어요. 무슨 말인지 알겠죠?"

"아뇨." 에이버리는 아니에게 잡혀 있던 손을 아래쪽으로 뒤집

으며 마주 잡았다. "우리랑 같이 가요. 어떻게 된 일인지 FBI에 다 털어놓는 거예요. 이번 일을 끝낼 수 있게 도와주세요."

"난 같이 갈 수 없어요."

에이버리는 아니의 거절을 받아들이지 않고 계속 설득했다.

"박사님을 도와줄 수 있는 사람이 있어요. 그쪽에서 보호 감호를 해줄 거예요. 난 박사님 도움이 필요해요."

"저들이 날 죽일 겁니다."

"박사님이 윈 대법관님을 죽이려고 한 것처럼요?"

"그게 무슨 말입니까?" 아니가 큰 소리로 되물었다.

"윈 대법관님한테 약을 준 사람이 박사님이라는 걸 알아요. 박사님이 대법관님을 혼수상태에 빠지게 만들었죠."

아니는 눈살을 찌푸렸다가 다시 폈다. "아, '잠자는 미녀'를 말하는 모양이군요. 복용량만 적절했다면 윈 대법관은 앞으로 몇 년은 더 살 수 있을 겁니다. 티그리스 이전에 다른 유전자 실험을 하던 중에 히게이아를 위해 그 약물 제조 공식을 개발했죠. 그런데 내가 혼수상태에서 깨어나는 법을 알아내기 전에 회사가 아드바르로 넘어가버렸어요. 하지만 난 깨어날 수 있다고 봅니다."

"윈 대법관님은 그 약을 왜 먹은 거죠? 무기한 혼수상태에 빠지는데 말이에요." 에이버리가 물었다.

"만일 연구가 초기화된다면, 혼수상태가 끝나고 깨어날 수도 있을 겁니다. 하지만 하워드는 생존을 기대하지 않았어요. 그 사람은 그저 자신의 몸을 통제할 수 없게 되는 시기를 스스로 결정하고 싶었던 것뿐이니까. 그게 우리 사이의 타협안이었어요."

재러드가 물었다. "판사님이 깨어날 가능성이 있습니까?"

"난 아무것도 해줄 수 없어요. 하지만 이 드라이브 안에는 예전에 했던 실험 결과들이 다 들어 있습니다.”

아니가 자리에서 일어나자 에이버리도 일어났다. 그는 아무 말 없이 에이버리를 쳐다보다가, 이렇게 덧붙였다.

“하워드는 저들을 막기 위해 죽음도 불사했어요. 난 그럴 용기가 없습니다. 이번에 떠나면 다시는 돌아오지 않을 거예요.”

아니가 몸을 숙여 가방을 집어든 뒤, 가방끈을 어깨에 걸쳤다.

에이버리는 윈 대법관이 남긴 말을 떠올렸다. “하나만 더 물어볼게요. 이게 무슨 뜻인지 아시나요? **만일 내가 부조리를 받아들이고, 내 아이에게 천연두를 주었다면 오늘날 그 애를 애도하지 않을 것이고, 그런 잔학한 행위들도 일어나지 않았을 것이다.**”

“모르겠습니다. 우린 천연두에 관해선 이야기한 적이 없어요.”

“이렇게 그냥 가면 안 됩니다. 당신이 저지른 죗값을 치러야죠.” 재러드가 말했다.

아니가 뒤로 물러섰다. “난 오래전에 힌두교 신앙을 버렸지만, 만일 우리의 신들이 존재한다면 야마(죽음의 신)께서 벌을 내리실 겁니다. 내가 저지른 일들로 인해 가족과 친구들이 죽었고, 어쩌면 당신 아버지도 죽을지 모르죠. 내가 매일 살아가는 지옥보다 더 큰 감옥은 없지만, 당신네 나라는 나를 심판할 수 없습니다. 내가 저지른 범죄의 공범이니 그럴 수 없죠.”

아니는 재러드를 향해 짧게 고개를 숙였다가, 에이버리를 돌아보았다.

“내가 준 정보를 이용해서 윈 대법관님을 구해요.”

아니는 그대로 돌아서서 공원을 가로지르며 뛰어갔다.

재러드가 휴대전화를 꺼내자 에이버리가 그의 손을 잡았다. “뭐 하려고요?”

"리 요원한테 전화할 겁니다. 저 사람은 대량학살범이에요. 이유 불문하고 자신이 저지른 범죄의 대가를 치러야 해요."

"그래요. 그 말이 맞아요. 하지만 생각해봐요. 아니는 지난 몇 달 동안 국토안보부를 피해 다녔어요. 지금 FBI를 부른다고 아니를 찾을 수 있을까요? 이렇게 되면 우리가 구금될 가능성이 높아요. 게다가 아니가 저지른 짓을 설명하려면 우리도 보지 못한 정보를 FBI에 넘겨줘야 할 거예요. 그나마도 그게 최선인 상황이죠."

에이버리의 말이 옳다는 것을 알기 때문에, 재러드는 휴대전화를 들고 있던 손에 힘만 주었다.

"바로 밴스 소령이 특별 인도 명령에 따라 우리를 구금하고 이송할 수도 있으니까." 재러드는 혐오스럽다는 듯 고개를 저었다. "에이버리, 이건 세상에 알려야 해요. 전부 다 말이에요."

"알아요. 만일 이걸로 스토크스 대통령과 밴스 소령 역시 관련이 있다는 것을 입증할 수 있다면 그렇게 해야죠. 약속해요."

재러드는 에이버리의 손을 잡고 공원을 지나 지하철역 쪽으로 이끌었다. "당신을 믿어요. 우리가 없어졌다는 것을 저들이 알기 전에 돌아가죠."

43

에이버리와 재러드는 법률회사로 돌아온 뒤, 지키고 있는 FBI 요원들을 통하지 않고, 미리 약속한 신호로 노아와 링을 회의실로 불렀다. 한 시간 뒤, 리 요원이 법률회사에 도착했다. 유리문 너머로 리 요원이 그곳을 지키고 있던 요원과 대화를 나누는 모습을 볼 수 있었다.

에이버리는 주머니에 들어 있는 USB 드라이브가 불길하게 느껴졌다. 주말 내내 리 요원에게 모든 사실을 털어놓고 싶다는 생각과 원 대법관의 마지막 수수께끼를 풀 때까지 비밀로 하고 싶다는 마음 사이에서 흔들렸다. 하지만 루이스 간병인이 죽었고, 엘리자베스 퍼팔레오는 실종됐으며, 에이버리와 재러드는 공격을 받았다. 아니 람지는 도주 중이고, 원 대법관은 자기 스스로 혼수상태에 빠졌다. 에이버리가 이 일을 혼자 힘으로 바로잡으려고 하는 한, 친구들과 자신의 목숨이 위험했다. 그렇지만 FBI 요원에게 모든 사실을 털어놓았을 때 그가 어떻게 행동할지, 누구에게 이 이야기를 전달할 것인지 예측할 수가 없었다. 계속해서 같은 고민을 하고 있었지만, 새로운 답은 나오지 않았다. 결국 에이버리는 자신이 알고 있는 사실을 자신이 믿는 사람들과 공유하기로 마음먹었다.

그녀가 USB 드라이브를 꺼내며 말했다. "재러드, 이 안에 있는 내용을 살펴봐야겠어요."

재러드가 고개를 끄덕인 뒤 손을 내밀었다. 간단한 조작 끝에 노트북 화면 위로 파일이 열렸다. 재러드는 추가로 예방 조치를 취했다. 그들이 보고 있는 것을 도청하는 사람이나 해커가 접근할 수 없게 만들었고, 데이터는 즉시 암호화시켰다. 그들은 아무 말 없이 모여 노트북 화면에 뜬 데이터를 읽고, 자신들이 조사한 내용을 확인시켜주는 정보를 받아들였다. 링은 DNA 줄기의 이미지와 과학 공식을 확인하고 충격과 공포에 질린 숨소리를 냈다.

그 디렉터리 다음은 비디오 파일이었다.

"잠깐만요." 노아는 문을 연 뒤 그 앞을 지키고 있던 FBI 요원에게 말했다. "그쪽이 우리를 지켜보고 있어야 한다는 건 알고 있지만, 지금 당장 봐야 할 영상이 있어요. 프로젝터와 스크린을 써야겠어요.”

“알겠습니다.”

노아는 다시 자리로 돌아와 시청각 컨트롤을 이용해 방을 어둡게 한 뒤 스크린을 내렸다. 재러드가 노트북을 연결해 비디오 영상을 재생했다.

스크린에 커다란 방이 나타났다. 안쪽 벽에 이층 침대 다섯 개가 줄지어 놓여 있고 두 개는 안쪽 깊은 곳에 놓여 있었다. 방 안에 있는 사람들을 깨우기 위해 카메라 밖에서 부드러운 경보음이 울렸다. 20대 초반으로 보이는 젊은 남자들 몇 명이 이층 침대에서 내려왔다. 다른 사람들은 그보다 천천히 움직였는데, 특히 아래층 침대를 쓰는 나이 많은 남자들의 움직임이 느렸다.

왼쪽에서 간호사 한 명이 방 안으로 들어왔다. 간호사가 입고 있는 복숭아색 수술복은 그 방에 있는 남자들이 입고 있는 옷과 색만 다를 뿐 똑같은 모양이었다. 그녀는 물 한 병과 알약 한 알을 순서대로 나눠주었고, 약을 받은 사람들은 일상적인 일인 것처럼 그것을 삼켰다. 간호사는 사람들이 물을 다 마실 때까지 기다렸다가 장갑 낀 손으로 빈 물병들을 수거했다. 그리고 그 물병들을 보관하기 전에 재빨리 이름표를 붙였다. 말을 하는 사람은 아무도 없었다. 간호사에게도, 서로에게도.

옅은 노란색으로 꾸며진 방에는 의자가 다섯 개씩 놓여 있는 구역이 네 군데 있었다. 카메라의 각도가 바뀌면서 작은 세면대와 거울이 보였다. 거울에 침대들이 비치고 있었다. 남자들이 한 명씩 세면대로 다가왔다. 에이버리는 10대부터 70대까지로 보이는 사람들의 연령대에 주목했다. 사람들이 양치질을 하고 있는 영상의 시간은 오전 7시 18분을 가리켰다. 카메라 밖에서 흐릿하게 물 내려가는 소리가 들렸다.

사람들은 세수를 끝마친 뒤 다섯 명씩 짝을 지어 방 안에 있는 의자에 앉았다. 중단된 상태로 놓여 있던 다양한 게임이 시작되었다. 사람들이 활동을 시작했음에도 말소리는 전혀 들리지 않았다.

"왜 아무 소리도 안 나는 걸까요?" 노아가 물었다.

"볼륨을 최대한 높인 거예요. 배경음은 들릴 겁니다. 저 사람들이 말을 안 하는 거예요." 재러드가 말한 후 에이버리를 흘깃 쳐다보았다. "앞으로 빨리 돌려볼까요?"

"이대로 조금 더 봐요."

그들이 아무 말 없이 그 영상을 8분 정도 지켜봤을 때 누군가 화면 안에 들어왔다. 그 남자는 흰색 연구복을 걸치고 수술용 마스크를 쓴 채 클립보드를 들고 있었다.

"티그리스 테스트 감마 129." 남자가 말했다.

"아니 목소리 같은데, 마스크 때문에 확실하진 않군요." 재러드가 말했다.

"아니가 맞는 것 같아요."

남자는 테이블마다 옮겨 다니면서 사람들이 조용히 내민 손가락에 산소 농도계를 올렸다. 한 사람의 혈액 산소 검사가 끝나면 다음 사람으로 넘어가기 전에 그 결과를 기록했다. 검사가 끝나자 남자는 카메라 쪽을 쳐다보며 고개를 숙여 인사했다. 그런 뒤 다시 사람들 쪽으로 몸을 돌렸다.

"히게이아가 여러분의 노고에 감사드립니다. 이번 실험 단계가 거의 마무리되고 있습니다. 다음 단계까지 계속해서 함께해주기를 바라는 바입니다. 여러분의 참여에 다시 한번 감사드립니다."

아니가 그 방을 나가자 실험 참가자들은 계속해서 게임을 하고 퍼즐을 풀었다. 갑자기 쉬익거리는 소리가 정적을 깨뜨렸다. 띄엄 띄엄 폭발음 같은 소리가 잇따라 들렸다. 방 안에 있던 사람들은 게임을 멈추고 주위를 살피면서 서로를 쳐다보았다. 또다시 폭발음 같은 소리가 들리자 젊은 남자가 자리에서 일어나 침대가 놓여 있는 한쪽 옆으로 이동했다. 그는 천장을 따라 나 있는 좁은 통풍구를 쳐다본 뒤 맞은편 벽으로 시선을 돌렸다가 다시 위를 쳐다보았다. 폭발음 같은 소리가 세 번째로 울리자 그 남자는 이층 침대 위로 올라가 손가락으로 금속 틀을 매만지며 통풍구를 살폈다.

잠시 후 나이 많은 사람 한 명이 그 침대로 다가가더니 남자의 다리를 붙잡고 잡아당겼다. 하지만 젊은 남자는 노인을 뿌리쳤다. 노인은 다시 한번 젊은 남자를 잡아당기며 긴박하게 문을 가리켰다. 그런 뒤 화난 몸짓으로 카메라 방향을 가리키며 젊은 남자에게 내려오라고 지시했다. 남자는 마지못해 얼굴을 찌푸리며 침대에서 내려왔다. 영상은 5분 정도 더 이어졌지만, 별다른 일은 일어나지 않았다.

"빨리 돌려보죠." 에이버리가 말했다.

재러드가 재생 속도를 4배속으로 올린 뒤 거의 여섯 시간 분량의 영상이 지나갔다. 방 안에 있는 남자들은 꼭두각시처럼 자리를 바꿔 앉았고, 점심 식사와 저녁 식사를 했다. 흰색 연구복을 걸친 사람들이 방으로 들어오자 재러드는 재생 속도를 정상으로 맞췄다. 하지만 방 안에 있는 사람들의 행동에는 큰 변화가 없었다. 화장실로 보이는 곳에 들어갈 때를 제외하고는 아무도 자리에서 일어나거나 정해진 일과를 어기는 사람은 없었다. 실험 참가자들이 잠자리에 들자, 재러드는 다시 재생 속도를 빠르게 했다.

다시 이어진 실험 참가자들의 아침 일과를 지켜보던 링이 갑자기 소리쳤다. "멈춰 봐요. 거기서부터 다시 틀어요."

링이 화면 앞으로 다가가 이층 침대에 올라갔던 젊은 남자의 모습을 톡톡 두드렸다.

완성되지 못한 퍼즐이 놓인 테이블에 앉아 있던 젊은 남자가 손을 올리더니 엄지손가락으로 흘러내리는 코피를 닦았다. 남자는 익숙한 일인 듯 코피를 옷소매로 닦았다. 동료가 자리에서 일어나 화장실에서 휴지를 가지고 돌아왔다. 계속 쏟아지는 코피를 휴지로 틀어막는 사이에 누군가 외쳤다.

"어디가 안 좋은 건가, 하지트?"

어제 침대에 올라갔던 젊은 남자를 내려오게 했던 나이 많은 남자가 양손에 고개를 파묻은 채 신음했다.

"이게 뭐지? 어떻게 된 거야?" 그가 고개를 들어 올리자 양쪽 눈에서 붉은 핏물이 뺨을 타고 흘러내렸다. "앞이 보이지 않아!"

조용했던 방 안에 이내 온갖 비명과 울음소리가 울려 퍼졌다. 다른 젊은 남자는 배를 움켜잡은 채 구토를 하며 허리를 숙였다. 비명을 지르는 친구에게 다가가던 또 다른 노인은 의자 근처에서 쓰러지더니 혈관이 터진 채 경련을 일으켰다. 아무 증상도 보이지 않는 중년 남자가 밖으로 내보내달라며 문을 두드렸다. 다른 실험 참가자들도 합류해 손잡이를 잡아당기고 금속 문을 두들겼다. 하지만 아무 소용이 없었다.

"세상에." 링이 속삭였다.

에이버리가 링을 돌아보았다. "무슨 일이 일어난 건지 알겠어?"

"아니길 바라고 있어." 링은 재러드에게 영상의 재생 속도를 올리라고 말했다.

끔찍한 장면들을 흐릿하게 건너뛰었다. 다시 영상을 정상 속도로 재생했을 때는 침대와 가구, 바닥에 20여 구의 시체들이 쓰러져 있었다. 벽과 문에는 피가 묻어 있었다. 마지막 절망의 순간을 이야기해주는 사람들의 손과 발에서 묻은 핏자국이었다.

보이지 않는 화면 바깥쪽에서 마스크를 쓴 세 사람이 방으로 들어왔다. 그들은 체계적으로 시신들을 확인하다가 살아 있는 사람을 발견하자 피를 뽑고 혈액 산소 농도를 확인한 뒤 뺨을 닦았다. 그런 뒤 두 번째 사람이 살아남은 실험 참가자에게 주사를 찔렀다. 인터콤으로 아니의 목소리가 들렸다.

"타우* 테스트 129번 완료. 열네 명 사망. 여섯 명 생존. 실험 참가자 전원 정리."

영상이 끝났다. 화면에는 여전히 이층 침대가 나오는 마지막 장면이 떠 있었다.

"저 생지옥에서 무슨 일이 일어난 거죠? 저 사람들은 어떻게 된 거예요?" 노아가 물었다.

"저들의 증상으로 봐선, 하플로타입과 응고 인자를 제한하기 위해 편집된 유전자가 표적인 생체공학 바이러스 벡터를 투여한 걸로 보여요." 링이 쉰 목소리로 대답했다. "출혈열이 있는 걸로 보면 에볼라나 마르부르크 바이러스의 강화 버전 같은 걸 수도 있어요. 하지만 저들 모두 36시간 이내에 죽음에 이르렀어요. 이건 말이 안 돼요."

"보통은 어느 정도 걸리는데요?"

"전염체가 에어로졸화 되었을 경우예요? 처음 증상을 보이고 닷

---

* 그리스 알파벳의 19번째 글자로 영어로 T에 해당한다.

새 정도 걸리죠. 이제껏 저런 건 한 번도 본 적이 없어요."

에이버리가 고개를 저으며 침을 삼켰다. "재러드, 다른 영상이
더 있는지 봐줘요."

재러드가 디렉토리를 살피는 동안 다른 사람들은 기다렸다.

"영상이 열여섯 개 더 있네요. 타우 130부터 145까지요."

에이버리는 마주 잡은 양손으로 이마를 받쳤다. 아니는 진실을
말했다. 종교적 유산을 무기로 만든 그릇된 과학으로 300명이 넘
는 사람들이 목숨을 잃었다. 화면을 쳐다보면서 숨이 막힐 것 같은
분노를 느꼈다.

"다른 사람들은 나가고 싶으면 나가도 좋아요. 하지만 난 저 영
상들을 봐야겠어요. 전부 다요."

아무도 움직이지 않았다.

그들은 그 끔찍한 영상들을 지켜보았다. 타우 142번 영상에서는
미국인 군인 한 명이 실험실로 들어와 마스크를 쓴 채로 시신 옆에
몸을 숙였다. 그 남자와 함께 들어온 과학자는 아무 말 없이 미국
인이 말을 꺼낼 때까지 기다렸다.

"대조군은?"

"유전자 검사는 간단한 게 아닙니다. 우린 우리 실험군과 대조군
사이의 교차점을 발견했어요. 하지만 표적이 아닌 하플로그룹에서
감염 발병률은 8퍼센트 미만입니다. 우리 표적의 생존율은 24퍼센
트고요."

"공격적인 형태의 에볼라나 뎅기열처럼 보이는군요."

"그렇습니다."

"나도 위험한가요?"

"혈통을 속인 게 아니라면 걱정할 일 없습니다." 과학자가 보이지 않는 벽을 가리키며 말했다. "이야기를 계속하려면 무균실로 가시죠."

무균실로 들어간 두 사람은 마스크와 방역복을 벗었다. 키 크고 호리호리한 인도인은 처음 보는 사람이었다. 하지만 미국인은 익히 아는 얼굴이었다.

"맙소사, 밴스예요." 에이버리가 조용히 말했다. "아니가 우리한테 무엇을 더 알려줄지 계속 봐야겠어요."

한 시간가량 지난 뒤에, 에이버리는 마음이 어지러웠다. 그들은 드라이브에 담긴 파일들을 자세히 살펴본 뒤 할 일들을 분담했다. 지금 에이버리는 수백만 명을 대상으로 한 대량 살상 계획의 증거를 쥐게 되었다. 하지만 원 대법관이 에이버리에게 남긴 것이 무엇인지 완전히 파악하기 전까지는 지금 알게 된 사실을 밝힐 수가 없었다.

그들은 반인륜적 범죄의 증거와 미국이 그 프로젝트를 위탁했다는 구체적인 증거를 가지게 되었다. 염색체 연구 기금, 실험 영상들, 그리고 아니가 세심하게 남긴 기록들까지. 에이버리는 원 대법관이 품었던 의혹을 입증할 수 있었지만, 그 지독한 남자는 그녀에게 더 많은 것을 기대하고 있었다. 모든 수수께끼가 풀리기 전까지는 끝난 것이 아니었다.

설령 에이버리가 퍼팔레오 박사가 남긴 기록들과 재무 정보를 발표하고 람지 박사의 영상을 보여준다고 해도, 그 자료들을 보고 읽은 사람들 중에 누가 이 사실을 믿어줄 것인가? 딥페이크는 관례가 되었고, 끔찍한 영상들은 누구나 만들 수 있었다. 그런 것들을 검증하는 데만 몇 년이 걸릴 수도 있었다. 그러는 동안 에이버리의 신뢰는 바닥을 치고, 또 다른 미디어 창녀로 치부될 것이다.

"……에이버리?"

에이버리가 고개를 들자, 노아가 얼굴을 찡그리고 있었다.

"네?"

"리 요원한테 이야기할 거냐고 물었잖아요."

에이버리가 힘없이 대답했다. "아직 잘 모르겠어요."

"이 드라이브에 담긴 정보는 당신이 받았던 파일 내용의 확실한 증거니까 리 요원에게 말해야 한다고 생각해요." 노아가 단호하게 말했다. "당신은 법원에서 일하는 공무원이잖아요."

"스토크스 대통령은 반역죄를 저질렀어. 집단 학살. 그러니까 우린 이 사실을 누군가에게 말해야 해." 링이 말했다.

"우린 그 사실을 입증할 수 없어." 에이버리가 반박했다. "실질적으로는 아무것도 입증할 수 없단 말이야. 우리가 보여줄 수 있는 건 밴스가 이 영상에 나온다는 거지. 하지만 저자들의 입증이 없다면 법원에선 받아들이지 않을 거야. 이 일이 밴스보다 위쪽으로 어디까지 닿아 있는 건지도 아직 몰라. 다시 말해 우리가 입증할 수 없는 이 자료만으로는 여기 나온 연구 기금의 출처가 국토안보부라는 것과 조작일 수도 있는 영상에 근거해 밴스가 이 일에 연루되어 있을 수도 있다는 것뿐이야. 대통령과 관련된 증거는 아무것도 없어."

에이버리는 이제 대부분의 말들을 다 가지고 있었다. 폰, 룩, 비숍. 하지만 체스판에 남아 있는 가장 힘이 센 말들이 제대로 운용되지 않고 있었다. 밴스는 킹을 보호하고 있었고, 에이버리는 교착 상태에 빠졌다.

"우리가 알아낸 것들을 이용할 수 있는 계획을 세우기 전까지는 움직이지 못해."

"맞아요. 하지만 우린 우리가 옳다는 걸 알고 있죠. 펜타곤에 있는 지인을 통해 밴스 소령이 비밀정보국에 들어가기 전에 CBIRF에 복무했었다는 것을 확인했어요." 재러드가 딱딱한 목소리로 그 기관의 이름을 내뱉었다. "밴스 소령은 군대 내에서 중시하는 고도로 숙련된 전문가로, 탄저균이나 사린가스 공격을 예측하는 방법을 알아냈죠."

링이 물었다. "어떻게 한 걸까요?"

"아프가니스탄에 주둔하는 동안, 밴스가 인도에 있던 한 회사의 특별한 프로젝트를 수행하는 과학자들과 만났던 게 분명합니다. 그들은 공통의 조상을 가진 종교 집단을 표적으로 한 생물유전자 무기를 개발할 수 있다는 가정을 이야기했고, 밴스는 그 일을 상관에게 전했던 거죠. 그리고 6주 뒤, 밴스는 군인 연금을 받고 명예제대를 한 뒤 미국으로 돌아왔습니다."

"그게 그자가 비밀정보국에 들어가게 된 계기인 건가요?" 에이버리가 물었다.

"그럴 겁니다. 거기서 밴스는 오래전 걸프만에서 함께 복무했고, 당시 부통령을 목표로 달리던 젊은 상원의원을 담당하게 된 거죠."

"스토크스와 밴스. 마음이 맞은 거군요."

"맞아요. 밴스는 당시 상원의원인 스토크스와 손을 잡았어요. 그들이 백악관에 입성한 뒤 밴스는 국토안보부의 과학기술부서로 들어가 염색체 프로젝트를 포함한 연구를 위해 외국 회사에 자금을 제공할 수 있는 힘을 가지게 된 거예요."

"스토크스 대통령. 밴스 소령. 국토안보부와 백악관의 전권." 에이버리가 중얼거렸다. "내가 가진 건 정부 문서를 훔쳤을지도 모르는 실종된 직원이 작성한 문서예요. 그 문서는 히게이아의 후계자와 힘을 합칠 경우 자신의 회사에 이익을 얻는 남자가 이메일로 보내준 거죠. 그 내용을 입증해줄 배신자 과학자는 또다시 사라져버렸고요."

링이 친구를 쳐다보았다. "에이버리, 넌 어떻게 했으면 좋겠어?"

"기다려야지. 만일 그렇게 못한다면, 여러분은 모두 재판이 열릴 때까지 몇 달 동안 무장병들의 감시를 받으며 살게 될 것이고 난 연방 구치소에 감금될 테니까요. 그나마도 최선의 시나리오대로 됐을 경우에 말이에요. 정보를 어디서 얻었는지, 무슨 일이 일어났는지 모르는 건 중요하지 않을 거예요. 당신들은 중요한 증인이 될 테니까. 그렇게 몇 주일이 지난 뒤에, 저들은 증인 명단에서 여러분 이름을 삭제할 수도 있어요. 하지만 스토크스 대통령과 변호인단, 국토안보부에서는 여러분의 이름을 확보한 상태죠. 저들은 우리가 FBI, 법무부와 이야기를 했다는 걸 알고 있을 거예요. 그 말인즉 우리가 그 사람들을 죽이지 못하면 모두의 삶은 끝장났다는 말이죠. 링은 더 이상 의사 일을 하지 못할 거고, 재러드도 보안회사 일을 못하게 되겠죠. 노아도 법률회사에서 일하지 못하게 될 거예요. 각자 면허에 대한 실수들을 해결하고 소송을 피해가며 3년에서 5년 정도 허송세월을 보내거나, 그렇지 않으면 각자의 업계에서 알 수 없는 이유로 생매장당할 거예요. 어쩌면 그보다 더 상황이 안 좋을 수도 있죠. 그리고 재러드." 에이버리가 재러드 쪽으로 몸을 숙이며 말했다. "저들은 당신 아버지를 죽일 거예요. 제이미 루이스를 죽인 것처럼."

"난 리 요원을 믿으면 안 되는 이유를 모르겠어요. 이 일은 우리

434

가 감당할 수 있는 수준이 아니에요. 리 요원은 우리 편인 것 같은데 말이죠." 노아가 조용히 말했다.

"나도 리 요원이 좋아요, 노아. 정말이에요. 하지만 연방정부에서 일하는 사람은 누구라도 의심할 수밖에 없어요. 우린 조금 전에 밴스 소령이 이슬람교도 수백 명의 죽음을 태연히 확인하는 모습을 봤어요. 그 사람은 내가 말했던 모든 일들을 할 수 있어요. 난 단순히 우리만을 위해 리 요원을 걱정하는 게 아니에요. 난 그 사람이 두려워요."

재러드도 동의한다는 듯 고개를 끄덕였다.

"노아, 나도 당신이 리 요원에게 증거를 넘겨주자고 제안한 이유를 알아요. 하지만 그렇게 하지 말아야 한다고 생각해요. 리 요원은 기적을 행하는 사람이 아니라 FBI 요원이니까요. FBI도 이렇게 큰일은 숨길 수 없을 거예요. FBI에서 증인 보호를 해줄 수 있을진 모르지만, 국토안보부가 모르는 곳에 우리를 숨길 수는 없을 겁니다." 재러드가 에이버리를 돌아보며 말을 이었다. "불가능한 상황에 처해 있긴 하지만, 어떻게 해야 할지 알게 될 거예요. 아버지가 당신을 신뢰한 건 그만한 이유가 있어서죠. 지금껏 당신이 알아낸 사실들을 봐요."

"얼마나 많은 사람들이 죽었는지 봐요." 에이버리가 고개를 숙이며, 낮은 목소리로 말했다. "우린 증거를 계속 모아야 해요. FBI나 다른 사람한테 아무 말도 하지 말아야 하고요. 아직은 아니에요. 모두 동의할 거예요."

링과 노아가 고개를 끄덕였다.

"다시 시작하죠."

그들은 한 시간 동안 각자 맡은 일에 열중했다. 재러드는 노트북에 자료와 검색을 암호화하는 작업을 했고, 상대방의 전자 개인 정보를 찾는 사람들로부터 자신들의 활동을 숨기기 위한 자율적인 VPN(가상 사용망)을 설립했다.

마침내 에이버리가 노트북을 닫았다. "머리도 좀 식힐 겸 병원에 갔다 올게요. 거기 있다 보면 대법관님이 편지로 무슨 말을 하고 싶으셨던 건지 알아낼지도 모르니까."

에이버리가 자리에서 일어나 문밖에서 지키고 있던 FBI 요원에게 병원까지 타고 갈 차를 수배해달라는 부탁을 하려는 순간, 휴대전화가 울렸다. 전화를 받고 싶지 않았지만, 발신자 불명 전화라 조심스럽게 받았다.

긁히는 소리 같은 남자 목소리가 들렸다. "에이버리 킨과 통화하고 싶소."

"나예요." 에이버리는 상대방이 누군지 알 수 없었다. "그쪽은 누구죠?"

"당신 엄마를 데리고 있는 사람이지. 인사해요, 리타."

"에이버리? 오, 세상에, 미안하다. 정말 미안해." 리타의 목소리가 작게 들렸다.

에이버리의 귀에 목이 막힌 것 같은 울음소리가 들렸다. "엄마?"

"아무것도 하지 마, 에이버리. 이 사람들이 원하는 게 뭐든……." 리타가 소리쳤다.

목소리처럼 또렷하게 뺨을 때리는 소리가 들렸다. "그건 내가 하라고 했던 말이 아니잖아, 리타."

"원하는 게 뭐예요?" 에이버리가 휴대전화를 움켜쥐며 물었다.

링이 에이버리를 진정시켰고, 노아는 레이턴 요원을 부르려고 달려갔지만, 재러드가 노아를 막아섰다.

"잠깐 기다려봐요."

"킨, 선택지는 간단해. 내일 오후 5시까지 하워드 원을 죽일 건지, 당신 엄마를 죽일 건지."

44

에이버리의 휴대전화가 떨어졌다. **어떻게 해야 하지?** 잔뜩 긴장한 몸에 단 하나의 충격적인 대답이 울려 퍼졌다. 에이버리는 자신에게 생명을 준 여자를 제외한 모든 사람들을 지켜왔다. 그녀가 조금 전까지 구하기 위해 싸웠던 남자를 죽이지 않으면 엄마는 죽을 것이다.

에이버리는 멍하니 카펫만 쳐다보다가 여전히 자신이 꼿꼿하게 서 있다는 사실에 놀랐다. 신호를 기다린 것처럼, 다리에 힘이 빠졌다. 맥없이 무너져 내리는 동안, 어둠이 그녀를 잠식했다. 에이버리는 힘없는 몸이 쓰러지는 것을 막지 못했다.

링이 에이버리를 붙잡으며 "재러드!"를 외쳤다. 그러곤 에이버리를 부축해 소파로 데려갔다.

밝은 갈색인 에이버리의 피부가 하얗게 질린 상태였다. 링이 친구의 맥박을 쟀다. 산소가 부족한 폐에서 띄엄띄엄 숨을 몰아쉬는 것처럼 맥이 너무 빨랐다. 에이버리의 손을 잡자 피부가 차갑고 끈적거렸으며, 손가락은 쉴 새 없이 움직이고 있었다. 링이 알고 있는 사람들 중 누구도 따라오지 못할 정도로 침착했던 여자가 쇼크 증상을 보이고 있었다.

재러드가 옆에 무릎을 꿇더니 손가락으로 에이버리의 이마를 쓰다듬었다. "에이버리, 누구한테 온 전화였어요?"

"엄마를 데려간 남자요." 목이 졸린 것 같은 상태에서 속삭이듯 목소리가 흘러나왔다. 에이버리는 몸을 떨었다. 모래가 가득 찬 것처럼 목이 메었다. "그 사람이 엄마를 죽일 거라고 했어요."

재러드가 위로하듯 에이버리의 어깨를 꼭 감싸 안았다. "누군가 어머님을 납치했다는 겁니까?"

"그 사람이 엄마를 데리고 있다고 했어요. 엄마가 울고 있었어요." 에이버리는 그 남자가 리타의 뺨을 때리는 소리가 다시금 들리는 것 같았다. 그 순간의 공포가 떠오르자 눈을 꼭 감았다. "그 사람이 자기가 시키는 대로 말하지 않았다고 엄마를 때렸어요."

링은 재러드의 눈빛을 알아차리곤 물었다. "어머니가 무슨 말을 하지 않았다는 건데?"

"재러드의 아버지를 죽이라고."

이미 말한 게 아니었나? 그 생각은 아득하게 멀어졌다. 리타를 살리려면 윈 대법관을 죽여라. 에이버리는 몸에 힘이 하나도 없었지만, 머릿속은 그 반대였다. 온갖 생각들이 미친 바람개비처럼 빙글빙글 돌면서 모든 단계, 모든 결정들을 되짚었다. **모든 실수도.**

어째서 이런 일이 일어날 걸 예측하지 못했으며, 리타를 보호해 달라는 요구를 강하게 하지 않았던 걸까? FBI가 리타를 찾지 못했을 때 에이버리는 그런 생각을 전혀 하지 않았다. 살인범을 찾고, 죽어가는 남자를 지키는 동안, 사라진 엄마는 안중에 없었다.

"내 잘못이야. 이번 일은 내 잘못이야."

"에이버리, 정신 차려요."

에이버리의 귀에 들리는 건 요란하게 머릿속에 울려 퍼지는 자책의 말들뿐이었다. 마지막으로 만났을 때 그녀는 엄마를 내쫓았다. 리타가 원하는 것이 돈밖에 없었기에 집 밖으로 내보냈다. 에이버리가 엄마를 내쫓자 저들이 엄마를 데려갔다.

"에이버리." 재러드가 주의를 끌기 위해 에이버리의 얼굴을 붙잡았다. "소리가 작아서 잘 안 들립니다. 무슨 말을 하는지 모르겠어요. 저들이 당신한테 뭐라고 했습니까?"

"윈 대법관님을 죽이라고 했어요." 비탄에 잠긴 에이버리가 재러드의 손목을 꼭 붙잡았다. "내일 오후 5시까지 윈 대법관님의 생명 유지 장치를 제거하지 않으면, 저들이 엄마를 죽인다고 했어요. 밴스가 우리 엄마를 죽일 거예요."

재러드가 욕설을 내뱉으며 자리에서 벌떡 일어났다. 그리고 문 앞으로 성큼성큼 다가갔다.

"에이버리 옆에 있어요. 리 요원에게 전화하고 올게요." 재러드가 링에게 말했다.

"안 돼요!" 에이버리가 사나운 눈빛으로 소파에서 일어나며 말했다. "FBI는 안 돼요."

"진정해. 네가 지금 얼마나 무서울지 알아, 에이버리. 하지만 이번 일은 우리끼리 해결할 수 없는 일이야." 링이 자리에서 일어나며 말했다.

"이건 우리 엄마 목숨이 달린 일이야, 링!"

조용하지만 단도직입적인 그 말에 재러드는 문손잡이에서 손을 뗐다. "내 아버지 목숨도 걸려 있죠. 어떻게 할 생각입니까?"

에이버리는 창가로 다가가 주간고속도로를 지나가는 차들을 쳐다봤다. 저 아스팔트 길 너머 어딘가에서 저들은 사람의 목숨을 대가로 내놓으라며 엄마를 붙잡고 있을 것이다. 또다시 리타의 흐느끼는 소리가 귓가에 울리면서 온몸이 찢어지는 것 같았다.

에이버리는 차가운 유리창에 이마를 댔다. "모르겠어요."

"에이버리, 어머님을 찾아와야죠." 재러드가 말했다.

에이버리가 시선을 돌려 재러드의 눈을 쳐다보았다. 새삼 죄책감이 들었다. 그녀의 어머니를 구하기 위해선 그의 아버지 목숨이 걸려 있으니.

"어떻게요?"

"아직은 모르겠습니다."

에이버리의 머릿속은 비난과 두려움으로 소용돌이쳤고, 그게 두 배로, 거기서 다시 두 배로 증가했다. 뭔가를 놓치고 있었다. 에이버리가 지금껏 잘 살아올 수 있었던 것은 언제나 다른 사람들보다 앞서 생각할 수 있었기 때문이다. 하지만 지금, 엄마의 목숨이 위태로운 상황에서는 아무 생각도 할 수가 없었다. 하지만 리타를 죽게 할 순 없다. 에이버리는 리타와 윈 대법관, 양쪽 모두를 잃을 수 없었다. **두 사람 다 구해야 해.**

바로 그 순간 갑자기 해결책이 떠올랐다. 에이버리는 또다시 숨을 들이마셨다. 이번에는 단호하고, 안정적이었다.

"방법이 있어요." 그녀는 위협적으로 입을 꾹 다물었다.

윈 대법관이 에이버리를 선택한 데는 이유가 있었다. 바로 그녀가 책으로 배운 지식만 가지고 있지 않았기 때문이다. 에이버리는 경험도 많았다. 그래서 쉽게 겁을 먹지 않았다.

여전히 목을 조르고 있는 위협을 옆으로 밀어내며, 에이버리가 중얼거렸다. "나한텐 문서가 있잖아요. 영향력도 있고."

재러드는 그 생각에 반대하며 말했다. "당신이 그 문서를 돌려준다면, 그 이후에는 스토크스의 관여를 막을 수 없게 될 겁니다. 저들이 원하는 건 스토크스가 후임자를 임명할 수 있게 아버지가 자리에서 내려오는 거예요. 자기한테 필요한 표를 얻을 때까지 법원을 인질처럼 잡고 있겠죠."

"바로 그런 이유로 원 대법관님을 죽인다고 해도 엄마를 찾아올 수 없다는 걸 알게 됐어요." 에이버리는 재러드에게 이미 일어났던 일을 인정하며 진실을 말했다. "나에게 증거가 있다는 걸 알 경우, 저들에게 남은 방법은 우리 모두를 제거하는 것뿐이에요."

노아가 처음으로 입을 열었다. "대법원장님은 당신이 행동에 나서지 않는 한 법원은 움직이지 않을 거라고 하셨어요. 스토크스 대통령과 밴스는 필사적이겠죠. 저들로선 우리를 뒤쫓을 수밖에 없었을 겁니다."

"이제 마무리를 지을 생각이겠죠." 재러드가 덧붙였다. "아마 저들은 에이버리와의 만남을 주선할 겁니다. 에이버리를 유인해서 리타와 함께 잡아두려고 할 거예요. 그다음 차례는 우리 세 사람이 될 테고요."

링이 숨을 들이켜는 소리와 노아의 욕설이 동시에 튀어나왔다.

"그럼 어떻게 해야 하는 거죠? 어느 쪽이든 우린 죽는 거잖아요. 선택의 여지가 없어요."

"아니, 우린 죽지 않아요." 에이버리가 재빨리 재러드를 지나쳐 문으로 다가갔다. "레이턴 요원?"

"네."

"우리 외출할 거예요. 지금 당장."

레이턴 요원이 무전기에 손을 댔다. "어디로 가십니까?"

"베세즈다해군병원이요."

링과 노아는 레이턴 요원과 함께 대기실에 앉아 있었다. 재러드
와 에이버리는 복도 끝에 있는 원 대법관의 병실로 들어갔는데, 인
공호흡기와 모니터에서 울리는 잡음만 들렸다.

"너무 약해 보이는군요." 재러드는 원 대법관이 병실에 누워 있
는 모습을 보는 게 처음이었다. 활력 넘치는 어른 남자로 여겨졌던
아버지의 이미지는 사라지고, 많이 커 보이는 침대에 병들고 뻣뻣
한 몸을 의지하고 있는 모습뿐이었다. "다른 사람 같아요."

순간 에이버리의 뇌에 어떤 신호가 걸려들었지만, 그 메시지에
접근할 수가 없었다.

그녀는 원 대법관이 남긴 편지 속 문구를 중얼거렸다. "**만일 내가
부조리를 받아들이고, 내 아이에게 천연두를 주었다면 오늘날 그 애를 애
도하지 않을 것이다.** 전혀 맞지 않는 말이에요."

"그 문구에 관해 찾아봤어요. 그런 말을 한 사람은 없었어요."

에이버리는 머리를 쓸어 넘겼다. "천연두는 당신과 부르신 증후
군을 가리키는 거예요. 원 대법관님은 그 병을 당신에게 물려준 것
을 자책하고 있죠. 그 잔학한 행위들이란 히게이아의 연구를 말하
는 거예요. 하지만 원 대법관님은 그들과 관련이 없어요."

"관련이 없다고요? 판사님은 우리 정부에서 무슨 짓을 벌이고
있는지 알고 있었어요. 하지만 입을 꾹 다문 채 그 누구에게도 자
신이 알아낸 사실들을 말하지 않았어요." 재러드가 냉정하게 덧붙
였다. "그때 판사님이 사퇴하고 진실을 밝혔다면 그런 일은 일어나
지 않았을 거예요. 아무도 죽지 않았을 겁니다."

"원 대법관님은 그 대답을 갖고 계세요, 재러드. 그 답을 찾는 게

내가 할 일이고요."

"더 이상 찾아볼 데도 없잖아요."

"틀림없이 있을 거예요." 에이버리는 그 편지와 자신이 모은 모든 정보들을 세심하게 조사했다. 그녀가 생각하기에 그 수수께끼는 지나치게 교묘했다. 어쩌면 에이버리가 생각했던 것보다 더 교묘할 수도 있었다. "이제 어디를 또 봐야 할지 모르겠지만, 해답은 반드시 있어요. 지금 같은 상황이라면, 윈 대법관님은 우리가 엔드게임에 접어들었다고 말씀하실 거예요. 가장 중요한 말들로 시합을 하는 중이고, 이제 몇 수 안 남았어요."

"그게 뭐죠? 난 별로 못 본 것 같은데."

에이버리는 망설이며 말했다. "당신 아버지는 법과 추론에 대해 어떤 교수님보다도 많이 가르쳐주셨어요. 이 퍼즐은 판결을 내리는 것과 같아요. 보통 사건을 맡고 나면 기록과 의문들이 해답을 찾게 이끌어줘요. 하지만 대법관님이 한 사건에 오래 매달려 있을 경우, 결과를 뒷받침할 증거를 찾는 건 서기들에게 달려 있죠."

"그럴 경우 당신은 어떻게 합니까?"

"조사를 하죠." 에이버리는 자신의 새로운 역할을 알게 된 이후로 쉬지 않고 조사를 했다. "그 사건과 다각적으로 관련된 판례와 신문 기사, 미공개 판결문을 읽었어요. 뭘 더 봐야 할지 모르겠어요."

재러드가 시선을 다시 아버지에게로 돌렸다. "어쩌면 당신이 너무 깊게 파고든 걸지도 몰라요."

"어떤 점에서요?"

재러드는 잠시 생각에 잠긴 후 입을 열었다. "우리가 오두막집으로 휴가를 다니던 때에 난 판사님한테 보트에 태워달라고 부탁하곤 했어요. 그러다가 부두를 벗어나고 나면, 더 멀리 나가자고 졸라댔죠. 오두막집이 보이지 않는 곳까지 말이에요."

"아버님이 그 말을 들어주지 않으셨나요?"

"네. 그래서 한번은 떼를 쓰면서 말을 안 들어주면 보트에서 뛰어내려 호수 한복판까지 헤엄쳐서 가겠다고 으름장을 놓은 적도 있어요."

"대법관님이 어떤 반응을 보이셨을지 알 것 같네요."

재러드가 다정하게 미소 지으며 말했다. "판사님은 안 된다고 하지 않으셨어요. 하지만 내게 앞으로 일어날 일에 대한 준비가 되지 않았을 수도 있다고 경고하셨죠. 그 당시 난 수영을 아주 잘했어요. 그러니 문제는 사람이 무엇을 할 수 있는지에 관한 것이 아닐 때도 있다는 거죠. 무언가 미지의 세계에서 기다리고 있는 것이었어요. 판사님은 이 세상의 현명한 사람들은 그저 깊이와 표면만을 이해하는 것이 아니라 그 사이에 있는 모든 것을 이해한다고 하셨어요."

"그 사이 공간."

"맞아요. 그 사이 공간이요." 재러드의 입가에 슬픔이 어린 미소가 걸렸다. "난 항상 그 말을 판사님이 노를 젓기에 너무 게으르거나 모터보트를 사기엔 너무 인색해서 하는 말이라고 생각했어요."

에이버리는 몇 달 전 집무실에서 윈 대법관과 나누었던 이상한 대화를 떠올렸다. **그 사이 공간. 18세기 의사들. 그냥 그만두고 그 결과를 견딘다. 프랑스 문학.**

"아, 이제 답이 어디 있는지 알겠어요."

"어디 있는데요?"

"단서요. 마지막 단서. 대법관님의 집이에요." 에이버리는 재러드의 옆에서 몸을 숙여 침대에 누워 움직이지 않는 대법관의 팔을 쓰다듬었다. "윈 대법관님, 이제 알았어요."

에이버리가 보안 비밀번호를 입력하는 동안 경보음이 울렸다. 재러드가 에이버리에 이어 집에 들어가자 노아와 링이 그 뒤를 따랐다. 집 안에 들어선 그들은 재러드를 쳐다보았다.

"에이버리가 찾는 게 뭔지 우리도 알아야 하나요?" 노아가 재러드에게 물었다.

"에이버리가 찾을 겁니다." 적어도 재러드는 그렇게 생각했다.

에이버리는 차를 타고 오는 내내, 재러드에게 노아와 링에게 연락해달라고 부탁한 것 이외에는 아무 말도 하지 않았다. 그사이 재러드는 그녀의 머릿속이 쉴 새 없이 움직이는 소리가 들리는 것 같았다. 그들은 서재로 들어갔다. 에이버리는 곧장 안쪽 벽에 놓인 책장 앞으로 다가갔다.

재러드는 몇 걸음 뒤에서 간격을 유지하며 에이버리를 따라갔다. "도와줄까요?"

"아뇨, 내가 알아서 할게요." 에이버리는 책들의 제목을 살피며 책장을 따라 걸었다. 그러다 중간쯤에서 멈춰 섰다. 에이버리는 천천히 책 한 권을 꺼냈다. 칙칙한 담홍색 표지에, 제목에는 금박이 씌워져 있었다. "볼테르."

"프랑스 철학자 책은 왜 찾는 거예요?" 재러드가 옆으로 다가오며 물었다. "이게 어떻게 판사님이 원하는 답을 찾는 데 도움이 된다는 거죠?"

"볼테르가 아니에요." 에이버리가 그 책을 펼치며 대답했다.

그녀가 책을 펼치자 책등이 살짝 갈라졌다. 책이 펼쳐지면서 안쪽에 뚫린 부분이 드러났다.

"이건 볼테르 책이 아니에요. 그 사이 공간이죠."

에이버리가 의기양양하게 중얼거리며 내용물을 확인했다. 그 뚫린 공간에는 에이버리 킨이라고 이름이 적힌 봉투와 비닐봉투가 들어 있었다.

"여기 있을지 어떻게 알았어요?" 깜짝 놀란 재러드가 물었다.

"본명 프랑수아 마리 아루에. 프랑스 철학자 볼테르로 알려져 있죠. 볼테르는 18세기 계몽주의 기간 동안 과학 실험에 관한 에세이를 비롯한 수천 편의 저작물을 남겼어요." 에이버리는 그 책을 책상 위에 올린 뒤 세 사람의 시선을 의식하며 봉투 칼을 찾았다. "윈 대법관님은 지난 1월에 날 집무실로 부르더니, 대학에서 공부했던 내용을 물으셨어요."

"어느 과목? 넌 전공만 열 개 넘게 했잖아." 링이 놀리듯 물었다.

"여섯 개야. 오벌린에서 한 학기 동안 프랑스어 전공한 것까지 포함해서. 대법관님은 그때 제일 좋아하는 프랑스 작가가 누구냐고 물으셨어."

"그때 볼테르를 좋아한다고 한 겁니까?" 노아가 책상 앞으로 다가왔다. "하지만 그 일을 어떻게 이걸로 연결시킨 거죠?"

에이버리는 봉투 칼을 들고 봉투를 뜯으며 말했다. "링이 유럽 의사들이 천연두 백신 접종을 경시했다는 이야기를 해줬잖아요. 볼테르도 예전에 자기 아이들에게 원시적인 접종을 했던 시르카시아 여자들에 관한 에세이를 쓴 적이 있어요. 또한 볼테르는 악행에 대해서도 글을 썼죠, 권력자들이 어떻게 나머지 사람들에게 그들의 폭력성을 무시하고 그것을 좋은 것으로 받아들일 수 있도록 설득했는지에 관한 글이었어요. 난 그걸 잊고 있었지만, 기억 속에는 남아 있었어요. 윈 대법관님은 결국에는 내가 이걸 기억해낼 거라는 걸 알고 계셨던 거예요."

비닐봉투 안에는 검은색 펜으로 '**지문**'이라고 적어놓은 약병이 들어 있었다. 에이버리는 그 약병은 내버려두고, 편지 봉투에 들어 있던 종이를 꺼냈다. 그녀의 관심은 이내 종이 하단에 휘갈겨진 서명에 집중되었다.

"집무실에서 윈 대법관님이 내게 서명하라고 시켰던 그 문서네요. 나를 목격자로 삼으셨어요."

에이버리는 종이에 적힌 내용을 훑어보면서 설명했다. 예상했던 대로, 윈 대법관은 이 마지막 행동을 예측하고 있었다.

"이건 아니 람지가 보낸 거예요. 그가 이 판에서 빠져나가려면 속죄부터 해야 할 거예요." 에이버리는 그 종이를 재러드에게 건네주었다. "이게 바로 우리 엄마와 당신 아버지를 구할 수 있는 방법이에요. 그리고 대통령을 끌어내릴 수 있는 수단이기도 하고요."

45

에이버리의 집에 도착한 레이턴 요원은 엘리베이터 버튼을 누른 뒤, 그들의 위치를 공회전하고 있는 포드 차량에 무전으로 보냈다. 엘리베이터 문이 열리자 레이턴 요원은 그들을 복도로 이끌었다. 임시로 보충된 요원들 덕분에 레이턴의 어깨가 한결 가벼워졌다. 리 요원의 지시에 따라, 레이턴은 그들을 문 앞에 세워둔 채 에이버리의 열쇠로 집 안에 먼저 들어가 실내를 확인했다.

"이상 없습니다." 레이턴 요원이 욕실에서 나왔다. "그럼 저희는 밖에서 대기하겠습니다."

"고마워요." 에이버리는 집 안이 깨끗하게 정리되어 있다는 것을 알아차렸다. 심지어 식기 세척기 안에 남겨두었던 접시들조차 세척된 상태였다. "아늑한 우리 집이네요."

"여긴 안전한 게 확실해?" 링이 미리 준비한 질문을 던졌다. 하지만 불안한 기색은 진짜였다.

에이버리는 주방으로 들어가 유리잔에 물을 따랐다.

"리 요원이 괜찮을 거라고 했어." 에이버리는 연기할 준비를 하며 물을 한 모금 마셨다. "내가 잘못한 거라고 생각해?"

"FBI한테 어머님 일을 말하지 않은 거 말인가요?" 신호에 따라 재러드가 말을 꺼냈다. "아뇨. 당신으로선 선택의 여지가 없었어요. 어머님을 누가 데려갔는지도 모르는 데다가, 혹시 FBI를 끌어들일 경우 납치범들이 어떻게 할지 알 수가 없으니까요."

"당신 말이 맞는다는 건 나도 알아요. 하지만 FBI가 엄마를 납치한 범인을 알아내는 걸 도와줄 수도 있잖아요. 어쩌면 협상을 할 수 있을지도 몰라요."

"뭘로 협상하겠다는 겁니까? 당신한텐 아무 힘도 없는데." 노아가 말했다.

에이버리는 이 안에서 나오는 모든 말을 전송하는 도청기에 신경 쓰면서 대답했다. "윈 대법관님을 사임시킬 수 있잖아요. 난 법적 후견인으로서, 대법관님을 지키기 위해서라면 필요하다고 생각되는 모든 조치를 취할 수 있어요. 스토크스 대통령은 윈 대법관의 사의를 거절하지 않을 거예요. 대법관님이 법원에서 물러나길 원하는 사람들이라면 자신들이 원하는 것을 얻게 될 테니까요."

"정말 그렇게 할 수 있어?" 링이 물었다. "노아, 에이버리가 대법관님을 사임시킬 수 있어요?"

"안 될 이유는 없죠." 노아가 신중하게 대답했다. "법적 후견인은 권한이 제법 많습니다. 사임이 윈 대법관님에게 최선의 이익을 주는 일이라는 것을 증명할 수 있다면 에이버리의 위치는 견고하죠. 더군다나 반대할 사람이 없지 않습니까? 셀레스트는 윈 대법관님이 죽기를 바라니까요."

"나도 당신 어머니를 살리기 위해 아버지를 잃고 싶진 않아요." 재러드가 방아쇠를 당기는 역할을 맡았다. "하지만 당신 어머니를 붙잡고 있는 자들과 연락이 닿지 않는다면 아무 소용없는 일이죠. 오후 5시까지 이제 24시간밖에 안 남았어요."

"대법관님을 죽일 순 없어요." 에이버리가 살짝 갈라진 목소리로, 숨겨진 마이크를 향해 애원했다. "저쪽에서 연락이 와야 해요."

"킨 부인은 어떤가?" 밴스가 창고에 들어가며 말했다.

모든 판자와 그 틈새로 강에서 올라오는 악취가 스며들었다. 필립스는 뒤집어놓은 나무 상자 위에 앉아 총기를 재조립했다. "저 여자는 입을 다물지 않을 겁니다."

한쪽 구석에서 끊임없이 울먹거리고 있던 리타는 어둠 속에서 새로운 목소리가 들리자 애원하며 말했다. "부탁이에요."

눈을 가리고 있는 안대는 시간의 흐름과 현실을 차단하고 있었지만, 귀에 들리는 소리로 다시금 애원할 기회가 왔다는 것을 알 수 있었다.

리타는 무작정 발치 쪽으로 고개를 돌리며 말했다. "에이버리한테 그런 일을 시키지 말아주세요. 정말 착한 애예요. 나 때문에 사람을 죽이게 할 순 없어요."

"그렇게 하지 않을 수도 있습니다." 밴스가 리타 옆에 웅크리고 앉았다. "당신 딸은 좋은 변호사예요. 아주 뛰어나죠. 우리 중 아무도 생각하지 못했던 해결책을 생각해냈어요."

필립스가 밴스를 돌아보았다. "그게 가능하다고 생각하십니까?"

"가능하긴 하지. 우리가 원하는 건 윈 대법관이 법원에서 나가는 거야. 표결은 분열된 채로 남게 될 거고, 의회는 휴회에 들어가겠지. 스토크스 대통령은 8월에 대법관을 임명할 거야. 우리 쪽 사람은 다른 네 명과 회의를 할 것이고, 젠 워크스는 끝장나는 거지."

필립스가 얼굴을 찡그리며 되물었다. "다른 사람들은 어떻게 합니까? 너무 많이 알고 있는데요."

"그자들이 그 여자의 집에 찾아갔을 때 비극적인 화재가 발생하는 거야. 낡은 건물들은 종종 불이 나곤 하니까. 효과적으로 우리 손님 시신도 그쪽에 버릴 수 있겠지."

구석에 있던 리타의 울먹거림이 간헐적인 흐느낌으로 바뀌었다. 밴스의 귀에는 절망에 빠진 것처럼 들렸다.

"당신은 따님과 같이 죽을 겁니다, 킨 부인. 가족이라면 함께 있어야죠."

자정까지 1분도 남지 않은 시각, 에이버리의 휴대전화가 울렸다. "에이버리 킨입니다."

"제안을 하나 하죠." 밴스가 음성변조기를 작동시켰다.

그는 손목시계로 타이머를 맞췄다. 그가 임무를 완수할 정도로 충분한 시간을 준 뒤에, 그 휴대전화 선에 남아 있는 흔적은 모두 수많은 기지들을 거쳐 끊어질 것이다.

"오전 7시에 지금 알려주는 번호로 백악관에 전화를 하는 겁니다." 그가 백악관 집무실로 연결되는 번호를 보냈다. "그리고 브랜던 스토크스 대통령과 통화를 하고 싶다고 요청해요."

에이버리의 입에서 실소가 흘러나왔다. "대통령이 내 전화를 받을 리 없잖아요."

"당신이 윈 대법관을 사임시키고 싶다고 보좌관에게 전한다면 대통령도 전화를 받아줄 겁니다."

"뭐라고요? 당신이 그걸 어떻게 알죠?" 에이버리의 떨리는 목소리는 꾸민 게 아니었다.

"당신은 어머니를 살리고 싶은 건가요, 아니면 사생활에 관한 권리로 흥정을 하고 싶은 건가요?"

"만일 내가 윈 대법관님의 사임을 제안하고, 대통령이 받아들인다면, 우리 엄마를 놔줄 건가요?"

"약속하죠."

에이버리가 되물었다. "납치범의 약속을 믿어도 될까요?"

"내 말을 의심하지 말아요. 난 내 입으로 한 말은 지킵니다."

"사과할게요." 에이버리는 자신의 연기가 과장되었을까 봐 걱정하며, 재빨리 말했다. "엄마가 걱정돼서 그랬어요. 죄송해요."

"명심해요. 오전 7시입니다. 아니면 처음에 요구했던 대로 할 겁니다."

"대통령한테 전화할게요." 에이버리가 맹세했다. "그럼 바로 우리 엄마를 풀어줄 건가요?"

"공정하게 거래하죠. 내일."

전화가 끊어지자, 에이버리는 몸을 앞으로 숙였다. 무릎에 팔꿈치를 대고 양손으로 고개를 받쳤다. 움츠린 어깨를 감싸는 단단한 손길이 느껴졌다. 10분 뒤, 에이버리는 맑아진 눈으로 몸을 일으켰다.

"어떻게 됐어요?"

"거의 잡았어요."

재러드가 에이버리의 휴대전화로 걸려온 전화를 추적하기 위해 준비했던 노트북을 가리키며 말했다. 그는 30초 동안 모든 감시 장치를 차단해줄 방해전파 발신기를 손에 든 채, 도청하는 사람들에게는 주변 소음을 들려주고, CCTV의 신호를 흐리게 했다.

"신호에 따르면 이 전화는 수많은 통신 기지국들을 경유했어요. 하지만 어머님은 여기서 그리 멀지 않은 곳에 있는 게 분명해요."

에이버리가 떨리는 숨을 내쉬었다. "하느님, 용서해주세요."

"어째서요?" 재러드가 에이버리의 옆에 앉았다. "두 사람의 목숨을 구하는 일인데?"

"지금 당장 FBI에 알려서 엄마를 구하지 않았으니까요."

"지금이라도 그렇게 하고 싶으면 그렇게 해요." 재러드가 힘겹게 말했다.

에이버리는 잘 알고 있었다. 재러드의 아버지 목숨 역시 그녀의 손에 놓여 있다는 것을.

"내일까지 엄마는 무사할 거예요." 에이버리는 스스로를 일깨웠다.

그녀는 지금 필리도어 포지션에 있었다. 승리를 위해 더 이상 이동할 수 없는 위치였다. 그 대신 에이버리는 이 시합에서 무승부를 노려야만 했다. 엔드게임에서는 오직 두 개의 선택지만 있었다. 이기든가, 살아 있든가. 그들 모두에게 있어 지금까지는 살아 있는 것이 가장 중요한 일이었다.

"지금 FBI가 그 장소를 덮치게 되면 나머지 계획들이 전부 어그러져요. 우린 기다려야만 해요."

46

6월 26일 월요일

"준비됐어."

에이버리가 이제껏 그려왔던 것 중에, 소파에 웅크리고 앉아 전화기 너머로 미국 대통령의 목소리가 들리기를 기다리는 일은 전혀 없었다. 노아와 링은 에이버리의 어깨 뒤에서 서성거리고 있었다. 재러드는 초조한 기색으로 욕실 문가에 기대서 있었다.

오전 7시 정각이 되자, 에이버리는 밴스가 알려준 번호로 전화를 걸었다. 이내 정중하고 잘 훈련받은 목소리가 전화를 받았다. 몇 초 만에 절차를 건너뛰고 대통령 집무실까지 연결되었다. 머릿속을 가득 채우고 있는 엄마에 대한 걱정과 계획이 실패로 끝날지도 모른다는 우려가 없었더라면, 에이버리는 스스로에게 감명받았을지도 모른다.

속이 계속 메스껍고, 신경이 타버릴 것 같은 불안감에 온몸이 떨렸다. 스토크스 대통령이 전화를 받는 순간, 그 떨림은 순수한 공포로 전이되었다.

"에이버리 킨 씨, 나만큼이나 유명한 분이시죠."

전문가들은 자신의 세상에서 상대방의 독특한 위치를 확신시켜주고 친밀감을 느끼게끔 이름을 불러주는 스토크스의 능력을 칭송했다. 그 능력은 헌신적인 지지자에게, 그리고 그의 악행을 의무적으로 기록하면서 당혹스러워진 언론의 명확한 해명 요구에 귀를 기울이지 않는 유권자들에게 발휘됐다. 매력이라는 감미로운 선물에 이끌린 무리들에 의해 스토크스의 대중적인 인기가 상식을 대체하게 되었다.

이번 일이 그는 무척 기뻤다. "그래, 무슨 일입니까, 에이버리?"

에이버리는 자신이 대통령에 관한 면역이 없다는 사실을 알게 되었다. 얼굴이 달아오르고, 말을 하면서 내뱉은 숨을 다시 들이마셨다.

"대통령님, 이른 아침부터 시간을 내주셔서 감사합니다."

"사실 이렇게 통화를 하게 될 줄은 몰랐습니다." 지금쯤 집무실 안에 숨은 채 귀를 쫑긋 세우고 있을 밴스에게서 이미 들었을 텐데도 대통령은 아무것도 모르는 척했다. "하지만 당신이 맡게 된 새로운 책임과 다소 사적인 전화번호로 연락한 것을 고려해, 전화를 받아야겠다고 생각했어요. 그러니 하고 싶은 말이 있으면 해봐요."

"대통령님, 번거롭게 해드린 거 압니다." 에이버리의 떨리는 목소리는 설명과는 달리 가식이 아니었다. "제 어머니가 곤경에 처하셨어요. 청컨대 대통령님께서 도와주셨으면 합니다."

"차근차근 이야기해봅시다. 무슨 일입니까?"

"어제 어떤 남자가 제게 전화를 했습니다. 제 어머니를 인질로 잡고 있다고 하더군요. 어머니의 목숨을 구하고 싶으면 비양심적인 행동을 하라고 했습니다."

스토크스 대통령은 자신의 역할을 즐기면서, 밴스가 이번 협상과 관련해 올린 서류를 뒤적거렸다. 신문 스크랩과 재활보고서에는 추잡하면서도 애처로운 사연이 담겨 있었다.

"무례하게 굴고 싶진 않지만, 당신 어머니는 마약 중독자라고 들었습니다. 아닙니까? 마약 거래상들에게 빚진 돈을 갈취하려는 시도가 아닐까요? 어머님이 사악한 자들과 공조하는 것일 수도 있습니다. 당신도 어머님의 잘못은 알고 있을 거라고 생각하는데, 난 지금처럼 법원이 취약한 상황일 때 오점을 남기고 싶지 않습니다."

에이버리의 얼굴에서 홍조가 사라지면서 말투 역시 차가워졌다. "제 어머니에겐 결점이 있지만, 이런 대접을 받을 이유는 없습니다. 마약 중독자도 아니고요."

"그야 그렇죠." 스토크스가 정중하게 그녀의 말을 받아들였다. "하지만 함께 있는 동료는 경계해야 할 겁니다. 제 할아버지께서는 개와 함께 뒹굴면 벼룩이 옮게 마련이라고 말씀하셨죠."

그래서 내 몸에 벼룩이 기어다니나 보네. 에이버리는 신랄하게 생각했다.

"대통령님, 제 어머니를 납치한 남자는 돈에 관심이 없습니다. 그자는 매우 구체적인 목표를 가지고 있고, 어머니의 목숨을 빌미로 제게 아주 악랄한 짓을 하라고 지시했어요."

"악랄한 짓?" 그 표현에 화가 난 스토크스가 완벽하게 가지런한 이를 공격적으로 갈았다. **'악랄하다'**는 건 테러범이나 미친 사람에게나 쓸 법한 표현이었다. 나라를 지키기 위해 자신의 정치 미래를 희생하려는 사람에게 쓸 말이 아니었다. "에이버리, 그자가 원하는 게 뭡니까?"

"그자는 제게 후견인의 자격으로 윈 대법관님의 생명 유지 장치를 제거하라고 했습니다."

"마약 거래상들의 요구치고 수준이 높긴 하군요."

스토크스는 충격과 혐오감을 동시에 드러낸 자신이 자랑스러웠다. 그런 뒤, 내적 웃음소리를 뒤덮어줄 커다란 소리로 분노를 표출했다. 스토크스는 이제 곧 자신이 원했던 것을 얻게 될 터였다.

"좌파 사상가들을 탓할 수밖에 없군요! 생각해봐요, 자신들의 의제를 진전시키기 위해 안락사를 이용하려고 당신한테 무리한 요구를 하고 있는 거잖습니까."

대통령은 효과를 위해 주먹으로 책상을 두드렸다.

밴스는 사전에 스토크스에게 놀라움을 과시하고, 가능한 한 잘못된 단서를 제시하라고 알려줬다. 인터넷의 블로그들을 통해 이미 윈 대법관의 죽음을 지시하는 선동적인 메시지들을 뿌려둔 상태였다. 에이버리가 FBI에 도움을 청한다고 해도, 이번 일에서는 대통령의 기사도를 제외하면 백악관으로 연결되는 단서를 전혀 찾을 수 없을 것이다.

"윈 대법관이 있는 병원에 경호 인력을 두 배로 늘리도록 지시하겠습니다. 국토안보부와 FBI에 이야기해서 당신을 데려오라고 하죠. 내 연락 전담인 밴스 소령이 바로 연락을 할 겁니다."

"감사합니다, 대통령님."

에이버리는 밴스와 이미 충분히 대화를 나눈 상태였다. 그녀의 계획대로라면 다음번에 밴스를 보는 것은 국토안보부에서가 아니라 범인으로서 포토라인에 서 있는 모습이 될 것이다.

"윈 대법관님의 경호 인력을 늘려주시겠다는 제안은 감사합니다. 하지만 어젯밤에 납치범에게 대안을 제시하자, 그자도 얌전히 받아들이는 것처럼 보였습니다." 에이버리는 확신이 없는 것 같은 목소리로 말했다. "변호사인 친구와 의논해본 결과, 제가 윈 대법관님을 대신해서 사임을 표명하고 대통령님께서 받아들이신다면, 그자들도 원하는 바를 이루게 될 것 같습니다."

"윈 대법관이 자리에서 물러난다는 말이군요."

"네."

이 개자식아. 에이버리는 생각했다. 이전부터도 알고는 있었지만, 만족스러움에 우쭐대는 분위기로 확신할 수 있었다.

"대통령님께서는 그렇게 해줄 의향이 있으신가요? 만일 제가 윈 대법관님의 사직서를 제출한다면 오늘 당장 공식적으로 받아주실 겁니까?"

"먼저 백악관 법률 고문과 상의를 해봐야겠군요. 제대로 처리하려면 말입니다." 그런 이유로 대통령은 지금 당장은 법무부에 이 사실을 알리고 싶지 않았다. 참견하기 좋아하는 법무장관이 법적인 문제들을 놓고 점점 더 날을 세우고 있었기에, 밴스는 그에게 후버 빌딩에 있는 사람들한테는 접근하지 말라고 경고했다. "대충 두 시간 정도 걸릴 것 같군요."

"알겠습니다. 그렇다면 동의한다는 말씀이시죠?"

잠시 무거운 침묵이 뒤따랐다. "그래요, 에이버리. 윈 대법관이 사직서를 낸다면 깊은 유감과 무거운 마음으로 받을 겁니다."

"감사합니다, 대통령님. 대법관님의 사직서는 제가 직접 전해드려도 될까요?"

"당신이 오면 바로 들여보내라고 말을 해놓겠습니다." 대통령이 깊은 한숨을 내쉬면서 덧붙였다. "에이버리, 나도 계속 기도할 겁니다. 어머님은 무사하실 거예요."

그 말이 목을 조르는 것 같았지만, 에이버리는 인사말을 건넸다. "감사합니다."

스토크스 대통령은 전화를 끊은 뒤 의기양양하게 몸을 흔들었다. 그는 기쁨을 참지 못하고 밴스가 있는 쪽으로 몸을 돌렸다. 벌써 이 소식으로 도배될 저녁 뉴스가 보이는 것 같았다.

"기자회견을 열어야겠네. 남쪽 잔디밭에서 공식 발표를 하지. 저 킨이라는 여자 제법 예쁘지 않은가. 카메라에 잡히기 좋은 외모지."

"대통령님."

분주하게 계획을 세우던 대통령이 자리에서 일어나 뒷짐을 졌다. "기자회견장에는 하원의장과 다수당 대표도 참석했으면 좋겠군. 그자들의 면전에서 내 승리를 보여줘야지. 나를 지지하는 보수당원들은 기뻐할 것이고, 민주당원들은 그저 감내하는 수밖에 없을 거야. 그쪽 사자가 거세됐으니. 난 이번 여름에 대법관을 임명하고, 가을에 재선될 거야."

"대통령님." 밴스가 다시 한번 불렀다. "기자회견을 하는 건 좋지 않을 것 같습니다."

스토크스가 얼굴을 찌푸렸다. "왜? 내가 생각한 거라서?"

"이번 사안에서는 대통령님이 주목을 받지 않는 편이 낫기 때문입니다." 밴스가 부드럽게 고쳐 말했다.

어젯밤까지만 해도 자신을 고취시켰던 사임 해결책이 걱정되기 시작했다. 그는 뉴스 카메라에 담겨 나중에라도 언론의 구경거리로 재생될 수 있는 영상들이 아니라, 대통령 집무실이 주관한 영상을 넘기는 것을 선호했다. 전략에 반하는 대통령의 의사를 꺾기 위해 밴스는 이어 설명했다.

"기자회견을 열게 되면, 에이버리 킨에게 자기 어머니를 안전하게 돌려보내달라고 애원하거나 대통령님의 메시지를 약화시킬 수도 있는 심금을 울리는 헛소리를 떠들 기회를 주게 될 겁니다."

스토크스는 그 말에 신경 쓰지 않은 채 손가락을 튕기며 지시를 내렸다. "그럼 자네가 에이버리 킨에게 전화해. 그 약쟁이 매춘부를 안전하게 돌려받고 싶으면 한마디도 하지 말라고 말이야."

에이버리는 기자회견을 위해 정성껏 차려입었다. 정오 무렵 연락이 왔다. 오후 3시까지, 증인의 서명과 공증을 받은 대법관의 사직서를 가지고 백악관으로 오라는 내용이었다. 노아의 보조 변호사가 도장을 들고 와 다섯 줄짜리 진술서에 도장을 찍었다.

그들은 막판에 다다른 슬픔과 낙담이 어린 낮은 목소리로 이야기하면서, 그 시간 내내 자신들만의 연극을 이어나갔다. 에이버리는 몸에 붙는 검은색 스커트를 매만진 뒤 얼굴에 파우더를 두드렸다. 서두르는 것처럼 행동하는 것은 리타가 잘하는 기술 중 하나로, 에이버리 역시 잘 알고 있었다.

에이버리는 2막의 준비를 위해 욕실로 들어가면서 재러드에게 손짓을 했다. 그가 방해전파를 작동시키자 그녀는 전화를 걸었다.

"나이절 쿠퍼입니다."

"에이버리 킨이에요."

"아, 요즘 유명하신 분이로군요." 노스캐롤라이나에서 나이절은 책상 맞은편에 앉아 있는 인디라에게 손짓을 했다. 그리고 전화를 스피커폰으로 돌렸다. "무슨 일로 저한테까지 연락을 주셨을까요?"

"이야기를 좀 하고 싶어서요."

"무슨 일로 말입니까?"

"당신이 원하는 것을 드리려고요."

"우리가 원하는 건 합병이 성사되는 겁니다. 그 일을 성사시켜줄 수 있다는 겁니까?"

"워싱턴으로 오세요. 그럼 어떻게 할지 말씀드리죠." 에이버리는 한 박자 쉰 뒤 덧붙였다. "스리니바산 박사님도 같이 봤으면 해요."

나이절은 에이버리가 인디라의 역할에 대해 어떻게 아는지 묻지 않았다. 하지만 에이버리는 수수께끼를 푸는 데 능숙하다는 것을 스스로 증명했다.

"언제 말입니까?"

"내일 아침이요."

"그건 불가능합니다." 나이절이 어중간한 태도를 취했다. "스리니바산 박사는 인도에 있어요."

"당신은 부자잖아요. 어떻게든 해보세요."

나이절은 인디라의 표정에서 거절 의사를 확인했다.

"그건 안 될 것 같습니다. 법원 판결이 있기 전까지 그런 종류의 노출을 감수할 순 없으니까요."

"이건 협상이 아닙니다. 내일 워싱턴에서 스리니바산 박사와 쿠퍼 씨를 볼 수 있길 기대하죠. 세인트 레지스 호텔에서 오전 7시에 뵙는 걸로 해요."

"우리가 응하지 않겠다면요?"

"쿠퍼 씨, 오늘 뉴스를 보세요. 그럼 내일 뵙겠습니다." 에이버리가 전화를 끊자 재러드가 위치 추적 프로그램을 준비했다. 전파 방해 장치를 끄고 재러드가 고개를 끄덕이자, 에이버리가 말했다. "노아, 다시 생각해봐야겠어요. 저쪽에서 약속한 대로 우리 엄마를 풀어준다는 걸 어떻게 믿죠? 일단 우리가 사직서를 넘기면 그걸로 끝이잖아요. 다 틀렸어요."

"선택의 여지가 없어요. 사임을 표하지 않으면 저들이 어머님을 죽일 겁니다. 당신은 할 수 있는 모든 일을 다 했어요."

"난 못하겠어요." 에이버리가 가늘고 날카롭게 목소리를 높였다. "아무 확신이 없는 채로 사직서를 내진 않을 거예요. 백악관에 전화해서 생각이 바뀌었다고 말해야겠어요. 리 요원한테 연락해서 이 모든 상황을 다 말할 거예요. 어쩌면 리 요원이 엄마를 찾는 걸 도와줄 수 있을지도 몰라요."

"에이버리⋯⋯."

그 순간 에이버리의 휴대전화가 울렸다.

"에이버리 킨입니다."

"킨 씨, 당신 어머니를 데리고 있는 사람이요."

필립스는 음성변조기를 작동시킨 뒤 이마에 흐르는 땀을 닦았다. 초여름 날씨에 창고 안에 있자니 후텁지근했다. 밴스가 지시한 대로, 필립스는 온종일 마약을 찾으면서 훌쩍거리는 리타와 함께 창고에 머물고 있었다. 그가 보기에 섬망증을 보이는 마약 중독자보다 더 무서운 건 없었다. 필립스는 킨의 집에서 떠드는 소리를 모니터링하는 일로 기분 전환을 하고 있었고, 그건 밴스로서도 다행이었다. 에이버리가 FBI에 연락하겠다는 말을 듣자마자 그는 행동에 나섰다.

"오늘 당신이 약속을 제대로 지킬 것인지 확인차 연락했소."

에이버리는 대화를 길게 이어나가라는 신호로 손가락을 둥글게 돌리는 재러드를 본 뒤, 시선을 돌렸다. 노트북 화면에서 붉은색 점들과 가느다란 붉은색 선들이 패턴을 그리며 움직이는 것을 볼 수 있었다. 이전의 데이터와 군용 등급 장비를 이용해, 재러드는 발신 번호 위치를 워싱턴 남쪽 부근까지 추적했다. 이제 1분 정도만 더 통화를 이어나가면 정확한 위치를 알아낼 수 있다.

"대통령과 얘기했어요." 에이버리가 말했다. 전화를 건 남자의 억양이 약간 이상하게 들렸다. 상대는 밴스가 아니었다. "엄마를 어떻게 돌려보내줄 건지 알아야겠어요. 언제 엄마를 풀어줄 거죠?"

"스토크스 대통령이 윈 대법관의 사임을 알리는 즉시, 당신 어머니를 풀어줄 거요."

"그 정도론 부족해요." 에이버리가 항의했다. "엄마는 상태가 좋지 않을 거예요. 방향감각도 없을 테고."

"그게 무슨 말이지?"

"당신이 엄마에게 약을 주지 않는 한, 엄마는 쓰러질 거예요." 이제까지 경험으로 알게 된 게 있다면 강제로 맑은 정신을 유지한 채 불안에 휩싸일 경우, 엄마는 제대로 움직이지 못한다는 것이다. "내가 직접 엄마를 모셔오고 싶어요."

"그건 논외요. 지금 우린 협상을 하는 게 아니니까. 당신이 약속을 지킨다면, 당신 어머니는 처음 찾았던 곳으로 돌려보내주겠소."

"거기가 어딘데요?" 에이버리가 재러드를 슬쩍 쳐다보았다. 그는 아직도 10여 초가 더 필요하다는 신호를 보냈다. "엄마를 어디서 찾았죠?"

"빈민가에 있는 허름한 술집이오. 킨 씨, 당신 엄마니까 알아서 찾으시오." 필립스가 어깨 너머로 살피자, 리타는 몸을 공처럼 둥글게 말고 있었다. 딱 붙는 티셔츠는 땀에 절어 있었고, 머리카락은 잔뜩 헝클어진 채였다. "약속을 지키시오. 그렇지 않으면 당신 엄마는 새날을 보지 못할 거요."

전화가 끊어졌다.

붉은색 점이 성공적으로 번쩍거리기 시작하자, 에이버리는 재러드를 돌아보았다. 재러드가 노트북 화면에 글을 남겼다.

'찾았어요. 부둣가 남서쪽에 있는 창고예요.'

"정말 다행이에요." 에이버리는 속삭였다. 그때 방해전파가 흐릿해지자 에이버리가 목소리를 높였다. "난 어떻게 해야 할지 모르겠어요."

"저쪽에서 하라는 대로 해." 링이 가방을 집어 들며 말했다. "백악관으로 가는 거지. 내가 같이 가줄게."

"난 가지 않을 겁니다." 재러드가 활기차게 말했다. "당신이 이렇게 할 수밖에 없다는 건 이해해요. 하지만 당신이 아버지의 사직서를 제출하는 모습을 내 눈으로 보고 싶진 않군요.”

“노아는요?”

“내 일은 윈 대법관님의 마지막 소망을 지키는 겁니다. 나도 같이 갈 순 없겠어요, 에이버리.”

완벽한 연극이야.

에이버리가 문을 열자 레이턴 요원이 서 있었다. “요원님, 백악관으로 갈 거예요. 지금 당장이요.”

링과 에이버리가 레이턴 요원을 따라가자, 노아와 재러드도 그 뒤를 따라 나갔다. 그들은 아래층으로 내려가 SUV에 올라탔다. 도청장치에서 벗어나자 에이버리는 대포 폰으로 리 요원에게 전화를 걸었다.

“리 요원입니다.”

“에이버리예요. 지금 백악관으로 가고 있어요.”

“무슨 일로 가는 건데요?”

“윈 대법관님의 사직서를 스토크스 대통령에게 전달하기 위해서요. 30분 안에 기자회견이 있을 거예요.”

“대체 무슨 일을 꾸미고 있는 겁니까?”

“엄마의 목숨을 구하려는 거예요. 요원님의 도움이 필요해요.”

47

교향곡에 맞춰 둥글게 분무를 뿜어내는 분수 주변에는 보라색과 진홍색의 꽃들이 활짝 피어 있었다. 오래전부터 정원사들이 심어놓은 장대한 나무들은 마치 색칠을 한 것 같은 초록색으로 우뚝 솟아 있었다. 신속하게 모인 기자들은 고개를 들고 소나기가 와도 이상할 것 없어 보이는 구름 조각들을 살폈다.

브랜던 스토크스는 백악관의 남쪽 잔디밭을 좋아했다. 특히 그 잔디밭을 가로지르며 뛰어가 전용 헬리콥터인 '마린 원'에 올라타는 것을 좋아했다. 스토크스는 부활절이면 백악관에서 달걀을 찾아다닌다는 경외감을 애써 감추고 있는 부모들이 지켜보는 가운데, 알랑거리는 아이들을 초대하는 것을 좋아했다. 그는 백랍 연단으로 성큼성큼 나아가 단상의 양 끝을 붙잡고 서서 국민의 관심을 끄는 것을 좋아했다.

이제 와서 저 빌어먹을 법원 서기가 이 모든 것을 그에게서 앗아갈 방법은 없었다. 스토크스는 그런 생각으로 힘들었지만, 당당하게 에이버리와 친구라는 여자를 연단 아래로 이끌었다. 플래시가 폭죽처럼 터졌다. 공보 비서관은 그 젊은 여자들을 오른쪽, 주로 대통령에게 우호적인 사람들이 서는 쪽에 세웠고, 국회에서 그에게 뻣뻣하게 구는 반대파들에게는 왼쪽 측면 자리를 제공했다.

스토크스 대통령은 단상 위에 놓여 있는 마이크 앞에 멈춰 섰다. 발표문이 앞에 놓여 있었지만, 스토크스는 리허설을 통해 자신이 해야 할 말을 완벽하게 숙지하고 있었다. 그가 나서자 그 자리에 있던 모든 사람들이 입을 다물었다.

"안녕하십니까? 지난주 초, 비극적인 사건이 있었습니다. 하워드 원 대법관이 의식을 잃은 채 발견되어 베세즈다해군병원으로 이송된 일이었죠. 우리나라 최고 의료진들의 노력에도, 원 대법관은 부르신 증후군으로 알려진 퇴행성 질환의 부작용으로 혼수상태에 빠지고 말았습니다. 병으로 쓰러지기 전, 원 대법관은 자신이 신뢰하는 에이버리 킨 씨를 법적 후견인으로 지정했죠. 킨 씨는 맡은 바 의무를 성실히 임했으며, 그 일에 대한 진심 어린 헌신으로 우리를 오늘 이 자리에 불러 모았습니다."

스토크스는 잠시 말을 멈춘 뒤 검은색 옷을 입고 서 있는, 놀라울 정도로 침착해 보이는 뒤편의 젊은 여자에게로 주의를 돌렸다.

한 박자 더 쉰 뒤에, 스토크스는 말을 이었다. "대법원은 윈 대법관의 부재로 업무가 마비되었으며, 정의의 전동장치가 멈춰진 상태입니다. 모두 아시다시피 현직 판사는 미국 헌법 3조에 의해 목숨을 잃지 않는 한 질병으로 인해 그 직위를 거두는 것을 인정하지 않습니다. 헌법을 제정한 사람들이 오늘날 우리가 누리는 현대 의학의 기적을 고려하지 않은 결과죠. 윈 대법관의 생명 유지 장치를 제거하지 않는다면, 그의 기대 수명은 수십 년 연장될 수 있습니다. 그 시간 동안 의학이 이 위대한 인물을 치료해주기를 기도하는 바이나, 법원의 일 또한 반드시 계속되어야 합니다. 그래서 나는 오늘 오후 윈 대법관의 법적 후견인이 제출한 사직서를 무거운 마음으로 받아들였습니다. 이 사직서는 즉시 처리될 것입니다."

"대통령님!"

기자들이 연단 앞에 서 있던 세 사람이 깜짝 놀랄 정도로 큰 소리를 질렀다. 그런 상황에 익숙한 스토크스 대통령이 기자들 중 한 명을 지목했다.

"애슐리, 말씀하세요."

"감사합니다, 대통령님. 킨 씨가 윈 대법관의 사임을 결정할 법적 판례가 있습니까?"

"백악관 법률 고문이 알아본 바에 따르면, 킨 씨의 결정은 일반적인 후견인의 광범위한 권한에 속한다고 합니다. 킨 씨는 윈 대법관의 최선의 이익을 위해 행동해야 하는 의무가 있으니까요."

"실례합니다만, 어떻게 사임이 윈 대법관에게 최선의 이익이 될 수 있습니까? 그보다는 대통령님에게 더 이익인 것 같은데요."

스토크스 대통령은 순간 멈칫했다가, 이내 비난하는 듯한 미소를 지었다.

"윈 대법관과 나는 확실히 많은 부분에서 뜻이 다른 부분도 있었어요. 하지만 난 윈 대법관의 법에 대한 헌신을 존중하고 있습니다. 킨 씨는 윈 대법관이 이런 식으로 법원의 운영을 방해하고 싶어 하지 않을 거라고 믿고 있어요. 특히 지금처럼 중요한 회기의 끝이 얼마 남지 않은 시기에는 말입니다. 몇 가지 판결들이 남아 있는데, 윈 대법관이 참여하지 않으면 재판이 지연될 수 있으니까요. 그렇게 될 경우 킨 씨가 생각한 것처럼 윈 대법관은 자신이 법관의 맹세를 어기고 있다고 생각할 겁니다." 스토크스는 고개를 돌려 다른 기자를 가리켰다. "벤?"

"대통령님, 말씀하신 것처럼 대법원의 이번 회기는 나흘 남았고, 그 뒤엔 의회도 휴회할 겁니다. 윈 대법관이 없으면 대법원의 법관은 여덟 명만 남게 되겠죠. 그리고 윈 대법관은 이제까지 많은 사건들에 관해 부동표였습니다. 이번 사임을 통해 얻게 되는 건 무엇입니까?"

"법원은 명확성을 얻을 것이며, 윈 대법관에게 누가 되지 않을 만한 훌륭한 후임을 즉시 찾는 것을 인정받게 될 겁니다."

"의회에서 이렇게 빨리 대법관의 후임을 통과시켜줄 거라고 생각하십니까?"

스토크스 대통령은 다수당 대표가 있는 쪽으로 고개를 기울이며 말했다. "의회는 국가의 최선의 이익을 위해 행동해줄 거라고 생각

466

합니다. 대법원은 회기 연장을 선택할 수도 있습니다. 6월 회기는 전통이지만, 연장하고 싶을 경우 충분히 가능한 일입니다. 대법관의 자리가 공석이라는 중요한 안건에 대해, 의회에서도 사법부를 위해 신속하게 처리해줄 거라고 믿습니다."

입법부가 독립기념일을 즐기는 사이에 대통령이 대법관을 임명할 거라는 것을 기자들에게 알린 셈이었다. 자신이 밀고 있는 올리버 웬들 홈스로.

대통령은 친근해 보이는 얼굴을 향해 고개를 끄덕였다. "소피?"

"대통령님, 벌써 대법관 후보자 명단을 가지고 계신 겁니까?"

"아닙니다. 마지막 질문 받죠, 케이시?"

"감사합니다, 대통령님. 에이버리 킨 씨가 마약 복용을 했다는 소문과……." 기자가 수첩을 확인했다. "원 대법관에게 부당한 영향력을 행사하는 것을 막기 위해 주말 내내 FBI에게 구금되어 있었다는 주장에 대해선 부인하십니까? 대통령님 가족과 친분이 있는 대법관 부인인 셀레스트 터너 원 대신 킨 씨가 법적 후견인이라는 것을 인정한 워싱턴 유언 검인 법원의 판결에 대한 백악관의 우려는 없는 건가요?"

"매캐두 판사는 킨 씨의 후견인 자격을 철회할 만한 이유를 찾지 못했습니다. 그 문제는 그렇게 일단락됐으니, 백악관으로서도 더 이상 우려할 일은 없는 셈이죠. 원 대법관의 사임은 이번 일과 관련된 모든 사람들에게 가장 잘 맞는 해결책이 될 겁니다. 법원에서도 계류 중인 사건들의 최종 판결을 내리게 될 테니까요."

"대통령님의 권위에 도전한 나이절 쿠퍼의 소송도 포함해서 말입니까?"

스토크스 대통령이 옅은 미소를 지었다. "법원에서는 의심의 여지 없이 국가 안보를 판단하는 대통령의 역할에 대해 판결을 내릴 겁니다. 이 일은 단순한 학교 운동장 싸움이 아니에요. 국가 수호에 관한 문제입니다. 하지만 난 법원이 그 재판을 무엇보다 신중하게 판결해야만 한다는 사실을 인지하고 있을 거라고 믿습니다."

"킨 씨, 윈 대법관과의 관계에 대해 말씀해주실 수 있을까요?"

대통령이 막아서기 전에 에이버리가 앞으로 나서며 그의 팔을 건드렸다. 아연실색한 대통령이 에이버리를 노려보았다.

"제가 대답해도 될까요?" 그녀가 나지막한 목소리로 물었다.

처음이자 마지막으로 언론을 상대로 할 말을 준비한 에이버리는 스토크스 대통령이 마지못해 자리를 비켜줄 때까지 기다렸다. 그녀는 목소리를 한 번, 조금 있다 다시 한번 가다듬었다.

"하워드 윈 대법관님은 제 멘토이자 상관입니다. 그 이외에 다른 관계는 없어요. 근거 없는 소문들이 평생 나라를 위해 헌신하신 분의 명성을 더럽혔습니다. 그런 거짓말들을 신문에 실었으니 여러분 모두 부끄러운 줄 아셔야 할 거예요. 윈 대법관님이야 알맞은 형용사와 좋은 문장을 구사하는 한, 자신에 관한 어떤 비난을 기사로 쓰더라도 자유 언론의 권리를 지지하셨겠지만 말이에요."

앞줄에 앉아 있던 기자 한 명이 감탄의 뜻으로 웃자, 조금 뒤 다른 기자들도 함께 웃었다.

에이버리가 말을 이었다. "윈 대법관님은 약자를 착취하는 권력자들의 의지를 멸시했습니다. 불법 행위를 추구할 때 권위를 이용하는 것을 경멸하셨죠. 테러의 시대에도, 그분은 인간성을 앗아가려는 절망을 허용하지 않았고, 자유의 의지를 고수하셨어요."

에이버리는 단호한 어조만큼이나 단호한 눈빛을 보였다.

"윈 대법관님이 가장 중요하게 여긴 신념은 권리의 추구가 법원

단계에서 끝나는 게 아니라, 다른 모든 길이 막혔다고 하더라도 반드시 이겨야 한다는 것이었습니다. 그분은 법의 뉘앙스, 불치병도 치료할 수 있는 유연한 능력을 높이 평가하셨어요. 비록 우리가 원 대법관님의 병환을 슬퍼하더라도, 국가를 위해 봉사하려는 그분의 헌신에는 성원을 보내야만 합니다. 그래서 전 오늘 이 자리에서 원 대법관님이 가장 신성하게 여기는 원칙, 바로 정의에 대한 명확한 길을 제시하려고 합니다."

에이버리는 기자들로부터 쏟아지는 질문들을 외면했다. 거만한 스토크스 대통령이 화난 표정을 짓자 공보 비서관이 연단에 올라섰다.

"성명서는 기자실에 준비되어 있습니다. 참석해주신 여러분, 감사합니다."

공보 비서관이 급히 기자들을 안으로 들여보내고 나자, 에이버리와 링, 대통령만 남았다.

"대통령님, 사직서는 여기 있습니다."

에이버리의 뒤에서 링이 조용히 물었다. "이게 다야?"

스토크스 대통령이 사직서를 들어 올렸다. "법률 고문 말로는 원 대법관의 사임에 아무 문제가 없다고 하더군요."

"이제 어떻게 할 건데?"

링이 물었지만, 에이버리도 같은 생각을 하고 있었다. 휴대전화는 입고 있던 정장 주머니에 들어 있었고, 전화가 오면 진동이 울리게 설정해놓았다. 일이 마무리됐다면 전화가 왔을 것이다.

"에이버리, 내 마음대로 당신 어머니 일을 국토안보부에 맡겼어요." 스토크스 대통령이 말한 뒤, 책상 위에 있던 버튼을 누르자 대기실에서 밴스 소령이 들어왔다. "내 연락책에 대해선 이미 알고 있겠죠."

"킨 씨." 밴스가 에이버리와 링이 서 있는 쪽으로 다가왔다. "어머님한테 일이 생겼다고 들었습니다."

저자가 어째서 여기 있는 거지?

에이버리는 맥박이 빨리 뛰기 시작하자 지금껏 배웠던 연기 실력을 총동원했다. 재러드와 리 요원이 어머니를 구출하고 밴스 소령과 그 부하들을 현장에서 붙잡기 위해 창고로 가는 중이었다. 하지만 그 첫 번째 도미노가 대통령 집무실에 있었다.

"밴스 소령님." 에이버리가 뻣뻣하게 인사했다. "국내 납치 사건은 FBI 소관이에요. 국토안보부가 어째서 나서는 거죠?"

"밴스 소령은 특수 군사 훈련을 받았어요." 대통령이 단호하게 말했다. "그보다 더 중요한 건 국토안보부는 특정 사건에 한해 광범위한 권한을 가지고 있다는 겁니다. 아무래도 FBI는 민첩성이 떨어지니까요. 밴스 소령이 당신 어머니 문제를 해결해줄 겁니다. 내가 보증하죠."

아이러니하게도 대통령의 확신이 에이버리의 평정심을 흔들리게 만들었다.

"밴스 소령님은 절 돕는 일에 관심을 보인 적이 없어요. 다른 사람한테 부탁하고 싶은데요."

"시급한 사안입니다. 어머님을 되찾고 싶다면 나한테 맡겨요." 밴스 소령이 차갑게 말했다.

"FBI는 뭘 하고요? 그쪽엔 최고의 인질 협상가들도 있어요. 그런데 어떻게 당신이 FBI보다 빨리 엄마를 찾을 수 있다는 거죠?" 에이버리가 완강하게 거부했다.

"당신이 알고 있는 모든 사실을 털어놓으면, 저녁 식사 전에 어머님을 집으로 보내줄 수 있습니다."

리 요원은 부두까지 엄청난 속도로 차를 몰았다. 조수석에 앉은 레이턴 요원이 다른 요원들에게 무전으로 지시했다.

"반경 여섯 블록까지 확보하고, 내가 신호를 보낼 때까지 무전은 하지 않는다." 레이턴 요원이 무전기를 끄자, 리 요원이 다시 말을 꺼냈다. "젠장, 재러드, 에이버리야 이런 사달을 낼 줄 알았어요. 하지만 당신은 군 장교잖습니까."

"전직이죠."

리 요원은 화물이 반쯤 하역된 곳에서 차를 돌렸다. 속도를 줄였지만, 여전히 운전대를 꽉 붙잡고 있었다.

"납치범한테 함정을 파다니요? 에이버리는 이게 얼마나 위험한 일인지 모르니까 그렇다고 쳐요. 하지만 당신은 아니지 않습니까! 리타 킨이 죽는다면 전부 당신들 책임입니다!"

그들은 10분가량을 그렇게 달렸다. 자동차 라디오는 백악관 소식이 나오고 있는 C-SPAN의 위성 방송에 맞춰져 있었다. 리 요원은 대통령의 발표와 에이버리의 말을 듣고 아연실색했다. 재러드는 휴대용 GPS의 삐 소리가 나는 장소를 찾기 위해 건물들을 살피고 있었다.

"에이버리의 계획이에요. 우린 에이버리가 시키는 대로 하는 거고요."

"에이버리가 시키는 대로? 법원 서기가 수색과 구조 계획을 짰다는 거요? 도대체 왜 이러는 겁니까? 그리고 당신!" 리 요원이 룸미러에 비치는 노아에게 소리쳤다. "에이버리가 자기 엄마의 목숨과 윈 대법관의 자리를 교환했다면 어째서 아직까지 에이버리를 돕고 있는 거요?"

그들이 탄 SUV는 재러드가 알아낸 주소지에 접근했다.

"그냥 믿으세요. 그것까지도 다 에이버리의 생각에 있는 거니까." 노아가 FBI 특수요원을 달랬다. "리 요원님, 이번 일은 단독으로 해야 하는 일임에도, 에이버리가 요원님을 끌어들인 거예요."

"에이버리한테 법의 테두리 밖에서 이런 작전을 세울 권리는 없습니다."

"에이버리가 한 게 아니죠."

노아가 레이턴 요원이 앉아 있는 좌석의 등받이에 손을 댄 채 몸을 앞으로 내밀었다. SUV 안에서 자신에게 쏟아진 비난에 노아는 평소처럼 상대방을 설득하는 기술을 제대로 발휘할 수 없었다. 하지만 에이버리와 링이 백악관에 가 있는 이런 상황에, 자신만 집에 가만히 앉아 엄지손가락만 돌리고 있을 순 없었다. 에이버리가 세운 계획은 반드시 성공해야만 했다. 그리고 노아도 그 자리에 함께할 것이다.

그는 룸미러를 통해 리 요원의 얼굴을 흘깃 쳐다보고는 말했다. "윈 대법관님은 에이버리의 능력을 잘 알고 계셨습니다. 이제 곧 리타를 납치한 사람들도 알게 되겠죠."

재러드가 고개를 짧게 내젓자, 노아는 입을 다물었다. 그가 GPS를 들어 올렸다. "리타 킨이 잡혀 있는 창고가 저 앞에 있습니다. 여기서부턴 걸어가야 해요."

차를 세울 만한 장소를 찾는 동안에도 리 요원은 계속해서 잔소리를 퍼부었다. "당신들 두 사람은 차 안에 남아 있어요."

"그럴 순 없습니다." 재러드가 자기 집에서 가져온 무기를 꺼내며 말했다. "난 특별 군사 허가증을 가지고 있습니다. 특등 사수죠."

"이 문제로 토론할 생각 없어요." 리 요원은 차를 적당한 장소에 세운 뒤, 시동을 껐다. "민간인들은 작전에 참여할 수 없습니다."

"좌표 없이 할 수 있는 방법이 있다면 그렇게 하시죠." 재러드가 장치의 전원을 껐다. "리타 킨은 인질로 잡혀 있고, 유일한 협상 카드는 그 딸이 공개적으로 상대방에게 넘긴 상태입니다만."

리 요원은 욕설을 내뱉으며 고개를 짧게 끄덕였다. "그래도 변호사 양반은 차 안에 남아 있어야 합니다."

노아는 저항할 의지가 없다는 듯 양손을 번쩍 들어 보였다. "좋습니다. 다만 그 개자식한테 미란다 원칙을 말해주는 것만 잊지 마세요."

SUV에서 내린 요원들과 재러드는 몇 미터 떨어진 곳에서 다른 FBI 요원들과 합류했다.

"좌표."

"73179 건물." 재러드가 짧게 대답했다.

다른 요원들과 함께 그 건물을 향해 소리 없이 이동하는 동안, 그의 몸속에 각인되어 있던 훈련 방식이 되살아났다.

빛바랜 녹색 금속과 목재로 된 건물들에는 철거 표시가 남아 있었다. 벽 위로 높게 올린 슬레이트 조각들 덕분에 최소한의 환기만 가능하게 되어 있었고, 문들은 은밀히 드나들지 못하게 용접되어 있었다. 리 요원이 뒤쪽을 에워싸고 있는 팀원들에게 손가락 세 개를 들어 올렸다. 진입 조와 함께 가기로 마음먹은 재러드는 리 요원의 뒤쪽에 바짝 붙어 있었다.

빛이 들어오는 통로는 더러운 유리창이 전부였다. 재러드가 레이턴 요원의 어깨를 톡톡 두드리자, 그녀도 알았다는 듯 고개를 끄덕인 뒤 이동했다. 그 모습에 재러드는 마음속으로 레이턴 요원을 동료로 승격시켰다. 레이턴 요원이 그의 어깨를 톡톡 두드리자, 재러드는 그녀를 아래쪽으로 끌어당겼다. 손가락 두 개를 들어올려 총 쏘는 흉내를 냈다.

리타와 총기를 휴대한 납치범이 그 안에 있었다. 재러드는 아드레날린이 솟는 걸 느꼈다. 하지만 손에 들고 있는 무기는 차갑고 안정감이 있었다. 에이버리가 재러드의 아버지를 구하기 위해 최선을 다하는 동안, 그가 할 일은 에이버리의 엄마를 구하는 것이었다. 재러드는 에이버리를 실망시키지 않을 것이다.

"신호를 하면 들어간다." 로버트 리 요원이 거친 목소리로 속삭였다. "진입!"

금속망치로 문을 부수자, FBI 요원들이 컴컴한 동굴 같은 창고 안으로 몰려 들어갔다. 콘크리트 바닥을 울리는 발소리에 필립스는 이미 무기를 든 채로 돌아섰다. 리 요원이 몸을 낮춘 자세로 들어갔다. 그의 왼쪽에 재러드가 자리 잡고 있었다. 벽에 맞고 튕겨나오는 총알처럼 명령이 쏟아졌다.

"엎드려! 바닥에 엎드려! 지금 당장!"

노란색으로 FBI라고 새겨진 푸른색 재킷이 창고 안을 가득 메웠다. 필립스는 완전히 포위된 상태에서도 항복하지 않았다. 밴스는 발각될 경우까지 포함한 거의 모든 상황을 예측해 필립스에게 명령을 내렸다. 필립스는 재빨리 콘솔형 테이블 위를 뛰어넘어 리타 옆으로 가서는 리타의 목을 팔로 조이면서 기도를 압박했다.

"가까이 오면 이 여자는 죽는다!"

창고 안을 가득 채우는 리타의 맹목적인 오열은 막힌 공간에서 그 소리가 증폭되어 날카로운 통곡처럼 들렸다.

"조용히 해." 필립스가 총구를 리타의 관자놀이에 대면서 말했다. 죽음이 임박했다는 것을 깨달았지만, 그에겐 마지막으로 완수해야 할 임무가 있었다. 필립스가 대장으로 보이는 FBI 요원을 쳐다보며 간단하게 말했다. "뒤로 물러나. 전부 다. 저쪽 구석으로."

리 요원이 신호를 한 뒤 발을 끌며 이동하자, 뒤에 있던 요원들도 필립스에게 총을 겨눈 채로 함께 움직였다. 리는 필립스가 발터를 쥐고 있는 안정적이고 확실한 자세를 알아보았다. 전투 현장을 겪은 남자였다.

리가 낮은 목소리로 물었다. "이름이 뭐지?"

"필립스."

"소속은?"

"해군. 상급 준위."

필립스는 그 정도는 상대방이 쉽게 알아낼 수 있는 정보라고 생각했다. 거짓말할 이유가 없었다.

"좋아, 준위. 솔직하게 말하지. 자넨 여기서 빠져나갈 수 없어." 리가 솔직하게 말했다. "킨 부인을 우리한테 넘기고, 이 일을 사주한 자가 누군지 말해. 그렇게 하면 지방검사한테 선처해달라고 말해주지."

필립스의 혈관에서 아드레날린이 거품처럼 터졌다. 하지만 그는 이런 흥분을 다스리는 법을 배웠다. 방해에 구애받지 않고 자신에게 주어진 임무를 완수하는 법에 대해서도. 하지만 필립스는 상대방을 속이는 법도 알고 있었다.

그가 큰 소리로 외쳤다. "어디까지 에워싸고 있는 건가?"

"뭐라고?"

대답이라도 하는 것처럼, 총구에 관자놀이가 멍이 들 정도로 눌린 리타가 비명을 질렀다.

"어디까지냐고?"

"여섯 블록이야. 부둣가를 완전히 에워싸고 있지. 자네가 도망칠 방법은 없어. 순순히 협조하고, 제안한 대로 거래해."

필립스는 숨을 고르면서 머릿속으로 다른 탈출구가 없는지 기억을 더듬어보았지만, 방법이 없었다. 그는 이곳에 감시자로, 필요시엔 목숨을 걸라고 보내졌다. 필립스로선 이런 결말이라도 상관없었다. 군단장이긴 했지만, 그에겐 지휘권자의 성향이 없었다. 필립스는 군인이었다. 밴스가 내린 지시 가운데 체포되었을 경우에 해당되는 건 없었다. 하지만 총사령관을 보호하는 임무는 완수했다.

필립스가 발터를 든 손을 움직인 것은 찰나였지만, 리 요원은 그 신호를 알아차렸다. 단 한 번의 동작으로 필립스는 몸을 비틀어 컴퓨터 본체를 향해 총을 쐈다. 그렇게 그가 무기를 휘두르자 연기가 솟아올랐다. 필립스가 일련의 공격을 끝마치는 순간, 리의 총성이 울려 퍼지면서 발사된 총알이 필립스의 가슴을 관통했다. 두 번째 총알은 그의 폐를 망가뜨렸다.

"사격 중지!" 리 요원이 팀원들에게 소리쳤다.

리타는 자신을 붙잡고 있던 팔이 느슨해지면서 필립스가 돌처럼 바닥에 쓰러지는 것을 느꼈다.

"범인이 쓰러졌다! 범인이 쓰러졌다!"

리 요원과 팀원들이 필립스와 리타를 향해 앞으로 몰려갔다.

재러드가 제일 먼저 리타 앞에 도착했다. 그녀가 흐릿한 녹색 눈동자를 들어 올리며 그와 시선을 마주했다. 더 창백하고 초췌하긴 했지만, 에이버리와 많이 닮은 모습이었다.

재러드는 바닥에 무릎을 꿇은 뒤 손을 내밀었다. "재러드 윈이라고 합니다. 따님인 에이버리가 보내서 왔어요."

리타가 금단증상의 여파로 마비된 손으로 재러드의 손을 꼭 붙잡았다. "에이버리, 그 애는 괜찮은가요?"

"네, 에이버리는 무사합니다." 재러드는 숨 쉬는 것을 잊은 폐에 산소를 불어넣어주는 기계를 달고 있는 아버지를 떠올렸다. "에이버리가 어머님을 보살펴달라고 절 보냈습니다. 하지만 이건 제가 받은 호의에 보답하는 것뿐이에요."

48

"당신을 고소할 수도 있어요."

에이버리는 부들부들 떨고 있는 엄마를 감싸 안은 채 고개를 끄덕였다. 리타는 리 요원의 사무실 벽에 붙여놓은 울퉁불퉁한 녹색 소파에 몸을 웅크리고 있었다. 그녀는 병원에 가기를 거부한 채, 처음엔 재러드에게 붙어 있다가 에이버리가 온 뒤부터는 딸한테서 떨어지지 않았다.

응급용품에서 찾아낸 얇은 담요에서는 곰팡내가 났다. 하지만 에이버리는 그 냄새조차 알아차리지 못했다. 엄마는 이제 안전했고, 다친 곳도 없었다. 충혈된 눈은 간밤의 인사불성 때문이라기보다는 공포와 금단증상의 결과였다.

"전부 내 생각이었어요." 에이버리는 사무실에 도착한 뒤로 격노한 채 계속 호통을 치고 있는 FBI 요원에게 말했다. "재러드와 다른 사람들은 그냥 날 도와주려고 한 거예요."

"사법 방해, 불법 공모, 증거 조작." 그 목록은 리 요원의 손바닥이 부딪치는 소리에 중단됐다. "위증죄는 말할 것도 없고."

"우리가 실질적으로 거짓말한 건 없습니다."

노아가 끼어들어 말했지만, 링에게 정강이만 걷어차였다.

"만일 내가 납치범을 쓰러뜨리지 못했다면 무슨 일이 일어났을지 알고는 있습니까?"

에이버리에게 안겨 있던 리타가 몸을 떨었다. 그러자 에이버리가 애서 화를 참고 있는 표정으로 리 요원을 쳐다보았다.

"일을 망쳤겠죠. 나도 알아요. 하지만 이제 우리한테는 증거가 있어요."

"증거? 지금 필립스가 죽기 전에 산산조각 내놓은 컴퓨터 조각을 말하는 겁니까?" 리는 팀원들이 이미 그 컴퓨터의 복원을 시작했다는 말을 하지 않았다. "필립스는 수류탄을 들고 있었을 수도 있어요. 다른 것도."

리타가 다시 몸을 떨기 시작하자, 에이버리는 그 자리에서 벌떡 일어났다. 그리고 엄마를 반쯤 들어 올리다시피 해서 문으로 갔다.

"리 요원님, 요원님이 엄마의 트라우마를 되새길 동안 우리 엄마가 누워서 쉴 만한 조용한 방이 있을까요?"

리 요원은 머쓱함에 얼굴을 문지른 뒤, 머뭇거리면서 리타에게 다가갔다. "이런 젠장. 죄송합니다, 킹 부인."

리 요원은 주먹 쥔 손을 주머니에 집어넣고 발뒤꿈치를 카펫에 문지르고 싶은 충동을 억눌렀다. 납치 피해자인 사람을 앞에 두고 큰 소리로 화를 내면 안 된다는 건 잘 알고 있었다.

자책감을 억누르며, 리가 문을 열었다. "매디슨 요원!"

현장에서 리타를 보살폈던 요원이 다가왔다. "네!"

"킹 부인이 여전히 병원에 가지 않겠다고 하면, 그땐 자네 사무실로 모셔가." 리타가 경련을 일으킨 것처럼 고개를 끄덕이자, 리는 마음이 약해졌다. "지금 당장 자네 사무실로 모셔. 편안하게 해드리고, 필요한 게 없는지 살펴드리게."

에이버리는 매디슨 요원에게 엄마를 넘기려고 돌아섰지만, 리타는 손톱을 깨물며 딸에게 매달린 채 가련한 목소리로 애원했다.

"아니, 싫어. 난 괜찮아. 그냥 여기 있고 싶어. 네 옆에서. 그러니까 날 보내지 마."

엄마를 꼭 감싸 안고 가볍게 흔들면서, 에이버리가 속삭였다. "내가 엄마를 저쪽 사무실까지 데려다줄게요. 난 여기 복도 끝에 있는 사무실에 있을 거예요. 몇 분이면 돼요. 약속할게요."

뒤쪽에 있던 매디슨 요원의 도움을 받아 에이버리는 리타를 1인용 의자에 앉힌 뒤, 담요를 턱 밑까지 끌어올려 덮어주었다. 그리고 엄마의 수척한 뺨에 얼룩진 희미한 멍 자국을 쓰다듬었다.

"배 안 고파요? 먹고 싶은 거 있어요? 커피나 물은요?"

리타는 매디슨 요원을 흘깃 올려다본 뒤, 에이버리 쪽으로 몸을 내밀었다. "필요한 건, 필요한 건 말이지……."

에이버리는 속이 뒤집어지는 것 같은 느낌으로, 엄마의 요구에 대비했다. "필요한 게 뭔데요?"

"초코바 좀 먹을 수 있을까? 뭐든 단걸로." 리타가 떨리는 미소를 지으며 딸의 뺨을 부드럽게 쓰다듬었다. "초콜릿이 도움이 될 것 같아."

"그럼 제대로 오셨네요." 매디슨 요원이 책상으로 가더니 서랍을 열고 뒤적거렸다. "여기 숨겨놨거든요. 스니커스에, 허시도 있어요. 어디 제로 콜라도 있었던 것 같은데." 어질러진 책상 위에 쌓여가던 초코바들이 그대로 무너졌다. "마실 걸로 콜라나 물을 좀 가져다드릴게요."

매디슨 요원이 음료수를 가지러 나가자, 처음으로 두 사람만 남게 되었다.

리타가 에이버리의 어깨에 대고 손가락을 꼬며 말했다. "네가 마지막으로 보내줬던 곳에서 설탕과 카페인도 같은 효과를 준다고 했어. 거의 비슷하대."

엄마가 심각한 상황에서 던진 농담이 심장을 쥐어짜자, 에이버리는 무너졌다.

"엄마, 정말 죄송해요. 엄마가 이런 일을 겪게 해서 너무 죄송해요." 에이버리는 고개를 숙였고, 비통함에 눈을 감았다. "엄마를 집으로 모셔왔어야 했어요."

"어째서? 그러면 난 네 돈을 훔쳤을 거고, 그러다 똑같이 잡혀갔을 수도 있는데?" 리타가 고개를 들고 쉰 목소리로 웃었다. "우리 딸, 이번 일은 네 탓이 아니야. 지금까지 갔던 데 중에 가장 저렴한 재활 치료소였어. 이번엔 그 사람들이 날 제대로 겁준 것 같아."

에이버리가 움찔했다. "농담하지 마세요."

여전히 솟구치는 공포심을 옆으로 밀어두고, 리타는 손으로 딸의 턱선을 어루만졌다. 아버지를 닮아 단단하게 튀어나온 턱이었다. 비록 충격을 받은 상태긴 했지만, 리타는 버럭버럭 큰 소리치던 FBI 요원이 하는 말을 통해, 에이버리가 뭔가 용감하지만 어리석은 짓을 저질렀다는 것을 알 수 있었다. 리타를 위한 일이었다.

"미안해, 우리 딸."

"엄마, 정말 걱정했어요."

"그자한테 몇 대 맞긴 했지만, 걱정할 정도는 아니야." 그리고 리타는 꼭 해야만 하는 말을 덧붙였다. "난 지난주에 봤을 때랑 달라진 게 없어. 에이버리, 날 집 밖으로 내보낸 건 잘한 짓이야. 그러니 넌 잘못한 게 없어."

"만일 그자가 엄마를 총으로 쏘기라도 했다면⋯⋯." 에이버리가 죄책감에 시달리며 말을 끊었다.

"네가 날 찾아주지 않았으면, 난 죽었을 거야. 그러니까 아까 화를 내던 남자 사무실에 가서 네가 원하는 대로 일을 끝내. 아, 그리고 범인들이 네 집을 감시하고 있었던 게 분명해. 그자들 중 한 명이 네 집에 불을 지를 거라고 했어. 균열된 파이프인지 뭔가를 가지고 불을 지를 거라고 했던 것 같아." 리타가 말했다.

"저들은 더 이상 아무 짓도 못할 거예요, 엄마. 이제 금방 끝나요. 약속할게요."

"그래." 리타는 에이버리의 이마에 키스한 뒤 외동딸의 체취를 들이마셨다. "이제 가보렴. 난 여기 있을 테니까."

"괜찮은 거죠?"

리타가 미소를 지었다. "날 붙잡아줄 초코바들이 있잖니. 어서 가봐."

이제 다음 차례로 넘어갈 때가 됐기에, 에이버리는 서둘러 몸을 일으켰다. 그리고 허리를 굽혀 엄마를 꼭 안아주었다.

"10분이면 될 거예요. 여기로 올 테니까, 같이 집으로 가요."

"10분." 리타가 착실하게 되뇌고는 에이버리를 한 번 더 꼭 끌어안았다. "다녀오렴."

에이버리는 천천히 그곳을 나와 리 요원의 사무실로 향했다.

그 순간 길고 차가운 전율이 온몸을 휘감자, 에이버리는 비틀거렸다. 폐가 달라붙은 것처럼 숨을 쉴 수가 없었다. 에이버리는 숨을 헐떡거리며 몸을 웅크렸다. 손을 뻗어 복도에 늘어서 있는 캐비닛을 붙잡았다. 하마터면 엄마가 죽을 뻔했다. 그 사실을 실감하자 막혀 있던 목구멍에서 흐느낌이 새어나왔다. 만일 리 요원이 창고를 덮치는 일에 동의하지 않았더라면. 만일 리 요원이 그 남자를 쏘지 않았더라면. **만일, 만일, 만일.**

그 말이 의심과 죄책감과 공포심 사이에 여기저기 부딪히며 굴러다녔다. 에이버리는 다른 남자를 구하기 위해 엄마를 죽일 뻔했다. 그리고 그 남자를 구하는 일은 여전히 실패할 가능성이 남아 있었다.

"킨 씨?" 매디슨 요원이 걱정스러운 눈빛으로 한 걸음 떨어진 곳에 서 있었다. "괜찮을 거예요."

"네?"

"공포심에서 솟구친 아드레날린 때문이에요. 이제 막 어머님을 되찾았으니, 아드레날린이 온몸에 흘러넘친 거죠. 곧 괜찮아질 거예요."

에이버리는 선의를 보인 여인에게 자신의 고통은 아직 3막이 남아 있다고 말하기 위해 입을 열었다. 하지만 그 대신 에이버리는 후들거리는 다리에 힘을 주고 몸을 일으켰다.

"감사합니다. 요원님이 어머니 옆을 지켜주셨으면 좋겠어요. 지금 금단증상을 보이는 중이거든요. 힘든 일이 될 수도 있어요. 가능한 한 빨리 치료를 받게 해드리고 싶어요. 도와주시겠어요?"

"잘 모시고 있을게요. FBI에서 치료 기관도 알아봐드리죠."

에이버리는 고맙다는 인사로 고개를 숙인 뒤, 리 요원의 사무실로 향했다.

사무실 안에 있던 리 요원은 간신히 화를 가라앉힌 상태였다. 그는 납치범인 마커스 필립스 상급 준위가 얼마 전까지 S&T 책임자인 윌 밴스 소령의 수하로 있었다는 내용이 담긴 신상 자료를 받은 상태였다. 에이버리가 사무실로 돌아오자, 리가 그 파일을 건네주었다. 에이버리는 아무 말 없이 자료의 내용을 살폈다.

"놀라지 않을 줄 알았습니다."

사실 그랬다. 비록 죽은 남자의 이름은 이제 알게 됐지만, 그의 전직 상관이 누구였는지는 새롭지 않았다. 에이버리는 그 자료를 재러드에게 넘긴 뒤 팔짱을 꼈다. 그녀는 그냥 서 있기로 했다. 리 요원의 화를 받아내는 데는 그편이 수월할 것 같았다.

"증거는 없어요. 하지만 지금껏 알아낸 바에 의하면 밴스 소령이 연관되어 있다는 것을 믿을 만한 충분한 이유가 있어요."

"당신이 알아낸 사실들을 말해줄 생각은 있습니까?" 리 요원이 책상에 엉덩이를 걸쳤다. "실례가 안 된다면 말이죠."

"아니요." 그 대답에 리 요원이 눈썹을 치켜뜨자 에이버리가 사과했다. "죄송해요, 아직 끝나지 않았거든요."

"뭐가 아직 끝나지 않았다는 말입니까?" 리 요원이 고개를 저으며 말했다. "그건 됐습니다. 일단 쉬운 질문부터 하죠. 어머님을 납치한 사람이 밴스 소령이라는 건 어떻게 알았습니까?"

"추측이었어요." 에이버리는 상황을 어렵게 만들고 싶지 않았지만, 최후의 수를 쓰기 전까지는 리 요원에게 솔직하게 털어놓을 수 없었다. 그녀의 목소리에는 진정한 후회가 가득했다. "리 요원님은 그동안 정말 잘해주셨어요. 하지만 내가 알고 있는 것들을 말씀드린다고 해도 요원님은 나설 수 없을 거예요. 확실한 증거가 없으니까요."

"그럼 당신 힘만으로 대통령의 참모를 막아낼 수 있다는 겁니까?" 명백한 비웃음이었다. "에이버리, 당신은 하워드 원을 대법관 자리에서 끌어내리는 것으로 어머님을 구했어요. 이제 이 일은

FBI에게 넘기고, 우리 일을 하게 해주시죠."

"내가 증명할 수 있는 것만으로는 밴스 소령에게 유죄판결을 내릴 수 없어요."

에이버리가 앞으로 나서자, 그녀의 심각한 표정이 리 요원의 눈에 들어왔다. 에이버리는 그를 흘깃 쳐다보았다. 하지만 이제 리는 에이버리가 마지막 과제를 끝마칠 수 있게 놔줘야만 했다. 그녀가 가방에서 윈 대법관의 서재에서 찾은 비닐봉투를 꺼냈다.

"이 약병에 남아 있는 지문을 검사해보고 결과를 알려주세요. 그렇게 하면 48시간 뒤에는 요원님의 경력이 정점을 찍게 될 거예요."

"난 흥정 같은 건 안 합니다. 그럼 당신한테는 24시간을 주죠. 지금도 시간이 가고 있어요."

재러드가 끼어들었다. "밴스 소령한테 가서 그 수하였던 남자에 대해 직접 물어보시죠. 밴스는 필립스가 용병으로 일하고 있다고 말할 겁니다. 그렇게 되면 요원님은 밴스 소령에게 반박하지 못하겠죠. 밴스는 용의주도하게 필립스가 우익 단체의 사주를 받았다는 증거를 잔뜩 만들어놓았을 겁니다."

그가 옳다는 것을 알아도 리 요원이 화를 누그러뜨리는 데 아무 도움이 되지 않았다. "나도 가만있지는 않을 겁니다."

"요원님이 질 거예요." 에이버리가 양손을 뒤로 돌려 깍지를 꼈다. "국토안보부 대 FBI. 국가 안보 위협 대 전쟁 영웅?"

"난 당신이나 밴스와 싸우려는 게 아닙니다. 내 일을 하는 것뿐이에요."

"내 일도 하게 해주면 훨씬 수월할 거예요."

"에이버리, 대체 당신 일이라는 게 뭡니까?"

"난 윈 대법관님의 법적 후견인이에요. 대법관님을 지키게 해주세요." 에이버리는 완강하고 끈질기게 리 요원에게 맞섰다. "48시간 뒤에는 저들 모두 요원님 거예요."

49

6월 27일 화요일

다음 날 아침 7시, 에이버리와 재러드가 세인트 레지스 호텔에 도착하자 인디라 스리니바산이 두 사람을 맞이했다. 경호원이 인내심을 가지고 서 있는 재러드의 몸을 수색했다. 이어서 에이버리의 몸을 수색한 뒤 둘 주위를 살피다가 뒤로 물러섰다.

"이상 없습니다."

"어서들 오세요." 나이절이 큰 소리로 인사를 하더니, 재러드에게 악수를 청했다. "반가워요, 윈 씨."

"쿠퍼 씨." 재러드가 맞은편 소파에 앉자 에이버리도 그 옆에 앉았다. "스리니바산 박사님."

"인디라와 나이절이라고 부르세요." 나이절은 소파 팔걸이에 걸터앉은 인디라 옆에 앉았다. 그는 무심결에 인디라의 손을 쓰다듬었다. "파산하기 일보 직전인 사람들한테 그렇게 격식 차릴 것 없어요."

"난 두 분 회사가 망하길 바라지 않아요. 재러드가 두 분과 함께 할 일이 있으니까요."

"그게 뭐죠?"

"티그리스와 그 외 전부 다요. 그 건에 대해 다 알고 있습니다."

"하지만 에이버리, 당신이 윈 대법관의 사직서를 내면서 저쪽 손을 들어줬잖아요. 난 더 나은 투자 수익을 기대했는데 말이죠."

에이버리가 대답하기 전에, 인디라가 끼어들었다.

"나이절은 당신한테 대통령과 그의 심복의 정체를 밝힐 수 있는 정보를 충분히 줬어요." 그녀는 에이버리가 이메일로 받았던 것과 같은 내용이 담긴 서류들이 놓여 있는 나지막한 테이블을 손으로 가리켰다. "우리를 왜 보자고 한 거죠?"

"나이절이 내게 준 정보에 대한 확인이 필요해서요."

"그건 퍼팔레오 박사한테 해달라고 해요. 아니면 우리가 가진 문서에 관한 소환장을 받아오거나." 인디라가 고집스럽게 말했다.

"우린 퍼팔레오 박사가 죽었을 거라고 생각해요. 그리고 인도 정부를 통해 당신이 소환장에 응하게 만들려면 몇 년이 걸리겠죠."

"그럴지도 모르죠."

"그리고 이것도 알고 있을 거예요. 그때까지 스토크스 대통령은 범죄인 인도 조약이 없는 나라에 숨어 있을 거라는 것 말이에요. 젠 워크스는 아드바르와 기술을 공유할 기회를 놓치게 될 테고, 두 분은 수십억 달러를 날리게 될 겁니다. 물론 그것도 두 분의 회사가 일련의 의회 청문회들과 FDA 심리, 국제형사재판소의 고발에도 파산하지 않았을 경우에 말이지만요."

"그래서 어떻게 하자는 거죠?" 인디라가 자리에서 일어나자 에이버리도 일어나 마주 보았다. "평판 같은 건 아무래도 좋아요. 당신한테 문서도 주지 않을 거예요. 이제 어떻게 할 건가요?"

"대답하기 전에 질문 하나만 해도 될까요?"

"뭐죠?"

"히게이아가 어디까지 갔는지 알고 있었나요?" 에이버리가 인디

라에게로 한 발 다가갔다. "티그리스 프로젝트가 이론으로 끝난 게
아니라는 것 말이에요."

"뭐라고요?" 나이절이 깜짝 놀라 자리에서 일어났다. "그건 불가
능한 일입니다. 인디라도, 나도 티그리스 프로젝트의 실제 생산을
승인하지 않았으니까요. 그건 너무 야만적이지 않습니까."

"하지만 실제로 그런 일이 벌어졌어요. 아닌가요?" 에이버리는
아무 반응이 없는 인디라를 뚫어지게 주시하며 비난조로 말을 이
었다. "아니 람지는 인간의 게놈을 무기화하는 방법에 대해 이론
만 세운 게 아니라 더한 것도 했기 때문에 죽을 뻔했어요. 람지 박
사가 직접 확인해줬죠. 람지 박사는 자신이 세운 이론을 실험했고,
성공했어요. 히게이아를 샀을 때 당신은 연구를 중단시키지 않았
죠. 그 연구를 계속 이어가면서 잠재력을 확장할 생각이었어요. 하
지만 람지 박사가 당신을 돕지 않겠다고 했죠."

"그럴 리 없어요. 그 기술이 장래성이 있긴 했지만, 인체 실험을
할 시간까진 없었으니까. 안 그래, 인디라?" 나이절이 반박했다.

에이버리가 재러드를 보며 고개를 끄덕이자 재러드가 유리가 깔
린 테이블 위에 파일을 펼쳤다.

"이게 증거입니다."

람지 박사의 USB 드라이브에서 내려받은 적나라한 사진들을 순
서대로 나열했다. 차가운 살균등 불빛 아래 엉망이 된 시신들이 누
워 있었다.

"인디라?"

인디라는 돌아서며 창밖으로 보이는 백악관을 쳐다보았다. "아드
바르 회장이 회사를 위한 내 꿈에 자금을 지원해줬어요. 그래서 회
장이 히게이아에 관련해 연락해왔을 때 거절할 수가 없었어요."

"뭐라고 했는데요?"

"수상이 자신의 내각과 해외에서 자금을 댄 위험하지만 전도유 망한 프로젝트에 대해 알게 됐다는 거였어요. 테러를 멈추고 싶었 던 정부와 과학자들의 조합이었던 거죠." 인디라는 창문을 바라보 며 창틀을 붙잡았다. "당신들 미국인들은 9.11 테러를 유례없는 사 건으로 기억할 거예요. 하지만 인도에서는 이슬람교도들이 힌두교 도들을 증오하고 있어요. 발리, 뭄바이, 런던. 세계 어디서든 그들 은 살아 있는 희생물로 자폭하고 있죠."

"그래서 그들을 상대로 실험을 했다는 건가요? 그들의 탓이라고 정당화하면서?" 재러드가 거칠게 물었다.

인디라가 돌아섰다. "내가 티그리스에 대해 알게 된 건 인체 실 험이 있고 나서 한참 뒤였어요. 회사를 인수한 뒤에, 티그리스를 위해 브라마푸트라 계곡과 카슈미르에서 수백 명의 죄수들을 꾀어 냈다는 걸 발견했어요. 새로 취임한 이사장으로서, 난 그 프로젝트 에 다른 쓸모가 있는지 알아보기 위해 철저히 조사하고, 그 기술을 평가했어요."

"이를테면 이슬람교도 숙청 같은?" 에이버리가 조용히 물었다.

"난 과학자예요. 유전자를 편집하는 것이 우리 일이죠. 그리고 람지 박사 팀에서 나로선 상상조차 하지 못했던 방식으로 바이러 스를 이용하는 법을 알아냈어요." 인디라가 굳은 표정으로 잠시 말 을 멈춘 후 다시 입을 열었다. "그 후에 람지 박사는 속죄를 원했어 요. 그리고 그 연구의 진실을 세상에 밝히려고 했죠. 정부로서는 그 일과 관련된 세부 조사를 받아들일 수 없었고, 우리 회사 역시 마 찬가지였어요. 우린 그 사람의 연구를 이어받은 것뿐이었으니까요. 람지 박사와 그 동료들을 목표물로 삼게 된 건 양자 간의 결정이었

488

죠. 내가 그 일의 책임자는 아니었지만, 보고는 계속 받았습니다."

"그리고 박사님은 입을 다물고 있었죠." 에이버리가 말했다.

"국가 원수들의 뜻을 저버릴 순 없으니까요. 그 대신 보다 효과를 낼 수 있는 곳에 집중했어요. 히게이아의 기술을 우리 쪽에 흡수할 수 있게 이사회를 설득했죠. 그 연구에 대한 그들의 노력은 끔찍했지만, 그 안에 함축되어 있는 건 경이로웠으니까요. 그 기술이 있으면 앞으로 10년 이내에 부르신 증후군이나 파킨슨병과 같은 질병을 치료할 수 있어요. 바이러스 벡터를 이용해 유전자 순서를 편집하는 거죠."

"그러니까 그 기술이 이미 존재한다는 거네. 합병을 한다고 해도, 우리한테 원하는 건 제약 기술뿐이었던 거구나." 나이절이 뒤로 물러났다. "이 모든 일을 스토크스 대통령도 알고 있어?"

"물론이지. 이 프로젝트에 대한 미국 쪽 자금 지원을 승인했던 건 스토크스가 부통령일 때였으니까." 인디라가 헛웃음을 지으며 대답했다. "티그리스가 발견됐을 무렵에, 스토크스는 엑슨 플로리오 법을 발표했어. 바로 그때 회장님은 미국 정보부가 그 실험에 참가했던 과학자들을 제거하고 있다는 것을 알게 됐지. 그 상황을 저지하기 위해 밴스 소령에게 연락했지만, 이미 너무 늦었던 거야. 다 죽고 간신히 람지 박사만 남아 있던 상황이었어."

"그게 다가 아니죠?" 에이버리가 물었다.

"맞아요." 인디라가 도전적으로 어깨를 으쓱했다. "람지 박사의 결과물은 특별했지만, 대체가 불가능한 건 아니었어요. '첸 쿠'에서도 비슷한 기술로, 비슷한 연구를 하고 있었죠. 몇 년이면 따라잡힐 상황이었어요. 난 그쪽에 지고 싶지 않았어요. 좋은 일에 쓸 수 있으니까."

"그렇다면 람지 박사는 어떻게 된 겁니까?" 재러드가 물었다.

"모르겠어요." 인디라가 방어적으로 양손을 들어 올렸다. "정말 몰라요. 나이절이 당신 아버지가 조사한 내용에 대해 말해준 뒤에 야, 람지 박사가 그 정보를 다른 사람과 공유했을 수도 있다는 사실을 깨달았으니까. 우리 쪽에서 파견한 조사관들은 람지 박사를 첸나이까지 추격했고, 난 그 사실을 밴스 소령에게 알렸어요. 내 생각에는……."

나이절이 흥분해서 외쳤다. "당신이 그 사람을 죽인 거야?"

"나도 모르겠어." 인디라는 다른 세 사람이 얼어붙은 채로 서 있는 테이블 앞으로 돌아왔다. "티그리스 사건으로 그 기술의 앞날을 막을 순 없어요. 장차 셀 수 없이 많은 사람들의 생명을 살릴 기술이니까요."

"그 기술로 박사님의 병도 고칠 수 있나요?" 에이버리가 물었다.

인디라가 가볍게 어깨를 으쓱했다. "우리가 만든 약이 나한테도 도움이 된다면, 내가 다른 사람들을 구하는 데 더 많은 시간을 쓸 수 있게 되겠죠. 이런 불행을 겪고 있는 상황에 개인적인 특권으로 나 자신을 구제한다고 해서 문제될 건 없다고 생각해요. 티그리스를 만든 건 내가 아니고, 인체 실험 대상들을 죽인 것도 내가 아니니까요."

"스리니바산 박사님은 범죄자입니다. 그 사람들의 죽음을 직접 지시하지 않았다고 해도, 공모한 셈이니까요." 재러드가 노골적으로 말했다.

"증명해보세요. 난 여기서 했던 모든 이야기들을 부인할 겁니다. 더불어 RAW(인도의 정보부 특수부대) 덕분에 아무 증거도 찾지 못할 거예요." 인디라가 나이절을 무시하는 듯한 손짓을 했다. "나이절도 지금 이 상황에 경악했을 수 있지만, 설사 그렇다고 해도 우리가 알츠하이머, 관절염, 암을 치료할 수 있는 생물유전학 기술을 개발하는 중이라고 발표할 경우 우리 주가가 얼마나 올라갈 것인지부터 계산하고 있을 거예요."

"우리 쪽에선 퍼팔레오 박사에게 받은 서류가 확실하다는 진술서를 법원에 제공하는 데 동의할 겁니다. 인디라는 재임 이전에 있었던 끔찍한 연구뿐만 아니라 히게이아가 저지른 잘못들은 인정하는 일 없이, 당신들의 이론을 지지하는 데 유용할 만한 정보들만 밝힐 거예요." 나이절이 진지하게 말하고는 몸서리를 치며 테이블 위에 놓인 사진들을 가리켰다. "저 사진들은 다 없애버릴 겁니다."

"그렇게 하면 당신들은 무사히 빠져나갈 수 있다는 건가요?" 에이버리가 믿을 수 없다는 듯 쏘아붙였다.

인디라가 테이블 위로 손을 내밀더니, 죽은 사람들의 사진 옆에 놓여 있던 중국 찻잔을 들어 올렸다. "킨 씨도 자신에게 가장 해로운 게 뭔지 선택해야 할 겁니다. 당신들을 회유하기 위해, 난 '잠자는 미녀'의 해독제에 대한 연구를 재승인할 거예요."

"'잠자는 미녀'가 뭔데?" 나이절이 물었다.

인디라가 나이절의 팔을 달래듯 쓰다듬었다.

"윈 대법관을 혼수상태에 빠지게 만든 약물이야. 아드바르에서 개발한 거지. 몇 달 안에 젠 워크스와 아드바르는 부작용을 최소화한 상태로 혼수상태에 빠뜨려 사람의 목숨을 구하는 약과 거기서 깨어나게 해주는 약을 선보이게 될 거야." 인디라가 에이버리를 돌아보며 말했다. "내가 알기로는 윈 대법관이 최소한의 뇌 활동을 유지하고 있는 건 그 약 덕분이에요. 저급의 극저온학으로 생각하면 되죠. 윈 대법관의 상태는 시간이 지나면 호전될 겁니다."

재러드가 물었다. "지금 아버지의 목숨을 걸고 거래를 하자는 겁니까?"

"맞아요. 거래에 응할 건가요?"

재러드가 에이버리의 손을 꼭 잡았다.

그에게 그런 희생을 요구하고 싶지 않았던 에이버리는 뻣뻣하게 고개를 끄덕였다. "좋아요."

에이버리는 살해당했다는 유언비어를 퍼뜨려 아니 람지를 지켰다. 이제는 마지막 한 수만 남아 있었다.

인디라가 우아하게 자리에서 일어나더니, 옆방에 있던 사람들을 불렀다. 공증인들이 그 서류들을 확인하고 나가자, 인디라는 절뚝거리면서 스위트룸의 넓은 창으로 다가갔다.

"끔찍한 걸 물려받긴 했지만, 내가 만든 건 아니에요."

에이버리는 몸을 숙여 공증된 서류를 집어 들었다. "그만둘 생각도 없었죠."

재러드가 에이버리를 따라 문 쪽으로 걸어가다가, 불쌍하다는 표정으로 나이절을 돌아보았다. "쿠퍼 씨, 앞으로 난 당신의 파트너들을 주시할 겁니다. 아주 주의 깊게 말이죠."

50

노아는 오전 9시에 고소장을 제출했다.

케니스 스테이플턴 판사는 짙은 갈색 피부에, 나무 몸통 같은 팔다리를 가진 단단하고 듬직한 참나무 같은 사람이었다. 법을 공부하기 전에 그는 대학미식축구 최우수선수상의 최종 후보에 올랐었다. 그 뒤로 한 달도 안 돼서 자동차 사고로 미식축구 선수로서의 경력이 끝나버리자, 스테이플턴은 재활 기간 동안 법학 대학원 입학시험 공부를 했다. 보수적인 성향과 버지니아주 검사로서의 화려한 경력 덕분에, 그는 브랜던 스토크스 대통령의 1차 임명의 우대로 컬럼비아주 지방법원에 자리를 얻었다.

하지만 2년이라는 시간이 흐르면서 은인에 대한 호감이 줄어든 상태였다. 스테이플턴의 머릿속에서 스토크스 대통령은 자신이 신성하게 여기는 헌법서를 조직적으로 찢어발기고 있었다. 헌법서는 그의 자택 침실용 탁자에 놓여 있었고, 워싱턴 지방법원의 책상에도 놓여 있었다.

종신 임명은 연방법원 최고의 혜택이었다. 탄핵 청문회에 올라갈 정도로 오만하게 굴지만 않는다면 평생직장이 보장되었다. 하지만 만일 그가 자신을 이 판에 올려준 무리들의 기준에 맞추지 못한다면 더 이상 위로 올라가지 못할 것이다.

52세의 나이에, 스테이플턴은 그대로 워싱턴 지방법원에 남을 것인지, 항소법원 자리를 얻기 위해 노력해야 할지 결정하지 못했다. 하지만 지금 책상에 놓여 있는 고소장을 본 순간, 그는 어떤 선택을 해야 할지 확실히 알 것 같았다.

책상에는 매일 사소한 고소장들이 올라왔다. 연방 죄수들, 추방당하기 직전인 이민자들, 연방법원의 뛰어난 접근성을 수단으로 삼을 작정인 화가 잔뜩 난 일반 시민들이 제출한 고소장들이 서기 책상 위에 있는 깔때기 모양의 통 속에 넘쳐났다. 하지만 그중에 스테이플턴의 정치적 미래를 함께 첨부해 보내는 경우는 거의 없었다.

11시 30분이 되자, 스테이플턴은 듬성듬성 기록되어 있는 내용들과 그들의 주장을 머릿속에 집어넣었다. 이제 그는 8개월간의 재활을 견뎌냈던 용기를 총동원해, 직감이 이끄는 대로 행동할 것이다. 아니면 예전 코치가 해주었던 최고의 조언을 떠올리고 그대로 따를 것이다.

"화물 열차가 네 쪽으로 달려올 때 공을 들고 가만히 서 있지 마라. 만일 네가 죽는다면 2쿼터에 뛸 수 없으니까."

코치의 말이 귓가에 울리자, 케니스 스테이플턴 판사는 민사소송 2012-1058은 여기서 처리하기에는 부적절하다는 이유로 거부했다. 하지만 자신의 결정을 기다리고 있을 젊은 변호인의 의뢰인을 생각해, 즉시 그 안건을 컬럼비아 지방법원에 대한 미국 순회 항소법원에 올렸다. 스테이플턴은 서류에 서명을 한 뒤, 그 제목을 멍하니 쳐다보다가 도저히 믿을 수 없다는 듯 고개를 내저었다.

원고: 미 연방 대법원 배석판사 하워드 제퍼슨 윈
피고: 미합중국

화요일, 워싱턴순회법원 판사석에 앉아 있는 판사들 중에 대학에서 미식축구를 한 사람은 아무도 없었다. 세 명의 법관들은 머릿속으로 자신들을 똑딱거리는 시한폭탄과 치명적인 폭발에 비견하고 있었다. 그들은 집단적인 비겁함을 행동으로 옮기고자 고군분투하면서도, 수류탄을 옆으로 넘겨야 하는 사람들처럼 행동했다.

그들은 민사소송 2012-1058의 고소장을 하급법원에서 넘겨받았던 대로, 그 폭탄이 터질 경우 이익을 얻거나 불에 타버릴 사람들이 있는 쪽으로 다시 넘겼다. 바로 전날 오후, 법적 후견인에 의해 감행된 대법관의 사임을 무효화시켜달라는 하워드 윈의 고소장은 법원들을 거쳐 국민과 나라 사이의 분쟁을 본래 관할하는 대법원으로 들어갔다. 그리고 그 고소장은 테리사 로즈버러 대법원장의 손에 떨어졌다.

51

6월 28일 수요일
미국 대법원
오전 9시 5분

새 회기가 시작되기 며칠 전인 지난 9월, 하워드 원 대법관은 자신의 법원 서기들에게 입회 선서를 시켰다. 그는 판사들을 돕는 사법 보좌관들의 입회를 허용하지 않는 건 미친 짓이라고 말했다. 그래서 에이버리 킨은 그 주장을 입증하기 위해 미 대법원 앞에 서야만 했다.

에이버리에게 내려졌던 대법원장의 법원 출입 금지 명령은 예전 사무실에서의 사생활을 보호할 수 있도록 잠시 해제되었다. 사무실은 텅 비어 있었다. 비서들은 지난 일주일간 게으름을 피웠고, 오늘 있을 이례적인 청문회에 한해 일상적인 업무에서 벗어나 방청 허가를 받았다.

에이버리는 익숙한 가구들을 눈으로 훑으며 천천히 사무실로 들어갔다. 그녀 뒤로 재러드가 문 앞에서 기다리고 있었다. 링과 노아는 이미 본관으로 내려가 청문회를 기다리고 있었다. 하지만 에이버리는 재러드에게 국가를 위해 헌신했던 아버지의 일터를 보여주고 싶었다.

"대법관님은 언제나 비서들보다 먼저 출근하셨어요." 에이버리가 닫혀 있는 윈 대법관의 집무실 문에 손을 뻗으며 중얼거렸다. "윈 대법관님은 검사가 인용한 모든 사건의 개요를 다 읽으셨죠. 심지어 그 인용문에 인용된 내용까지 말이에요."

에이버리는 재러드에게 손짓해 카펫이 깔린 윈 대법관의 집무실로 들어오게 했다. 평평한 공간에는 전부 책이 쌓여 있었다.

윈 대법관이 남겨놓고 간 그대로, 아무도 손대지 않은 서류들이 작업용 테이블 위에 흩어져 있었다. 색인표와 펜으로 페이지가 표시되어 있었고, 노란색 노트 위에는 녹색 펜으로 휘갈겨 쓴, 눈에 익은 대법관의 필체가 남아 있었다. 카펫 위에 아무렇게나 쌓아올린 신문들과 논문들이 정신없이 선반 쪽에 기울어져 있는 어수선하지만 학구적인 분위기의 집무실이었다.

"집무실 청소를 하지 못하게 하셨어요." 에이버리가 부드러운 미소를 지으며 설명했다.

"한 번도 안 했다는 말인가요?"

"소문에 의하면 수십 년 전에 회기가 끝난 뒤, 청소를 하려고 했던 비서가 있었대요. 그러자 윈 대법관님이 그 비서를 상업 회의소로 보내버리셨다고 해요."

재러드는 어머니가 집에 있던 서재 상태를 보고 아버지를 혼내던 기억이 어렴풋이 떠올랐다. "엄마는 이런 걸 용납하지 않으셨죠. 아버지한테 직장에서는 마음껏 어질러도 상관없지만, 집은 어머니의 영역이라고 하셨어요." 그리고 그들이 수색했던 대법관 자택의 깔끔하게 정리되어 있던 서재를 생각했다. "어머니가 했던 말을 잊지 않으셨던 모양이네요."

두 사람은 조용한 집무실 안에 나란히 서 있었다.

에이버리가 재러드의 손을 꼭 잡아주었다. "윈 대법관님은 까다로운 분이셨어요. 하지만 항상 좋은 분이었죠. 친절하다는 말은 아니에요. 하지만 좋은 분이셨어요."

"뭔가 대단한 것 같네요."

에이버리는 호화로운 메릴랜드 병원의 치료 병동에 누워 있을 리타를 떠올렸다. "가끔은 그거면 되죠."

스스로에게 짜증이 난 재러드는 숨을 내쉰 뒤, 에이버리를 돌아보았다.

"여기로 데려와줘서 고마워요, 에이버리. 아버지에게도 좋은 점이 있다는 걸 알게 해줘서." 재러드는 에이버리를 쳐다보았다. 그의 시선이 그녀의 매끄러운 살결을 따라가다 피로로 인해 드리운 초록색 눈 밑 그림자에 이르렀다. "아버지가 당신한테 의지한 건 옳은 선택이었어요."

"아직 끝나지 않았어요."

"그럴지도 모르죠. 하지만 당신은 아버지가 기대했던 이상의 몫을 해냈어요. 이번 일을 원점으로 끌고 왔죠. 앞으로 일이 어떻게 되든 당신은 아버지의 챔피언이에요. 난 그저 당신한테 고맙다는 인사를 하고 싶은 거고."

에이버리가 미소를 짓자 재러드는 에이버리가 피할 시간을 주면서 천천히 다가왔다. 하지만 에이버리는 그 자리에서 가만히 기다렸다. 재러드의 입술이 그녀의 입술을 덮자, 에이버리는 손을 그의 어깨에 올리고 꼭 붙잡았다. 시간을 뛰어넘고, 약속을 뛰어넘은 키스였다.

조금 뒤 에이버리가 눈꺼풀을 파르르 떨면서 눈을 뜨자, 두 사람의 입술이 떨어졌다.

"여기서 이런 일을 벌일 줄은 몰랐는데……."

재러드가 싱긋 웃자 에이버리도 웃으며 답했다.

"이제 쇼를 시작해보죠."

미국 대법원의 법정은 13미터 높이의 천장과 이탈리아 리구리아에서 들여온 시에나 대리석으로 된 스물네 개의 기둥을 자랑하고 있었다. 에이버리는 윤기가 나는 마호가니 테이블에 홀로 앉은 채 카펫이 깔린 바닥을 발로 쉴 새 없이 두드리고 있었다. 앞에는 판사석이 있었고, 왼쪽에는 법원 서기가 앉아 있었다. 법원 경위가 앉은 오른쪽 책상 위에는 변론 제한 시간을 알려주는 적색과 백색 불빛이 깜박거리고 있었다.

에이버리의 뒤쪽으로 청동 난간이 길게 뻗어 있었다. 법정 왼쪽에 배열된 붉은색 좌석들에는 이 진귀한 광경을 취재하러 온 기자들로 북적거리고 있었다. 맞은편에 있는 붉은색 의자에는 재러드와 노아, 링을 포함해, 대법원장의 초대로 들어온 방청객들이 앉아 있었다. 그 의자들 앞쪽에 배치된 검은색 의자에는 평생 법원 출입을 피하면서 살아왔던, 쉽게 볼 수 없는 사람들이 모여 있었다. 그중 한 자리에 몸을 웅크리고 앉아 있던 하원의장이 어깨로 옆에 앉은 상원 다수당 대표를 툭툭 쳤다.

"아팠겠어." 듀보스 포터 하원의장이 속삭였다.

"응?" 켄 네이버스 상원 다수당 대표는 나지막하게 말하는 하원의장의 말을 듣기 위해 고개를 숙였다. "뭐가 말이야?"

"웬 여자가 당신한테 당신 몽정을 손에 쥐여줬다가 공공장소에서 다시 낚아채갔으니 말이야." 포터 하원의장이 피고석에 홀로 앉아 있는 젊은 여자를 손가락으로 가리켰다. "하마터면 휴회 기간 동안 개자식이 공석을 차지할 뻔했잖아."

네이버스가 격렬하게 고개를 끄덕였다. "안 그래도 어제 상원의 원들이 우리 집 문 앞에 진을 치고 있었다네. 모두들 휴회 약속과 우익 판사들에 대해 소리쳤어. 화요일에 비행기를 타고 싶어 하는 사람도 없고, 이곳에 머물 여유가 있는 사람도 없지. 예비 선거가 코앞인 데다가 모두 돈줄을 잡아야 하니 말이야."

상원 다수당 대표로서 네이버스는 용의주도하게 엄청난 선거 자금을 모아두었지만, 그럼에도 그 어떤 것도 당연하게 여기지 않음으로써 권력을 유지했다. 특히 바보들의 무모한 행동들에 대해서도 마찬가지였다. 오늘 무슨 일이 일어날지 그는 알 수 없었다.

"자넨 법대 출신이었지. 저 여자한테 승산이 있나?"

"난들 아나?" 포터가 중얼거렸다. "지방검사로 일했던 10년간 이런 건 들어본 적도 없는데. 고소장이 지방법원과 항소법원을 기름칠이라도 한 것처럼 순식간에 통과했어. 내가 보기에 판사들은 자기들한테 하나도 좋을 게 없는 이 재판의 어느 쪽에도 서고 싶어 하지 않을 거야. 법률 고문은 이 일이 합법적이라고 하긴 했지만, 예를 들진 못했지."

"저 법원 서기가 이길 거라고 생각하나? 스토크스의 엉덩이를 걷어찰 수 있을까?"

"법무차관을 상대로 말인가?" 포터는 서류 더미 쪽으로 몸을 숙이고 있는 에이버리 킨을 살폈다. 그녀는 메모장에 뭔가를 적더니, 조금 뒤에 다시 자신이 쓴 내용에 줄을 긋고 있었다. "법무차관은 저 여자를 한입에 먹어치울 거야."

"소화가 잘 되길 바라야겠군. 휴회를 영구적으로 철회하지 않는 한 법원 쪽은 포기해야겠어. 선거 해이니, 휴회는 불가능한 일이고 말이야."

"교활한 놈 같으니." 손가락 마디를 꺾으며 포터가 욕을 내뱉었다. "휴회를 철회하면 감당할 수 없을 만큼 욕을 먹게 될 거고, 이대로 가만히 있으면 패배할 거야."

뒤쪽에서 사람들 사이에 소란이 일었다. 두 사람은 무슨 일인지 보기 위해 고개를 돌렸다. 경호원들이 법원 안에 진을 치자 하원의장이 욕을 내뱉었다. 브랜던 스토크스 대통령이 법무차관과 비밀정보국 간부 및 요원들을 대동한 채 법정으로 들어섰다.

에이버리도 그쪽을 쳐다보았다. 뾰족한 못이 신경을 긁고 있는 것 같은 느낌이 들었다. 스토크스 대통령은 혼자 오지 않았다. 한 발 뒤에 밴스 소령이 있었다. 그들의 모습을 지켜보던 에이버리는 대통령이 하원의장과 상원 다수당 대표 옆자리에 앉는 것을 보았다. 무장한 경호원들이 출구와 취약한 지점들을 엄호했다.

법무차관인 데이비드 랜스턴이 성큼성큼 다가오자 에이버리가 머뭇거리며 자리에서 일어났다.

"킨 씨." 그가 인사를 건네며 악수를 청했다. 에이버리가 그 손을 잡자 법무차관은 형식적으로 잡은 손을 흔들었다. "우리 직원을 통해 당신이 아주 바쁜 한 주를 보냈다는 말을 전해 들었습니다. 하루는 사직서를 내고, 바로 그다음 날 바로 사직을 무효화하는 소송을 걸었으니까요. 난 우리가 지금 여기서 무엇을 하고 있는 건지 모르겠군요."

"네?"

"그 테이프들을 보고, 당신이 작성한 보고서도 살펴봤습니다." 그는 에이버리를 보며 생색을 내는 것 같은 환한 미소를 지었다.

"원 대법관의 사직서를 냈을 때 당신은 크게 고민한 것처럼 보이지 않았어요. 강요당했다는 증거도 없고."

에이버리가 화를 냈다. "내가 연기를 잘했나 보죠."

"하지만 여긴 무대가 아니라 법정이에요. 그 차이를 이해하는 게 좋을 겁니다. 난 내 나라를 상대로 하는 소송을 가볍게 여기지 않으니까요." 그는 그대로 몸을 돌려 자기 자리에 앉았다.

에이버리는 의자에 몸을 파묻은 채 멍하니 자신이 적은 메모를 쳐다보았다. 대통령이 법정에 나타날 거라고는 예상하지 못했다. 에이버리가 알기로 법정까지 와서 구두 변론을 지켜본 대통령은 아무도 없었다. 대통령이 의회 지도자들 옆에 앉으면서, 권력의 물리적인 분리가 완전히 무너져버렸다.

에이버리는 자기 내면의 웃음소리가 히스테리에 가까워지는 것을 느끼자, 숨을 가다듬으며 마음을 가라앉혔다. 대법원으로 오는 건 도박이었다. 그것도 아주 큰 도박. 대법원은 제1심 재판소로서 민사소송의 원칙을 따라야 할 의무가 없었다. 하지만 이 법정에는 동정심이 많은 배심원이나 깜짝 놀랄 만한 증인도 없었다.

에이버리는 이번 일을 즉흥적으로 했다. 고소의 무게와 정의를 추구하는 사람들의 경계심에 희망을 걸었다. 뒤에 앉은 방청객들 사이에 인디라와 나이절이 동상처럼 앉아 있었다. 그들의 운명도 에이버리에게 달려 있었다. 그들은 완전히 망했다.

손목시계를 보니, 오전 10시였다. 여덟 명의 대법관이 모습을 보이자 스토크스 대통령을 포함, 법정에 있던 다른 사람들처럼 에이버리도 자리에서 일어났다. 대법관들은 양 끝이 날개처럼 휘어진 마호가니로 된 단상 앞에 각자 자리를 잡고 앉았다. 에이버리는 법대생일 때부터 시작해 법원 서기로 일하는 동안 이런 광경을 수십

번 보았다. 그녀가 청원인으로서 이 자리에 설 거라는 생각은 단한 번도 해본 적이 없었다. 아홉 번째 의자가 비어 있는 것도 처음이었다.

로즈버러 대법원장이 오전 10시 3분, 재판 시작을 알렸다.

"지금부터 **연방대법관 하워드 제퍼슨 윈 대 미합중국의 재판**을 시작하겠습니다." 에이버리를 바라보는 갈색 눈은 호의적이지 않았다. "킨 씨, 원칙적으로는 킨 씨가 먼저 발언하는 것이 맞지만 법무차관이 먼저 발언하고 싶다는 요청을 했어요. 이번 재판의 특이성을 고려해 우린 그 요청을 받아들이기로 했습니다. 랠스턴 씨, 시작하시죠."

데이비드 랠스턴 법무차관은 세심하게 연습한 엄숙한 표정으로 자리에서 일어나, 여덟 명의 대법관 앞에 섰다.

"존경하는 대법원장님, 제가 먼저 발언할 기회를 달라고 요청한 것은 지금 이 청원에 대해 미합중국이 확고하게 반대한다는 뜻을 밝히기 위해서입니다. **마버리 대 매디슨*** 판례에서, 존 마셜 대법원장은 대법원의 1심 재판권은 미 연방정부 공무원들에게까지 확대되지 않는다는 판결을 내렸습니다. 하워드 윈 대법관의 사임을 받아들인 건 미합중국이 아닌 스토크스 대통령입니다. 그 판례만으로도 이 사건은 이 법정에 설 수 없습니다. 더군다나 사임 무효화는 법 규범이나 연방과 관련된 문제들 속에 존재하지 않습니다. 킨 씨는 법적으로 자신의 목적을 이룰 수 없습니다. 한마디로 불가능한 일인 거죠. 전 킨 씨의 명성과 그녀의 유명한 쟁점을 누리려고 하는 법정의 태도에 이의를 제기하는 바입니다."

---

* 1803년에 판결된 사건으로, 위헌법률심사제원칙을 수립하고, 대법원이 입법부와 행정부 조치의 합헌성을 결정할 수 있는 권한을 가지게 되었다.

에이버리는 법무차관의 말에 반박하기 위해 몸을 들썩였다.

하지만 대법원장이 말했다. "랜스턴 씨, 당신이 제출한 보고서는 받았습니다. 이 사안에 대한 당신의 우려를 법원도 동의하기에 구두 변론을 듣기로 결정한 겁니다. 당신과 당신 의뢰인의 이의는 잘 알겠습니다."

"감사합니다, 대법원장님." 랜스턴이 두드러지게 적대적인 표정으로 자리로 돌아가 털썩 주저앉았다.

"킨 씨."

에이버리는 단상 앞으로 나가 백색 불빛이 들어오기를 기다렸다. 불안감에 몸이 떨렸지만, 자신이 바라는 대로 자신감 있게 들리길 바라면서 목소리에 힘을 주었다.

"존경하는 대법원장님, 오늘은 이 몸의 구제를 위한 특별한 청원을 드리려 합니다. 6월 26일 월요일, 전 법적 후견인의 자격으로 하워드 윈 대법관님의 사직서를 제출했습니다. 그리고 그 직후 그 사직서를 무효화하기 위한 청원서를 제출했습니다. 그 사직서를 제출한 것은 윈 대법관님의 최선의 이익을 위해서가 아닌, 강요의 결과였기 때문입니다."

자유주의자들에게 독설을 퍼부으며 끈질기게 하워드 윈 대법관을 조준해온 브링먼 대법관이 제일 먼저 공격을 시작했다. "비록 내 동료들은 이 청원을 들어보기로 했고, 그 결과 나는 다수결에 따르기로 했지만, 내 마음의 평화를 위해, 이 소송을 미국을 상대로 한 근거가 무엇인지 말해줄 수 있겠습니까? 사직서를 받아들인 사람으로서 정확하게 하려면 대통령을 상대로 소송을 제기했어야 하지 않을까요?"

에이버리는 소송을 원하는 법대생들의 통과 의례인 모의재판에서 실력을 발휘했었다. 대부분의 TV 변호사 쇼에서는 검찰과 변호인의 다툼에 집중하는 반면, 법대생들과 경력 있는 변호사들은 진정한 고통은 사법적 심문에서 나온다는 것을 잘 알고 있었다. 질문을 던지거나, 상대방을 모욕하는 데 제한이 없는 무자비한 판사들 앞에서 자신의 모든 생각을 변호해야만 하는 일이 고역이었다.

에이버리는 기운을 끌어모아 착실하게 대답했다. "대통령은 모든 미국 국민들을 대신해 서 있는 것이므로, 이번 소송의 대상은 정확했다고 생각합니다. 그러므로 윈 대법관의 사직을 받아들이거나 무효화할 수 있는 건 미합중국뿐입니다."

에이버리는 쿵쾅거리는 자신의 심장 박동 소리를 아무도 듣지 못할 거라고 스스로에게 말했다.

"대법관은 대통령이 임명하고, 미국 상원의 인가를 받아 대법원에 들어옵니다. 대법관이 되는 데는 연방정부 세 부서의 참여가 요구되는 셈이죠. 그 연장선상에서 보면 윈 대법관에 관련된 문제는 정부 전체, 바로 미합중국이 포함되어 있다는 뜻입니다."

브링먼이 아무 말도 하지 않자 린덴바움 대법관이 끼어들었다. "이 일이 사법 심사의 대상이 되는 사안이라고 확신합니까?"

에이버리가 대답하기 전에 브링먼이 나섰다. "그보다 더 중요한 것은 과연 사임이 이 법정의 심사 대상이 될 수 있는지의 여부가 아닐까요? 이건 유언 검인 판사 앞에서 다루어야 할 문제가 아닙니까?"

브링먼의 질문 공세에 판사석에 있던 대법관 두 명이 동의한다는 듯 고개를 끄덕였다. 에이버리 입장에서는 두 표 이상이 날아간 셈이었다. 불안감에서 오던 떨림이 엄폐된 전율로 전환되었다.

"유언 검인 법정은 이 사안의 복잡성을 다루기에 적합하지 않습니다, 브링먼 대법관님. 하급법원들도 거기에 동의했기에, 그 자리에서 바로 이 청원이 이 자리까지 오게 됐으니까요."

"아마 그쪽에서는 당신 주장의 약점을 알아차렸기 때문에 빠르게 통과시켰을 겁니다. 그리고 증거 불충분이기도 하고요." 브링먼이 자료들을 훑었다. "연방수사국의 로버트 리 특수요원이 지난 월요일, 납치됐던 당신 어머니를 구조했다고 진술했군요."

"그렇습니다."

"이게 사임을 강요당한 증거라는 겁니까?"

"네, 브링먼 대법관님."

"스토크스 대통령이 당신 어머니의 납치나 감금에 가담했다는 증거가 있습니까?"

그런 증거는 없었다. 하지만 에이버리는 그렇게 쉽게 말할 수 없었다.

"이 상황에 적절한 기준은 누가 강요했는지가 아니라, 정말로 강요를 당했는지의 여부입니다. 리 요원의 진술서에는 제 어머니를 납치한 범인이 대통령의 연락책인 윌 밴스 소령이 고용한 사람이었다는 사실을 분명하게 밝히고 있습니다."

"그 사실만으로는 밴스 소령이 사람을 고용할 때 좀 더 신경을 써야 한다는 점을 증명할 뿐입니다. 스토크스 대통령이 적극적으로 관여했다는 것을 증명할 수 있습니까?" 뉴얼 대법관이 말했다.

에이버리는 망설였지만 대안을 찾지 못했다. "아뇨, 전 그 사건에 스토크스 대통령이 적극적으로 관여했다는 사실을 증명할 수 없습니다. 하지만……."

"그 사직서 수리가 어째서 무효여야 하는 건지 모르겠군요. 대통령은 공공이익과 윈 대법관의 이익에 반하는 행동을 하지 않았습니다. 도리어 당신이 그렇게 행동했죠."

"저로선 선택의 여지가 없었습니다."

"당신이 FBI 요원과 직접적인 의사소통이 있었다고 말하는 걸로 이해해도 되겠습니까?" 호지슨 대법관이 준엄한 표정으로 큰 소리로 물었다. "만일 그 FBI 요원이 당신 어머니가 붙잡혀 있는 곳이 어딘지 알고 있었다면, 어째서 당신이 사직서를 제출하는 것을 연기하지 않았는지 이해할 수가 없습니다. 강요가 성립이 되기 위해서는 위협적인 결과를 피하기 위해 당신의 행동이 요구되었다는 확고한 믿음이 있어야 하는데 말입니다."

"어머니가 위험에 처해 있다고 믿었습니다. 그래서 기자회견에 참석해야 한다고 생각했어요." 에이버리는 대법관의 의심스러운 시선과 마주했다. 자신이 잘못된 결정을 내렸을지도 모른다는 생각에 에이버리는 불안한 마음으로 앞에 있는 단상을 꼭 붙잡았다. "리 요원은 최선을 다하겠다고 약속했습니다. 저도 제 나름의 최선을 다했고요."

호지슨 대법관이 감정을 누그러뜨리고 진정하자, 가드너 대법관이 에이버리를 심문하러 나섰다. "강요 문제는 잠시 접어둡시다. 난 사직서 제출을 헌법적 질문으로 돌려야 한다는 당신의 주장에 더 관심이 있으니까요. 이 법원이 제1심 관할권을 가지고 있다는 가정하에 주장해보세요."

이럴 경우에 대비해 노아가 몇 가지 쟁점들을 준비해주었다.

심장 박동이 조금 가라앉자 에이버리가 대답했다. "당면한 문제는 대법관의 동의 없이 해임할 경우의 합법성입니다. 법률과 형평성에 관한 모든 사건의 권한은 헌법에 의거해야 하니까요. 게다가 수정헌법 25조는 대통령의 직무 수행이 불가능할 경우 승계에 대한 처리 방안을 다루고 있습니다. 하지만 헌법은 종신 재직권을 가진 사람들을 포함한 헌법관들의 직무 수행이 불가능한 경우에 대해서는 함구하고 있죠. 헌법은 대법관의 직위 해제를 제3자가 일방적으로 결정할 수 있는 능력에 대해 고려하지 않고 있습니다. 그와 반대로 국가는 그 사안에 대해 헌법이 계속 침묵하는 쪽을 선택했죠."

"하지만 입안자들도 1787년에, 21세기의 의료 기계를 예상할 순 없었을 테니까요." 가드너 대법관이 항변했다.

"하지만 1967년의 투표자들은 예상할 수 있었을 겁니다. 수정헌법 25조는 대통령이 직무 능력을 상실했을 때 어떻게 다루어야 하는지 구분하는 방법을 아주 상세하게 설명하고 있으니까요. 당사자가 사망한 것도 아니고, 종신직도 아닌 임기 4년에 불과한 직무를 장시간 수행하지 못하는 경우인데 말입니다."

"그렇다면 당신은 강요가 아니었다고 하더라도, 이 사임을 무효화해야 한다고 주장하는 겁니까?"

"네, 가드너 대법관님. 전 그렇게 생각합니다." 에이버리의 주장은 불과 일주일 전에 자신이 내세웠던 주장과 정반대였지만, 그건 대통령이 테러범이라는 것을 알지 못했을 때의 일이었다. "전 대법관의 해임을 임의로 결정하기에는 능력이 부족합니다. 대통령의 행위는 제 위헌적인 행위를 이어받은 것임으로 윈 대법관의 사임은 무효화되어야 합니다. 만일 제가 대법관님의 동의 없이 사임시킬 수 없다면, 빈자리도 없을 테니까요."

에이버리의 주장으로 수문이 열리며, 심리는 새로운 열기를 띠게 되었다. 오직 대법원장만이 그 분위기에 휩쓸리지 않고 조용히 앉아 있었다. 대법원 출입 기자들은 평소와 다른 그녀의 침묵에 주목했다. 정치적 질문, 지위, 강요, 후견인의 권리에 대해 아무것도 묻지 않았다. 어느덧 긴장이 풀린 에이버리가 로런스 하디 대법관에게 반박할 때까지.

바로 그때 로즈버러 대법원장이 입을 열었다. "그렇다면 당신의 세계관으로는 어떤 상황에서도 법적 후견인이 종신직을 가진 사람을 대신해 사임할 수 없다는 겁니까? 우린 동료가 병에 걸려 쓰러져도 사직서를 받지 않고, 그냥 계속해서 인원을 늘려가야 한다는 건가요?"

에이버리는 그 공이 날아오기를 기다리고 있었다. 이제 정신적으로 한 걸음 물러설 때였다. 그리고 배트를 휘둘렀다.

"그 사직서를 쓴 사람은 접니다. 제가 하고 싶은 말은 그 사임이 유효하기 위해선 공직자인 당사자가 병으로 쓰러지기 전에 표명했던 바와 일치해야 한다는 것입니다." 에이버리는 대법원장을 똑바로 쳐다보며 말을 이었다. "그렇지 않다면, 그 사임이 당사자에게 긍정적인 최선의 이익이 되지 않을 경우 무익하니까요. 전 그 반증을 위한 시간의 여지를 남겨놓아야 한다고 생각합니다."

"감사합니다, 킨 씨." 에이버리는 대법원장의 말에 따라 자리로 돌아왔다. "랠스턴 씨, 그쪽 주장을 들어보죠."

법무차관은 법정에 감사를 표한 뒤, 공격을 시작했다. "전 브링먼 대법관님이 처음 질문하셨던 문제부터 시작하고 싶습니다. 이 사안은 여기서 다룰 문제가 아닙니다. 킨 씨는 자신의 행동을 수정헌법 25조와 연결시키려고 했지만, 그 연결 고리가 너무 짧습니다. 킨 씨의 변호사는 저번에 컬럼비아 지방 유언 검인 법원에 제출한 보고서를 통해 오직 킨 씨만이 원 대법관에게 최선의 이익을 주기 위해 행동하고 있다고 열렬히 주장했습니다. 그 사건의 판결이 나지 않은 상태에서 킨 씨의 즉각적인 조치는 그 변호사의 주장과 일치합니다. 자신의 직무를 수행하지 못하는 상태에서 아홉 번째 자리를 차지한 채 대법원의 업무를 무력화시키는 것이 윈 대법관의 소망인지 아닌지를 판단하는 것은 킨 씨의 책임입니다."

그의 의도대로 사람들의 시선이 비어 있는 판사석으로 향했다.

"우리가 보기에 킨 씨가 할 수 있는 일은 수용인 것 같습니다. 끔찍한 일이지만 킨 씨는 선택을 했고, 그로서 목적을 달성했어요. 킨 부인은 안전하게 돌아왔고, 윈 대법관도 무사합니다. 대법원은 이제 직무를 제대로 수행할 수 있는 법관을 들일 수 있게 됐고, 스토크스 대통령 또한 그에 맞는 준비를 하고 있습니다."

법무차관이 냉정한 눈빛으로 판사석을 응시했다.

"법률 용어는 아니지만, 이미 다 끝난 일이라는 거죠."

52

다음 15분 동안 법무차관은 이번 사태를 후세에 전할 자격을 얻었다. 그는 자신들의 자리가 다음 차례가 될 수도 있다는 것을 확신한 네 명의 대법관들과 말을 주고받았다. 법무차관은 신중하고 정확한 답변으로 이번 청원의 명백한 문제점을 드러내면서, 에이버리의 헌법에 관련된 주장을 반박했다.

"법은 국민들을 대신해 의회에서 제정됩니다. 킨 씨는 이런 문제로 이 자리까지 올 수 있는 권리를 주는 법률 운영이나 법령을 강조하는 데 실패했습니다. 킨 씨는 윈 대법관에게 최선의 이익이라고 판단한 일을 실행한 뒤, 이제 와서 그렇게 행동한 것을 후회하며 뉘우치고 있죠. 그건 법정에서 할 일이 아닙니다. 예배당에서 할 일이죠."

로즈버러 대법원장이 그 말에 동의하는 듯 몸을 앞으로 내밀었다. "랜스턴 씨, 이 일이 법적인 문제가 아니란 말인가요?"

법무차관이 목청을 가다듬으며 말했다. "대법원장님, 그런 뜻으로 한 말은 아닙니다. 제가 말하고 싶은 건 이 사안이 연방 문제가 아니라는 것이었죠. 이런 법정에서 다룰 만한 일이 아니라는 겁니다. 후견인이 피후견인을 대신해 행동하는 권한은 확립된 법입니다. 더불어 이 소송의 주제인 하워드 윈 대법관의 경우, 대법관의 사임을 수락할 수 있는 대통령의 특권 역시 확립된 법입니다. 이 특이한 상황에 법원이 끼어들어야 할 여지는 없습니다."

변론 제한 시간이 끝나자 적색 불이 들어왔다.

로즈버러가 말했다. "감사합니다, 랜스턴 씨. 킨 씨에겐 아직 5분이 남아 있습니다."

"감사합니다, 대법원장님." 에이버리는 시간의 경과와 자신이 깨려고 하는 법률 규칙을 생생하게 의식하며 잠시 말을 멈췄다. 윈 대법관의 빈자리가 그녀를 내려다보며 행동하라고 요구하고 있었다. 그를 위해. "병으로 무능력해질 시간이 임박하자 윈 대법관님은 사이가 멀어지긴 했지만 자신에게서 부르신 증후군이 유전된 아들의 삶을 지키기 위한 치료약을 찾으려고 했습니다. 윈 대법관님은 그 소망을 제게 전달하기 위해 엄청난 노력을 하셨죠. 그분은 위임장을 로즈버러 대법원장님께 맡겨두셨습니다. 대법관님은 제가 유언장을 찾게 되면 아들과의 사이가 회복되리라 확신하고, 아들이 어린 시절 쓰던 침대 밑에 생전 유언장을 숨겨두셨어요. 그분은 자신이 알아낸 사실을 설명해줄 수 없을 경우에 대비해 추가 조항들을 첨부한 최종 유언장을 작성하셨습니다. 자신의 죽음을 준비하는 과정에서 윈 대법관님은 어떤 비밀을 알게 됐습니다. 국가 안보라는 이름하에 우리 정부가 잔학무도한 짓을 저질렀다는, 아주 끔찍하고 엄청난 비밀을 말입니다. 윈 대법관님은 우리나라가 바다 건너 먼 나라에서 행해진 소름 끼치는 실험에 공모했다는 증거를 갖고 있는 동맹자들을 알게 됐죠. 대법관님은 자신의 목숨이 위태롭다는 것을 알게 되자, 간병인이었던 제이미 루이스 부인을 통해 제게 메시지를 전달하라고 하셨습니다. 루이스 간병인은 그 메시지를 전달하고 몇 시간 되지 않아, 자택에서 총에 맞아 죽었죠."

에이버리는 잠시 말을 멈췄다.

"후견인을 맡고 난 뒤, 저는 물리적인 공격과 폭행, 총격까지 당했습니다. 처음에는 윈 대법관님의 자택에서였고, 그다음은 조지아에 있는 대법관님의 오두막 근처에서였죠. 국토안보부 직원으로 과학기술부서에서 일했던 엘리자베스 퍼팔레오 박사는 국토안보부와 그쪽에서 고용한 실험실 사이에 은밀한 금융거래가 있었다는 사실을 발견한 뒤, 저와 만나기로 했습니다. 하지만 그 직후 퍼팔레오 박사는 남편과 함께 실종됐죠. 티그리스 프로젝트라고 알려진 연구를 주도했던 과학자도 마찬가지입니다. 제 어머니를 납치한 마커스 필립스는 그 비밀의 증거를 없애려고 하다가 목숨을 잃었어요. 이 일련의 사건들의 공통된 연결 고리는 유언 검인 법정에 제출할 수 없는 정보입니다. 현재 이 법정에 자리하고 있는 월 밴스 소령과 관련이 있는 정보로, 미국 정부 자금이 이슬람교도들만 골라 죽이는 생물학 무기에 대한 불법 연구를 지원하는 데 이용되었다는 증거와 그 실험의 목격자가 남긴 영상이니까요."

에이버리는 다시 말을 멈추고, 판사석에 있는 여덟 명의 대법관을 차례대로 응시했다. 지금이 아니면 안 될 것이다.

"밴스 소령은 미국 대통령으로부터 직접 지시를 받았습니다."

주위에서 경악에 찬 숨소리들이 들려왔지만 에이버리는 멈추지 않았다. 갑자기 백색 불빛이 꺼지고 적색 불빛이 들어오더니 마이크가 꺼졌다. 그러자 에이버리는 법정 구석구석까지 들리도록 목소리를 높였다.

"저는 법이 허용하지 않는 연구를 행하는 데 미국이 공모했다는 것을 입증하는 자료와 재무 기록을 가지고 있습니다. 더불어 인디라 스리니바산 박사와 나이절 쿠퍼 씨로부터 이 자료들이 사실이라는 것을 증명한 선서 진술서를 받았습니다. 마지막으로 그 실험이 행해졌다는 증거 서류도 가지고 있습니다."

음향효과 덕에 에이버리의 호소는 아치형 천장의 서까래까지 울려 퍼졌다. 서기와 기자들은 이후에 문제가 될지 몰라도, 그 순간에는 한마디도 빠짐없이 받아 적었다. 법무차관의 항의와 에스트라다 대법관의 분노에 찬 위협에도, 에이버리는 강하게 주장했다.

"대통령이 자신의 범죄를 은닉하기 위해 시민을 위협하는 일이 있어서는 안 될 것입니다. 만일 대통령이 권력을 악용해 윈 대법관을 위협할 수 있다면, 여러분들이 같은 상황에 처했을 때 누가 대통령을 막을 수 있겠습니까?"

지방법원을 떠난 뒤 처음으로 로즈버러 대법원장은 의식용 판사봉을 힘껏 내리쳤다. "정숙!"

에이버리의 적색등이 미친 듯이 깜박거리자 비밀정보국 요원들이 앞쪽으로 나오기 시작했다. 대법원장의 지시에 따라 법정 경위가 그들을 막았다. 판사봉으로 쿵 내리치는 소리가 장내 소란을 뚫고 울려 퍼졌다.

대법원장이 눈을 가늘게 뜨고 에이버리를 한참 쳐다보았다. 그 모습은 〈포스트〉가 고용한 스케치 화가에게 포착되었다. 가까이에서 보면 어렴풋이 자랑스러워하는 기미를 알아볼 수 있었다.

"정말 멋대로군요. 킨 씨의 발언 시간은 끝났습니다. 자리에 앉으세요." 대법원장은 서기를 돌아보았다. "소송이 제기됐습니다. 스토크스 대통령, 랜스턴 씨, 킨 씨. 내 방에서 좀 보죠. 스리니바산 박사와 쿠퍼 씨도 같이 오세요. 경위, 내 법정에서 더 이상 밴스 소령은 보고 싶지 않군요. 즉시 내보내세요."

"청문회가 광대극이로군." 스토크스 대통령은 문을 닫자마자 폭발했다.

그는 대법원장의 집무실로 소환되었다. 다른 사람도 아닌 미합중국 대통령이. 도저히 참을 수 없는 일이었다. 하지만 아무리 화가 나서 소리를 질러대도, 킨의 연극이 가져온 무게를 잘 알고 있었다. 그 내용을 믿든 믿지 않든, 재선의 꿈은 산산조각 났다. 정말 대단한 라스커 바우어였다. 교활한 악마 윈이 그를 제대로 속였다. 비숍의 하나였던 윈은 죽을 것이다. 하지만 스토크스는 그의 복수를 부인할 수 없었다.

"로즈버러 대법원장, 이번 사태에 대한 당신의 생각을 묻고 싶군요. 이 말도 안 되는 헛소리를 대법원이 받아들일 건지 말이오. 그렇게 되면 상원에서 틀림없이 당신의 직무 적합성을 조사하게 될 거요."

"그건 대통령님의 특권이죠." 로즈버러 대법원장이 냉정하게 대답했다. "킨 씨의 발언 내용에 대해 부인하십니까?"

"별일 아닌 일에 대응할 생각 없소." 스토크스가 고압적으로 고개를 기울였다. 수많은 변호사들이 훈련시켜준 대로였다.

깜짝 놀란 법무차관이 상황을 수습하기 위해 앞으로 나섰다. 그 개자식이 무슨 짓을 저질렀든 간에, 공개 법정에서 그의 범죄를 폭로하는 것은 법을 어긴 것이었다. 비록 그 자리에서 말을 할 수는 없었지만.

"대법원장님, 제 생각엔 지금 이 자리에는 비밀정보국과 FBI가 있어야 합니다. 우리가 이 정보를 검토할 때까지 킨 씨를 구금하고, 이 무모한 행동에 대해 조사해야 한다고 생각합니다. 만일 킨 씨가 사법 방해를 한 거라면 조치를 취해야 하니까요."

"동의합니다." 로즈버러 대법원장은 숨을 들이마시는 에이버리를 무시한 채 버튼을 눌러 법원 경위를 호출했다.

에이버리는 인증받은 서류와 USB 드라이브를 머리 위로 들어올렸다. "대법원장님, 증거가 있습니다."

"그런 건 적당한 수사기관에 넘겼어야죠." 로즈버러 대법원장이 에이버리를 계속 쳐다보았다. "만일 그게 사실이라고 해도, 당신은 잘 알고 있을 텐데요. 법원은 놀이터가 아니라는 걸 말입니다."

에이버리가 항의하기 전에 집무실 문이 열렸다. 희미하게 번쩍거리는 총을 허리에 찬 다섯 명의 건장한 남자들이 들어오자, 안에 있던 사람들이 모두 돌아보았다. 그들 뒤쪽으로 더 많은 요원들과 함께 리 요원이 대기하고 있었다.

거의 보이지도 않는 곳에서 하원의장과 다수당 대표가 그들을 헤치고 앞으로 나왔다. 다수당 대표는 휴대전화를 꺼내 들고 서둘러 비서실장에게 문자 메시지를 보냈다. 티그리스 프로젝트와 브랜던 스토크스 대통령 탄핵 가능성에 관한 상원 청문회가 내일 열릴 예정이었다. 소환장 초안은 작성되면, 몇 시간 이내에 배부될 것이다.

하원 다수당 대표는 45분 안에 국회의사당 계단에서 기자회견을 열겠다고 발표했다. 그 시간 안에 선전트럭이 자리를 잡고 위성 중계에 잡힐 수 있게 준비할 것이다. 몰락한 백악관의 끝이 보이도록 카메라는 뒤쪽에 배치할 것이다. 대통령 선거전에 너무 늦게 뛰어들었다는 생각이 순간 떠올랐다가, 이 추문이 그에게 압도적인 다수의 지지와 제한이 거의 없는 권력을 가져다줄 거라는 사실을 깨달았다. 상원의 대표로서 그가 제대로 일을 해내기만 하면.

정치적 동반자인 하원의장은 30분 이내에 회의를 하기 위해 이미 하원 정보위원회 소속 민주당 의원들을 자기 사무실로 소집했다. 연방의회의 보좌관들은 한 시간 30분 이내에 있을 간부 회의를 위해 소속 의원들에게 연락을 했다.

켄 네이버스 상원 다수당 대표는 상황에 따른 사람들의 변덕을 잘 알고 있었기에, 소수당 대표의 동향을 알아보기 위해 은밀히 고용했던 수사관과도 만나기로 했다. 추락한 스토크스 대통령의 대리인일 가능성이 높은, 당내 권력 구조를 무너뜨리고 대표 자리를 차지한 TV 방송에 어울리는 젊은 여성은 가을 선거에서 만만치 않은 상대가 될 것이다. 캐럴린 홀 공화당 대표는 공군 조종사 출신으로, 자신이 속해 있던 비행대대의 비행을 폭로해 군법회의에 회부된 상황이었다. 그녀는 민중의 영웅으로 부상했고, 이런 상황에서 제대로 처신하기만 한다면 정치적인 승리와 더불어 대통령직을 놓고 스토크스에게 도전할 수도 있을 것이다.

갑작스럽게 정적이 흐르자, 스토크스 대통령이 FBI 요원에게 명령을 내렸다. "킨 씨를 체포하시오."

무장한 남자 중 한 명이 되물었다. "뭐라고 하셨습니까?"

"난 군통수권자요. 킨 씨를 체포하라고 했소!" 스토크스가 에이버리를 가리킨 뒤 생전 처음으로 자신도 법대에 갔어야 했다고 생각했다.

리 요원이 대법원장 책상 앞으로 나섰다. "로즈버러 대법원장님, 조금 전 국장님으로부터 킨 씨를 구금하라는 지시를 받았습니다. 더불어 스토크스 대통령님의 체포 영장도 받아왔습니다."

"무슨 혐의로 말이오?" 스토크스가 으르렁거렸다.

"대통령님이 윈 대법관의 살해를 시도했다는 증거를 가지고 있습니다. 제 사무실로 알 수 없는 화학물질의 흔적이 남아 있는 약병이 넘어왔죠. 그 화학물질과 일치하는 이 나라에서 유일한 샘플이 윈 대법관의 혈액에서 나왔습니다. 그래서 FBI 과학수사 연구소에 지시해, 병에 묻은 지문을 검사한 결과 두 사람의 지문이 나왔습니다. 윈 대법관과 대통령님의 지문이었죠. 어떻게 한 건지는 모르겠지만, 지금 당장은 당신을 살인미수 혐의로 체포합니다."

"난 대법관을 건드린 적 없을 뿐만 아니라, 약병 같은 것에도 손댄 적 없소!"

순간 스토크스는 하워드 윈이 이상하게 굴었던 대학 졸업식이 떠올랐다. 그때 윈은 그와 어색하게 악수를 한 뒤 싱긋 웃더니, 몸을 앞으로 숙이며 속삭였다. "스토크스, 체크메이트요."

젠장.

건너편에서 요원 한 명이 에이버리에게 다가가더니, 그녀의 팔꿈치를 잡으며 정중하게 말했다. "같이 가시죠."

에이버리는 그를 쳐다봤지만, 아무 말도 하지 않았다. 이게 다였다. 이제 그녀는 대법원장의 집무실 밖에서 범죄인 포토라인에 서게 될 것이다. 남자는 에이버리를 이끌고 문 쪽으로 향했고, 나지막한 목소리로 대통령을 체포하려는 다른 요원 둘을 지나쳤다. 에이버리는 대통령에게서 조금 떨어져 있던 리 요원 앞에 멈춰 섰다.

"잠깐 이야기 좀 해요." 에이버리가 조용히 요청했다.

리 요원이 고개를 끄덕이자, 에이버리를 붙잡고 있던 요원이 뒤로 물러섰다.

그녀는 리와 스토크스에게만 들릴 정도의 목소리로 물었다. "람지 박사는 어디 있어요? 퍼팔레오 박사는요?"

"난 모르오." 대통령은 완벽한 치아를 보여주며 씁쓸한 미소를 지었다. 그러곤 리 요원을 쳐다보았다. "잠시 킨 씨와 단둘이 있게 해주겠소?"

리 요원이 걱정스러운 표정으로 에이버리를 쳐다봤다. 에이버리가 고개를 끄덕이자, 리는 그 자리에서 물러섰다.

둘만 남게 되자 스토크스 대통령이 말했다. "오늘 당신은 미국에 해를 입힌 거요, 아가씨. 생명을 구할 기회를 망가뜨린 거지."

"당신은 살인자예요. 난 그 사실을 알고 있고, 이제 모두가 알게 됐죠." 에이버리가 단호하게 말했다.

"난 애국자요. 다른 대통령들은 자신들의 생각을 펼치려고 하다가도 실패했지. 원칙에 어긋나기 때문이었소. 그들은 통솔권의 힘을 활용하지 않았어. 난 그 힘을 제대로 쓴 거고." 스토크스는 또다시 거슬리게 웃었다. "내가 감옥에 하루도 있지 않을 거라는 걸 우리 둘 다 알고 있소. 당신의 탐정놀이와 약병에 장난질 친 원의 재간에도, 오늘 여기서 아가씨가 한 건 연극판을 벌인 것에 지나지 않는다는 거지. 증거가 없으니까."

"DNA를 목표로 삼는 건 누구 생각이었죠?" 에이버리가 대통령에게 바짝 다가서며 물었다. "생물유전학을 이용하라고 누가 가르쳐줬어요?"

"설령 당신이 말한 내용이 사실이라고 해도, 난 아무것도 모른다고 부인할 거요." 스토크스가 말했다.

그는 연설을 준비할 때처럼 양손을 뒤로 돌려 맞잡았다. 그런 뒤 속으로 계산했다. 그는 법대를 가진 않았지만, 무대효과에 대해 잘 알고 있었다. 변호사들과 판사들이 이번 일에 연관되어 있었다. 누군가 이 집무실을 떠나 마이크를 잡거나 비밀 회합에 참석하기 전에 그는 다음 단계의 이야기를 받아쓰게 만들어야만 했다. 스토크스는 첫 번째 게임에서 체크메이트를 당했지만, 이제 새로운 게임이 시작됐다. 전통주의자답게 그는 고전의 진가를 알고 있었다.

리 요원이 다시 에이버리 옆으로 다가왔다.

스토크스는 어깨를 쭉 폈지만, 눈에는 두려운 기미가 어렴풋이 보이게 했다. "킨 씨가 주장하는 내용에 대해 말하자면, 난 최근까지 티그리스 프로젝트에 대해 전혀 모르고 있었소. 그 소름 끼치는 일은 밴스 소령이 독자적으로 벌인 것이오. 난 그의 군복무 기간과 우리의 긴밀한 우정에 기인해 밴스 소령을 내 연락책으로 삼는 게 적절하다고 생각했고, 그를 신뢰했지. 소령은 지속적인 테러의 위협에 대응할 방법에 관한 조언도 해줬소."

"대통령님 모르게 밴스 소령 혼자 그런 일을 저질렀단 말입니까?" 리 요원이 믿을 수 없다는 듯 물었다. "저도 그 자금 이체를 봤습니다. 대통령님은 당연히 알고 있었어야 합니다."

"그건 의회에서 알았어야 할 일이지." 대통령이 의심스러운 눈으로 자신을 쳐다보고 있는 독수리 떼를 노려보며 반박했다. "하지만 의회는 국토안보부 자금에 대해 묻는 걸 두려워했소. 그들이 절대 해독하지 못할 약어로 된 항목에 수십억 달러가 할당됐는데도 말이오. 우리가 구걸하러 오고, 의원들에게 유권자들에게 나누어 주라고 한턱 내주는 한은 말이지. 밴스 소령이 한 짓을 알게 되자 난 그자를 내보내려고 했지만, 소령은 윈 대법관을 포함한 몇몇 무구한 미국인들의 목숨을 도구로 삼았소. 그래서 난 그자가 무슨 짓을 했고 무슨 짓을 할 수 있는지 알고 있어도 감히 폭로할 수가 없었다오. 그래서 그자를 막을 계획을 실행하고 있던 중이었소."

"밴스가 두려웠다는 건가요?"

"누군가 피해를 입게 되는 상황이었으니까. 소령은 음모에 동참하라고 날 협박했소."

에이버리는 고개를 저었다. "거짓말이에요. 당신은 밴스가 무슨 일을 하는지 정확히 알고 있었어요. 이번 일은 당신들 두 사람이 한 짓이에요. 수백 명이 당신 때문에 목숨을 잃었어요. 그리고 미국이 지원한 자금으로 이슬람교도들을 대상으로 한 대량학살 무기를 만드는 바람에, 수백만 명의 사람이 위험에 처하게 됐고요."

스토크스의 얼굴에 피가 쏠리면서 힘들게 조절하고 있던 통제력에 금이 가기 시작했다.

"난 아무도 죽이지 않았소." 스토크스가 으르렁거리며 에이버리를 노려보았다. "밴스가 죽였지. 그리고 내가 듣기로, 죽었다는 자들은 쓰레기였소. 테러범이고, 죄수였지. 마약 중독자들 같은 자들이었단 말이오. 킨 씨, 그런 자들이 살았든 죽었든 신경 쓸 사람은 아무도 없을 거요."

에이버리의 주먹이 스토크스의 코에 날아가는 소리가 실내에 울려 퍼졌다. 그녀는 보복에 대비하며 자신의 입장을 고수했다. "감옥에서 보죠."

몇 시간 뒤, FBI는 손에 붕대를 감은 에이버리를 다시 법정으로 데려왔다. 그녀가 제출한 증거들은 보관되었고 증언은 후세를 위해 녹음되었다. 재러드, 링, 노아는 리 요원의 지시에 따라 자신의 차례가 될 때까지 떨어져 있었다.

자신의 운명을 기다리며 에이버리는 TV를 틀었다. 〈폴리틱스 나우〉의 메인 앵커가 된 스콧 컬리는 다른 기자들이 포착하지 못한 정보들을 바탕 삼아 쉴 새 없이 보도하고 있었다. 컬리는 젠 워크스에 관련된 소식을 전달하고 있었다. 그의 소식통에 따르면, 인디라와 나이절은 머지않아 연방정부에 소환될 것이며, 인도 정부가 아드바르를 국유화할 것으로 예측된다고 했다. 유전적 질병들을 치료할 수 있다는 생명공학에 관한 소문으로 젠 워크스의 주가가 치솟았음에도, 월스트리트는 그 잠재력에 전혀 관계없이 장을 마감했다.

유전자 치료의 무기화에 관한 추측에 살이 붙으면서 방위 계약자들도 군침을 흘렸다. 화면으로 보이는 대법원을 나서는 인디라의 모습은 동요하지 않는 것처럼 보였고, 그녀의 팔꿈치를 씩씩하게 붙잡고 있는 나이절은 적당하게 침울하면서도 이상하게 기분이 좋아 보였다. 컬리는 법원의 명령으로 젠 워크스와 아드바르의 합병을 막은 것이나 다름없다는 소식을 전해왔다.

에이버리는 더 이상 컬리의 목소리를 듣는 것이 괴로웠다. 그래서 채널을 이리저리 돌리다가 온건한 척하는 방송국을 찾았다. 앵커가 스토크스 대통령의 개인 변호사가 법무차관과 협상을 시작했다고 조용히 보도했다. 시청자들의 관심을 끌기 위해 화면 위로 다채로운 그래픽이 나타났다.

대통령의 몰락⋯⋯ 백악관의 대량학살⋯⋯.

기자는 그 주장들의 고수 여부와는 무관할 것이라고 설명했다. 일주일 이내에 탄핵 청문회가 시작될 것이며, 모든 미디어에서 연속으로 생중계될 것이라고 했다.

보수적인 방송의 화면 상단에서는 에이버리가 변호사 자격증을 잃고 법조계에서 추방될 것인지 아닌지에 대한 토론이 벌어졌다. 소식통에 따르면 이번 대참사의 진짜 설계자인 윌 밴스 소령에 대한 국제적인 공개 수배가 선포되었다고 했다. 한 시사평론가는 모든 증거가 드러날 때까지 미국은 판단을 유보해야 할 것이라고 경고하며, 뻔뻔하게도 티그리스 프로젝트에 대한 잠정적인 변호를 했다. 살짝 겁에 질린 상대방은 생각에 잠긴 채 스토크스와 밴스가 재판에 회부되려면 수십 년은 걸릴 거라고 말하며 주제를 바꾸려고 했다.

에이버리는 윈 대법관의 집무실에 속해 있는 사무실의 자기 책상 위에 양팔로 머리를 받친 채 엎드렸다. 그녀가 근무 중이던 FBI 요원에게 밴스 소령에 대해 묻자, 소령을 구금하라는 비밀정보국의 연락을 받았을 때 그 전직 군인은 이미 법원을 몰래 빠져나가 모습을 감춘 뒤였다고 말했다.

재러드와 노아가 리 요원을 위해 조사의 빈칸을 채우겠다고 후버 빌딩으로 간 사이, 링은 리타가 있는 치료센터를 확인해보겠다고 했다. 푸른색 가죽 의자와 칸막이벽이 세워져 있는 판사 회의실에서는 대법관들이 에이버리가 한 고소와 자기네 동료의 운명을 놓고 심의 중이었다.

에이버리의 기분과 어울리게 사무실 불빛은 어둑했다. 대통령을 끌어내렸지만, 그녀의 멘토는 여전히 무기력하게 누워 있었다.

"혼자 있으면 안 될 텐데."

깜짝 놀란 에이버리가 고개를 들어 올렸다. 비명을 지르려다가 밴스 소령이 쥐고 있는 권총을 보고 그대로 입을 다물었다.

"날 죽일 셈인가요?"

밴스는 그늘진 눈과 헝클어진 머리카락을 응시했다. 그는 사무실 바로 안쪽에 있는 작은 탁자 위에 더플 백을 올려놓았다.

"당신이 날 함정에 빠뜨렸잖아."

"당신은 무고한 사람들을 죽였어요."

밴스가 안으로 들어온 뒤 부드럽게 문을 닫았다. "집에 도청장치가 달려 있는 건 언제부터 알았지?"

"얼마 안 됐어요."

"당신한테 히게이아에 대해 말해준 건 누구야?"

"엘리자베스 퍼팔레오." 에이버리는 책상 위에 올려놓은 휴대전화 쪽으로 아주 천천히 손을 내밀었다. 자신의 목소리가 흔들림이 없길 바라면서 말을 이었다. "당신이 그 사람을 죽이기 전에."

그녀의 손가락이 책상 위에서 조금씩 앞으로 나아갔다.

"휴대전화를 건드리는 즉시 내 손에 죽게 될 거야." 밴스 소령이 에이버리를 향해 총을 흔들더니, 가방에서 케이블 타이를 꺼내 책상 위에 던졌다. "오른손을 의자에 묶어."

에이버리가 그 말에 따르자, 밴스가 옆으로 다가와 남은 한 손을 책상 한가운데 고정시켰다. 에이버리는 손이 묶여 있었지만 그가 다시 문 앞으로 돌아갈 때까지 이상할 정도로 침착하게 기다렸다.

"왜 여기 있어요? 모두들 당신이 도망갔을 거라고 생각하는데."

"끝맺지 못한 일이 있어서. 그리고 원래 등잔 밑이 어두운 법이지. 전투와 비밀 첩보의 기본 법칙이야." 밴스는 문 옆에 있는 책장에 기댔다. "대통령이 이번 일의 책임을 나한테 전부 떠넘겼다는 거 알고 있어.”

“대통령 말로는 당신이 히게이아를 놓고 협박했고, 그 프로젝트도 자기 모르게 운영한 거라고 하던데요.”

“어떻게 생각해?”

“생각이야 당신이 냈겠죠. 대통령은 좋아했을 거고.”

밴스는 잠시 아무 말도 하지 않다가 다시 입을 열었다. “당신이나 나나 스토크스가 윈 대법관의 혼수상태와는 아무 상관이 없다는 걸 알고 있어. 어떻게 한 거지?”

“난 아무 짓도 안 했어요. 하지만 대통령은 악수를 할 때 주의를 했어야 해요. 특히 사람들 앞에서는.”

“졸업식 말인가?”

에이버리가 어깨를 으쓱했다. 하지만 밴스는 알아들었다는 듯 고개를 끄덕였다.

“교활한 노친네. 뭔가 손에 쥐고 있다가 대통령의 지문을 그 약병에 옮긴 거로군. 예상하지 못했던 일이야. 인상적이긴 하네. 하지만 스토크스는 거기서 빠져나올 방법을 찾아낼 거야.”

“윈 대법관이 자길 함정에 빠뜨린 거라고 주장하겠죠?”

“그렇겠지.”

“뜻대로 되진 않을 거예요. 윈 대법관님은 영리한 분이니까. 당신과 스토크스 대통령은 대법관님을 과소평가했어요.”

“그래서 내가 당신한테 사과하려는 거야.”

“엄마를 납치한 일에 대해서요?”

“그것도 그렇고.” 밴스가 생각에 잠긴 눈으로 쳐다보며 고개를 기울였다. “당신은 윈을 지켰어.”

“당연한 일이죠.”

"난 원 대법관이 당신을 선택한 이유가 같이 잠을 잤기 때문일 거라고 생각했어."

"그런 적 없어요."

"알아. 당신은 충성스럽지. 아주 드문 경우야." 밴스가 문 너머에서 들리는 소리에 귀를 기울였다. "스토크스는 자기를 애국자로 포장하는 걸 좋아하지."

"그 사람은 애국자가 아니에요." 에이버리는 용기를 내서 덧붙였다. "당신도 마찬가지고. 당신들은 괴물이야."

"숭고한 합동작전이었어." 에이버리의 귀에 들릴 정도로 밴스의 한숨 소리가 깊었다. "인간의 목숨은 전쟁에서 피해를 입는 법이야. 실수하지 마. 우린 전쟁 중이니까."

"인도의 죄수나, 대법관님의 간병인은 거기에 포함되지 않아요. 착각하지 말아요, 밴스 소령. 루이스 간병인과 퍼팔레오 박사를 죽이고, 대량 학살을 준비하기 위해 납세자들의 세금을 빼돌리는 건 전쟁에 속하지 않으니까. 그런 건 비열한 짓이에요."

"티그리스는 무기였어. 우리에게 적이 있다면 주저 없이 그 무기를 사용할 거야. 적들은 반드시 무찔러야 하는 거니까."

"믿을 수 없네요. 도대체 무슨 일을 겪은 건가요?"

"순진하게 굴지 마. 나라를 위한 일이야. 난 내 조국을 위해 봉사해. 필요에 따라 외국과 국내에 있는 모든 적들로부터 조국을 지켜왔어." 밴스가 날카롭게 말했다.

"당신이 죽인 사람들은 적이 아니에요. 그리고 당신이 왜 그런 짓을 저질렀는지는 중요하지 않아요. 이제 다 끝났어요."

밴스가 총을 들고 있지 않는 쪽 손을 주머니에 집어넣었다. "확실히 당신은 그렇게 순진하지 않아, 에이버리. 티그리스 같은 기술은 출처가 하나만 있진 않아. 원본이 한 개 이상 있지. 그래서 우린 단독 원천 계약자라는 걸 믿지 않아."

"그건 나도 알아요."에이버리는 관련 회사들의 포트폴리오를 떠올렸다. "누가 또 있죠? 첸 쿠에 대해선 이미 알고 있어요."

"람지 박사가 자료를 당신한테 넘겼을 때 다 말해줬을 거라고 생각했는데."

"아뇨. 그런 말은 없었어요."에이버리는 아니의 자백과 당국에 자수하는 것을 거절했던 일을 떠올렸다. "람지 박사는 당신을 막으려고 했어요."

"그랬을지도 모르지. 당신은 람지 박사가 자금을 받은 동료들과 의논했다는 것도 알아두는 게 좋을 거야."밴스가 책상 쪽으로 다가왔다. "그의 바이러스는 하나의 접근법이야. 당신이 목표로 삼은 유전자는 수많은 것들 중 하나니까. 람지 박사의 혁신은 바이러스 벡터의 사용에 있어. 병원체는 우리가 탐구하고자 했던 또 다른 길이었지."밴스는 눈 한 번 깜박이는 법 없이 에이버리를 쳐다보았다. 메시지는 명확했다. "국가로서 우리가 직면한 것이 무엇인지 당신은 몰라. 난 알고 있지만."

"다른 과학자들이 유사한 연구를 할 거라는 말인가요?"

"과학적 호기심이 또다시 인간성을 이길 수도 있다는 말이야. 언제나 그래왔으니까."밴스는 아무 말 없이 한참 동안 에이버리를 쳐다보았다. 자신이 느끼는 두려움을 숨기려고 노력하는 흔들림 없는 초록색 눈동자를, 가만히 있으려는 노력에도 떨리는 넓은 입매를 응시했다. "하지만 법정에서 주장한 대로라면 당신 말이 맞아. 난 자국법을 어겼어. 용서받을 수 없는 일이지."

"자수할 건가요?"

"아직은 아니야." 밴스가 책상 위에 USB 드라이브를 떨어뜨렸다. "하지만 난 배신을 좋아하지 않아. 스토크스가 저지른 짓들 중 적어도 하나는 책임을 지게 도와주지. 이건 스토크스가 부통령이 었을 때, 캐드리스 대통령에게 공기색전증을 주사했던 장면을 녹화한 거야…… 그가 권력을 잡았던 순간이지."

아연실색한 에이버리가 한참 뒤에 말을 꺼냈다. "스토크스가 캐드리스 대통령을 살해했다는 건가요?"

밴스는 에이버리의 눈에 시선을 고정한 채 고개를 끄덕였다.

"그 장면을 녹화했다고요?"

"난 국토안보부에서 일해. 우린 모든 것을 지켜보고 있지. 보통 우리를 지켜보는 사람은 없지만." 밴스가 갑자기 다가오더니 한 손으로 그녀가 앉아 있는 의자의 등을 붙잡았다. 하지만 총구는 그대로였다. "퍼팔레오 박사의 유해는 공항 근처 건설 현장에 있어. 하지만 찾을 수 있는 건 많지 않을 거야. 그 남편의 시신은 위스콘신의 버려진 주차장에 세워둔 그자의 자동차 트렁크에 들어 있고."

에이버리는 멍하니 밴스를 쳐다보았다. 그가 책상 한쪽 구석에 총을 내려놓더니 가방을 열었다. 그 안에서 찾은 작은 병의 뚜껑을 열더니 거즈에 그 내용물을 몇 방울 떨어뜨렸다.

"지금 뭐하는 거예요?" 에이버리가 손목이 묶여 있는 케이블 타이를 잡아당기며 물었다.

"당신을 또 때리고 싶지 않아. 하지만 방심할 순 없으니까."

"소리 지르지 않을게요."

"그럴 수 없을 거야." 눈 깜박할 사이의 속도로 밴스는 뒤로 다가와 에이버리의 입과 코를 거즈로 막았다. "내일 아침이면 누구든 당신을 찾으러 올 거야. 잘 있어, 에이버리 킨."

53

"에이버리, 일어나요."

끈질긴 목소리가 에이버리의 머릿속을 뒤덮고 있는 안개를 뚫고 들어왔다. "밴스 소령?"

"에이버리, 날 봐요."

에이버리는 흐릿한 시야에 애써 눈을 깜박였다. 그리고 자신을 쳐다보고 있는 대법원장을 발견했다. "대법원장님?"

"어떻게 된 거예요?" 몸집이 작은 로즈버러가 에이버리 옆에 몸을 쪼그리고 앉았다. "에이버리를 찾아 사무실로 와봤더니, 문이 닫혀 있었어요. 그래서 당신이 집에 돌아간 줄 알았는데, 불이 켜져 있지 뭐예요."

"밴스 소령." 에이버리가 흔들리는 목소리로 되풀이해서 말했다. 그러면서 반사적으로 USB 드라이브를 손에 꼭 쥐었다. "그자가 여기 왔었어요."

"이 사무실에 말이에요?" 대법원장이 자리에서 일어나 전화기에 손을 뻗었다. "얼마나 됐어요?"

욱신거리는 관자놀이를 문지르며, 에이버리가 대답했다. "지금이 몇 시죠?"

"6시 조금 지났어요. 회의가 꽤 길어지는 바람에. 밴스가 당신한테 무슨 짓을 한 거예요?"

에이버리의 정신이 맑아지기 시작했다. "뭔가를 제 얼굴에 댔는데, 그대로 정신을 잃었어요."

"괜찮아요? 구급차를 부를까요?"

"전 괜찮아요." 에이버리가 고개를 저으며 말했다.

대법원장은 얼굴을 찡그린 채로 머뭇거리다가 에이버리의 뜻을 받아들였다. "나랑 같이 가요. 내 집무실이 더 편안할 거예요. 당신을 보려고 기다리는 사람들도 있고."

대법원장의 부축을 받은 에이버리가 비틀거리면서 일어났다.

"어쨌든 좋은 소식이 있어요. 원 대법관의 사직서를 무효화해달라는 당신의 청원을 받아들이기로 했어요."

"정말요?"

"그래요." 대법원장이 복도를 살폈다. "다른 게 또 있는 거죠? 아닌가요?"

"원본이 있어요." 에이버리가 말을 멈췄다. "어떻게 아셨어요?"

"하워드의 의견서를 읽었어요. 어딘가에 원본을 숨겨놨을 것 같다는 생각이 들었죠."

"제가 가지고 있어요. 때가 되면 쓸 겁니다."

"그때가 언제죠?"

"원 대법관님이 혼수상태에서 완전히 깨어나지 못하실 경우예요. 람지 박사와 스리니바산 박사의 말로는 대법관님이 깨어날 방법이 있을 수도 있다고 했어요. 하지만 그 연구가 가망성이 있을지는 아직 알 수가 없어요."

"그래도 희망이 있다는 소리를 들으니 기쁘네요." 대법원장이 말했다.

에이버리는 자신의 팔꿈치를 꼭 잡아주고 있는 대법원장의 손에 의지해 조심스럽게 복도를 지나갔다. 대법원장의 집무실 안에서는 법원 언론 담당 비서인 개리 스튜어트가 재러드, 노아, 링과 함께 기다리고 있었다. 소파에는 리타가 앉아 있었다. 리 요원은 그들이 처음 만났을 때처럼 한쪽 구석에 자리 잡고 서 있었다.

"엄마? 여긴 어떻게 오셨어요?" 에이버리가 걱정스러운 눈빛으로 링을 쳐다보았다. "엄마는 치료를 받아야 하는데."

"특별 허가를 받았어. 조금 있다가 다시 병원에 모셔다드릴 거야." 링이 설명했다. 그녀는 에이버리의 눈빛이 흐린 것을 알아차리곤 재빨리 옆으로 다가왔다. "무슨 일 있었어?"

"밴스 소령이 찾아왔었어. 그리고 이번에도 날 기절시켰지." 에이버리가 불평하듯 말하고는 리 요원에게 다가가 밴스가 준 USB 드라이브를 건네주었다. "그 사람 말로는 이 안에 스토크스가 캐드리스 대통령을 죽인 증거가 담겨 있다고 했어요. 이것만 있으면 그 사람이 무슨 말을 해도 유죄 판결을 받을 수 있을 거예요."

리 요원의 눈이 휘둥그레지더니 드라이브를 손에 꼭 쥐었다. "이건 법무차관에게 전해주겠습니다."

"에이버리에게 진행 상황을 알려준 겁니까?" 가죽 소파에 앉아 있던 개리가 입을 열어 질문을 했다. "내일 아침에 기자회견을 열 겁니다. 오전 7시가 되면 당신은 법정에서 성공적으로 변론을 한 최연소 변호사가 될 거예요. 그러니까 좋은 홍보 대리인을 구해야 할 겁니다."

"어째서요?" 에이버리는 사람들이 모여 앉아 있는 대법원장의 집무실을 둘러보면서 지금이 법원에서 보내는 마지막 시간이라는 것을 깨달았다. "난 직업도 없는데요."

"그건 문제가 되지 않을 것 같은데요." 노아가 싱긋 웃었다. "변호사들은 천박하거든요. 당신 정도의 유명세면 우리 회사는 당장 고용할 겁니다. 실제로 법에 대해 조금 안다고 덧붙이기까지 하면, 문이 부서져라 회사들이 몰려올 거예요……."

대법원장이 끼어들었다. "그런 화려한 경력을 시작하기 전에, 법원으로 돌아와서 내 수석 서기로 일하는 길도 있어요."

에이버리가 대법원장을 보며 미소 지었다. "그전에 대법원장님의 법정을 웃음거리로 만든 것부터 사과드려야 할 것 같아요."

"하워드가 자랑스럽게 생각할 거예요." 대법원장이 리 요원을 보며 고개를 끄덕였다. "밴스를 찾아낼 때까지 모두에게 경호를 붙여야 할 것 같군요."

"그 사람은 걱정하지 않아도 될 거예요." 에이버리가 절대적인 확신을 갖고 말했다. 순간적으로 밴스가 자신에게 이야기해준 내용을 이 자리에서 이야기해야겠다는 생각이 들었지만, 조심성이 앞서 그대로 입을 다물었다. 에이버리에겐 무엇을 해야 하고, 어떻게 정리해야 할 것인지를 생각할 시간이 필요했다. 하지만 지금 당장 해야 할 일은 명확했다. "지금은 그냥 집에 가고 싶어요."

"동감이에요." 대법원장이 말했다. "리 요원, 당신 차례예요."

그 방에 있던 사람들이 모두 자리에서 일어났다. 극에 달해 있던 피곤함 위로 피로의 물결이 몰려왔다.

리타가 딸의 손을 잡았다. "에이버리, 네가 정말 자랑스러워."

"고마워요, 엄마." 에이버리가 부드럽게 말했다. 리타가 딸을 꼭 끌어안았다. 술 냄새는 조금도 나지 않았다. "몸조심하세요."

"그럴게, 우리 딸." 두 사람 모두 그 이상은 기대하지 않았다.

리타가 문을 나서자, 노아가 그 뒤를 따랐다.

에이버리가 노아의 손을 잡았다. "당신은 정말 훌륭한 변호사예요. 내 일을 맡아줘서 고마웠어요."

"당신은 이제껏 맡았던 의뢰인들 중에 나를 제일 흥분시킨 사람이었어요." 노아가 몸을 숙여 에이버리를 끌어안았다. "축하해요, 에이버리. 함께해서 영광이었어요."

노아는 밖으로 나가더니 당당하게 리타에게 팔을 내밀었다. 그러자 리타가 수줍게 미소를 지었다.

링이 그 모습을 보며 미소를 지은 뒤 에이버리를 한참 동안 안아주었다. "오늘 네가 너무 자랑스러웠어…… 네 머릿속이 그렇게 엄청날 줄은 미처 몰랐지 뭐야."

에이버리가 소리 내어 웃으며 링의 이마에 자신의 이마를 맞댔다. "네가 없었으면 이렇게 할 수 있는 기회도 없었을 거야. 네가 내 친구라는 게 너무 기뻐."

"나도 그래." 링이 에이버리를 다시 한번 꼭 끌어안았다. "말이 나온 김에, 어서 노아를 따라잡아야겠다. 어머님을 병원에 모셔다 드리고 올게."

"자세한 이야기는 내일 합시다, 괜찮죠?" 리 요원이 옆을 지나치며 에이버리를 툭 쳤다. "멋진 수였어요."

"고맙습니다, 요원님. 전부 다요."

리 요원이 고개를 끄덕이더니 집무실을 빠져나갔다.

"에이버리, 재러드." 책상에 앉아 있던 대법원장이 일어났다. "괜찮으면 잠시 시간을 내줘요."

재러드가 손을 내밀자 에이버리가 그 손을 잡았다. 두 사람은 대법원장 앞으로 다가가 책상 앞에 섰다.

"무슨 일이시죠?"

대법원장이 서랍을 열더니 파일 한 개를 꺼냈다. "우리가 공개하기 전까지 이 정보는 기밀입니다. 알겠죠?" 로즈버러는 그 파일을 책상 위에 올려놓은 뒤 문 쪽으로 걸어갔다. "브링먼 대법관은 진정한 자유주의자더군요. 빨리 읽어보도록 해요."

에이버리는 떨리는 손으로 파일의 표지를 펼쳤다. 그리고 그 의견서의 핵심 구절들을 읽었다.

에이버리는 재러드와 함께 윈 대법관의 침대 옆에 서 있었다. 기계들이 쉭쉭거리면서 공기를 뿜어내고 안정적이던 곡선들이 하강을 하면 삑 소리가 울렸다. 에이버리는 머릿속으로 그 결정을 되뇌면서 대법관의 손을 붙잡았다.

"로즈버러 대법원장님이 법원에 그 의견서를 제출하셨어요. 청구인 쪽에서는 생존 주체가 될 인도 법인 아드바르 주식회사와 젠워크스의 합병안에 관해 피청구인들이 엑슨 플로리오 법안을 부당하게 적용했다고 주장하고 있어요. 구체적으로 청구인들은 그 합병이 국가적인 위협이 된다는 피청구인들의 주장은 거짓이며, 그 법안의 적용 가능성에 대한 임계값 검사를 충족하지 못하고 있다는 주장이에요. 피청구인들은 대통령이 법을 적용할 경우 자유로운 권한을 주어야 한다고 주장하며 거부하고 있어요. 항소법원은 청구인의 주장을 기각했지만, 우리한테 엑슨 플로리오 법이 거부될 수도 있다는 점에 기인해 재검토할 수 있는 자격을 주었죠."

에이버리는 움직이지 못하는 윈 대법관의 몸으로 시선을 옮겼다. 그녀의 눈에 눈물이 고였다.

"우린 하급법원의 판결을 부인하고, 청구인 쪽에 우호적인 판결을 받아냈어요. 윈 대법관님이 해내신 거예요. 대법관님이 이겼어요."

에이버리는 집에 숨겨둔 사직서 원본을 떠올렸다. 그녀와 재러드는 그 문제에 대해 의논했고 몇 달만 더 기다려보기로 결정했다. 적어도 전당대회와 선거가 끝날 때까지, 에이버리가 직장을 찾을 때까지는 대법관의 사직서를 내지 않을 것이다. 미국에 닥친 최대의 재앙은 교착상태에 빠진 법원이 아니었다.

젠 워크스와 아드바르는 증권거래소, FDA, 국토안보부에서 다음 밀레니엄 어느 때든 그들의 거래에 대한 조사를 끝마치게 되면 사내 변호사가 필요하게 될 것이다. 그렇지만 에이버리는 새로운 회사가 조만간 등장하게 될 거라는 사실에 대해선 전혀 의심하지 않았다.

"나는 오늘 그를 애도하지 않을 것이다." 볼테르의 문구를 되뇌면서, 재러드는 에이버리를 끌어당겼다. "당신이 준 거예요. 내게 아버지도 주었고."

"당신 아버지는 가족을 구하고, 조국을 구하고 싶어 하셨어요. 난 대법관님이 애국심을 위해 가족을 희생하면서 항상 눈물을 흘리셨을 거라고 생각해요. 이번만큼은 그 모든 것을 다 할 수 있는 방법을 찾아내셨던 거죠. 부패를 폭로하고, 과학을 지키고, 당신을 구하고, 미국을 보호하는 것. 윈 대법관님처럼 복잡하고 또 복잡한 전략이었어요. 하지만 궁극적으로는 효과가 있었죠."

"당신이 아버지의 미친 천재성을 조금이라도 공유하지 못했다면 이루어지지 않았을 일이에요."

"음. 결정을 내린 건 법원이고, 이 모든 것을 실행한 건 대법관님이에요." 에이버리가 눈물로 젖은 뺨을 닦으며 항변했다. 그리고 쓴웃음을 지으며 재러드에게 상기시켰다. "난 그냥 법원 서기에 불과하다고요."

12년간의 여정

《정의가 잠든 사이에》는 훌륭한 판사인 테리사 윈 로즈버러와 나누었던 대화에서부터 시작되었습니다. 감사하게도 주요 등장인물 두 명의 이름을 그녀에게서 따오는 것을 허락해주었습니다.

이 작품을 준비하는 데 나 역시 변호사로서 많은 조사를 했지만, 아무리 많은 자료를 읽는다고 해도 생생한 경험을 대신할 순 없게 마련이죠. 그렇기에 우리 가족들 중 법에 관한 한 가장 많은 것을 알고 있는 여동생과 꾸준히 함께해온 편집자, 소설적 허용 속에서도 최대한 현실에 가깝게 법원 서기의 생활에 대해 알 수 있게 도와준 레슬리 에이브럼스 가드너 판사에게 많은 도움을 얻었습니다.

이 소설에 나오는 과학의 역할 또한 그 가능성에 대한 예리한 시각과 공정한 접근법에 따랐습니다. 그러기 위해 내가 만들 수 있는 것을 만든 뒤, 질병에 관해 많이 알고 있는 동생 지닌 에이브럼스 매클레인의 도움을 받아 무섭도록 놀라운 효과를 얻게 되었죠.

이 작품의 속도와 타당성, 순수한 가독성에 한해, 아무것도 손대지 않은 초고를 자세히 보고, 이 이야기가 계속 이어질 수 있게끔 적당한 질문을 던져주었던 내 형제들, 리처드 에이브럼스와 월터 에이브럼스에게도 고맙다는 말을 하고 싶습니다. 여동생인 앤드리아 에이브럼스 박사는 이 소설의 복잡한 맥락과 내용을 철저하게 점검해주었습니다. 그리고 우리가 상상할 수 있는 모든 일을 할 수 있게 키워주신 부모님, 로버트 에이브럼스와 캐럴린 에이브럼스 목사에게도 감사의 말을 전하고 싶습니다(더불어 조사 보조로 많은 돈을 절약하게 해주셨죠).

일단 이 작품이 소설의 형태를 갖추고 난 뒤에, 나는 두 번째 독자로 친구들을 찾았습니다. 진실을 말해줄 정도로 나를 좋아해주는 친구들이죠. 브랜던 에번스, 리베카 더하트, 캐밀 존슨, 완다 모슬리, 미르타, 에스트라다 올리버로스에게 깊은 감사의 마음을 전합니다. 그 친구들은 이 작품의 초고를 읽고 내가 이야기를 다듬을 수 있게 도와주었으며, 아무도 사지 않을 때 삭제를 누르지 않았지요.

작품의 완성에서 출판까지의 여정은 종종 고난이 따릅니다. 나의 첫 번째 에이전트인 마크 제럴드와 그의 보조인 세라 스티븐스는 더 나은 작품이 되도록 도와주었습니다. 내가 지나가는 말로 이 소설을 설명하는 것을 듣고 관심을 보여준 UTA의 팀원들에게도 감사의 말을 전합니다. 그리고 나를 격려해준 켈런 앨버스톤, 얼리샤 랜즈, 루신다 무어헤드, 앨버트 리, 제이슨 리치먼에게도 진심으로 고맙다는 말을 하고 싶습니다. 더불어 내가 장차 더 많은 것을 보여줄 거라고 믿고 끈기 있게 기다려준 다넬 스트럼에게도 진심으로 감사의 말을 전하는 바입니다.

《정의가 잠든 사이에》는 나의 관심사뿐만 아니라 내 꿈을 대변해주는 친구이자 에이전트인 린다 뢰벤털의 재능이 없었다면 이 세상에 나올 수 없었을 겁니다. 글을 다듬어주고, 질문을 던지고, 완벽한 메모를 날려주고, 여백에 기뻐해주는 더블데이의 제이슨 코프먼이 없었다면, 이 페이지들에 남게 된 마지막 이야기가 이렇게 자랑스럽지는 않았을 겁니다. 더불어 교열 편집자들, 그래픽 디자이너들, 아트 에디터들, 마케터들, 그 외 이 작품이 세상에 나오는 데 많은 역할을 해준 여러분들에게 감사의 인사를 전합니다.

지금까지 12년간의 여정을 결정적인 포물선으로 이끌어주신 분들에 관한 불완전한 명단이었습니다. 이 소설은 내가 너무나도 즐겁게 상상하고, 쓰고, 고쳐 쓰고, 읽은 작품입니다. 이 자리에 자신의 이름이 있을 거라고 기대하셨던 분들은 부디 윈 대법관의 사라진 유언장 안에 이름이 쓰여 있을 거라고 생각해주세요. 모든 분들이 처음으로 등장한 에이버리와 그녀가 진실을 파헤치는 데 도움을 준 사람들의 이야기를 조금 더 즐겨주셨기를 바랄 뿐입니다.

스테이시 에이브럼스

어디에나 있지만, 어디에도 없는 정의

《정의가 잠든 사이에》는 중의적인 의미를 가진 제목이다. 혼수 상태에 빠진 대법관을 뜻하는 말이자, 사회의 잃어버린 정의正義 그 자체를 뜻한다. 제목에서 알 수 있듯이 이 작품은 정치 법정 스릴러로, 작가인 스테이시 에이브럼스가 변호사이자 전 하원의원, 조지아 주지사 후보였던 만큼 정치권과 법원에 관한 묘사가 전문적이며 사실적이다. 이 작품은 모종의 사건에 대법원과 백악관, 국토안보부가 엮여 있는 가운데, 능력은 뛰어나지만 별다른 힘은 없는 법원 서기가 진실을 밝히기 위해 대법관이 촘촘하게 숨겨놓은 단서들을 찾아가는 여정을 그리고 있다. 요즘의 세계정세를 살펴보면 실상 그 어느 나라도 정의롭지 못한 것처럼 보인다. 이 작품에 나오는 말처럼 정의는 어디에나 있지만 보기 힘들고, 그렇기에 우리에게 필요한 건 정의의 홍수다.

사람들은 픽션을 통해 내가 갖지 못한 것들을 경험하고 싶어 한다. 그렇기에 이 작품에 나오는 에이버리 킨과 하워드 윈처럼 정의로운 인물들의 이야기가 계속해서 나오는 것이리라. 에이버리 킨은 열악한 환경 속에서 열심히 자신의 길을 개척하는 캐릭터로, 사실 그녀가 보통 사람이라면 견디기 힘들 정도의 곤경에 처하게 된 건 사실 대법관의 눈에 들었다는 반 강제적 이유에서였다. 윈 대법관이 에이버리를 선택한 건 뛰어난 능력과 성실함, 올곧은 마음을 알아봤기 때문이었고, 그의 바람대로 에이버리는 그 힘든 상황에서도 도망치지 않고 묵묵히 자신이 해야 할 일을 해나간다. 아무 힘 없는 그녀를 놓고 자신들만의 이익을 위해 권력자들이 무자비하게 몰아붙이지만, 침착하게, 때로는 과감하게 상황을 이끌어나간다.

작품 속 분량은 많지 않지만 사실상 이 작품 전체를 지배하고 있는 하워드 윈 대법관은 이 모든 판을 짜고, 에이버리를 고생길로 끌어들인 장본인이다. 투철한 직업윤리를 가진 인물로, 법을 수호하고 나라를 지키는 데 망설임이 없지만 아들에 대한 사랑을 표현하는 데는 인색하고 괴팍한 성정의 소유자다. 그는 국가를 상대로 하는 큰 체스 시합을 세심한 전략으로 교묘하게 이끌어간다. (개인적으로는 그 전략이 통한 것은 순전히 윈 대법관의 인재를 알아보는 안목, 자신이 생각한 대로 움직여준 에이버리 덕이라는 생각이 들긴 하지만.) 자신만의 정의가 정의라고 믿고 있는 이기적인 사람들이 판치고 있는 요즘 같은 시대에 완벽하게 이상적인 인물이라고 볼 수 있다.

이 작품 속에서 선과 악의 구분은 보편적인 사회정의에 기반해 양심에 따라 움직이는 사람들과 자신의 탐욕과 무지를 우선시하는 사람들로 나뉜다. 불과 열흘에 불과한 시간 배경 동안, 에이버리를 비롯한 등장인물들은 쉴 새 없이 벌어지는 사건들 속에서 끊임없이 움직인다. 체스를 기반으로 한 추리적인 요소가 촘촘하게 깔려 있고, 화려하고 과감한 진행으로 마치 영화를 보는 것처럼 머릿속에서 생생히 재생된다. 그러면서도 사건에만 휘둘리지 않고 정서적인 요소도 빠짐없이 챙기고 있다.

에이버리의 열악한 환경에 일조한 엄마 리타, 아버지의 사랑을 알 수 없었던 대법관의 아들 재러드. 이들의 가족관계는 에이버리가 말도 안 되는 상황을 타개해나가는 데 가장 큰 원동력이 된다. 무작정 좋은 게 좋은 것으로 끝나는 것이 아니라, 부모 자식 간에 상대방을 이해할 수 있게 되는 감정의 흐름이 마음을 먹먹하게 해주는 것이다.

이 작품의 후속작이 2023년 여름에 출간되었다. 당분간은 이 당차고 매력적인 에이버리 킨의 모험이 계속될 모양이다.

권도희

옮긴이 **권도희**

미스터리 전문 번역가. 옮긴 책으로는 퍼트리샤 콘웰의 《스카페타 팩터》, 베리 리가의 《나는 살인자를 사냥한다》, 애거서 크리스티의 《누명》 《비뚤어진 집》 《움직이는 손가락》, 존 카첸바크의 《하트의 전쟁》, 조지핀 테이의 《시간의 딸》, 타나 프렌치의 《페이스풀 플레이스》, 크리스티아나 브랜드의 《초대 받지 않은 손님들을 위한 뷔페》 등이 있다.

정의가 잠든 사이에

1판 1쇄 인쇄 2024년 3월 20일
1판 1쇄 발행 2024년 3월 27일

지은이 스테이시 에이브럼스 **옮긴이** 권도희
펴낸이 박강휘
편집 정혜경 **디자인** 정윤수
마케팅 이헌영 **홍보** 박상연

발행처 김영사
주소 경기도 파주시 문발로 197(문발동) 우편번호 10881
등록 1979년 5월 17일(제406-2003-036호)
구입 문의 전화 031)955-3100 **팩스** 031)955-3111
편집부 전화 02)3668-3290 **팩스** 02)745-4827 **전자우편** literature@gimmyoung.com
비채 블로그 blog.naver.com/viche_books
인스타그램 @drviche @viche_editors **트위터** @vichebook
ISBN 978-89-349-4633-5 03840 책값은 뒤표지에 있습니다.

비채는 김영사의 문학 브랜드입니다.